U0552252

头颅记

彭志翔 著

春风文艺出版社
·沈阳·

图书在版编目（CIP）数据

头颅记/彭志翔著. —沈阳：春风文艺出版社，2024.5
ISBN 978-7-5313-6663-8

Ⅰ.①头… Ⅱ.①彭… Ⅲ.①长篇小说—中国—当代 Ⅳ.①I247.5

中国国家版本馆CIP数据核字（2024）第054545号

春风文艺出版社出版发行
沈阳市和平区十一纬路25号　邮编：110003
辽宁新华印务有限公司印刷

责任编辑：韩　喆	责任校对：张华伟
封面设计：琥珀视觉	封面题字：路曦遥
印制统筹：刘　成	幅面尺寸：155mm × 230mm
字　　数：419千字	印　　张：25.25
版　　次：2024年5月第1版	印　　次：2024年5月第1次
书　　号：ISBN 978-7-5313-6663-8	
定　　价：69.00元	

版权专有　侵权必究　举报电话：024-23284391
如有质量问题，请拨打电话：024-23284384

谨以此书献给唐才常、林圭、傅慈祥等1900年庚子烈士，他们埋骨于我的家乡武汉

目录

第一章 江城

- 003 引子：疯子拴阳的诞生
- 009 三个湖南伢下汉口
- 016 观音灵签藏天机
- 020 总督府的螃蟹宴
- 027 抢码头
- 032 谭公子的刎颈之交
- 038 唱婆子
- 042 乡村塾师的前世今生
- 046 东渡扶桑

第二章 谍影

- 055 神秘的日本访客
- 057 总督大人的烦恼
- 062 超级间谍

第三章 东瀛

069 当腊八豆遇到纳豆
072 丫姑爷初识西乡隆盛
075 上野公园的大铁锚
079 甲午海战
082 预科学校的藤原校长
087 同乡大哥唐才常
091 戊戌惊天回首

第四章 纵横

101 返乡遇袭，皎月窥人
105 苏州河畔
109 大清皇帝现武昌
112 怪才辜鸿铭
116 蒉先生的茶局，云卿的梦
121 横滨与孙文

第五章 游历

123 流亡者的东瀛相会
127 执拗的『康圣人』
131 东京铳炮店
134 红叶馆饯行宴
141 翩翩少年史坚如
147 哥老会的大龙头
153 围园杀后话南海
163 惊鸿一瞥，春水微澜
166 茶叶商人容星桥
170 香江夜话

第六章 风起

177 光绪改保庆，皇帝要凉了
181 通电响惊雷，废立一场空

第七章 潮 急

- 185 正气会
- 188 火树银花闹元宵
- 197 「老洋人」杨格非
- 203 勾栏一曲忆往事
- 210 富贵窥人豪客来
- 217 慈禧宣战,光绪惊魂
- 219 众疆臣东南互保
- 222 光绪刀下逃生记
- 226 五大臣京城被斩
- 229 国会开张,「疯子」闹场
- 232 万事俱备东风恶
- 236 富有票
- 238 疑影重重西餐厅

第八章 明 灭

- 243 一桩风流公案
- 245 江湖堂口杀鸡忙
- 249 局中设局,美梦成空
- 252 人鬼熙攘中元节
- 259 前军已折戟,主帅奔中军
- 263 两个起义领袖
- 267 大刀王五
- 272 少年镖师讲的故事
- 276 北地恩仇记
- 281 谁爱名山山爱谁
- 285 浦江遇丐,迷局告终
- 288 屋顶上的月光
- 290 深夜孤灯窥神器

第九章 凝望

- 293 棺材里的秘密
- 296 总督抽刀出鞘
- 301 法磊斯领事的午后茶
- 306 午夜钟鸣，凶神降临
- 315 好星光啊
- 317 蝴蝶花头春似梦
- 323 抓容星桥，抓容星桥！
- 326 暗夜密室话会审
- 332 悬首犹待梦里人
- 336 在故乡的逃亡
- 339 兄弟悬首隔洞庭
- 343 大泽龙蛇破空飞

第十章 回荡

- 349 惊世爆响成遗恨
- 353 壮士纷纷踏血来
- 356 任公无处话凄凉
- 359 深宅刀光碑僧袍
- 362 借友血染红顶子
- 367 头颅掷处成路标
- 372 托乞丐送瓢把子的长衫人
- 379 不言革命的大革命家
- 383 故人变鬼，鬼变故人
- 391 告地书
- 394 后记

第一章

江城

引子：疯子拴阳的诞生

每一条街道，都住着一个疯子。

不记得是不是在读狄更斯的哪本书时看到的这句话。当时我的脑海中立刻就冒出了一张疯子的脸，煞白煞白的，上面两个眼珠子直瞪瞪的，随着那张脸慢慢转向你，一双黑眼瞳会盯住你，嘴半张半闭。那表情很是神秘古怪，似乎这双眼睛完全洞悉了你内心的秘密，却又向你暗示会替你保密。这张脸，是小时候的我夜里做噩梦的潜意识来源之一。我有时在家附近的街上，陡然遇见那双眼睛时，会感觉到有什么火热的东西正从那双黑眼瞳里闪出，并沿着那道目光朝我飞射过来，试图钻入我的小脑袋。所以每次撞见这张苍白的脸，我就和所有其他小孩儿一样，打个激灵，然后迈开小短腿急急逃开。

这张脸，是我童年记忆里的一个大男孩儿，叫拴阳，是汉口抱玉街上唯一的疯子。

本来，在拴阳变疯之前两三年，街上有另一个叫傻宝的年轻疯子，他病得不太重，平时在家待着还算老实。却不料有一天，傻宝也不知道在街上看到了同龄人的什么狂热时髦，就学着别人，拿自己的被子打了个方方正正的背包，在午夜时分偷偷溜出家门，徒步远行到长江大桥上去了。不料那守桥的卫兵，老远见到这鬼祟之人，背着像是个炸药包的玩意儿，深更半夜出现在大桥之上，吓得毛发倒竖，赶紧端枪喝止。傻宝毕竟是个傻子，一听哨兵的厉声吆喝，就撒脚丫子开跑，结果被一枪打死了。

傻宝死了，我们这条街上也就暂时没有了疯子。这事如果往大了说，事关一方生灵的阴阳调和。老人说疯子是替老天爷在阴阳界守驿站的人，那些驰骋往来于两个世界的使者，比如黑白无常，在他们歇脚的驿站里，驱役的很可能就是疯子们的魂魄。所以，别以为疯子平日里啥都没干，不过是那些失魂落魄的肉身，在阳世里看上去，似乎是在无所事事地晃荡。

既然疯子这么重要，那么老天爷就得再想法子弄一个出来。于是，在傻宝死后大约三年，老天爷出手了。

那个年代，多数人家都住在有地面的平房里。在大家都挖地洞那年，我们家就是在客厅里摆的那张破八仙桌下开挖的，据说是为了不让我们小孩儿进屋后，一不小心就掉进洞里。那时奶奶带着我和姑母一家住在一起，因为我还太小，她老人家严厉喝止了我想参加挖地洞的小小企图，于是我就只能看着表哥表姐们轮流挖洞，钻出钻进，一个个变成泥猴儿的模样。地洞挖成了之后，奶奶才松口，让二表哥带我下到阴暗潮湿的洞里转了转，里面也就比一张大床大不了多少，只够在原地打几个转的。

我家斜对面的拴阳家，当然也在挖地洞，他和他哥哥兄弟俩轮流挖。那时他是个沉默寡言的半大男孩儿，不算聪明，却也不傻，不过比较乖觉和听话，有时有点儿蔫儿坏。这在野孩子成堆、以打架凶狠出名的抱玉街，已经算是不错的孩子了。

话说，那个大白天，拴阳独自来到他家小库房，从一架梯子上小心往下攀爬，到了屋子角落那个黑咕隆咚的地洞里，打开手电筒摆放好后，就拿起一把短柄铁锹，开始朝一侧洞壁刨挖起来。他的哥哥已经按照家用防空洞的规定要求，向下挖到相当的深度，但空间狭小到仅能容纳一个人继续向侧面挖土。洞底很潮湿，似乎总是有水慢慢向上渗出来，所以拴阳和哥哥每次下来开挖前，都要带上一小筐烧过的蜂窝煤炭灰，铺在渗水的洞底地面，然后放一块木板，站在上面刨洞壁。至于防空洞挖成了以后会不会被渗出的水慢慢灌满，倒不必担心，反正每家的洞一挖成，就赶紧跑去街道居委会，请那位管人民防空的大妈来验收一下。她面冷心善，来你家洞口打个手电筒看看，在小本子上打个钩，这以后，就谁也不在乎家里墙角落那个黑咕隆咚的地洞了。

我的家乡汉口，在两条大河的交汇处，实际上位于一个典型的河流堆积平原。所以，邻居家男孩儿拴阳正在其中刨挖的，是一个河流冲积层。打个比方吧，天地就像一个大磨盘，生命万物不断被时光之手抓住，扔进它的磨眼，在向下跌落的过程中度完一生，然后被碾碎成尘，又被流水带走，去一层层堆塑这个古老世界的新面孔，这大约就是我理解的河流冲积层。现在，拴阳的铁铲正在往前数三十多年一场特大洪水的冲积层之下挖掘，那一次，汉口整个城市被大水淹没达百日之久。拴阳一家住的房子，是在洪水冲垮后的那家老屋的宅地上重建的，他们家搬到这个房子里，也只是近十来年的事。

洞壁，连同拴阳脚下的洞底，都开始簌簌发抖起来，那是不远处的京广铁路上，一列蒸汽火车经过时引起的震动。在地洞里你会觉得，整个世界都在那些大铁轮子的碾压下颤抖着。拴阳停下来等候了一会儿，待到那震动完全消失后才又开始挖起来。

拴阳喜欢一个人在幽暗凉快的地洞里静静地干活，这让他感到很放松。在学校里他可没有这种感觉，像拴阳这样老实巴交的孩子，因为家庭出身不好，经常会被一些同学欺负。这种欺凌其实没什么道理，但人类中的那条鄙视链可是永远存在的，只不过它最末端的那个群体，在不同时代会变换罢了。

比如，有一天，拴阳在光天化日之下的校园里独自走着，几个迎面而来的男生中的一个，突然向他仰起脸，同时将拇指按住右鼻孔，将左鼻孔里的一注浓涕，啪的一声准确射到了他的脸上。拴阳的脑子顿时空白一片，耳边却听到那群人在哈哈大笑。他只能用母亲给他打了补丁的袖子，抹去喷在自己脸上的鼻涕，默默走开，却不敢反抗这种公然的羞辱，因为他很清楚如果那样做，下场将会是什么。

有时拴阳在学校受了同学欺负，回家就对那只独眼老黑猫出气，趁猫不注意时，从它瞎眼的右边一脚将这可怜的畜生踢飞。猫那一声哇呜的痛苦哀鸣，和落地逃走前转头用一只眼望向他的怯生生的神情，让拴阳本来压抑着的内心，突然有了一种奇妙的舒畅感。

拴阳的爹，以前当过这个城市的伪警察，现在是个穿街走巷的剃头匠，他每日一早就出门，右手拿只叫作唤头的铁制响器，左手用一根铁钎刮擦出"嗡——嗡"的声音，在大街上或者居民家中给人理发。所以拴阳的同学中，有的就模仿他爹，一边拨动小钢尺发出嗡嗡声，一边大声吆喝——都来剃头啰。在同学们的哄笑中，拴阳窘得恨不能找个地洞赶快钻进去。现在他就是一个人待在地洞里，所以感觉比在学校轻松惬意很多。

手电筒的光晕已经很弱了，装满这一筐土就上去，这大男孩儿心中默念着，一边刨挖着洞壁，却听到一声钝响，铁锹碰到了什么东西。借着幽暗的光线，拴阳看到一块腐朽的木片从洞壁上掉了下来，露出埋在淤土中的一个白色圆弧状东西，像是个瓶罐什么的。

会不会是埋在地下的藏宝罐？也莫怪大男孩儿拴阳这样想，在地下挖到宝的事情，人们可没少听到过。拴阳家斜对面的街坊，那位和善的彭姓大婶在市政施工队上班时，有同事在工地上咣当一锄头，凿破了地下一个装满银圆的坛子，大家一拥而上抢了个精光。可惜那街坊大婶当时离得远了点儿，只来得及从扑成一堆乱抢的人群腿缝里，掏摸到一块袁大头。

也是原来这方土地上的兵灾战乱太多了，先民们动不动就得撒脚丫子逃命，带不走的钱财自然就埋寄在地藏王那里了。地下积累的历朝历代无主财宝，经常给后世哪个幸运的家伙来个大惊喜。老汉口的人们登门拜年时，主人若是还在睡觉没有起床，就会在屋里答应道：在挖窖呢！用这句话来讨一个开年发财的好彩头。

拴阳一想到可能挖到财窖，心开始怦怦加快跳动起来。他用铁锹小心翼翼地除去那东西四周的黏土和朽木板，然后用手慢慢抹去它表面的最后一层泥沙。很快他就看到，一双空荡荡的黑眼窝正在盯着他。原来，这是在地下黑暗世界中等待了很久的，一个人类骷髅头。

我们这条街上久违了的疯子，就这样又诞生了。那个老实胆小的大男孩儿，现在变成了有名的疯子拴阳，大家都知道他是一个人在家挖地洞的时候，挖出一个陈年骷髅头，然后就疯了。他现在最大的变化，是不再惧怕任何人，而变成了人人都惧怕的对象。他碰到人时，会稍稍低下头，一双黑洞洞的眼睛，却定定地盯住你，嘴角微撇，似乎有什么哀怨，又像是某种愤懑。这种古怪的神情会让你全身汗毛倒竖，脑后顿时冷风飕飕的。

不光如此，拴阳时常会变得暴躁易怒，这与本街道的前一任疯子傻宝相比，简直就是青出于蓝了。我记得一个夏夜，街上如同往常，遍布着竹床篾席和横七竖八躺在露天里纳凉消暑的人们。突然一阵骚动，街坊邻居们纷纷起身往家里跑，我也随大人跑进家门，揉着一双惺忪的睡眼，从半掩的门缝里向街上张望。

只见空荡荡的十字街口上，一个黑色人影正疯狂地在原地打着转，有人低声说道："他手里捏了块砖！"人们只好战战兢兢地等着，看那疯子拴阳像铁饼运动员一样旋转着，最后嗖地将那块砖扔得不知所终，又在他家人的拼死拖拽下，消失在咣当一声闭上的门后面。众人这才定下惊魂，纷纷走出来重又开始纳凉。胆小如我者，还吓得小心脏紧跳一会儿，才能慢慢入睡。

但这条街上原来那些横行霸道的大小流氓，却几乎不再敢公开搞欺凌行为了。原因很简单,只要拴阳一见到他们欺负弱小,就会冲过去和那些坏小子发疯地厮打。俗话说硬的怕横的,横的怕愣的,愣的怕不要命的,那些家伙虽然坏,却还是要命的,再说被一个疯子打坏了,传出去也会被江湖上的朋友笑话,所以那帮狠人,竟然都开始躲着打架不要命的疯子拴阳走了。有个吃过亏的家伙,远远地拿一个破瓷碗扔向拴阳,给他的额头留下了一道长长的伤疤。

还有更可笑的事,往日这条街上很多人家管教小孩时,大人下手都相当重,经常是打得孩子哭声震天。现在连大人在家打小孩儿,都不敢闹出太大动静了。不然的话,疯子拴阳闻声而来,这家就一定会鸡飞狗跳了。

因为拴阳的狂躁与惹事,让家人颇受困扰,他武疯子的名声也在远近一带传开了。拴阳的爹妈为此也想了很多法子,西医西药一定是试了的,中医的方子也用了不少,连十三鬼穴针灸和驱鬼药方都偷偷试过,就是不见效。六角亭精神病院又因为住满了,没门路进不去。正在拴阳家一筹莫展之际,意想不到的访客登门了。

来人是两个,一位八十多岁的拄杖老者与搀扶他的中年人。老人长髯雪白,因为耳朵背,嗓门有点儿大。拴阳爹认得这老人,是几条街外,原来一个叫药王殿的道观里的老庙祝①,喜欢做善事和帮助邻里街坊,人们都尊称他德生公。这曾经的药王殿虽然不大,以前在本地却小有名气,原来道观里面的庭院四季花木葱茏,游人香客络绎不绝,香火还算兴旺。后来道观被关,德生公就和养子一起住,这位神态恭谨的中年人,就是德生公从前在道观门口捡到的一个弃婴,后来成了他的养子。

德生公一进门,就对着拴阳爹习惯性地抱拳拱手,几句寒暄之后,大声说道:"听说你家老二得了痰蒙清窍的病,而且这病来得还有点儿蹊跷,我来看看你儿子,再寻思能不能帮上什么忙。"

拴阳爹赶紧请德生公父子到后面房间,探视了一回那锁在房里、木木地呆坐床上的拴阳,然后宾主回到堂屋坐下。端上茶水后,拴阳爹又将小儿子那天如何被他妈发现,晕倒在家中的地洞里,手中紧紧抱着一个骷髅头,浑身冰凉,弄出地洞后变疯,延医用药却诸般无效,他又怎样惊扰四邻,好管闲事,与街上的混混打架。如此这般讲了一通。

---

① 寺庙里管香火的人。

德生公听罢，皱皱他那两道长长的寿星眉，问道："你们在那骷髅头旁边还发现了些什么？"

拴阳爹回答："除了一把都已经锈穿了的短刀，几片朽了的木板，什么都没有，连尸身骨架也无，可见这原来不是个墓葬，应该是哪个遭横死的人的脑袋。我已经将这惹祸的地洞回填了。"

"那个骷髅头，你后来拿它怎么安置啦？"德生公又问。

拴阳爹答："那个鬼物摸上去冰冰凉的。我一开始请居委会的人叫上两个户籍民警来看了一下，那老户籍说这应该是上几辈子的死人了，也没有拿走骷髅，让我送去卫校，看他们要不要当个骨头标本。他们走了以后，我本来想浇上煤油一把火烧了它，却被一个长辈街坊拦住了，说还是让它重新入土为安吧，这样对你儿子也好。我就和孩子他妈过河跑到城南的鲁山上，在半山腰找处没人看见的地方刨了个坑，把那东西埋了。"

德生公点点头，说这样安置比较稳妥。然后告诉拴阳爹，孩子的病不见好，可见这骷髅生前应该是带着很大的怨念死去的，所以那股不平之气郁结不散，碰巧被你儿子遇上了。从令郎突然变得喜欢打抱不平来看，这个鬼魂应该不是一个恶灵，只不过被困在你儿子的身体里面了，它也希望得到超度。还需做一场法事去帮它一把，让它解脱去到该去的地方才是。

拴阳爹听到这里一脸肃然，连连点头，说这事还得劳累您老了。德生公摆手说："我这把老骨头，不足为惜，只希望你家儿子的痰疾癫症，早日安康才好。"于是老人家掐指算定了一个合适的日子，说回去还要给亡灵准备一份告地文书，得花点工夫。拴阳爹愕然问那是什么文书，德生公嘿嘿一笑说，现在出门到哪里不都要一封介绍信吗？告地书就是鬼魂去地府时需要用的介绍信啊。当然这是眼下要破除的封建迷信，所以你千万不要对外人透露，以免有人拨弄口舌，又生出是非来。

拴阳爹连连点头答应了。

到了那天下午，拴阳爹领上德生公父子，两个挟着一个，乘坐长辫子无轨电车过河，又鬼鬼祟祟地摸上城内汉水南岸的鲁山。德生公让养子搀扶着来到一处向阳的僻静之地，在一棵柏树下坐地，说这个地方风水不错，应该会让亡魂满意的。然后让拴阳爹去埋骷髅之处重新挖出它，又让养子拿出背包里的一把短柄铁锹，在他指定的柏树旁地面挖了一个深坑。

拴阳爹翻到了鲁山的另一面坡，在四顾无人之后，弯腰扒开一块大岩石下土层的表面沙砾，伸手掏摸出一个牛皮纸包裹，拍拍泥土，打开，现出了那个骷髅头，连同一柄锈得几乎只剩下刀柄的短刀，然后爬上山脊，去与南坡的德生公父子会合。

德生老人将手上的拄杖递给搀扶他的养子，伸出颤巍巍的手，先从拴阳爹那里拿过了那把锈刀，抚摸着刀柄，上面现出一行繁体刻字，有几个字尚依稀可辨：□兵斗者□□列□行。老人在心中默念出这行字的全文：临兵斗者皆阵列前行。然后他接过那个看上去十分完美的人类头骨，看着它在夕阳残照的余晖下，静静地泛出玉质一般的白光。老人将这个触手冰凉的头骨移近到面前，眯起他一对浑浊昏花的老眼，与那双黑洞洞的眼窝长久对视着，仿佛它是一个久别的故人。

没错，它就是七十多年前，出现在当时少年人德生那双清澈的眼睛中，再熟悉不过的年轻人。

三个湖南伢下汉口

光绪二十四年，也就是一八九八年，秋天。

一声长长的轮船汽笛，唤醒了瞌睡中的乡下少年德生，这个土蓝布裹头的少年揉了揉眼后才明白，这怪叫声不是来自他梦到的那头老牯牛。在醒来前的一刹那，他被梦里老牛突然的怪叫声吓得一激灵，差点儿尿了裤子。头一次坐火轮船，跟随少东家从湖南乡下来汉口，要是闹出尿裤子这么个洋相，以后回去怕不会被乡里众人笑死。

他听到船上左舷边有人大声叫骂着，散客舱席地坐卧的乘客却无人回应这骂声，只见晨光熹微中，一只木划子紧挨着火轮左舷外水面一掠而过，一个起伏之间就不见了，还好没撞上。火轮上，一个麻子脸水手转过身来面朝甲板上的乘客，沙哑的粗喉咙还在嚷嚷着："他妈的，这几个乡里苕货，他是打着灯笼照茅坑——找死啊。老子在这条火轮上跑湘潭到汉口，都跑了几个月了，这帮驾划子的总是像冇看到一样，一搞就挡到航道上来了，想死也不能这个死法撒。"

德生看着这个面相凶恶的水手,想起乡下祖母生前给他唠叨过的话:人都是上一辈子活物投胎来的,其中有鸡鸭豚犬,也有虎豹豺狼,出门在外,遇到的哪个都披着一张人皮,你也分辨不清他们上辈子是啥东西投胎转世来的,可有的人就能够生吃了你,所以千万要瞅着那些面善些的人打交道,还要使劲儿嗅一嗅,看他是不是真的有人味。

少年德生一想到这里,就打量起他周围的众多乘客,开始想象他们中谁是哪种动物投胎而来的。这让他觉得很有趣,因为有些人真的长得像他熟悉的那些家畜,比如,他左边不远处端坐的中年汉子,昂着一副长脸阔鼻孔在发呆,让他想起乡下老爷家那头总是很神气的大黑骡子,这让德生几乎扑哧笑了出来。

德生看着一众乘客,人人却都与他一样有个共同之处,那就是头顶前额一色的青皮光头,后脑一条辫子,或垂落背后,或盘在头上,所不同者或粗或细,或长或短而已。德生又想,如果男人们突然都没有了辫子,这个世界将会变成什么样?这还真难以想象。他只听说过一个人没有了辫子,那是家乡的镇上回来的一个留西洋的学生,回家后他的乡绅老爹发现儿子居然没有了辫子,一气之下几乎卧床不起。乡人哄传成笑柄,这留学生只好在瓜皮帽上安一条假辫子出门,却在集市上当众被人挑落,乡人群起哄笑讥骂他,这人大窘,抱头狼狈逃窜回家,从此白日里不敢轻易出门了。

原来,德生这次头一回出湖南下汉口,是帮东家少爷华浩拿行李,陪他离乡返校回到武汉三镇之一的武昌城,继续在两湖学院的学业,然后自己在长江对岸的汉口找亲戚谋个事情做。很多湖湘地面上的年轻人,都是坐船离开家乡,从洞庭水路进入长江,来到大武汉这个九省通衢的内陆口岸城市,开始闯荡人生的。德生他们坐的这条火轮,是湖广总督张之洞促成湖北湖南两省绅士,成立官督商办轮船局后购买的一条新式蒸汽动力船,才开始跑湘潭到武汉半年左右。

德生从脚下的箱笼间,小心地抽出有点儿麻木了的腿,站起身来刚伸了个懒腰,就看见东家华浩少爷,正和他的老乡同学秀才云卿一起从上层甲板走下来,一边说着话,一边坐下。船机舱一直不停的轰鸣声,让德生听不清他们讲话的内容,只看到云卿拿着一份报纸,在向华浩少爷指点着什么。德生认得那是一份《申报》,他从小跟班陪少爷上私塾,在课堂门廊外偷学识字也学了好几年,华浩少爷还让他读自己原来用过的蒙学课本。

华浩顺着云卿指点的那则新闻读道:八月初四日逆犯杨深秀上疏奏称,圆明园有金窖甚多,请准募三百人,于初八入内挖取。都人诧为奇特。实则与康有为谭嗣同诸犯同一逆谋耳。要借机兵围颐和园、捕杀慈禧太后,在北京搞政变了。

读罢,华浩忍不住脱口愤愤道:"果如是,闻诛一夫纣矣,未闻弑君也。这个老女人,如果还骑在当今皇上的脖子上再多活十几年,怕是要搞得我煌煌大中华亡国亡种了。"

云卿急忙竖指做了个噤声的手势,又迅速向四周扫视了一遍,确定无人注意他俩的谈话之后,才悄声说道:"天子面前大红大紫的维新党人谭嗣同等诸公,上月底被太后下令,在京师宣武门外菜市口斩首,天下轰动。这六君子中间的一位,可是与我们两湖学堂大有干系啊。那就是杨锐,也是张南皮大人的门生,曾受南皮相邀,到两湖学堂当史学教习,又是香帅极为看重的心腹幕僚,后来香帅安排他作为在京师的耳目。杨锐在百日维新中受皇上重用,参与新政。他虽与康有为相熟,但变法一向主张戒急用缓,在维新派内部常与康党一派唱对台戏。奈何也被太后当作康党,惨遭弃市于京师街头?"

云卿口中的张南皮、香帅,正是湖广总督张之洞,大清朝洋务派重臣。华浩和云卿上学的两湖学堂,就是张之洞在武昌一手创办的一座现代学堂,经费来自湖北、湖南两省在汉口的茶商捐资,所以学生也取自两湖地区的秀才。甲午战争之后,在湖北将洋务运动搞得有声有色的封疆大吏张之洞,将这座华中腹地的最高学府,一变以原来中学为主、西学为辅的初创办学理念,改为教授西方科学为主、中学经史为辅的教育宗旨,指望培养洋务人才,为老迈的大清国续命。

华浩听罢云卿之言,说道:"那慈禧老太婆,恨极了皇帝身边的维新派诸人,哪里还管他是哪门哪派的?斩杀六君子时,听说慈禧特别下令用一口钝刀,也就是不开刃的大将军刀,致每一位受刑之人,都身受十数乃至数十刀才被砍死,血肉模糊,状极惨烈。那杨锐头颅落地时还两目圆睁,鲜血从脖颈中发声喷出,血吼丈余。可恨当天在刑场围观的京师百姓,却是连声叫好,特别是行刑的刽子手拿出大将军刀之时,全场竟然一阵欢呼，六君子悲壮至斯，可悲可叹！"

云卿惨笑道："那可是京师老百姓大饱眼福的热闹日子啊，北京菜市口那个地方，从大宋丞相文天祥，到前朝尚书于谦、督师袁崇焕，他们行刑之日，哪一个不是让京城百姓们看得兴高采烈？那袁崇焕凌迟处死之时，围观的人还争相出高价，向刽子手购买刚刚从他身上割下来的肉，和酒生吃呢。依我之见，这些自诩为生民立命的忠臣烈士，也不过都是些大梦未醒之人。"

一阵唏嘘后，两人又谈到了戊戌六君子中那位唯一的湖南老乡，谭嗣同。

因为两湖学堂中湖南籍学生众多，对谭嗣同这位曾在家乡湖南成立时务学堂、主办报纸鼓吹变法维新的同乡，学生们对他耳闻颇多。加上谭嗣同之父谭继洵，在受儿子连累丢官回乡之前，已经当了九年的湖北巡抚，因此这谭公子在武汉的朋友极多。所以，这位六君子之首的惨死京华，在武汉三镇引起的震撼非同一般。人们悄悄口耳相传，慈禧太后发动戊戌政变之时，连发懿旨，捉拿维新派。谭嗣同听到消息后，不顾生死，多方筹谋营救被囚的光绪帝，但未能成事。那时仍可以逃脱的他，却决心以一死来唤醒国人，遂从容就擒，终与戊戌诸君子同日赴死。

谈到京师哄传出来的谭嗣同在狱中写下的那首绝命诗："望门投止思张俭，忍死须臾待杜根。我自横刀向天笑，去留肝胆两昆仑。"同年考中秀才的华浩和云卿，对前两句的典故很熟悉，第一句讲的是东汉名士张俭受宦官加害，被迫流亡，望门投止，许多人为收留他而家破人亡。第二句中的杜根是个东汉朝官，因要求临朝听政的太后还政于皇帝，触怒太后，下令当庭摔死，因行刑的武士敬慕杜根品行，摔时未尽全力。杜根诈死三日，目中生蛆，终于瞒过太后，得以逃亡，太后死后又现身复官。这首绝命诗中让人猜测不定的，是最末一句：去留肝胆两昆仑。去留者，一去一留，一生一死也。留者必定为谭嗣同之自谓，那么，去者又是谁？

华浩与云卿不知道的是，谭嗣同绝命诗中所指的那一位昆仑之杰，唐才常，在此前不久，也坐船从湖南出发，沿湘流，穿洞庭，顺长江抵达了汉口。现在这三个湖南年轻人，在无意中正追随着同一条水路而行。他们的命运之舟，不久将在这位姓唐的湖南老乡掀起的一场惊世风暴中沉浮渡劫。

又是一声汽笛长鸣，两人停止了谈话。华浩指着左前方河口的一道江岸，对德生说："你看，那就是大汉口。"少年德生第一眼所见，是天际线上突然耸起了一大片笔直的森林，稍近，才发现它们是无数的船桅杆。再近些，德生看到人流穿梭往返于河岸坡面与泊船之间，就如同他在乡下的树丛草木间，看到黑压压的蚂蚁群搬家般热闹情形。间或有大小火轮，在江面穿梭来往的帆船之间行进着，靠岸，离岸，汽笛声此起彼伏，烟囱上黑烟滚滚。河岸上高低错落的密集房屋，一望无际地向远方延伸而去。

汉口，这个在瞬间可以将个体生命渺小化的巨大空间，让乡下少年德生产生了莫名的惶惑感。他短暂的生命经历中有过一次相似的感受，那是很小的时候，他无意中独自走近一架水力驱动的大磨，那隆隆滚动的巨石磨盘，进行着碾碎一切的无穷运动，这让童年的他感到惊怖。现在德生觉得，自己似乎正在变成一粒稻谷，被卷进水碾坊里那个巨大磨盘中去。德生下意识地捏紧了自己的拳头。

在汉口码头下火轮船后，三人又转乘一条过江木划子，在船夫的桨声中，一沉一浮于浩浩大江的急流险涡之上，向江对岸的武昌城而去。

这大武汉由汉江、长江分隔出的三个城镇所构成，分别是汉口、武昌和汉阳，三镇人自古凭借舟楫往来于宽阔的江面之上。故此清人的汉口竹枝词有云："五文便许大江过，两个青钱即渡河。去桨来帆纷似蚁，此间第一渡船多。"因为武汉位于中国腹地，是九省通衢，又地处长江洞庭湖水系的中枢，通江达海，所以这座名城是清朝最重要的内河贸易航运中心。在太平天国运动以后，武汉这个位于中国腹地的水陆中枢，历经四十多年重建，兵尘过后转繁华，又奇迹般地完全恢复了热闹与繁荣。

舟行在汉水与长江交汇的江面，船上的人在一起一伏中沉默着，各人有各人的心思，只听得见船家的摇橹声在咿呀地响。德生俯身望着水面，突然发现，江水中出现两股不同颜色的巨大水流，分别是墨绿色与黄褐色，它们如同两大团浓云彼此撞击，又像两支汹汹而向的大军，在一场遭遇战中接敌厮杀。华浩看到少年德生一脸惊异，微笑着告诉他："这是长江和它的最长支流汉江的交汇处，形成的清浊界线，和古人说的泾渭分明类似。"

德生一边听，一边看到，他们的木划子正在跨过这条分界线，从澄清的墨绿色汉江水面，进入到混浊的黄褐色长江水面，于是向华浩问道：

"那汇合后的汉江水,是不是从今以后也和长江水一样,变得发黄混浊了呢?"

华浩仿佛在自言自语:"不会的,这些水最后会流入大海,那时它们就全都变成蓝色了。"

说罢他仰起头,眯了眼,望向空中的几只白色沙鸥,它们驮了两翅的阳光,正掠过秋日正午的天空,朝长江天际尽头的方向高飞远去。

武昌城的汉阳门码头,由一堵高耸的石头坝墙齐整砌成,三人携带行李离开渡船,经跳板走上岸,再沿了长长的码头石阶爬上堤坝,就来到了离江边不远的汉阳门城门口。德生眼尖,指了门洞旁城墙上挂着的几个小笼子给云卿与华浩看。

三人走近些,才看出每个木笼子里装着一颗人头,大约已经挂了有些时日了,人头有点儿风干缩水,嘴唇都龇开着,露出两排带血污的牙齿。几只苍蝇叮在上面,有个人头的辫子从笼子下面的缝隙垂落出来,偶尔还随风轻轻摆动着。出入城门的众多行人,与门洞前的几个兵勇,似乎都没有在意这些笼子里的人脑袋。看来它们已经是这个城市的过时主角,再也引不起每天进出城门众人的兴趣了。

枭首示众,这个发明出来指望吓唬人类自己的刑罚,却从来就没有挡住人们前仆后继,去干那些会砍掉脑袋的事。

三个人默默走过低矮的城门洞,进入武昌城内。在青石铺路、熙来攘往的街道上走了良久,云卿方低声说:"看了一眼布告上说的,这些枭首之人,是一伙杀人越货的江湖会党。他们竟然劫夺官舟,击杀官差,也是忒大胆了,难怪这伙人会玩丢自己的脑袋。"

华浩道:"想那戊戌六君子,也悬首京师九门,他们却是殁于国事,将来一定会名照汗青。人谁不死?死国,忠义之大者。这才叫不枉了一颗好头颅。"

云卿摇摇头:"难说,难说。圣人不死,大盗不止。那司马相如昔日上书汉武帝,其中有句话:'盖世必有非常之人,然后有非常之事;有非常之事,然后有非常之功。'司马相如这话,说得实在是混账,清平世界,朗朗乾坤,哪里会生出这许多非常之事,惹得许多非常之人动起妄念,去争夺那非常之功?倘若当国之人都去顺应天道,无为而治,难道还需要大家争着当烈士忠臣,去以身殉国吗?更何况如严复所译《天演论》中所言物竞天择，适者生存。所以我看，徒以人力去抗天命，也是痴妄。"

华浩哈哈一笑："云卿兄果然见解非凡，竟然从英人赫胥黎氏鼓吹进化论的书中，读出黄老之学的道家味来了。不过，既然万物都按物竞天择的自然规律演化，物竞，就是众生之间的生存竞争了，强种战胜弱种；天择，就是优胜劣败，自然淘汰。想几年前那一场甲午战争，师夷图强还不到三十年的东洋倭人，竟然将我数千年文明的巍巍中华，打得破疆裂土，颜面全无。国人再不与天争胜、图强保种，怕是去亡国亡种也不远了。你说汉武帝的用非常之人，行非常之事，立非常之功，难道不是万世功业，泽被后人吗？如果不是卫、霍之辈北破匈奴，封狼居胥，我华夏万民只怕是早就被发左衽、食膻闻膜了。"

云卿一听，立刻紧张起来。华浩这最后一句话，其实在旁人听来，也有暗讽当今清廷乃是一群戎狄蛮夷的异族之意。这时刚好有两个路人迎面走过他们身旁，这两人身着灰布短衫，礼帽低到遮面，不尴不尬的，看不出是哪个行当的。华浩似乎也察觉到云卿的紧张，停止了讲话，三个人继续不作声地行走。

湖南来的乡下少年德生，并不是头一回看到砍下的人脑壳。他不算长的人生记忆中就有两次：一次是烧教堂杀西人的教案，另一次是饥民毁粮船抢米。官兵两次下乡缉捕逃到当地的案犯，都是将持械拒捕的人犯格杀后当场枭首，几个人脑壳就摆在集市附近的河岸边示众。有次德生还看到，一个胆子大的少年伸脚踢了人头一脚，那颗脑袋骨碌碌地滚了几转，停下来时刚好脸朝上，口眼微张，一副吃惊的样子。一位老人家狠狠地喝止住了那鲁莽的少年。德生盯着这些人头看久了，觉得它们与肉铺里摆着的那些猪牛羊首，也没有什么太大的不一样，不过没人拿砍下的人头卤熟了当下酒菜罢了。那天，他还真看到两只哪家放养的猪跑过来，其中一只不知死活的家伙哼哼着凑近那颗人头，用长鼻子拱一拱就要开啃，被人发现后抡起棍子狠狠打跑了。人啃猪脑壳，猪啃人脑壳，天道循环，德生想道。

德生第一次进武昌城，他好奇地瞧着青石板路两旁那些密集的店铺和商品：曹祥泰杂货店、胡开文老墨庄、筷子街的筷子、胜兰斋的糕点、老马入和的香粉冰片。众多有名的商号门面，一家挨一家地排过去。武昌府，明清以来一直是两湖地区的省会城市，在它以环形古城墙为界的城市布局里，城内以官署、书院、商号、住宅为主，城外则云集了商贸集市与大片的民居。德生后来看到街旁那些紧挨着的住家房子，多是黛瓦粉壁，侧面高耸着白色的马头墙，入口上方的披檐常常用砖雕、石雕当作装饰，十分气派。那时武昌城内的大户中，徽商很多，所以徽州样式的房子比较多见。

观音灵签藏天机

三个人在城中走得饿了，看见街旁有一家湖南常德米粉馆，就进到里面，每人来了一大碗漂着红油和鲜剁椒的细白米粉。嗜辣如命的华浩，还特意多要了一大勺子辣椒，三人呼哧呼哧连粉带汤吃了个碗底朝天。在顺便歇脚的空隙里，华浩少爷见到米粉店门旁有个算卦的旗幡，下面端坐着个瓜皮帽戴眼镜的精瘦老头儿，于是一时兴起，就让德生守着行李，招呼云卿几步来到门口的卦摊儿，看到摊在桌上垂下来的白布上写着：一支铁笔分休咎，三个金钱定吉凶。

华浩就对那正在眯眼打盹儿的算卦老头儿说："老先生，你给我和我这位朋友算个卦吧，不过，算对了才给卦金咯。"华浩说罢，转脸偷偷对云卿眨了眨眼。

老头儿睁开眼，慢悠悠地开口道："您这位少爷放心，算不对，我不要钱的。"说罢，他变戏法一般，从摊桌底下掏出一块石板，连同一支白粉笔递给华浩，说："你先背着我在这板上写出要算的卦，比如，父母妨不妨，妻妾有无，兄弟几位，子女多少，然后再看我在纸单上写出来的，和你在石板上写的是一样的了，你再给卦金，算不对的话，老夫分文不取。"

华浩拍了拍掌，对几个围上来看热闹的人笑道："这个法子好，两下都不亏心。"于是他一手竖执起石板，一手用粉笔写出：双亲健在。然后问算卦老头儿："请问我的父母高堂。"只见这老者头也不抬，提起一支毛笔，在面前纸上飞快地写下：父母双全不能克伤一位。然后让华浩亮出石板上的粉笔字来给众人看,这算卦先生再对着大家举起纸片,得意地大声宣读:"父母双全,不能克伤一位。如何?"聚拢来看热闹的闲人中有几个叫起好来。

华浩擦掉粉笔字,又在石板上写下:尚无家室。向老者问道:"在下婚姻有无?"算卦老者迅速在纸上写出:鳏居不能有妻。等到华浩亮出石板上的字,老者高声读道:"鳏居,不能有妻。"众人发出惊叹声。

华浩将石板递给云卿,说你来试试。云卿在上面写下:家慈健在。老者上下打量了云卿片刻,挥毫在纸上写了一句卦语,然后与石板上的粉笔字一比对,含笑不语,举起纸片给周围的人看,只见上面写着:父在母先亡。围观的闲人们又是一阵喝彩。

云卿擦干净石板,用粉笔写出:尚无子嗣。然后问老者:"先生看我有无儿子?"老者挥动毛笔,在纸上写下一句:命独不能有子。两下一对照,悠悠念道:"命独不能有子。"自然又引来卦摊儿周围闲客们的叫好声。

华浩与云卿相视一笑,华浩又对算卦老者说:"好,就算你的卦都说准了,我们还想抽一次签,卜个前途运程。"老者点点头,拿出一筒观音灵签来,上下摇了几摇,说:"二位客官请随意抽签吧。"云卿和华浩各抽了一支签,又帮德生也抽了一支。各人看自己手中那支签,只见华浩的签上写着:罗通拜帅。并有一首诗曰:

　　自小生在富贵家,眼前无物不奢华。
　　如蒙天怜万人敌,四海声名定可夸。

再看云卿的签是:钟馗得道。有诗曰:

　　上下传来事转虚,天边接得一封书。
　　书中醒我功名梦,直到终时亦是虚。

替德生抽的那支签是:张良隐山。也有四句诗文:

　　直入重楼去藏身,四围荆棘绕为林。

天高君命长和短，得一番成失二人。

华浩和云卿看了之后面面相觑，不解其意。待问那算命老者，却见他正唾沫横飞地给一位新主顾相面，在谈富贵相，大约是一笔可观的生意，所以无暇再多理会他们，只说了句天机不可泄露，二位凡事但宜守常，好自为之。两人只好在给了卦金后，挤出人丛离开，叫上德生，一起带着行李上路。

一路上，华浩将刚才算卦的趣事讲给德生听。德生有点迷惑那算命先生如何接连地说中了，华浩哈哈一乐，告诉德生，那老头儿用的方法叫作连环朵，他写出的每一句话能有两种读法，比如，父母双全不能克伤一位。可以念成：父母双全，不能克伤一位。也可以断句变成：父母双全不能，克伤一位。还有，说云卿的那句：父在母先亡。如果念全句，就是父亲先去世了，这刚好应了云卿的家事。如果断句成：父在，母先亡。那意思就是母亲先去世。你看，这些江湖术士，就是拿了这样模棱两可的卦语混饭吃的。

德生又问："那算卦的又怎么猜得到云卿少爷的双亲失去了一位呢？"

华浩没有马上回答德生的问题，云卿却微微一笑，只说了一句："这算命老头儿的眼光还是很毒的，不愧是个老江湖。"

华浩知道云卿的意思，是说那算卦老者从他们的衣着、神态上，看出了两人家境的不同，云卿的衣装和面容显出寒门读书人的气质，所以算卦老者赌了他要么亡父失怙，要么亡母失恃，结果这老头儿赌对了。华浩与云卿是从小要好的一对朋友，家境殷实的华浩，在钱物上一直帮衬被寡母养大、家境较为贫寒的云卿。故而为了顾及这位生性敏感的好朋友面子，华浩也没有对德生说破那算卦人使的究竟是什么幌子。

三个人说话间，不觉已经来到了武昌城内平湖门与文昌门之间的两湖学堂，那就是华浩与云卿读书的新式学堂。书院正门就气派不凡，一对木刻楹联分列左右，上面醒目的颜体字联，是张之洞的手笔：

志在春秋，行在孝经，此为鹄臣鹄子；
虽有文字，亦有武备，法我先圣先师。

进得书院，德生一眼望到的，是一群临湖照影的漂亮房子，看上去都比较新，雕梁画栋、飞檐翘角，每栋房屋之间有回廊相连，湖畔有水阁、凉亭，一座纤巧木桥横跨湖上，格栅护栏的桥身倒映水面，清风徐来，荷摇藻漾，景色宁静宜人。德生禁不住啧啧赞叹起来："少爷你们原来就是在这里读书的啊，那京城皇上住的地方，怕也不比这里更漂亮吧。"

华浩和云卿听了都哈哈笑了起来，华浩又说："再放进来一群割了卵子的男人，一群咿咿呀呀的娘儿们，云卿你就可以在里面舒舒服服当个皇上了，像这个样子。"

华浩一边说着，一边学着想象中皇帝走路的样子，端起膀子，横着胯走起来，德生笑得肩上的箱笼都差点儿掉下来了，云卿却赶紧用个手势让他们噤声，说道："罪过罪过，岂不闻口是祸之门，舌是斩身刀。再说，南皮大人要是知道他的弟子门生中竟有这等不敬君上之心，那他老人家还不气得要吐血。"

说笑之间，他们走到了书院在湖边的学员宿舍，叫作斋舍。南斋为湖南籍学生所居；北斋为湖北籍学生所居；西斋是出资办学的汉口八大行商选派学生所居。两湖学堂的斋舍共两百四十间，每栋房子分前后两间，前书房后寝室，住一名学生。室内床铺、桌椅、书柜等设备一应俱全，居住条件十分优渥。

原来，湖广总督张之洞为了将两湖学堂办成大清朝最好的现代学校，高薪延请饱学之士，执教经学、史学、理学、算学、经济学、兵法史略、博物、化学、天文、测量等各科。有人打趣说这两湖学堂是：上午声光化电，下午子曰诗云。

总督大人还给每个学生每月发膏火银，即助学金四两。这可不是一笔小钱，要知道，四两银子即使在米价最高时都可以买到近两石米，约三百斤。这两湖学堂学生每月得到的膏火银，加上每月还有数目不等的奖银，超过大清朝许多普通百姓一年的收入了。

三人到了斋舍，云卿与华浩各自放好行李。华浩又返身送德生到书院门口，嘱咐他按原路出城走到汉阳门码头，再乘摆渡船过江返回汉口，去会合德生的一位族叔。那位久居汉口的远房亲戚，已经答应给孤儿德生谋一份差事。

这个临近世纪末的秋日午后，一个东家少爷，一个乡下贴身小长随，站在两湖学堂的大门口内外，少爷向那长随少年絮叨着什么，那些谆谆叮嘱的家常话，似有兄弟长幼之间的离别之情，却也有身份不同带来的矜持与恭谨。这是一个时代的风景，也将会随着时代的落幕而消逝不再。

总督府的螃蟹宴

就在离这一对少年主仆仅数百米之遥，文昌门附近的一栋青砖黛瓦气派官邸中，一位短身巨髯的花甲老者，正手捻胡须站立窗前，向落日西沉的方向眺望着。那笼罩了大清朝江山的一抹夕阳残照，映照出老者心事沉重、眼光茫然的表情。

这是晚清著名的几张面孔之一，洋务派重臣，当朝一品大员，湖广总督张之洞。

我不杀伯仁，伯仁却因我而死。

张之洞在反复喃喃自语这一句话。

京城遇难的戊戌六君子中，唯一被张之洞全力营救过的人，就是杨锐。两人的师生之情可非同一般。

原来张之洞早在任四川学政期间，就发现了天赋异禀的杨锐，他极为赏识这位才华品格俱优的年轻人，召其为授业弟子。后来张之洞任湖广总督，便聘杨锐进入幕府，当上了他的重要幕僚，四川人杨锐，从此走上了追随河北人张之洞的道路。三年前，张之洞派杨锐进北京城，大清的权力中枢之地，成为替自己搜集政治情报的心腹耳目，即所谓坐京。

时光之河，流淌到了暗潮汹涌的一八九八年，在这个不同寻常的戊戌年，康有为、梁启超在光绪帝支持下发起的维新变法，正如石破天惊一般，呈迅速展开之势。帝党与慈禧后党之间的角力，让最高权力的宝座如同即将爆发的火山口，在低沉的隆隆响声中不停颤抖着。此时此刻，地处华中腹地的封疆大吏张之洞，更加需要来自京城的、各方势力博弈的最新情报。

但不巧的是，杨锐的兄长在这年夏天因病去世，杨锐急切希望回四川老家奔丧。在朝廷中枢形势正处于将要破局却又前景不明的关键时刻，张之洞不能放杨锐离京入川。但让他万万没想到的是，这次拒绝，竟然就断送了杨锐的性命。一个月时间内，杨锐兄弟的两场丧亡都与自己有关，这怎么能不让他感到万分歉疚。

就在上月底，九月二十四日，戊戌政变爆发，慈禧重新夺回权力。杨锐与其他戊戌诸君子被捕，关进了刑部大牢。张之洞知道后，第一时间急电多位在京大臣营救杨锐，并提醒他们：杨锐与密谋围园杀后的激进康党一派没有关系。他还致电手掌兵权的直隶总督荣禄，表示要以全家百口性命为杨锐作保。

张之洞以为，他这一通操作之后，不久之后的哪天，他一觉醒来时，就可以看到这位心爱的弟子突然出现在他面前，像往常一样，面带沉静，微笑着叫他一声，香师。

但张之洞这回错了，他不知道的是，杨锐得罪过慈禧的后党亲信刚毅，说此人刚愎无知，阻挠变法维新，因此刚毅在慈禧面前极力煽动杀杨锐，说：此辈多杀几个何惜？西太后恨极了帝党维新派诸人，认为他们挑拨她与光绪皇帝的关系，居然还想包围颐和园杀了她。所以也不管杨锐是不是康有为一派的，九月二十八日，慈禧下令将被捕的谭嗣同、康广仁、刘光第、林旭、杨锐、杨深秀这戊戌六君子，不审而诛，在北京菜市口砍头处死，暴尸示众。

杨锐啊，我张之洞愿以全家百口担保你，岂止因为你是老夫最心爱的弟子门生，你根本就是我大清国第一流的精英才俊。为师岂能不替国家痛彻心扉！

正在抚髯追思中的张之洞，忽然听到门子来报：梁鼎芬大人求见。张之洞马上令人请到书房。

来人是位矮个子中年人，光头圆脸，长了一副络腮胡子。他就是张之洞的首席幕僚，广东人梁鼎芬。风尘仆仆的他看上去略显疲劳，但精神头还不错，主宾一见面，梁鼎芬就递上一个蓝布袋，微笑着对张之洞说："在下幸而不辱香师使命，已取得大人手迹归来。"

张之洞一听，眉眼立刻舒展开来。他欣慰地接过布袋，一边打开取出一个卷轴，一边说道："节庵，千里舟行往返吴楚两地，你真是辛苦了。"被拆开的卷轴条幅是一副对联，上面写道：

眼底江流，尽皆后浪赶前浪，争相推移奔大海；
世间人事，总是少年代老年，与时维新为正途。

原来这是张之洞亲笔书写的一副对联。数年之前，张之洞与爱徒杨锐过江苏镇江焦山时，见那江天辽阔，百舸争流，按捺不住诗兴，于是索来笔纸，题长联于松廖阁，诗中有赞成光绪帝维新变法之意。

杨锐作为戊戌六君子之一被杀，这首留在千里之外的亲笔诗文，就成了张之洞的心病。一想到自己就连喜欢晚上办公、白天睡觉这个习惯都会被人当成罪名向西太后打小报告，张之洞更觉得这副对联不能留存于世。于是急命心腹梁鼎芬乘小兵轮，连夜顺江而下，赶往镇江焦山，索回题联的条幅手迹。

梁鼎芬对张之洞说："我还让松廖阁的道人当着我的面，刮削掉了题在阁上的木质楹联并取下劈毁，这样就万无一失了。"

张之洞点点头，将条幅卷好放进书桌抽屉，上了锁，回身对梁鼎芬说："节庵，你就留下和我一起进晚餐吧，正好有人送了螃蟹来，我们喝点花雕老酒。杨锐和你是我督府中两个可以深谈的知己心腹，现在杨锐已成新鬼，老夫也只有与你可以讲讲心里话了。"

督府的后院子里，两棵桂花树并排而立，正开着繁星点点的米黄色桂花，沁人心脾的花香四下弥漫在黄昏的庭院。张之洞令人在树下摆了桌椅，主宾二人对坐，一高一矮两个书童站立伺候。矮个书童持壶将酒杯斟满琥珀色的花雕酒，张之洞双手持杯，向北默默祷祝了一番，然后将杯中酒倾倒在树下地面，以祭奠他刚刚惨死京城的弟子杨锐。梁鼎芬也静坐垂目，同示哀悼。

片刻之后，高个书童上前，将蒸好后端上来的螃蟹用餐具大卸八块，搁上小勺。主宾对敬一杯之后，开始动手从螃蟹壳中挑出白嫩的蟹肉，蘸上酱醋、香油与葱姜蒜末调成的料汁，津津有味地大嚼起来，一时间，螃蟹肉特有的鲜甜气味，在黄昏的深宅庭院中荡漾开来。

几只猫循着美味溜进了后院，跑到总督大人的脚下，一边擦着主人的腿，一边仰起头咪呜、咪呜地叫。虽说总督府里的猫，应该更矜持有范儿，但一闻到像螃蟹这样鲜美好吃的东西，一向傲娇的它们也难免眼馋舌动,希望主人分一杯羹。这些在总督府中非常受宠的猫,在理直气壮的喵喵叫声里,有不容分说的意思:我猫主子都开尊口了,还不赶快照办吗?

张之洞爱猫是出了名的,他摸摸自己最喜爱的那只黑白花猫的头,吩咐书童将桌子上的一堆蟹腿拿去剪开,剔出肉喂给猫,别让锋利的蟹壳割伤了它们娇嫩的嘴巴。说着,张之洞将沾满蟹膏的油手,在自己的衣襟上随意擦了几下,动作快得连一旁的书童赶紧递毛巾,也没来得及赶上趟。梁鼎芬早已经对南皮大人的不拘小节见怪不怪了,兀自津津有味地大嚼着。

几杯酒下肚后,话匣子也打开了。张之洞叹了口气说:"节庵,你看我张香涛这只转世的老猿,命格是不是也太硬了点儿,连着克死了三个老婆不说,还带上一个儿子,这还不算,现在又克死一个得意门生,只有老夫我还像这些螃蟹的表亲大虾一样,全须全尾地活着。你说,难道算命先生真能说得那么准吗?"张之洞手捋胡须,一脸伤感。

原来,张之洞出生的贵州兴义府,城外有一座山。传说这山上有只三百年老猿,每到月明星稀,城里的人们总是能听到从山上传来那只老猿凄厉的叫声,让人听了毛骨悚然。自从婴儿张之洞在兴义府呱呱落地之后,山上的老猿,就再也没有叫过。于是人们都说,那只老猿投胎转世了,变成官场上一直都很命硬的张之洞。

后来连张之洞自己也信了这个说法。他曾经先后讨过三任正房老婆,却都盛年早逝了。张之洞找过一位相师算命,老相师看了之后说他的骨相太重,三任太太都是因为骨相太轻,经受不起被克死了。

梁鼎芬一听,赶忙停止嚼得嘎嘣脆响的一只蟹脚,对张之洞说:"香帅您不必过忧,自古天降大任之人,哪一个不是磨难重重?今生与您有缘共度的人,哪一个又不是前世所结之缘,这辈子来了却果报?以在下之见,得失原有天命,随缘方得自在。"

张之洞听了频频点头,脸色缓和了不少。他知道,梁鼎芬很信命理,为了一次算命的结果,这个广东人不惜丢掉了自己一个翰林的大好前程。

说起来,梁鼎芬也是个命数奇特的人物,他学问好,二十二岁就高中进士并被点为翰林。可巧翰林院中有一个同乡前辈,喜欢替人算命测字,在京城中的名气很大,很多人认为他能断生死。刚好梁鼎芬也是个笃信天命的人,他让这位前辈给自己算了一卦,结果算出一个让他吓坏了的结果：二十七岁必死！

梁鼎芬一想，果真如此的话，岂不是没有几年好活了？他赶紧请教老翰林化解之法，后者摸了摸胡子说，方法只有一个，那就是遭遇奇祸！

梁鼎芬思来想去，哪里去找一场奇祸呢？

说来也巧，二十七岁这年，中法打了一仗，战胜国的代表李鸿章却签订了《中法新约》，使得大清的百姓眼睁睁看着越南这个藩属国，落到了战败者法国人手中。

对于正在找祸求生的梁鼎芬，这正是他需要的救命稻草。他马上抓住这次机遇，拿李鸿章做题目，大胆上折子说其"六可杀"。结果被护着李鸿章的慈禧太后一怒之下，发旨将梁鼎芬连降五级，从翰林院编修直接赶到掌管礼乐的太常寺，当个管理乐器的小官去了。懿旨一下，舆论大哗，朝中清流们纷纷为梁鼎芬抱打不平，他自己却欢喜得紧，遭此官场横祸，却保住了一条命，你说他高不高兴。

少年成名的梁鼎芬，性格本来就颇为一根筋，所以才有"梁疯子"之名。他干脆摆出无官一身轻的姿态，在同一年里就辞职不干了。丢官就丢官，爷不在乎！他自刻了一方"年二十七罢官"的小印，收拾收拾包袱，将年轻貌美的妻子龚氏托付给京城好友文廷式暂做照顾，自己哼着小曲儿先回广东老家去了。

梁鼎芬回家后，恰逢张之洞正担任两广总督，他邀请梁鼎芬进入自己的幕府，梁鼎芬的才能方展现出来。以翰林之身当入幕之宾，本来就是大材小用，当然游刃有余了，所以梁鼎芬在张之洞幕府里干得如鱼得水，深受张之洞赏识和器重，特别是为张之洞兴书院、办教育，搞得风生水起，有了本朝第一幕僚的名声。

主宾二人餐后，在掌起了灯的庭院桂花树下继续聊天。

张之洞问梁鼎芬："节庵，你当年上奏请杀李合肥，被西太后贬到太常寺，管了一些日子乐器，不知你对祭祀大典用的雅乐有无研习心得？"

梁鼎芬一脸苦笑，回答："香帅，我在那太常寺里屁股还没有坐热，就辞官走人了，哪里还有工夫去研习雅乐？"

张之洞点点头，说："我问你此言，是听说往日里，朝廷分别举行祭天地、祭日月的大典，都各用不同的几套传世乐器。但在咸丰十年，英法洋兵打进北京城，日坛里的那一套专用乐器尽毁于兵火，所司不能制作。

后来的祭日大典上,只能用月坛里的一套乐器来代替。这个,或许也是后来圣太后垂帘听政的一个预兆了。"

梁鼎芬口中嗫嚅,却不敢再搭腔。有些话,大佬们说得,他一介布衣就未必说得。原来当翰林时说错话,头上还有一顶官帽子可以被撸掉,现在要是说错话,可只有肩膀上扛着的这颗脑袋去顶了。

张之洞话锋一转,又道:"西宫早年以一寡妇先后两立幼主,临政忧勤,力撑危局,使我大清屡屡化险为安,实属不易啊。可恨康、梁那一班新进之徒,为了邀功求名,尽力离间太后与皇上,几乎置我朝江山社稷于危局,殊为可恨!"

梁鼎芬连连倾身,向东翁张之洞道歉,说:"属下有眼无珠,悔不该当初将那康逆南海引见给您,以致朝野中那些宵小之辈,对香帅与康梁逆党之间的关系妄加猜测,有碍大人的清誉。"

原来在张之洞当两江总督期间,他的次子溺水身亡。梁鼎芬为安慰上司,引荐了老乡康有为来到南京。这个面目黝黑、目光炯炯的广东人极为健谈,与张之洞谈书论道多日,每次动辄谈到夜深人静,大大排遣了总督大人丧子之痛。那时的康有为,还是只个默默无闻的布衣读书人。

张之洞摆摆手说:"此非尔之错,老夫起初也是相当欣赏康有为的,岂知这个鼓吹孔子改制、实则伪托圣人来宣扬他自己谬说的康南海,是如此一个大言不惭、败坏名教的狂妄之人。"

确实,张之洞刚开始时曾经支持康有为的维新活动,这个因为清廉而穷得出了名的总督,还咬牙捐出一千五百两银子,让梁鼎芬帮康有为在上海办强学会,鼓吹维新变法。但后来慈禧下令停办这个专门传播西学的学会。经过《强学报》《时务报》、保国会等一系列冲突后,张之洞与梁鼎芬已将维新派看成脑后长了反骨的逆党,下决心与宣传民权的康梁一党划清界限。

张之洞与维新党划界的方法,是写了一本书。

在戊戌政变发生前,张之洞赶着写出这本叫《劝学篇》的书,提出了有别于康、梁维新变法的另一条治国思路。它其实就是洋务运动的纲领性文件,在强调忠君卫道的前提下,提倡中学为体、西学为用。张之洞在书中既批评了顽固派的因噎废食,又批评了维新派的多歧路而亡羊。该书竟然得到了帝、后两派的同时赞许,这在当时可真是个奇迹。此书也让张之洞与维新派分清了泾渭，因此南皮大人在戊戌政变后，得以安然无恙。

可以说，是这本《劝学篇》救了张之洞。

至于康有为的弟子梁启超，张之洞对这位聪慧、谦和的年轻人原来也是颇为欣赏，曾经优容有加，邀请梁启超出任两湖学堂山长，希望为己所用，却未能如愿。既然康梁一体，也只有玉石俱焚了。彼刻，张之洞已经决定，一定要设法捉拿正在逃亡中的康梁师徒。即使他们逃到了海外，也要求所在国驱逐他们，并大造舆论搞臭二人。

螃蟹宴后，宾主告别之际，张之洞吩咐身为两湖学堂山长的梁鼎芬，尽快组织写手赶出揭露逆首康有为的文章，再准备动用外交人脉，刊登在康、梁目前的避难的日本报纸上，要坏了这对师徒的名声。梁鼎芬喏喏而去。

送走梁鼎芬后，张之洞回到书房，打开紫檀书柜的抽屉，取出一沓诗笺，翻找出其中的一张，就着灯光低低吟诵出上面的一首七言绝句：

锦官城里暂停鞍，红粉楼头独倚阑。
一十二回明月夜，可怜都向客中看。

这是爱徒杨锐数年前赠送给恩师的一首亲笔诗作，敬辞后面有他的名字落款。张之洞一声长叹后，将这张诗笺放入一个空的烤火铜盆，又将梁鼎芬刚送来的那个卷轴条幅手迹也放入盆中，划一根火柴，点燃铜盆中的纸张，默默看着它们化为灰烬。

张之洞这样做，虽然是消弭可能被人陷构的隐患，其实在他内心里，并不真的相信西太后会轻易怀疑他的个人忠诚。说起来，三十五年前，他这个同治二年的探花，还是慈禧太后钦点的。

原来，那时刚刚垂帘听政不久的年轻西太后慈禧，有天闲来读小报，无意间看到报上有一则"张解元幼慧巧对"的趣闻，平素爱好作对联的慈禧，对文中这位十四岁中秀才、十六岁以解元中举的神童张之洞来了兴趣，又见大臣张之万也是同一地方人，便叫来张之万询问。谁知这张之万恰巧就是张之洞的堂兄，他比张之洞大二十六岁，早已经是一位朝廷高官了。慈禧问他："听说汝弟颇负才名，为何至今仍未入仕途？"

张之万回奏道:"堂弟之前因为父丧丁忧,守制近三年,不能参加会试,之后数年又因为微臣两次当了会试考官,致张之洞不得不循例回避,因此十年不售。"

慈禧听了拊掌大乐:"我正欲使尔出任今年的总会试官,真是天怜尔弟之才,不使我大清朝遗珠蒙尘。"

于是西太后当即决定,让封疆大吏张之万为他的堂弟张之洞的会试回避,这才有了张之洞的进京会试,慈禧太后钦点他为探花。

作为追求士大夫风范的名臣,张之洞的抱负当然不止于尽忠君王与光宗耀祖。北宋时陕西人张横渠那四句话"为天地立心,为生民立命,为往圣继绝学,为万世开太平",在河北人张南皮眼里,可不是什么洒狗血的大话,那是他安身立命的根本。所以你可以看到,那个办学堂、铁厂、矿山、铁路、枪炮厂、织布局等洋务企业,银子花得如流水一般的湖广总督,竟然可以穷到自家过年的人情开销都常常难以为继。张南皮大人官声之清廉自洁,在大清朝腐败透顶的官场上也算是个异类了。

所以,以不朽事功为人生终极追求的张之洞,其实是希望在最高权力的庇护下,以江山社稷为舞台,施展出自己的济世才华与抱负。因此,他绝对不能失去慈禧太后的信任。现在西太后重回权力中心,张之洞想到的第一件事,就是要向她表示忠心,与自己曾经交往过的康、梁维新派公开为敌,因为他们现在是西太后最痛恨的敌人了。他还想过派人去行刺,要拿这两个乱臣贼子的人头,当自己献给西太后的新投名状。

他抚须伫立在窗前,桌上灯火照在玻璃上的反光,映射在老者一张清癯的脸上,让两条法令纹看上去显得更深了,那凹陷如刀刻一般的面纹阴影,似乎就是两道隐藏杀机的沟壑。

抢 码 头

德生的族叔,在汉口给他找到的活计,是在一个湖南人的会馆里当差。

这家湖南会馆，离长江汉水交汇处的一个繁忙码头不远。德生出门跑差事时，得空就喜欢去码头上看船。他从会馆所在的一条青石板巷子尽头走出来，还没看见船，就可以先看到冒出河堤岸的一根根船桅，林立如枪戟大阵。穿过人来人往的河畔大马路，就是从码头向下伸入水面的宽阔石阶。

德生站在石阶上，望着满河的舟船时，常常会像傻子一样半张着嘴，痴迷好一阵子。那些船仿佛是满世界游走的碎片，木舟是很多小碎片，火轮船是少数大碎片，它们离开各自的停泊之地，穿梭，远行，靠岸，与岸上世界拼接又拆开，给异地带来各种人、货与惊奇。那些辫子盘在头上的苦力挑夫，肩扛重物，沿着入水石阶和长跳板，颤巍巍地往返于泊船与岸上。经过身边时，德生可以听见他们嗨哟、嗨哟的低声哼哼和重浊的呼吸，甚至筋肉骨骼绷紧时的咯咯响声，看见那如注的汗流，在青筋绽起的黝黑肌肤上向下淌，汗珠子在热辣辣的太阳光下闪闪发光。

黄昏临近的时候，码头上轰响了一整天的喧嚣声浪会平息下来，这个水岸世界此时却如同悬挂上了最绚烂夺目的舞台布景。因为西天的晚霞像一场大火，将水面连同停泊着的桅杆森林映照得一片通红，仿佛仙境一般。

等霞光暗淡下去了，船上人家的灯火开始影影绰绰亮起。夜色渐浓的河面，闪烁着无数温暖的橘黄光团，倒映在河中，就像镜子上站着一座挤满小房屋的村庄。那一大片泊船形成的村庄里，还有河面空出来的条条水巷，有行船在渐暗的水色天光中来去。间或有哪家婆娘扯起喉咙，厉声骂着呼唤自家孩子回船或者回岸边吊脚楼的嗓音，在河面上传得老远，多是湖南婆娘的叫声，这乡音让父母双亡、已是孤儿的德生，觉出一丝伤感。他不久就发现，这汉口码头附近的湖南老乡还真不少。

两湖地区因为洞庭湖的一水之隔，遂有了湖南和湖北之分。而长江与洞庭湖水系相通，两湖人民往来就有了舟楫之利。其实洞庭湖水系，就好像是一张渔网，撒向丰饶的湖湘大地，以湘、资、沅、澧等众多河流为网线，将洞庭湖平原地面、地下的物产资源，一网撒下后收上来，然后通过长江，运送到华中重镇大武汉，再顺流而下，走向全中国和海外。所以湖南人借了水路，成为汉口这座码头城市的重要移民来源。

晚清汉口的商业群体中，有经营棉布绸缎的浙江人，贩卖瓷器药材的江苏人，开钱庄票号的山陕两省人，出售烟草的福建人，做药材生意的河南人，做茶叶鸦片贸易及当外商洋行买办的广东人，主营盐业和开当铺的安徽人，其中徽帮最为财大气粗。而湖南人既不在汉口的最上层，也不在最下层，他们多从事船行运输业，运送稻米、茶叶、竹木，到汉口这个中国内陆最大的商品集散地。

湖南人因为数量众多，依据他们在本省内的优势，在汉口各自抱团成立了不少家会馆。德生来当差的这座湖南会馆，坐落在通向码头的一条青石板深巷尽头，很是僻静，但内部却颇具规模。为三进三间，六扇大门上方装饰有古色古香的镂雕斗拱，进门是前厅，后面是正厅，两侧为左右走廊，另外还有前楼、东西厢楼、后楼，会所的前后厅，还各挨着一个天井，前大后小，都是青砖铺地，零落种了几株梅树、玉兰和桂花树。

远亲刘姓幺叔，第一天领着德生来到会馆时。只见会馆门口两旁，挂着一副楹联：

隔秋水一湖耳，看岸花送客，檐燕留人，此境原非异土；
共明月千里分，记夜醉长沙，晓浮湘水，相逢好话江山。

德生见到前厅厅堂正中的香案上，供着关圣帝的彩漆木雕神像，红脸关公一手捋长髯，一手捧读《春秋》。两旁各站立一像，分别是替关公持着青龙偃月刀、黑面虬髯的周仓，和双手捧了关公大印、玉面朱唇的关平。德生在乡下赶集看戏时，就认识这三位爷了。

来到中厅，正面墙上供奉的是北宋濂溪先生周敦颐的挂轴画像。这个像德生认得：五绺长须的一个老头儿，戴顶大方帽子。在乡下陪少爷云卿去上学的私塾里，他曾经见过周敦颐的画像，跟这个像几乎一模一样，云卿少爷还跟他讲过这位宋代湖南大儒的故事。但德生发现，两厢又各有一幅全身人像遥遥相对，一长衫中年，一短衫老者，这两个人德生就不认识了。

刘幺叔指着左右两个人像，告诉他说，几年前，为了替湖南同乡争夺汉水岸边最好的一个码头，这两位老乡先后惨死。所以同乡会在会馆里安放了他们的画像当作感念，四时享祭。

原来，百年前的嘉庆年间，湖南人在汉口建立了一个大码头，后来却被安徽帮抢占，不让湖南帮船只靠岸。由此引起湖南帮、安徽帮之间无休无止的码头之争。

三十多年前，湖南帮请来曾国藩之弟、湘军名帅曾国荃领军来这个码头巡视，借他的军威狠压安徽帮一头，也趁机扩大了本帮的地盘。

九年前的光绪十五年，财力更为雄厚的安徽帮，倚仗着正当红的朝廷大佬李鸿章的名头，重金暗中买通了掌管汉口地面的汉阳知府。知府以重建码头为名，要拆除所有没有地契的房子，湖南人有很多地契毁于清政府镇压洪杨太平军的战斗，这位知府就将没有地契的房子转给安徽帮，并派人到码头拆湖南人的房子，想把湖南帮从这个黄金地段码头彻底赶走。湖南帮于是集合众人，将拆房的官差痛打了一顿。知府大怒，要严惩湖南帮。这时湖南帮的彭姓会首急中生智，他跑到武昌城内二品官衔的湖北布政使衙门，反告汉阳知府受贿，并到处扬言要进京告御状。官衔仅为四品的汉阳知府，这回不敢再有明显偏袒了，他公开言明：江湖事，江湖了。明日升堂，要用江湖手段来决断，这座码头终将归属哪一方。

第二天升堂，汉阳知府当着到齐的两帮众人之面，叫声："来人！给我把火盆子抬上来。"众人不知这葫芦官是咋样判葫芦案，正猜疑间，衙役们抬上来一盆炽热的炭火，炭火上，竟然是一双已经烧得通红发亮的练武铁靴，公堂之上，人人尽皆骇然。

知府缓缓开言道："各位都看见了，这里有两只烧红的铁靴，本知府就要用它们断案。既然双方争执不下，就只有请神明开示了。天道难欺，神目如电。那在理的一方，神明必然予其勇力，敢穿上铁靴走三步，这码头就是他的。若是不敢，哼哼，那就是天夺其算，叫他无福消受。输家从此不许再啰唆生事，否则本知府定将严惩不贷！皇天明鉴，开始！"

几个衙役走上来，用长木棍将烧红的铁靴从炭火上挑出，移到水磨青砖的大堂地面摆放好了。那些离得近的人，立刻感觉一股热浪迎面扑来，灼得脸上生疼。大家面面相觑，刹那间，人头簇拥的知府衙门大堂之上，出现了死一样的寂静。

突然出现一阵轻微的骚动，原来是湖南帮的人群被挤开，一位瘦小的老者佝偻着身子走出来，赤脚站在了咝咝冒着白烟的铁靴边上。有认得的人悄声告诉旁人，他是邵阳的剃头匠，无儿无女，人称段老倌。

这老头儿站定了，闭上两眼，片刻之后再睁开眼时，竟然不似刚才那一副委顿潦倒的神情了。只见他双目炯炯，腰板直挺，上前一只光脚就踩进了铁靴。顿时青烟冒起，吱吱声不绝于耳。老者剧烈摇晃了一下，紧闭双眼，又猛地睁开，怒目制止了想上来扶他的人，咬牙又将另一只脚伸进了铁靴。青烟和吱吱灼烧声更大了，空气中弥漫起血肉烧焦的刺鼻气味。老者圆睁双眼，摇摇晃晃地迈出了第一步，然后第二步、第三步。沉重的铁靴每次触地发出的咚咚声，都让在场每个人的心头剧烈颤抖。终于，在走到第五步时，老者倒下了。

人们赶紧冲上前去，想将他的脚从哧哧冒烟的铁靴中拉出来，却发现昏迷中的他，一双赤脚已经与靴子粘在一起了。有人拿来凉水，一盆又一盆倾倒在铁靴上，几阵白烟过后，人们用木棍从两端死死压住依然滚烫的铁靴，另外的人抱住老者，强行将他从铁靴中拖了出来，一阵凄厉的惊呼突然在人群中爆发。段老倌被拉出来的双脚，从小腿下端、足跟、脚背和脚底板，多处都露出了森森白骨，还有血肉的地方，也都被撕脱了皮肤，裸露着大块鲜红的肉。

当晚，段老倌就在抽搐中疼死了。他这个一生低贱的剃头匠，最后闭上眼之前，却对众人说他知足了，因为再也不担心无儿无女，在阴间得不到祭祀，只能当一个游荡四方的孤魂野鬼了。靠这个码头为生的乡亲们，会在岁时给他上供、烧纸钱，让他在另一个世界里从此过得安逸。

就这样，湖南帮终于再次保住了码头，却是以两个人的性命为代价，另一个死者就是那位彭姓同乡会首。汉阳知府借神明判案，却让湖南帮得到了码头，大失面子的他，为了给安徽帮一个交代，就以湖南帮聚众殴打官差一事为由，将彭姓会首收押治罪，不久他在狱中被折磨致死。

这一役却打响了此处码头的名号，从此这家湖南会馆，不仅是很多湖湘学子求学赶考或过路官员和商贾的借宿旅居之所，也成了江湖会党哥老会一个重要的堂口。

看来，在汉口打拼多年的刘幺叔应该是认得这两个同乡的，不然他讲起画中两个人的故事时，面孔上不会是这样一脸戚然。德生默默想道。

刘幺叔领着德生走到会馆僻静的后楼时，德生看见二楼回廊上，站着一个器宇轩昂的男子，正背着手，呆呆地望向庭院天井之上的一方天空。刘幺叔见此，悄悄扯了一下德生的袖子，退出了后楼，看来他是不想打扰这位神秘的客人。

谭公子的刎颈之交

这位阔脸方肩的健壮男子，叫唐才常。

见庭院天井又恢复寂静无人了，唐才常开始了喃喃低吟："我自横刀向天笑，去留肝胆两昆仑。"他反复念着谭嗣同在狱中写的这两句绝命诗，布满血丝的眼中，流露出极度的悲怆。

他心里明白，与他有割头换命之交的谭嗣同，死前在诗中写的两昆仑之一，一定就是他唐才常，不可能是别人。他从这最后一句诗中，读出了谭嗣同的一丝欣慰之感，因为谭嗣同虽知道自己必死，但好友唐才常却活下来了。而这一阴差阳错，却完全是侥天之幸。如果按照两人的本来设想，唐才常在戊戌政变之前就赶到北京，那么他一定会和谭嗣同一起死在刑场。

原来，仅仅两个月前，谭嗣同被光绪帝征召入京，出任军机章京，参与大清维新变法，唐才常与其在长沙饮酒作别。戊戌政变前夕，谭嗣同从京城给唐发来急电告知，光绪帝已接受谭嗣同对唐才常的保举，并命之入京参与变法新政。唐立即乘哥老会的快船出湘江，过洞庭，进长江，抵汉口，稍事停顿后准备继续北上，却惊闻谭嗣同等戊戌六君子，已在京城菜市口刑场惨遭杀害。

这个惊天噩耗，让唐才常这个定力非凡的汉子，也如雷击顶，方寸大乱。在汉口的这家湖南会馆里，他哀哀恸哭，几乎到了双目出血的地步，因为谭嗣同在他心目中绝非常人可比。

接连数日，唐才常都闭门不出，一直沉浸在对好友的追思之中无法自已。

唐才常与谭嗣同的结识，发生在二十年前，那时唐还是个十一岁的少年，在家乡湖南浏阳有诗文神童之名，投师当地的隐居名士欧阳中鹄先生门下受业。年少早慧让唐才常在同龄学子中，有一木出林、俯仰天地的孤独感，直到一天，有个清秀瘦劲的少年出现在他面前，微笑着用一口京腔对他说:"我叫谭嗣同,我们交个朋友吧。"

这个比唐才常大两岁的少年,正跟随做京官的父亲谭继洵,送母亲和家人的灵柩回家乡。这一年春天京城暴发瘟疫,谭嗣同一家有六口人染病身亡,他也差点儿丧命,从此改字为复生。护丧返湘之后,父亲让不受继母待见的少年谭嗣同留在家乡,也拜在浏阳名士欧阳中鹄的门下受业。这两个神俊秀逸的少年,从此开始了一场终生不渝的友谊。

后来的整整二十年里,两人都保持着亲密交往。唐才常在弱冠之年考中秀才,而且在县、府、道三试中,完成了全部抢元夺冠的奇迹,这是浏阳两百多年中仅见一次的"小三元及第"。但他却因家境清贫,暂时告别了科举之路,开始应聘家乡私人教师以维持生计,后来唐才常又前往成都的四川学署,受聘阅卷兼教读以供养家庭。

四年前,因为机缘巧合,两人又在同一个城市武汉聚首了。

光绪二十年春,唐才常考上了张之洞开办的湖北武昌两湖学堂,谭嗣同因为父亲谭继洵调任湖北巡抚,也已先期举家迁到武昌城居住。两个一别经年的好友,又可以朝夕相见,在江城武汉的山水之间谈书论道了。两人大量接触西学书籍,从饱读古诗书的传统士子,变成了如饥似渴的新文明求知者。

唐才常进入两湖学堂读书的头一年,他的太太在家乡生下了他们第三个孩子。谭嗣同为了替好友谋求一份文案工作,放下自己巡抚公子爷的面子,东奔西走,广求各方。并在唐才常家事急需用钱的时候,四处借钱凑足银两悉数奉上。唐才常每在书信中与家人谈及谭嗣同时,对这位好友的感念之情都流露笔端。

又是一年过去了,暮春的一个上午,两个好朋友又趁着天气晴朗,登上了面江背山的武昌黄鹄矶。

那里是蛇山伸向长江的最后一处高地,离两湖学堂不远。十余年前一场大火焚毁的黄鹤楼废墟,已被拆除殆尽,现在这里只是个瞭望平台。空地上有座足有一人高的铜葫芦,很像戏台子上八仙之一的铁拐李背的葫芦,还带着很大的荷叶底座,烟熏火燎后黑黝黝的样子。它就是那座天下名楼唯一的劫后遗物,铜铸楼顶。

两个身姿矫健的年轻人,先后纵身跃上这座铜宝顶的荷叶座,然后手扶铜宝顶,想象着千古名楼当年的雄姿,一边临风吟咏古人登楼留下的诗赋。唐宋元明清，那么多美好绚丽的诗句，穿越过往漫长的岁月，向他们纷纷飞来。就像黄鹤楼在熊熊烈火中坍塌的那一刻，漫空飞舞的火蝴蝶。

脚下，是被城墙包围着的武昌城，多到如海面波涛一般高低起伏的民居，粉墙黛瓦，飞檐翘角。隐约传来一阵鞭炮的噼里啪啦声，大约是百姓人家的婚丧嫁娶，或者是某个商号在吉日开张。两人走到平台边，向下方俯视。

展开在他们眼前的，是武昌的汉阳门码头，那里有永远熙来攘往的过江人群。挑夫，行人，滑轿，骡马，独轮车，都在沿着码头石阶上下穿梭。这个情景颇似宋人张择端的那一幅名画——《清明上河图》，里面也是数不清的豆人寸马，但眼前的江畔风景却更为宏伟壮阔。无数的船只在不停靠岸、离岸，大江之上，白帆点点，沙鸥翱翔，长江这一脉风景线的气魄，阔大到几乎无边无际，岁月似乎在它循环往复的河曲里停下了脚步。

直到两人极目眺望遥远的江对岸时，发现了几艘停泊的外国兵舰，才让他们从岁月静好的陶醉中清醒过来，重又跌回到那个剧烈动荡的世纪末。

原来，自从汉口开埠后，长江流域因为当地民众乡绅与教民、传教士之间时常发生冲突，酿成多起人命教案。谭嗣同的父亲、湖北巡抚谭继洵为此伤透了脑筋，他一向谨慎处理，尽力周旋使之不至酿成巨案。但每发教案，都会惹得相关列强派兵舰溯江而上，抵达汉口，以保护本国传教士与侨民的名义，向清王朝宣示武力。所以汉口江面停泊的外国兵舰，已经是数十年来此地的常景了。

但谭、唐二人今天睹此江上景物，心中痛楚却又倍于往常。因为，中国刚刚又经历了一场战争惨败，而且是破天荒输给了自己的亚洲邻居——日本。

李鸿章在《马关条约》上颤巍巍地签下自己的名字后，甲午战争这场灾难大戏，才总算落下了幕布。谭嗣同、唐才常与所有热血国人一样，对那位"奉旨背锅"、脸上还挨了日本刺客一枪的谈判大臣李鸿章，恨到了骨髓。因此也对上奏敢参李鸿章的张之洞钦佩至极。但他们与刚刚在京城公车上书的举人士子一样，毕竟是已开眼望世界的新学人，与普通民众只知道仇恨不同。二人最想知道的是，为什么日本这个国人心中一向的蕞尔小国，竟然在学习西方仅仅不到三十年之后，就一举打败了有数千年文明传承的巨人清王朝。

两人后来终于发现，日本崛起的秘密，原来就在于明治维新后，建立起东亚第一个全新国家体制——君主立宪。而变法维新之所以成功，其实是更早崛起于民间社会的一场思想革命。一批有识之士开设书院、私塾，用现代教育启蒙社会，这，才是日本帝国崛起的真正原因。

两人又谈到国人的民智未开，不免相对叹息。唐才常扮了个哭丧脸，说："就连我们湖南许多知书达礼的乡绅，一个个见识都是做孽巴沙的，惨！你告诉他们地球是圆的，都会让那些人听得一阵鬼叫鬼笑，还挖苦你说，倘若地球是圆的，那地球下方的西洋人，岂不是头下脚上倒悬着了。原来孟夫子说的解民倒悬，竟是圣人所言不虚了。这些人的蠢话，听得我简直哭笑不得。"

谭嗣同伴随当大官的父亲身边日久，对清朝官员的昏庸无知耳闻目睹得更多。他曾给唐才常讲过一件湖北官场的趣事：有位前任湖北总督到任之初，苦于手下官员中几无可用之才，一日离开了代笔师爷，连官场公文都写得狗屁不通。于是这位总督异想天开，分批叫来所有候补官员，想看看能不能从中找出几个才堪一用之辈。他在总督府花厅摆了张大桌子，让每批候补官员分坐两边做一场笔试。有了对在职官员考校的惨痛教训，这位总督大人再不敢出什么难题了，只是让受试者自由发挥一下，想写啥就写啥。谁知这些国家储备官员中的绝大多数，却争先恐后地露出了饭桶本色，有人干脆交白卷，有人只写了自己的名字，三个字中竟然还错了一个字，有个姓吴的家伙倒是背写出了千家诗上的两首五言绝句，四十个字中却出现了十二个错字。总督大人拿着考卷，差点儿喷出一口老血，他气得手抖抖的，在好多张卷子上写下了同一条批语：请君出外勿言是鄂官员。

唐才常笑着说："本朝公开卖官鬻爵之风日久，都已经名正言顺了，这些候补官员有几个不是花钱捐纳买来的官位，哪里上得了考场？还有更绝妙的故事呢，传言说李鸿章大人有个远房亲戚，大比之年去参加乡试，试卷到手却憋不出个屁来，这老兄急中生智，在考卷上干脆写明自己是李鸿章的亲戚，可无奈连个'戚'字都不会写，居然写成了'我乃中堂大人之亲妻'。主考官看过后，在旁批道'所以我不敢娶'，也故意写个别字，告诉不予取用。"两人讲得一阵哈哈大笑，想一想后，又不免有点儿垂头丧气。

谭嗣同沉思片刻，突然唤起唐才常的字："佛尘，让我们去当佐久间象山、吉田松阴、福泽谕吉这些人吧。就是因为有他们这一群思想超前的教育家,才培养出了日本明治维新的那些栋梁之材。我们一起回湖南家乡浏阳去办学馆,开文明风气之先,或可在少年人中培养出像坂本龙马、西乡隆盛、伊藤博文这样的杰出之士,为日后中国的维新变法,来个积薪传火,如何?"

唐才常笑着回答:"好啊,我来当佐久间象山,这东洋老塾师一向鼓吹朱子的即物穷理,倒是蛮合我的心意。复生,你想当哪一位?"

谭嗣同说:"那我就当吉田松阴吧,不过和你那位佐久间象山一样,都是还没来得及看到明治维新成功,就被杀了。真是壮烈啊,我佩服他是条血性汉子。所以我们两个可要想好了:做,你我就得有杀身灭族的准备!"

两人谈到的佐久间象山,是十九世纪日本闭关锁国的幕府时代末,鼓吹开国论的一位思想家、教育家。他培养的一批门生,后来多成为推动明治维新的中坚力量。谭嗣同提到的吉田松阴,就是他的学生之一。后来,鼓吹倒幕的吉田松阴死于幕府的逮捕砍头,而他的老师佐久间象山,在一次骑马穿西装过闹市时,被仇恨开国论的攘夷派人士刺杀身亡。

在这一面俯瞰浩浩大江的山坡上,两个湖南年轻人许下了一个共同心愿,要让更多的同胞知道,地球是圆的,在地球的另一侧,相对于我们,那里的人们还真的是头朝下脚朝上地站着。不过最重要的却是,在那里的不少人,已经不再生活在黑暗的思想蒙昧时代了。两人下了决心,要回家乡湖南去办报、办新式学堂,让文明的启蒙之光,照亮这片古老的土地。

天空,好似一块单向透明的蓝色大玻璃镜,在它之前,是江水一样缓慢流动着的时光,和时光中堆积起的一切存在之物:山川,船,城墙,房屋,坟,如蚁的众生;在它那看不见的另一面,是这个广袤国度的未来,充满了一切混沌莫测的可能性。这两个年轻人,决定尽了自己的青春、蛮力,乃至性命,去实现那面天空之镜后面的朦胧梦想:一个屹立于东方的伟大现代文明国家。

他们真的去做了。此后三年,两人在家乡浏阳办起了格致算学馆,他们还发起了办矿、赈灾。唐才常作为《湘学报》主笔,又发表了大量开启民智、呼吁科学、放眼世界的文章。湖南巡抚陈宝箴是一位热心支持变法的开明大吏,在他的支持下,长沙时务学堂成立,谭嗣同、唐才常二人自然成了学堂的骨干,而请来的总教习是比他们还要年轻几岁的广东人梁启超,加上与江湖哥老会关系密切的好朋友毕永年,还有另一个年轻才俊、十余年后出任北洋政府总理的熊希龄。

时务学堂熔中、西学为一炉,包括经、史、诸子和西方的政治法律与自然科学。学校吸引了一批优秀的湖湘学子,师生们日夕讲论维新变法的宏图妙想。他们的学生中,有一个非常聪明的少年,名字叫蔡松坡。后来,这位少年与唐、谭二人也产生了割不断的师生之情。

梁、谭、唐、毕、熊这帮勇猛精进的年轻人把湖南比作日本的萨摩、长州两藩,希望以此地为维新变法的出发点,然后推及全国。一时间,地处中国政治版图一隅的湖南,被他们搞得轰轰烈烈,气象一新,令天下瞩目。

光绪二十四年,甲午战争结束后三年,老迈的大清国,已经被列强环伺,危机四伏。手握国柄、口含天宪的老太后慈禧,无奈之下,被迫允许光绪皇帝实行变法维新。年轻的光绪决定效法日本明治天皇,于是在该年六月颁布《明定国是》诏书。八月,谭嗣同等人被光绪帝征召进京,谭被任命为四品卿衔军机章京,参与戊戌变法。谭嗣同与唐才常觉得实现匡扶济世、为万世开太平的机会已遥遥在望了。两个好朋友在长沙挥手分别之际,谭嗣同为唐才常题下了豪气冲天的诗句:"三户亡秦缘敌忾,勋成犁扫两昆仑。"

唐才常却万万没有想到,仅仅一个多月后,变法惨败,谭嗣同等戊戌六君子的人头,就纷纷滚落在帝都的菜市口刑场上。

汉口湖南会馆里,内庭深院天井之上的那一方天空,眼见着渐渐暗了下来,独自在走廊上站立了很久的唐才常,才转身返回到客房里,在一顶为祭奠亡友而挂起的红纱灯下,铺开素色纸笺,在家乡浏阳的一方菊花砚上磨好墨后,默默挥毫,写下了悼念好友的一首挽联:

与我公别几许时,忽警电飞来,忍不携二十年刎颈交,同赴泉台,漫赢将去楚孤臣,箫声呜咽;
近至尊刚十余日,被群阴构死,甘永抛四百兆为奴种,长埋地狱,只留得扶桑三杰,剑气摩空。

写罢,唐才常掷笔望空,心中默默喊出:士为知己者死。复生,我来了。才常若不为你复仇,誓不为人!

唱 婆 子

　　德生已经有点儿数不清，他究竟给这一桌人斟满多少杯酒了。本来，刘幺叔在这次为唐先生饯行的晚宴席前，悄悄告诉他记一下斟酒的杯数，等大家喝到差不多了，幺叔就劝大家撤席，以免误了唐才常明天清晨坐船返湘。

　　饯行宴从一开始就十分压抑，因为在座的人多数都和谭嗣同相熟。这位湖北巡抚谭大帅的公子爷，虽性喜读书，却也爱广交朋友，江湖各路会众中的不少英雄豪杰都视谭公子为知己。他在京城街头刑场的惨死，让所有朋友都悲愤莫名。座中哥老会的不少人已是两眼通红，有人更是埋头痛饮，一言不发。

　　唐才常在谭嗣同被杀后，本来准备冒死进京，偷偷收葬好友的骸骨。后来得到消息，谭嗣同的京城好友、侠客大刀王五已经收敛了骸骨并正在护送南归，他才准备动身从武汉返回湖南。众人知道唐才常与谭嗣同是生死之交的兄弟，他心中的痛自是非寻常可解，唯有朝他频频举杯劝其节哀，一时席上气氛沉闷不已。

　　在附近什么地方，隐隐传来几声嘭嘭的渔鼓，似乎有一个女声在唱俚曲小调，间或还夹杂了食客们的喧笑声，更显得租界内的这处僻静酒家了无生气。

　　突然，桌上嘭的一声，有人猛拍了一下桌子，惊得旁边的德生一哆嗦，差点儿让手中的酒壶跌落地上。那人发声道："今日为浏阳唐君饯行，诸位也都是豪杰之士，何至于做楚囚对泣？谭公子英灵若地下有知，一定羞与我们这些人为朋辈！"

　　德生望去，见是那位叫李彪的中年汉子，湖南慈利人，他虬髯满面，双眼精光四射，一看就知是会党中的江湖豪客。不等其他人开口，李彪接着说道："我这就去叫个唱婆子来，不为找乐子，就是为了唱出胸中这一口鸟气。"

　　说罢，他一阵风地摔门而出，片刻工夫，就带回了一个青衣素布的少妇。只见她白粉傅腮,妆容活脱脱像古戏舞台上的女裁缝,臂弯挎着个竹篮,手上拿了一节竹筒当乐器。她分别向客人们弯腰,深深行了几个万福之后,站直身子,众人这才看清了这女人的面容,她脸庞清秀俊俏,身姿丰腴,衣装朴素但很干净,不到三旬却有风霜之色。她脸上的微笑很淡定,没有底层妇女惯有的讨好献媚之态。在房内空地上站定后,这唱婆子扫视了一回众人,不疾不徐地开口道:"小女子秋娘,给各位爷行礼了。"她深深行了个万福礼,然后当当几声敲起梆子,先清唱一支曲子当作开场调:

斜阳古柳赵家庄,负鼓盲翁正作场。身后是非谁管得,满村听说蔡中郎。

唐才常向来不喜好欢场上的那些牙板金樽、喧耳弦歌,只是却不过朋友的面子,才任由慈利人李彪找一个女艺人来献唱,想这唱婆子所演的无非是些村野俚曲、世情俗谚。却不料她第一曲竟是陆放翁的诗,而且音色清亮,中气悠长,颇有意蕴。这让唐才常暗暗称奇。

一曲唱罢,唱婆子开始请客人点曲。认定了唐才常是这里的主宾之后,她趋前倾身,从篮子里取出点唱的折子双手递上。唐才常打开折子匆匆扫了一眼,待到看清曲目后,他又是惊奇得一挑双眉,没想到一个底层卖艺的唱婆子,这布满了俚曲小调的歌单上,竟然还有苏学士的《念奴娇·赤壁怀古》,于是就随手点了一曲《大江东去》。

一阵急如雨点的梆子响起,一个激越的女声开始了清唱:

大江东去,浪淘尽,千古风流人物。
故垒西边,人道是,三国周郎赤壁。
乱石穿空,惊涛拍岸,卷起千堆雪。
江山如画,一时多少豪杰。

众人听着,渐渐开始觉得荡气回肠,于是一个个舒眉展眼了。在唱婆子的歌声间歇中,他们又彼此交谈到一件事,谭嗣同决意以死来殉变法,不愿接受友人助其逃亡,在京城浏阳会馆坐等清廷捕快上门捉拿之前,匆匆仿造了他父亲谭继洵教训儿子的书信，以为老父亲开脱。因此身为二品大员的湖北巡抚谭继洵，仅仅被连坐革职，勒令回籍，交地方官管束，谭家从而免除了一场株连九族的大祸。谈到此处，众人又是一阵嗟叹。

唱婆子突然敛身向前，恭敬地问："各位爷莫非是谭嗣同大人的朋友？"

带她进来的李彪仰起下巴，傲然答道："我辈正是。你一个江湖艺人，也知道谭公子吗？"

唱婆子一脸肃然，缓声说："谭大人为天下苍生而死，天下人当共哀之，小女子虽贱为乐籍中人，却还是懂得这个道理的。"

说罢，她轻轻地清了一声嗓子，缓慢昂起头，闭上了双眼。众人停下交谈，听这少妇又要唱什么。

几声刚劲的梆子响后，仿佛穿云裂石一般的歌声响起：

> 望门投止思张俭，忍死须臾待杜根。
> 我自横刀向天笑，去留肝胆两昆仑。

她提了一口气唱下来，竟将谭嗣同的这首绝命诗连唱了两遍，特别是最后一句"去留肝胆两昆仑"，唱得金石铿锵。那高昂清越的声音，让人如见千军万马中一个白袍银枪战将，盔甲闪亮，神威凛凛。

此曲一出，举座皆惊，所有人都在屏息倾听之际，渐觉血脉偾张。唐才常一双大眼含泪，瞠视着这位不知其名的唱婆子。她高声放歌时一脸决绝壮烈，让唐才常在恍惚间，以为自己看到的，似乎是一个东方的圣女贞德。

少妇一曲终了，众人喝彩声如雷。慈利汉子李彪很是扬扬得意，他没料到自己随意拉来的一个唱婆子，竟然得到了满堂彩。于是他让德生斟满一杯酒，双手一送，就要请那少妇喝。

少妇微笑着连连摆手，说："小女子从不沾酒，请这位爷千万莫怪。"她说着，右手似乎在有意无意中伸直三指，拇指和食指对接成圆环。李彪却未察觉她这一手势，仍然执意要劝酒。正在相持不下之际，坐在唐才常身边，一直言语不多的那位五十出头的男人，右手缓缓直立如刀，他一开口，众声顿止："既然这位秋娘不能喝酒，兄弟你就别难为她了，拿茶具来。"

中年男人出语平缓，口气中却隐隐有一种不容分说的威严。德生不知道究竟几个人要茶，就连茶壶带一整托盘茶盅一起端上来，放在桌子上。中年男人站起抓住茶壶，稳稳倒满两只茶盅，却将其余的空茶盅拢在一起，推到托盘的一角，将斟满茶的两个茶盅，一只放到托盘中央，另一只放到托盘外的桌面，又伸出手掌，向少妇做了个请喝茶的动作，然后沉吟不语地看着她。众人立刻安静下来，也将目光齐刷刷地盯着少妇。

只见那少妇微微一笑，伸手将盘外的茶盅移入盘内，再捧起这只茶盅，恭敬地向中年男子做相请状，口中吟诗："木杨城里是乾坤，结义全凭一点洪。今日义兄来考问，莫把洪英当外人。"

说完，将茶一饮而尽，茶盅放还到盘内。

中年男人稍稍一颔首，回道："好说，好说。"然后他又移来一只空茶盅，三个茶盅，其中的茶水一满、一半、一干，中年男人再次向少妇做出了请喝茶的动作。少妇将那半杯茶端起，仰头一饮而尽，定睛看着中年男人，一字一句说道："我亦不就干，我亦不就满。我本心中汉，持起饮杯盏。"

中年男人手抚八字胡坐下，开始含笑频频点头。在座众人也多半拊掌欢颜，互相做庆贺之状。

德生在一旁看得云里雾里，摸不着头脑。他后来才得知，这是哥老会盘查陌生人的一套行话。因为哥老会是个江湖秘密帮会，为了防止奸细混入被清廷缉拿，就用隐语诗句、茶碗阵等方法来摸清陌生人的来路身份，这叫作盘海底。中年男人因为注意到这唱婆子右手暗暗做出的手势，是哥老会众行走江湖时，一个叫三把半香的暗号，疑心她也是本会中人。于是才摆出两个茶碗阵，第一个叫作木杨阵，第二个叫作忠心义气茶，那一杯斟满的茶水，是暗指清廷。少妇所答的五言四句诗，表达的其实就是反清复明、匡扶汉室的意思。

原来哥老会早年，规定戏子和女人不得加入，直到清晚期时，这个会规才开始放松。因此，卖艺为生的秋娘才得以成为哥老会的一员。

唐才常与哥老会的朋友们交往已久，素知该秘密帮会在江湖上会众甚多，但今天亲眼见到一个底层卖艺的唱婆子，一问之下竟然也是帮会中人，不禁惊奇于哥老会势力之无所不至。看来，要想推动这个庞大社会走向期待中的明天，江湖会党应该是一支可以借重的有生力量。

那李彪喜笑颜开地对少妇一抱拳，大起嗓门嚷道："原来这位妹子也是我会中兄弟姐妹，都是梁山一炷香，休怪兄弟我鲁莽，恕过恕过。"又介绍道，"这位用茶碗阵考校你的老爷们儿，是本地山堂的坐堂大哥，马如龙马大爷。"

少妇欠身深深施礼，说道："初到贵地宝码头，小女子秋娘请安不到，拜会欠周，望马大爷海涵。"

马如龙一边回礼，一边示意身旁的刘幺叔，备一份拜码头的例金。连同唱资一并送与少妇，还礼送她出门。原来刘幺叔明为湖南会馆管事的，暗地里却是哥老会山堂的理堂。他专门负责打理内外一切堂务，会中弟兄伙尊称他叫"提烘笼"的。这个名称的由来，大抵是因为袍哥的管事，从前经常以手提一只烘笼来去的形象示人。

刘幺叔陪少妇出来时，顺便打听了一下她的来历。少妇原是河北人氏，因避家乡的仇家，流浪来汉口寻亲却落了空，以唱婆子为生。刘幺叔也没再多问，只是吩咐她若遇到什么难处，就来本处湖南会馆找他。二人门外作揖告别。看着在夜色中开始模糊的少妇背影，刘幺叔心中隐现出一种感觉，这个女人可能有不寻常的身世。

乡村塾师的前世今生

老江湖幺叔的感觉没有错，这个自称秋娘的女艺人，原来身负一个惊人的秘密家世。

秋娘打记事起，就没见过娘，从小和她爹相依为命，在北方一个靠近大水洼子的小村庄里长大。她爹原来是因为清廷镇压捻军，从外地漂泊来到此处偏僻村庄的异乡人，靠着在村头土地庙里教几个蒙童识字养活爷儿俩。有时这个乡村塾师也当一当卦师和郎中给乡人算卦看病，还兼做勘坟下葬的风水师。

塾师先生刚到此地安身后几年，讨了个年轻寡妇当老婆，那女人却在生下秋娘不久，就因为产褥感染过世了。塾师没有再续弦，他一把屎一把尿地将可怜的女儿慢慢养大，等她可以坐稳板凳了，就让她在学堂里看大孩童们上蒙学课。这秋娘自小聪明伶俐,不光很早就背熟了幼童开蒙的"三百千",也会尖着嗓子,和男孩子们一起大声诵读那些儒家入门经典的子曰诗云。其实她和同学们最喜欢的,还是父亲上课之余给他们讲的那些古代英雄侠客演义故事:杨家将,岳武穆,三国,水浒,说唐,封神传。

  闲时,父亲喜欢带上幼年的她,到村西头的大水荡子边走玩散心。秋娘记得,水荡中芦花开放时,一起风,漫天的芦花纷纷好像飘雪,她常常去追逐那些飞絮,父亲的脸上这时会露出难得一见的微笑。秋娘的早年,父女相依的日子虽然过得清简,却也有一份安宁与乐趣。

  她以为,乡村无忧无虑的日子就会像这样一天一天过下去,直到那年入冬,一个血色清晨的来临。

  那天天刚亮,塾师就被一个庄户人请出门,去邻村给人家看坟地风水。约莫两个时辰,秋娘听到门砰的一声被撞开了,一个浑身是血的人跌进了门内。小秋娘吓得魂飞魄散,定睛一看,却是她爹。塾师强忍疼痛,吩咐女儿不要声张,他脱掉血衣,匆匆包扎了身上几处伤口,指点秋娘打好两个包裹,就带着她急急逃出了村庄,父女俩相互搀扶着,朝西南方向蹒跚而去。

  这以后,就是父女俩漫长的逃亡之路。塾师一直没有告诉秋娘,那个上午究竟发生了什么,只是说很多年前的冤家对头寻仇而来,设下埋伏袭击了自己,侥幸逃脱后,他们父女不能再在这个小村庄待下去了。小秋娘不明白,她这个向来与世无争的塾师父亲,竟然还有仇家向他动刀寻仇。直到几年后,伤病缠身到奄奄一息的塾师,临终前才向女儿道出了他前半生的惊天秘密。

  原来这个乡村蒙童塾师,竟然是多年前令大清王朝闻风丧胆的捻军大首领,他统帅下的万千铁蹄所向,曾经让整个清朝的北方大地为之颤抖。

  不久前,让大清王朝这艘老破巨轮几乎翻沉的惊天狂潮,是发起于南方的太平天国运动,但紧随它而起的另一场北方大暴动——捻军起义,是这次历史海啸的又一波狂潮。而捻军中出现过一位极其善战的年轻头领,人称张阎王。张阎王生于道光年间一家北方大户,祖上留有良田千亩。这位张家少爷自小喜欢习文练武,广交江湖朋友,却从不去应试文武科举,以隐示不与入主中原已近两百年的清廷旗人为奴。在他眼里,世界可没有那么复杂的,谁非要骑在老子的脖子上,老子就要干翻他。所以,当北方捻军起义继起于南方太平天国之后，素有民族革命反骨的张家少爷，立刻就扯旗聚众，拉起一票人马参加了捻军。

不同于太平天国的以宗教名义招集成员，而且组织形式与军法相对严密，捻军是多股北方农民武装组成的松散势力，除了反抗清廷民族压迫的口号，捻军并没有任何清晰的宗教信仰与政治纲领。于是读过书的张家少爷，就成了这一大群文盲光棍中稀罕的文武全才，被捻军总盟主张洛行倚为心腹。他沉静寡言，处事果决，遇敌勃发，很受张洛行的倚重。

一次，张洛行命他率多股捻军出征，这位少年旗主问："如果其他旗部不听我的号令怎么办"？张洛行漫应道："那就杀了他。"后来果然有另一位旗主的十多个亲信，临阵之际傲不听命，少年旗主一声怒喝，所有抗命者被当场处死。各部众人至此，无不战栗膺服，于是全军用力，大破清兵后凯旋。经此一役，张洛行愈加看重这位少年英才，张阎王的称号，也从此在捻军中传响开来。

多年征战后，随着太平天国的最终覆灭，捻军成了清王朝仅剩的最大内忧。这时总盟主张洛行，也被清王室的心腹悍将、蒙古亲王僧格林沁生擒后凌迟处死。张阎王与太平天国遵王赖文光合兵一处，将太平军余部和捻军重组成一支新捻军，赖文光被推为大首领。他们易步为骑，逐渐变成一支十万之众的骑兵。新捻军采用灵活机动的战术，纵横奔驰于黄淮平原与北方大地，声势复振。而张阎王所部的西捻军，竟然两次兵锋威逼北京，马蹄声都已经敲响卢沟桥了，致清廷告急、朝野震动。

但自从赖文光兵败被俘身亡，东捻军覆灭。张阎王部的西捻军也开始陷入各路清军的重重围堵追赶中。号称僧王的猛将僧格林沁，率领彪悍的蒙古铁骑，昼夜不停一路疯狂追击张阎王所在的西捻军，人不卸甲，马不卸鞍，誓要追上捻军主力决一死战。在连日的追击中，对清廷忠心耿耿的僧格林沁和骑兵部下都疲困已极，手累到扯不动马缰绳，就以布带束手腕系在肩上驾驭战马。这支精疲力竭的蒙古骑兵，最终却落入了张阎王部精心设下的埋伏阵。清军大败，一世威名赫赫的僧王，也被捻军一个小兵砍死在麦田里。

这位蒙古亲王麾下的蒙古骑兵，是清王室可以完全控制的、有战斗力的最后一支心腹亲军了。其他不管是满人八旗军，还是汉人绿营军，尽管是让朝廷放心的国家正规军队，但随着朝廷长期腐败，这些国家武装的糜烂不堪，致整体战力弱到难以想象的地步。而最终平定了太平天国起义的主要武装力量，却是曾国藩、左宗棠、李鸿章等汉人官员搞团练创建出的汉族地方武装，如湘军、淮军。他们当然有战力，却也是清廷亲贵们的心头之患，万一这些汉人武装哪一天也反了，那可怎么办？还好有僧格林沁在，这位能统兵打仗的皇亲国戚，道光帝姐姐的过继儿子，可以放心依靠用来牵制汉人武装。满蒙向来是联姻一家亲，而满汉之间却是主与奴，天下又是从汉家手中抢过来的，哪里敢不防汉人呢。

可僧王这一死，不只意味着朝廷损失了一位身经百战的亲王大将，更是损失了朝廷制衡湘军与淮军的最后武力倚仗。自从太平军攻破江南大营，以及蒙古亲王僧格林沁被捻军诱杀后，清廷直接控制下的、两支拥有野战能力的部队，至此已消耗殆尽。

慈禧太后闻知僧格林沁阵亡后，竟当场痛哭失声，连呼"毁我长城""亡我大清"，下令停朝哀悼三日。人数占绝对劣势的旗人统治者，身处无数被统治的汉人汪洋大海中，手中又无能战之兵，岂能不胆战心惊？清廷打不过太平天国，太平天国又打不过湘军，那么，假设如果拿湘军来打清廷呢？这是京师那帮满人权贵想一想就整晚做噩梦的一个念头。

再说张阎王，以李鸿章、左宗棠等汉人名帅指挥的各路清军的层层设防，令捻军陷入了绝境。最后的这支捻军被围困在一个不足三百里的狭长地带内，马队无法驰骋。在一条大河边，最后一场决战拉开了帷幕。

那个夏天，暴雨倾盆，河水猛涨，四处一片汪洋。张阎王率将士奋力死战，清军决河堤放水冲淹，捻军几乎全军覆没，突围来到大河边的，仅剩下张阎王与十八骑亲兵。幸好夜幕降临了，人困马乏的他们，乘黑躲进一处河边村落场屋，倒头便睡。凌晨时分，醒来的亲兵发现，他们的头领不见了，只在浩渺如大湖的河边，发现了他的一双骑马战靴。

这就是秋娘的父亲，那位乡村塾师的来历。他没有如李鸿章灭捻后向清廷上奏宣称的那样，投水而死，却在那个黑夜独自离开战场，穿林凫水，蹀足潜行，流浪去远方寻到一处偏僻村庄后，隐姓埋名，娶妻生女，默默活了下来。直到多年后，有人认出他来，这才泄露了藏身之地，几个乡村地痞打听到后，想出卖他得到官衙的一笔巨赏，又怕告官后走漏了风声。于是他们以请看风水为名，诳骗塾师出门，半路设伏抓他送官府。就在这伙人将要亮刀下手之际，却被久经战阵、武功了得的塾师看出破绽。

他一声怒喝,从袖筒中暗箭连发,迅疾夺刀反击,杀得对手个个重伤,自己也负创累累,但好歹挣脱了性命逃回家,带上女儿再度亡命天涯。

几年后,塾师伤病加重,身亡于旅途中长江边的一个村庄。赫赫一代捻军大首领,就这样成了回不去故乡的孤魂野鬼。可怜少女秋娘,顿时成了举世无亲的孤儿。在当地好心人的帮助下,她将父亲草草安葬在江边小山上的一面野坟坡,然后跟随一个过路的江湖戏班子走了。

又不知过了几许岁月,汉口这座繁华的水陆码头城市里,那些勾栏瓦肆之所,出现了一个嗓音嘹亮的唱婆子,和其他女艺人不一样,在她唱的曲目里,你可以听到苏、辛与岳武穆这些豪放之士的诗词。也许,这位身上有着叛逆者血脉的女艺人,是想用这些歌声,为自己那位豪杰半世的父亲招魂。

东渡扶桑

一艘大海轮,正在满天夕照中缓缓驶离长江入海口——吴淞口,驶向茫茫大海。一个人正附身甲板栏杆上,回望夕阳下辽阔平坦的海岸线,那是他生平第一次将要离别祖国。这个人就是唐才常。

在戊戌变法失败、好友谭嗣同溅血京城后,唐才常从汉口返回湖南老家,匆匆安排好家事,就只身前往上海,与维新运动诸同道互通消息,筹谋应变。然后坐船奔赴海外,准备先去香港、新加坡,然后到日本,联络各地侨胞,为匡救危难中的祖国寻求帮助。从现在开始,他要寻求以暴力对抗清王朝的一条血路了。

出身小户耕读人家的唐才常,原本就是一个普通的读书人,和所有寒门士子一样,梦想靠科举搏一个前途功名。科场之外的日子里,他也外出谋生养家糊口,家书里写的也多是升斗小民关心的日常琐事。几年前,他在四川成都学署做科考试卷评阅人时,给父亲的一封家书中,描述了四川保宁府的武举童生聚众闹事、打砸知府官署衙门的一场暴乱,对那些掷砖飞石、打上公堂的抗法者,怀有深深的失望与愤怒。这个性情温和的寒门士子，其实起初对暴力有着本能的厌恶。

唐才常在考入武昌两湖学院读官费生时，还对国家与朝廷抱有一份感恩之心，他曾经写下过这样的诗句：真个皇恩深似海，诸君何以报天家？这个以社会公正为梦想的读书人，对现实的不公最多也就是嘴上发发牢骚。只是唐才常后来眼界开阔了，才开始投身维新变法运动。但即使到了那时，他仍然压根就没有想过用暴力对抗国家，而是希望走维新改良的温和道路，开始时，他和他的朋友谭嗣同一直努力与官方合作，但戊戌政变后，好友的血溅京城改变了他的一生。后来他赖以养家的营生，包括在家乡湖南浏阳投资的煤井、钱庄，也被守旧派砸毁烧掉了。无路可走的唐才常，这才终于走上了暴力反抗朝廷的道路。

通往水泊梁山的道路有很多条，这些道路大多都有一个共同的隐秘起点，它就是高悬在众生之上的那座皇家宫殿。

唐才常将这次行程的最终目的地定在日本，是因为彼时的东邻扶桑，不仅是维新成功之国，是许多中国有志之士期冀效法救国的对象，更重要的是，那里有流亡海外的维新党人康有为、梁启超诸人，还有志在推翻清廷的革命党领袖孙中山及其追随者。唐才常和谭嗣同在湖南搞维新运动时，结识的至交好友、长沙人毕永年也在日本，而且他与康梁和孙中山两派都有密切关系。也许，中国未来大变局的火种，此刻就蛰伏在这个火山之国中。

唐才常一想到这里，心中暗暗激动起来。他回转身，双手反撑着船尾甲板的扶栏，向一望无垠的大海看去。这之前，他见到过的最开阔水面，是家乡的洞庭湖。八百里烟波浩渺的湖面，这个时候，那里如果是个晴日，放眼所见也正是白帆点点，浮光跃金，霞落鹜飞，渔舟唱晚。他眼前这一片浩渺无边的大海，应该有内陆家乡经过长江流来的洞庭之水，也有他往返于湖北、四川时惊险穿过的三峡之水吧。

他回忆起数年前，应聘赴四川任学署教读一职，需要溯长江上行经过三峡。蜀道之难，难于上青天。走陆路所需时间太久，盘缠可观；走水路吧，又有三峡悬崖陡峭，处处凶滩恶水，十分惊险。往来于湖北、四川的船，一年下来要被毁上百只之多。唐才常与两位同伴，在宜昌雇了一种叫摇摆子的峡江人力木船，可是那位周姓船主却肆意敲诈勒索，才走了一百多里，路费就索要了一大半。到了新滩，这里的江水犹如脱弦之箭，飞泻直下，船主又不肯开船了。唐才常他们没办法，只得另换一只船。刚换好船，只见贪心船主的那条木船一离岸，就被滚滚江水冲毁，连人带船瞬间化为乌有。眼见到这一幕，另一条船上的唐才常惊了大半晌。他因为船主勒索而临时换船，才侥幸躲过了这一劫。真是我命在天，唐才常心想。

此时，夕阳将海面上生成的云团照耀得一片通亮。黄昏的风从大洋袭来，云阵向陆地的方向缓移，如在燃烧中流动的熔岩，极为壮观。大地与海洋的水流，就这样无穷无尽地循环往复着，带来生命，带走死亡。

我会回来的，就像这怒云，乘长风跨万里浪，回到这片古老大陆的天空之上，化成一场暴风骤雨，去洗涤大地上年深日久的屈辱和苦难。唐才常在心中默念道：当吾身吾种未亡之日，以热血破生死界，不度众生，誓不成佛！

止当唐才常辗转于前往日本的海上旅程时，在千里之外，大陆深处的武昌城，他曾经就读过的两湖学堂，有一群年轻学弟却因为被张之洞选中为武备留日学生，闹起了不满情绪。他们一起去找总督大人，希望恩师张之洞能收回成命，不让他们去那个亚洲邻国留学。因为它刚刚在甲午战争中狠狠羞辱了全体中国人，所以这些年轻人视日本为自己的仇敌。在这批被选拔出的官费赴日军事留学生中，有一位品学兼优的学子名叫华浩。

看着这群吵吵闹闹找上总督府来的两湖学堂弟子门生，一向将他们当宝贝疙瘩宠着的张之洞，此时真是又生气又好笑。他不发一言，瞋目怒视着年轻的弟子们。

华浩见众人有些慑于总督大人的威仪，一个个都没出声，就硬着头皮站出来，对张之洞说："启禀大人，我们大家都不愿意去日本留学。因为他们靠不义之战抢夺了我们的宝岛台湾，欺我大中国太甚，吾辈无不视倭国为寇仇，大人怎么能让我们去敌国学习呢？"

听了学生华浩的话，张之洞几乎要怒发冲冠了，他长髯微动，语气严厉地说："你们，非去不可！"

在短暂的静寂后，张之洞的语气稍转缓和："你们不是都读过《孙子兵法》吗？知己知彼，方能百战不殆，去，就是为了知彼，就是为了再起战端之日打败他们。"

张之洞看见弟子们有点儿认乖了，又问道："日本在一代人的短暂时间里，就实现了兴盛，各位认为主要原因为何？"

学生中，不知是谁低声嘟囔了一句："君主立宪。"

张之洞佯装没有听见，自顾自地说道："日本，一个蕞尔小国，何兴之暴也。那是因为，他们当年派出了大量学生游学西洋。伊藤博文、山县有朋、陆奥宗光诸人，都是二十年前的出洋留学生。这些才俊之士，愤其母国为西洋列强所威胁，故尔相率分往法、德、英诸国，或学政治、工商，或学水陆兵法，学成而归。这些人后来出将入相，俟该国政事一变，而能迅速雄视东方。在你们中间，就会出现未来我大清国自己的伊藤、山县、陆奥。"

一个叫吴禄贞的学生说："大人，那您怎么不直接送我们去西洋、到日本人的老师那里留学呢，譬如英吉利海军，德意志陆军，皆各为天下第一。让我们去学习东洋，岂非法乎其中，得乎其下？"

张之洞手抚长髯，开始在众人面前来回踱步。他缓缓开口道："至于游学之国，西洋不如东洋：一是路近省费，可多派遣逾数倍人员；二是东洋文近于中文，易通晓；三是西洋书甚繁，凡西学难以切要领者，东洋人已删节而酌改之。日人的和魂洋才之说，与老夫《劝学篇》里写的中体西用，几有异曲同工之妙。再者，中日同文同种，风俗相近，诸事易于仿行，事半功倍，无过于此。西洋留学之事宜分步缓缓施行之，日后留洋风气一开，朝廷自然再会适量酌选人才赴西洋就学。"

说到这里，张之洞哈哈一笑："尔等毋庸担心，日本国前首相伊藤博文不久前来汉拜访老夫时，我已嘱其届时多多关照诸位。尔等不知，这位日本名相和你们一样大的年纪时，也是个尊王攘夷的愣头青，他还向英国领馆扔过炸弹呢。后来伊藤被派往英国留学，从此才认定为了强己国，必要学西洋。君子曰，学不可以已。青，取之于蓝，而青于蓝。尔辈还太年轻，很多事理尚需多经历方可明白。"

张之洞看见学生们听得默不作声了，又说："各位知不知道，这次老夫连自己的长孙厚琨，都要同你们一起送去东洋留学，诸位还有什么可以不放心的呢？你们到了东瀛，还要彼此关爱，情同手足才是。"

众学子听罢张之洞的一番开导和劝慰，觉得老师也言之有理，就接受了赴日留学的安排，遂纷纷谢过总督后开始告辞。华浩也正欲随同学们离去，张之洞忽然叫住他，拈须微笑着，慢慢问道："你就是那个在开学典礼上，喊了一句'呜呼哀哉'的调皮学生吧？"

华浩听罢顿时面红耳赤，口中嗫嚅道："弟子那日实在无礼，望恩师大人海涵。"

原来，在书院的一次开学典礼上，那位当学监的广东人梁鼎芬为了拍总督张之洞的马屁，撰写了一篇歌功颂德的长文，让一个学生站立琅琅诵读，文中对到场的总督大人极尽阿谀奉承之言，肉麻到让不少年轻学子听得都要起鸡皮疙瘩了，典礼会场上却仍是一片肃静。当那个学生刚刚念完长篇颂词时，突然学生中间响起一声拖长了的哭腔——呜呼哀哉，尚飨。全场顿时爆发出哄堂大笑。原来这句话，是悼念死者祭文时才用的结束语。意思是，您死了真是可悲可叹啊，我恭恭敬敬地趴在地上，请您的鬼魂来享用供品吧。

站在张之洞身旁的学监梁鼎芬，顿时感到狼狈不堪，偷偷看了看总督大人，却发现他一脸的若无其事，仿佛没有听见刚才的那一幕笑场，典礼总算有惊无险地结束了。会后，一位姓蒯的教习悄悄打听是哪个捣蛋鬼，原来是位叫华浩的湖南籍学生。蒯先生私下告诉了总督大人，张之洞从此便记住了这个年轻人的名字。

现在总督大人当面提起这件糗事，让华浩很不好意思。张之洞却只是对这位聪明又调皮的高才弟子轻描淡写地说："师道严肃，未可唐突。"然后又勉励了华浩几句，希望他在日本潜心研学，不问他事，日后学成归来报效君王，勿负国恩，云云。华浩听罢喏喏而去。

张之洞手拈长髯，目送这位拔优而出的高才弟子离去的背影，微微颔首，眼光中饱含了殷殷期待。古人乐见门下弟子多良质美才，如芝兰玉树，大约就是他这般心情了。张之洞想到这里，心中突然咯噔一下，因为他依稀又忆起了一个人。

那个人是几年前，湖南来的一位高才生，张之洞还记得他叫唐才常，在两湖书院多次考得第一，成绩之出色，让总督大人记住了他的名字。在不到两年的时间里，就写出过十多篇论文，遍涉国学、外交、军事、法律。一位教习在唐才常交的文章上批语道：如此等学子，两湖有几人？当时张之洞知道了非常得意，抚着长髯、摇晃脑袋说出一句话：得英才而教之，其乐也如何。但这个非常优异的大龄学生，后来因为要养家糊口而肄业离开两湖书院，不知所往了。事后张之洞知悉此事，嗟叹了好一阵。

张之洞暗下决心，今后对发现的好苗子，一定要着力栽培，为国家养士，一旦社稷有难，期待他们仗剑而出，回报国家。

实际上，张之洞对于人才的选拔，向来都是不拘一格，他前后派出的留学生，总计多达数百人。学生出洋张之洞必送行，回国则必设宴接风。总督衙门有一挑水夫，有人说今天总督大人接风的是留学生某某。这位挑水夫马上说，这学生就是我的儿子啊。刚才那个大胆要求张之洞送去西洋留学的学生吴禄贞，其母也只是一个曾经给总督女儿教习女工的针线娘。

再说，也难怪这位总督大人的两湖弟子门生们，在对日态度上情绪一时难以转弯。就连张之洞本人，也经历过一个急转身，从甲午战争时期的激进主战派、一个极度反感日本的清朝封疆大吏，转变为热心鼓吹学习东洋的近日派。其实，这一转变契机，与张之洞在甲午战争后接触到的一个日本人大有干系。

第二章 谍影

神秘的日本访客

那是几个月前的一天，有位身穿便衣、蓄着八字胡的日本少佐军官，持本国军部总参谋长川上操六中将的亲笔信，操着一口流利的北京官话，前来武昌城拜访张之洞。

总督大人却避而不见，仅派总督府中的一名武官接待，这其实明显是在敷衍他。此前川上总参谋长曾几次表明希望亲自前来武昌拜访总督大人，但都未能得到张之洞允诺会面的答复。那时的张之洞，还沉浸在甲午战争后对日本人的敌意中，因此川上操六中将命手下一位少佐军官前往武昌，进行试探性拜访。

中日两位武官谈话将终之际，张之洞麾下的那位武官随口提道："本官在德国时，听说日本有个少佐叫福岛安正的，单骑旅行西伯利亚，那人还健在吗？"

少佐回答："就是在下啊。"

该中国武官一听之下，大为惊讶，马上告诉总督大人。张之洞一听，非常兴奋，他马上就与这位日本中级军官见了面。

原来，中日甲午战争之后，日本上层很多有识之士都认为，此战令日本从中国获得了不少权益，但两国之间势必出现仇恨与隔阂，这显然不利于日本帝国的进一步崛起与发展。于是，一批高层日本官绅纷纷鼓吹重视中日关系，他们络绎不绝地访问中国，向清朝权势阶层示好。但在与北京的清廷贵胄接触之后，日本人大为失望，认为这些清朝权贵昏庸颟顸，见识短浅可笑，几乎等同于朽木粪土，完全无法与他们对话。

于是日本政军要员们将眼光转向汉人地方总督，尤其是像张之洞、刘坤一这样的南方实力派人物，希望通过他们以影响未来中日关系。中国大陆东南长江中下游流域一带，也是日本在华经济活动最为集中的地区，日本的洋行、株式会社和工厂这些宝贝家当，基本上都在长江沿岸的城市群里。因此与清国地方总督张之洞、刘坤一这些"南方有力者"建立良好关系,对日本的国家战略利益是大有好处的。

日本总参谋长川上操六中将就认定,湖广总督张之洞是个可与之共语的明白人,因此写信给张之洞表示愿意登门拜访,但张之洞的答复不冷不热,实际上是给了川上中将一个闭门羹。但为什么湖广总督张之洞,连堂堂的日军总长都不愿意见面,却对区区一个日本少佐感兴趣?

这位叫福岛安正的日本军官,原来是当时名动天下的探险家,就在几年前,他独自一人,完成了骑马穿越严冬的西伯利亚全境,这是个从未有人实现过的极限探险,引起了世界性轰动。

全世界都大肆报道这个日本人单骑穿越西伯利亚全境的消息。福岛安正成了世界的名人。明治天皇特地授予他旭日勋章,并亲自设宴款待。福岛安正在穿越西伯利亚和中国东北过程中获得的第一手资料,成为十多年后日俄战争中日本获胜的重要情报来源。

事实上,福岛的预感是对的,日本抢先在西伯利亚大铁路全线贯通之前的半年多,打响了日俄战争,结果取得了胜利。如果等到西伯利亚铁路完全通了再打,以俄罗斯当时的国力,羽翼未丰的日本想战胜俄罗斯也只能是梦想。这是后话。

再说,张之洞得知来客就是日本探险家福岛安正之后,赶紧接见了他。两人做了一席长谈。福岛用一口流利的中文,穷尽自己毕生的所见所闻,自欧亚各国山川地理、风俗民情、社会政经以至武力军备之精疏,一一细叙无遗。且在与湖广总督的谈话过程中,福岛的态度极为谦恭平和,并且在深谈倾吐中,表示出对西方列强对亚洲国家欺凌的担忧,言中日同种、同文、同俗、同教,日本朝野有识之士皆愿与中国重修关系,共同抗御西方白人。

张之洞听到福岛博学多闻的谈吐与识见,大为叹服,以为日本有如此人才,实赖派遣青年精英留学异邦而成就。

但福岛还是对张之洞隐瞒了自己在中国的很多经历,以免引起后者的敌意与警惕。原来早在一八七九年,受参谋本部长官、日本陆军之父山县有朋的派遣,精通中文的福岛安正就乔装成中国人,对上海、大沽、天津、北京、内蒙古等地进行了历时五个月的实地侦察。回国以后,福岛将侦察结果上报明治天皇,他的情报里,不仅有清朝军队和战略要地等军事情况,有地形地貌、水系分布、交通运输能力等地理情况,还包括人口、人文、经济等对军事行动有影响的信息，全面切实地评估了当时清朝的综合国力。

与福岛安正晤面后，张之洞一改甲午战争后拒见日人的做法，开始亲自接待如走马灯一般来访的日本政军界要人，这让他与不少日本高官有了私交。这些日本官绅竭力游说清国派遣留学生赴日学习，以期培养未来中日亲善的人脉，为日本对中国的影响播下种子。

湖广总督的靠拢日本，是从派遣考查官员和军事留学生赴日开始的。这次他从两湖学院弟子中，选拔一批年轻才俊去日本留学。张之洞认为，让读过儒家圣贤书的成年学子出洋留学，较之二十多年前曾国藩、李鸿章主导的幼童留美，应该更能实现他一向鼓吹的中体西用。

救国图强的梦想，让清朝中不同阵营的人们，将目光一起投向了东亚邻居日本，这个变法维新一举成功的帝制国家。他们或是被清廷通缉的流亡者，或是公派与自费留学生，或是出洋考察的清朝官员，这些身份、政治抱负各不相同的中国人，却都纷纷现身在世纪之交的岛国日本。

如果有人去到日本大城市，走进一家热闹点儿的中华料理店，站在里面用中文大喊一嗓子：着火了！闻声从餐馆里跑出来的一群中国人里面，保皇党，革命党，洋务派，没准全都有。

总督大人的烦恼

年关将近，彤云密布的天空中，开始飘起了纷扬的小雪。武昌城内总督府中，张之洞蹲坐在挨近铜暖炉的书房太师椅上，抚摸着怀里的一只黑白花猫，看看玻璃窗格外天庭上空飘飞的雪花，眉头紧蹙，似乎有什么难言的心事。原来，湖广总督大人正在为府上全家老小过年的花销犯愁。

要说，这当朝一品大员张南皮，还真是大清官场中的一个异类。

张之洞对官员贪渎行为的痛恨，是发自内心的，他不仅自己从不收受贿赂，也绝不允许部下受贿。一次，他很信任的一个部下，因为帮人办成了某件事，收了五十两银子。张之洞知道后大发雷霆，将部下打了一顿，让他退还银子。不仅如此，张之洞还下令将这位亲信赶出衙门，终生不许录用。类似的事情发生过多次以后，就没人再敢送钱了，总督大人也真的越来越穷了。否则，以张之洞大办洋务的惊人花钱规模，这位总督大人想要富可敌国，也不是件难事。

既然不贪不占，张之洞就只能靠一份俸禄过日子。作为湖广总督，每年俸银为一百八十两，禄米为一百八十斛。这点钱粮当然不够。张之洞主要靠的是朝廷给他的一份养廉银，每年大约为一万六千两银子。如此，总督一家大小的日常开支是没有问题了。但每到年关，张之洞就要犯愁了，因为春节前后，官场上的礼尚往来很多，过大年也是周济亲友乡党的时节，这让一品大员张之洞往往捉襟见肘，愁钱过年。

正巧他的一位幕宾，湖南人蒉先生来见。张之洞放下怀里的花猫，拍了拍猫的脑袋让它走开，叫下人端茶上来。主宾一阵寒暄之后，蒉先生看到张之洞一脸心事重重，就主动询问起来。张之洞告诉他年关快到了，手头银钱周转不够的实情。

蒉先生双手一拍，说办法倒是有一个，只是不知道大人您觉得合不合适。张之洞让蒉先生快告诉他，蒉先生说以前听人讲过，武昌城中，以维新号为首的各大当铺有个不成文的老规矩，凡是总督衙门送皮箱来典当，不管里面是什么，只照箱子的数量付钱，每口箱子可当二百两银子，而且赎回的利息很低，几乎是白借钱。蒉先生没有挑明说出来的意思其实是，当铺老板这等于是默许总督衙门找他们打个秋风，这样他们也可以在总督大人那里落个人情。蒉先生还说，等开春后香帅您手头宽松了，让督署派人再用银两赎回箱子就行了。

张之洞一听很高兴，这个办法既不会影响他官场的清誉，又可以解燃眉之急。总督大人心里算了一下，过年各种往来花销，包括支付幕府师爷、仆人们一年的薪水等，还差一千八百两银子。于是在蒉先生告辞后，他立即让家仆拿来了九口箱子，有四只装了夏天换洗的衣服，其余五只是空的，而按当铺惯例是不收空箱子的。仆人问总督老爷怎么办，张之洞不愧是"老猿转世"，拈着长髯踱步只一个来回就想出一计。

他问仆人道："翻修总督府后花厅拆下的砖瓦，不是捡了些好的堆放在后院回廊下，还在吗？"仆人说还在。张之洞神秘地一笑，说："就把那些砖瓦擦干净了，裹上些草绳破布装进空箱子，然后把所有的箱子都送到维新号当铺去。"

仆人大吃一惊:"大人,这……这怎么行?"

张之洞一阵掀髯大笑:"怎么不行?我这总督衙门的砖头瓦砾,可非同一般,那是秦砖汉瓦,都是值钱的古董玩意儿。你们装箱后统统贴上总督衙门封条,盖好封印,告诉当铺老板不得开启,也不许对外声张,到了明年开春,老夫自会拿银票赎回。"

那个亲随仆人带几个人依计而行,果然不多时,就拿了一千八百两银票,高高兴兴地回到总督府。张之洞拿到一厚摞银票,让人叫他的心腹亲随张彪来见。

很快,一脸憨态的武官张彪就到了。张之洞背着手,仰起脸,开口先问这位贴身亲随道:"老夫让你给京城二圣置办今年的贡品洪山菜薹,事情办得怎么样啊?"

中年汉子张彪低着头,毕恭毕敬地答道:"小的不敢怠慢,找人在那武昌洪山宝塔之下出产最上品菜薹的田垄中,精心挑选出霜冻之后的上等菜薹唤作胭脂红的,用当地泥土包好根茎,二十担菜薹连夜用小火轮送往上海转大轮船去天津。几天之内,这湖北贡品菜薹就可以摆上京城圣太后的膳桌了。大人您就请放心吧。"

原来,这洪山菜薹是武昌本地特有的一种蔬菜,颜色紫红,入口爽滑脆嫩,嚼之满口汁液清香,甘美异常,凡食过之人无不连声称道,终生难忘。从唐代起,洪山菜薹就曾经是湖北向皇帝进贡的土特产。张之洞上任湖广总督之始,一发现这种异味珍蔬,马上又将它列为贡品,岁送京师,以讨慈禧太后的欢心。皇宫御膳房以云腿丝清炒后,进呈慈禧和光绪供膳。慈禧非常喜欢这种紫红色蔬菜的天然清香,又爱其应了紫气东来的吉兆,称之为金殿玉菜。

听了张彪的回话,张之洞满意地点点头,随后从当铺给的那一摞银票里抽出一张,交给张彪,吩咐他送到文昌门大街上宏兴茶楼的掌柜手中。张彪也不多问,恭恭敬敬地领命出门,踏着地面的一层薄雪而去。

这个敦实的壮年武官张彪,原是张之洞在山西巡抚任上招收的一个侍卫,他脸憨,腿勤,而且十分可靠。后来张之洞发现这个山西汉子忠诚勤勉,就视之为心腹随从,索性把姨太太的贴身丫鬟以养女的名义赏给了张彪当老婆。娶了总督大人丫鬟后的武弁张彪,更是对张之洞恭敬无比,他极善察言观色，鞍前马后地为主人跑腿办事，张府上下都喜欢这个面相讨喜的汉子，背后给了他一个外号，丫姑爷。

张彪对主公张之洞心思的揣摩，可谓细致入微。一日，有客人来拜会张之洞，张彪从过道的门缝里，窥见张之洞的眼光在不停打量着来客身上的宝蓝色绸布衣服，他立刻就派人去购买客人身上的那种衣料。客人告辞后，张之洞在召唤张彪时，果然随口夸赞了客人所穿衣服。张彪于是赶忙呈上买回的绸布衣料，这让张之洞惊喜异常，连连夸奖这位手下的机敏过人，善解人意。

有些人终身只执着于某一种做人的品质，而罔顾其他，张彪就是这种人。忠诚，是这个出身底层、天资平常的武夫安身立命的根本，也是他人格的唯一底色。

让心腹手下张彪拿一张银票悄悄去办的事，起因于好几年前，张之洞刚刚调任湖广总督不久的时候。那天，张之洞去他在搞洋务创办的一个纺纱厂视察，总督的车队路过文昌门大街上的宏兴茶楼，茶楼柜台里面有一个美貌端庄的少女在当肆，刚好被掀起轿帘观赏市容的张之洞一眼瞥见到了，少女托腮凝神，温婉恬静，那清新可人的处子姿态，顿时让总督惊为天人，半个身子都开始麻酥酥了。回府后，他对身边的张彪笑着低声道："文昌门旁茶馆里的姑娘，怎么长得那么漂亮啊。"

张彪很会揣摩总督大人的心意，于是赶紧跑去宏兴茶楼，找到掌柜一问，原来那少女正是掌柜的宝贝女儿，还在待字闺中。张彪亮明身份后，对掌柜说："张之洞大人的姨太太现在急着要一个贴身丫鬟，听说你的女儿长得乖巧，想让她到总督府中去，如果答应的话一定大有好处。这王侯大户人家，真正主内的，哪一座府上都不是贴身的丫鬟？主人主妇的家，一多半都是丫鬟当了。所以说，相府的丫鬟七品官，你这茶掌柜将来升官发财，就落在你的这个女儿身上了。"

那个美貌少女叫素云，她的小掌柜父亲，一来慑于总督大人的官威，二来也禁不住这个攀龙附凤的机会。于是就同意了张彪的要求。张彪连夜将少女素云用一顶小轿，秘密带回了离宏兴茶楼不远的总督府。当晚，在一间帷帐香浓、红烛高烧的密室里，总督大人如愿以偿。

有人可能要问了，总督大人如果不是光棍一条，他这么在府里金屋藏娇，偷香窃玉，就不怕他家一品夫人跳出来怒砸醋缸吗？这，就又要说到张之洞命里克妻的传闻了。

总督大人的原配夫人是贵州一位知府的女儿石氏，少年解元张之洞十八岁的时候，与她结为连理。这个石氏是一名温柔贤惠的女子，而且琴艺极高，却在陪伴张之洞十一年后得病去世了。张之洞又娶了湖北一位按察使的女儿唐氏，这名女子与他生活了才两年多，也因病离世了。此后张之洞又娶了第三位夫人王氏，她是四川龙安知府王祖源的女儿，张之洞好友、大学者王懿荣的妹妹，此女温文贤淑，知书达理，才华出众。但好景不长，两人琴瑟和鸣的婚姻才过了三年，王氏又不幸因难产而死了。

接连三任妻子的芳年早逝，让张之洞又痛苦又困惑。他找到太原的一位名相师。老相师看过张之洞之后，说他的骨相太重，前三任夫人都是因为骨相太轻，经受不起被克死的。如果不想再做鳏夫，就只能纳妾不能娶妻。为了不再闹出人命，张之洞从此听从了太原老相师的话，没有再娶妻，而是纳了两位小妾李氏、秦氏，也不去扶正。此后就真的相安无事了。府中没有了一品诰命夫人，张香帅一朝遇见素云这般绝世美人，色胆一膨胀也就不在话下了。

此后一连两个月，张之洞都与这位美少女极尽缠绵，宠之专房，连女孩儿月经期都不放空。可怜一个初经人事的娇嫩少女，哪里受得了这个中年男人狂风骤雨一般的房中折腾，结果很快就染上重疾，香消玉殒了。张之洞只好命人将素云姑娘的尸体，从后院的墙洞中偷偷运出去埋葬了，然后嘱张彪赔给素云娘家一大笔钱，算是了结此事。

但世上没有不透风的墙，这个丑闻还是有人听到了。后来绰号章疯子的国学大师章太炎，曾改唐诗以讥张之洞并其幕僚长梁鼎芬："而今梁上无君子，终古文昌唤卖茶。"后一句即指此事。

要说浙江人章太炎与梁鼎芬有什么过节，那是因为张之洞曾经请过章太炎来汉当《楚学报》主笔，哪知道这章疯子落笔写的第一篇文章，就是洋洋六万言的"排满论"。总编梁鼎芬看了勃然大怒，连呼反叛反叛，杀头杀头，并带人赶过去将章太炎从报馆扫地出门，还让轿夫拿棍子狠揍了章太炎的屁股几下。从此，这痛恨大清的章疯子，和热爱大清的梁疯子，两个疯子就结下梁子了。

再说，总督大人也没有料到，自己一桩红袖添香夜读书的风流韵事，竟然断送了一个好端端女孩儿的性命，这一定又是自己骨相太重惹的祸。

他自觉愧疚，于是在湖广总督任上，每逢过年会嘱亲随张彪去武昌城内的宏兴茶楼一趟，拿一张银票悄悄送给素云的掌柜父亲，以示抚恤。其实那个时代的他可以不这么做，但比起大清官场上的衮衮诸公，这位湖广总督仍然觉得，自己心中还有一条做人的底线。

在公务方面，张之洞对张彪的信任与倚仗，于操办洋务上最为显著。练兵是洋务的一大要事，张彪就是总督大人在湖北练新兵的重要助手之一。为了向明治维新后打败中国的日本学习，张之洞派出张彪、黎元洪两位武员，偕同文员姚锡光赴日考察。那时，日本政府与军方正对中国采取战胜后的怀柔政策，带着笼络培养亲日派的迫切愿望，他们准备盛情接待湖广总督派来的清朝客人。

督府书房里，张之洞在给日本大贵族近卫笃麿写信，就自己的爱孙张厚琨赴日留学一事，请近卫在日本予以关照。写完这封信后，总督大人感觉双眼有点儿干涩痒痛。照了照镜子一看，眼球上还有一些血丝，可能是他这几天熬夜办公累的吧。

于是，他让人拿来一瓶叫精锜水的眼药，躺下后自己滴到两只眼睛上，然后开始了闭目养神。

超级间谍

这一瓶叫精锜水的滴眼药，可是大有来历。

长久注视着这只百余年前的玻璃眼药水瓶，会让人感觉到它后面好像有很多双犀利的眼睛，正透过玻璃瓶身在向外冷冷窥探着，让人瞬间脊背发凉。

这眼药水，是汉口乐善堂的日本药店老板岸田吟香登门给总督大人看病时赠送给他的。

在武汉本地居民眼里，这位穿马褂戴眼镜、须发花白的药店老板岸田吟香，是个温文尔雅、举止谦和的东洋人。他坐堂看病，而且求诊的人如果贫苦，不光不收诊费，还施赠药品。他经常为当地穷人搞些免费发放眼药水的慈善活动,在当地口碑很好,被汉口老百姓称为大善人。

但这家汉口首屈一指的大药房,背地里却是中国腹地华中最大的日本间谍基地。岸田吟香等日本人将在大陆的浪人纠集整合在一起,使日本的在华间谍活动更有谋略与组织性。

与汉口乐善堂有关的日本间谍中,有一个被称为超级间谍的,叫作宗方小太郎。

这个日本人,可不是普通的情报探子,他是一名战略级别的大间谍。

光绪十四年,刚来中国的宗方小太郎,还是一个在北京崇文门外喧闹的关帝庙市场路边摆摊卖书的青年商贩。混迹于贩夫走卒中的他,穿戴寒碜,盘着条大辫子,憔悴的面容却露出一股坚毅之气。京城中不时驰过的马车扬起飞尘,常常弄得他灰头土脸的,偶可见他皱一皱眉头,但那股不平之气很快就消散开去。他就这样在京城风餐露宿了一年之久。人们路过宗方的地摊时,都以为这个身份低贱的小贩,只是大清朝的一介草民。

光绪二十四年初冬,短暂回国的宗方小太郎,去到东京加贺町,拜访了避难日本的康有为。陪伴康有为的,是一位宽脸阔肩、英气内敛的中国人。

逃难中的康南海先生,仍不失一派宗师的气度仪容。他目光炯炯,昂起一副胡须稀疏的面孔,对宗方朗声介绍道:"这位是唐才常,老夫门下的受业弟子。"

宗方与唐才常四目一相对,彼此拱拱手致意。

原来,唐才常东渡日本后,找到了原来一起办长沙时务学堂的好友梁启超,并被引见给康有为。唐才常对这位当年敢于率梁启超等千余名举人公车上书给光绪皇帝,引起轰轰烈烈的戊戌变法的传奇人物,一向佩服得五体投地,以当代第一人视之。在初次见到这位双目精光四射、面容黧黑的中年人后,就主动自请为受业弟子。康有为欣然接受,并视其为门下高足。那时康有为自称身奉光绪皇帝的衣带诏,号召勤王救国,得到了海外华侨源源不断的巨额捐款。康有为、梁启超与唐才常经常在一起商讨勤王大计。长于行动与组织能力的唐才常,被康有为寄予厚望,希望他像唐朝的徐敬业起兵反抗武则天那样,举义推翻慈禧太后的统治。

康有为继续对宗方说:"唐先生乃有名的湘中义士,也是湖南南学会的代表。其欲举义兵,清君侧,废西宫,救中国。吾受今上衣带之诏,万里来航,泣血求救,就是期冀贵国予以援手,帮助推翻叶赫那拉氏政府,实现我国的维新变法事业。"

宗方客气而冷静地回答:"我国朝野,皆对清国维新派志士抱有极大之同情,但日本政府绝不会轻易出兵。如果因缘际会,时机一至,即使你们不请求,也可得到我国帮助的。那时吾辈将一定为南海先生的义军尽力,以成全诸君的鸿鹄之志。"

看来,康有为极希望说服这个日本政府的重要策士,他开始滔滔不绝地对来客讲起己方的实力。号称湖南南学会有一万二千上流士子,一旦事发,将移军北上,克武昌,下长江,占南京,指京师。而清廷官军能战者,仅袁世凯等寥寥数将,不足为虑。且义军一入湖北,张之洞总督将立即响应云云。

宗方认真倾听着,时而点点头,却不太敢相信康有为说的都是真的。他有时瞥一眼唐才常,发现这个魁梧汉子始终面沉如水,保持着沉默。

谈话持续了三个小时,宗方才起身告辞而去。

次日,唐才常、毕永年二人受康有为嘱托,又登门回访了宗方小太郎,希望在起兵两湖之时,能得到日方帮助。宗方劝他们要暂时沉潜,以待时机,并约定等宗方回到中国后,双方再妥为商议。

为了证实康有为讲的话,即保皇党在湖南究竟有多大实力,一旦发动起义,湖广总督张之洞是否将响应支持,宗方小太郎潜回中国后,专程去武昌的湖广总督府拜访张之洞,打探到了他的真实态度,然后又动身前往湖南考察。

在十九世纪末的一个冬日,宗方小太郎买舟离开汉口,正游历湖南各地搜集情报,却被一场风雪所阻,泊舟于湘阴城外的伏波庙下。

清晨,他从船中醒来,推窗望去,终日飘雪后的湘江两岸,远近山陵一夜白头。岸边的伏波将军古庙的轮廓上,也平添了一抹玉带银钩,让他依稀想起久别的家乡熊本的那一座大雪后银装素裹的水前寺。

这一刻,宗方突然悲从中来。已在中国漂泊了二十年的他,仍旧孑然一身,无家无室,形如漂萍。眺望异国的江南雪景,心中念想着东瀛故国,宗方的脑海里忽然跳出一个词:身土不二。那是佛教经典《大乘经》上的一句话。佛说人的身体不应该离开生养他的土地。那么他呢?

宗方本以为自己发誓终身许国,早已心如古井,波澜不惊了。旅途梦醒后，却发现客中为客，故国遥远，孤处大陆，平生所交皆异国才俊，所习皆中华文章，半生潜伏在这块河山壮丽、文明悠久之地的宗方，究竟是对中国这块土地爱多于恨，还是恨多于爱，连他自己都很难说得清了。

茫然四顾后的宗方，默默坐回到白雪覆顶的小船舱内，就着船家刚添了炭火的红泥小暖炉微光，提笔写下了一首汉诗：

　　江城寒柝夜三更，湘水潇潇舟自横。
　　又是今年今夕尽，满天风雪远游情。

第三章 东瀛

当腊八豆遇到纳豆

华浩一边呵着手,一边在榻榻米上伏几写信。尽管已是仲春时节,但日本关东地方仍然是乍暖还寒,一刮北风,气温就骤降了下来。

他们这一批被张之洞派出的武备生,来日本已经几个月了,在一家专门为清国留学生开的速成日语学校进行预备学习,从这里毕业后,学生们可以升学报考日本的各种专门学校。

初来乍到的清国年轻人,原来被告知中日同文、同种、同俗,结果一来这里,他们却统统傻眼了。日本和中国生活习惯的明显差异,让这群年轻中国人刚来时吃了不少苦头。起初最难适应的,是风格简朴的日本饮食,味道极淡,式样又少,多为一菜一汤,那碗清亮照脸的汤,永远是味道不变的味噌汤,而且食物多生冷。如果生鱼片尚可勉强接受的话,那么生鸡蛋、生萝卜、冷饭便当等这些就让人难以下咽了。这对于民以食为天的中国人,尤其是不少家境优渥的留学生而言,简直就是难以忍受。

华浩在给好友云卿的信中写道:

> 给你说说令人讨厌的生萝卜吧,吃下后打饱嗝儿时,发出的那股不雅气味,就足以让你难为情了。设想是留学生的你,早晨挤上去学校的电车,你身前紧紧挨着的,正好是一位清纯妙曼的日本女生,你为那位女生不娇羞、不畏缩的魅力所倾倒,正在想入非非之际,突然她转过身来,口中一阵硫化氢的萝卜臭味扑面而来,熏得正自作多情的你下意识地侧脸闪避,这岂非大煞风景。

华浩刚刚发现碗中的纳豆时,吓得倒抽了一口凉气,这些发酵过的大豆散发出一种臭味,用筷子夹起时会拉出黏稠的长丝。他还以为纳豆是腐坏了的食物,气得在心中暗暗直骂校方良心大大地坏了,却不知道这种日本食品，原来竟起源于中国古代，经唐朝鉴真和尚东渡传入日本后，一直在王室和贵族中流行，明治维新后才渐成国民美食。后来华浩想了一想，自己家乡的腊八豆，不也是发酵长出白霉后做成的美味小吃吗？纳豆与腊八豆，不过是在发酵的过程中遭遇了不同的微生物而已，没那么大的分别。在给云卿写的信里，华浩将这个有趣的联想告诉了他。

还有，刚来学校时的早餐，每个学生的餐盘里都放了一个生鸡蛋，结果日本下女收盘子时，发现几乎所有的生鸡蛋都完好无损地留在盘子里，她惊慌地跑去告诉膳食主管，后者也急得团团乱转，不知所措。好在这些留日生大都家境不错，官费支给的生活开销也还可以，所以很多留学生喜欢往返于中国菜餐厅，这让本地中华料理店的生意明显火了起来。

被带火的，还有学校附近出租屋的行情，因为日本房东可以从留学生身上赚到更多的房钱。当时校园附近街上经常可以看到房门口贴着字条，上面多写着诸如有空房、清国留学生诸君来看了甚好的字样。

但日文中汉字的意思可能与中文完全不同，这也常常让来日本不久的清国留学生们闹出笑话。华浩的一个同学初次去普通日本人家里访问时，只能与女主人笔谈。

女主人指着桌上的茶写道：御茶[①]。

留学生立即心怀敬畏地打量了一下这家的摆设，却并没发现与日本皇族有什么联系的东西。

接下来女主人指着丈夫的同事写道：同僚。

这个词在中国是专门指同在一个官府衙门做官的人，但留学生知道她丈夫和同事都只是普通的马路清道夫，于是怀疑这女主人是不是有点精神妄想症。

接着她指着丈夫写"主人"，最后指着女儿写道：娘[②]。

这位留学生吓得不敢久待，立刻借故告辞了。当他回去将这次经历告诉同学时，惹得华浩他们一阵哈哈大笑。

华浩在上海来日本的轮船萨摩丸上曾遇到过一个主动与他攀谈的中年日本人，两人当时只能写汉字做简单交流。在船就要到达横滨港，他们用

[①] 日语表示"茶"，编者注。
[②] 日语表示"女儿"，编者注。

笔谈告别之际，这位日本人写道：请常给我寄"手纸"。华浩一见之下顿时大惊，心想：难道在日本连上厕所的手纸也缺吗？他后来问别人才知道，日语中的"手纸"不是出恭后擦屁股的卫生纸，而是人们往来交流的书信。于是，华浩在给云卿等国内朋友写信时，有时不忘调侃一句：我又给你寄擦屁股纸来了。

但在初登岛国日本之际，让所有清朝留学生印象深刻的一幕，还是他们目睹的一群群日本男女学生。特别是女学生，她们着木屐，系红裙，宽袍广袖，发髻如云，三五携手，款款婀娜，早晨入塾，午后放学。这些少女常常在路上一唱众和，歌咏而行，别有风情，成为日本街头一道亮丽的景色。而同时代的中国女子还过着缠足在家、闭门不出的生活。

明治维新后的日本，仅仅一代人的时间，就已经是各地学校林立，即使远至穷乡僻壤，学堂校舍也比比皆是。日本教育的景象之繁荣、义务教育入学率之高，不光让留学生们为祖国的教育不足与落后而扼腕长叹，也震惊了清朝派出的各路考察团。华浩在写给云卿的信中感慨道："日本学校之多，如我国之鸦片烟馆，其学生之多，如我国之瘾君子。"

而最让清国留学生难堪的，是他们每个人头上的辫子，容易被甲午战争后民族自豪感爆棚的日本人嘲笑。留学生在路上走的时候，身后常常尾随一群日本小孩儿，嬉笑叫嚷着"猪尾巴"或是"半边和尚"，这令留学生们的自尊心很受伤。

另一个困扰留学生的问题，是性。

异国他乡的这一群年轻人，因为语言文化、饮食习俗等诸多障碍，常常倍感孤独。而性道德并不那么严格的日本，让不少年轻的留学生荷尔蒙飙升，心猿意马了。

华浩曾经随老留学生去过当地公共浴堂，那里还是男女同堂分浴，浴室左右各一，中间隔以矮壁，正中入口处置一高凳，浴堂女管事端坐上面，左右看顾。虽然男女分浴，但毕竟共处一堂，水汽缭绕之间，白花花的异性裸体隐约可见。这情景让华浩面红耳赤，不敢抬头多看，让带他去的朋友笑话了好几天。

留学生们在课余，除了偷偷看日本浮世绘的色情画，诸如喜多川歌麿、葛饰北斋、歌川国芳等名师画的那些让人血脉偾张的春宫画之外，还接触到了明治时期盛行的日本自然主义小说，其中大胆追求女性的香艳情节和赤裸裸的性描写，同样让留日学生受到了强烈的情欲刺激。有的时候，华浩难免也独自在被窝里，偷偷干点儿所有男孩子都做的事，以此来释放压抑的性冲动。

但有些留学生却走得比他要远得多，他们追艺伎、逛红灯区、嫖暗娼、睡女佣，这成了一部分清国学生的日常生活写照。远离家乡父母监管，没有了熟人社会的传统道德与心理羁绊，他们可以纵情享乐，他乡翻作温柔乡。

华浩在给好友的信中，并没有多讲同胞中间让他看不太习惯的现象，因为在日留学生圈子中，这样的丑闻一旦讲出来，稍加多问就不难知道是哪位了。一向志存高远的他，虽然对有些留学同胞的自甘堕落行为感到失望，但并不想过于关注这些人与事的绯闻八卦。他只用一句在日文书籍中看到的格言来解脱："责友当秘密，颂友可公开。"

而他贴在宿舍墙上的另外几句格言是：

真英雄决不失望。

自重自尊，自轻自贱。不矜细行，终累大德。

丫姑爷初识西乡隆盛

上野公园每年到了樱花季，樱花大道上空的绯色花云，压得花枝累累低垂，直逼观花人潮的头顶，产生出一种快要让人淹没到透不过气的错觉。一阵风过，落英纷纷如骤雨倾盆，十分壮观。

樱花在晴空下密集绽放又迅速凋零的景象，给人以生死匆匆的壮烈之美。这一自然景观，竟然深深影响到这个天灾频发的岛国的人民，形成了他们独特的精神品格。

隆重的"樱花祭"节日典礼活动，已经随着花期的由盛转衰，开始走向尾声，公园里的人流也不那么多了。这天是个多云的晴日，东京上野公园里来了一群中国人。他们是湖广总督张之洞派出的赴日考察官员张彪、黎元洪等几位武员和文员姚锡光，加上两湖学院先期派遣来的几个武备留日学生作为他们的陪同，其中就有华浩。

这次赴日考察受到日方很好的接待，张彪和所有考察团的同僚都感到十分满意。由于时间比较充裕，他们参观了几乎所有的日本陆军学校，还考察了枪炮制造、营垒炮台。黎元洪等几位武官还被分派到禁卫骑兵联队，与日军一起参加训练，每个考察者都有收获颇丰之感，回国后可以好好向张之洞总督大人汇报了。所以考察官员们赶在樱花季还没有完全过去，在几位两湖学院武备留学生的陪伴下，来上野公园散散心。说来这些学生与考察团诸公之间，同出张之洞大人的湖广总督府一门，彼此还算有师友之分呢。

一进公园，众人就看到了西乡隆盛的铜像，这个明治维新著名政治活动家的铜像刚刚落成才一年，受到所有日本国民的敬仰。华浩还曾经抄写下据说是他写的诗，当作自己留日求学生涯的座右铭之一：

男儿立志出乡关，学不成名死不还。埋骨何须桑梓地，人生无处不青山。

考察团中官阶最高的武员张彪，不认识这尊五短身材、牵狗握剑的光头布衣武士是谁，就问一旁的陪同者。有人简要讲了西乡隆盛领导尊王倒幕、建立明治天皇新政府，后来又发动反政府的武装叛乱、兵败而死的生平。张彪听得有点儿犯糊涂，于是考察团中的文员姚锡光，就操着他的江苏吴语口音，用三国演义当作比喻，将幕府末、明治初期的各方人马，带入到三国故事的框架中，给这位读书不多的丫姑爷做个讲解："张大人，您可以将这位西乡隆盛，看成是日本的关云长，就是您的山西老乡关二爷啊。不过，这出日本三国戏的戏文，是按照他们本国的故事演下去的。就在几十年前，日本还被一个类于曹操的家族，叫德川幕府的长久统治着，日本天皇也像汉献帝一样，被德川幕府的将军当作一个傀儡皇帝，就是曹操挟天子以令诸侯的做派。这上野公园，原来就是德川幕府的一处宫苑，也等于是曹操那个有名的铜雀台，铜雀春深锁二乔的地方。话说，当时日本两家最大的诸侯：一家叫萨摩藩，相当于刘备的蜀汉；另一家叫长州藩，相当于孙权的东吴。这位西乡隆盛就算是蜀汉的关羽，他看不过日曹操欺负日本汉献帝，也就是德川幕府将军欺负天皇，就联合了萨摩藩和长州藩，一起干掉了德川幕府，让明治天皇出来当了全日本国的共主，这就是尊王倒幕、王政复古了。西乡隆盛成了日本的大英雄后，功成身退了。但是原来在各路诸侯手下混饭吃的日本武士们，突然发现他们在帮助明治天皇建立新统治之后，却在简编后的维新政权里找不到饭碗了。"

听到此处，张彪插嘴道："就像是给关老爷扛大刀的周仓、廖化啊这些部下，丢了吃饭的营生啦。"

众人皆笑，姚锡光也笑着说："是的，张大人您说得没错。后来啊，西乡隆盛为了给他手下的一帮失业弟兄讨个公道，这位义薄云天的日本关公，抛弃了自己的荣华富贵，又带领他们造了明治天皇的反，结果兵败后他命令部下砍掉了自己的脑袋。"

张彪听了连连摇头："可惜了这位大功臣晚节不保，如此说来，他后来背叛明治天皇，也就当不得日本关圣帝的名头了。可是明治天皇现在不是还在位吗，又如何给他立了铜像呢？"

姚锡光笑了笑，说："西乡隆盛死后，他的爵位先是遭到剥夺。然而日本民间几乎一边倒地同情他，为他恢复名誉的声浪甚高，这迫使明治天皇也不得不表示愧惜之意。后来西乡隆盛终于获得天皇特赦，并追赠正三品的官阶，去年还在此地给他立了这座铜像。"

张彪仍然摇着头，一脸认真地说："君要臣死，臣不得不死。这日本终究是个化外之国，不能真正学到我中华上国的孔孟圣教，怎么连天皇老子都要乖乖听本国草民匹夫们的话，给一个乱臣贼子立像呢，不像话，不像话。"

考察团有人附和张彪的话，姚锡光这回只是又笑笑，没有再说什么。华浩听了却在心中想道，恐怕这就是日本和大清的区别所在了，一个已经走上了君主立宪道路，即使身为天皇也不敢以私怒伤天下公议；一个还是在玩弄专制君王生杀予夺的权力手腕。所以中日甲午一开战，我国纵使也不乏忠勇将士，可奴役之国遇上的是朝野一心、上下合力的宪政之邦，岂有不败之理。

华浩又想起在日本听到的一个传说，甲午战争前，明治天皇每天只吃一顿饭，为的是节省宫内开支来买军舰，以帮助日本海军赶超大清北洋舰队；而慈禧太后却在中日战争迫在眉睫之际，挪用海军巨额经费修颐和园,为的是庆祝自己的六十大寿。她还对试图劝阻的大臣说:今儿个谁让我不高兴,我让他这辈子都不高兴!一想到慈禧这个深居宫中却掌控着四万万中国人命运的满人老太婆,年轻的华浩就从内心生出极度的厌恶。

这群人离开西乡隆盛的铜像,继续向公园深处走去。这时,一阵咿哦悠长的男子歌咏声,伴随着锣鼓的敲击声从远处传来,那歌声听起来很是凄厉狂暴,颇有杀伐之风。

华浩告诉考察团官员们,那是上野公园里的喇叭馆在上演日本能剧。华浩看过能剧,演员们戴着面具表演,服装华丽,他们压低嗓子,从喉咙里发力逼出一句句深沉刚劲的唱词。那每个亮相接一个停顿的动作造型,像极了一群活雕像,庄严之中有某种特别的仪式美。能剧中的某些狰狞面具,让华浩想起家乡湖南的赶集庙会上看过的傩戏,但傩戏的唱和跳都比较随意,那似乎都是乡人求神驱邪的舞蹈。而明治时代的日本能剧却多演古代战事与复仇,都以武士故事为主题,弘扬武士道精神。看来,与这样一个好勇尚武、崇拜强者的民族为邻,必要小心了,华浩想道。

上野公园的大铁锚

一行人在公园里聊着走着,突然,一个考察官员指着不远处说:"诸位快看,那是什么?"

众人趋前,只见公园草地上,竖立着十数枚半人多高的大炮弹,它们被铁链围成一个栅栏,中间躺着两尊巨大的铁锚,旁边还有一块日文碑铭。

众人中有人以前来过这里,就低声说:"这是我国北洋海军的两艘铁甲主力舰,镇远、靖远舰上面的舰锚。"

原来,几年前甲午海战后,打赢了的日本人从镇远和靖远舰上拆下了舰锚,当战利品摆在上野公园,来炫耀武功。这些炮弹都是镇远舰主炮的弹头,弹头之间焊接的铁链条,就是镇远舰的锚链。

所有人一下子都沉默了。没有什么比一群军人在敌国遇到本国战败后的缴获物更加感到耻辱了。这两只铁锚，就如同暴尸在异国他乡天空下、经历日晒雨淋的两颗战死同胞的头颅，这群人中的每个人，都默默向它们脱帽低头。

镇远舰曾经是大清海军的骄傲，这艘排水量七千多吨的铁甲军舰，在刚刚离开德国伏尔铿造船厂、正式列装北洋舰队时，是当时世界上最先进的一等铁甲舰，的确引起了全亚洲很大的轰动。镇远舰与稍晚于它的同级别姐妹舰定远，这两艘德国造铁甲巨舰，曾开启过中国海军最为风光的时代。

光绪十二年，也就是甲午海战开打之前八年，北洋海军提督丁汝昌率镇远、定远等四艘大中型军舰，在巡视朝鲜及俄国海参崴等地后，归途中顺路带领这支龙旗飘扬的舰队，驶入日本长崎港，按照李鸿章的命令进行亲善访问，同时在三菱造船所的深水船坞里，做舰体上油养护，因为当时中国还不具备大型舰船保养维护的能力。

这两艘巨舰的到访，在日本朝野引起一片羡慕甚至恐惧的情绪。大批长崎市民成群结队、扶老携幼前来观望，望着威风凛凛的巨大军舰，不时发出一片"呦西""斯高伊"等赞叹和敬畏之声。当时，日本海军最大的三艘主力巡洋舰，排水量都只有三千吨，还不到镇远、定远舰的一半，与北洋舰队这两艘庞大的七千吨级的一等铁甲舰相比，大清海军仅在气势上就形成了彻底碾压之势。没办法，那就是一个巨舰大炮的时代。

本来按照李中堂的意思，这次北洋舰队到访日本长崎，既是一次对邻邦的亲善访问，也是一次国家实力展示。两次鸦片战争中，大清被西方列强轮流按在地上使劲儿摩擦，够丢脸面的了，这回自家也买了大兵舰，开出来给亚洲邻居看看，充一回亚洲老大抖抖威风，应该是妥妥的。特别是近些年中日之间因为琉球群岛、朝鲜半岛乃至台湾问题多有争端，李鸿章派出镇远、定远两艘巨舰前往日本，其中也不乏震慑、吓阻那打算学习西方列强，也开始对中国咄咄逼人的东亚邻国之意。可中堂大人没想到，这威风抖着抖着，可就出事了。

按国际惯例，水手或者水兵这一群精力旺盛的年轻男人，长时间漂在海上的铁房子里，数月见不到陆地和女人，上岸后总是喜欢逛窑子、胡闹一通来寻找发泄的，北洋舰队的水兵们当然也不例外。四艘军舰抵达长崎后，北洋水兵开始进城逛街、狎妓。

话说长崎一条叫丸山巷的某家妓馆，因为清国水兵的到来而生意火爆。一群清兵正在门口排队，却有个声称是会员的日本客人，不经排队便径直而入，这下水兵们火了。一番鸡同鸭讲的中日语相互争吵后，水兵们与妓馆的看家护院大打出手，砸坏了人家的玻璃和家具，结果妓馆老板把警察召来了，但水兵人多势众，反而前往丸山町派出所继续闹事。并将一名日本警察刺成重伤，肇事水兵也受了轻伤并被逮捕，不料军舰上竟冲出四百多人，直扑丸山町派出所而去，而舰上的十二寸巨炮也掉转炮口，对准了长崎市区。这下日本可吓乖了，面对坚船利炮，只能赶快放人，还要向中方赔礼道歉。

当天的事件中，一名日本警察重伤、一名中国水兵轻伤，事情后来都交由中国驻长崎领事处理，但日本人在自己的国土上吃了亏，断然不会轻易咽下这口气。在北洋海军方面，提督丁汝昌严令水兵不许再上岸，因而彼此暂时相安无事，事态似乎有望得到平息。

但两天后，长崎事件又出现了巨大反转。由于北洋舰队聘请的英国总教习、副提督琅威理为水兵说情，说这么热的天，水手们被关在船上也很不舒服，容易生病。所以最终在两日后的下午，有几百名水手被许可上岸休息，但是丁汝昌提督不允许水手们携带武器。

那天傍晚时分，早有预谋的数百名日本警察、浪人突然冲了出来，将长崎市区各街道两头堵住，开始持刀追杀在街上游逛的北洋水兵。混乱当中，一些当地的日本人也从楼上浇沸水、掷石块，有的甚至也拿着刀棍参与混战。由于猝不及防，加上没有携带武器，北洋水兵们这次吃了大亏。事后统计，在第二次冲突中，北洋水兵当场死亡五名，事后因重伤又死亡两名，四十人多受伤；日本警察也被打死两名，受伤者三十名，当地日本人也有多名负伤。

长崎事件中，有一个容易被忽略、后来却证明有可怕影响的细节，那就是，清兵与日本人混战中，有人不慎丢失了北洋水师的军用密码本，日本人捡到了它。这导致了后来的甲午战争中，清军老是处于被动挨打的境地。这是后话。

再说当时长崎事件发生以后，李鸿章立即下令将南洋水师的四艘巡洋舰也派往长崎，加上先前的四艘战舰，此时长崎港共停靠着八艘大清战舰，所有的大炮，都脱去炮衣，炮口全部整齐地指向长崎市区。李鸿章还召见了日本驻天津领事波多野，语气严厉地说：开启战端，并非难事。我兵船泊于贵国，舰体、枪炮坚不可摧，随时可以投入战斗。

面对兵临城下的北洋舰队，日本显得相当紧张，不得不在谈判桌上与清朝开始和谈，但是和谈却因双方的意见分歧，久久悬而未决。当时清朝驻日大使徐承祖，以及北洋水师的英国人副提督琅威理，都力主与日本开战，让八艘战舰一齐炮轰长崎。琅威理认为此时对日开战，可将相对弱小的日本海军扼杀在摇篮里。

但老谋深算的李鸿章，到底是清王朝的重要人物，不会与下属一般见识。清朝刚刚打完中法战争，这位北洋大臣不愿轻启战端。再说了，因为他的水师部下嫖妓打架这点儿破事，就要上升到两国打一场战争，这以后要写进史书里去，他中堂大人也未免太丢老脸了。最终中日还是双方和解，各自处置己方肇事人员，抚恤死伤者。但日方出的抚恤金几倍于中方，成了变相赔款。

外国水兵闹事却要己方赔款，在自己的国土上被对方军舰炮口赤裸裸威胁，一时日本人人引为国耻，此后数年，日本走上了勒紧裤带养海军、赶超北洋舰队镇远和定远舰的道路。连日本孩童都用纸叠的军舰，玩起了击沉北洋水师旗舰定远的游戏。

这就有了明治天皇发誓日食一餐，直到日本有足够的钱来买一条新战舰为止的故事，这条著名的军舰名叫"吉野"。

日本当时明治维新刚刚起步不久，经济上并不宽裕，所以日本天皇号召全国凑钱买军舰。为了买船，明治天皇从内库拿出了三十万私房钱，又下令整个皇宫节衣缩食，日本皇妃连首饰嫁妆都变卖了。日本国民听说天皇为了买船，竟然如此节衣缩食，都非常感动，于是他们纷纷自动地发起捐献。朝野上下的齐心合力，让日本终于从英国买回了"吉野"舰，这是当时世界上最快的巡洋舰，其大口径速射炮的最高射速，可达到每分钟七发，这竟然是舰龄要老十年左右的镇远、定远舰主炮射速的二十倍以上。它马上就成了日本海军的王牌主力大杀器。北洋海军的主力铁甲舰都已服役多年，一直得不到装备升级更新，军械火炮也被缺少零件、弹药老化及不足等问题所困扰。

相比起明治天皇的日食一餐，慈禧太后每顿饭一百一十八道菜还嫌不够，说简直没法下筷子。她老人家办一场大寿，就可以用掉买好几艘新战舰的钱。听说日本天皇靠牙缝里抠出点肉来供养海军的传闻，甲午战争前的京城国人一时将之传为笑谈。

慈禧本人从官员的进贡行贿中搜刮了巨额私产，这其实是当时已广为人知的公开秘密。后来在甲午战争进行期间，清朝军费极其紧张，甲午新科状元张謇给他的座师、主战派大臣翁同龢的密信里建议："外间传闻禧圣尚有储款二千万，若果有之，似亦可请。"这个当时过于天真的状元郎，还想促请慈禧太后学那日本明治天皇，将她的私房钱拨充军费，以打赢甲午战争，真是敢做白日梦啊。

一场急起直追的海军建设竞赛之后，日本人开始有了底气。清光绪二十年，他们发动了改变中日国运的一场大战：甲午战争。

甲午海战

作为张之洞幕僚的姚锡光，以前也曾入过李鸿章的幕府，对李中堂一手创造的北洋水师以及他当时决策指挥的长崎事变过程很是了解，而且姚锡光虽为文员，却对全球海军事务一直颇有钻研，是清朝为数不多的海防专家之一。他站在镇远和靖远舰的铁锚前，给其他人讲北洋水师的故事，年轻的华浩忍不住问："姚大人，那后来镇远和靖远舰怎么样了？"

这位中年人深吸一口气，又缓缓吐出来，像是一声长叹，然后讲出了几年前，这两艘北洋军舰在甲午战争中的遭遇。他从中日黄海大海战讲起，直到战败的北洋水师主力舰，镇远和靖远舰全员及舰船最后的结局。

姚锡光讲完后，众人又是一阵沉默。远处隐约传来咿哦歌唱的悠长女声，那是日人还在表演能剧。这给笼罩着铁锚展示地的死寂气氛，增添了一种诡异之感，让你联想到午夜坟场的黑暗中，飘忽不定的女吊哭声。

年轻的华浩，一直听得热血上涌。他想象着自己正在起火爆炸的军舰甲板上，被炸得身首异处的战友那颗带血头颅拖着散乱的辫子，径直向他飞来；他又似乎看到，一位拒绝投降的长官端坐椅上，头垂胸口，已经吞枪自尽；一艘被解除了武装的北洋海军练习舰，载运了战败后接连自杀身亡的舰队司令官和几位舰长的灵柩，在蒙蒙细雨中凄然离港，汽笛哀鸣。

华浩突然感到心头堵得十分难受。他认为，那场战争是男子汉之间在沙场上的决斗。古人云：将死鼓，御死辔，百吏死职，士大夫死行列。军人战死疆场是尽本分，但华浩开始相信，那些死难海军将士的血肉，最终只不过变成他们效忠的国家那个特权上层集团，清廷贵族的又一场人肉宴。

华浩希望，此时在祖国出现一面旗帜，他能投身于那旗帜之下，和志同道合者一起去战斗，去改变自己苦难深重的国家，就像明治维新的日本志士那样。可是，那一面旗帜又在哪里？华浩的内心深处，有个声音在悲愤地呼喊着。

这群人中职衔最高的武官张彪，发声打破了众人的沉默。他盯着大铁锚，忽然似乎想起了什么，开始叫起黎元洪："宋卿老弟，听说你好像是打过甲午海战的吧，也给大伙说说你打仗的经历吧。"

但张彪的这一声叫唤，却没有得到回应。他诧异地向众人看去，却没见到黎元洪。一旁的姚锡光轻触了张彪的手臂一下，又向不远处一棵大树努了努嘴。张彪这才发现黎元洪一个人在树下，手撑在树干上，背对着众人垂首而立，双肩似乎在轻轻颤动。张彪正欲上前问个究竟，却被善解人意的姚锡光止住了。

原来，黎元洪这个一脸和善、气质深沉的中年军官，是几年前甲午黄海大海战中，舰沉落水后死里逃生者中的一个。而他当军官服役的那条军舰——广甲舰，在甲午海战中名誉扫地的表现，让黎元洪背负了一段羞以启齿的战争经历。今天，黎元洪见到靖远与镇远这两只甲午海战英雄舰的铁锚，顿时百感交集。

黎元洪的甲午战争经历，开始于他所在的广东水师广甲舰，与广乙、广丙舰一起，从广东解送岁贡荔枝等南方水果去京津，给宫中的太后和皇帝尝鲜。慈禧太后喜欢闻花果的香味，所以她每年都要浪费大量的新鲜水果摆放在宫里各处，这个方法叫作薰殿。

因为朝鲜局势渐趋紧张，李鸿章的亲哥哥，两广总督李瀚章，让这三艘广东水师军舰到达天津后留在北洋水师备战，作为对二弟李鸿章的个人支持。

甲午黄海大海战打响了，黎元洪驾驶着广甲舰，作为铁甲舰济远舰的僚舰参加了战斗。但是,在邓世昌舰长的致远舰被击沉后,济远舰舰长方伯谦见状,立即命军舰掉头逃离战场。他的僚舰、广甲舰舰长吴敬荣一看,也急令管轮黎元洪驾驶军舰尾随在后撤离,作为下级的黎元洪,不得不听命于舰长吴敬荣的号令。这两艘军舰的逃跑,直接带乱了北洋舰队的作战阵形,成为黄海海战的一个转折点。

广甲舰离开战场后,逃至大连湾三山岛附近,舰体轰隆一声触礁进水,进退不得。被困几天后,在海上游弋的两艘日舰突然发现了广甲舰,便朝其驶来。黎元洪眼睁睁看着上司吴敬荣乘小艇逃走了,此时他最担心的,是被日本人抓去当了俘虏。在绝望中,黎元洪与同袍们纷纷跳进了大海。他们都有同一个念头:宁愿蹈海而死,也不愿意当日本人的俘虏,这是大清军人的最后一点儿体面。

在海上漂泊了不知多久,黎元洪已经完全精疲力竭,靠着战前他自己掏腰包买的一件救生衣,才没有被淹死。一同跳海的伙伴们都被海浪打到不知去向,剩下他一个人,在茫茫天海之间沉浮着。

黄昏之后,暮色渐起,星星开始出现在天幕。在恍惚中,黎元洪回想起童年时因为饥饿,偷吃村民地里大白萝卜、生红薯的记忆。还有,小时候听大人讲自己周岁时,有个和尚进村化缘,自称能够相面,在抱来看相的三个婴儿中,和尚指着小黎元洪说:这孩子头平、额润、天庭饱满,将来一定会出相入将,贵登极品。

将死之际的黎元洪,想起了那个和尚多年前的预言,不禁从嘴角泛出了一丝苦笑。他宁愿自己在海战中光荣战死,而不是这样在孤独和绝望中慢慢死去,成为一具没有尊严的无名尸体。但这才是我黎元洪的命,只能接受。我生于卑微,也将死于卑微。他仰面看着夜空中划过的一颗流星,在心中对自己默默地说。

渐渐地,他的心跳开始变得微弱了,最后昏迷了过去。

等到黎元洪醒来时,他发现自己被海浪神奇地冲到了岸边。他使出最后的力气,徒步走回旅顺,一路上靠吃农民地里的生甘薯充饥,就像他儿时当乞丐一样。

这一段耻辱的海战经历,他从不愿意对人多讲。直到今天在异国土地上,意外遇到了甲午海战的北洋军舰遗物,黎元洪才流露了内心深处的伤痛。但他不久就恢复了正常,默默从树下回到众人中间。

考察团里没人再问黎元洪什么，因为在他返回之前，已经有人悄悄告诉大家，当年黎元洪跳海死里逃生后，一路辗转回到旅顺海军基地时，清朝衙门正在缉拿甲午海战中跳海逃命的广甲舰水兵。黎元洪自投罗网，当了他那位逃跑的舰长上司的替罪羊，结果以逃兵的罪名被关了几个月，后因证据不足释放了。失了业的海军军官黎元洪迫于生计，只能另谋出路，这才去南京投奔当时的两江总督张之洞，从此干起了陆军。

一行人带着惆怅，离开了樱花飘零的上野公园。后来，继续在日本考察观摩军事的黎元洪，曾经联系东京华侨界人士，要求清廷使馆官员与日本政府交涉，以撤除甲午海战缴获品的公开展出，但日方予以了婉言拒绝。

华浩在听过黎元洪的故事后，改变了对这位中年军官的看法。

预科学校的藤原校长

要说留日生涯中对华浩影响最大的人，按时间顺序来讲，第一个人应该是日本预科学校的藤原幸次郎校长。

这位留着浓密八字胡的中年日本人，乍看上去长相和日本农夫没啥区别，就是个精力特别充沛的小个子。但在开学典礼上的第一次讲话，就让华浩对他有了好感。

藤原一开讲，就是一口非常流利却稍显生硬的中文，他首先称呼华浩他们为年轻的中国朋友，然后说道："清国年轻的诸君之到来，是我们日本国莫大的荣幸。因为自隋唐以来一千多年，日本都不断派人去中国学习你们的文化与制度，所以，中华是日本的文明母国，凡有文化的日本人都无不承认这一点。诸君以后如果去奈良的唐招提寺参观，就会发现，所有日本人在见到唐朝鉴真大和尚的肉身像时，无不双手合十膜拜，万分崇敬。中国这个文明的启蒙老师，对我们日本是有大大恩情的。"

说到这里，藤原校长话头一转："人类文明的进步，无非是地球上不同族群一个你追我赶的过程，谁也不能保证自己会永远领先。近年中日之间的争执，是一件非常遗憾之事。但也不尽然，你们能够放下恩怨，前来我国学习，这是一个大国的胸襟气度。贵国光明的未来，就在你们身上。"

藤原停下来，对着留学生们做了一个深深的九十度鞠躬，然后接着讲下去："其实日本的开放与进步，也是因为更强大更先进的文明打到门口，被逼出来的。这就是诸位都听说过的，美国佩里将军所率舰队的'黑船来航'事件，它引发了日本的尊王倒幕运动。随着德川幕府的倒台，我国几百年的锁国时代方告结束。天皇上台，君主立宪，之后展开明治维新，开始了日本社会各方面整体的变革与进步。所以说，我们日本人并不怨恨逼着我们开国的西方列强，因为日本明白了：每个民族在进化的道路上，都不应该做一个孤独的旅行者。"

他又停顿了一下，继续讲道："我很理解各位在鄙国遇到的诸多困难，有语言上的，有生活上的，还有一些愚蠢的日本人，可能对你们表现出轻视和嘲笑。这并不奇怪，哪里都会有贤愚不肖，请诸君不必介意，因为你们都是中国的精华，不会与这些下等人一般见识。真正有文化教养的日本人，都会对中华文明有感恩之心。我和我的同僚们，也会竭尽所能，帮助诸位在这里完成学业。中国的诗经有云：投我以木瓜，报之以琼琚。匪报也，永以为好也。希望你们学成之后，报效母国，并将中日两国相扶相依之情，铭刻于心，传之后代，以永结友邦之好。这是我与很多日本人的心愿。"

藤原讲完，带领学校老师，一齐面对中国留学生们，又来了一个长时间的九十度鞠躬。年轻的华浩真的有点儿感动了，他不知道别的中国留学生听了是什么感受，但他认为，藤原校长确实代表了希望中日两国友好起来的那些日本人。在预备学校的一段日子，让华浩缓和了初来留学时对日本多少存在的一点儿抗拒感。他为日本式的维新道路所吸引，更加坚定了作为立宪派的立场。

接下来在预备学校的生活，几乎证实了华浩的判断。藤原校长为清国留学生开的课目相当丰富，除了日本语外，还有数理化、地理历史生物、图画体育英语等。他还请了外校的教师，来举办诸如进化论与人类学、中国地质、世界形势、军事要略甚至战场医学等讲座，让武备留学生们大长见识。

藤原幸次郎一向以和平主义者自居，持有一种渐进主义的历史观。也许是他已经隐约感觉到了清国留学生中间不少人对本国政府的敌意。于是向留学生们鼓吹中国社会的演进一定要戒急用忍，切忌激进与暴力。华浩却不认同藤原校长的这一劝说者立场，他想，如果你们日本人在美国舰队的"黑船来航"后，也一味戒急用忍，不去武力推翻昏庸无能的德川幕府统治，你们能有今天吗？

可当听到藤原说，满人与汉人的一国君臣名分既定，就应该以忠于国家为要义，云云。华浩气得在心里用日语骂了一句"马鹿"①。这好好先生藤原，怎么连如此昏话都讲出来了。连你们日本军方都知道，想谈点儿正经事就得去找张之洞总督这些明白事理的汉人大臣，不可能去北京跟慈禧这个满人老太婆谈，她除了玩弄宫廷权术和下旨杀人，还懂个啥？如此君臣名分，你也要我去尽忠吗？

藤原校长的本意，也许是真心为中国考虑，希望通过教育使这个古老帝国实现社会渐进改良与平稳进步。他认为如果中国现在发生动乱，必将引起领土分裂与西方列强瓜分，也将使同为黄种人的日本有唇亡齿寒之忧。但他苦口婆心的对醉心于革命的留学生的劝阻，却让华浩等不少中国学生产生了逆反心理。年轻而敏感的留学生们，对藤原幸次郎这种亲华的明治时代知识分子的传统保守主义，开始感到不满。他们认为，藤原的和平主义只会使以慈禧为首的清朝统治集团更加腐败。在和平渐进与武力革命之间，日本校长与他的中国学生产生了巨大的分歧。

与其在屈辱中走向灭亡，不如以热血生命豪赌一场，以激荡求进步，以革命求立宪，即便赌输了头颅也不后悔。明治维新成功前的吉田松阴、坂本龙马那些志士不就是这样的吗？好男儿只惜天下苍生，何惜一命。华浩一念至此，心潮翻涌不已。其实，这并非华浩一个人的想法，如此几欲爆炸的紧张感与悲愤之情，在众多爱国留日学生的书信、文章中几乎随处可见。

日本当时已颁布帝国宪法达十年之久，正在形成国民国家与立宪国家的雏形。中国流亡者与留学生在日本这个社会环境中，得到了清廷政府统治下的中国所没有的言论与行动自由。因此，他们组织了各种活动，如集会、演讲与办报等，思想非常活跃。就连张之洞派来的两湖留日学生监督

---

① 日语意指稀里糊涂的人，出自中国成语"指鹿为马"。

钱恂，都是个推崇新学的开明之士，任由这些留学生在东瀛接受新思潮。

让留日学生华浩受影响最大的第二人，从时间上排列，就是大名鼎鼎的梁启超。

华浩第一次见到梁启超，是在东京的一场演讲会上。

那天，华浩和三个同学一起，坐电车来到东京神田。这地方华浩已经来过很多次，一条叫神保町的书店街上书肆林立，喜欢读书的人可以在这片书海里各取所需。中国人的各种社团活动，也经常在神田进行。

演讲会在一个叫锦辉馆的会议厅。华浩他们一走进馆内，就被热烈鼎沸的气氛感染到了，主办者居然还请来了当地的军乐队。演讲开始前，一群留学生在乐队伴奏下，首先唱了一支雄赳赳的军歌：

从军乐，告国民：世界上，国并立，竞生存。献身护国谁无份？好男儿，莫退让，发愿做军人，发愿做军人。……

从军乐，乐无穷，人一世，死一遍，难再逢。男儿死有泰山重，为国民，舍生命，含笑为鬼雄，含笑为鬼雄。……

从军乐，乐凯旋，华灯张，彩胜结，国旗悬。国门十里欢迎宴，天自长，地自久，中国斯万年，中国斯万年。

华浩听着听着，浑身血液都快沸腾了。他看到唱歌的留学生中，有一位清秀俊朗的少年，高昂起头，唱到激动之际，竟用力挥起手臂来，很是引人注目。

华浩旁边有人悄悄告诉他，这个年龄不大的学生叫蔡松坡，还是你的湖南老乡呢。在稍后与蔡松坡的交谈中，华浩得知他是梁启超原来在长沙时务学堂时的学生，戊戌变法后追随老师梁启超来到日本求学。这个少年在平日里，却是一个气质深沉到有几分忧郁的人。后来，华浩与蔡松坡两个意气相投的湖南年轻人，在异国他乡结交成了好友。

军歌声毕，梁启超开始了当天的演说。他讲起了自己创作这支军歌的经历：一个冬日，他在上野公园附近散步时，突然听到一阵极为雄壮的军歌声，原来那里正在举行日本军营新兵入伍、老兵退役的交替仪式。亲友迎送，满街红白旗帜相接。而最让梁启超感到震撼的，是为新入伍者题写的大幅标语——"祈战死"。梁启超目睹此景，大为感慨：中国历代诗歌多言从军苦,以杜甫《兵车行》中"牵衣顿足拦道哭,哭声直上干云霄"为最著名者。日本之军旅诗歌却皆言从军乐。

回到住处,兴奋不已的梁启超,马上呵开冻得硬邦邦的笔毫,在纸上一挥而就写下了数段歌词,再配以民间乐曲的旋律,让弟子蔡松坡带领留学生们学唱,他期待以这首军歌,来激发中国学子的爱国尚武之气。

演讲到最后高潮之处,梁启超激动到几乎不能自抑,他用力张开双臂,大声讲道:"华盛顿、拿破仑、马志尼、坂本龙马,这些本国天之骄子,在建功立业之始,哪一个不是血气方刚的青壮年?日本人谓我为老大帝国,皆因掌政者多衰老年迈,方造此老朽冤孽之名。好容易出了一位年轻的明君圣主光绪帝,堪比他日本国的明治天皇,却被那老妇人慈禧囚于深宫,不见天日。诸位,你们许多人来日本留学,不就是为了学习它明治维新强国之途的吗?我国已经有了自己的明治天皇,可我们的西乡隆盛、木户孝允、大久保利通又在哪里呢?"

梁启超停顿了片刻,又一字一句地说:"我相信,在你们中间,一定会出现像西乡隆盛这般维新变法英雄的。一个少年中国,亦必将屹立在世界之东方。"

他的演讲,在一片热烈的鼓掌与欢呼声中结束。华浩的双眼模糊了,梁启超挺立讲台上的身姿,在华浩眼里,直如暗夜海上突然出现的一座灯塔,光芒四射。

这次演讲会后,华浩开始追着听梁启超在东京的多次演讲。并且成了梁启超创办的《清议报》的热心读者,几乎每期必看,梁启超那些笔法犀利、气势磅礴的文章,简直成了华浩心头的解渴甘霖。有时他读到梁的妙文,激动到难以抑止时,常常大声诵读其中的一段,以至声震屋瓦。

读了梁启超的大量文章以后,华浩渐渐想明白了,大清王朝这个庞然巨物,终将在未来的哪一场暴风雨中轰然倒地,变成无数的碎片,但每一块碎片中,依旧藏着两千年修炼成的古老魂魄。如果只是由另外一群人,把这些碎片重新拼成下一个王朝,那将是又一次换汤不换药的改朝换代,那个千年鬼魂将在下一个躯体中复活。梁启超们正在做的事,是尽力去除那个无所不在的古老魂魄,让一个新的灵魂进入即将到来的新国家躯体,使古老的文明开始焕发青春的活力。

其实,梁启超流亡日本的日子并不好过。他毕竟还是刚出道不久的一介年轻书生，在百日维新失败后，得到日本政府的营救与庇护，初到横滨的他，甚至想到哭秦廷的申包胥，感动秦国出兵，帮助被伍子胥灭掉了的楚国复国这个古代故事。在与日外务大臣的代表用笔交谈中，他请求日本政府出兵营救光绪皇帝复政，推行改革，使中国走上富强之道。

但日本官方对已经没有实力的维新派并不热心支持，而被康有为在《清议报》上痛骂为"那拉氏者，先帝之遗妾耳"的慈禧太后，恨透了康、梁师徒，命令清廷不断对日本政府施压，甚至派出刺客谋害流亡中的二人。此外，李鸿章、张之洞这些洋务派实力人物，还通过在日本的高层人脉，强烈要求日方驱逐康、梁。日本政府为了改善和维系与清朝的关系，后来名为礼送、实为驱逐，给了梁启超的老师康有为一笔钱，让康乘船离境去了北美。

梁启超虽以做学问的名义得以继续留在日本，却处境艰难。但他仍然念念不忘维新事业。除了办报以外，他还为戊戌变法失败后追随自己来到日本的十几个湖南时务学堂学生成立了一个学校。为创办这所学校，他一方面向华侨筹资，一方面请求日本人士资助。最后，大同高等学校终于在日本东京诞生了。成为华浩新朋友的蔡松坡，就正在这所学校求学。

华浩等清政府的官费生，在日本却变成了维新保皇派甚至革命党的追随者，这是送他们出国留学的张之洞等洋务派大佬们始料未及的。

同乡大哥唐才常

华浩在日本遇到的对他影响最大的第三个人，也是他生命中决定性的那个人，就是在与蔡松坡等梁启超的学生们交往时认识的。这个人，就是湖南同乡唐才常。

在一次演讲会之后，几个听众私下谈论起京城被杀的戊戌六君子。其中一人对谭嗣同语带讥讽，说他既然看不起八股文，不去考科举谋出身，却又掏钱捐了个候补知府，这岂又是爱惜羽毛之人所为。华浩在一旁听了颇不以为然,正准备开口反驳,却听到砰的一声巨响,座中有一位魁梧汉子拍案而起,对那人怒吼道:"谭公自甘溅血京华、以断头警醒天下人之时,尔等又在何处?吾观足下,徒一迂腐书生耳,如此轻口薄舌,岂能稍损谭浏阳日月之光!"那人看到这方面阔耳的汉子脸色赤红、双眼突出,神情极为激昂,顿时吓得一脸煞白,狼狈而去。

经此一幕,华浩主动结识了这位叫唐才常的同乡大哥。原来他也是华浩两湖书院的学长,两人交谈得很投机。唐才常是位急公好义之人,每一谈到国事,情绪就变得十分激动。而且他非常推崇好友谭嗣同,绝不允许任何人批评这位戊戌烈士一个字。这以后,华浩开始与唐才常频繁交往起来。

唐才常对于新结识的湖南小老弟华浩颇为欣赏,对其青眼有加,很是关照,两人成了无话不谈的朋友。

一个冬日,华浩来到唐才常的住处,说天冷想去吃一回鲥鱼火锅,听人说有个新开张不久的日本料理店,味道做得很不错的。唐才常说:"你还是个学生,让我来请客吧。"

华浩抬高声调说:"大哥,你都请了我好几回了,还是给小弟一个机会吧,再说,我还有事要请教你呢。"

唐才常没有再坚持,随华浩出了门。

街道上的雪,扫到路旁堆起有一尺多高了,空气清冽得像冰冷的泉水一样。两人边走边说话时,口里吐出的一团团白雾清晰可见。走过两条大街,在一家杂货店的街角右拐,进到一个挂了很多酒旗招牌的小巷深处,找到那家叫渔人屋的刺身店走了进去。

这家酒楼还算僻静,他们择了张靠窗的桌几,边搓手边坐下。有暖炉的屋子里温暖如春,两人的身体马上就觉得舒展了。

除了点一炉鲥鱼火锅外,华浩还要了两瓶叫梅乃宿的清酒。

那位上菜、斟酒服侍他们的日本侍女,穿着一领和服,长相清秀,体态窈窕,走路时来去无声。她后颈的衣领开得低低的,露出雪白的脖子,很有风致。而且,那位侍女还频频注目年轻俊朗的华浩。唐才常注意到,华浩好像有点儿不太自在,努力做出正襟危坐,目不斜视的样子。侍女走出房间后,唐才常忍不住扑哧一下笑出声来。华浩问他笑什么,唐才常却摇摇头笑而不答,华浩意识到了原因,于是也不好意思地挠挠头笑了。

端上来的一大盘鲥鱼片，像半透明的红玉玛瑙，放到翻滚着的野菌汤头里涮一涮，再夹出来配上一点芥末酱油，放入口中，会让吃者不由自主地停下咀嚼，希望将鱼片那种滑嫩爽口的感觉长久保存在记忆中。

一杯清酒下肚后，华浩告诉唐才常，自己现在有一个赴美读书的机会，想问问学长老大哥的意见，再做出决定。

事情的起因是，藤原校长邀请了日本红十字会的人，给清国武备留日生做了一次战场医学讲座，帮助他们开开眼界。华浩在听讲座时的频频举手提问，给几位来宾以很好的印象。其中一位伯爵夫人在会后又与华浩进行了交谈，并提出如果他愿意，可以为他联系赴美国读书。这位日本伯爵夫人还告诉华浩，几年前她曾经帮助过一位在甲午海战中被俘的清国海军军官去美国留学，这个联系渠道现在仍然可以试试。

唐才常认真听完华浩的讲述，放下手中的酒杯，突然问道："那个海军军官是不是叫蔡廷幹？"

华浩感到有点儿意外，回答道："对，那个日本伯爵夫人说的，好像就是这名字。大哥你怎么知道这个人？"

唐才常笑笑说："有点儿碰巧罢了。"

接着，他对华浩道出了缘由。

几个月前，唐才常陪同康有为在东京加贺町接受日人宗方小太郎的首次登门拜访。此后宗方与唐多次互访，其间，宗方曾经告诉过唐才常，他很钦佩一个被日军俘虏的名叫蔡廷幹的北洋海军军官。这人在甲午海战中，开着一条鱼雷艇冒死抵近日舰西京丸，连连发射鱼雷，其中一条竟然直接擦着船底下方穿过了。若不是这德国鱼雷在出厂时定深过大，蔡廷幹早就干掉了西京丸连同上面的一个日本海军部大官，如果那样，蔡廷幹就能创造出北洋舰队的最大战绩了。

日军在审问被俘的蔡廷幹时，问他："如果我们现在释放你，你还打算再上鱼雷艇抵抗我国舰队吗？"

蔡廷幹很硬气地回答："有这种打算。"

这让日本人对他刮目相看。后来，宗方小太郎和几个日本海军军官，还几次跑到关押蔡廷幹的一座寺庙探望他，给他送去酒菜，以示尊重。宗方说这人颇有胆识，很通事理，又文武兼备，英文极好，诗词功夫也相当不错。

华浩惊奇地说:"居然还有这么一个人,我上次听姚锡光先生讲甲午海战时,都没听他讲过。下次有机会一定再问问他。但是,这位北洋军官为什么不和其他战俘一起回国,要跑去美国呢?"

唐才常叹了口气,说道:"听宗方讲,这蔡廷幹和众多下级军官一样,成了战败的北洋舰队的替罪羊。蔡廷幹和所有艇长后来率领众多鱼雷艇自行突围时,被指为临阵脱逃,仗还没打完,清廷就下旨当地官府通缉捉拿、就地正法这些北洋水师下级军官。就算是被俘后能遣返回国,他这个原来留美幼童出身的军人,又没有够硬的后台人脉,也不指望有个好结果。"

华浩道:"看来,他倒还不似我。却是因为报国无门,被迫避祸而再次去国离乡了。"

唐才常道:"他这一去也好。我看未来十数年内,中国在内忧外患之重压下,必有大破局出现。倘若天怜中华,度过这一劫难之后故国金瓯无缺,也需要他这样的人才回来,帮助重头收拾旧河山。你若去留学美国,到时候归国报效,也算是又一曲'去留肝胆两昆仑'了。"

说完,唐才常向华浩举起了酒杯。华浩也举杯,但却悬腕未饮,说道:"听大哥你这一讲,我倒是想通了,我要去当助华夏众生度劫的那一个呢。倘若中国不出现大破局,即使留洋到更远的美国,纵然学成文武艺,依旧货与帝王家,有什么鸟用!"

"贤弟有如此度世大发愿,也是四万万同胞之福了。只是他人好意相助,你还是要三思之后,再做决定才妥当。"唐才常提醒道。

华浩神色坚毅地回答:"求学如耕作,救国如救火,耕作与救火,孰急?国势至此,待我远渡重洋学成归国,国已成烬矣。我意已决,不再想赴美去走那漫漫求学路了,多谢吾兄指点迷津!"他向唐才常再次举杯致意,两人一饮而尽。

二人直到喝干了两瓶清酒,又吸溜吸溜地各吃了一碗乌冬面,才兴尽而归。

这以后,唐才常更加看重华浩这位小老乡,经常带上他、蔡松坡和一帮留学生聚会。他们这群人谈天说地,指点江山,臧否古今,有时击剑郊野,有时散步月下,有时醉歌酒肆,有时长啸雪原。在交往中,唐才常渐渐向这群爱国热情爆满的年轻学子透露了自己的心迹，那就是：举兵勤王，匡救祖国。

直到此时，年轻的华浩才恍然大悟，这位姓唐的同乡大哥，才是他一直在寻找、欲以一腔热血去追随的领头人，一位擎旗引导他冲锋陷阵的指挥官。华浩终于不再以自己是百无一用的书生而痛感报国无门、羞愤难当。他和吴禄贞、蔡松坡等一些志同道合的留学生，决定接受唐才常这位沉毅稳健的大哥为他们的首领，选择时机回国举事。

戊戌惊天回首

与唐才常交往渐久，华浩已得知这位湖南老乡学长，就是戊戌六君子中死得最为悲壮的谭嗣同的至交好友，而且唐才常从不讳言要为谭嗣同复仇的愿望。难怪这位唐大哥听不得他人对谭嗣同的任何不敬之词，华浩心想。

一天，两人在落日黄昏的江户川边散步时，望着落霞满天的一川景色，华浩忽然想起心中的一个疑问，他向唐才常问道："唐兄，谭嗣同绝命诗中的末两句，我自横刀向天笑，去留肝胆两昆仑。这去留两昆仑，留者必为谭嗣同自谓无疑，那么，去者又是谁？有人说是任公梁启超，有人说是康有为康南海公，又有人说是谭公子的京师武侠朋友大刀王五，还有人说就是大哥您。这诗中到底说的是谁呢？"

唐才常并没有直接回答这个问题，他向华浩缓缓道出自己与谭嗣同二十年的密切交往，从少年家乡相识，到武昌再度重逢，从湖南新政兴学办报开矿，到谭应帝诏进京，从谭给唐来电相邀，到戊戌风云突变。听得很专注的华浩，突然插嘴问道："听说谭嗣同曾经劝说袁世凯举行兵谏，却遭失败，可有此事？"

唐才常答道："我曾为此问过梁任公与我的另一好友毕永年，他们都是戊戌政变的当事人，因此颇知此事，容我为贤弟详尽道来。"

原来，一年前的那个上午，光绪皇帝在颐和园召见参与戊戌变法的军机章京林旭，并下达密诏给他，让其将慈禧后党即将发动政变的消息，从宫内急送至维新党人手中。康有为知道大势已去，于是决心孤注一掷。他招来谭嗣同、梁启超、康广仁等人，以后党反扑在即、光绪命在旦夕的危言，极力煽惑众人，与会者无不抱头痛哭。在康有为的指令下，谭嗣同前往法华寺，去争取说服手握天津小站一支劲旅的袁世凯，对太后发动兵谏。

当晚，地处幽静的法华寺，竹影萧萧，风过松响，西方天际上的一弯峨眉月，像只眯起来的眼睛，冷冷打量着黑暗中的大地。一个人影突然出现在法华寺前，轻轻敲响了山门，那人正是趁了夜色孤身来访的谭嗣同，这座寺庙当时是袁世凯的暂住之所。

袁世凯正在灯下草拟奏折，忽听得军机章京谭嗣同来见，于是急忙传请。

见到袁之后，谭开门见山，说明来意，并拿出抄录的光绪帝密诏为证，说道："今日可以救皇上之人，只有您袁大人了，若不尽快动手，圣上不光皇位不保，恐性命亦将不保。我有京城好汉数十人，并已电招湖南豪杰多人赴京，不日即至，西太后就由我来对付。公台只需派兵围颐和园，诛杀军机大臣荣禄即可。"

袁世凯听罢惊得目瞪口呆，半响才问道："围颐和园意欲何为？"

谭嗣同的回答斩钉截铁："不除此老朽西太后，国不能保！此事在我，公不必问。"

袁世凯一听，是让他干一件祸灭九族的事，顿时变了脸色。他当即告诉谭嗣同，他的部队有枪无弹，没有荣禄的批准，无法领出子弹。而且，他的部队所在的天津小站，离北京有几百里地，隔着好几个其他部队的防区，如何开到北京来？

谭嗣同冷冷地说："公之性命在我手，我之性命亦在公手，今晚必须定议！"说罢，他又拿手抚摸着自己的脖子说，"如果您不打算救皇上，请到颐和园西太后那里去告发我，然后杀掉我，您可以得到富贵。"

袁世凯瞥见谭嗣同腰间衣襟突起，估计是一支手枪，看来是不能直接拒绝了。于是他正色道："足下把我袁某当成什么人啦？圣上是你我所共事之主，我和您同受皇上非常之礼遇，救驾之责，不独在您。如果谭大人有救皇上的良策，在下愿意倾听。"

谭嗣同点点头，说："袁大人手握一支天下精兵，护圣主，复大权，清君侧，肃宫廷，此乃不世之功。所虑者，仅荣禄一人，其有曹操、王莽之才，要对付他恐非易事。"

袁世凯双目圆睁，厉声道："我杀荣禄，如杀一条狗而已！但此事关系太重，断非草率所能定。"

接着，袁世凯道出他的难处：天津为各国聚处之地，若忽杀总督，中外官民必将大讧，国势即将瓜分。且北洋有宋庆、董福祥、聂士成各军四五万人，淮练各军又有七十多营，京内旗兵亦不下数万，本军只七千人，出兵至多不过六千，如何能办此事？恐在外一动兵，而京内必即设防，上已先危矣。

是夜，两人紧张地商量救助皇上的具体对策。袁世凯拍胸允诺与维新派诸人紧密合作，拼死力救皇上。他提出一个想法，等到光绪皇帝跟随太后到天津阅兵的时候，只要请光绪写一个小字条，他就可以遵旨为名保护皇帝，杀掉荣禄。但他尚须事先回营选将，储备弹药。

谭嗣同对袁世凯的表态似乎比较满意，起立向袁作揖致敬。袁回谢，谈话气氛转为缓和。

袁世凯又对谭嗣同说："你我二人素不相识，你黉夜突至，我的随员中必有生疑心者，或将泄露于外人，谓我们有密谋。因你为皇上近臣，我有兵权，最易招疑。你可从此称病多日，不可入宫，也不可再来。"并托词自己还要赶写明天要用的奏折，催请谭嗣同离去。

时已深夜，谭嗣同才离开法华寺。

次日上午，一个英气勃勃的年轻人来到北京的浏阳会馆，找谭嗣同询问消息。他就是与谭嗣同、唐才常、梁启超交谊深厚的毕永年，也是运动江湖会党的个中好手，谭嗣同介绍他来京见康有为之后，康令他留京相助，在自己策划围园杀后的计划中，打算让毕永年率百人进颐和园刺杀慈禧。

毕永年匆匆闯进谭嗣同的房间时，却见他正镇静自若地梳着头。毕永年问他夜访法华寺找袁世凯的情形，谭嗣同边梳头边告诉毕永年，他已经将康有为的围园杀后计划全部告知袁世凯了，并情绪低落地说："袁世凯尚未完全允诺，但也未拒绝，打算从缓办理。"又说，"此事我与康南海争论过数次，但他一定要用此人，真是无可奈何。"

其实经过彻夜思考，谭嗣同也自认为救帝倒后的希望已是非常渺茫，他深深感到无力回天，唯有尽人事听天命了。

当得知谭嗣同已将密谋全部告诉了袁世凯后，毕永年连连顿足道："大事已败，大事已败！那袁世凯是什么人，他狡诈多谋，阴险难测。诸公这是所托非人，铸成大错了。灭族之祸旦夕将至，请谭兄您赶快设法脱身，万万不可做无益的牺牲。"

谭嗣同听了却不为所动，他已经暗自做出了为变法而死的决心。毕永年苦劝无果，只得匆匆作别而去。

康有为得知了谭嗣同没能策动袁世凯立即举兵的消息后，匆忙逃离北京，堪堪躲开了清兵奉慈禧命令对他的捉拿，在英国人的帮助下，坐船逃往上海。

谭嗣同去找梁启超商议，结果决定由梁去日本使馆避难，这时已是风声鹤唳的京城，城门紧闭，缇骑四出，谣言满天，人心惶惶，清廷果然开始动手大肆搜捕维新党人了。

谭嗣同一个人回到浏阳会馆的住所后，开始整理自己一生的诗文信函。他挑拣出希望存世的部分，放进一只小竹藤箱子，然后烧掉亲朋好友的来信，以免他们受到无辜牵连。又模仿父亲谭继洵的笔迹，写下几封严厉斥责自己维新变革的信，希望替父亲开脱。最后，他连续给亲人朋友和同道写下了多封遗书，包括生死至交唐才常。

在日本东京的那个黄昏，唐才常与年轻的同乡华浩在江户川畔散步时，将谭嗣同写给自己的遗书，一字一句背诵了出来：

前致书我兄，勉以"吾党其努力为亡后之图"，意谓"国亡，而人犹在也"。今转而思之，我亡，而国犹在也。我亡，则中国不亡。嗣同死矣！改良之道，当随我以去；吾兄宜约轸兄东渡，以革命策来兹也。临颍神驰，复生绝笔。

次日清晨，谭嗣同带上他的小竹藤箱子，悄悄潜入日本使馆，与已藏身在那里的梁启超相见。他除了劝梁启超速速离开中国，赴日本避难，待机回国继续未竟的维新变法事业，还有一个遗愿，就是希望好友将来帮他发表自己多年的心血之作《仁学》。

梁启超力劝谭嗣同与他一起离开京城去日本。

谭嗣同说:"如果现在无人离开,那么将来就没有人继续我们的变法事业;如果无人牺牲,我们就无法报答皇上的圣恩。现在康南海生死未卜,所以让我们二人分别担当程婴与公孙杵臼、月照与西乡隆盛吧。"

谭嗣同愿学公孙杵臼、月照去杀身成仁,而勉励梁启超能像程婴、西乡隆盛一样活下来,最终完成维新变法。

当晚,已经有赴死之心的谭嗣同,与挚友梁启超进行了最后的彻夜长谈,他们谈论的不再是政局,却是对过往岁月的回忆,与超凡脱俗的佛理。分手时,谭嗣同将《仁学》手稿及遗书交予梁启超,并与他道别:诸事就绪,无所萦怀,长为别矣!

专程赶来营救梁启超的日本友人平山周,也劝谭嗣同随梁一起赴日避难,谭却回答:"各国变法无不从流血而成,今日中国未闻有因变法而流血者,此国之所以不昌也。有之,请自嗣同始。"

说罢,谭嗣同与梁启超相抱而泣,二人心知此刻为永别,所以在谭嗣同离开之际,三步三回首,平山周等在场之人无不恻然。

告别梁启超之后,谭嗣同去探访了林旭。后者问他:"你走不走?"

谭嗣同回答:"我不走。"

林旭说:"我也不走。"

原来,当林旭得知慈禧太后发动戊戌政变的消息后,本也可以逃脱清廷的追捕。他有一位在外国使馆当翻译的朋友曾劝他去使馆避难,被他拒绝了。这两个因维新变法走到一起的朋友,就这样完成了一个共赴京城菜市口刑场的死亡约定。

随后,谭嗣同又去了另一位维新党人徐致靖家。主人留他吃饭饮酒,席间问他准备做何打算。谭嗣同用筷子在自己头上敲了一击,说道:"小侄已经预备好这颗头颅了,各国变法都要流血,中国就从我谭某开始吧。"

看到死亡正在逼近时的这个人,犹谈笑自若,激昂旷达,徐致靖那时恍然觉得,自己对面坐着的不是一个凡人,而是一尊天界下凡的神明。

多年以后,侥幸活下来的徐致靖,经常对别人说起最后一次见到谭嗣同时,这位戊戌烈士当年留给他的印象。

谭嗣同处理完个人事务回到浏阳会馆后,他的忘年交好友、京城名侠大刀王五登门来访，表示愿护送他逃亡。

王五说："复生，你化装成镖师，随我一大早出发的走镖队伍混出北京城。到了居庸关外，就是东北千里之地。那里群山连绵，人烟稀少。我会购买大批的牛羊骆驼，再招揽游民，建立队伍。我愿奉你为主，经营牧场，训练将士，为维新变法大业效命。"

谭嗣同却摇摇头，谢绝了。

王五又恳求谭嗣同道："如果你不走，被杀了，那我就来替你收尸骨。是走是留，请你自己做个选择。"

谭嗣同回答："死就死吧，走什么走？"

说完，谭嗣同随手解下自己随身已佩戴多年的一把宝剑，递给王五说："你我知交多年，就以此物做个纪念吧。"

这把宝剑是什么来历？四海论交求古剑，它是谭嗣同在游历山河的八万里行程中，一次意外所觅得，原为南宋丞相文天祥的遗物，名为凤矩剑。此剑与他寸步不离。此时赠予好友，清楚表明了：这就是最后的生离死别。王五只得洒泪而去。

事实上，命运给了谭嗣同整整三天的逃亡时间，他却一直在主动等待死亡来临。

和大刀王五诀别的次日清晨，谭嗣同命管家大开浏阳会馆门，品茶，坐在家中安然等待清兵上门抓捕，将他关押进了天牢。

在临刑前夜，谭嗣同于狱中捡到一块木炭，在牢房的墙壁上题写出了他的绝命诗：

　　望门投止思张俭，忍死须臾待杜根。
　　我自横刀向天笑，去留肝胆两昆仑。

一位狱卒抄下后，被几位刑部官员悄悄口耳相传，最后流至社会，终致海内外轰然传诵。

恨极了维新党人的慈禧太后，为避免外国干预，下令对抓到的维新党要人不加审讯就立即处决。在观者如堵的菜市口刑场，谭嗣同、康广仁、林旭、杨深秀、杨锐、刘光第，这戊戌六君子同日就义。

在菜市口刑场上，六君子神情各异。杨锐在听闻砍头的谕旨后拒绝下跪，认定自己是被人陷害。他向监斩大臣刚毅要求"显明心迹"，但刚毅以"有旨不准说"给予拒绝。他怒不可遏，头颅砍下时，"血吼丈余，观者皆辟易"。

林旭在临刑前"衣冠反接，目犹左右视"，与他那位一路跟着囚车恸哭的仆人的哀恸相比，林旭本人只是仰天冷笑不止。

刘光第在就刑前，一位同乡好友曾送给他一瓶鹤顶血，这种药物可以让人立即昏迷，减少砍头时的痛苦。但刘光第却拒绝服用："读书数十年，唯今日用之耳，拿去！"

谭嗣同第五个受刑，临刑前，他对监斩官刚毅喊道："吾有一言！"刚毅却不听，令他面北跪下谢恩，谭嗣同对刚毅怒目而视，大声斥责："有何恩可谢！"最后时刻，他面对京城围观百姓大喊："有心杀贼，无力回天，死得其所，快哉快哉！"

他应该是受刀最多的人，却也是最为英气凛然的那一个："临刑神采扬扬，刃颈不殊，就地上劙之三数，头始落，其不恐怖，真也。"

谭嗣同落地后的头颅，双目仍睁开着，为他收尸的朋友李铁船见到此状，对着头颅放声悲喊道：复生，头上有天啊。谭嗣同这才瞑目。

华浩听得完全入了神，不知不觉间，夜色开始降临江户川，两岸人家的灯火也星星点点闪亮了起来。唐才常凝望着两岸灯火，一脸平静地说："你问我，去留肝胆两昆仑，究竟复生的绝命诗中，说的另一座昆仑是哪位，在我看来已经不重要了。他的至交同道都以昆仑喻己，那是他们无不以替他复仇为己任，复生在九泉之下，一定会倍感欣慰的。但我仍觉得，复生与我一生刎颈之交，他一定是用昆仑来暗喻当时接到他的电报后，尚在赶赴京城路上的我。虽然我愧对复生写给我的昆仑之喻，但我必将追随他的足迹，舍自己的命去攀上那座巍巍昆仑。"

说到此处，唐才常的一双眼睛晶莹闪动了起来，两人在随后的沉默中走了很久。唐才常又说道："我听说过日本明治维新之前，尊王攘夷的时代，有日本死士十六人，杀了法国人，被幕府捉去砍头。临刑之日，砍到第十四个人时，都无一不是慷慨就死，毫无惧色。就连观刑的法国公使都以袖掩面，不忍再看，连叫停止停止。你看，日本人如此血性强悍，我中华男儿，岂有输给同为东亚民族的日人之理。"

听到这里，华浩侧脸悄悄看了一眼唐才常，他阔肩之上那颗硕大的脑袋,让华浩联想到一方坚硬的岩石,一块已经从古代投石机上呼啸着飞出去的大石。这更像是飞向攻击目标的一发校准弹,骑兵们随后就要一个个拔刀出鞘、准备冲锋了。武备生华浩想到这里,心中暗暗激动起来。

唐才常告诉华浩,自己即将回国,继续维新勤王活动。

当晚,躺在校舍床上的华浩,在黑暗中好久都睡不着。在唐才常给他刚刚讲过谭嗣同的故事后,他的眼前老是跃现出那个湖南同乡,一年前在鲜血遍地的京师刑场上,直颈怒吼的不屈形象。

第四章 纵横

返乡遇袭，皎月窥人

光绪二十五年正月。

湖南湘东地区正月里的天气，就像一把撑开的油纸伞，挡得住霏霏雨雪，却挡不住四面袭来的冷湿寒气。

在浏阳河畔一个叫枨冲的小镇码头，从衡阳方向上行而来的一条帆船靠岸了，船上走下一位方面阔肩的西装男子。他就是从日本辗转南洋、香港回国返乡的唐才常。

拎着个藤条箱，一身西装洋服的唐才常，走在家乡小镇的街道上，看上去与所有当地人形成了奇异的对照。临近掌灯时分，还在大年气氛中的市镇，那些打小就熟悉的土砖泥墙房屋，街面两旁酒旗、茶幡随风飘动，地上散落着厚厚的爆竹碎屑，黑白黄各色土狗三两闲逛来去。他没有在意这些街景，而是双眉紧蹙，一脸凝重。

唐才常在行走中，能感觉到从四面八方向他投来的眼光，其中有的是好奇，有的却是鄙夷甚至愤怒，那些眼光来自不少仇夷排外的当地绅民百姓。但他并不在乎，毕竟湖南人的封闭与守旧，在那个时代是出了名的。

离老家丹桂村只有不到半个时辰了，归家心切的唐才常，一边想着心事，一边匆匆加快了脚下的步子，直到一声冷笑，打断了他的思绪。

"哦，哦，我道是哪里跑来的洋鬼子，原来是本乡土产的一个冒牌货！"

唐才常循声望去，只见一个紫色脸膛的中年汉子带着几个人，当街拦住了他的去路。那群人看样子刚刚打过牙祭从饭馆出来，一个个满嘴酒气，打着饱嗝。

唐才常停下脚步，警惕地看着他们，语气平缓地说："在下唐才常，与各位并无过节，请你们借个道，我好回乡与家人团聚过年。"唐才常这次回国轻装简行，是以没有换中式棉袍。

紫脸汉子歪一歪头，语带讥诮地说："原来是我们浏阳的唐大才子啊，久仰久仰。不过，你原来读的一肚子古人圣贤书，可惜都叫你这个欺师灭祖的家伙，从肚子里拉出来了！"

唐才常知道这些人不可理喻，今天一定要来找他的碴儿，于是冷冷地问道："你们到底想怎么样？"

紫脸汉子一仰头，大声说："老子就是看你们这些假洋鬼子不顺眼，今天要好好整你个哈崽一顿，替坐牢的周汉老先生出口恶气！"

这人口里讲的周汉，原是个返乡的湖南宁乡军绅。因为印了大量反洋教的小画册在民间流传，内容无非是传教士挖小孩儿的眼睛、心脏拿去炼药之类的谣言，煽动老百姓产生普遍的仇教情绪，致反教的血腥暴力事件在长江中下游频频发生，酿成了很多震惊中外的长江教案。清廷迫于各国公使的压力，指示湖广总督张之洞严厉查办。张又令湖南巡抚陈宝箴将周汉抓起来，以疯癫成性为名，关到浏阳县衙的牢里去了。

唐才常听了轻轻撇了撇嘴，讥讽道："原来足下也信周汉先生那些挖眼炼铜、割奶取心的大实话啊，失敬，失敬。"

紫脸汉子身边一个五短身材的矮壮男子不耐烦道："邹大哥，别跟这假洋鬼子啰唆了，打死他不就得了！反正死个把康党奸佞，官府也不来追究的。"说罢，醉醺醺的他走上前，对着唐才常的面门一拳挥过来。

唐才常少时与谭嗣同一起练过几年拳脚，他仰面躲过这一拳，然后一个侧踹踢翻了对手，顺势丢下藤箱，双拳护胸，开始与那群人对峙。

紫脸汉子和几个手下分三面包围了唐才常，然后轮流上前对他施以拳脚。唐才常屏气凝神，高接低挡，见招拆招，加上那几个家伙酒后脚下都不太灵便，唐才常一时竟也未落下风。他不愿和这帮无赖多纠缠，只想瞅空冲出去，赶紧离开。

突然，紫脸汉子一个手势，他和他的人同时退后了几步。唐才常心觉有异，刚想侧过头察看身后，就听到耳旁生风，左额被什么硬物重重击中了。他脑子轰地响了一声，两眼一黑，失去了知觉。

过了不知多久，昏迷中的唐才常，恍惚间感觉有什么柔软的东西，正在自己的脸庞上轻轻拂过。他醒了过来，睁开眼看见的是一张低俯向他的脸，闭着的双眼下面还挂了泪痕，在灯影下闪着光，那是他的妻子邱氏。已是深夜时分，自己正躺在家乡老屋的床上。守候他的妻子困得在打盹儿，垂落的一缕头发拂在了唐才常的脸上。

看到丈夫醒来，邱氏睁开眼，却迅速将头扭向一边，用衣角擦去脸上的泪痕，她衣襟的下摆早已经湿了一大片。等妻子再转过头时，唐才常看到的已经是一脸温婉的笑意。

"菩萨保佑，你终于醒了！连着昏睡了几个时辰，一家老小都替你急坏了。"

唐才常这时才想起头被人重击之前的情形，他问妻子后来发生了什么。邱氏告诉丈夫，他被几个乡里无赖殴打时，有人跑去不远处的唐家祠堂报信，唐氏族人赶来救下被人一记铁尺打昏的唐才常，送回了家中。

唐才常问邱氏，那打他的为首汉子是何人。邱氏答道："那人姓邹，是近年镇上出了名的恶棍，喜欢到处派发《鬼叫该死》之类的反教小册子。维新变法失败后，他们这些仇恨维新党人的地方顽固派，开始在本地横行乡里，四处生事，简直没有天理。"

邱氏还告诉丈夫，公公让二弟唐才中请了当地郎中上门诊视，说是脑气震动，应无大碍，给额头的外伤敷了药，叮嘱卧床静养，过几天就会好起来的。婆婆心急，和最心疼长孙的太奶奶一起，在上屋祖宗的牌位前上香祷祝，夜间又去屋外空地烧钱纸驱小鬼，说是流年不利，怕有东西作祟，烧一烧好祛邪求平安，然后一家老幼守在唐才常的床前，都要等他苏醒过来。直挨到转钟时辰，邱氏苦劝一番，亲人们方才去就寝，留下她独自一个，在灯下守候夫君醒来。

唐才常摇了摇头，包扎了的左额角仍在隐隐作痛，却不影响他头脑思绪的清醒，这次受伤还算幸运。

喝了邱氏端来的温热鸡汤粥，唐才常开始端详起久别妻子的面容。她不再年轻了，这位三个孩子的母亲，美丽的眼角已经出现了浅浅的鱼尾纹。那是生活过度操劳的痕迹。

唐才常十八岁时，就奉父母之命将邱氏娶进门，两人结婚已有十多年了，一直感情笃深。出身浏阳一户宿儒之家的邱氏，知书达理，品性贤淑。在丈夫常年出外谋生、求学与做事的日子里，唐氏这个寒门耕读世家，一大家子人在浏阳老家的生活其实颇为不易。作为长媳的邱氏，任劳任怨地操持着合家老小的家务，她贞淑贤良的名声早已传遍浏阳乡里。

唐才常回忆起多年前，那个洞房花烛夜，妻子还是个羞得几乎无地自容的少女新娘，用双手遮着脸，任凭她的郎君笨拙地在自己身上摸索。洞房一双红烛高烧，烛焰啪地爆响了一下，新娘子松开手，有点儿不安地循声张望，新郎唐才常发现她娇美的脸庞，红得快赶上婚礼时的盖头了。烛焰上两股青烟袅袅升起，在空中交织缠绕，最后合为一体。"多年前的那个情景，我怎么就能记得那么清晰呢？莫非今天那个浑蛋一铁尺把我打灵醒啦？"他有点儿自嘲地想道。

看着一脸倦容却仍然对自己体贴入微的妻子，唐才常心中泛起一阵怜爱。他支起下巴，开始痴痴地盯着妻子看。邱氏笑问道："我等天亮就下厨房，准备给你做好吃的家乡过年菜，先做个你最喜欢的剁椒蒸麻菌，好吗？"

唐才常摇摇头："不要。"

"那就来个腊味合蒸，腊肉、腊鸡、腊鱼，加鸡汤清蒸。"

"不要。"

"用浏阳豆豉、新鲜红椒做个蒸火焙鱼？"

"不要。"

"茴香肉丸，还是油豆腐？"

"不要。"

邱氏嘟起嘴，装成生气的样子："晓得你在外面花花世界吃够了山珍海味，看不上我这乡下婆娘做的粗茶淡饭了，你到底要何解咯？"

唐才常笑着说："我只要你。"

说完，他突然欠起身，一把抱住邱氏的脖颈，将她拉向自己的怀抱。邱氏一边挣扎，一边小声说："你刚刚受伤，快别胡闹了。"唐才常用嘴紧紧堵上妻子柔润的双唇，邱氏轻轻呜咽了几声，就悄没声息了。

那一晚，窗外洒进来的月光很清，很亮。

日子过得飞快，一晃十几天过去了。唐才常在家养息的时间里，料理家事，陪伴妻儿，侍奉尊亲，和几个非常崇拜他的弟弟促膝长谈。常年在外奔波的唐才常，恨不能在短短十余天里，把亏欠下的亲情全部补回来。

在离开家乡湖南之前，唐才常还有一件重要的事要办，那就是前往浏阳的筱水湾，凭吊谭嗣同还未下葬入土的灵柩。

那里是谭家的一处田庄，依山傍水，少年时代的唐才常曾经随谭嗣同去过。现在他重返故地，在林木茂密的石山嘴下，寻觅到寄放故人棺木的小土屋。一线微弱的灯火，从无人的土屋门缝里渗漏出来。唐才常启门而入，一具泥砖封住棺木的假土葬墓突现眼前。一盏照脚油灯的昏暗灯光，照亮了假墓前简陋的灵桌,"谭嗣同之灵位"六个字赫然出现在灵牌上。唐才常向前扑地,跪倒灵桌前失声呜咽,口中反复念着:"复生,魂兮归来,魂兮归来!"

离家的日子到了,为了避免在家乡湖南地面再次遇险,唐才常先改走陆路,他雇了小轿,在二弟才中的护送下出发向东,走了好一程后,兄弟俩才依依惜别。然后唐才常取道江西袁州,再乘船过南昌、九江,最后到达上海。在那里,他将就任《亚东时报》的主编,以笔为枪,再度投身于好友谭嗣同未竟的变法维新事业。

苏州河畔

光绪二十五年夏天。

进入八月的上海,天气仍让人感觉十分炎热。

临近黄昏时分,从美租界内的南浔路,走来两位长衫落拓的年轻士子,他们一路朝南,向苏州河方向慢慢走去。其中方面阔肩、手持一把折扇的男子就是唐才常,面目清癯的那位,是他的朋友,常州人程清。

唐才常来沪,已经半年有余,作为《亚东时报》聘任的主编,除了写文章外,他还全力投入该报的事务,所以没有多少时间出门去好好领略魔都的城市风光。这天朋友程清登门相邀出去散步,他就欣然接受了。

两人经过圣芳济各学堂,那是一栋漂亮的法式四层洋楼。再右拐进入熙华德路,路过街角美国人办的同仁医院,一路走到苏州河口,站住了,看河上与黄浦江的风景。

黄浦江上,片片白帆在缓移,大小轮船穿梭来往,汽笛声此起彼伏。两人又望向苏州河上的一座木质桥梁,那是西天夕照下的外白渡桥,桥上行人与人力车川流不息。眼前的风景,让凭栏眺望的两个读书人,看得如痴如醉。

上海,这个衰老的清朝最年轻的大都市,在时光大戏台上刚刚登台亮相,就足以倾倒众生了。

唐才常回过身，倚靠在河畔石栏柱上，对程淯说："白葭，你为《亚东时报》所题的刊头篆文，古拙典雅，形意俱佳，真乃书法上品，见者无不称道，真要谢谢老弟所赐的墨宝了。"

程淯摇摇头，笑着说："区区微劳，何足挂齿。对了，上次我陪你在那家成衣庄买的夹衣，回去后穿得还合身吗？"

原来，唐才常到上海后，因失去好友谭嗣同之痛难以排遣，故一直埋头专注于维新派报务，希望这样可以减轻心中痛苦。同为维新派人士的程淯，曾经在京城任英国传教士李提摩太的中文秘书，戊戌变法后营救过康有为，他也与谭嗣同、梁启超相识，所以对唐才常的一腔孤愤很是理解与同情，时常会关心照拂一下初次来沪的唐才常。

唐才常说："还算合身，入夏前洗好收了，就看入秋后再穿有无缩水。"

"我估的尺寸，应该还好的。"看来程淯很自信他的眼力。

"你最近在写什么？"程淯又问道。

"我想写一篇时论，讥讽一下京城皇宫里那群活宝正在出乖露丑的事。"唐才常打开折扇，边摇边说。

"活宝有不少啊，写谁呢？"

"刚毅，那位文盲大学士。"唐才常笑着说。

原来，清廷国库空虚了，开不出军饷。上个月慈禧太后下旨，派大臣刚毅赴江南、广东等地，以筹饷练兵、清理财政等为名，趁机替清廷大肆敛财，要加天下赋税八百万。南方各地被重重搜刮，一时地方上怨声载道。

程淯也笑了："他啊，圣太后的心腹宝贝。这个满人大学士闹出来的笑话，随便讲出哪一个都让人笑疼肚子。比如那个'我挑担大粪，在村口喝一喝'。"

这位胸无点墨的大学士，在地方任上时判一个案子，农民状子上写：我挑担大粪，在村口歇一歇。刚毅当堂念道：我挑担大粪，在村口喝一喝。惹得官衙门口看审案的百姓都笑疯了。他任军机大臣时，四川奏报围剿了一次叛乱，捷报书里有一句是：追奔逐北。北字，在这里是败的意思。刚毅读到这句，拍着桌子大骂："这群混账东西，只往北边去追，贼寇难道不会往其他方向跑？"还好，刚毅在大发雷霆之时，旁边站着当过帝师的翁同龢，连忙向刚毅解释，才让这个半文盲大学士的怒火熄了下来。

唐才常说："此人恨不得把江南的地皮都刮去了一尺，还自诩清官呢，老百姓干脆就叫他'青天高一尺'。"

程淯说："我京中的一个朋友刘鹗，说打算以后写小说时，借机好好挖苦一下这个草包大官儿。"

唐才常说："刚毅此次受太后之命南下勒索，所行最荒谬之事，乃是强令官办江南总局在他规定要上交的份额之外，尚须另加二十万两银子，借口是该局一定有贪腐所得。更好笑的是，太后的谕旨还说，此次所有筹得之款，皆取之于官吏，并未取一分于商民百姓。这不是掩耳盗铃又是什么？难道官吏们不会将这笔勒索转嫁于百姓，而拿自家的钱去填窟窿吗？堂堂一国最高圣谕，竟然如此荒诞下流，我中华之国运，真不知将伊于胡底！"

两人叹息了一阵。

这时，河畔不远传来一声吆喝："喝的，喝的！三个铜板一喝，喝了，解凉又止渴。"

两人循声望去，是一位挑担老者，在沿河叫卖冰水梅汤。

程淯挥手让小贩过来，那老者放下担子，从一头取出两个瓷碗，另一头的木桶里舀出琥珀色的乌梅汤，又从一个棉垫包裹的小木桶中舀出两瓢碎冰放进碗里。一碗梅子汤浮着小冰块，微微漾动和闪烁着，发出沁人心脾的乌梅清香。

刚才走得又热又渴的唐才常和程淯，接过瓷碗仰起头，顷刻间就将乌梅汤喝了个底朝天。感觉很爽的唐才常还想要一碗，被程淯以喝多了小心伤肠胃劝止住了。小贩接了程淯给的铜板后，挑起担子又开始叫卖着走开了。

唐才常接着刚才的话头说："我还想在这期时政评论中，写写西太后派刘学询、庆宽出使日本的事。"

程淯摇头道："这又是那拉氏干的一件荒唐事。虽大清官场多为颟顸之辈，但也不至于找不出一两个看得过去的人当访日特使，西太后怎么派这两个声名狼藉之辈出使东洋？看来这朝廷上下，真是城狐社鼠做一窝啊。"

唐才常冷笑一声："欲戴王冠，必承其重。我看慈禧这个老妇人，见识能为，也根本不比一个乡下开客栈的寡妇掌柜强。我四万万同胞生灵，奈何被操弄于此深宫妇人之手！"

片刻之后，唐才常又道："我知道刘学询这个人，听说他中了进士后，居然还拿了执照开赌场，靠闱姓赌博发了大财，为士林所不齿。后来被人上奏查办，但他有钱能使鬼推磨，不久又恢复了功名。但我还不太清楚这个庆宽是什么来路，白葭，你知道吗？"

"闱姓"是一种赌博游戏，在科举考试前，将每个应试者的姓印在彩票上，定价出售，由购买者填选中榜者的姓。清末盛行于两广。

程湉说："我知此人底细，他虽名为正白旗人，实则旗人包衣奴出身。在内务府当差兼宫廷画师，因为伺候西太后十分周到，所以成了太后眼前的红人。慈禧六十大寿之际，光绪定做了手镯作为生日礼物。内务府的庆宽是经手人，向光绪报销了四万两银子。感到肉痛的光绪责问他：'怎么这么贵？'庆宽笑笑说：'太后已经看过了，很喜欢。'光绪明白，巴结上太后的奴才庆宽，连他这个皇帝的银子都敢贪，他恨得牙痒，却也无可奈何。"

唐才常笑着说："清廷内务府岂止是雁过拔毛，简直就是龙过拔鳞了。听说，乾隆皇帝闻一大臣叫穷，说每天早餐只吃四个鸡蛋，大惊问道：'四个鸡蛋就是四十两银子了，我都不敢随便吃，你还敢说自己穷？'大臣怕得罪内务府，几句话把乾隆糊弄过去了，此事一时传为笑柄。"

程湉继续说："后来，这庆宽私下运作，包揽了慈禧寿辰庆典的采购工作。他的内务府同僚们眼红了，合起来举报他的斑斑劣迹。光绪顺势撤了庆宽的职，抄家后让他滚蛋。却不料两个月后，庆宽又被吏部外放，得了江西盐业专卖局总领这个肥缺。光绪知道是太后的授意，只好乖乖在任命书上画圈，自此再不过问委任之事。"

唐才常叹气道："一个开赌场的士林败类，一个贪墨成性的包衣奴才，竟然被西太后派作出使大臣敦睦邦交，还去见日本天皇，简直视国事如儿戏。"

程湉道："传言说，刘学询、庆宽出访日本的秘密使命，是要对付在日避难的维新党人，希望说服日本政府遣返他们回国，再加以迫害。"

"果如是，我更要写出来张扬此事，让那司马昭之心路人皆知。"唐才常语气坚定地说道。

唐才常还向程湉透露，自己数月内将再次东渡日本，与梁启超、孙中山等人共商救国大计。

见那红日西沉，苏州河口停泊的带篷小艇上，有的已经开始燃起了灯火，两个朋友才揖别而去，在渐起的暮色中各自归寓。

唐才常担任主编的《亚东时报》，是由日本人在上海租界内创办的一份中文报刊。它是戊戌政变后，当时唯一公开表示对戊戌六君子哀悼的国内华文报纸。唐才常与程清见面后不久，就又写出了一篇文笔犀利的时评长文，登载在《亚东时报》上，哄传一时，让清廷大为丢脸。

唐才常还用别名在该报上连续刊载出谭嗣同的心血之作《仁学》，告慰亡友的在天之灵。

大清皇帝现武昌

光绪二十五年，武昌金水闸这个地方，一天忽然来了奇怪的主仆二人。他们找到一家公馆后，就交银租住进去了。那位少主人不过三十岁，身材颀长，面容白净，清俊倜傥，气度不凡；老仆年约四五十岁，白面无须，发音带娘娘腔。两人都操着一口流利的京腔。

更奇怪的是，入住公馆后，那位少主每日闭门不出，只在屋里读书吟诗作文。他服用华丽，起居开支都豪华奢侈。而老仆每次送茶食给少主时，必跪进献上。少主所用的被盖上都绣有金龙，所用的玉碗上也是镂刻的五爪金龙，他不时拿出来抚弄的一方玉印，上面镌刻四个篆字：御用之宝。在帝制年代，这些东西只有君王能享用，任何僭用皇家圣物的人可都是要杀头的。

这一切，都被一位也住在公馆里的候补官员看在眼里，于是，光绪皇帝已到武昌的消息，迅速传遍了武汉三镇。

戊戌变法失败才刚刚一年，慈禧太后杀了戊戌六君子，将年轻的光绪皇帝关在中南海的瀛台，严加看管，犹如囚犯，慈禧本人第三次垂帘听政。海内外对这位维新失败被囚皇帝的悲惨处境，无不深切同情，所以任何有关他的消息都格外引起关注。有几位做过京官、曾面见过光绪帝的士绅，也前往公馆探视，乍一看后都觉得很像当今圣上，因为不敢再细认，于是都急急忙忙行三跪九叩大礼，口称奴才恭迎圣驾光临。这位少主略略抬起手，口称：不必为礼。其于举手投足之间，尽显一派帝王尊贵气象。

一时间，武汉三镇的大小官绅，往拜圣驾者日日不绝。不少候补官员视此为天上掉下来的莫大机会，于是纷纷亲往叩跪，献款供奉者致门庭若市，闹得满城风雨。这主仆二人都坦然视之，所有馈送，一概笑纳。又有好事者设法邀老仆进浴池洗澡，以玩笑为借口验其下身，发现果真为净了身的阉人，料定是皇宫的太监无疑，于是汉口各报纸纷纷登载光绪皇帝逃出北京、来到武昌的消息。此事风传到上海，各大小报纸竞相转载，谓之光绪在革命党的掩护下，逃出中南海，依靠湖广总督张之洞保驾，准备东山再起云云，讲得绘声绘色，引起海内外轰动。

这事传到了江夏武昌知县陈树屏的耳朵里，陈知县不敢怠慢，忙去金水闸那家公馆询问。这位少主人仅仅回答了一句：见张之洞方可透露。然后不再多言，神情间透露出对七品知县的不屑，对堂堂一品湖广总督张之洞也直呼其名，可见此人身份非同一般。陈树屏立即如实禀告了张之洞。

张之洞一听大惊，令人马上找到光绪的照片与这人对比，发现两者的面容确实相仿佛。但南皮大人毕竟是官场老手，凭直觉意识到其中可能有诈，于是密电京城同僚打听虚实，却得到回电说光绪仍在囚禁中。但慑于西太后的赫赫天威，并无一人敢入瀛台去证实。张之洞于是令陈树屏继续查询。

不久，在日本的保皇党人梁启超也听说了此事，一时间激动不已，却又半信半疑，连夜传信给张之洞，问是否属实。此时梁启超对湖广总督张之洞尚存一丝勤王的期望。但张之洞却早已视康、梁师徒为叛逃的国事犯，自然没有去理睬梁启超的来信。

终于，一封来自京城的手函让张之洞下了决心。这封由一个朝廷大员写的亲笔信告诉张之洞："光绪此时确实还住在瀛台，您应该开庭亲审此人，以释天下之疑。"于是，张之洞果断下令将那主仆二人押到督署衙门，总督大人亲自开庭审问。

他喝令二卒按住那少主人跪下，凛声说道："你口称要见我，今天见到我了，老实说出你的来历吧。"

那少主人口中道："大庭广众之下，不能向总督大人说出来，退堂后再当面向大人您说。"

张之洞掀髯大怒："胡说！你再不讲，办你斩罪。"

少主人带了哭腔说："大人，我并未犯法啊。"

张之洞一拍几案："私用宫中御用之物，违者定死罪，当斩！"

这人又开始支支吾吾，装傻卖呆。于是张之洞命押他下去收监，再提审仆人。这老仆倒是马上供出了他所知道的实情："小人本是京城皇宫里的太监，因为偷窃宫中物品，被发觉后私逃出京。路上遇到这个人，也不知道他的姓名来历，只听得他讲，如果随他到湖北武昌，会大有好处，小人就跟着他来了，其他的事，小人实在不知道。"

张之洞看尚未问出要领，就将此案交江夏知县陈树屏继续审问。一顿好揍之后，那少主模样的人方才供出真相来。原来这假光绪皇上，是一个叫崇福的八旗伶人，他自幼学伶唱戏，并多次出入内廷，深知宫中礼仪起居之事。自己仗着容貌清秀，颇似光绪，以前在宫中演戏时，伶人同行就常以假皇上的绰号称呼他。那老仆则是宫中太监，职守司库。

戊戌政变后，崇福听说光绪皇帝被西太后幽禁在瀛台，与外界完全隔绝，他觉得有空子可钻。而当时假亲王假大臣到各地行骗发财者大有人在，这个戏子决定，要骗，就玩个最大的。于是他串通了宫中一个监守自盗又畏罪潜逃的守库太监，利用自己貌似光绪皇帝的长相特点，和熟悉宫中做派，又颇能逢场作戏的伶人本事，加上那太监窃取来的宫中御用之物当作道具，来假冒光绪，一同到外地诈骗发财。九省通衢的武昌城，是这俩骗子来到的第一座大城。

真相大白后，这假光绪主仆二人均被判斩立决，次日就被押到武昌草埠门斩首后示众。轰动一时的假光绪案，以两颗人头挂在武昌城门上而宣告结束。一时海内外纷纷传议的鼎沸之声，经久方才偃息。

云卿和几个两湖学堂的同学，还专门走到城北的草埠门，看了假光绪主仆两个悬在城门旁的人头。回来后在学堂的上课间隙里，还兀自兴奋地谈个不休。有个姓刘的湖北学生说："这旗人戏子啊，到底还不算是骗子中的绝顶高手，不懂得持盈保泰、见好就收的道理，只知一味胆大贪心，落得如此下场也是活该，我听说的另一个骗子就聪明多了。"大家一听，就催着他讲这个骗子的故事。这位湖北同学清了清嗓子，开始慢慢道来："有个京官的儿子吃喝嫖赌样样俱全，非常没出息。他的京官老子一气之下，把这儿子赶出了家门，好几年都不愿意再见他。有一次，这个京官到地方上去考核，地方官员们陪他到庙里去烧香。忽然有一个衣衫褴褛、一脸肮脏的年轻人挤上前，一把抱住这个京官的腿，大声哭道：'儿子不孝，求父亲大人原谅我吧。'京官仔细一看，此人并不是自己的儿子，就非常生气地骂他说：'你是哪里来的下流东西，竟敢冒充我儿，我没有你这样的儿子！'陪同者中，很多人知道京官有个儿子被赶出家门的事儿，以为京官在骂自己的不肖之子，又看见那乞丐一样的年轻人哭得实在是凄惨，就一起劝那京官说：'大人不要生气，他终究是您的儿子，现在境况又这么惨，您不如就原谅了他吧，浪子回头金不换啊。'可京官坚决不承认那人是他的儿子，却因为气急之下，口吃的毛病又犯了，众人又七嘴八舌的，他一时没法说清楚。后来那人趁京官不在，赶紧又找这群地方官员哀求，说：'请各位大人劝劝我父亲，让我们父子俩骨肉团聚吧。'说完趴下又是一顿磕头。官员们商量以后都认为，说到底不能让这京官的儿子在咱们的地面上乞讨，今后官场上相见，彼此都会觉得没面子，再说，还得指望京官回到吏部，给咱们写考核评语呢，不如大伙儿做个人情帮帮他吧。于是一起凑了可观的一笔钱，送给京官的乞丐儿子。直到后来，京官的仆人来了，向那些官员详细描述京官儿子的长相，大家才知道上当了，这时那人早已逃之夭夭了。该骗子竟然想出如此骗局，让京官有口难辩，旁人不明真相又急于拍马屁，他一击远遁，这才不愧是妙手空空的个中高手啊。"

听完这个故事后，云卿的一帮同学们，又是大发感慨又是议论纷纷，一时间教室里热闹异常。

怪才辜鸿铭

却说这群学子正讲得兴高采烈，没注意到有个四十出头的中年人，穿一件油腻照人的枣红色马褂，戴顶瓜皮小帽，拖着根乱糟糟的小辫子，负着手悄悄站立在人堆后面，听了个从头到尾。他听完之后，故意咳了一嗓子，大伙儿才发觉，那是他们的教习辜鸿铭。学生们赶紧向这位教习先生问了个好，各自回到座位。

要说辜鸿铭这个教习，在两湖学堂绝对是一个奇人。他出生于南洋的马来西亚，是个中西混血，自幼就留学英德，精通西学，又推崇国学，鼓吹国粹。他鄙视西方文明，认为儒家学说的仁义之道，才是拯救在弱肉强食中走向毁灭的世界之良方。

这位学贯中西、恃才傲物、为人好辩又不谙世事的怪杰，闹出过不少趣事。两湖的学生们都对他敬畏三分。但毕竟这家伙肚子里的学问太多了，仅一个故事就可见端倪：几年前，俄国皇太子尼古拉携其表弟、希腊王太子来汉口，湖广总督张之洞在汉阳晴川阁设盛宴款待，总督大人的译员就是大名鼎鼎的辜鸿铭。宴会开场时，辜用俄罗斯上流社会奉为高雅社交语言的法语致欢迎词。宴席间，俄皇太子私下用俄语对希腊王太子说，别吃坏肚子，得留点儿力等晚餐时再大快朵颐。辜听后笑着用俄语说："这些美味都很干净的，两位陛下放心大嚼便是。"希腊王太子觉得张之洞饭后吸的中式鼻烟较为稀奇，便用希腊语悄悄问俄皇太子："这是何物？"辜听到后，就请总督大人将鼻烟壶交给希腊王太子欣赏，并用流利的希腊语做了介绍。这下终于把所有的外宾都惊到了，俄皇太子尼古拉在赞叹之余，当场解下自己的镶钻金怀表，送给了辜鸿铭。

因为辜鸿铭动辄好发怪论，又喜欢骂人，经常对人自称克瑞兹·辜，也就是"辜疯子"的意思，所以学生们都有点儿怕他。好在辜鸿铭今天心情还不错，听到学生们议论武昌假光绪案后，忽然有感而发，给云卿他们讲了一个外国假皇子的故事。

三百年前，俄罗斯有个沙皇叫伊凡雷帝，这人非常残忍暴躁，一次在盛怒之下，竟然用手杖活活打死了他的王位继承太子，于是只好传位给他的一个傻儿子。傻儿子死后，一个权臣设法让自己当上了沙皇，但很多人不乐意了，有的就散布谣言说，伊凡雷帝另一个小时候就死了的儿子，叫迪米特里王子。他其实没死，一直躲在波兰避难，很快就会回俄国。

刚好有天灾降临，俄国都开始闹饥荒到人吃人了。就在此动荡之际，一个俄国贵族原来的仆人，自称是迪米特里王子，突然现身在波兰。波兰国王马上承认他是伊凡雷帝那个最小的儿子，并借他兵回去争夺俄国王位。于是假迪米特里王子带着波兰兵打回国，俄国贵族和老百姓以为他真的是伊凡雷帝的小儿子，都来帮他。一时间俄罗斯战尘遮天，尸横遍野。

假王子打进莫斯科，杀死对手，加冕成沙皇。这厮后来却越来越露出马脚，被识破了他的俄国人捉住杀死，焚骨扬灰，装进炮弹射回波兰去了。

辜鸿铭讲完，微微昂起头，眯着眼睥睨一众学生，慢悠悠说道："尔等只知道近日免费看了一出扮演光绪皇上的骗子戏，却不知道，南皮大人举重若轻之际，已消弭了我大清国的一场弥天大祸。诸位想想，如果这个惟妙惟肖的假光绪帝，有一日落到哪个别有用心的团伙手里，变作他们抢夺江山大位的道具，那就成了假戏真做，必定天下大乱了。"

看到众学生听得入神，有人点头称是，有人做沉思状。辜鸿铭突然话头一转："近些年来，我大清正处多变之秋，国事艰难。可总有些人想兴风作浪，鼓吹激进思想，欲以欧美西学改变中国，此非救中国，是乱中国也。这些人名为爱国，其实野心勃勃而浮躁浅薄。康梁之徒，即为此类，彼等无异于百年前法国大革命之雅各宾党人，如马拉、丹东、罗伯斯庇尔之流。倘如彼所愿，则天下必将生灵涂炭，国将不复矣。"

骂完了康梁的维新党人，辜鸿铭又开始引经据典，咒骂起鼓吹推翻清帝制的革命党来："乾隆五十八年，法兰西人杀其王路易十六，仿英制设立议院，国遂大乱。直至拿破仑起，执兵权，闭议院，乱乃定。可见君主专制乃普天之下的王道。而西洋自从议院之风盛起，国君于是沦为饩羊，就是典礼上那只可怜的祭品羊，徒具形式而已，所有政治只能听从国人。孔子曰：天下有道，庶人不议。以本人半生海外阅历所见，西洋诸国皆为无道之邦，故民议沸腾；我中华为有道之邦，故无须庶民百姓妄议国事。那帮革命党人却鼓吹民权，反满兴汉，真是一群犯上作乱、大逆不道之徒。余谓今日之满人，类于宋真宗年间之欧洲北族，其渡海完成诺曼征服，终成英格兰贵族血脉。我大清朝满人亦具北方民族强悍之元气，即为中国之贵族也。以武功立国，至今犹以气节称，我汉人实逊远矣。"

辜鸿铭一顿半文半白、中西混杂的即兴讲话，引得课堂上一片喁喁议论声。云卿坐在课堂靠后排，听见不远处有一同学在低声骂："贱种，膻腥之奴！"而有一满人同学却对骂者怒目而视。靠后排的一个调皮鬼，更是脱下一只鞋，偷偷做欣赏陶醉状，将鞋凑近鼻子，且嗅且摸，还低声叹道："哎呀我的淑姑老婆，你的小脚真是太肉香了，啧啧。"旁边几个学生看了都捂嘴大乐。云卿知道，这学生是在挖苦辜鸿铭的一件糗事，他喜欢在家脱掉他老婆淑姑的鞋和裹脚布,专嗅那双小脚气味,说那是他"白天的兴奋剂",比巴黎香水味道更醇,能令人心旷神怡。这事两湖学堂人人皆知,传为笑谈。

说起来也怪,从海外学回来一肚子西方学问的辜鸿铭,却将女人缠足当成了中国的国粹去鼓吹。有次一个英国记者问他,中国妇女缠足,以一百磅的体重集中在一双纤纤小脚上,是否不顾人体的自然生理?辜鸿铭答道:"百年前英国女性也有缠腰之风,把个腰身勒得像蜜蜂腰一样细,这是否也算不顾人体的自然生理?"辜鸿铭的反唇相讥,让那位英国记者顿时哑口无言,悻悻地走开了。

而辜鸿铭的老板,一肚子中国学问的张之洞,却又是态度鲜明的反缠足支持者。总督大人曾经同意拜访他的英国立德乐夫人宣传天足运动,并让她在汉口维多利亚剧院做演讲。立德乐夫人还将张之洞反对缠足的语录用红纸写了,在剧场里四处张贴,在武汉三镇轰动一时。

张之洞为两湖学堂聘请来的众教习,多是造诣不凡的名师高人,为国中一时之选。晚清时值东西方文明冲撞与交流之际,所以这些教习,精研旧学新学者皆有之,也有如辜鸿铭这样学贯中西之人。在南皮大人中体西用这根指挥棒下,其实各位教习还是各敲各的锣,各吹各的调,讲自己信奉的那一套,并不时彼此出言挖苦,虽然五音杂陈,却也生动有趣。但这往往让书院学生各自站队,甚至出现在课堂上相互攻讦的情形,一时热闹非常。张之洞却从来不以为意,以宰相肚里能撑船自矜,往往一笑置之。

辜鸿铭也不管底下诸生反应如何,自顾自地又讲了下去:"有人问我,曾文正公之最过人处在哪里?我回答,在于为臣之忠。当时'洪杨之乱'已平,曾氏兵权在手,天下豪杰半归门下,昆弟部将,皆为善战不驯之枭雄。倘使文正公有抑满兴汉的不臣之心,则天下必乱,不知又有几多苍生头颅要被碾碎。而环伺之列强,岂肯袖手旁观?如此,五胡乱华之祸又至,我中华殆矣。孔子曰:微管仲,吾其被发左衽矣。我今亦曰:微曾国藩,吾其剪发短衣,与西人番鬼无异矣。"

云卿对辜鸿铭提到的"洪杨之乱",即太平天国之事,倒是有过耳闻。在湖南老家,听他的乡邻,原来曾国藩弟弟曾国荃部下的老兵讲过,那时清军和太平军之间,都时常发生极为残酷的战争。曾国荃攻下太平天国之都天京后，更是纵湘军屠城七天七夜，整条秦淮长河，都漂满了尸首，死者中有很多老幼妇孺，死状极惨。小时候的云卿，听了之后都做过噩梦，从此便很害怕战乱。从这一点来讲，他还是赞同辜鸿铭原来曾在课堂上讲过的，社会宜以改良而进步，却非以革命与暴力实现。他总在想，就因为几个不要命的人起事，要送掉那么多人的命，这是应该的吗？那些无辜的冤魂，难道它们生前自己都愿意去死吗？

蒻先生的茶局，云卿的梦

下课后，走在路上还在胡思乱想的云卿，突然听到有人在背后叫他。回头一看，是张之洞的幕宾、湖南同乡蒻先生。

蒻先生是张之洞任两广总督时，因创办广雅书院而聘请的入幕之宾。他精研经学，除在书院教授儒家经典之外，还参与校务管理。他因为办事可靠，恪尽职守，为人又十分低调，故此一直得到张之洞赏识。张大人调任湖广总督后，延聘蒻先生随同来到武昌，协助创建了两湖学堂，并管理学生事务。

在云卿和很多书院同学眼里，蒻先生是个古道热肠之人，很爱护学生。有一次，云卿等几名学生相约到黄鹤楼附近的一家茶馆喝茶，因为茶馆主人轻慢了他们而发生争执，馆主自恃是个湘军退役的小武官，出手殴打了云卿的一个同学，事后还立即跑到武昌知府衙门抢先告状，诬称是学生首先挑衅，打砸了他的茶馆。蒻先生得知此事后，在张之洞的默许下，以总督府的名义马上找知府商定，由知府出面惩罚了那个蛮横的馆主，让他当众给被打的学生作揖道歉，命令馆主雇轿子将还留在茶馆内的学生抬回书院，并沿途燃放鞭炮，以示公开赔礼。这件事大大提高了书院学生在武昌城里的地位，让一城官民都知道了：两湖学堂这些学子，可都是总督大人的宝贝疙瘩，你们谁都不许欺负。

云卿也因为这事，与蒻先生相熟了起来。他不知道今天蒻先生叫自己有何事，就恭恭敬敬地问了一声好。蒻先生笑着说："今天天气不错，你我找个清静的地方喝杯茶，叙叙话如何？"师生俩于是去了都司湖附近一家小茶馆，坐下喝茶聊天。

那时武汉三镇茶馆林立，却各具特色。两人来的这家茶馆，就别有一股清雅闲适的气氛。不同于贩夫走卒喜欢去的那种推牌九、打麻将、斗蟋蟀、唱小曲儿的浑茶馆，蒯先生带云卿来的地方叫清茶馆。这里能听到悦耳的鸟叫，那是玩鸟人把鸟笼挂在茶馆屋檐下，一边喝茶，一边听自家鸟和别的鸟比着嗓门唱歌。来这种茶馆的多为提笼架鸟的闲客，一盖碗懒茶，泡得半日闲。

看来，这座清茶馆是蒯先生经常光顾之所，他进到馆里后，不时向各方熟人拱手致意。两人拣了个靠里的桌子落座，以方便说话。

一个后背微驼的中年茶博士过来问喝点儿什么。蒯先生用手指轻点桌面，说道："来两碗三碰茶吧。"那茶博士随后拎来晶亮的长嘴铜壶，将两个装了茶料的白瓷盖碗叮当作响地摆到面前。然后，提起铜壶从一尺多高处往碗里汩汩冲茶，那空中飞流不滴不溅的功夫，着实让人佩服。碗里翻飞的茶料，立刻弥漫出一阵淡雅的清香。

这三碰茶，是用了隔年晾干的梅花、香片和珠兰共点一碗，名曰三碰，是取名于一出古人访贤之戏，即周文王三碰他人而未遇贤才，后在渭水畔得姜子牙的故事，所以此茶又叫渭水河。

蒯先生五十岁左右，平日里老是笑容满面，乍看之下像一个慈祥老妇。曾有调皮学生，背后偷偷给了他一个"蒯婆子"的绰号。师生二人喝着茶，谈起刚刚落幕的假光绪案，蒯先生一脸笃定地说："我当初也随众去了趟金水闸，在公馆初见到那个旗人，就感觉他是个戏子。"

云卿好奇地问道："您是怎么知道的呢？"

蒯先生笑言："我观他举手投足，拿腔捏调，颇似扮戏，活脱脱就是个戏园子皇帝呢。听说他在监狱中，还在喃喃自语说：'母后，你好狠心哪。'这不就是他演得久了，入戏太深吗？"

蒯先生说完，两个人笑了一回。

云卿又讲了从辜鸿铭那里听来的一个俄国假皇子的故事，以及这位怪才教习所发的中西比较之论。蒯先生收敛了笑容，说："我虽不敢妄议辜先生的国学水平是否已完全得到真髓，但我对他敢于对当今世人媚洋自辱风气嗤之以鼻的勇气，十分地佩服。辜先生以留洋饱学之士身份，能这样说，自是非常人可比，堪为信服。他又曾屡屡公开为西太后仗义执言，这实为难得。太后早年以咸丰帝驾崩而守寡，先后扶立两位幼主，她老人家夙夜在公，旦夕守望，几以一人之力支撑危局，使我大清屡次转危为安。纵使太后与圣上之间，多有母子之间亲情伦常的隐痛，却并非如挑拨离间之徒所言那般不堪。所以，为师期望你们这些官费学子，能体谅国家朝廷与西太后为政的艰难，不要被世上居心不良之人所误导。不当家不知柴米贵，不养儿不知父母恩。你们还太年轻，以后慢慢会明白的。"

云卿听到这里有点儿发愣，他原来听华浩和不少同学私下骂慈禧太后骂得太多，所以脑子一时转不过弯来。而且他也听说过，西太后当年立只有四岁的亲外甥光绪，那是因为她希望一个小皇帝更容易被自己掌控。当年她亲儿子同治帝死后，朝廷开御前会议，讨论立谁为新皇帝时，有大臣主张立已经成年的溥伦，西太后厉声斥道：溥字辈一概不要！这一吼，吓得所有亲王大臣都面面相觑，不敢再逆拂西太后的天威。但云卿在蒻先生跟前，还是没有说什么。这终究是帝王家事，无关我们小民百姓，他想。

蒻先生讲到此处，轻轻一拍巴掌，说道："看我差点儿忘了，讲起伦常亲情，长慈幼孝，南皮大人就是眼前的例子。他不惜送自己最疼爱的长孙厚琨，和其他诸生一起去东洋留学，以求强国之法。但其实他心中颇为惦念厚琨与各位留学生，尽管他已写信请日本众高官关照，却仍无从知晓厚琨他们的饮食起居与学校生活。我见你在同窗中人缘颇佳，经常有同学从日本给你来信，如果有什么关于厚琨与其他留学生的任何消息，诸如他们的课下生活啊，参加了哪些社会活动啊，都认识了什么人，望你多告知与我，我也会及时转告南皮大人，以慰他思念长孙之情，和大人对留日诸生的关心。"

张之洞挂念在日留学的长孙厚琨，确是实情。总督大人委托日本贵族学习院长近卫笃麿当他孙子的在日监护人，但张厚琨仗着有爷爷派遣访日做军事考察的父亲张权宠溺下，在校行为失检，多次违规，连续翘课、擅离学校等。这让近卫笃麿相当不满，于是通过湖北派遣学生监督钱恂，对张权提出了劝告，并有意面谈，后者却发了公子哥儿脾气，不愿见面。而且张权仗着自己是张之洞的公子，在写给近卫的信中，口气十分不耐烦，说自己性子直，受不了繁文缛节，来日本为闲游放松，希望他们父子在异国小聚,才为儿子向近卫几天请假。只要近卫一句话,行就行,不行就拉倒。张权这信文写得好似一副不拘礼节的名士做派,却把日本贵族等级意识浓厚的近卫笃麿气得够呛,在写信给日本驻上海总领事时近卫表示:张权在日妨碍其子教育,"如此愚物,可令其早日归国矣!"

因此,张权和他儿子的在日监护人近卫笃麿之间,矛盾已近于激化。张之洞担心这会影响长孙厚琨的留学生涯,又担心厚琨在日参与海外中国人的激进活动,就嘱托蒯先生设法打听一下包括长孙在内的湖北留日学生的学习与生活状况。当然,总督大人也很不希望他派出的两湖留学精英,被康党或孙文这些人煽动成反清分子,所以也想更多了解留日学生们的课余社会活动与政治倾向。张之洞派驻日本的学生监督钱恂,虽然是总督在对日事务上的得力心腹,但此人倾向维新,听说对留学生在日参加中国"激进"分子活动的事眼睁眼闭,不大干预,这让南皮大人颇有点儿难以放心。

蒯先生看到云卿听了他的话后,面露一丝犹豫之色,忙道:"这只是南皮大人作为长辈的心愿与对游学诸子的师恩之德,云卿,你其实不必多虑。我们为师的,哪个不巴望你们人人都成国家栋梁?你若能顾念香帅大人的舐犊之情,今后定有诸多好处。来日方长,自不多言。"

说罢,蒯先生微笑着伸出手,轻拍了一下云卿的手臂。两人走出悬挂了一排鸟笼的茶馆门口,相互道别后分手了。

当晚,云卿好久不能入睡。他的心里很矛盾,作为一个寒门子弟,云卿没有任何官宦亲贵的人脉背景。蒯先生今天最后的一席话,为他将来的仕途带来了一线希望的亮光。他知道蒯先生是总督大人跟前的心腹幕僚,如果与此人攀上交情,日后一定会对自己大有帮助。但他的眼前又出现华浩的那张脸,那是他视为手足兄弟之人。

云卿永远忘不了,在童年家乡的那条小河里,当他不小心溺水,眼看就要身亡之际,是水性也很差的玩伴华浩大叫:"莫慌,我来救你。"然后毫不犹豫地从岸上跳下水,狗刨式扑腾着游过来,一把抓住他的手,拼命想把他拉回岸边。结果两人最后都精疲力竭,濒临灭顶之灾,幸好有路过的乡人,把他们两个都救了上来。

长大成少年的他们,还曾经到山中一个荒废了的破庙,学着戏文里面的样子,用小石片割破手指,歃血为盟,结成了异姓兄弟。当时两个少年很认真地发过誓：不能同年山月同日生，但愿同年同月同日死。

如果要让云卿做出对不起华浩的事，那他宁愿去死。一想到要被迫告诉别人华浩写给自己的私信内容，云卿感到左右为难了。

云卿是一个非常谨小慎微的人，他永远认为，命运可能就是化身躲在下一个街角的蒙面人，高高举起大棒，要在你刚一转弯时，给你迎头一击，所以你必须时时警醒，万分小心。华浩以前总是笑云卿胆小怕事，说他是唯恐树叶子掉下来打破脑袋、放屁都怕砸疼了脚后跟的人。云卿却不以为然，反倒认为华浩过于好奇和喜欢冒险的天性才是行走人生的大忌。这两个性格截然不同的人能成为好朋友，也是一份奇缘。

其实云卿从华浩的多封来信中，就已经得知好朋友与不少其他留日同学，在日本参加维新保皇党人甚至革命党人举行的各种演讲活动之事。他也为此替华浩担忧过，但华浩却一直不以为然。今天鬻先生在茶馆的话，让云卿隐隐嗅出一丝危险气息，让他更加担忧华浩回国后可能有麻烦。怎么办？

云卿突然脑子里闪亮了一下，我真傻，这不是正好可以借机帮助自己的好朋友吗？一方面，我可以仅将华浩的日本来信中留学生们饮食起居和生活趣闻等这些无关紧要之事讲给鬻先生听，让他可以向张之洞大人报个平安；另一方面，我要私下里好好劝华浩为自身前途计，在日本要远离那些"激进"分子，以免将来回国后被朝廷追问责怪。明天我就偷偷烧掉华浩来信中有敏感内容的那一些，对，就这么办！

想好对策之后，云卿才放心入睡了。

在梦里，好朋友华浩和云卿又回到小时候，两个无忧无虑的少年在家乡的山坡草地追逐奔跑着。漫山遍野开满了杜鹃、雏菊、蒲公英和各种不知名的野花，脚下的狗尾巴草被他们蹚得哗哗乱响。每一根灌木枝丫都尽力要拉扯住他们，脚下每一块石头都想绊倒他们，但华浩却不管不顾地拼命跑着。

眼看着渐渐跟不上跑得飞快的华浩了，云卿急得在后面大声叫喊起来。突然，云卿发现自己身上穿的，竟然是一件蜡染印花的蓝色大襟衫，这是女孩子穿的衣裳。不知所措的他马上羞得满脸燥热，想到这下可要被同伴好好取笑一回了。前面奔跑的华浩停了下来，回头看着云卿，却没有笑话他的意思。

恍惚间，两个小伙伴手拉着手，来到一座古庙，那里好像就是以前他们结拜为兄弟的地方，里面很荒凉破败，院子地面的砖缝里都长出杂草了。华浩指着大殿上的一座神像让云卿看，那尊神的表情透着古怪，像是拿眼睛盯着他们，似笑非笑的，看得云卿心里有点儿发毛，于是想告诉华浩快点离开这里，一转头华浩却不见了。云卿急得大叫起来，却听那尊神像似乎答应了一声，云卿再看那神像的脸，竟然变成了华浩。这一下可把云卿吓坏了，他一声惨叫，从梦中醒来，发现自己已经是冷汗涔涔了。

横滨与孙文

日本横滨，原来只是东京湾畔的一个小渔村。

话说在十九世纪五十年代，也就是中国第一次鸦片战争后被迫开埠十多年后，曾经有一支冒着浓浓黑烟的黑色舰队，在横滨附近靠了岸，史称"黑船来航"。就是这支两度来访的美国舰队，逼着日本打开了国门。经过了四十多年的开港后，横滨已经变成了一座繁华的城市。

横滨市有一条中华街，因为第一次鸦片战争，导致中国被迫开港，要比日本早十几年，欧美商人在华雇用了大批中国人，所以就有了许多通晓点儿英语的中国雇员和买办。横滨开港后，很多中国人就随着欧美人一起，来到横滨做生意。

数千华人集中居住的一带，当时也叫南京街。街道两旁，华侨的生意店面一家挨一家，有贸易商号、料理店、印刷店、家具店、洋服裁缝店、理发店、中医诊所、药铺等等，好不热闹。到十九世纪末，横滨华侨的经济实力已经相当可观，人们改修中华会馆、扩建关帝庙、成立义庄。中华街的一片热闹景象，显示了旅日华侨经济的繁荣。

但人在海外，心里总还是揣着一个故国的。

光绪二十一年初春的一天，一艘往返于夏威夷檀香山、横滨与香港的海轮上，小贩陈清正在船上叫卖东西，遇上一个西装革履的中国人，在给一小群华侨做时局演讲，于是陈清也挨近人群听了起来。这人个头不高，却气宇轩昂，声音响亮。那时中日之间的甲午战争接近尾声，北洋海军已经全军覆没，大清陆军在几个战场上都全面溃败。所有的海外华侨，就连陈清这样一个轮船小贩在内，在关注中日战事的同时，都无不为母国的命运揪心。

陈清听着这个人的演讲，似乎渐渐明白了，中国接连惨败于西洋和东洋，完全是因为满人政府，它凶狠压迫着人口占绝大多数的汉民族。这群满族官老爷既腐败透顶，又极昏庸无能。在这些旗人的治下，我们华夏中国不久就要亡国灭种了。要救国保种的唯一希望，只能是推翻清廷，完成民族革命，建立一个中华民国。

他完全被此人神情激昂的演讲迷住了，他自己也说不清为什么。他只觉得内心深处有什么东西动了起来，那是无数个庸常日子，像一层层落雪压在下面、封冻住了的一种念想。他只是个跟船讨生活的小商贩，没读过什么书，又已经定居在海外，听到中国就要亡国灭种了，却生出了一股极度的悲凉感。陈清决定要做点儿什么，于是在这人演讲完后，就上前自我介绍一番，并问能不能为他效劳。这个人微笑着和陈清握了握手，说道："谢谢你，我叫孙逸仙。"

陈清很热情地邀请这位素不相识的先生在横滨港上岸，去他家做客。孙逸仙以轮船停靠横滨时间不长、可能耽误去香港的航程为理由婉拒了。于是当船在横滨靠港时，陈清上岸邀了好朋友谭发赶到船上来拜见孙逸仙。谭发是一个裁缝，在横滨开了一家洋服店，与孙一番交谈后，谭发也完全为他的反满兴汉、拯救国族主张所折服，并表示愿意助力孙逸仙的种族革命，任何时候只要孙先生需要帮助，就请告诉一声。孙逸仙给了他们一沓宣传册子，其中有关于清兵入关屠杀汉人暴行的小书《扬州十日记》《嘉定屠城记》等，嘱托他们在横滨成立兴中会。

兴中会是一年前，孙逸仙在夏威夷檀香山首次创建的一个革命团体。宗旨是"驱除鞑虏，恢复中国，创立合众政府"。此后，孙逸仙一直致力于在海外华侨中发展分会。

这两位横滨华侨带着孙先生给他们的宣传册下了船，在冷冷的北风中，瑟缩站立于空旷的码头，目送着徐徐离港的海轮，和在甲板上挥手告别远去的那个人。

同一年，也就是光绪二十一年秋的重阳节，孙逸仙率领兴中会的多名志士到广州，准备发动起义一举夺取广州，横滨小贩陈清向侨商朋友求助了一笔旅费，也回国要参加广州起义，并准备担任安放炸弹的任务。起义终因某革命党人的哥哥告密，清政府展开大搜捕而告失败。包括孙逸仙的发小好友陆皓东在内，数位同志被清廷逮捕后砍了头。

华侨小贩陈清幸免于难，得以返回日本。多年后，他回到已经变成中华民国的祖国，在广州长堤开了一家海珠酒店，这家酒店成为孙中山组织的护法国会的议员招待所。这是这个叫陈清的小人物，在历史河岸边留下的最后一痕雪泥鸿爪。

当时还叫孙逸仙的孙中山，带着广州起义失败的几个革命党人出逃海外，从此开始了长期的流亡生活。他们乘邮轮广岛丸来到日本横滨。孙逸仙准备去投奔的人，正是横滨中华街的那位洋服店主谭发。

孙逸仙在中华街找到了谭发，以前在路过横滨停港的海轮上，与他仅有一面之缘的谭发，马上热情安排了几个人的住处。因为中华街有不少华侨与孙的种族革命思想共鸣，于是孙逸仙趁热打铁，在此成立了兴中会横滨分会。

从此，横滨中华街作为孙逸仙的反清活动基地出现于世界大舞台的聚光灯下。

流亡者的东瀛相会

从孙逸仙流亡到横滨，三年过去了，又是一个红叶飘零的秋天。横滨的一条街道上，走来三个人，他们是戊戌政变后出逃的湖南流亡者唐才常、毕永年和日本浪人平山周。

唐才常、谭嗣同与毕永年三人，是在办湖南时务学堂时期的好友。戊戌政变、谭嗣同就义后，流亡日本的毕永年已经疏远保皇党的康有为，开始追随更为"激进"的孙中山从事反清革命。在毕永年和平山周的引荐和陪同下，唐才常即将首次拜访孙中山先生。

革命家孙逸仙，现在有了一个后来响遍天下的新名字：孙中山。留一口浓密八字胡的平山周告诉唐才常，这个新名字还是他帮忙起的。

两年前的一八九七年初秋，同情和支持中国革命的浪人平山周，陪同孙逸仙到东京拜访日本政治家犬养毅，平山周是这位亲华的日本政坛大佬的门徒。辞行后，孙逸仙入住一家叫对鹤馆的旅店，因要提防在日的清廷密探，需登记一个假名字。平山周想起刚才途经日比谷中山侯爵的府第，看见住宅门口贴着"中山"，就建议填写这两个字，孙中山又在其后加了一个"樵"字。平山周说："用中山樵当日本人的名字可有点儿怪。"孙中山笑着说："这个名字表示我就是中国的一个山中樵夫啊，我要为四万万中国人披荆斩棘，去开辟一条光明之路。"从此，孙中山之名便渐渐被外界叫响起来。因清政府对他进行全球通缉，孙中山就以平山周聘请的汉文教师身份，办到了居住证，因此得以重新留居日本，以发展反清革命力量。

唐才常、毕永年和平山周三个人，走在横滨的街道上。路面比较狭窄，但足够来来往往的手推货车通过。路旁是木质的二层楼房，结构较为精致，却比中国的房屋稍为矮小些。头戴宽檐斗笠的人力车夫拉着客人来去，其中不少是面扑白粉、身穿和服的年轻女子。平山周有时会朝唐、毕两人眨眨眼，示意这些妖冶女郎都是当地的风俗女。

走过市内一座叫前田桥的小桥，平山周指着桥左边两栋相连的带院落建筑物，告诉唐才常和毕永年，这里就是美国海军在横滨的贮煤所。平山周还语带调侃地说："本来这些美国佬，是坐船过太平洋去中国做生意，想在中途找个地方给船加煤加水，结果却硬是把我们日本的国门给踢开了，这真是世事难料啊。"

说罢，三人相视大笑。他们继续前行不久，在遇到的第一条街道向左拐，街旁有三栋相同的西洋建筑样式的两层小楼，孙中山就住在其中的一栋里面。

门口有个十一二岁的日本小女孩儿，正拿着一个祭祀节上买来的纸人玩偶，对着它嘟囔着什么，原来她是在独个儿玩游戏。经常来这里探访中山先生的平山周，看来与小女孩儿很熟，就叫起她的名字："大月薰，都这么大了，还在玩小孩子的把戏啊。"

叫大月薰的小少女，听了平山周的话，不好意思地将纸玩偶藏到身后,低了头,身子开始不安地来回扭着。三个来客望着这个清秀可爱的小姑娘,一起哈哈笑了起来。平山周告诉唐才常:"几个月前日本小姑娘家所在的长老町发生火灾,家里的房子被烧毁了。她爸爸的好友,一位温姓华侨就让大月薰一家暂住在自己家二楼。这位经营茶叶的广东华侨也是孙中山的好朋友,他请孙先生住的是这栋小楼的一层。"

在一间到处乱放着书的房间里,唐才常见到了孙中山。这位神秘的革命者,原来是位气宇轩昂、温文尔雅的人,却又心性纯然如赤子,很有人格魅力。

来客们提到在门口遇见的邻居小姑娘大月薰,孙中山开心地笑了,说她刚搬来时,在二楼宽敞的新家玩得很高兴,不小心把花盆碰翻了,楼上的水透过地板漏到了楼下孙中山的房间里。当时房东温先生也在他那里,就去楼上查看发生了什么事情,见是大月薰打翻了花瓶,就抱怨她,并领小姑娘来到楼下给孙中山道歉。孙见到了大月薰,不仅没生气,还夸她是乖孩子,还给她糖浸椰子吃。小姑娘从一脸的怯生生,马上就变得欢喜活泼起来。

"她真是个可爱的小家伙。"孙中山哈哈笑着说。

这时,孙中山注意到唐才常的额头上有一道伤疤,似为愈合不久的新创,就关切地询问。唐才常告诉孙中山,几个月前回国返乡,自己在离家不远的浏阳枨冲,被当地守旧派人物聚众截殴,面额被铁尺击伤。幸得族人闻讯赶来解救,才得幸免于难。在家养息十余日始愈,不敢再经长沙,于是绕道江西,折往上海坐船来日本。这次回家乡浏阳,唐才常还处理了几件令人伤心的事务,他和故友谭嗣同合伙经营的煤井、钱庄,都被顽固守旧派放火烧毁了。

孙中山听后愤慨非常。几人议论道,湖南士绅中多保守仇新之人,是因为曾国藩的湘军镇压太平天国之后,湘人中普遍滋长了一种自豪和骄横心理,认为湖南人有再造清室之功,所以变得霸气十足。在中国屡败于世界列强,特别是湘军参加甲午战争惨败于日本后,相当一部分湖南人仇外、嫉恶洋务与维新运动。那些封闭保守的湘人坚信,洋人特别是传教士,都是些没有人伦的衣冠禽兽,尽干些偷拐幼童、淫人妻女、挖眼制药的邪恶勾当。所以和洋鬼子打交道的中国人,也都被看成是不认祖宗的败类。

毕永年为了缓解稍感压抑的气氛，给大家讲了一件趣事："一年前有个叫谔尔福博士的德国旅行者，听说长沙老百姓从来不准外国人进城，就发了书呆子脾气，扬言一定要进到这被西人称为铁门之城的长沙城内瞧瞧。这可吓坏了湖南大小官员，怕他被城里老百姓发现了打死，惹出外交大事。这德国书呆子又死活要进城，还动用了高层外交的法子。最后在湖广总督张之洞的压力下，湖南官府只好在凌晨三点多，趁长沙百姓都在呼呼大睡时，用一顶遮得密不透风的轿子将这德国人抬进城里的巡抚衙门，在里面喝了一杯茶后，又赶在破晓前偷偷将他藏在轿子里，快步抬出城，总算让他在长沙城里待够了一个时辰。也是好笑，这个德国人关在裹得严严实实的轿子里，在一片漆黑的长沙城走了个来回，不知道他究竟看到了个啥？"

大家听得哈哈直笑，唐才常说："吾省那位前辈乡贤、睁眼看世界的外交官郭嵩焘，在甲午战争前就被湖南家乡人当成汉奸骂死了，假如这位被人叫郭鬼子的官员，告老还乡后能活到甲午年，那还不死得更惨？"

与保守仇外的湖南乡绅和普通民众不同，不少湖南开明士子如谭嗣同、唐才常等，几乎在国耻发生的当时，就以惊人的胆识提出向敌人学习。如此一来，他们作为湖南新政的实践者，被家乡的守旧乡绅视如仇寇，也就不意外了。而且，湖南人不管是维新派还是守旧派，都有一个共同的特点，就是有一股往死里较劲的脾气，行起事来刀刚火辣的，霸得蛮、倔得犟、敢拼命、不服输，无论做好事还是做坏事都这样。所以全体湖南人得到了一个天下闻名的绰号：湖南骡子。

孙中山与唐才常、毕永年和平山周一起，商讨起在湖南、广东和长江沿岸各省起兵的计划。此前，孙中山已经让毕永年和平山周去到国内，联络湘鄂会党，广交群豪，以考察哥老会的实力。返日后，两人向孙中山汇报说，所见哥老会各龙头多沉毅之士，可堪大用。孙中山听了大受鼓舞，认为中国人已经有了相当的觉悟，还存在种族的团结力，遍布华南的三合会和各地的绿林，也蕴藏着反满的潜力。

其实，在这次唐、孙见面之前，孙中山一直在密谋发动武装起义，但苦于经费无着落，所以颇为焦虑。毕永年告诉孙中山："唐才常已经得到康有为的三万元汇款，是新加坡华侨巨商邱菽园捐送的，康有为还承诺将后续汇来华侨捐款，共三十万给唐才常，以助其武力勤王。"毕永年因此说服好友唐才常前来面见孙中山。

最后，唐才常向孙中山信誓旦旦地表示："我们虽然用保皇的名义，实际上还是革命。"

孙中山点点头，对他们说："我持革命主义，身边能劝说的对象，不过亲友数人而已。反倒是江湖会党组织，本有反清复明之思想，虽历时久远，几近于数典忘祖，但只要同彼等言之，却较士绅阶层更易于沟通说服，故我往往先从联络会党入手。"

三个人听了孙中山的话，都深以为然。

唐才常提议孙中山与康有为进行合作，共图起义，孙先生慨然同意了，他说道："倘康有为能皈依革命真理，废弃保皇成见，不独两党可以联合救国，我更可以使各同志奉之为首领。"唐才常听了后大喜，想到邀梁启超一起，向老师康有为劝言。

这时的唐才常，已经不是刚来日本时那个完全持维新保皇立场的康门弟子了。他虽然仍未公开放弃拥光绪、倒慈禧的君主立宪立场，但与孙中山等党人的接近，让他在知行之途上，正走在从维新保皇派到革命党的转变过程中。这个正经历破茧化蝶的勇敢者，期待着扇动起翅膀，掀起一场惊天风暴，去冲击那个看上去已经腐朽不堪、摇摇欲坠的王朝。

在寓所门口送客人离开后，孙中山又见到住在楼上、一脸稚气的小姑娘大月薰。她正穿着一双木屐，咔咔作响地下楼出门，去帮妈妈到杂货铺买东西，中山先生笑眯眯地与她打了个招呼。

天上开始飘起小雨，孙中山一直怜爱地看着那顶深红色油纸伞下，穿着一袭朴素和服的弱小身影渐渐远去，直到消失在街角，才返回寓所里。

执拗的"康圣人"

在流亡日本的日子里，唐才常与梁启超频频相见，一见面就谈勤王举事。

一次，唐才常来找梁启超，见他正在磨墨挥毫，又要写文章，就问他："卓如兄，我送给你的那方菊花砚，怎么不见你用？"

梁启超苦笑着说："佛尘兄，戊戌之难，我匆忙逃离京城，仅以身免，我俩初次见面时你送的菊花砚，连同我的藏书、旧稿，统统丢失了，殊为可惜！"

唐才常说："菊花砚是我家乡浏阳特产，待我回乡后再做几块送你无妨。"

停顿片刻，唐才常似乎想起了什么，轻轻说道："只是可惜了死去的谭嗣同为你写下，又请人刻在这块砚上的诗。"

两个人嗟叹了一回，唐才常突然问道："卓如兄，你还记得他的这首诗吗？"

梁启超说："怎么不记得？"他马上朗声背诵出，"空花了无真实相，用造荆偈起众信。任公之砚佛尘赠，两君石交我做证。"

随后是一阵沉默。

两人又谈起见到革命党首孙中山时的感受，唐才常赞不绝口，说道："这人是个真性情，全无文人士子常见的矫揉造作，开起口来滔滔不绝，如一团火焰，极有感染力，任你是块坚冰，也会被他融化的。"

梁启超点头说："同感同感，上次经日本人从中劝说，恩师南海先生勉强同意派我与孙中山会晤。那次是在日本人犬养毅的家中，气氛十分融洽。"

唐才常说："如今保皇党与革命党都避难于日本，同是天涯沦落人，为什么两党不联合起来，一起对付那拉氏老太婆呢？"

梁启超轻轻叹了口气："佛尘兄，我们的这位老师是出了名地执拗。上次我与孙中山晤面后，也曾对他提起过你这样的建议，老师不光申明坚持他对革命党拒而不见，还把我责骂了好一顿。"

唐才常鼓励道："卓如兄不要泄气，我这次见孙中山，他同意革命与保皇两党共同奉南海师为首，或许恩师听了回心转意也未可知。我与你同去，再劝恩师一回。"

梁启超稍一沉吟，点点头："好，你先汇报这次与孙中山的见面，我再来讲。"

两人来到东京高桥花园，这里是康有为来日后，日本内阁总理大臣大隈重信为他安置的住所,梁启超也随老师在此住过一阵。

在住宅门口,梁启超向日相派来守卫的日本警士点点头,和唐才常一起穿过有枫树、青苔、石灯笼和步石道路的日式庭院,进入房屋后脱鞋,在客厅见到了老师康有为。

康有为看到大弟子梁启超和新收的入门弟子唐才常双双拜访,脸上绽起一丝笑容。两位弟子向老师问安之后,师生坐下来谈话。

唐才常向康有为详尽汇报了自己与孙中山会面的情形,然后,他一字一句说道:"中山先生亲口对我说:'倘南海先生能皈依革命真理,废弃成见,不独两党可以联合救国,我更可以使各同志奉之为首领。'"

说罢,唐才常和梁启超都紧张地注视着老师的面孔,康有为却面无表情,只是轻轻点一下头,嘴里呶了一声,示意他们继续说。

梁启超开始讲起来:"孙中山认为吾师与革命党彼此都为国事尽心,虽然方法有异,但目标却趋近,都是希望建成立宪国家,使我中华一变而为世界强国,两党可谓殊途同归矣。"

康有为很注意地听着,仍然沉吟不语。

梁启超又说:"国事败坏至此,非改专制为立宪政体,不能挽救危局。今皇上贤明,举国共悉,将来革命成功之日,倘民心爱戴,亦可举其为君主立宪之总统。"

梁启超顿了顿,见老师康有为还是面沉如水,又壮起胆子说道:"吾师春秋已高,大可息影林泉,自娱晚景,著书立说,以成名山事业。启超等自当继往开来,以报恩师。"

唐才常也点头说:"弟子所见亦同,吾师已为当今天下第一人,于立德、立功之后,再潜心著述,以完成立言,则吾师必将名列三不朽,直追先圣矣。至于一切世间俗务,有事弟子服其劳,恩师尽可以放心。"

一直没有作声的康有为,突然仰天大笑了几声,把唐才常、梁启超吓了一跳。

然后,康有为厉声道:"好一个息影林泉,自娱晚景。原来你们两个,今天是向为师逼宫来了!"

两人赶紧侧身站立,向老师施礼,口称:"弟子不敢,请恩师恕过!"

康有为也站了起来,一边在恭立着的两个弟子面前来回踱步,一边怒气冲冲地说:"一日为师,终身为父。你们背着为师想去与孙文结盟,目无尊长，是为无父；被乱党蛊惑，竟想去搞革命造反，辜负了君恩，是为无君。如此无君无父之徒，还敢有脸来见我？"

康有为越讲越气，用手一指梁启超，骂道："你说，你是不是翅膀硬了想飞，有些迫不及待了，想取老夫而代之？"

梁启超听得面色苍白，满头大汗，连声说："弟子该死，弟子不敢！"

唐才常也赶忙说："尊师息怒，是弟子拉启超前来的，万望恩师原谅我二人失言之罪。"

康有为至此，脸色才稍稍转缓和了一点儿，挥挥手说道："算了，你们还年轻，易受他人蛊惑。只需牢记：我辈深受清帝知遇，岂可见其危难，中途捐弃，以革命倒戈相向乎？"

他一指梁启超："尔还记得否，百日维新之时，守旧党要杀我们而甘心，湖南举人曾廉上书，举劾我们反满，大逆不道，应处以极刑。若非光绪皇帝全力卫护，我们早被杀头，哪有今日？你的命，是光绪皇帝给你的！"

他又一指唐才常，说："戊戌变法之日，谭嗣同已上奏圣主获准，将邀你进京共襄维新大业。若非那拉氏老妇坏我大事，你也定会由布衣而卿相，一步登上天子堂的。圣主天恩，不可一日相忘啊！"

然后，康有为眯起眼，拿嘲讽的眼神看着两人，突然压低声音说："你们要是想改弦易辙搞革命，那革命就是造反，你们真的以为，海外华侨会给一群造反的乱臣贼子踊跃捐款吗？"

二人唯唯诺诺，不敢再言。

康有为边踱步边说："我已想好了，启超继续办好东京大同学校与《清议报》，待这边诸事安定了。你就去檀香山发展保皇会，向那里的华侨筹款。才常，你待时回国，多方联系两湖及长江之域的江湖会党，为起兵勤王蓄力。为师坐镇海外，全力为你募集和汇寄华侨捐款。如此，我勤王大业必将指日可待。"

停顿片刻，康有为又对唐才常说："新加坡巨商邱菽园，已向我允诺再捐重资，继续助你回国在汉口准备发动的起义。我来当那个大唐名相张柬之，你去当将军李多祚，我们一起废掉大清的武则天，那个老妇人慈禧！"

在拜别老师康有为后，唐才常、梁启超蹑手蹑脚走出了高桥花园住宅，出门前两人大气都不敢出。直到走远了，两人才不约而同地长呼一口气，相互对视，嘿嘿苦笑了起来。

后来，日本政府为了改善和维系与清朝的关系，名为礼送、实为驱逐，给了康有为一笔钱，让康乘船离境去了北美。这之后，唐才常、梁启超与孙中山之间的交往才又多了起来。

东京铳炮店

趁着初秋开始凉爽起来的天气，唐才常喊上华浩，一起去东京神田町看枪械店。

一见面，唐才常就发现，华浩的脸上似有愤愤不平之色，就问他遇上什么事了。

华浩说："我刚刚在一家照相馆看见有个小型摄影展，主要展出的是甲午战争期间一个摄影师在中国拍的照片。其中有不少明显是侮辱中国人的照片，包括丑化中国女人的裸体照。我见了非常生气，马上对展厅管事的人提出抗议。那人说是照相馆主人一个摄影师朋友的展览，不能随便撤展。我就说那好，从现在起我就站在贵馆门口，只要是有中国人光临，我就劝他别进去。管事的无奈，就喊出照相馆主人，那主人倒是很客气地请我到里间坐下，并且倒上茶水。我也稍稍冷静下来，对那主人说，贵国现在自诩已经进入世界文明国家之列，如何还要对一个已经战败的邻国的人民肆意羞辱？请问这是一个文明社会之人应该做的吗？你们如此行为，不仅侮辱了中国人，也在侮辱你们日本的国格。请想一想，如果将来有一天，贵国也战败了，你能接受羞辱日本女性的照片挂出来展览吗？那主人听了连声道歉，之后马上让展厅的管事取下全部带侮辱性的照片。"

唐才常用欣赏的眼光看着华浩，又拍拍他的肩膀说："老弟，你干得不错。还好，那照相馆主人算是识相，不然的话，我倒想请众多留学生一同前往，静坐举牌抗议，还要叫上几家报馆的记者，看那个混账展览最后如何收场。"

华浩有点儿不好意思地挠着头，说："还是大哥你棋高一着，我只是一时气愤，没想到还有这么好的主意。"

两人谈话间，来到神田町一家枪械店。只见店首招牌上大书着：日本铳炮店。门口还画着一张大幅广告，中间写着经营项目和店主名字，广告四个角画了四只手，各握着一支手枪在对轰，弥漫的硝烟和横飞的子弹，构成了广告画的边饰。

就在唐才常、华浩在东京去看枪械店的光绪二十五年，即明治三十二年，日本政府颁布了《枪支和爆炸物控制法》。该法律虽然对枪支管控很严格，但是普通人已经可以合法拥有手枪在内的各种枪支。

二人进到枪店，里面没有其他顾客，只有一个五十岁左右、留着仁丹胡子的矮胖男人和一个年轻店员，仁丹胡子应该是店主。站在柜台后面的他们，见到有顾客进来，就一齐鞠了个躬。

店主客气地问二位想买点儿什么，日语已经相当不错的华浩说，他们想给在中国的朋友物色一批军械，先来看看。店主一听可能是国外的大生意，于是愈加恭敬起来，干脆请他们走进柜台，直接去观摩那些挂了满墙的各种枪支。

唐才常低声对华浩说："我们需要的枪支，应以步枪为主，加上占总数二十分之一左右的手枪。"

华浩建议道："手枪还可以稍微多一点儿，毕竟不是为了野战，主要用于城市巷战，短枪易于隐藏和近战。"

唐才常点点头，同意了华浩的建议。

作为一名优秀武备生，华浩对陆军枪械相当熟悉，于是对唐才常介绍起墙上挂着的几种枪型来。这家店里有几款进口的法制施耐德步枪以及美制皮博迪步枪，但主要还是本国产的各型村田式步枪。

看见唐才常对制作精美的法国枪颇为欣赏，华浩说："日本生产的步枪，更适合亚洲人体型，且价格比欧美枪械要低不少。"

唐才常听后，就拿起一支明治二十二年式村田步枪，仔细观看起来。

华浩抚摸着一柄日本刺刀锋利的刀刃，以及刀身上的血槽，感慨道："在国内听军事课教官讲，甲午战争中的清军所用武器极为杂乱，型号多达十几种，如此多的弹药种类，保障供给极难，枪和弹不合之情况经常发生，此为甲午陆战中清军每战皆败的一个原因。"

唐才常说："老弟所言有理，我们也要注意这一点，尽量购买同款军械，以免也出现装备杂乱，临敌开火后，出现弹药不通用的危情。"

说着，唐才常又随手拿起一把日式左轮手枪，开始把玩起来。

华浩对唐才常介绍道："这是明治二十六年式左轮手枪，精度较高，杀伤力也不差，但由于扣动扳机所需之力相当大，其发射速度相当低。听说还比较容易损坏，所以使用寿命不是很长。"

两人又看过了美国雷明顿转轮手枪、柯尔特、德国毛瑟手枪。唐才常指着另一支形状奇异的手枪，笑着说："这枪长得好怪，枪柄活像一只大鸡腿。"

华浩笑道："对，这枪的名字就叫羊腿转轮，还是一款意大利名枪呢。"

华浩一边说着，一边拿起这把没有上子弹的空枪，模仿起旁边墙上贴着的一张画报中持枪互射的两个人之一的动作。

那位年轻的店员看着他们，也笑了起来。他比画着对两人说了一大通日语，又指着华浩模仿的画中人物，连连跷起了大拇指。

华浩对唐才常说："店伙计告诉我们，画报上这个人，是十多年前东京很有名的大盗，叫手枪强盗清水定吉。他主张'财产平均论'，一个人就犯下了五十多次抢劫案，先后打死打伤十个人，后来被警察抓住，很多日本人当他是个了不得的人物，拍他的电影马上就要上演了呢。"

唐才常也笑了："听起来，这个东洋强盗倒像个侠客罗宾汉一类的好汉啊。"

见两人看完了枪械正在说笑，店主走过来，很客气地问他们看得怎样，打算要多少支长短枪，货运地址是哪里。

华浩按照与唐才常马上商量后的计划，告诉店主，首批军械需长枪一百五十支，短枪二十支，包运到清国汉口起岸。但此时汇款尚未到达，今天只是先来看看货色，款项一到再行登门办货。

店主拿来一张纸，对二人说："承蒙先生们照顾本店，要购买这批枪械，感激得很。但所需手续还是不能省略，请你们找个日本人做担保，到时候与担保人一起来，在这份表上填写盖章即可。"

店主还说："我看二位清国先生都是读书人，不可能是负案在身的匪类，所以才不再要求我国警察署加以认可，不然的话，就是有担保人也不敢随便卖的。"

这位日本枪店主，生怕一单大生意跑掉了，加上是卖给外国人，又寄运得远远的，所以对买枪需严格履行的手续，也是能敷衍就敷衍。

唐才常和华浩点头表示谢意，双方大致议定好了价格与下次时间后，才离开枪店。

在路上，唐才常告诉华浩："我本来打算让宫崎滔天和平山周帮忙作保，购买这批军械的，但因担心康南海先生知道后，疑心此二日人与孙中山交往过于密切，所以还是改请另一位浪人朋友田野橘次找人担保，因为田野橘次曾做过南海先生在广州万木草堂的教员，应该更被南海先生认可，而不至节外生枝。"

华浩高兴地说："大哥考虑得很周到，这个购运军械的途径如果试行通畅，我们今后就如法炮制，分多批次运作，把筹款先后都变成军火，最后都喂给清廷那帮权贵吃下去。"

红叶馆饯行宴

日本秋天的化身，是一只毛色泛着金红的美丽野兽。秋风一起，它就醒过来，然后抖一抖浑身华丽的皮毛，以每天五十多里的速度，从北到南跑遍全日本列岛，那就是东洋岛国的红叶季。日本人把秋天看红叶叫作红叶狩，意为如果想持续观赏这红透漫山遍野的秋色美景，就得像猎人一样追寻它的足迹。

这一年的日本关东地区，红叶季这头野兽，显然还在向南奔跑下来的路上。但从一抹翠绿开始变得五色斑斓起来的枫林、山毛榉林，还是透露出那只野兽即将盛装登场的气息。

然而有一群中国人，已经等不及看本地秋天最美时分的红叶景色了。他们稍为提前来到观赏秋色的地方，东京一处叫红叶馆的僻静之所，为唐才常等几个朋友举事饯行。除了唐才常，华浩与吴禄贞、黎科等留日学生也在其中。

这场聚会由梁启超做东，还请来了孙中山与他的一些追随者，这是维新保皇派与革命党之间一次难得的众人聚首。也是幸亏康有为那时已被日政府"礼送"出了日本，否则以固守保皇立场、在日期间一直拒绝与孙中山见面的他，是不会答应大弟子梁启超这么做的。号称奉衣带诏勤王的他，怎么能和反叛朝廷、妄想推翻帝制的革命乱党党魁混在一起呢？

说起来，康有为在广州聚徒讲学的万木草堂，离孙中山当年同城挂牌行医的冼基街，还真的相隔不过几条马路。那时，康有为声名正盛，孙中山立志革命，想广交朋友，听书铺的一个伙计说康有为常来此买书，就托他转告康有为，说想和康有为结交。但彼时的康有为哪里看得起孙中山，竟对那个递话的伙计说，要孙中山写一个拜师的帖子，称自己为门生才行。结果自然是结交未成。他们俩在流亡日本时，在横滨又住得相隔很近，可这两个广东老乡之间，却从未擦出过一星火花。

参加饯别的，还有平山周与宫崎滔天等几位日本友人，他们与梁启超和孙中山两派人马关系都很不错。戊戌变法失败后，正是宫崎滔天救出了康有为，平山周救出了梁启超。但实际上，平山与滔天都是中山先生的追随者。

大家见面后彼此问候，把酒临风，言谈甚为激昂慷慨。座上不少人，却都不约而同地想到了那首已传唱千年的《哀江南赋》："日暮途远，人间何世？将军一去，大树飘零；壮士不还，寒风萧瑟。"一念及此，来送行的人们不免在心里悄悄掠过一丝神伤，为他们即将启程回国起事、生死未卜的朋友们暗自担心。

在众人中间，日本浪人宫崎滔天比较引人注目，身材高大健硕的他，留着一口黑乎乎的大胡子，谈笑间颇有豪迈之气。这人不时地哈哈大笑，多少冲淡了饯别会刚开始时的些许悲壮气氛。

当日的红叶馆里，客人们在两条长长的木桌旁分次坐定，华浩离孙中山、梁启超和唐才常这几人远一点儿，旁边坐着孙中山的好友、日本志士宫崎滔天。

滔天端着自己面前的一盘鸡，起身到孙中山那里，换了一盘生鱼片回来。注意到坐在他身旁的华浩好奇的眼光，就大咧咧地说："中山先生不习惯吃生鱼片，在乡下我家住的那一阵子，我老婆给他做的生鱼片，他说好吃极了，结果却狂拉肚子，而且是一吃就拉。还好他爱吃鸡肉，就给他每日以鸡肉入菜，总算没饿到他。"

其实滔天没有对华浩讲的是,他一家的生活境况颇为拮据。两年前,刚来日本避难不久的孙中山,在荒尾村的宫崎滔天家住时,受到他们夫妇的盛情款待。生鱼、酱汤、炖鱼、醋饭卷、鳗鱼等,凡是乡下能弄到的,宫崎夫妇都竭尽所能,倾其所有。但在村中要时常招待一桌好菜,实为不易。由此可见滔天对中山先生的由衷尊敬。

滔天先开口,讲起自己第一次见中山先生的感受。

初见时他以为孙不过是个文弱书生,不禁自问道:这个人能够担负起中华神州四万万人的命运吗?然而,两人经过一番彻夜的谈天说地之后,刚见面时静若处子的孙中山,终于显露出深山虎啸的气概,这令宫崎滔天所有的失望与顾虑都一扫而空。中山先生的见解,句句到位,字字精辟,语挟雷暴,意化春风,真是有大智慧之人。

"当今之世,我唯独佩服他。不光是他的智慧,还有他的心地,那真是一片光明坦荡。"宫崎滔天说罢,一仰头饮下整杯清酒,然后告诉了华浩下面的故事:

一天,孙中山在宫崎滔天的陪同下,与犬养毅见面。犬养毅微笑着对孙中山说:"我敬佩您的机智——不过,我想问问您,孙先生,您最喜欢什么?"

"Revolution①!推翻清政府。"孙中山用英语答道。

"您喜欢革命,这是谁都知道的。但除此之外,您最喜欢什么?"

孙中山停了片刻,又用英语答道:"Woman②。"

犬养毅拍手叫道:"很好,再其次呢?"

"Book③。"

犬养毅与宫崎滔天都忍不住大笑起来。犬养毅叹道:"这是很老实的话。我以为您会更喜欢书,结果您却把女人排在书的前面。这是很有意思的。您这样忍耐着对女人的爱而拼命看书,实在了不起。"

讲完这个故事,宫崎滔天又是一阵哈哈大笑。华浩也微笑着,年轻聪慧的他,来日本仅一年,现在的日语已经相当流利了。他突然用日语问

---

① 英文,革命的意思。
② 英文,女人的意思。
③ 英文,书的意思。

道："滔天先生，如果您来回答这个问题，您的三个最爱又是什么呢？"

宫崎滔天愣了一下，笑着说："你这个老弟，真是大大地狡猾。我可以告诉你，我的最爱，头两个和中山先生一样：Revolution，Woman。这第三个嘛——"滔天歪着头，一边拿手指当当作响的弹起酒杯，一边想了想，又自言自语说："到底是酒呢，还是Kendo①？算了，还是剑道吧，免得大家说宫崎滔天这个家伙，就是个酒色之徒。"

说完，他再次纵声大笑。然后却又告诉华浩关于他好酒的一件趣事：在横滨，宫崎滔天、平山周等人因为追随孙中山，成为中国革命党人，而且为孙购买武器之事东跑西颠，终于引起了日本警方的注意，派出四个侦探跟踪他们。结果因为宫崎一伙人日以继夜地在酒店喝酒，让跟踪他们的侦探在屋外难以忍受，无奈之下，竟敲门告饶，说："昨夜苦立馆外，为寒气所侵，已不能忍，请你们尽快结束，早归旅馆。"滔天于是请他们四人上楼，围桌对饮且歌。酒后，平山周雇车前往他处，受命监视他的一位侦探尾随而去，却被平山周引到青楼，让他抱着个妓女一夕尽欢，后来此人受到了警方的免职。宫崎滔天讲到此事，简直乐不可支，逗得华浩也哈哈笑了。

日本浪人宫崎滔天，是谈到孙中山就无法绕过的人物。他出生于日本的一个寒门武士家庭，自幼跟精于剑术的父亲学习剑道刀法。成年后，宫崎滔天痛感当下的人类世界，是一个弱肉强食的斗兽场。强者逞暴，弱者的权利与自由，日益被剥夺殆尽。西方列强对东方亚洲人步步紧逼，就是如此。现在如不设法自强，则亚洲人将永远遭受西方人的压迫。而他认为这个命运的转折点，实系于古老中国的兴亡盛衰。

于是宫崎滔天决意深入中国，遍访英雄，游说他们共图大事。如果能找到一个治世豪杰，他愿效犬马之劳。倘若中国得以复兴，申大义于天下，则诸弱国皆可以得救。自由与人权亦可广泛地恢复，这个世界就可以建立一个人类新纪元。抱着这个宏大理想，清光绪十七年宫崎滔天首次西渡中国，却被一个日本同胞骗去旅费，囊中羞涩，一度困顿于上海，铩羽而归。

数年后，日本外务省因为看到清廷实在过于腐朽无能，老是一副摇摇

---

① 英文，剑道的意思。

欲坠的样子，担心它可能撑不了多久，就想找人赴中国考察有反清倾向的秘密社团，以便日本在中国有事之时，能未雨绸缪。犬养毅受外务省委托，派自己的门下平山周、宫崎滔天等人接受了考察中国的特殊任务。滔天与平山周等日本浪人朋友先后到华南一带，调查中国秘密结社的动静，并结识了鼓吹维新的康有为、梁启超师徒，后回到日本。

宫崎滔天苦苦寻觅，终于在日本横滨结识了孙中山。一番深谈之后，滔天倾心于其大义，认为他就是自己一直在寻找的天选之人，无论在智慧、学问、胆识、抱负、操守还是意志力方面，孙中山都是不世出的大人物。虽然那时的孙中山，还只领导过一次并没有真正打响的起义，但滔天可以感觉到，这个人是个一旦确定了目标，就会死磕到底的人，不管他的愿望看上去有多么不可思议。最终不是他死掉，就是他的那位巨无霸对手、大清王朝死掉。

于是滔天与孙中山结为至交，并直言愿意为他去死。随后滔天又将孙介绍给日本政坛大人物犬养毅。从此，宫崎滔天常伴孙中山左右，投身于中国革命。

戊戌政变之时，宫崎滔天与出逃的康有为取得联系，又同日本驻香港领事交涉，陪伴康有为成功躲过清廷重重追杀，逃亡到日本。但滔天不认同康本人顽固的保皇派立场，认为康有为依靠君权，想用几道圣旨就改革中国两千年积弊，未免过于狂妄与天真，所以才会失败。宫崎滔天于是完全追随孙中山，对反清革命出力甚多。

犬养毅曾经很有深意地说过："我派宫崎滔天去中国，考察社团活动，可是他却把自己变成了中国革命党的同路人，真是一个有趣的男人啊。"

这一番话，暗指宫崎滔天偏离了犬养毅本人对他寄予的初衷，即希望其在与中国打交道时，全力为祖国日本的利益服务。因此犬养毅对自己这个原来的门客，多少有身在曹营心在汉的微讽。但宫崎滔天这个真诚的理想主义者，在世界观上，其实是甩了同时代那些国权主义者好几条街的。他同情受压迫民族、厌恶国家之间的野蛮竞争，鼓吹世界大同、四海一家的理想，这个人的心灵散发着普世性的光辉。

其实每个民族，都有像滔天这样仰望星空的个体，这个日本浪人站在人类高度的价值观，远远超越了任何一族一国的国家利益观。

华浩听了宫崎滔天对孙中山的介绍，望着对面长条桌远端的中山先生，更感觉丰神俊逸，气度不凡。华浩了解一点儿这位职业革命家的事迹，听说过他在伦敦为清廷诱捕后被营救的故事，对孙中山颇为敬仰。

就在这场红叶馆宴会的前几日，华浩还随众参加了另一个洗尘宴，那是为张之洞派来日本的又一个两湖考察团而举行的。在宴席上，他遇到第二次访日的湖北新军将领黎元洪。黎元洪对坐在身边的华浩提到，六年前他在广东水师广甲舰上当管轮时，因为一个水手得了急症，朋友推荐之下，当值军官黎元洪请了那时在广州行医、声誉颇佳的孙逸仙医生来出诊，因此两人有过一面之缘，黎元洪还带着孙中山参观了军舰。黎元洪说他无论如何也没想到，那位医术很不错的孙逸仙大夫，几年后竟然成为革命家造起反来。

洗尘宴上的另一个考察团官员，听了也笑着说："不只黎大人不敢相信，就连两广总督谭钟麟，那时听到有人密报，说精通医术的孙逸仙要在广州起事造反，都连连摇头，完全不信，说他知道孙文，这个郎中不过是喜好大言的一介狂生，安能造反？结果错失抓捕良机，让他大摇大摆地逃掉了。"

华浩当时听了笑笑，心中暗想，这有什么好奇怪的，连我一个学生都要回去"造反"了。孙中山先生不过是觉得以医术救人，也只能救得百人千人之躯壳，他做医生做到后来，也忍无可忍，只好拔刀而起了。他认为，以革命而立宪，缔造共和，才是真正拯救四万万人的医国良方。

那天的洗尘宴将散之际，黎元洪悄悄将华浩拉到一旁，对他说："我听说你和一些同学要自行提前回国了，也不知道各位为何非要如此，所以我很为你们这些年轻人担心。不管以后发生什么，你一定要珍惜自己，将来有机会好为国家效命。"

作为军人，黎元洪还不能完全理解革命与宪政这些政治理想。或许，历史的大潮，可以裹挟着像黎元洪这样的人前行，然而他不可能自己冲上潮头，去当个时代的弄潮儿。

那天，华浩在洗尘宴这样各色人等杂陈的场合，也不方便多说什么，只是在谢过黎元洪的好意之后，淡定地说了两句："黎大人请放心，万一有国事所托，我自然万死不辞。宁为玉碎，不为瓦全，绝不会辜负了我华某一颗大好头颅。"

此刻置身在红叶馆中的华浩，正回想着几天前与黎元洪的对话，一边呆呆望着窗外开始染红的片片秋叶。这时喜欢热闹的宫崎滔天,已经起身找人碰杯豪饮去了。忽然,华浩看到唐才常在向他招手,于是起身来到唐才常的座位跟前。唐向孙中山介绍了华浩,中山先生微笑着与华浩握手,说:"你就是唐佛尘经常提到的华浩啊,真是玉树临风,一表人才。你在同辈学子中出类拔萃,文武全才,应该多负责。"

接着,孙中山告诉唐才常和华浩,汉口有一位重要的兴中会会员,叫容星桥,是一家俄国商行的买办,有什么事情可以找他帮忙。说罢,他写下一张短笺,上面有容星桥的联系方式,然后交给华浩,让他具体负责与容的联络。

这时,离开座位向回国诸人祝酒的梁启超,也敬了一圈回来了。他与孙中山都举杯向唐才常和华浩发出祝愿,并以大义相托,预祝起事成功。看来,保皇党和革命党两方,都将唐才常和华浩看成是他们各自一派的自己人了。

孙中山的追随者、清朝留日公派生戢元丞,悄悄对坐在身边的湖北老乡、马上也要随唐才常回国的武备留学生吴禄贞说:"才常兄已经与我们的中山先生秘密结盟,之所以用保皇党的名义出面,只是利用他们的军费罢了。"

说罢,两人对视一下,会意地笑了起来。

红叶馆饯别会,是保皇党与革命党走得最近的一次盛举。虽说是因为康有为不在日本,梁启超才得以主导了这次聚会,让其成为维新保皇派与孙中山革命党双方支持唐才常回国举事的一次联合行动,但唐在两派之间非常努力地合纵连横,才是实现这一盛举的关键。为了最大限度地形成联合力量,唐才常多方周旋,他对康、梁说勤王,对革命党说反清,对留学生说保国保种,对日本朋友说冀扶黄种、保全东亚于西人之觊觎,因此各方都为其所用。

红叶馆饯别后不久,唐才常和他的一群年轻人,就已经站在从横滨出发、跨洋西归的邮轮甲板上了。他们沐浴在习习海风里,压低着嗓子,兴奋地讨论起事的设想计划。直谈到夜色深沉,华浩、吴禄贞、沈荩等人才离开甲板回到船舱。唐才常仍独自一人凭栏远眺,思绪万千。

黑茫茫大海远处,不同方向的海面上,有几场暴风雨,它们或已经在进行着,或正在酝酿之中。远方不时出现的闪电,骤然照亮海面,指示出那几场海上暴风雨的方位与远近。那一道道闪电将黑暗世界撕开了一个个裂口，却又都迅速弥合了，让人对黑幕后面那一现即逝的明亮世界产生了好奇心。大海轮头顶上方的天空，却在大块云隙之间透出点点星光。那来自深邃宇宙的光微微颤动着，像是要传递什么神秘的信息。

骰子已经掷出去了！唐才常自言自语地说。这是近两千年前，古罗马统帅恺撒说出的一句名言，恺撒在渡过卢比孔河之际，喊出这句话后，朝征服政敌盘踞的罗马城迈出了决定性的一步。今夜，唐才常正在跨过自己的卢比孔河，比恺撒的那条河要宽上无数倍。他要去挑战的，也是比罗马城大上无数倍的一个衰朽王朝。

翩翩少年史坚如

上海英租界的新马路，有一条叫梅福里的僻静弄堂。最近在弄堂的一栋房子门口新挂出了一块牌子：东文译社。时常有几个日本人和中国人进出其中，在某个好奇的邻居眼里，有一位方面阔肩、体格魁梧的人看上去比较奇怪：前天看见他一副长衫落落、瓜皮小帽的传统中国绅士打扮，像是要出门拜访哪个官僚或者富商；昨天却看见他西装革履、手持文明棍，活脱脱一个吃洋人饭的买办；今天可能又看见他一身短装劲服，还呼朋引侣的，像极了哪位行走江湖的大哥级人物。

这个人就是唐才常，他从日本回国后，准备广泛聚集各种力量起事。唐才常以日本友人的名义开了这家东文译社，以掩护他的地下活动。行事低调的他，秘密广交各界朋友，往往是上午出门拜会官员、士绅，望之若一派达人名流，下午又在酒馆啸聚江湖会党，俨然帮派大佬，夜间还在窗前灯下挥毫疾书，一变而为忧国忧民的书生。

光绪二十五年深秋，回国不久的唐才常，在上海接待了几位特殊的客人。

一天上午，唐才常出门办事刚回到租界的寓所，就听见一阵哈哈的大笑声，门口站着三个人正聊着天等他回来。其中发出最大笑声的，正是日本友人宫崎滔天，另一位是香港革命党首领陈少白，第三个人他不认识，是一个面貌如玉的翩翩少年。

唐才常高兴地与来访者握手招呼。宫崎滔天向他介绍这位叫史坚如的少年，是自己在香港认识的一个广东富家子弟。

唐才常问三个人刚才笑什么，宫崎滔天说："昨晚我们轮船刚到上海的时候，船还没有完全靠岸，码头上有一群人就飞身跃过水面，攀上船舷，翻过护栏，嘴里大声嚷嚷着向我们旅客冲过来。把第一次来上海的坚如老弟吓了一跳，以为是清廷的便衣捕快来抓我们了。他却不知道这些人，原来是客栈旅店拉客的伙计，我们刚才说的，正是这件趣事呢。"

少年史坚如也挠挠头，不好意思地笑着说："没想到这些上海人为了拉生意，都敢去冒生命危险了。"

看见陈少白接连打了两个哈欠，唐才常说："你们昨晚在客栈睡得怎么样？"

陈少白面露一丝苦笑，说道："是睡得不太好，半夜三更的，被一阵鬼叫声吵醒了。我爬起来朝窗外一看，发现弄堂对面屋顶上有个人影子，正抱住烟囱在那里鬼嚎鬼叫，叫得怪惨的，闹了好一阵子，也听不懂那人在乱叫什么。害得我下半夜再也没睡着。"

这回该唐才常哈哈大笑了。他向三人解释说："这是沪上风俗，迷信者认为家中病人是失了魂，所以要先请个巫婆来，定下魂魄走失的方位，再让家人夜半时分爬上屋顶，抱住烟囱，朝白天认定的走失方向高声喊叫，让生魂回家。"

原来，宫崎滔天和陈少白是从香港来，路过上海，准备回日本向孙中山汇报哥老会、三合会这两个江湖会党与兴中会合并的情况。宫崎滔天在香港遇上这个叫史坚如的少年，滔天对唐才常介绍说："这个少年郎可不简单。非常有志气，他加入了中山先生的兴中会。我在香港时，他登门拜访，要求我带他来上海。听说哥老会的人要游历长江两湖，他就想一同往行。可是他母亲和哥哥不放心，他就求我一起哄骗他家里，说让我带他去日本一游，其兄慕我之名，就答应了。我滔天这一回，是有拐骗良家子弟之嫌啊。"

说罢，宫崎滔天又是一阵富有感染力的仰天大笑。

唐才常打量了一下这位弱冠少年。只见他目似朗星，面如冠玉，眉眼间透出坚毅勇敢，果然是英雄出少年。于是唐才常也微笑着对史坚如说：

"好啊,欢迎你加入我们。"

史坚如说道:"我一向敬仰孙中山先生的高风,要追随他以实现大志。幸而得识诸位前辈,可以让我实现愿望,投身于公等从事的宏图大业,谢谢各位了。"

少年说完,向唐才常、宫崎滔天和陈少白欠身致敬,三人回礼不迭。

见午餐时间尚早,唐才常招呼几人落座,泡上清茶开始聊天。

几人谈起革命党与保皇党联合之事,都对康有为固执地拒绝与孙中山合作感到很失望。

宫崎滔天对唐才常说:"你这个老师康南海啊,成天疑神疑鬼的,说话行事又转弯抹角,一点儿都不干脆。说老实话,我更喜欢跟直率的孙中山革命党,还有爽快的绿林会党打交道。"

陈少白笑着说:"康南海对你这个救了他一命的日本人还算客气的,我在日本代表中山先生登门求见他的时候,他端着个大宗师的架子,讲起话来就跟训蒙学的小孩一样。佛尘,你们康门弟子在尊师面前,是不是已经习惯了装孙子挨训?"

因为陈少白、宫崎滔天与唐才常都是很熟的朋友,所以三人开起玩笑来比较随便。唐才常也不好意思地笑着,他虽然不算康有为的正宗门下弟子,此刻却也不得不要为老师辩白两句:"南海先生一向尊孔,于师道尊严上自然是极为要求的。"

宫崎滔天说:"这倒也罢了,只是这老先生成天担心有人要刺杀他,活得像一只惊弓之鸟,如此之人,怎可担当勤王救国的大事业?"

唐才常道:"这也难怪他,戊戌政变后,南海先生也是堪堪躲过西太后的鬼头刀。即使他流亡海外,清廷不也是频频放出风声,要派人前往行刺他吗?"

陈少白摇头说:"可惜,如果是梁启超出来主持保皇会就好了。中山先生当初在日本与他交谈甚为契合,两派本来有机会进一步合作,康有为却把梁启超支使去了檀香山,与我们脱离了接触。"

宫崎滔天道:"我这一趟回日本,还是想和中山先生说说,再寻机会去争取一下康有为,请他以大局为重,重新考虑保皇党与革命党合作之前途。毕竟他以一介书生,得到光绪皇帝破格重用的知遇之恩,才有今日的盛名。想要一下就说服他接近革命党,绝无可能。如中山先生首肯,我愿专程跑一趟新加坡，再与康南海恳谈一番。"

唐才常抚掌道："如此甚好，两派联合，事犹可为，只是又要辛苦宫崎兄了。"

史坚如在一旁认真听着三人的交谈，就像一个用心的学生那样。

宫崎滔天又对唐才常说："坚如君还有一个妹妹，也参加了兴中会，大家叫他们天使兄妹。这个小妹妹真的好可爱，是不是，少白？"说完，他对陈少白挤了挤眼，滔天知道陈少白在暗慕史坚如的妹妹，美靥如花的革命少女史憬然，所以故意戏问他一下。

见陈少白表情有点儿发窘，宫崎滔天又将脑门一拍，对唐才常说道："佛尘，我给你看一样好东西。"

说罢，他从随身带的衣箱里拎出一件素色夹衣。唐才常瞪着这件衣服，看得不明所以。宫崎滔天哈哈一笑，把夹衣翻转过来露出里子。唐才常顿时眼睛一亮。原来衣服的内侧竟然是一幅很美的水墨山水画。

宫崎滔天得意地说："怎么样，很不错吧？"

唐才常问道："笔触疏淡清雅，依稀似元人倪瓒之风，有意境。这是哪一位名家画师的留墨？"

宫崎滔天只是哈哈笑着，没有回答。陈少白微笑着对唐才常说："就是你面前的这位小友啊。"

唐才常惊奇地看着史坚如，少年顿时一脸通红，连声谦逊着说没什么。

宫崎滔天这时才说明了原委。这次从香港坐船来上海旅途冗长，喜爱绘画的史坚如耐不住寂寞，一时兴起，就在宫崎滔天的一件衣服上挥毫，作出这幅画来。

唐才常笑着说："滔天兄，我要是你啊，就一定舍不得再穿这件衣裳，把它好好收藏起来。坚如老弟如此高的天赋，假以时日必成名家，那时我再待价而沽，岂不如意。"

几个人笑声一片。宫崎滔天果然把这件衣服折叠后，小心翼翼地收好。

这次见面后，唐才常安排托人将史坚如携带往汉口，后来他与同道中人游览湘鄂地面，和哥老会等各路豪杰志士往来。又东渡日本，陪伴孙中山先生左右，走上了追随先生从事反清革命的道路。没有人能想到，这个面如冠玉的翩翩少年，后来没有成为画家，却在一声巨响之后，变成了一尊永远屹立的青铜雕像。

第五章 游历

哥老会的大龙头

湖南株洲有个渌口镇,位于湘江的中游。一条叫渌水的河流,自东向西流入湘江之前,很妩媚地向南绕了一个弯,然后投入湘江的怀抱。渌水东来,湘江北去。故此这块被渌水和湘江环绕的风水宝地,得名渌口。

在渌水与湘江交汇处不远的一座码头,有艘带篷的木船正离岸准备进入湘江,船中的三个人,正向岸上站立的一个中年魁梧汉子挥手道别。船行渐远,那个中年汉子和他背后那座不大的关圣庙,还有江边连接如堵的吊脚楼群,都变得越来越小,最后消失在一片开阔的视野中了。

这三个人就是毕永年、平山周和华浩,前两位受孙中山之托,来两湖地区再次考察和联络江湖会党,以期待为反清革命所用。他们到汉口后,叫上了从日本回国不久的华浩,三人一起游历湖湘、活动会党。今天,在与岸上送行的湖南哥老会大龙头马福益挥手作别后,三人回到船舱中坐下,与一位受马福益之命、上船送他们一程去湘潭的当地哥老会头目李鸿尧聊了起来。

平山周的口中还在咝咝地吸冷气,他是被马福益为他们举行的饯行宴上那碗米线鱼给狠狠地辣到了。出生于福冈的平山周,在日本经常吃鱼,不过一般是口味清淡的做法,这么辣的鱼他还是头一回尝到。而两个湖南佬毕永年和华浩,却对米线鱼这个渌口地方美食赞不绝口。光看颜色就已经够刺激食欲的了:雪白的米线糯滑爽口、润色如玉的鲈鱼片微甜鲜嫩、黄澄澄的金针菇弹牙有嚼劲、纯黑的木耳咯吱脆、绿莹莹的青笋多汁,加上鲜红色的辣椒酱。毕永年和华浩这两个湖南佬倒是吃得满头大汗,连叫过瘾。因为要到不远处下一站的湘潭继续访朋会友,所以主人没有劝客人喝太多酒。

毕永年对当地哥老会头目李鸿尧说:"你们的总龙头马福益大哥,看起来很受本地会中兄弟们的爱戴啊!"

那位精瘦利落的汉子李鸿尧笑着说："不只是此处的湘潭、株洲地面，就连长沙、衡阳、永州三府城乡的会众，都是拜服我们马大爷的，他的侠义之名早就传遍湖湘了。"

三个客人都惊奇地哦了一声，华浩率先问道："李大哥能给我们讲几件你们的马龙头行侠仗义之事吗？"

李鸿尧点点头，指着身后那支船橹刚刚摇过的江面，讲出一个故事。

马福益八年前在本地创立回龙山堂后，将会党纪律整治得十分严明。他言出法随，不徇私情。有个会党成员马龙彪，是马福益的亲戚，又与他是结义的黄纸兄弟。这人长得短小精悍，机灵矫捷，加上皮肤白皙，会中弟兄们给他一个绰号，叫玉面猴子。平时马福益很是喜欢他。不想这马龙彪骨子里却是个轻浮之人，仗着自己模样俊俏，竟与同会兄弟郭某之妻乱搞，还将郭某赶走他乡，霸占了他的家。

原来江湖会门中，有这三样大忌：着红鞋（叛会）、勾义嫂、洗马槛（贪污会款）。犯了这三样罪过之一，都不能轻饶。这件事情被龙头马福益知道后，他先是召集会中重要成员，然后把马龙彪叫来，当面问执行会中纪律的刑堂说：凡犯与同党兄弟之妻通奸者，按会规应该怎样办理？刑堂回答：此事名为同穿绣鞋，依经典规定，凡同穿绣鞋者，必要开丢，就是丢掉性命的意思，这叫英雄好汉自绑自杀。

马福益听那刑堂讲罢，对马龙彪说："你犯下如此大罪，我理当照章执行，你自己怎样打算？"

马龙彪一听，吓得面色苍白，张口结舌，一句话也对不上来。这时会党兄弟中有人向马龙头大爷求情，希望免除龙彪的死罪。马福益说："我们正式开堂几年，便有违反刑典之事发生，如不照章惩办，何以维持山堂，统辖会众？"大龙头此话一出，众兄弟面面相觑，再也没人敢为玉面猴子说情了。

于是，马福益派了几个会中兄弟，当场将马龙彪绑上。这玉面猴子跪在堂中，向马龙头及各位哥弟磕头谢罪，又交代了后事。马福益上前对这位结义小弟道："好兄弟，咱哥儿俩义结金兰这么些年，交情深重。只怪你生得太过风流体面，断送这般好年华。兄弟只管上路，家中老小由大哥照应，你就放心走吧。"

马龙彪听了泣不成声，尽管背缚双手，却仍以头杵地，给马福益磕了个头，然后站起身，大步往外走去。

几个人将马龙彪押到江边，用小船载到江中间，这人弯腰对其他人拜了几拜，悲声道："众位兄弟，一齐少陪！"话音刚落，他往前奋力一扑，扑通一声，人影顿时消失在滚滚江水之中。

李鸿尧又指着来时的一片江面，那里是渌水和湘江交汇之处，水流湍急，漩涡阵阵，他缓缓说道："当年，我们就是在那里送他上的路。"

说完，他拿起船上的小半瓶酒，打开瓶塞，咕咚咕咚倒进了湘江水中，算是对这个会中兄弟的祭奠。他一边倒，一边说："这玉面猴子兄弟，好歹死得还算条汉子。"

三个客人听罢，在咿呀的摇橹声中沉默了半晌。华浩开口说："原来哥老会的会规，却是这般严厉。"

李鸿尧答道："也不是犯了忌的，都要执行开丢。另有一个姓刘的会党兄弟，加入会党不久，便在茶酒馆中夸耀，扬言自己是在会的，开始在当地店铺强行买东西不给钱。马福益又招来头目和那姓刘的，问刑堂道：'泄露本堂秘密及招摇撞骗者，该怎样处理？'刑堂答道：'经典有句云：江湖一点诀，莫对父母兄弟妻子说；若对父母兄弟妻子说，七孔要流血。'马福益令执刑者拿来一把尖刀，当场在姓刘的小腿肚子上刺三刀、穿六眼，这叫三刀六洞，也叫三刀六个眼，自己找点点。执刑人再用力一刀从左臂上刺入，顿时他七孔流血，变成了血人一个。这人疼得龇牙咧嘴、满头大汗，浑身剧烈哆嗦着，却仍然忍痛不吭一声。行刑完毕，马福益又命人用刀创药敷住七处伤口，并再三嘱咐他以后不可再犯。"

此后，马福益威名远播。在这位龙头大爷的管治下，湖湘哥老会党中纪律严明，所有会党成员对马福益既敬又怕。

平山周这是第二次来湖南考察会党了，他对马福益的身世颇为了解。所以，竟然是日本人平山周对着湖南人华浩，讲出了他家乡的哥老会大龙头马福益的来历：

马福益出身佃农，他父亲早年在湘军效力。曾国藩裁军后，父亲回乡参加哥老会，举家辗转租佃地主的田耕种，生活十分艰难。

福益父母生子三人，后来长子福一改名为福益。马福益幼年时曾读过几年私塾，能写普通书信。他成年后在父亲的影响下，也参加了哥老会。在会中，经常有人讲扬州十日、嘉定三屠，还有顺治六年湘潭屠城的事，这激发了他反抗清朝异族统治的思想。

马福益曾经投军江南水师，当过火头军头目管理伙食，因为将营内军粮等物资接济哥老会，被清军开除了。他在湘潭县石灰窑打工时，因为人正直，当了总工头。马福益平日在乡间好行侠仗义，待人极和气，于是常有人到他家里来投告，要求处理纠纷。这让又当工头又当哥老会首领的他应接不暇，把家中农活都给耽误了，家境每况愈下。于是家中分给福益一些钱，让他带着妻子迁到渌口镇居住。

渌口镇原为湖南醴陵县的一个大集，当地商业很发达。每到逢年过节，都会搞民俗活动，迎神赛会，很是热闹。集市还设有赌窑几十家，一些人从四面八方来到这里聚赌，赌业极兴旺。但是流氓、地痞、盗贼也麇集在这里。他们偷窃撞骗、作案累累，致使商民都惶惶不安。当地人士知道马福益为人正直，并且在哥老会中地位很高，便请他协助维护禄口治安。福益于是在镇子中最大的酒馆邀请会党首领，一起商订出规章。实行后，渌口镇市面从此安然无事。

马福益的江湖威信越来越高，于是他开设哥老会山堂，招收徒弟，渌口镇居民加入的很多。马福益的势力逐渐扩大，遍于湖南，远达江西、湖北等邻省。加入他的会党门徒达到一万多人。再后来，闽、赣、湘、鄂四省"洪江会"一致推举马福益为领袖。三年后，又被湖南、湖北两省哥老会各个山堂推选为总龙头大爷，成为清末长江两湖地区极有势力的会党领袖。

其实，对于许多普通人来说，加入江湖会党是失序社会里的一种自保。一个人缴纳会费给秘密社团，与他缴纳税收给政府，其实在功用上并没有什么两样。如果秘密会党能给普通人民带来保护，而且比政府的保护来得更快、更有效，那也就难怪为什么哥老会等地下会党，能够在清末民间社会大行其道了。

平山周讲完马福益的来历之后，毕永年接着说道："如果我们尽得会党中众望所归者，如哥老会的马福益大龙头，则内反异族压迫，外御列强瓜分，有何难处？想那法兰西大革命之初，起事者也不是什么上流豪杰，不过起于民间之私会。日本武士浪人，也并非都是忠臣义士，只因那些维新首领善于运动之，以为正用，所以一变而为侠士烈夫。我国的秘密社会，如运用得当，也可为自立运动的一大关键。孙中山先生不是也说过，对会党朋友，需以博爱施之，使彼手足相顾，患难相扶，此最合江湖旅人、无家游子之需要。"

平山周与华浩听了点头称是。华浩突然想起什么，就问毕永年："永年兄，我见到马福益大龙头与我们见面时，你和马龙头都用了一个特别的手势，后来你说这是三把半香，不知这个手势是什么来历？"

毕永年笑笑，将手指比画成三把半香的手势，说："这是哥老会必备的一个礼节，表示至高无上的尊敬，还有侠义的代表，也是对先辈的尊敬。手势纪念了历史上有名的四个故事，用手指来代表，小指是第一把香，讲的是战国时燕人左伯桃和羊角哀的友谊故事；无名指是第二把香，代表刘关张桃园结义成生死兄弟的故事。"

华浩听了，心中咯噔一下，原来他从这第二把香的手势，想到了带领自己起事的大哥唐才常，他发誓给死去的好友谭嗣同报仇，不惜冒着灭族的风险，要起兵对抗那杀了谭嗣同的慈禧太后。谭唐二人，不就是和桃园结义一样，割头换命的交情吗？

毕永年继续说："三指是第三把香，讲的是水泊梁山好汉们的侠义故事。最后半把香，你看，就是食指和大拇指对接连成一个圈，这一个圈，是代表弯曲的大拇指、食指只有半截，所以只能算是半把香，也叫有仁无义香。说的是秦叔宝受过单雄信的大恩，后来却在单雄信落难后做不到舍命为友，只是含泪替他送葬，所以是有仁无义的半把香。"

华浩尽管对这些古代故事都熟悉，听了毕永年的讲述，才知道了哥老会中三把半香的手势含义。他知道要发动地下会党投身大事，就一定需要熟稔这些会门的暗号、礼节与手势。所以在三人游历湖湘的路上，华浩都潜心向会党运动好手毕永年学习江湖门派的各种知识。

天空下起了毛毛小雨，一叶轻舟载着几个人，穿行在烟雨迷蒙、风景如画的湘江两岸之间，如果你看到当时的那条船，一定会以为是刚刚从陶渊明笔下的桃花源里漂流出来的。在那一刻的背景中，河面撒网捕鱼的小舟，张开白帆缓缓航行的大木船，河边漂洗物件的农妇，岸上升起炊烟的墟落，收割后的广袤田野，让你感觉不到哪怕一丝一毫的暴戾之气，有的，只是一份宁静与和平。

"太美了，我的家乡！真想我们的船，就这么一直漂下去。"华浩站立在竹席顶遮盖的船舱中，对着湖湘大地的美景，呆望了好久之后，对身边也一直沉默着的日本友人平山周说。

一直坐在船舱内低头写东西的毕永年，头也不抬地说："家国虽好，却已久成奴才世界，惜我同胞，至愚至贱，如牛马猪羊，徒供刀砧肉案之用而已。"

华浩问道："永年兄，你不惜毁家纾难，奔走江湖，不就是为了救这四万万同胞于水火吗？"

毕永年抬起头，笑笑说："我可没有老弟你说的这么高尚，不过是不愿当满人的奴隶，起来为自己争一份人格尊严。要说我爱这世上的所有昏昏同胞，倒不太容易，不如说是为了还未出生的后世华夏子孙，将来永不再当游牧族的下贱奴才和劣等的世界公民罢了。"

华浩摇摇头说："永年兄这样讲，不过是爱之深、痛之切啊。"

华浩又笑问平山周："平山兄，那你冒险犯难、奔走中日两国之间，却又是为了哪般？"

平山周沉默片刻之后，才开口说道："我想给你讲一个在我们日本农村很重要的惩罚习俗，叫村八分。就是说，村民们生活中最重要的十件事，出生，成人，结婚，建房，火灾，水灾，生病，葬礼，出行，法事。如果一个人被大家'村八分'的话，那么十件事中有八件不会有任何人帮助你，但葬礼和房子着火这两件事还是必须来帮。因为大家如果不帮忙埋你家的死人，会发生传染病，而着火不救会烧到别人的房子。"

华浩瞪大眼睛，说："我在日本是听说过村八分，但这和平山兄来帮助中国人有什么关系？"

平山周说："我拿村八分打比方，确实不很妥当。你们都知道我很喜爱中国，贵国在我心里，无论如何也不可能和一个讨厌到大家都不理睬的村民相提并论。我想说的是，就连一个被村八分的乡邻，遇到大麻烦都会得到其他人的出手相助，更何况对日本有文明启蒙之恩的中国。中日两邦是东亚邻居，如果西人列强要上门欺负中国，好比别人来放火烧你们的房子，或者你们家里躺了一堆臭气熏天的腐尸，就像那帮清廷的糊涂权贵，作为邻居的我们，如果还不来帮忙一下，那最后倒霉的，就不只是你们中国人，也一定有我们日本人的份了。宫崎滔天兄以前常常和我谈论这件事，他说，倘若中国得以复兴，伸大义于天下，那么亚洲人就有希望改变被奴役的命运，实现自由了。所以，帮助你们也就是帮助我们自己。我和滔天追随孙中山先生，其实就是为了亚洲人的命运解放。"

华浩听后，望着烟波迷茫的江面，独自无言，沉思了很久。

围园杀后话南海

月光如水，流淌在湘江两岸。

长沙城西门外的江边，毕永年、平山周和华浩正在散步。三个人的影子在冬季里一片干涸裸露的河滩上缓缓移动着。岸边散落的竹篱茅屋，与河上的泊舟都燃起了星点的灯火，给萧索的冬夜带来了少许暖意。

回到家乡省城长沙的毕永年，目睹仅仅一年之别后这个城市社会所起的变化，心中五味杂陈，意绪难平。一年前，因为在巡抚陈宝箴等开明派官员的支持下，湖南已进行了数年的维新运动，梁启超、唐才常、谭嗣同、毕永年、熊希龄等一帮勇猛精进的年轻士子，开学堂、办报纸、创学会、采矿石，把湖南新政搞得轰轰烈烈，气象一新。风气大开的湖南，本来有希望成为全国维新变革的榜样。然而慈禧发动了戊戌政变，幽禁光绪，通缉康、梁，杀六君子于京城菜市口，还将湖南巡抚陈宝箴即行革职，永不叙用。

谭嗣同死了，梁启超逃了，陈宝箴走了，熊希龄革掉翰林，康有为的书烧了，时务学堂倒了。守旧顽固派卷土重来，忽如一夜北风起，把湖南新政催开的一批花朵，吹落入泥碾作尘。流亡一年后返乡的毕永年，目睹家乡长沙的肃杀现状，恍然有隔世之感。

毕永年这次返乡，先后遍访了同情维新运动的得力人物，包括清军威字营统领黄忠浩、熊希龄的父亲等人。他发现情况相当不妙，不仅熊、黄诸人已不敢有轻举妄动之心，而且整个湖南都是人心消沉，士气低落。南学会等一批团体已经解散，时务学堂改为求是书院，恢复了陈腐的老一套，半年前长沙生龙活虎的维新变革气象已丧失殆尽。新任湖南巡抚俞廉三到任以来，守旧党人之辈暴虐横行，迫害新党之士。

更让毕永年生气的是，他和唐才常、谭嗣同一起创办的《湘报》，现在竟然变成了只录清廷上谕的《汇报》，这让军中子弟出身的毕永年，不免要冲冠一怒了。他对平山周和华浩说："老子去年捐出了毕府的房产和家资，才办成《湘报》，如今却成了鞑子皇帝太后发圣旨放狗屁的地方，真正是要气死我了！"

毕永年说罢，向着黑黢黢的长沙城墙方向，踢飞了河滩上的一颗石子。

激愤中的毕永年，甚至与华浩悄悄商量过，想要在长沙放起一把大火，来个乱中起事，尽扫顽固守旧势力，让家乡浴火重生，凤凰涅槃。信奉破坏主义的毕永年，每次有了对大清这个老破屋上房揭瓦搞破坏的新想法，都会眉飞色舞一阵子。

华浩和其他朋友都知道，毕永年是个任侠好义的人，痛恨世上一切的压迫与不平等。一次他看见耍熊的流浪艺人，把一只半大不大的狗熊仔揍得哀哀叫得好可怜，都觉得愤愤不平，竟然想偷偷去放了那无辜的畜生。华浩听他说后笑问道："那狗熊放了要是到处咬人怎么办？"毕永年脱口道："那也是人喜欢看耍狗熊活该遭的报应！"这一句话把华浩听得哈哈大笑。

此番长沙之行，只有在和湖南哥老会头目们接触后，毕永年他们三个才稍稍感到几分鼓舞。这些影子世界的秘密人物，本来就是社会的边缘人群，他们永远对执掌帝国权力的肉食者持敌对态度，这让他们在革命党眼中成了天然同盟者。

毕永年已经在大龙头马福益的首肯下，与几个湖南哥老会头目约好了，到时候共赴香港，将兴中会、三合会与哥老会合并，公推孙中山为总会长，大家齐心合力，与那大清王朝死磕到底。

三人在月光下空旷的河滩上走着。一阵寺庙的钟声从小西门方向飘荡而来，在回响的钟声里，华浩突然想起什么，于是对毕永年问道："永年兄，我在日本听才常兄说过，康南海曾经让你带人去围园杀后，果真有此事？"

原来华浩从唐才常那里得知，毕永年曾追随谭嗣同抵达北京，协助戊戌维新变法。在通过谭嗣同介绍拜会康有为之后，康知毕永年是运动江湖会党的好手，便令他留京相助，所以毕永年是戊戌政变的亲历者。

毕永年与平山周对视一笑，看来这位日本朋友也是围园杀后那个惊天传闻的知情人。毕永年对华浩说："好，我今天就对你老弟讲一讲这个传闻的真相。从哪里讲起呢，就从七月二十九号，康有为见到平山兄后，一脸的不高兴开始讲起吧。

"那天我陪同康南海，到京城译书局接见四位日本友人。康却只想见到叫井上的那位，而不愿见平山兄。他说：'平山周是孙中山的党徒，为什么你把他也叫来见面？'康有为的满脸不悦，让会面的气氛颇为尴尬。

"当晚，康有为喊我到他的房间，对我说：'你知道现在情势的危急吗？太后打算在九月天津大阅兵时杀掉皇上。我们怎么办？我想效法唐朝张柬之废掉武则天的壮举，但我们的天子手无寸铁，难以举事。我已经奏请皇上召袁世凯入京，让他当协助张柬之废武则天的那个李多祚将军。'

"我一听这个计谋，就感觉行不通，于是对他说：'袁世凯是李鸿章的党徒，而李鸿章又是后党一派，所以袁不是可以共谋此事之人啊。'

"康有为说：'袁世凯前两日已进京，我已让人往彼处使反间计，他现在必深恨太后与顶头上司荣禄。而且我已经奏知皇上，在召见袁时，好言安抚一番，如此袁必将愈生感激而知恩图报。你暂且等候，我还有要重用你的一件事。'

"到了八月初一，我见到谭嗣同君，和他商量康南海所说之事。谭君说：'劝袁起兵这事多半行不通，但康先生执意要做，说是皇上的旨意，我又能怎么办？不过我已经决定赴汤蹈火，万死不辞了。永年兄，幸好你能助我一臂之力，却不知南海先生打算如何派用你？'

"其实那时谭君已经抱病在身，不能久谈，我向他告别而出。当晚八时，从皇宫里传来一道光绪圣谕的消息：袁世凯被提升为侍郎候补。康有为、梁启超正在一起晚餐，听到后高兴得拍案叫道：'天子真是圣明，让我们策反袁世凯的献计更加可行了，那姓袁的必感皇恩浩荡而思图报了。'

"于是康有为马上叫我到他的房间里去，询问我怎么想。我说，事已至此，只能定计而行了，但我始终怀疑袁世凯这个人并不可靠。

"康有为说：'袁极可用，我已经得到他承诺的凭据了。'说着，他拿起袁世凯寄给他的一封信给我看，在信中，袁对康替他向光绪帝的荐举极尽感谢之词，其中有如下文字：赴汤蹈火，亦所不辞。

"康有为扬扬得意地对我说：'你看，袁世凯给我的信中有如此之语，还能说他不可用吗？'

"我只好对他说：'好吧，袁世凯可用，那先生您希望我做些什么?'

"康说：'我想让你到袁世凯的军中当参谋，去监督他，怎么样?'

"我说，仅我一人在袁世凯军中有什么用，而且如果他有异心，不是我一个人所能反制的。

"康说：'那么我将百人交给你率领，怎么样？等到袁世凯统兵包围颐和园时，你就率领那百人，奉光绪皇上的衣带诏书去抓捕西太后，废了她！'

"我问道，那么我应该什么时候去见袁世凯呢?

"康回答，且待商议吧。

"二人正说着，梁启超和康有为的弟弟康广仁也来了，梁对我说，永年兄不要有疑虑了，当全力以赴去干，兄台敢于承担此事吗?

"我当即回答，有什么不敢的！但我要好好考虑一下怎么去做。况且我还没有见过袁世凯，不知道他是个什么样的人。

"梁启超说，袁世凯这人完全没问题的，永年兄只需要允诺这件事，难道不行吗?

"我那时还在心中紧张思考，没有马上答应。康广仁已经不耐烦了，脸现愤愤之色。我对他们说，此事我终究不敢独自承担，为什么不急催唐才常进京一同谋划呢?

"康、梁一听面露喜色，都说，很好，很好。但我们的想法是，打算这几天之内就动手，若要等唐才常到京城，那又需多费时日，怎么办?

"四个人踌躇片刻，又一起到谭嗣同的房间去商量。谭说，稍缓时日应该无妨，如果催促唐才常尽早来京，就更好了。梁启超也赞同说：'毕君沉着坚毅，唐君勇猛善谋，可称当世双雄啊。'

"我没有将梁的赞扬太当真，只是淡淡说了句不敢当。康有为发话道：'事情就这么定了，你们可以赶紧调遣人手。'于是康有为和其他人共同拟出急电发出，催促唐才常火速赶来京城。

"初二那天早饭后，我因事态了无进展，就去找康广仁商量。那康广仁却怒容满面地说：'你们这些人尽是书生气，平日里议论纵横，等到做事时又一个个拖泥带水的。'

"我反驳说，这怎么叫拖泥带水呢？南海先生要用我，也需与我讲明办法，容我置喙。我毕某虽位卑命微，也不能就这么糊里糊涂去送命。先生令我统领百人，此事尤其不可冒昧。我一个南方人，初到北军，去率领一群我不认识的军兵，时间仓促，我又怎么能让他们为我拼死效命呢？即使让孙子、吴起这样的用兵天才来，恐怕也无能为力。我八岁起就随父辈来往于军中，非常清楚这样做是犯了带兵之忌。况且，我现在是一个正在为母服丧的区区拔贡生，此时如果带兵，不独士兵们不服，就连军中其他官佐都会觉得事出蹊跷，而生出疑心的。

"康广仁听完后，很不高兴地出去了。

"晚上七点，忽然宫中来了一道光绪皇帝的圣旨，要康有为火速离京。我对他说，现在一定是事情败露了，不知袁世凯那边消息如何？

"康有为说：'袁的帐下有位叫徐世昌的幕僚，和我的交情极好。我要让谭嗣同、梁启超、徐世昌三人到袁世凯处，挑明了告诉他我们的计划，成败在此一举。'

"我于是将白天与康广仁的交谈告诉康有为，康口气颇大地对我说：'你以拔贡生的身份带兵，也算非常体面了，有何不可。况且此事尚未定夺，你先不用多虑。'

"我心想，康有为一定在疑心我是追求功名利禄之徒，想趁机向他抬价，让他日后替我在光绪面前索要官职，真是可笑至极。

"初三那天，只见康氏兄弟等人来去慌张，奔走失措。午饭时，也借住在南海馆中的湖南同乡钱君告诉我：康先生打算杀掉慈禧太后，怎么办？

"我大吃一惊，忙问：'钱兄你怎么知道的？'

"钱君说：'刚才梁启超告诉我，南海先生的想法是，他上奏皇上的时候，只说废掉太后之位，等到真的包围颐和园后，就抓住太后杀掉她。不知永年兄您是不是已经答应了担任这个任务，兄台为什么不去问个究竟？但这事好像已经是个公开的秘密了，你现在该怎么办？'

"我回答道：'在下早就知道，有人想让我当那个刺死魏帝曹髦、最后当了替罪羊被司马昭杀掉的成济，钱兄您等着瞧吧。'

"当夜，康、梁、谭一夜未归，到什么地方秘密商量去了。

"初四上午早饭后，谭嗣同返回南海馆公寓。我前往询问，谭君正在梳头发，他神态安详，仿佛若无其事的样子，告诉我说：'袁世凯还没答应，但也没有拒绝，说是要从容行事。'

"我说，那袁世凯真的可以为我们所用吗？"

"谭嗣同道：'此事我已与康南海争执过几回，南海先生执意要用此人，真是无可奈何。'

"我又问：'昨夜你是不是将密谋尽告袁氏了？'

"谭说：'南海先生已嘱令我对袁氏和盘托出了。'

"我顿足道，大事已败，大事已败！这是何等之事，岂能出口后中止。那袁世凯狡诈多谋，诸公所托非人，已铸成大错了。兄台灭族之祸将至，请你赶快自谋脱身之计，万不可做无益的牺牲。

"与谭嗣同作别后，我收拾东西搬出了南海公馆。

"初五天刚亮，我就前往南海馆探听消息，发现康有为已离开京城，谭嗣同也搬去浏阳馆了。中午十二时，康广仁和梁启超两君来见我，拉着我的手说：'永年兄来得正好，我们打算推荐兄台前往李提摩太的寓所，去担当文书之职，兄台看可以吗？'

"他们说的李提摩太是一个英国传教士，这人和康、梁的关系很好，聘用过梁启超当他的中文秘书，对戊戌维新变法有很大影响。

"我诧异地说，我又不是来京城找饭碗的，因为南海先生命我留京，想让我助他一臂之力，所以我才滞留京城多时。今南海先生既然已出京，我也将践友人之约，东渡日本去了。说完之后，我告辞而去。

"当晚，我写了一封信让人送给谭嗣同，再次劝他不要无谓送死。又写了另一封信给梁启超作别。

"八月初六那天，我在早晨七点疾驰离京。才过了一个时辰，南海会馆就被清兵包围了。以后的戊戌六君子遇难经过，是大家都知道的事情了。"

华浩听着毕永年的讲述，一边想象着那急如响弦的日子里，看不见的鬼头刀在悄然逼近。有人在逃走，有人在赶来，有人在静候，命运之手却早已向人间掷下了决定生死的那一把竹签。此时的华浩，却听得心潮激荡，竟然暗暗期待自己也能身临其境，去感受那个万分凶险时刻，这让他自己都有点儿吃惊。

华浩又问平山周："听说是平山兄护卫梁启超到日本去避难的，是这样吗？"

平山周点点头，说："是的，那天梁启超君跑到日本公使馆，说要求见公使林权助。"

"这样，林权助公使就指示我和其他几个人，保护梁启超悄悄离开北京，潜逃到天津，登上一艘日本商船抵达天津塘沽，又上了停泊在那里的日本军舰，离开中国驶往日本，这样我们一行人就比康有为他们早一个星期到东京。康有为先是在英国人的一路帮助下，躲过慈禧下令的沿途追杀，坐上了一艘英国船逃到香港，然后，我的好朋友宫崎滔天又帮助他前往日本。"

毕永年摇摇头，说："康有为这个人，专好大言，行事却是无能之至。当个言论家、吹鼓手尚可，当个行动家就只能坏事了。比如，戊戌变法遇到朝廷顽固保守之士的非议，那慈禧太后的亲信、守旧派大臣荣禄问康有为该怎么办，康有为竟然大剌剌地说了一句：必须杀掉几个一品大员。你看，这不分明是对着和尚骂秃驴？此话一出口，立刻被荣禄到处传讲，搞得连张之洞这些起初支持维新的开明大臣都愤怒不已了。更加要命的是，他在听闻慈禧太后要兵变的消息时，让谭嗣同去说服荣禄的手下袁世凯包围颐和园，这已经够荒唐了，还命令我到时候进园去杀慈禧太后。结果这么机密的事情，康有为那帮人竟然还得意扬扬地到处讲，最后害了谭嗣同、康广仁这几条性命。"

提到好朋友谭嗣同的死，毕永年沉默了片刻，才又讲道："康有为的宝贝皇帝光绪，也因为他的一顿胡搞，加上老康一直用来在海外华侨中忽悠圈钱，却谁也没亲眼见过的那条皇帝衣带诏，最后光绪变成慈禧老太婆关进火炉里的一只烤鸭，没法再出来嘎嘎叫了。世人哪里知道，真正在大嚼光绪皇帝这只美味烤鸭的，却不是狗屁圣太后，而是那个在海外开了'保大清皇帝公司'，靠着它大发利市的'康圣人'哪。"

平山周说："是啊，康有为说的衣带诏，从来也没见他拿出来给人看过。"

毕永年冷笑一声说："有的华侨想请他出示衣带诏原件给大伙瞧瞧，他就吓唬别人说，这是神圣的文字，要拿出来读，得面向北方摆好香案，身穿朝衣朝冠，行三拜九叩之礼，你们这些憨头憨脑的无知之人，怎么能够格弄脏圣上的御笔呢？康有为这样一顿连蒙带唬的，吓得大家只能乖乖地捐款，不敢再找他要光绪的衣带诏看了。换了是我啊，一定要逼着他当场拿出来，让这个大骗子立马穿帮。"

三个人哈哈大笑了一阵。

华浩又点头说："康南海啊，想当年公车上书，鼓吹君主立宪、变法图强，他以布衣之身振臂一呼，惊醒天下，不可不谓当世之雄。倘若他后来没有在京城戊戌变法中自曝其短，或者在逃到海外后能听他弟子梁启超、唐才常诸君的劝说，愿意从此息影林泉，自娱晚景，将来还是够得上享受后世人供祭的冷猪肉。他却一意孤行，这样下去，难免要败光人品，为后世非议的。"

年轻时的华浩，曾经非常崇拜康有为，视之如山巅之上闪烁的星辰，后来见识既广，所闻渐多，加上在日本受革命党人的影响，他心目中这个保皇派偶像才渐渐失去光环了。不过华浩心里，还是多少替原来心中的"康圣人"感到一丝惋惜。

毕永年又压低嗓子，对两个朋友说："康有为原来还给我写过一封密信，指示我回湖南后要主动制造事端，煽动哥老会党闹事，说这时最容易搞的动乱，就是主动攻击洋人传教士和教会，酿成教案，引来外国干涉，以便他乱中觅得良机。他还想让唐才常出面，号召原来长沙南学会的人勤王起义，好让他康南海在日本人面前吹嘘自己有实力，想用这些来忽悠日本军部出兵替他勤王。我不看到这封信还好，一看就想起当年的谭嗣同，不就是因为康有为的不择手段、胡搞乱来而送死的？他竟然又想故技重演，难道还想让我和唐才常为他白白送死？这样的人，值得我们追随吗？"

停顿片时，毕永年接着讲："后来就因为我登在日本报刊上的一篇文章，透露出康某人戊戌年围园杀后的密谋，他对我衔恨至深，指使门人在港澳一带寻觅亡命之徒，扬言说：有能刺杀毕永年者，以五千元酬之。他想要我的项上人头，真是做白日梦。"

毕永年说到此处，竟然气急而笑了。

听到这里，华浩才恍然大悟，为什么原来跟着康有为的毕永年，现在却全心全意追随孙中山了。

毕永年又说："唐才常到日本后，拜在康有为的门下执弟子礼。我一直很担心唐才常会重蹈谭嗣同的覆辙，被康有为忽悠掉性命。连日本人都看出来老康是个骗子，只会大吹法螺，于是出一笔钱请他滚蛋了事，怎么聪明如唐佛尘，却看不穿康有为的真面孔呢？"

华浩说道:"这么说来,日本方面'礼送'康有为离境,也不完全是因为他们受到慈禧清政府的压力了。"

毕永年点点头,说:"宗方小太郎,就是汉口《汉报》社长,你应该认识吧?我、平山兄和唐才常都与他相熟,我还曾经在他的《汉报》馆当过一阵子主笔的。戊戌变法失败后,他从汉口跑去北京参加了营救梁启超、协同平山兄护送梁出京逃去日本。平山兄,你和宗方以前还是同学,是吧?"

平山兄微笑点头,却没有说什么。

华浩说:"宗方小太郎是不是也叫宗北平?我和才常兄刚回国到上海时,他让我给这位当时在汉口的日本人送过信,后来也与他见过几次面。"

毕永年接着说:"对,宗方就是宗北平。康有为逃到日本后,宗方小太郎去拜访康有为,唐才常也在座。会谈中,康向宗方小太郎大吹牛皮,将湖南的千把个南学会成员吹成有上万人,说这些上流士子都是他的子弟,而且能得到地方实力派人物如张之洞、陈宝箴等人支持。一旦举事,将直取武昌,然后沿长江东下攻略南京,最终移军北上,实行武力夺权,推翻清廷易如反掌。至于官军,能战者不过袁世凯部等区区数万人,完全不在话下。义军倘能进入湖北,当可得到总督张之洞之响应云云。

"这康有为采取虚张声势的策略,还拉上南学会的发起人之一唐才常,本意是希望日方高看他康南海一头,骗取日本政府出兵替他勤王倒后,但他在谈话中其实是大撒其谎。你想,那久经世面的宗方小太郎,岂会识不破康有为?我看,日本政府对康有为下达逐客令,也是因为他对谁都满嘴谎言,人品堪忧。

"你听听他当年是怎样忽悠光绪皇帝的,就知道这人的德行了。康有为对光绪宣称,泰西讲求三百年而治,日本施行三十年而强,吾中国国土之大,人民之众,变法三年,可以自立,此后则蒸蒸日上,富强可驾万国。所以,就连谭嗣同在他给朋友的一封绝笔信里都说'变法维新本未期其能成,弟之加入,目的本在以败为成,叫醒世人。真正以为能成功者,大概只有康先生一人而已'。可见谭嗣同到了最后,都不信康有为的那一套胡吹的大话了。"

一直听得很专注的华浩,若有所思地点了点头,毕永年继续说道:"那次康有为、唐才常和宗方小太郎见面后的第二天,老康还嘱咐才常与我再去拜访宗方，希望日本人助力他的勤王举事，结果无功而返。看来日方也是看透了康有为这个人。我走完这趟两湖之旅后去上海，一定找机会好好劝劝佛尘，让他迷途知返，撇清和那康有为的关系。"

毕永年他们还不知道的是，宗方小太郎为了证实康有为吹嘘的话，即保皇党一旦在湖南发动起义、湖广总督张之洞将响应支持，这个日本人专门去武昌拜访了张之洞，以打探他的真实态度。在谈话中，张之洞破口大骂康有为一伙欺君卖国，并对日本政府驱逐康有为出境表示了感谢，还进一步要求日本也驱赶梁启超离境。宗方至此终于彻底弄明白了，对康有为说文雅一点儿，他其实就是个瞒天过海客。

而宗方对孙中山的评价却与其对康的评价有如云泥之别。在日本与孙中山多次晤面长谈后，宗方在日记中说他才学兼优，豪迈果敢，有廓清天下之志。促膝谈论东方大事，直到鸡鸣。

此后，宗方小太郎这个有着官方策士背景、手眼通天的日本人，对以康南海为名义领袖、唐才常实际主持的起义计划就完全失去了兴趣。日本政坛大佬伊藤博文也看穿了康有为，认为他只是一个狂谬气盛、轻率短虑之人，不足以托大事，因而开始对其采取敷衍的态度。只可惜了能力超群、埋头做事的唐才常，跟着大吹法螺的老师康有为，也被人顺带着严重低估了。

却说三人在江滩之上，边走边谈着，听到岸堤方向飘来一阵清亮的乐音。循声望去，只见码头边的石阶上，远远坐着个黑影，那是在月光下一个人在拉二胡。

年轻的华浩老是掩不住好奇心，他快步走过去看了看，回来小声告诉同伴说：那人是个瞎子。毕永年顺口说道："这黑灯瞎火的晚上，一个盲眼人跑出来，也不怕摔倒。"说完后连他在内，三个人都怔了一怔，在悟出了这句话的荒诞后，同时爆发出哈哈大笑。

二胡寂寥清冷的琴音穿透夜空，让空寂的江滩显得更加沉默。在乐音的意象中，那把弓弦如刀，被一只看不见的手握着，在世间生灵万物的脖颈上缓缓来回拉动，引起阵阵哀鸣。

三个人完成这一次两湖调查后，坐船回到汉口。平山周与毕永年向华浩道别分手。毕永年前往上海协助唐才常筹办正气会，并准备在年底带上马福益手下几位湖南哥老会头目赴香港，商讨与兴中会和三合会一起联合组建兴汉会；平山与毕同行一程到上海后，将会带上毕写的两湖会党考察报告，回日本向孙中山再次汇报调研的详细情况。

在汉口分别之际，很欣赏华浩的日本浪人平山周，赠送给他两把日本小刀。一把的刀柄上刻着汉字：敬天爱人。华浩知道这是明治维新三杰之一的西乡隆盛喜爱的一句座右铭，出自大儒王阳明之手。另一把刀柄上刻着：临兵斗者皆阵列前行。这是一句日本忍者推崇的名言，来自中国道家葛洪的《抱朴子》，忍者们以这一句真言，激励自己在以生死相搏的战斗中，发挥自己的全部潜力为生存而战。

三个朋友互道珍重后分手了。

惊鸿一瞥，春水微澜

华浩正走在汉口一条僻静的青石板小巷中，巷子尽头是他要去拜访的湖南会馆。

天气不错，从云缝间透出的日光，穿过巷子上空晾晒的衣物，投射在石板路上，光影斑驳。一家窗台上，几只鸽子在踱来踱去，嘴里咕咕地嘟囔着，像是在自言自语。

以前华浩来过这家会馆两次。那是他留学日本前，湖南同乡会在这里举行祭祀活动，当时在武昌两湖学堂读官费生的他与云卿，也被拉过江来参加了。众人一齐给关圣帝虔祝神寿，又给乡贤大儒周敦颐拈香敬拜，场面煞是热闹。外地同乡的祭祀上香活动，通常是乡人联谊的机会。祭祀之后又照例聚餐，这些官宦、商贾、士子既可叙乡情，也趁机扩展人脉。

华浩每次来会馆时，都会看望在那里做事的德生，这个乡下少年，来汉口不长的工夫，已经历练得越来越手眼利索、机灵能干了。一年多不见，德生应该又长高了吧，华浩心想。他其实一直惦记着这位从前的小长随，在华浩心里，德生就是他本乡宗族中的一个小弟。

空寂悠长的石板小巷，对面远远走来一个人。正在想另一件事的华浩，只抬头看了那人一眼，就又低头想自己的去了。那个人与他擦肩而过，但那一副脸庞身姿，还清晰地印在华浩的脑海里，却并未马上唤起大脑的关注。在短短数秒后，华浩脑海中的那张脸似乎突然变亮了一下，那张白皙的少女脸庞，竟然那么明艳动人，不可方物！

华浩下意识地回头一看，却发现那少女在同一刹那，也正在几步开外回头看他。两个人四目相对，各自都吃了一惊。

华浩看到，那位陌生少女的眼光里，似乎有一点儿迷惑，又有一丝痛楚。那像是一个并未犯错却被大人突然呵斥了一声的小孩儿，又吃惊又委屈无辜的眼神。她没料到华浩也突然回头看她，于是赶紧低了头，转身沿着青石板小巷慢慢走远了。

华浩的心被扰动了一下，一句诗蓦地响起在他耳边：陌上花开缓缓归。

年轻俊朗的他，对于女人回头的眼光并不陌生，在日本时他见到的更多，但这次却完全与以前不同。他也不知道为什么，于是使劲摇摇头，试图驱赶走脑中那一张干净俊俏的脸。他自责地想，有那么多重要的事情要去忙，你还去为一个女子分心？不应该的。

在湖南会馆，华浩见到了久别多时的德生，同他嘘寒问暖了一番。他要晤面的刘幺叔和几个哥老会朋友，在外面还没回来。华浩忽然想起刚才在小巷里遇到的少女，就问德生她是不是会馆的什么人。

德生说："你看到的那个女娃，就是雪丫啊，她是刘幺叔的姑娘，因为长得蛮白，从小被大人们叫雪伢子，现在都叫她雪丫。她还老想让我叫她雪丫姐呢，才大我一丁点儿，哼！"

华浩微笑道："怪不得脸蛋子亮得这么晃眼睛，真是人如其名。那我前两次来会馆参加祭祀上香，怎么没见到过她？"

"少爷你去一趟东洋，就忘了我们本土的风俗啊，你什么时候看到这里祭神会上有女的？"德生哈哈笑着说，华浩也摸头咧嘴笑了。

德生告诉华浩："听刘幺叔说，雪丫小时候在湖南乡下，她姆妈给她开始缠足，那缠脚带子勒得她杀猪一样叫，几天不吃不喝的，声音都哭哑了。回乡探亲的刘幺叔看了好心疼，就把他这个姑娘带到汉口来了。她姆妈在乡下守着两个弟弟，开个小杂货铺，她还有个出了嫁的姐姐，帮着照顾乡下家里。雪丫在这里也可以照料她老倌的生活。这两年她也去一家汉口教会医院做点儿事，还在学洋文呢。"

华浩点点头，说："还好，刘幺叔总归是个不喜欢守旧的人，不然的话，那雪丫丢掉小命也都有可能的。"

德生睁大眼睛："啊，有这么严重吗？"

华浩说："我在日本时听同乡唐才常大哥讲过，他乡邻的五岁女儿，粉嘟嘟好可爱的一个小胖丫，她家怕她长大后不是小脚，择不到好夫家，就强行给小姑娘缠上脚，结果疼得她从夜晚痛哭到白天。唐大哥上门相劝，她父母也不答应给她松绑。一年后他回乡时就见不到那小姑娘了，一问，居然是缠脚给缠死了，多半是脚烂了之后丢的命。"

停顿片刻，华浩又说道："我看这雪丫小时候裹了脚就算不死，变成个三寸金莲也够惨的，拖了一双畸足，以后嫁个乡下土财主，生一堆鼻涕虫伢崽，那就好可惜她这么个干净妹子了。"

德生狡黠地眨眨眼，笑着刚想说什么，却见刘幺叔带着两个魁梧大汉进来了。华浩与他们拱手施礼，彼此寒暄一番后，去僻静后厅谈话去了。

华浩回武汉的一项重要使命，是秘密联络长江中下游江湖会党。为此他要尽力与帮会首领深相接纳，感之以诚，激之以义，动之以帛，许之以爵，让这些桀骜不驯的江湖豪杰甘心为其所用，以便在起事之日一呼众诺，一击成功。这是他和唐才常、毕永年、平山周等人商量后定出的策略，几个人各有分工。

唐才常坐镇上海，广纳上层各界贤才，发展政治组织，制造社会舆论声势，不仅与海外的康有为、梁启超的维新保皇派遥相呼应，而且又和孙中山的革命党人互通声气；毕永年、平山周游走湘鄂，与群豪订交，向起义组织做人力资源上的输血；华浩坐镇华中武汉，以开旅馆为掩护，联络来汉的长江流域各路豪杰，秘密发展军事武装，以图大举。

由此，作为汉口哥老会重要堂口的这家湖南会馆，就成了华浩的常去之地。

那天夜晚，华浩带领一群哥老会头目，来到汉口长江边一座酒楼，众人豪饮述怀，一醉方休。耳热酒酣之际，平日里就豪放不羁的哥老会兄弟们渐渐露出本来性情。有人裂眦大骂，有人放歌长啸，未免群相毕现。

突然间，一个声音高亢而出，压倒了众声喧哗。那是一位张姓头目，开始即席高吟：神州若大梦，醉眼为谁开？湖海诗千首，英雄酒一杯。

这位张君倒是颇吟出了几分悲壮英雄气，也博得了满座的轰然喝彩。

酒阑夜静，曲终人散，众人三两搀扶着，相互告别而去。

茫茫无边的夜色之中，人力与天命，就这样无声对峙、彼此窥视着，等待冥冥中的那一声惊雷在天地之间炸响后，双方再一跃而起，生死相搏。

茶叶商人容星桥

华浩离开日本前在红叶馆饯别时，孙中山要他回国去找的那个人，在汉口一家叫顺丰的俄国茶行做买办。

茶叶，这种神奇的灌木或乔木植物的叶子，曾经是相距遥远的东西方之间，一条有力的连接纽带。十七世纪，葡萄牙公主凯瑟琳嫁入英国王室后，将茶文化带到了英伦。此后，饮茶之风迅速风靡英国，并遍及整个欧洲。大诗人拜伦，甚至将茶的重要性排在了英国人生活必需品牛肉和啤酒之上，他称这种神奇的饮品是"中国的泪水"。

英国和中国之间茶叶贸易形成的巨大逆差，甚至逼得英国去到南美洲，想靠开挖银矿来填补这个逆差。但一个人的出现，永远改变了中英两国茶叶贸易的历史，他就是英国植物学家罗伯特·福琼。

在十九世纪中期，福琼来到中国，他打扮得让乡民认不出他是欧洲人，然后深入产茶地区，打听到了关于种茶和制茶的秘密，又招聘了种茶和制茶的中国工人，乘坐满载茶种和茶树苗的船，抵达了印度加尔各答。从此以后，喜马拉雅山的南麓出现了无数的茶树园。在宗主国英国帮助下，印度的茶叶种植业迅速发展，大规模工业化机器制造的印度茶叶进入全球市场，使得传统方式生产的中国茶叶在世界的贸易份额大幅度下滑。

拜伦勋爵一语成谶，茶曾被这位诗人称为中国的泪水，现在这杯泪水，只能被中国茶农自己咽到肚子里去了。

但是，至少有一个欧洲国家没有改变对中国茶的口味与需求，它就是俄罗斯。曾经从事过茶叶贸易的容闳，在自传中写道："印度茶浓烈刺鼻，而中国茶却芳香质佳，堪称上品。因此欧美和俄国上层社会的饮茶人士更青睐中国茶。

"咸丰十一年,俄国茶叶商人李凡诺夫来武汉,从事销往俄国的茶叶制作和买卖。他开设以顺丰命名的砖茶厂、商行和码头。俄罗斯人率先引进蒸汽机在汉口生产砖茶,开启了武汉的机器制茶时代。在十九世纪中叶前后,俄罗斯人喝下的每二十杯茶中,有十九杯就来自汉口。

"我面前放了一碗刚冲开的茶,一根根缩紧的针状茶叶,吸饱水分后缓缓舒展开来,随着袅袅升起的水雾,散发出一股清香。在意象中,那一片片张开的茶叶,变成了一张张被风鼓起的船帆离岸起航。那时,一艘艘载满茶叶的商船从汉口出发,溯汉水逆行北上,南船北马,登岸后改换成骡马车队,一路马帮铃声叮当,辗转过河南,进山西,走羊肠古道穿太行,越大漠草原,到中俄边境小城,然后经过广袤的西伯利亚,到达莫斯科,最后抵达圣彼得堡,才走完了中俄万里茶道。就这样,从我家乡汉口来的砖茶,变成了百余年前,俄罗斯人家庭的杯中神物。

"太平天国运动和小刀会起义,曾经造成了中俄茶叶贸易通路受阻。少了中国茶喝的俄罗斯人着急了,甚至派出俄国公使普提雅廷,向清朝的理藩院提出:俄罗斯可以出兵代为平叛,以恢复中俄茶叶贸易通道。这真是一个荒唐可笑的请求:为了你家能喝上茶,你就要派兵跑到我家来?

"实际上,太平天国运动导致福建茶市场渐为两湖茶所夺,汉口于是成了中俄茶叶贸易路线的中枢。连俄罗斯皇太子尼古拉,都跑到汉口参加过一家俄罗斯茶商行的周年庆典,以表示对以汉口为起点的中俄茶叶贸易的重视。直到后来西伯利亚大铁路修到海参崴,这条经过汉水的内陆万里茶道才绝迹。"

再说,俄罗斯人办的汉口顺丰茶行,是汉口俄租界内一栋漂亮的红砖洋楼,它坐落在笔直通向长江边的两条平行马路黄陂路和列尔宾街的中间,离它的茶栈专用码头不太远。列尔宾这条街,原来是以俄罗斯姓氏命名的,后来改名叫兰陵路。

华浩来到这栋楼,找到了孙中山的朋友,现在茶行任职的容星桥。

容星桥的办公室在这栋洋楼的五楼顶层。华浩在爬楼梯穿过下面几层楼的时候,可以闻到弥漫全楼的浓郁茶香味,那气味来自楼内的砖茶库房。

他是一位三十多岁、面相温和诚恳的中年人,穿一领蓝色长衫,头戴瓜皮小帽，留了一口小胡子。听说华浩是孙中山介绍来的，又看了孙写给他的信，就很热情地接待了华浩。

华浩心想，如果自己没有听孙中山说过容星桥曾经在美国留学多年，他怎么也不会相信眼前这个人以前是个留洋的学生。

容星桥拉着华浩上了楼顶的天台，说是讲话更方便。

在天台上，华浩向东眺望浩瀚的大江，龟蛇二山夹江对峙，气势雄阔，长江和汉水之上千帆争竞，汽笛长鸣，汉水南岸，汉阳铁厂的巨大烟囱群，正在喷吐着滚滚浓烟。见到眼前壮美的景象，华浩忍不住长吐一口气，说道："大武汉，真是天下一方形胜之地。难怪孙中山先生对我说过'武汉乃九省通衢，国之中枢，将来规模应略如纽约、伦敦之大'。"华浩一边说着，一边模仿孙中山讲话时陈词激昂的语气。

容星桥微笑着点点头，他很熟悉孙中山。九年前容星桥在香港迎娶一位牙医女儿的那天，新娘兄弟的同窗好友孙中山也来到婚礼上。孙中山当时正在香港读医科，这以后两人成了好朋友。孙中山在香港成立了兴中会，容星桥加入了这个秘密反清团体。孙中山对大他一岁的容星桥很尊敬，常称他为哥哥。婚后的容星桥赴汉口俄罗斯顺丰茶行任职，来往于香港、汉口与上海之间，并成为孙中山在汉口的全权代表。这就是为什么在日本的红叶馆饯别会上，孙中山向回国前的华浩推荐容星桥的缘故。

华浩突然想到什么，转头问容星桥道："我听中山先生说，您曾经留学美国，回来后还在北洋海军服役过，容先生真是阅历丰富啊。"

容星桥面容平静，回答道："那是很久以前的事了，其实也没什么很特别的。"

他是二十多年前，族兄容闳送去的留美幼童中的一个。当清廷突然遣返留学生时，容星桥刚刚考取容闳上过的耶鲁大学，却无法就读了，那成了他的一个终生之憾。他回国后被派往天津的水师学堂学习，毕业后加入北洋海军，曾随同北洋舰队司令官丁汝昌访问过日本。容星桥在军中其实过得并不如意，不久后便退役。英文熟练的他当上了洋行买办。所以，容星桥没有对华浩讲出这些不甚开心的往事。

华浩见状也没有再问下去，继续醉心于眼前的大江景色。

看着站在楼顶、举手加额远眺的华浩，眉眼轮廓之间，让容星桥有一种似曾相识之感。他马上想起来了，面前这位年轻人有几分神似他的一位留美同学黄季良，也是这般不怕天地鬼神的少年英雄气质。容星桥自认为没有这种不怒而威的军人气质，这或许是他早早退出军界的原因之一。

容星桥和黄季良一同坐船去的美国，几年后又是一同坐船从美国回来。黄季良后来在福建水师当海军军官，以他的气质和天资，本来可以成为中国海军的一代名将，可惜，黄季良在十几年前的中法马江海战中，年纪轻轻就战死殉国了。

容星桥如果没有离开北洋海军，也有可能在中日甲午海战中阵亡，就像他的三位留美幼童伙伴，为国捐躯的陈金揆、沈寿昌、黄祖莲一样，每念及此，容星桥都会感到一阵愧疚。他离开北洋海军时，并没有预料到八年后，他原来服役的舰队会有一场空前惨烈的大海战，但他仍然不能释怀。

但就是他从军旅生涯道路上的抽身离去，造就了所有清末留美幼童中绝无仅有的一个革命党人。容星桥在香港与孙中山的结识，最终让他走上了反清的革命道路。

虽然现在自己成了一名茶叶商人，但容星桥老是期盼着有一天，能为自己的祖国尽一份心力。

华浩这次来访，是要请容星桥做一件极秘密之事。唐才常将从上海偷偷船运来汉一批枪械军火，要找个可靠的地方藏匿。容星桥马上承诺将这批军火藏在茶行的密室里。私藏谋反兵器，这在大清朝，可绝对是一个杀头掉脑袋的大罪，容星桥连眼都没眨就答应了。

容星桥还承诺以个人名义担保，替华浩和起义同志在汉口租界租赁一处隐蔽的房屋。并主动提出借在汉口与香港之间经商奔走之机，为华浩他们秘密募捐。华浩告诉容星桥，自己近期将与唐才常赴港筹款，请他告诉可以帮忙的香港朋友一声。容星桥点头允诺下来。

临别前，容星桥请华浩去附近一家餐厅吃俄国菜，华浩说时间尚早，他这天还有其他事要办，两人约了几天后再见面。

在顺丰茶行洋楼门口，华浩向容星桥辞别。恰好一声汽笛，响起在不远处的汉水码头，那来自一艘将要启程远行的火轮。望着渐渐离去的华浩背影，容星桥心中蓦地动了一下。他似乎又看到了十多年前，那个同去同归的留学少年黄季良的挺拔身影。

祝你好运，祝我们大家好运，祝华夏中国好运。中年人容星桥在心里默默说道。

香江夜话

唐才常等三人来香港筹款的第四天，见到了要坐船从香港转檀香山的梁启超。

几人自从东京红叶馆践行宴一别，已经数月，朋友相见，分外高兴。唐才常、梁启超与华浩在晚餐后，来到铜锣湾避风塘岸边，三人一边走一边聊天。

路边的一些西人洋房，门前和窗子上还有圣诞节的装饰，像彩带、烛台什么的。现在是光绪二十五年阴历的岁末，但也是西元新世纪第一年的首个月份，在华洋混杂的香港，西人已经度过了他们的圣诞，中国人却还没有开始过传统的大年。

黄昏，晚霞漫天的港湾，吹起了海风，无数停泊小船的桅杆都在轻轻摇晃着。海鸥从头顶上掠过时，发出嘎嘎的叫声，空气中弥漫着一丝带腥味的海水气息。香港这个东方大陆南端的城市，有着中国最暖和的冬天。

望着落霞映成一片彤红的海湾美景，梁启超随口吟咏出了两句古人的集锦词：

燕子来时，更能消几番风雨？
夕阳无语，最可惜一片江山。

上一句化用了辛弃疾的词，下一句又是姜夔的词，却浑然天成，唐才常和华浩两人连连称妙。

梁启超关心地问起和唐才常、华浩一起来香港的师中吉。晚餐后师中吉没有参加散步，而是直接回住所休息去了。

师中吉是位中年汉子，原来是谭嗣同的父亲谭继洵部下，曾陪同谭嗣同游历多省，广交豪杰。谭嗣同在北京殉难后，师中吉誓为嗣同复仇，于是跟随唐才常参加了自立会。

唐才常说："师中吉在路上晕船晕得厉害，差不多是一路吐到香港来的，所以还需要多休息恢复体力。多亏了华浩老弟，一路上悉心照顾他，不然我一个人对付就更狼狈了。"

华浩只是笑着摇摇头，没说什么。

唐才常又说："也怪我出发前，坚持买了三等票。三等舱的船客多，已经挤不出位置，我们三个只得在船尾的货舱找个角落安身。偏又遇上风浪大作，师中吉这辈子还没坐过海轮，所以他吐得厉害。没办法，我们手头经费紧张啊。"

梁启超问道："哦，经费这么困难？新加坡邱菽园汇来的那笔款用完了吗？"

唐才常苦笑着说："长江中下游十几万会党要动员，区区三万元，杯水车薪啊。"

梁启超又问："这几天在香港募款进展得怎么样？"

唐才常答道："不太好。我们人生地不熟的，拿了汉口容星桥的信找到两三个朋友，只募到两千元，这还是因为容星桥的面子。"

梁启超诧异道："怎么募捐会这么难？"

唐才常叹一口气说："这里的人都不认识我们，不像南海先生和你的名气，天下皆知。中山先生也因曾久居香港，人脉深厚。容星桥的朋友帮我到你们香港的保皇会众中一问，别人说已经给康南海先生捐过了。再去中山先生的兴中会人群里面一问，又说已经给孙中山捐过了，还反问，这回来的又是哪一路人？真是让我们哭笑不得。"

梁启超安慰道："没关系，待我见到老师南海先生，告诉你们的难处，让他批准澳门保皇会总部的人尽快给你们寄款。我去南洋也和老师一起尽力募款，以助你们举事。"

其实梁启超不好说出来的一件事是，康有为已经把他勤王起义的重心，放在资助两广地区的江湖会党身上了。其中原因有广东是他的家乡，相对易于把控，也有一个原因，是因为他隐隐感觉到唐才常与孙中山的革命党开始渐行渐近，所以对唐才常不放心，所以没有尽力帮助。

就连梁启超自己，也因为在老师康有为离开日本后，与孙中山交往渐多，被保皇党门人秘告康有为，而遭到康有为的猜忌，经常在来信中受到老师的斥骂。一向对恩师康有为又敬又怕的梁启超，不方便向唐才常道出这些保皇党核心的深层内幕。

实际上，梁启超这次离开日本，去檀香山创立当地保皇会和筹款，然后赴北美大陆，也是不得不听命于康有为的强硬安排，康有为希望这样可以让梁启超摆脱孙中山的影响。后来的事实也的确如此，这是后话。

三人走到坚拿道西与轩尼斯道交界处的一座木桥旁，眼尖的华浩突然指着桥下说："看，那几个人在做什么？"

几个人走过去，看到五六个老婆婆，各自燃点香烛，搭一个小小的摊位，取出剪纸的白虎和小人放在半块砖上面，再拿香祈求祷告一番，然后拿只旧鞋子，啪啪猛打小人纸和纸白虎，嘴里还念念有词。

华浩听不懂老婆婆们说的粤语，就问广东人梁启超。梁启超笑着说："那个叫得最响的老婆婆说的是，打你个小人头，打到你有气无地走。"

华浩诧异地问道："她这是在干什么呢？"

梁启超回答："这叫打小人，是广东地方的一个风俗。老人家有什么不顺心的事情，或者是驱走厄运，祈求好运，就来这里打一次小人，心里郁积的怨气就发泄出来了。"

华浩看着老婆婆手起鞋落，把那纸老虎和纸小人打得啪啪响，再放入元宝盆中烧为灰烬之后，才肯随着唐才常和梁启超离开。

唐才常笑着问华浩："要是让你剪张纸打小人，你想剪个谁？"

华浩也嘿嘿笑着，说："那就剪个慈禧老太婆吧。"

梁启超哈哈大笑，对华浩说："这主意倒不错。不过，慈禧只是一个野蛮专制政体的代表，没有了西太后，将来还可能有同样蛮横无理的南太后、北太后。只有推翻这个专制的政体，建立起立宪政体，中国才看得到希望。"

三人继续沿着海湾码头水边走着说笑。

梁启超突然想起一件事，对唐才常说道："对了，你在长江一线勤王举义，用意却还是在于逼宫京城西太后，到时候如能让北方豪杰们群起呼应，将能大大有利。"

唐才常说："我与华浩所交的江湖好汉，皆为南方豪杰，卓如，你有何人可荐？"

梁启超一拊掌，笑道："这里就现成有一位，他也是谭嗣同的生死至交，而且声震北方武林。"

唐才常问："你是说大刀王五？我也是听谭复生讲过多次，说这人义薄云天。我久仰大名，可惜无缘结识。"

原来，河北人大刀王五是谭嗣同少年在京城时学武的师傅。此人凭一把百余斤重的青龙偃月刀，名震北方五省。他以武艺押镖、行走江湖。谭嗣同进京参与维新变法的日子里，大刀王五一直作为他的随身保镖，悉心照料这个昔日的徒弟，两人结成了肝胆相照的忘年交。戊戌政变时，王五劝谭嗣同逃离未果，劫法场又没有成功，只能眼见好友谭嗣同血溅京城。

梁启超说："这个英雄最重义气，你以谭嗣同与他的旧谊感动之，必可罗致，起事之日，切莫忘了此人。"

唐才常点点头，记在心里。

不知不觉间，西天的晚霞早已暗淡下来，海湾上空的幽蓝天幕开始出现闪烁的星光，与避风港湾里的点点渔火遥遥相对。

仰望着星辰初现的夜空，唐才常突然问梁启超："卓如，当年在长沙时务学堂，我们托人买的那架天文望远镜，我和复生有时会爬上阁楼，拿它看星空。你用那望远镜看过星空没有？"

梁启超佯怒道："你们两个湖南骡子，净欺负我这个广东佬，你和复生夜观天象，什么时候叫上过我？"

唐才常笑道："那时还不是因为你这个书呆子，成天到晚趴在桌子上写啊写的，我俩哪里拉得动你？"

几个人哈哈大笑。

华浩一直倾听着两位亦师亦友的兄长谈话，他回过身，望着港岛华灯初上的夜景，忍不住脱口赞道："香港的夜色好美啊，一个弹丸之地，居然亮着这么多电气灯。"

唐才常笑道："东方明珠，果然名不虚传。这香港岛确实像一个装满了夜光珠的宝盒子。"

梁启超说："你们还可以想象一下，百年之后，英国人把香港还给中国的那一天，眼前这港湾的夜景，又会是何等灿烂的景象。"

唐才常点点头，若有所思："那是只有我们孩子的孩子才见得到的，真希望到那时，他们是生活在一个幸福和公平的国度。"

夜色渐浓,三个朋友分手各回住所。

第二天清早,唐才常与华浩前来送梁启超登船去檀香山。他以昨晚回家后写的一首诗,赠别梁启超:

  呦呦天心不可常,茫茫尘世几沧桑。
  灯花剑蕊深深绿,海国自多南面王。

第六章 风起

光绪改保庆，皇帝要凉了

唐才常回国到上海不久，就在幕后出手，有力参与了一场轰动朝野、波及海外的大事，己亥立储。

原来，那京城皇宫中的慈禧太后，在杀了戊戌六君子、将光绪皇帝幽禁在瀛台之后，想想这些还是不能完全泄了她的心头之愤，觉得应该还要对这个忘恩负义的外甥做点儿什么。于是她反复地让光绪陪她看一出戏——京剧《天雷报》，用戏中儿子因为不孝被雷劈死的故事，对光绪皇帝进行精神折磨。这还不算，每次演完戏，慈禧都让太监用板子打那位演儿子的演员，让光绪看得心惊肉跳。

老太后又想，光绪毕竟比自己年轻得多，一旦自己在他前面去世，待他重登大位，一切都会被他重新翻过来。所以，要早早做出安排。

于是慈禧想废了光绪，另立一个幼主。老太后这次要是如了愿，就是她立的第三个幼主了。

慈禧开始为光绪挑一个备份皇帝。她在宫中连续召见了十几个溥字辈的幼童，最后，她挑中了经常陪她下棋、很会讨她欢心的侄女的孩子，那是端郡王载漪的儿子，一个叫溥儁的男孩儿。慈禧赏了他头品顶戴，名号"大阿哥"。

光绪二十五年的年末，慈禧命大臣们都到勤政殿前恭候，商讨给光绪立嗣，然后让皇帝退位之事。慈禧来到大殿后，命令太监总管李莲英去接光绪。光绪来后，先向慈禧叩拜。太后坐在大殿的宝座之上，招皇帝入殿内，光绪进殿后再次跪下，王公大臣们仍跪于大殿外。

太后轻轻一挥她的尖指甲，对光绪说："进来，不用跪下。"令皇帝入座，随后又召诸王公大臣，约有三十人一齐进殿。

太后发声了，她当众讲出了自己想废黜光绪、立大阿哥为皇帝的意思。

光绪声音颤抖地说："皇阿玛所说极是，我意亦同。"

到了这个时候，光绪能想到的，就只是保住自己的性命了。什么皇位，那还不是老佛爷想给谁就给谁的玩意儿嘛。

其实，维新变法失败后被囚的光绪帝，不仅皇位岌岌可危，连性命都朝夕难保了。

慈禧开始向天下颁发光绪帝病重、命各省迅速荐医进京的上谕，又将光绪脉案每隔五天向外界公布一次，大肆渲染病情，造成年轻的皇帝病危，以至于日甚一日的紧张气氛。太后明里暗里表现出一个念头：你们的皇帝身子骨不行了，哪天他驾崩了，是他自己命薄，可不是有人下毒啊。

大阿哥溥儁，是一个还不到十五岁的宗室纨绔子弟。慈禧准备把他当作取代光绪的储君，好让自己开始第三轮的垂帘听政。老太太想：既然我那个喜欢读书的莽撞外甥光绪，放权给了他之后能闹出甲午战争和戊戌变法那么大的乱子，那么另选一个不愿读书的皇储，咱们爱新觉罗家的江山应该能更安稳点儿。

于是，皇宫里就出现了一个没正经的半大小子，成天只知道提笼架鸟，吃喝玩乐。他为人顽劣，不喜读书，这个当上了大清候补皇帝的宗室男孩儿溥儁，其实就是个懵懂无知的小浑球。

宫中太监有时看见这个浑小子歪歪斜斜地走了过来，为了讨好喜欢京剧的他，说："大阿哥，赏咱奴才们一段谭鑫培的《定军山》吧。"他听了开口就唱，那唱腔还真的有七分像小叫天谭爷。小家伙高兴起来，还会给大家打上一阵单皮鼓，他腕子一甩，把武戏场面伴奏的单皮打得又爆又脆，让宫中众人齐声叫好。

说他聪明吧，可在宫里，一遇上不顺心如意的事，就会站定了，开始对天长号，任谁哄也不听，看他一脸的鼻涕眼泪，活像个傻子白痴。慈禧挑中这个混不吝的宗室大男孩儿，无非是觉得他便于自己控制罢了。

慈禧太后已经预定在庚子年举行光绪禅位典礼，让这个大阿哥登基，改年号为"保庆"。

溥儁这个不良少年，自从进了皇宫之后，便把自己当成皇帝了。他时常与太监私出冶游，甚至在宫中突然拔取隆裕皇后头上的簪珥，以此来取乐。

这一天，溥儁终于和光绪在皇宫里狭路相逢了，照说溥儁应该向在位的国君行礼，不料这小混混儿竟指着皇帝破口大骂："你个二毛子！"

京城朝野正弥漫着强烈的仇外情绪，洋鬼子被称为毛子，二毛子就是假洋鬼子，用洋人的洋火、眼镜、西药，说英语的都被叫作二毛子。光绪曾经学过四年的英语，所以溥儁骂他是二毛子。

光绪帝无奈说道："大阿哥不施礼便是，何故要挑衅羞辱于朕？"

溥儁听了恼羞成怒："我不光骂你，我还要揍你！"

这恶少竟然上去就是一顿挥拳，把年龄大他一倍的长辈光绪帝打翻在地。周围的太监宫女们都吓坏了，没有一个敢上去拉架。大清立国两百多年以来，还没听说哪个在位皇帝挨打的。这事很快在宫中传得沸沸扬扬，人们都认为大阿哥太不像话。但慈禧太后护短，最终溥儁仅仅被执行家法，屁股轻轻挨上几棍子了事。

这时的光绪皇帝，日子过得可真是生不如死啊。

农历己亥年末，慈禧太后正在为马上就要到来的庚子年祭拜做准备，在例行的过年祭拜先祖诏书里，慈禧写道："明年元旦大高殿行礼以溥儁代"。这就是将大阿哥宣布为储君的公开信号了。

就是诏书中的这一句话，造成了整个京城里，马车突然短缺。京中所有够得着翻过端王府门槛的达官贵人，无不趋炎附势，纷纷向未来皇上的府中送礼，京城的马车都被租订一空，去端王府登门送礼了，而玉石这样象征祥瑞的贵重礼品，更是卖到市场脱销。这时给端王父子送礼，可是一本万利的好事啊。

得意扬扬的端王载漪，在立嗣诏书发布后满怀着就要当皇帝他爹的喜悦，豪气冲天地给各国公使送去了请柬，想让洋人也来提前拜拜他和儿子的码头。

到了大年初一，他吩咐仆人："各国公使将于今日来贺溥儁为大阿哥事，汝等宜预备茶点。"

结果洋人们纷纷对载漪父子置之不理，让端王碰了一鼻子灰。他们本来就对慈禧太后随意废立皇帝大为不满，担心这个老太婆又将中国拉回到从前完全闭关锁国、仇视洋人的年代，那将大大影响他们的在华利益。加上无论中外，人们都对改革失败的光绪帝抱有一份同情。所以，极力反对慈禧逼光绪让位的洋人们，又怎么会上门给端王父子站台呢？这还不止，英国在华的报纸发文，呼吁各国公使应该当面觐见光绪一次，以确证他究竟是死是活。

这一下，大大地激怒了端王载漪，他就和列强们结下仇了。从此，载漪有了跟外国列强狠狠打一架的强烈想法。这个自小就不喜读书，又刚愎自用的清宗室人物，不知不觉中充当了义和团发起的端由之一。

在此之前的光绪二十五年十二月二十四日，慈禧曾再次召开殿前会议，商议废黜光绪的事，这次她没有唤来光绪。

一开始，西太后就数说起光绪皇帝的不是："我立之为帝，自幼抚养，以至于今，不知感恩，反对我种种不孝，甚至与南方奸人同谋陷我，故我起意废之，选立新帝。"

见众大臣没有一个敢吱声，西太后接着说："此事于正月元旦举行，汝等今日可议皇帝废后可加以何等封号？明朝景泰帝当其兄复位后，降封为王，此事可以为例。"

众人沉默好一阵，还是顽固派大臣徐桐开口了："可封为昏德王，昔日金封宋帝，曾用此号。"从徐桐此言，可见他对光绪帝搞维新变法痛恨之深。

慈禧点点头，认为这个封号不错。接着她将选择载漪之子当新皇帝的决定，当场宣布了。

这时，只有军机大臣孙家鼐一个人出面仗义执言。他劝阻太后不要轻言废立之事，如此恐怕南方有变，天下不稳。

慈禧勃然变色，怒道："这是我们一家人会议，兼召尔等汉大臣，不过是为了体面。此事我已告知皇帝，帝亦无言。"

她只是想让大臣给即将废黜的光绪起个封号，哪里是准你们讨论该不该废立，再不识相，就得小心你的脑袋了。

看来在朝中，已经无人能阻止慈禧行废立之事了。

慈禧想废黜光绪帝的传闻，早已不是什么秘密。等立储诏书一出，天下哗然。西方国家公使不仅拒绝对新立的大阿哥表示庆贺，还要求清廷允许外国医生探诊光绪帝。尽管慈禧太后对这一要求非常反感，但迫于列强威势，不得不允准一位法国医生入宫诊断光绪皇帝的病情。结果这位洋医生回去后，在西方人办的报纸上宣布光绪没有生病。这更是激起了海内外舆论一片大哗。

通电响惊雷，废立一场空

在上海租界内的东文译社楼房里，唐才常正埋头写着什么。与他一起回国的留日学生沈荩，兴冲冲地拿了一份西人报纸跑过来，对他说："看，这慈禧老太婆，真的要对光绪下手了！"

唐才常冷静地说道："我已经读过了，慈禧已经搞到天怒人怨，现在正是反击她的大好时机。我们得好好想想，怎么出手最恰当。"

沈荩说："你佛尘兄的文字向来犀利如刀，痛快淋漓，写一篇向天下人揭穿西太后的雄文，刊登于我们在租界办的报纸上，骂她个狗血淋头，吾兄手到擒来之事耳。"

唐才常说："愚溪老弟，在租界里写篇文章骂慈禧一顿，你我倒是痛快了，但那皇宫中的老太婆却还是不痛不痒，照样干她的废立之事，却是奈之若何？"

沈荩挠了挠脑袋："那么，佛尘兄有何高见？"

唐才常思忖片刻，说道："办法倒有一个，就是拟一份长篇檄文，用电报发向全国，揭露和声讨慈禧太后的废立阴谋。"

电报是当时最快的讯息传送方式，而报纸是覆盖面最广的传播媒介。任何消息，只要送到电报局拍发给其他城市的电报局和报社，各地电报局、报社收到消息后，再通过当地的报纸刊登出来，就可以迅速让天下人皆知。

沈荩大喜："老兄真是足智多谋啊！"

沈荩是唐才常在湖南长沙时政学堂的学生，为人性情非常耿直，在上海协助唐才常联络组织维新政治团体，成了他的好朋友兼得力助手。

唐才常却皱起眉头，说："就是通电全国这件事，让我犯难了。我们花不起这一大笔电报费啊。"

沈荩一听也笑容尽失。确实，要拍那么多份长文电报，得花费一笔巨款。他们听说过，李鸿章曾经专门给张之洞发过一封电报，提醒他拍电报时不要长篇大论，无事勿再多言，因为一个字要花两角四分银子，即使对李中堂这样的一品大员，也实在是太昂贵了。

两人开始在屋子里来回踱步，苦思对策。突然，唐才常猛一拍脑门，说："我怎么一时没有想起电报局有这个人！"他这么一说，沈荩也如梦方醒，两人指着对方，同时喊出一个名字——经元善，然后一齐哈哈大笑起来。

经元善，是以江苏候补知府之衔，经营上海电报局多年的总办。这个一向广行善事、忧国心切的老官绅，自从结识了甲午战争后旅居上海的康有为、梁启超之后，就经常与他们交流时局，探讨强国之策。唐才常来上海后与经元善有过交往，后者知道唐才常与康、梁之间的关系。

事不宜迟，唐才常与沈荩出门叫上一辆人力车，匆匆赶到外滩的上海电报局，进入这栋气派的多层洋楼，在经元善宽敞的办公室拜会了他。

二人刚坐下，唐才常开门见山说明来意，经元善就兴奋地说："老夫也有此想法！这可真是不谋而合了。"他因为过于激动，声音都有些颤抖了。

唐才常微笑着对经元善说："前辈德望非常，名重沪上，有您领衔通电，定当一呼百诺，天下响应。"

经元善此时却沉吟了片刻，他用手指轻叩桌面，缓缓说道："我所虑者，在于急迫之间，找不到几个名流人士在通电上联合署名，如此，则有人微言轻之忧。"

唐才常与沈荩对视一笑，然后对经元善说："前辈不必担心，我们可以马上联络逾千之数的江浙与沪上士绅，参加到这个联名通电中，以壮声势。"

经元善一听大喜过望，承诺一旦名单到手，他就立即向全国各地发出通电。三人拟定了通电内容后，唐才常、沈荩与经元善告别，各自分头行动去了。

光绪二十六年，也就是一九〇〇年，一月二十七日，上海电报局总办经元善领衔，众多知名士绅联署发起了一场声势浩大的联名通电，反对清廷的己亥建储。通电警告慈禧太后：已听说各国将调兵干预，要求她收回成命。通电还要求各省共同力争，扬言如朝廷不理，就举行罢市、集会。

签名者中，著名人士有章太炎、唐才常、沈荩、蔡元培、黄炎培等一千二百三十一人。上海通电如同一声惊雷炸响,马上在全国引起了巨大回声,随后广西、湖北、广东、四川、湖南等地士绅也纷纷发出通电反对废立。同时,从海外四十六个国家地区的华侨,也纷纷发通电阻止立储。各国公使也对清廷提出了警告。

唐才常能在短短两天内,奇迹般地完成一千多社会名流的联合署名,个中秘密,就在于他正在从事一个政治团体的组建。

唐才常从日本回国后,就在流亡海外的康有为、梁启超授意下,在上海组织正气会,作为日后起事的策动机关。为此他广泛联络名流士绅。这些人刚好在己亥建储风波之际,成了经元善为首的联名通电中一千二百多维新人士和绅商名单中的主力成员。否则,以经元善一人之力,仓促间不可能联系到逾千名维新人士马上签名。经元善在回忆通电之举时,也曾说过:适寓沪维新志士,开名单亦来发电。由此可见,是维新志士组织在先,而经元善领衔通电在后。

不过,作为幕后秘密推手的唐才常,并没有对外声张自己的关键作用。一向为人低调的他,只是在写给二弟唐才中的信里简短说道,自己确实参与了经元善电奏一事。

清廷地方大员中,只有洋务派重臣、两江总督刘坤一挺身而出,首先公开表示反对。他先是约了另一位重臣、湖广总督张之洞联衔上奏,反对废立大事。张之洞一开始同意在刘坤一的奏折上签署自己的名字,但马上就后悔了,因为他突然想起自己定下的一条铁律:惹慈禧太后生气的事,千万别干!

于是他命人中途追回已发出的奏折,删去了自己的名字。刘坤一得知后哈哈大笑道:"张香涛这个人啊,见小事勇,见大事怯。我老命一条,有什么好怕的。"

刘坤一对张之洞的评价"小事勇,大事怯",可谓刻画入骨,不过,南皮大人可不比刘坤一、李鸿章这些靠军功起家的大臣,他走的是传统读书人的上位之路,所以没法像湘、淮军头们那样硬气。而这一套死活不当出头鸟的圆滑官场术,也是张之洞在急流汹涌的晚清政坛上,一直得以逢凶化吉的不二法宝。

慈禧太后对自己信任和重用的大学士荣禄在废立之事上的态度,还摸不清底细。于是当大臣徐桐和崇绮将废立奏稿密请慈禧太后阅后,慈禧说:"你两人须先同荣禄商定。"于是两人便去见荣禄,说奉太后懿旨,将此稿给荣禄看。

为人狡猾异常的荣禄,接稿只看了一眼,突然以手捧腹大叫道:"哎呀,这肚子到底不容啊,适才我正在茅厕,泻痢未终。闻两公来有要事,提裤急出,今乃疼不可忍。"

说完,荣禄丢下他们两个,踉跄奔入,良久不出。这时京城正处严冬,徐桐、崇绮二人只得纳稿于袖中,移座到围炉旁取暖。

再说荣禄,其实他哪里是什么肚子疼。在把徐桐和崇绮两老头撂在客厅的时间里,他是偷偷溜出去找心腹幕僚樊增祥商议对策去了。等商议好了,荣禄回来又说:"刚才还没看明何事,今请一看。"于是,他又接过奏稿看了数行,随后便突然将稿子往火炉里一塞,火焰腾起,荣禄还连声说:"我不敢看啊!"

一向喜欢倚老卖老的徐桐顿时大怒,说:"此稿太后阅过,奉懿旨命尔阅看,何敢如此!"

荣禄答道:"我知太后不愿做此事。"徐桐、崇绮二人争着说立储实乃太后之意。荣禄说:"我即入见,果系太后之意,我一人认罪。"于是荣禄便去见慈禧太后,痛哭磕头,说冒此大险,万万不值,一旦招起大变,恐怕祸及太后。慈禧太后听罢,这才惧而不敢做。

且说上海通电的电文,到达北京总理事务衙门后,军机大臣王文韶一看却默然不语。北洋大臣荣禄也看到了,他发怒道:"这经元善是何等人,胆敢妄言干政,一定要把为首的杀几个,看他们怕不怕。"

王文韶是经元善的旧相识,见荣禄要兴大狱,就假装糊涂道:"那经元善不是在办电报局吗?许是别人冒他的名,想免付电报费吧!"荣禄却不肯罢休,第二天面奏慈禧时,依然坚持"经元善案一定要杀几个,以昭炯戒"。

王文韶听罢随即奏道:"立大阿哥是天大的喜事啊!杀人忌讳,老佛爷原喜欢吉祥的,怕是不便吧!"

慈禧见王文韶说得也有道理,便仅仅只下旨缉拿经元善。老太后也确实恨极了国内士绅与海外华侨的集体鼓噪,让她不得不将废掉光绪帝的企图,暂时搁置起来了。

消息传到上海，年届花甲的经元善只得逃之夭夭，跑到澳门去，这才堪堪躲过了太后的鬼头刀。

在幕后出力挫败慈禧"己亥建储"的企图，只是唐才常回国后的牛刀小试。在他心中，有一个更大的目标：起兵勤王。

正 气 会

为了实现勤王举义的目标，唐才常在上海创立了正气会，来笼络豪杰，拓展人脉，准备发动武装，以图大举。

鼓吹反清排满的章太炎，也从日本归国来到上海，并很快参与《亚东时报》的编辑事务，与唐才常成了朋友。

这时的唐才常，已经从一个和平改良主义者，变成了反清革命者。但是，他作为革命者的面目仍然是模糊的。在正气会宣言中，既有反满，又有忠君，这明摆着唐才常还舍不得丢掉光绪皇帝。这让他与激烈反清的朋友章太炎之间，时常发生争吵。

在长江中下游起兵举事的计划，因为唐才常的暗中推动，正在渐渐形成之中。为此他广交各界，来往周旋于三教九流之间，往往在一日之内扮演数个不同角色。时而是文人士子，时而是江湖会党，时而又是洋装买办。这就是让唐才常栖身之所的上海弄堂内某个好奇的邻居对这个人身份摸不着头脑的原因。

一天傍晚，日本志士田野橘次见到唐才常带领几十个人回来，那些人看上去相当奇怪，有的眼光飘忽不定，四下睖巡，有的眼神透出杀气，很像一群亡命之徒。田野橘次悄悄问了唐才常，才得知他刚刚赴香港，领取一笔三万元的海外募款。这些随同唐才常从香港回上海的人，是他招募来的三十几个海盗。

田野好奇地问道："你带领这些海盗回来干什么？"

唐才常笑道："我想派他们去京城，在正月祝祷之节杀死西太后，赶尽所有误国奸人。到时候请你指挥这些海盗北上，怎么样？"

唐才常说着，搬出几十只买回来的手枪，一一摆在桌上。

田野橘次神情马上严肃起来，他向唐才常鞠了一躬，说："好啊，我已献身革命，生死等闲事耳。是否成功不敢说，但我既然向知己鞠躬承诺，此诺一出，言重于山。我当指挥此三十义士，打碎京城清政府。"

说完，二人上前紧紧拥抱。

然而，这次冒险进京暗杀行动，却因田野橘次肺痨病重，一晚突然吐血一升，不得不回日本休养而流产。于是唐才常派人将这批军械藏在长江轮船的煤堆里，秘密送往汉口，让主持华中起义事务的华浩接收保管。

正气会成立之后，却因与江浙士绅一派发生的人事矛盾，导致唐才常让出了干事长的位置，集中精力去筹划一个新的组织——自立会，并秘密策动长江中下游起义。留日学生沈荩作为会中的干事，为自立军起义准备出力甚多。

就在经营组织的这一段时间里，唐才常结识了一位令人尊敬的老者，这次相识发生在一次维新人士在租界内的聚餐上。席间，唐才常听见一位西装革履的古稀老者，正在对邻座讲起戊戌变法期间，自己在北京的经历。当听到老者说，康有为、梁启超和谭嗣同这些维新人士，经常在他位于北京的寓所里聚会谈论变法，唐才常忍不住悄悄问旁边的朋友："这位老绅士是谁？"

朋友告诉唐才常："他就是当年，力促朝廷派遣幼童去美国留学的容闳老先生啊，只因为戊戌变法时，与康梁和六君子诸维新党人走得太近，西太后下令缉拿的名单中也有他。老先生曾被逼得逃亡海外，现在风声过了，才敢回国躲在租界里。"

唐才常哦了一声，对这位老者肃然起敬。

在聚会的间隙，唐才常找到机会上前向容闳做了一番自我介绍。老人眼睛一亮，说："你就是谭嗣同对我讲过的唐佛尘啊，他对你这位同乡很是称道，说你是他二十年的刎颈之交，品学才气一时无双。"说完，容闳双手伸出，紧紧握住了唐才常的手。

听到老人家转述亡友对自己的评价，唐才常忍不住眼圈一红，声音哽咽，说道："在下愧对故人错爱，不过苟活于世罢了。"容闳微笑看着唐才常，鼓励道："年轻人，来日方长，你与在座诸君，将来一定能够践行谭复生未竟之志的。"

两人因为意气相投，很快成了忘年之交。在正气会、自立会和后来另外创办的中国国会中，容闳都给了唐才常十分重要的支持。这位年逾七十的广东籍老绅士，是中国第一个留学美国的大学生，因为推动过官费幼童留美，被誉为中国留学生之父。

一个晚上，在黄浦江畔上海租界某个透出灯光的窗口，一个白发老者和一个中年人在屋内对坐，进行了一夕长谈。容闳向唐才常讲出了自己的一生经历。阅人历事颇多的唐才常，听后也唏嘘不已，感慨万分。这个老人自觉可能来日无多，所以他用了回忆这把刀子，忍着痛一片片割下自己的过往生命记忆，其中有那么多苦难和挫折，它们都被老人炙烤了拿出来，给这位忘年之交的后辈品尝，只为了让他在黑夜中摸索前行时，有一双更明亮的眼睛。

容闳可以看成是晚清历史时空的一个景深。要是关注这位古稀老人的一生，可以从中看到两次鸦片战争、太平天国运动、洋务运动、官费留美、甲午战争、维新变法、勤王举事、反满革命，以及后来的辛亥革命。这个传奇人物或者直接接触，或者间接见证了所有的晚清重大历史场景，通过他，完全能窥视到那个大历史的全纵深。

唐才常静静听完了容闳对自己漫长一生的回顾，对这个为了祖国虽九死而不悔的老人，产生了深深的敬意。他也对容闳讲出了自己与谭嗣同、梁启超、康有为和孙中山诸人的交往，以及举事勤王的想法。并请求容闳前往新加坡，面见后者的老朋友康有为，说服康接受与孙中山合作的建议，容闳欣然允诺了。

看着这位英气内敛、目光坚定的年轻人，容闳老先生感到一丝欣慰。他突然想到什么，于是问唐才常："唐先生，老夫有一个疑问，不知该不该向你提出来？"

"前辈言重了，您有什么问题，晚辈一定知无不言。"

"好，老夫就不客气了。我新近读到一个叫尼采的德国人写的书，里面有一句话，让我心有戚戚，是以今天拿来与唐君分享。这句话是：凝视深渊过久，深渊将报以凝视，缠斗恶龙过久，自身亦变为恶龙。我在想，我国史上有那么多英雄，刚开始都是因为怒天下之不平，起而为万民争活路、讨公道。但他们中的成功者，在得到大位之后，又无不变成新的肉食者，去尽吸天下民脂民膏。我观唐君，乃人中龙凤，你意欲举义旗于万夫，率领豪杰去逐鹿中原、问鼎江山。可是，你想过没有，你们功成之日，是否真的能够避免重蹈覆辙，不从屠龙少年变成新的恶龙？老夫出言不逊了，唐突之处还请你多加原谅。"

唐才常一听之下，立即坐直了身体，当胸一揖："前辈所言，其实也是我想过的一个问题。"激动起来的唐才常，干脆站起来，在室内一边踱步一边说话。

"晚辈在一篇题为《论公私》的文章里，曾经道出了我对这个问题的思考。我在文中写道：五洲之国分三等，君主，民主，与君民共主，亦即君主立宪。君主之国近于权力一家私有，民主、君民共主之国近于权力公有，譬如美利坚与英格兰，此二国皆前辈您所游历，无须多言。唯自古以降，我中华历代共主一尊，不生异议，故中国者，家天下也。我欲起之事，即以君王一家之私权，归之丁公，以国会维持之，以议院是非之，以法律衡量之，以舆论鞭挞之，以公众监督之。如此，虽我辈心性之渊中，亦可能有潜藏之恶龙，却也无法像以前一样兴风作浪了。不知晚辈这番自剖肝胆之言，是否能令前辈满意？"

容闳听了唐才常的话，也站了起来，紧紧握住唐才常的手，说道："如此，不只足下勋业可期，中国未来亦可期。我已老矣，唯愿有生之年还能看到一个民主共和的中国，在世界的东方出现。"

说着，容闳走到窗边，向北风呼啸的窗外看了一眼。黑沉沉的冬季黄浦江上，只有靠岸的星点船火在瑟缩中闪动。

"今晚的风真大，恐怕江里又要翻掉几只民船呢。"容闳老人像是自言自语似的嘀咕道。

火树银花闹元宵

从香港筹款归来的华浩，在上海与唐才常和师中吉分手后，返回武汉，继续进行会党联络与自立军组织活动。

庚子年的正月，大清光绪二十六年开端，又是西元新世纪的第一年。

这个注定将大写进历史的一年，开年与寻常年份并没有什么两样。这个古老国家中的人们，正按照农耕文明的传统习俗，欢欢喜喜地过着大年。从除夕到正月十五，元宵夜让这个长长的狂欢节，到达了最后的高潮。这个夜晚，城镇里的人们不分长官庶民，男女老幼，都上街观灯，一起辞旧岁迎新春，汇集成万众狂欢的人潮。

有人说，元宵节这个中国的传统节日，之所以非同一般，是因为在漫长的帝制年代里，几乎每个王朝的官府很多时候都实行城市宵禁法令，以克服黑夜降临后对人民控制难度变大这个问题。一更暮鼓响，夜间出行禁，所有街道上的人必须回家，城门关闭。城市变成监狱，房屋如同牢笼，人民成为囚犯，更夫就是狱卒。然而，每年元宵节前后几天，代天子牧民的官府都会主动解除宵禁，好让治下的人民松松绑，舒口气，高兴上一阵子。不仅如此，元宵节期间，上街观灯游玩的人们，还能暂时忘掉官贵民贱、男女大防、长幼尊卑、城里乡下这些日常界限。

元宵节的头两天，华浩就从汉口过江来到武昌城，办完事后，打算元宵晚上在城里看灯。

华浩尽力交结的，不仅仅是江湖会党，他还在张之洞创办的武昌湖北新军中广交朋友，发展自立会员。因为他和武昌武备学堂中那些志同道合的同学之间一直保持着密切关系，在他和诸同志的努力下，武昌新军中秘密入会的士兵和下级军官正在日益增多。

华浩将自己发展自立会的工作，通过书信向唐才常做了秘密汇报，这让在上海的唐非常高兴，后者又设法告诉海外的康有为和梁启超，并促请康有为加紧汇出他早已允诺的巨额华侨捐款，以襄自立军在长江中下游的武力举事。

尽管华浩在这个元宵夜的观灯，主要是想让自己绷紧多时的神经稍稍放松一下，但他还有一个心思，就是借机观察武昌城当日的城防警备情况，以做未雨绸缪之计。当然，他不会将这个想法告诉今晚做伴赏灯的两个年轻朋友，云卿和雪丫。

因为频频光顾湖南会馆的缘故，华浩已经和刘幺叔的女儿雪丫混熟了。刚好雪丫今天过江来她姨妈家走亲戚，晚上也想在武昌城里看元宵花灯，三个年轻人就早早约好一起赏灯。

其实从昨日起，武昌八个城门内外的各条大街上，已经悬挂了很多架绢制彩画人物宫灯,以大东门和小南门为最多。这些花灯都是各街的商家共同出款请作坊制成,灯面上的工笔彩绘人物画,均是重金请了名家所绘。到了傍晚,每架宫灯内燃起十多根蜡烛,照得灯罩上的彩绘人物,一个个神采奕奕,飘然欲飞,看得众人如痴如狂。少女雪丫,此时也高兴得手舞足蹈,完全忘了出门前她老子刘幺叔的训诫——姑娘家,要有个姑娘家的举止模样,莫在外面指手画脚的,惹人笑话。

三个年轻人并肩走着,华浩在中间,雪丫在左,云卿在右。华浩趁了雪丫只顾着看宫灯,偷偷盯着雪丫瞧。那一张灵光流拂的少女脸庞,在满城灯火的映照下,简直惊为天人。姑娘满头青丝衬托着她白嫩的脸蛋,就好像一朵飞来的乌云,轻轻咬住了小半轮皎洁的月亮,把个华浩看得如痴如醉,浑不知今夕何夕,人间何处。云卿注意到好友呆若木鸡的样子,掩嘴偷偷笑了一回。

雪丫突然转头问华浩:"日本人过不过元宵节啊?"

华浩赶紧收敛住眼神,一本正经地回答:"日本人也过的,他们不叫元宵节,叫小正月。明治维新之后,日本废除了农历,所以小正月就固定在公历一月十五日这天了。"

雪丫又问:"那他们看不看灯展呢?"

华浩说:"他们也搞灯祭的,不过好像没我们这么大张旗鼓的。倒是他们举行的火祭,让我印象深很多。晚上架起火柱后,日本人将正月家里装饰的门松、注连绳和新年试笔的书法字等东西,统统放到火柱下点燃,希望借一把火将灾厄、疾病、厄运一烧而光,图个开年好彩头。"

云卿点点头:"十里不同风,百里不同俗。这东洋人虽习我汉唐文化千年,却也因与我华夏中国隔了大海,自然是风俗有别的。"

三个人正讲着走着,忽然前面一阵喧哗。原来是几个闲人,正围着街角正在乞讨的老乞丐嬉笑起哄。等三人走近,那帮明显喝多了的闲人,已经东倒西歪地离开了。华浩见那白胡子老丐有点儿古怪,他面前地上摆着一个乞讨用的破碗,身上穿的却是一套质地上乘的华贵衣服,只不过那衣服已经脏兮兮的了。华浩一摸口袋,寻到几枚找零的铜板,放到那碗里。三个人继续往前行,等走得离那乞丐远了,云卿才神秘兮兮地对华浩和雪丫说:"这个老头儿啊,最近在武昌城里可是颇有点名气的人,我从教习鞠先生那里听过他的趣闻。"于是,云卿一边走,一边给两人讲出了这老乞丐的故事。

话说，这个有点儿耳聋的老乞丐，有天正在乞讨，忽然面前停下一顶轿子，从里面奔出一个穿着五品官服的人，对着他一番仔细端详后，上前一把抱住，带着哭声叫道，爸爸，我找了您好些年，您老人家怎么穷困到这个地步了，完全是我这不孝之子的罪过啊。老乞丐知道这官儿是认错人了，但见他衣着光鲜又有仆人跟着。眼珠一转，就说，儿啊，为父已经老糊涂了，以前的事情都完全记不起来了。这个官儿于是欢喜地认了老乞丐为父，接他到家，又让仆人把老乞丐梳洗打扮一番，并用各种好吃好喝的给他调养了一阵子，老乞丐此时已经俨然一副老太爷的模样了。

那官儿一天对老乞丐大声说，儿子一直没有好好照顾您老人家，今天我们一起到城里去，给您买一些像样的衣料，再做几身衣服，然后就请您随我去外地赴任享清福吧。又说，父亲耳朵不好，到绸缎布料店里，拿衣料请您过目时，您就只管摆摆手，不要说话。免得我们父子高声大语的，惹那庶民百姓笑话。老乞丐听后答应了。

官儿带着穿了鲜衣华服的老乞丐，乘两顶轿子来到武昌城里最有名的绸缎庄，对店主说：我今天和父亲是来替我妹妹准备嫁妆的。店主连忙殷勤接待。官儿挑了很多昂贵的衣料，每件都恭恭敬敬地请老乞丐过目，老乞丐每次都摆摆手不说话。官儿做出为难的样子，对店家说："家父好像对这些面料都不太满意。但舍妹意下如何还不得而知。不如我拿回去，让她看看再做挑选。虽然贵店离本官下榻之地不远，但家父年老行动不便，就让他老人家在此稍等，我片刻之后即归。"店主连忙点头答应了。谁知那官儿领着捧了一大堆昂贵衣料的仆人，出门坐轿离开后，就此一去不返，店主追问老乞丐，才知道双方都上那个假扮官员的骗子的当了。从此这老乞丐，就每天穿着一身脏兮兮的好衣服上街行乞了。

雪丫不等云卿讲完，已经笑得花枝乱颤了，华浩也哈哈大笑着说："看来，这官员认人当爹的好事，还是小心点儿，当官爹有风险，慎之，慎之。"三人又笑了半天。

华浩又问雪丫："听德生说，你在汉口教会办的医院里做事，你爸爸好开通啊，能让你帮洋人做事。这要让湖南老家的人听到了，怕不被那一群守旧之人骂死。"

雪丫一翘嘴，说："我和我爸，才不会在意乡下那些胡言乱语。我在仁济医院当女部护理，原是有一个因缘的。我小时候刚来汉口不久，就得了一场急病，请郎中号脉开药扎针请神都不管用。眼见我人快不行了，有街坊让我爸送去教会医院试试，那医生嬷嬷一连守了我三天，把我从鬼门关拉了回来。我爸连连感谢那洋人医生嬷嬷，她对我爸说，希望孩子大了，还来这医院做事，把善心传给她更多的同胞。所以我后来就去那家医院做事了，只可惜，那位医生嬷嬷几年前就生病去世了。"

说完，雪丫咬着嘴唇，一双大眼睛开始闪现晶莹泪光。华浩不忍心见她这个样子，想逗她重新开心起来，就连忙说："这医生嬷嬷是好人，她去天堂当天使了，你就不要难过。哦，对了，你不是在学英文吗，讲几句给我和云卿听听好吗？"

雪丫又破涕为笑了，她有点难为情地说："不行，不行，我讲得不好会让你们笑话的。"

华浩说："既然你不愿意讲，那我就考你两个英文词看看吧。"于是华浩拿腔捏调地说了一个词："格拉波林坎。"听得姑娘瞪大了眼，一双黑白分明的眸子转啊转的，就是想不出华浩说的是个啥词。华浩又发音古怪地说出另一个词："奈斯康怀斯卜。"雪丫听了还是没辙，只好老实请教华浩讲的是什么，怎么她从来都没听过。

一旁的云卿，知道机灵鬼华浩又在搞怪，也没有戳穿他，只是笑而不语。华浩憋住笑说："前一个词嘛，是眼镜，后一个词是枕头。"

雪丫叫了起来："眼镜就是格拉西斯①，枕头不是批娄②吗，你说的那些是个啥鬼东西啊？"华浩哈哈大笑着说："眼镜，不就是——'隔了玻璃看'，枕头——'内是糠外是布'。"他模仿洋话的发音，把这两个自己胡乱编出来的词，又怪声怪气地念了一遍。知道自己被作弄了的雪丫，噘起小嘴，又羞又怒地说："哼，人家以为你说英格里希，原来你说的是清格里希，你骗人，真是坏透了！"

三个人说笑之间，突然听见满街的游人中，有人在叫华浩的名字。一看，原来是他的两个好朋友，住在武昌的戢元丞和刘问尧。

这戢元丞也是公派留日学生，梁启超和孙中山在日本举办红叶馆饯行

---

① 英文 glasses 的音译，意为眼镜。
② 英文 pillow 的音译，意为枕头。

宴，为唐才常和华浩他们回国壮行时，戢元丞当时也在座。他随后受孙中山委派，也回国协助唐才常诸人举行自立军起义，出力甚多。他原来在日本就与华浩相熟，现在更是成了华浩的好友兼会中心腹。而另一位朋友刘问尧，是武昌城内一个官宦子弟，因为小时出过天花，脸上有一些浅色麻斑，所以绰号刘麻子。他虽然不是自立会圈内的成员，却也急公好义，很是热心快肠，因此与华浩一帮朋友颇为交熟。

大家意外相遇，都很高兴。戢元丞兴奋说道："我们刚才还和田家兄弟在一起逛。后来走散了，没想到在这里又遇见你们。"戢元丞说的田家兄弟，也是自立军中的两位骨干成员。

刘问尧笑指着华浩说："难怪最近我老见不到你，原来你这家伙是重色轻友，守着一个绝色美人，都不愿见我们大家兄弟了。"

大家哈哈大笑，把个雪丫羞得飞红了脸。刘问尧忙又说："我刘某唐突佳人了，该掌嘴，该掌嘴。这样吧，我请大家吃武昌城有名的臭干子，各位意下如何？"

几个人来到路边一家露天小吃摊。元宵节里，这家的生意太火爆了，他们只找到几个小板凳，避开人多的地方坐了下来。刘问尧叫上云卿、雪丫去摊主的锅边，和众人等待新炸的臭干子，华浩趁此机会悄悄问了戢元丞最近在武昌发展自立会成员的情况。

戢元丞低声说："你让我多在武昌的湖北新军中活动。前些天我和田家兄弟一起，跟随一位已发展成自立军同志的军官去鹦鹉洲，偷偷观看了湖北新军中除张之洞亲军营外各军的操练。我在操场上看见，约三五千兵士拿着长枪正在做日常操演。远远望去，煞是可观。我等来到操场边，围绕操坪走了一圈，走近官兵时，发现在操演的不少官兵，在认出我们几人后，都暗中打出特殊手势，可见这些人都已经归附我们自立会了。"

华浩点点头，叮嘱戢元丞一定要注意保密。

两人正在说着，刘问尧他们几个端着几盘刚出锅的臭干子走来，顿时香气扑鼻。看着这几盘外表黑黢黢的臭干子，上面淋满了鲜红的辣椒酱，还点缀着绿的葱花、白的蒜蓉，华浩、云卿和雪丫这几个喜吃辣味的湖南佬，都禁不住口水直咽，食指大动。众人一人端一盘，嘻嘻哈哈地开吃起来。

武昌名小吃臭干子最大的特色，在于其辣椒酱，是由当地的茶油、麻油和特制的卤水，拌以小米椒腌制而成的。而主食材豆腐，是用石磨磨成豆浆，然后制作而成的细嫩鲜豆腐，再油炸成豆腐干，裹上生石灰腌制之后，拿来煮熟淋上辣椒酱。这武昌的豆腐干，内嫩外脆，鲜香热辣，一口咬下，汁液四溢，让舌头美得都想回头去舔一舔自个儿的魂了，所以吃过的人都回味无穷。

几个朋友说笑之间，华浩又向戢元丞、刘问尧二人把刚才听云卿讲的那个一身上乘华服的老乞丐的故事讲了一遍。刘问尧笑着说，最近他也听到北方官场上一个刚发生的精彩故事。众人忙催着他讲，这刘麻子哼哼唧唧的，吊足了众人的胃口，才开始讲出来：

"中原某巡抚，因一件案子惹了太后之怒，或将获罪，尚未降旨。该巡抚正打算花大钱运动上层。突然听到有数十人住进城外某寺庙中，皆是北京口音，但都深居不出，巡抚疑心是朝廷派了特使来秘密调查他和下属们的事，于是一城官吏无不恐慌。

"这个寺庙所在地的县知事，派遣一个能干的差役前往寺庙外，偷探来者究竟是何人。差役在庙门口守候到第三日清晨，见寺门开了，一个太监打扮的人手提酒壶走了出来。差役马上尾随其后，到了某酒店中，见那太监买酒后出店。差役赶紧上前作揖施礼，说：'老爷来取酒吗？'

"太监怒视不语，匆匆赶回庙里。第二天差役又看到这个太监提壶出来，就跑到他面前，说：'老爷将壶交给我。去酒店买酒，小的可以代劳，何必老爷亲自前往。'

"太监起初不肯，经差役再三打躬作揖说好话，太监才将壶交给差役，代替他取酒。从此差役数日代劳取酒。一天这太监出庙门，却没有携酒壶，差役远远跟着他到酒店，见太监一个人在自斟自饮。差役进店凑上前去同饮，两人随饮随谈，渐渐熟些了。差役悄悄问道：'内爷您来此地，伺候的是何人？'

"太监低声说：'我的主人乃是端王之子，朝廷的大阿哥。'

"差役一听大惊，问道：'大阿哥乃是我大清国刚立不久之储君，何以来此？'

"太监说：'因尔省巡抚，在某案中得贿枉法，二圣为了历练新储君，派得力侍卫大臣陪伴吾主人大阿哥，秘密出京来访察。如果属实，吾主归京，尔地巡抚之罪，杀头抄家还是轻的。所有涉案的官员，亦将严惩不贷.'差役惊得酒杯都差一点儿从手中掉落。

"太监说：'你一人知道就可以了，万万不可告诉他人，倘若泄露，我性命难保，切切谨记！'

"差役等到太监返回寺庙，急急跑回衙门，向县知事禀告，县官也大起恐惧。不到两天，从巡抚到以下各级官员，尽知此事，众人无计可施，想到唯有重重行贿，才可免去牵连之罪。

"于是众官员都端整衣冠，前往该寺庙拜谒皇储大阿哥，车马轿辆，一时喧闹庙外。差役上前叩门不应，却听见里面传来'啪——啪'的鞭打声和一个人的呼号哀求声。那哀号声渐渐听不到之后，好一阵子都没有动静。寺庙外的官员们这下更紧张了。

"这时庙门忽然开了，两个穿大内黄马褂的带刀侍卫，抬了一只大箩筐出来。筐内有死尸一具，血肉模糊，地上立刻滴出了一溜血。差役追上去一看，死者正是和他交熟的那个太监。差役跑到县跟前，禀告打死太监的事。众文武官员都吓得瑟瑟发抖，于是趁那庙门未闭，抢进了山门，齐齐跪下，用膝盖爬行而前。一个约四五十岁的侍卫内大臣，珊瑚顶，孔雀翎，黄马褂，精神抖擞，站立在庙堂中，左右分列两排带刀侍卫，个个都威风凛凛。见众人来拜，那侍卫大臣用手一指台上端坐着的少年说：'爷在此，可行礼。'

"众官连忙拜见，但见少年身着五爪正龙的超一品龙袍，一脸的倨傲之色。他微微欠身，低语了几句。众文武听不清他说的话。侍卫大臣向众人说，爷明日即回京去。

"众文武唯唯谢恩，跪着爬行退出。当晚，巡抚派心腹来到寺庙，献上黄金万两，这是他连同所有涉案官员集齐的贿款，以求免罪。次日天明，众官前来送行。大阿哥临行时，忽然掷下一个纸封于某巡抚面前，令他回到官署后才能拆看。

"等到巡抚坐轿慢慢返回城里衙门，拆开纸封一看，见巨幅大书'领谢'二字，方才知道受骗了。他急忙遣人追赶，却到哪里去找。"

大伙听得惊奇不已，戢元丞摇摇头说："这才一个假的大阿哥，就轻易敲诈到黄金万两，京城里那个真的，会有多少大官儿上门行贿'孝敬'？"

华浩笑笑，说道："别看端王父子现在权势熏天，将来会怎样，还真

195

的不好说,历朝不是有蔡京父子、严嵩父子故事在先吗?恐怕到时候一样地活活饿死,也未可知。"

云卿听了华浩的话,吓得脸色煞白,连忙用两指压住嘴唇,向华浩示意说话要小心。华浩这才没接着说下去。

吃罢臭干子,华浩等三人与戢元丞、刘问尧分手道别,又继续逛了下去。

三人随观灯人流走到城里的一个路口附近。突然前方人潮轰然大响,人们纷纷后退,如同潮水拍上大堤后的回浪。华浩见状,赶紧拉着雪丫,三个人急忙挤到街边,找一家打了烊的店铺屋檐下站了,想看个究竟。但只见到远处汹涌人潮的头顶上,两条巨大的龙灯在空中激烈飞舞,且相互搏击,后来又厮缠在一起,激起火化飞溅。人群中似乎还有喊打喊杀声、惊叫哀号声。

一旁也站了个躲避拥挤人群的老者,对着华浩三人说:"唉,这两起玩龙灯的人,每年的元宵节这天就来打架,没有哪一年安歇的。"华浩问那老者到底咋回事,老者介绍说,这两伙舞龙灯的队伍,一支来自大东门外的庶民,一支来自小西门的种田人。他们借玩龙灯进到城里游行,不管到何处,两伙人一碰面就开打。有人说龙性好斗,所以如此。我看就不要冤枉龙王爷了,不就是两帮人中混入流痞,性好逞勇斗狠嘛。加之有人挟私寻仇,故殴伤毁物之事年年发生。老者说罢,连连摇头叹息。

正说到此处,雪丫眼尖,指着打架人群的上空叫道:"看,那两条龙灯又分开了。"几个人看过去,只见几根高高竖起的大竹竿正在用力挥舞,硬生生将两条火龙驱赶着,彼此分开。老者说:"这必定是武昌衙门派的衙役,持竿弹压,要逼停那些斗殴之人。"

华浩听到人群中,隐隐传来军队的威严号令声和整齐的行进步伐声,于是嘱咐云卿保护好雪丫,自己循声挤进人群,想看个究竟。

等挤到人群圈子的内缘,华浩见到一队清兵,正列队站在两伙龙灯队伍之间,隔开了汹汹打架斗殴者。士兵们平端着步枪,穿一色深蓝的军装,应该是驻扎武昌的湖北新军。带队的军官是个精壮汉子,一双犀利的眼光不停扫视人群,当他看到华浩时,愣了一下。华浩借了龙灯忽闪的火光,看见那军官向他眨了眨眼,做出一个难以察觉的手势。华浩认识此人,他是新军威字营的王统领,新近秘密加入了自立会。

大清国借以粉碎一切反叛的国家暴力机器中，原来也悄悄存在着革命者的零部件。

四目相对片刻，华浩向那王姓军官微微颔首致意，然后转身挤出人群，回到了雪丫和云卿身边。

在送雪丫返回到她姨妈家之后，华浩又和云卿一起，朝两湖学堂的都司湖方向走了好一阵。

夜空里那一轮又大又圆的月亮，静静地向大地洒下清辉。两个好朋友在月光下默不作声地走着，长久没有交谈。华浩已经知道，云卿不会成为他的同志，但这并不影响他仍将云卿视为兄弟手足。毕竟，有人去逆天改命，就有人顺天认命。前者或能侥幸重新去定义历史，但更可能死于非命；后者就要默默掩埋前者，然后记下历史，并完成人类繁衍的使命。

在两湖学堂门前分手时，华浩送给云卿一件礼物，一把精致的日本小刀，那是日本友人平山周送给华浩的两把刀之一。另一把刀华浩已经送给雪丫了。给云卿这把的刀柄上面，刻着几个字：

敬天爱人。

也许，华浩的这个礼物，是他在潜意识中，对从小一起长大的好友云卿的一个暗示——万一将来我有任何不测，至少还有你，记得曾经有我这么一个反抗过命运的朋友。

那一夜，投宿朋友家的华浩睡得很沉，很安详。而云卿却在学堂宿舍的床上辗转难眠，他在黑暗中想了很久，很久。

同样难以入眠的，还有少女雪丫。

"老洋人"杨格非

华浩挑了一个天晴的日子，来到汉口花楼街英国传教士办的仁济医院。

这家坐落在英租界里的教会医院，是由几栋二层小洋楼组成的。墙壁刷成白色，方尖形的四面斜屋顶是黛青色瓦片，很是清爽干净。华浩在端详打量中，走近这家医院大门，只见雪丫一身束腰的护士连衣长裙，白衣如雪、笑意盈盈地出现在门口。她今天是和华浩约好，领他来参观自己工作的医院的。

虽然雪丫今天不当班，但她仍然特意穿了一身洁白护士装，头戴护士帽。当她突然出现在春天的纯灿阳光下时，把个华浩看得惊呆了。雪丫的嫣然一笑，让华浩顿时觉得天地间的阳光，突然都亮得让人睁不开眼睛了。雪丫也被华浩看得不好意思起来，亭亭玉立、身体站得笔直的她，微微低下头，踮起脚，一双脚后跟左右轻轻晃动了两下，然后又向华浩行了一个优雅的屈膝礼，就咯咯地笑了起来。

雪丫领着华浩走进大门，只见院子里小洋楼四周，种了不少植物，其中的灌木丛被修剪成行，夹出楼群之间的小径，依稀有英式花园的风格。间或有中外医护员工进出建筑物，都向雪丫和她的朋友点头致意，或者轻轻招呼一声"格瑞丝"，他们大多会飞快地打量华浩一眼，然后心照不宣地微笑走开。看得出，雪丫在这里的人缘很不错。华浩随着雪丫，在几个男病房和治疗室之间看了一圈，见到住院的病号都是中国人，只有两个是西方人。为了不打扰医院的工作，他只在几处门口略略观望片刻，就走开了。

华浩此行的目的，是为即将到来的起义，秘密考察战伤救治的场所。他在日本当武备留学生时，曾有军医学校的日本教官被他就读的预科学校校长藤原幸次郎请来做讲座，介绍过现代战争的医疗后勤，这让华浩印象深刻。晚清西方传教士在汉口办的几家西医院，比如仁济、普爱，成了华浩留心考察的对象。不仅因为救治规模与外科水准，而且还有它们的中立性质。毕竟到时候，出现了成规模的伤员，不可能统统都送到跌打损伤郎中的小诊所去吧。

从小楼里出来，华浩和雪丫肩并着肩，沿了灌木夹道的小径往医院门口走。远远听见门外有人在大声讲话，声音抑扬顿挫的，听着像是有人在那里布道。雪丫说："这又是杨格非老先生在街上传福音了。"华浩问："是不是那个传教士杨格非？"雪丫笑道："对啊，就是那个英国的老牧师，他也是仁济和好几家医院的创办人。来中国几十年了，喜欢在街上给人们讲福音，劝人信教。不光对中国人，连洋人水手他也去劝，你看到病房里住的两个英国水兵，其中一个原来不是教徒，就硬是被他劝得入了教。"

华浩好奇地问道："这个传教士，就那么厉害吗？你是不是也信了教？"

雪丫摇摇头说："我没有，我爸不让。他送我来医院服务时，就和院方说好了，不让我入教。所以听布道做传福音活动，我可以不加入的。但我参加教会的圣诞节庆祝，那天好欢乐的。"

待两人走近医院大门，只见门口进来了一个年约七旬的西方老者，个子不高，留一大绺白山羊胡子，看上去精神头十足。雪丫对他低头施礼，称杨格非先生好。并向他简要介绍了来参观的同乡华浩。华浩也欠身致意。杨格非见到雪丫，顿时脸上笑开了花，他用一口带了江浙口音的官话对华浩说："你的这位小老乡朋友，在这里可是我们众人眼中，神的宠儿呢。她的笑声，是我在这世上听到的最美声音之一。年轻人，请原谅我这个老头子的直白。"说罢，杨格非哈哈笑了起来。

雪丫顿时就羞得低下了头，华浩微笑看着同伴脸上泛起的一抹绯红，心想这老传教士可是真够直率的。

杨格非又对雪丫说："格瑞丝，你介不介意我借你的这位英俊朋友一下？我想邀请他来我办公室喝杯茶。"雪丫点点头，又看了华浩一眼，就飞快地跑开了。

杨格非领着华浩上了一栋小洋楼的二楼，来到一个房间，从敞开的窗口，可以俯视医院外的街道，再过去就是波浪般延伸开去的低矮民居屋顶和远方河畔刺破天际线的无数根泊船桅杆。

宾主开始坐下品茶。杨格非看见华浩因为茶水太烫，没有急着喝，就打趣地说："我有一次去你们湖南，和几位当地朋友见面，我让人奉上茶，有位新结识的中国朋友连碰都不碰那杯茶一下。后来，我从旁人那里才得知，他听说茶里可能有迷药，喝了便会被传教士变成基督徒的。"

讲完，杨格非放声大笑，华浩也不禁莞尔。

杨格非问道："年轻人，现在请你告诉我，你在我的医院里可曾见到什么有趣的情形？我这个人成天喜欢上街与人交谈，也许错过了不少发生在医院的好玩之事呢。"

华浩笑笑说："这是我在汉口所见最整洁有序的医院了。我倒是没有见到什么有趣之事，只是有点儿好奇，在病房里看到有两个年轻的英国人，头上、胳膊上扎了绷带，不知道他们发生过什么事故。"

杨格非："哦，那两个可怜的家伙，他们这些年轻水手在海上漂了太久，一上岸就喜欢胡闹发泄，喝醉后竟然和一群中国人互相殴打起来，结果惨到可能让他们的亲生母亲都认不出来了。算他们幸运，我这专为中国人办的医院也让他们沾了光。不仅救治了他们的伤，还让其中一个不是基督徒的水手皈依了上帝。买一送一，治身体送灵魂，这家伙划算得很。"

杨格非说完，仰面笑得山羊胡子一翘一翘的。华浩却想起在日本听到的甲午战争前清朝水兵在长崎砸妓院、打群架的故事，不禁也笑了起来。

华浩问："老先生，您来中国传教，为何想到要在此地开医院呢？"

杨格非沉默片刻，开口道："我此生悟出的一个重要信念是，没有解决身体上的疾苦，就不能解决精神上的疾苦。我出生在英国威尔士的一个海港城市，早年家附近的街道污水遍地、瘟疫流行。八个月大时，我的母亲死于霍乱，十八岁时，我的父亲也因霍乱去世了。所以，我从小就对医疗卫生之重要性，有了比普通人更痛苦的认识。来中国传教几年后，我发现中国人首先需要的，不是上帝，而是医生。"

华浩说："在下于日本留学时，注意到日本在如此短的时间内，能够取得巨大进步的原因，不是宗教信仰的引进，而是政治变革，也就是明治维新。因此可不可以也这样说，中国人首先需要的，不是上帝，而是好的政治？敢请老先生明示。"

杨格非微微一笑，说："中国不同于日本之处，在于日本人好比一幅纯色的绢帛，还可以在上面画出新的图画来，比如临摹出西方文明；而你们中国人，却早已经是一幅画得满满的长卷。因为中国是一个有着伟大的原创性文明之国，当孔子为你们创造出礼制精神时，我们英国人还是一群没有开化的野蛮岛民。但是，现在问题来了，当西方文明赶上来之后，要想让中国这个曾经引领东方文明上千年的精神导师，去重新向别人学习，会变成一件极其痛苦和困难的事，这就是你们中国与日本不一样的地方。日本人用了就成功的方法，你们中国人未必就能成。既然如此，何不试一试宗教信仰这个途径？我认为，唯有信徒的坚忍不拔，才有可能破除先入之见的千年坚冰。"

华浩表情严肃地说："老先生的信仰追求，如水滴石穿，铁杵成针，在下十分钦佩。我听说西方信徒起建大教堂，动辄要费几百年工夫，其志固然可嘉。然我华夏中国，眼下却是内忧外患，国运殆危。如果用了你们西人建大教堂的速度，去拯救吾国于水火危难，无异于去与山比寿，而人寿几何？等到河清海晏之日，恐怕我华夏子孙几无噍类矣。"

杨格非点点头："这倒也是。你们有一个伟大的国家，有一群伟大的人民，有能力取得至高的成就。你们需要的，是一个好的政府。上帝的归上帝，恺撒的归恺撒。政治家与宗教家各有抱负，各行其道，也并无不妥。但政治操作如猛药，见效固然快，却也易令人非死即伤；而宗教信仰如缓药，见效慢，却有来日方长之功。是以聪明的政治家，皆对宗教有敬畏礼让之心，比如你们的湖广总督张之洞大人。"

说到这里，杨格非拿起桌上的一本新书，继续道："我前不久在为张之洞总督的那本《劝学篇》英文版写序时，对你们总督大人在'非攻教'一章中，劝诫中国人对基督教要持宽容态度，表示了极大的钦佩。一次有个本地中国绅士邀请我和另外两位教士赴宴，宴席上有位客人还是张之洞总督的外甥呢。我想，总督对他的亲友接触基督教，也会有一种宽宏大量的态度，这才是泱泱大国的胸襟啊！"

杨格非话锋一转："再者，如果说基督教非本土宗教，佛教不也是外来的宗教吗？想那伟大的唐太宗，如果将西天取经归来的唐僧，视为异端邪说的祸水东引者，那么佛教早就在中国灭绝了。所以，海纳百川，才应是人类所有伟大时代的共同特征啊！"

华浩脸上现出他特有的调皮笑容："可是，老先生，您知道那唐僧取经归来之时，后面并没有跟着一帮鸦片贩子啊。如果大唐人民都躺在长安城中的大烟馆，一个个云山雾罩地猛吸进口鸦片，那大唐盛世不是早就灰飞烟灭了吗？"

华浩刚才已从雪丫那里得知，杨格非一向是强烈谴责英国对华鸦片贸易，也极力劝诫中国人吸食鸦片的，所以才故意讲出这个话题，和杨格非开个玩笑。

果然，这老洋人立刻气得满脸通红，连连说道："耻辱，耻辱！我从来就在对这个世界，包括我的祖国英格兰大声呼吁——鸦片贸易是不道德的，也是英格兰这个名字上一个可恶的污点！"

华浩紧接着说："杨格非先生，我知道您是同情深受鸦片荼毒的中国人的，为此我要向您表示我个人的敬意。但英国政府支持东印度公司对华出口鸦片，为此还不惜对中国两度开战，这其实对您和您的教会同道在我国的传教事业，形成了一个巨大的障碍，难道不是吗？"

杨格非仍自顾自地说道："如果林则徐是一个英国人，他就是个与非法走私贩毒集团进行勇敢较量的英雄，而每份英国报纸都会写满了对于他的坚强、勇气与爱国行为的赞美，但遗憾的是，就因为林则徐是中国人，所以他在西方没有得到这样的荣誉。人性是多么地贪婪与无耻，就为了扭转英中两国贸易的逆差，挣到更多的金钱，我国政府就允许贩卖鸦片去毒害另一个国家的人民。鸦片贸易在很大程度上，毁掉了基督教在中国人心目中的形象，这让很多普通中国人对基督教本身产生了极大的蔑视，他们很难区分卖鸦片的英国和传播上帝之爱的基督教。"

讲到这里，杨格非突然问华浩："年轻人，你是一位受过良好教育的绅士，你和你的朋友们是能够区分这两者的，是吗？"

华浩没有料到会来这么一个问题，他听说过杨格非等几个传教士访问湖南却被大批当地民众丢石头，最后只得在清政府炮艇保护下狼狈撤退的故事。所以华浩本来想提出另一个问题，为什么中国民间社会与西方传教活动之间，冲突变得愈演愈烈？用这个话题来与杨格非进行一番讨论，以商榷基督教在中国传播引起的一些现实问题。

比如，西方国家强势保护下的传教活动，导致传教士、教民与地方民众之间的积怨；教权与中国官府和地方绅权之间的相互消长；为什么在中国有官府怕洋人、洋人怕百姓、百姓怕官府的这个循环怪圈；等等。但交谈仓促之间，华浩也无法用几句话讲清楚，只好顺着杨格非的问话点了点头。

杨格非又说道："可笑的是，我国的萨默赛特公爵，竟然在上议院发言抨击传教士，认为英国传教士在华被袭击，致使英国政府不得不出面保护，是找了他们的麻烦。按照他的逻辑，只有给英国带来经济利益的鸦片贩子，才值得英国军舰去保护。他不知道，有一些东西是非常神圣的，它们比英国的贸易更加神圣，甚至比英国不惜发动战争的鸦片膏还要神圣。"

说到这里，杨格非嘿嘿地笑了，显然他很得意于自己用的这个讽刺句子。接着他又讲了下去："人间的统治者们划地为界，互相攻战，只是为了保持他们的世俗权力罢了。江河与大海是没有边界的，它们施惠于所有的生命。神对人类的爱，就如同那江河大海。"

停顿片刻，杨格非像是自言自语地说："我来华已经有四十五年了，很少有哪个西方人，比我这个老洋鬼子更加热爱中国人民。这里有品行端正的非基督徒，有虔诚向善的非基督徒，还有对上帝有敬畏之心的非基督徒。在我已经完成的一本书中，有这样一段话：我现在有一种前所未有的感觉，长江与汉水的各地，已经归在神的名下；至于那些散居在两条壮丽江河岸边，数以百万宝贵的灵魂，我愿为之生，为之死。"

华浩看着对面的白发英国老者，心想，这也是个愿意为自己的信仰献出一切的人。他突然想起了什么，就对杨格非问道："老先生，假设，我是说假设有一场革命在这里发生，您和您的教会医院，到时候将会持何种态度？"

杨格非回答："中立，绝对的中立，我的眼里只有人的生命，而不去在意哪个政治派别的立场。"

他的话，在十一年后爆发的辛亥革命中，变成了现实。清军和革命党的大量伤兵都同时被送到汉口的各教会医院，一个奇迹发生了：在医院里，双方的伤兵非但没有发生冲突，反而出现了伤员们相互帮助的感人情形。

告别了杨格非老人后，华浩与雪丫一起离开了医院。白发白须的杨格非站在窗口，看着阳光下的街道上那渐渐走远的一对年轻人，心中产生出一种祝福的欣喜。

历史的巨足，此时还在时光河岸上悄然行走着。然而，谁也无法预测，它会不会在下一个瞬间，突然发足狂奔，沿路抛弃、蹂踩所有如蝼蚁般的可怜众生。那时，除了神垂怜的目光，那些众生还能有什么呢？

勾栏一曲忆往事

秋娘今天卖艺的地方，是汉口后湖的一家浑茶馆。

唱婆子们私下都把这家有名的茶馆叫白房子。它离红尘市井稍远，环境陈设优雅,粉墙黛瓦,曲廊勾栏,篱笆小径,轩窗小座。这里不似其他浑茶馆那样太过热闹喧哗,却又有清歌美食,所以能够吸引兜里颇有几个闲钱又喜欢附庸风雅的茶客。

在卖唱的间歇里,青衣素布、白粉扑腮装扮的秋娘,在外间等候客人点唱时,喜欢从楼上凭窗向外眺望一片开阔的风景。那里是一个叫黄花地的狭长湖泊,由几百年前汉水改道之后留下的旧河道积水而成,也叫后湖,是汉口北面的一个天然边界。近岸处长满了高秆子野草,这容易让秋娘想起童年的北方家乡,村西头的那个大水洼。

这天上午,大包间里的一群客人,众星捧月似的,尽想着法子讨餐桌上一个老头子的欢心。这坐在上首的古稀老者,捋着下巴上那一缕稀疏的山羊胡子,一派意定神闲的样子。他看人的眼神通常很和善,秋娘却注意到,有时老人的眼睛里突然透出一道犀利的寒光,让人冷不防打个激灵。

那种眼光,一定是在无数次和死神的对视中获得的。秋娘曾经从父亲的眼睛中看见过,那是当年他们逃出小村庄后,在流亡的途中。那时她才知道,父亲原来是个经历了那么多生死杀戮的人。

所以,当秋娘听到客人中有人称呼这位老头儿叫军门大人时,就明白了,这也曾经是一个见惯了沙场尸横遍野景象的人。

老头儿右手边那位中年人是他儿子,身穿的酱色暗花缎袍上绣着练雀,表明了自己的举人身份。这人拿过秋娘递上的点唱折子,顺手点了一出诙谐黄梅戏《闹黄府》。讲的是一个叫杨三笑的花郎,到有钱人府上乞讨,与众丫鬟嬉笑取闹的故事:

　　眨巴眼配瘌痢壳,
　　大西瓜配萝卜花,
　　嗟,古怪的事情就出在他一家。

秋娘在开唱戏文的时候,餐桌上的菜肴已经快上齐了。座中客人们一边吃喝,一边三五交谈着。那个古稀老人看来很有些耳背,坐在他左边的一个花甲老头儿对他讲话时,大着嗓门在他耳边喊叫:"老大人,这次您回武昌拜会张制台,制台大人一定欢喜得很啊。"

他说的张制台,就是湖广总督张之洞。

古稀老人点点头，侧过脸对那花甲老头儿不知说了些什么，两人嘿嘿地笑了起来。

花甲老头儿又说："听我那在织布局当差的内侄女婿讲，制台大人好几次对旁人提到您老捐助巨款、协办洋务的义举，还说，若是两湖乡绅都如您老这般热心捐赞，何愁我大清国的洋务大业不成。"说着，还朝他跷起了大拇指。

古稀老人摇摇手，似乎在谦逊着，脸上却浮现出十分受用的微笑。

这时，又一道热气腾腾的菜肴端上来了，这道紫红色的蔬菜，用切得薄如蝉翼的腊肉爆炒而成，观之茎肥叶嫩，外表泛着晶亮温润的诱人色泽，还散发出一股清香甘甜的气味。花甲老头赶紧给上首的老者夹了一大筷子，说："这是您老最喜欢吃的武昌洪山菜薹了，张制台每年都当作贡品珍肴送去京城给西太后品鲜，您尝尝，是不是脆嫩可口？"

古稀老人闭上眼睛慢慢咀嚼着一根菜薹，然后微微点头，露出满意的笑容。席上众人也轰然欢颜。有个架着铜边框眼镜、师爷模样的人，一边轻轻摇着扇面有字画的竹骨扇子，一边说："这洪山菜薹，世人都说是以武昌洪山宝塔影子投射之地生长出来的味道为最佳，所谓'塔影钟声映紫菘'是也。其实，此言谬矣。"

众人都咦了一声，好奇地听这师爷怎么讲。

师爷慢悠悠地说："真正的上品洪山菜薹，只长在洪山南面山脚下，那几亩芦芽丛生的湿地上。为什么？因为前朝的秋决行刑，就在那里，重罪戮尸是不准苦主收尸的，都扔在旁边的沼地荷塘里了。前明几百年，不知道有多少精壮死囚的血肉之躯化解在那里。到了我大清圣朝，早已经不在洪山南麓行刑，刑场边的水塘多被填为耕地，改种蔬菜，那块地上的菜薹自然就长得特别肥嫩鲜美了。别说菜薹，就连附近池塘的茭白都长得个大精神呢。"

众人听了纷纷称奇。花甲老头儿声如洪钟，压倒了嗡嗡的众声："原来杀人盈野，也是一件功德无量之事。以人血沃土，能长出最好的庄稼。哈哈，我们这些从死人堆里杀出来的老家伙，刀下也不知送走了多少死鬼去肥田。这个世上啊，不是你吃我，就是我吃你。既然命里不该我去肥田，那我就来尝别人肥田长出的美味庄稼吧。来来来，大家一齐吃他娘的！"

众人皆欢笑起来，纷纷伸出筷子，顿时把那一大盘紫红色菜薹炒腊肉吃了个精光。

这时秋娘正唱着诙谐剧《闹黄府》到了这一段：

  昨夜一梦梦得凶
  看见那寿星老儿
  骑在苍蝇背
  一飞就飞到半天空
  朝上看满天的星
  朝下看一地的坑……

花甲老头儿听了皱一皱眉头，对古稀老人的儿子说："贤侄，你这伙老哥哥当年在令尊的帐下，也曾生擒过那太平军遵王赖文光，也曾大战过赫赫有名的捻首张阎王，想那时候是何等的豪气干云。莫嫌老哥哥我今天扫你的兴，贤侄何不为令尊大人点一折武戏，让我们这些个百战归来的老将，再过一过金戈铁马的瘾？"

中年人微笑着说："既是世叔吩咐，小侄敢不从命？"他问那花甲老者喜欢哪出武戏，老者说就点《扈家庄》吧，于是中年人示意秋娘停下来，改唱黄梅戏中这出有名的武戏。

秋娘在唱戏的时候，猛然听到花甲老者高声大嗓地说出"张阎王"三个字，心中暗暗一惊。她随即明白了，这些人正是从前与她父亲在战场上交过手的清军将佐。一想到自己这个战败流亡者的女儿，沦落到给战胜者们卖唱为生，年轻的秋娘心头泛起了一股悲凉之感。她随后在唱武戏时，却用高亢激昂的唱腔逼出了胸中那一口沉郁之气。

  猛听得梁山发兵围山庄，
  英姿飒爽扈三娘！

陡然变得嘹亮起来的唱腔，让客人中的几位禁不住叫起好来，花甲老者也拿手指头和着拍子敲打起茶几，还不停地摇头晃脑。只有那个当主宾的古稀老人，仿佛入定的老和尚，双眼微闭，一动不动。

这群客人吃了饭,听过戏,喝完茶,簇拥着古稀老头儿离开后,秋娘听到一个年轻伙计问茶馆老板,那个被人前呼后拥的老头儿是谁,老板说:"你是有眼不识泰山了,这刘老爷子可是个富过王侯的大财主,他叫刘铁崖,早年投军打过太平军和捻军,升了军门提督,后来解甲回乡,置办下泼天的田地家业,成了巨富。他的家乡地面上流传着这样一句谚语:刘铁崖走州过县,不吃别家的饭,不住别家的店。"

    伙计吐了吐舌头,说:"看上去这么稀松平常的一个老头儿,不说还真猜不出来。"

    老板又说:"他原曾在武昌住过好些年,回乡下后,以前还不时来汉会会朋友,近些年因为年纪高大,不怎么来了。这个老爷可不比寻常富人,他广施善举,修桥摆渡,赈济穷人。下次刘老太爷来,你可要记住了,给我伺候好这位贵客。"

    秋娘听到刘铁崖这个名字,心里又是一惊。多年前父亲在带着她逃亡的日子里,曾经讲过这个人的往事。

    唱完中午场,秋娘返回住处,在巷子口遇上了正等她的李彪。

    原来,打从前年在哥老会为唐才常饯行的酒宴上唱曲子之后,秋娘就跟湖南会馆的一伙人熟络了。一个单身卖唱的年轻女艺人,能够搭上可以保护她的势力,是件足够幸运的事。有一次,秋娘在一家茶馆被几个无赖纠缠调戏、眼看就要当众露体走光,为人粗犷豪侠的湖南汉子李彪,闻讯后跑去出手救了秋娘。他上前对那一帮地痞流氓讲了几句江湖春点的狠话,又只用两个手指尖,就嘎嘣一下碾碎了手中把玩的铁核桃。这个练家子在不动声色中露的一手铁指功,马上就吓跑了那几个市井小混混儿。

    后来李彪又不时主动帮衬秋娘,这让她这个无依无靠的流浪女艺人感念不已。两个飘零江湖的孤男寡女,终于走在一起,偷偷结成了一对露水夫妻——尽管慈利人李彪在湖南乡下已经有老婆孩子了。

    一个孤女,就像一棵风中瑟瑟发抖的芦苇,无处可依,直到遇上一个中年男人的肩膀,这就是秋娘的宿命。再坚强的女人,也有渴望倚在男人肩膀上痛哭的时候。

    两人走进僻静的小巷,从一户连排屋的后门进去,爬上光线幽暗的陡峭楼梯。男人跟在年轻女人后面上楼,眼睛盯着在他脸前不停扭动的俏美腰身。

来到秋娘租住的一间顶层小阁楼。房间里很透亮，屋顶的两块亮瓦倾泻下来的天光，将这方小小空间照得一览无余。喜爱整洁的秋娘，将她栖身的小阁楼收拾得干干净净。

李彪从身后一把抱住秋娘就要亲她，却被秋娘扭身推开，说自己来月事后身子还没有完全清爽，不能和他亲热。

这是秋娘的第一个男人，她很享受这个中年汉子对她的百般疼爱，有时候，却也因为自感身世而神色黯然。她叹了一口气道："可怜我一个干净女儿的身子，就这么不明不白地交给你了。别说不是明媒正娶，就连个偏房小妾的名分都没有，怎么像我这样没有爹娘心疼的人儿，就这般命苦！"

李彪急忙向秋娘说："乖乖亲妹子，你李哥我就是这世上最疼你的人了。别眼馋那些吹吹打打被花轿送进门的婆娘，她们中又有几个，能受用到像我这样对你呵寒问暖的男人？我李彪对天地神明发誓，这辈子我一定好好疼着护着你，啊？"

说着，李彪的双手向下一抄，插进秋娘贴身的红肚兜里，捧起她两团柔软的胸前肉就用力揉搓起来。不想那秋娘疼得哎哟一声，皱起眉头推开了李彪，原来她的左胁下有一片青紫的瘀痕，被情人鲁莽的动作碰到了。李彪忙问原因，秋娘说："今天在后湖的白房子唱完一拨客人，因听到座上有个老头儿，是父亲原来向我提到过的人。这让我下楼梯时走了神，不防被栏杆的柱头撞了一下。"

李彪一边心疼地埋怨秋娘的不小心，一边在她身上的青瘀之处贴上一块跌打创伤膏药，这种膏药练武之人总是随身带着几块的。贴完膏药后，李彪问道："那人是你老子原来在捻军中的熟人吗？"

秋娘摇了摇头，一翻身仰面卧着，双手枕了头，对着情人讲出了父亲告诉她的故事。

原来那刘铁崖，早年是个湖北乡下当篾匠谋生的村民。太平天国西征时，他投军加入了太平军名将赖文光的部队，因为能干得力，不久就被提升为统领几百人的官佐，镇守蕲州城。不想刘铁崖却暗地里联系上清军，他用一封伪造得惟妙惟肖的太平军西征主帅、英王陈玉成的亲笔信，骗得自己顶头上司赖文光的黄州守城主力倾巢而出，在一场河边伏击战中，被刘铁崖的太平军叛众伙同大批清军打得几乎全军覆没，丢了黄州城要地，赖文光只身逃脱。

此后，赖文光重新召集太平军残部，与秋娘父亲张阎王的北方捻军合并，重建了以骑兵为主的新捻军，赖文光被推为大首领。两人结成了八拜之交，并肩对抗清军。而赖文光原来的部下刘铁崖，叛变后成了他和张阎王的战场死对头，在与太平军和捻军的作战中，叛将刘铁崖屡屡主动请战，极其悍勇。赖文光每次对好朋友张阎王提到这个叛将，都恨得咬牙切齿。

几年后，赖文光兵败被俘，被清军主帅僧格林沁凌迟处死。张阎王随后率领捻军设下埋伏阵，全歼蒙古铁骑，杀死僧格林沁，为义兄赖文光报了仇。他却在扑灭了太平天国后的各路清军主力合击下，兵败逃遁，隐迹乡野。

而那个太平军叛将刘铁崖，却因军功一路升职，后来带着多年征战得到的财物解甲归田，成为一方巨富。

秋娘讲完刘铁崖的往事，李彪听了叹恨不已。他猛地摇着头说："天道好轮回，时间一到，这帮狗东西怎么吃下去的，就让他们怎么吐出来。"

秋娘仰了脸望着李彪，问道："你看，这世道是不是又要大乱啦？听茶客们都在说，眼下北方义和拳闹得好凶，不知啥时候会折腾到我们这里来。"

李彪说："你我江湖人有什么好怕的，要怕的，是刘铁崖那些财主老爷。再说改朝换代，也是我们穷人翻身做人上人的好机会，岂不闻那一句老话：王侯将相宁有种乎！"

读过两年私塾的李彪，肚子里没有多少墨水。但喜欢看戏的他，熟知很多古人的戏文，口中偶尔也会突然冒出一两句之乎者也。

秋娘眉角含俏，伸出一根手指头，在情人胡子拉碴的脸上轻轻划了一下，咯咯笑着说："这么说，你终究有当上薛平贵哥哥的一天，我就等着当王宝钏咯。"

早就被春光半泄的情人惹得意乱神迷的李彪，趁势一把拉起秋娘，捧住她的脸蛋一边发狂亲吻，一边说："我的小心肝，只怕你将来的命，都比得上洪武爷的那位马皇后呢。"

屋顶亮瓦之外，悠悠的鸽哨声又开始越响越近。鸽群在蓝天上盘旋着，慢慢飞回来了。

富贵窥人豪客来

从天上往下看，汉口这座城市的形状，就像是一把扫帚。

如果将这把扫帚看成是一个直角三角形的话，它的两根直角的边，就是长江和汇入它的汉水，而长的那根斜边，是从前的汉水故道，现在是一连串湖泊和洼地。

所以老人们有个说法：汉口这个九省通衢的内陆商业中心，有白花花无数的银钱从四面八方滚滚而来，却因为这个长得像扫帚一样的地貌，财富易聚也易散。有个寓居汉口的浙江秀才，还为这个传说写过一首竹枝词：

  上街路少下街稠，卧帚一枝水面浮。
  扫得财来旋扫去，几人骑鹤上扬州。

这首竹枝词里说的下街，就是长江、汉水交汇处包夹成近于直角的一片汉口城区。那里临近众多码头，所以下街的市面繁华，道路密集，永远有着熙来攘往的人流。

和情人秋娘缠绵后出来不久，慈利汉子李彪在汉口下街的地面疾走如风，从一家老字号茶馆里找到了哥老会在本地堂口的坐堂大哥马如龙。

已经五十出头，却精壮利索得不让小伙子的马如龙，经历颇为传奇。少年时他在湖南家乡杀了人，为避仇家投了湘军，去跟随九帅曾国荃的军队打太平天国。他在湘军中就加入了哥老会。太平天国天京陷落后，曾国藩一挥手解散了湘军。出生入死当了两年多湘勇的马如龙，在汉口随军等待遣散回老家湖南时，被人骗去码头边停泊的赌船上赌博，输光了自己的全部财物加上遣散费。第二天深夜他偷偷喊上几个军中同袍溜出营地，蒙面偷袭了这条赌船，还把开赌局的几个人都扔进了江中。翌日，他就随众人坐上遣散返乡的船，帆船沿长江上行不久到一个急转弯处，马如龙跳水逃跑了。洑水上岸后他步行走回汉口，最后设法留在了这个异乡的城市。

三十多年的江湖生涯，让这个只会逞血性之勇的少年，变成了江湖帮会堂口的坐堂大哥。如今的马如龙，已经是个深沉稳重的中年人。他因善用头脑而受会中众人拥戴，被尊为本处山堂的龙头老大。这就是为什么同在哥老会中的老乡李彪突然有了一个发财的妙想，就赶忙来找他商量的原因。

看到满头大汗的李彪，正和两个手下意定神闲地品着茶的马如龙，慢慢放下茶盅，悠声问道："老弟，看你急急忙忙的，有什么要紧的事吗？"

李彪俯身贴近马如龙的耳边，用江湖切口低声说道："我刚打探到一个蛮肥的乡下羊牯刚来汉口，听说这苍才家里有数不完的居米……"

马如龙立刻竖起右手掌打断了李彪："兄弟不要说了，当心被把点的醒攒，我们回河边的会馆再谈吧。"

原来，李彪从湖南会馆刘幺叔那里问到马如龙当天下午在一家茶馆里吃讲茶，给两伙挑水夫化解共用一条通往河边取水巷子的纠纷，所以就径直来此间茶馆找到了这位龙头大哥。

汉口的茶馆、鸦片馆、赌场和客栈，经常有痞棍寻衅闹事，敲诈勒索，有马如龙这样的江湖大哥带手下罩场子，吃讲茶，也多少有助于维持汉口地面的大体安定。

再说马如龙向跟随他的两个徒弟来福、来宝吩咐了几句，然后马李二人起身来到湖南会馆。刘幺叔领他们进到后院一间密室，吩咐德生端来茶水，再让他守在后院入口以免闲人打扰。

三人坐定后，李彪再次提到神秘富豪刘铁崖现身汉口的事，马如龙就微微一笑，说："我很早就留意到这个人了，只不过一直没找到下手机会而已。"

李彪和刘幺叔两个，都不约而同地轻轻哦了一声，听那马如龙怎么讲。

马如龙清了一声嗓子，才慢慢道出刘铁崖巨额财富的来历。

乡下篾匠出身的刘铁崖，在将近四十年前投军参加太平天国陈玉成的西征军后不久，就偷偷向清军投降，骗得他的顶头上司赖文光丢了兵家要地黄州城。刘铁崖也得到了当时湖广总督官文给赏的军功，穿上熊罴补子的五品武官服。这以后，他就一直随清军打太平军。听说他麾下的人马在湖北打下一个城镇后，在某处深宅大院里，意外发现了一笔大宝藏，是太平天国西征军的金银财宝堆成的军饷库，刘铁崖连夜用骡马偷运回了他的湖北乡下老家。他继续当清军打太平天国和捻军，当上记名提督后解甲还乡，成了当地首富。他喜欢做善事，有大善人的名声，却也十分贪恋女色，所以这老家伙妻妾成群，享尽了齐人之福。

刘铁崖用他花不完的银子，把老家的庄园经营成了个打不透的围堡。他在当地和武昌城里开了好几家当铺和商号，还置了几艘轮船跑汉口水运。但这老头儿很狡猾，为人行事十分谨慎，近些年岁数大了不常跑出来。听说他和官府交情很好，颇得前后几任湖广总督的保护，当今的总督张之洞大办洋务，就得过他多次捐助，每次动辄上万两银子。其实，江湖上早就有不少路好汉打过他的主意，却都告失手了，有的不光走空，还有人过方了。

江湖切口中说的过方，就是帮中有人死了。

李彪听得瞪大眼睛，脱口道："原来这点子还蛮扎手啊。"

刘幺叔卷出一支纸烟，敬了两人之后，划根洋火点燃吸上一口，然后缓缓说道："刘铁崖岁数这么大了，还离开他的老巢来武汉，可能这老家伙想在省城悄悄做点儿什么特别之事。"

马如龙点点头说："老幺说得对，我琢磨着可能和眼下的时局有关，现在北方义和拳风头正劲，朝野都哄传慈禧太后可能要向洋人宣战，刘铁崖这回来武汉，大约是来找封疆大吏张之洞探个口风的。"

刘幺叔取下纸烟，吧唧一下嘴巴说："也许这老头儿是想玩狡兔三窟，从他乡下的围堡里转移出一部分财物，来防范可能突然出现的时局大变。"

马如龙微微一笑："我也猜他有这个可能，江湖上早就风闻刘铁崖有在外面到处埋藏宝窖的传言。要是这回他真的这样做，就比打他在老家财宝的主意要容易多了。"

李彪一听激动得猛拍大腿："那不正是帮老东西散财的好机会吗？我们哥老会跟自立军准备大举勤王起事，正愁没有饷银，要是搞到刘铁崖这老瓜的不义之财，那还不是奇功一件。我这就去告诉华浩一声，让他先高兴高兴。"

马如龙摇摇头说："老弟太心急了，这件事八字还没有一撇，你先告诉他，万一走空了，岂不让人笑话我们哥老会无能。"

刘幺叔也说:"老李,这江湖上的事情,还是让我们江湖人去做好了。自立会那些留洋的学生哥,怕是也做不来。"

刘幺叔在心底下,还有为自己未来姑爷担受一份的意思。哥老会中人向来视劫富盗官为侠义之举,倒是没觉得这样做有什么丢人的,但要是像唐才常、华浩这些有脸面的读书人去做钻墙打洞的勾当,将来他们成大事做大官了,说出来未免多少有失贵人的体面。当然,这只是刘幺叔私下的一点儿小心思。

马如龙一脸果断神色:"那就这样,我们几个先开始做。李老弟你继续打听刘铁崖一行人来汉的行止动静,我让来福和来宝两个轮流盯他们父子的梢,看刘老头儿是不是在汉有秘密藏宝地点,老幺你负责坐镇当后援。此外就莫要告诉任何人了,以免走漏风声坏了事。"

马如龙手下的两个徒弟来福和来宝,是他十多年前救济的一对孤儿,父母在逃荒来汉后双双染疫身亡,单身汉马如龙收留了俩流落街头的兄弟。所以这三人名为师徒,实则情同父子,来福和来宝跟随马如龙在江湖上行走时,兄弟俩都是能为师傅挡刀的死士。哥哥来福生性悍勇,弟弟来宝更为机灵,人们都说这哥儿俩就是马如龙得力的左膀右臂。

第七章

潮急

慈禧宣战，光绪惊魂

光绪二十六年六月二十一日，一声惊雷平地炸响。慈禧太后下令发布《向各国宣战懿旨》，中国正式向十一国列强宣战。

原来在六月初，在慈禧太后的默许下，义和团拳民大举入京，最多时北京的拳民超过十万。他们烧毁教堂，屠戮教民，洗劫商户，杀外交官。义和团还喊出了杀一龙二虎十三羊的口号。一龙指的就是光绪帝，二虎指鼓吹洋务的重臣李鸿章、奕劻，十三羊指大臣徐景澄、袁昶、徐用仪等人。这些人当时主张与洋人讲和，"围剿"义和团。

洋人决定联合出兵镇压义和团，由英、俄、日、美、法、德、意、奥八国派遣的军队组成的联军，向北京进发了。

大清朝和西方冲突的一根直接导火索出现了，义和团火烧帝都正阳门，大火延及城阙，火光冲天，三日不灭。西方列强以保护在京侨民为理由，要求清政府交出大沽口炮台。

即使到了这时，慈禧太后仍然没有决定是否要真的与令她痛恨的各国列强开火交战。但在关键时刻，她先是读到最为信任的宠臣荣禄呈报的一份密报，紧接着又看到端王载漪给她的一份列强外交照会。正是这两份呈报，让老太后下了向全世界所有强国宣战的决心。

这两件据说是出自西方意愿的密报与照会，归结成一句话，便是各国已经联合决定，勒令皇太后向光绪皇帝归政。

慈禧勃然大怒。

紫禁城的朝堂上，这个决定大清四万万生灵命运的地方，最高权力者慈禧太后，正在召集全体朝臣开御前会议。

会议上，太后的傀儡皇帝光绪，一看老佛爷慈禧真的要对列国宣战，突然间恐慌起来。他自小就在严厉凶悍的姨妈慈禧面前经常吓得缩头缩脑，这时竟然顾不得许多了。只见年轻的光绪走下御座，就在大殿之上，拉住许景澄这位反对宣战的大臣的手，问道："你做驻外使节多年，对洋人比较了解，快对朕说句实话，我大清国可否战胜列强？"

许景澄听了心里非常难过，流着眼泪说："皇上要我说实话，我不敢欺骗皇上，据臣所知，其任何一国实力都在大清国之上，对诸国用兵需要格外审慎。"

然后，许景澄语气沉重地说出了一句话："万无以一国尽敌诸国之理。"

对于端王载漪提出的攻打使馆的动议，许景澄又说了一句真话："攻杀使臣，中外皆无成案。"

光绪听了，在绝望中带着哭腔对众大臣连声说："更妥商量，更妥商量。"

慈禧太后见他们君臣这样拉拉扯扯的，成何体统，对光绪怒斥道："皇帝放手，勿误事！"

慈禧又对许景澄怒骂："许景澄无礼！"

端王载漪也加入其中，汹汹叱问："许某执皇上手何为？"许景澄的浙江同乡、太常寺卿袁昶马上回护许景澄："是皇上执许某手，非许某执皇上手。"

慈禧太后终于不顾光绪帝和几位头脑清醒的大臣的反对，下诏正式向全球列强宣战。诏书中竟出现了"一决雌雄"这个词，慈禧也是气昏头了。

不过，宣战诏书虽然是慈禧的决定，却是以光绪帝的名义发布的。

御前会议之后，太后想想还是很生气，在她看来，许景澄、袁昶这两个人竟然帮洋人说话，长他人志气，灭自己威风，实在是可恼可恨。于是决定，一定要将许景澄、袁昶等主张与列强和谈的几位大臣下刑部大狱。

慈禧这个一生精于权谋、专横任性的女人却不知道，她完全是被人忽悠了。骗慈禧对列强宣战的阴谋设计者，就是慈禧太后的侄女婿、端王载漪。

载漪一心想让儿子大阿哥取代光绪当上皇帝，而列强又偏偏阻碍他美梦成真。恨极了的载漪，先是私下指使江苏粮道罗嘉杰，派儿子向慈禧最亲信的荣禄呈上那份秘密情报，编造洋人勒令太后向光绪皇帝归政的假信息；然后又指使军机章京连文冲，伪造了那份列强给清政府的假外交照会。

在此之前，载漪还与大学士刚毅一起，合伙愚弄慈禧太后，让义和团的大师兄们在她面前表演刀枪不入的功夫，让老太婆相信了义和团的不死神话。这个端王，就是庚子国难的一个重要推手。

其实，庚子义和团运动与八国联军侵华事件，绝无可能仅仅是因为一个清廷贵族端王出于对世界列强的个人仇恨而引起的。它是东西方两个文明全面遭遇后，猛烈相抵，蓄积成巨大能量的突然爆发，就像一场雪崩。但每场雪崩的发生都会有某个诱因，它可能是一根树枝的断裂坠地、一只猞猁悄悄走过厚厚积雪的山坡，甚至是一只野狼对着雪后山谷的长嗥。而端王载漪，就是在庚子年这个特定的历史节点，发出两声恼怒的低低嗥叫，从而引发了一场惊天动地大雪崩的家伙。

众疆臣东南互保

大清朝向全世界列强宣战后，天下眼看着将要大乱。

大清大理寺少卿盛宣怀，正在书房里读朝廷的官方公文。一个下属匆匆进来，向他呈上一份以光绪皇帝名义发出的圣旨。

一脸恭谨的他，拿到朝廷圣旨的电报稿后，一读之下大惊失色，原来是向十一国列强宣战的诏书！他拿着圣旨，沉吟了片刻。

盛宣怀意识到，一旦这份宣战诏书逐级下达到所有地方官府，那就像一把火种撒向干旱的原野，立刻就会引起燎原大火，烧光一切。他仿佛已经看到，广袤土地上出现了山呼海啸一般的怒吼声，那是无数的地方军民，正奉旨掀起一股杀洋排外的狂潮。然后在中国的陆海疆国境上，四面八方出现了黑压压的外国兵船和军队。古老的大陆将在冲天战火中颤抖、燃烧，然后才慢慢冷却下来，变成一片巨大而荒凉的废墟。

他摇摇头，驱走了脑海中那个可怕的未来景象，在瞬间做出了一个决定。

历史，就这样在这个人的手中停留了短短几秒钟，然后就永远改变了。

原来，宣战诏书并没有按照国际外交惯例，递交给外国使节，而只是向清廷各臣子下达。这给了盛宣怀一个操作上的时间差。

盛宣怀立即下令：各地电信局将此诏书扣押，只给各地最高军政长官总督和巡抚观看，不得向下传达。并且电告各地督抚，不要服从此命令。

然后，盛宣怀赶紧拟定多份电报，联系东南几个省的地方大员。

一通紧张操作，忙得头昏脑涨的盛宣怀回到家中。夫人一边帮他脱下官服，一边问道："今天什么事让你魂不守舍，唉声叹气的啊？"

盛宣怀摇头说："端王载漪、大学士刚毅这些十头乖脑的呆大，怂恿着西太后跟洋人开打。这宣战圣旨一下啊，不光是北方，连我们南方都要变成战场了。"

夫人一听唬得瞪大了眼睛，着急问道："那老爷您看该怎么办？宅中这一大家子，要往哪里逃才好？"

盛宣怀低声说："还不至于到要跑的地步。国家好比我们这个大宅子，北厢房已经起火了，现在全力保护南厢房还来得及。毕竟东南这一大片地方，才是大清国天下钱粮的出处，就好比一所宅院中的粮仓库房。我已经发急电给李鸿章、刘坤一和张之洞这些封疆大吏，商量让东南几个省避开战火的对策。"

却说两广总督李鸿章，因连日劳神关注北方局势，颇感疲惫，正在广州的总督府书房中，斜靠在太师椅上闭目养神。忽报朝廷圣旨的电报到，他没有睁开眼，只是挥挥手，让亲随读给他听。

当听到这是一份宣战诏书时，李鸿章猛然睁大双眼，坐直了身体，竖起耳朵认真听了起来。

那个亲随一字一句读着电报圣旨："我朝二百数年，深仁厚泽，凡远人来中国者，列祖列宗罔不待以怀柔。……我国赤子，仇怨郁结，人人欲得而甘心。此义勇焚毁教堂、屠杀教民所由来也……拳民、教民皆吾赤子……与其苟且图存，贻羞万古，孰若大张挞伐，一决雌雄。……人人敢死，即土地广有二十余省，人民多至四百余兆，何难减彼凶焰，张我国威。其有同仇敌忾，陷阵冲锋……"

听完电报全文，李鸿章缓缓站了起来，面色严峻地对亲随说："马上回电朝廷，就说，'此乱命也，粤不奉诏'。"

那位亲随惊愕地张大了嘴，瞪眼看着李鸿章，口里嚅嚅着说道："大人,这……这……"

李鸿章一拍桌子,大声道:"贼娘的,就给我快去拍这八个字的电文,此乱命也,粤不奉诏!"

这份炸雷似的回电,大大鼓励了东南各省以汉人为主的地方督抚们。随后,刘坤一、张之洞、袁世凯等地方大员,也宣称这道皇帝敕令,是义和团拳民胁持朝廷下的矫诏乱命,决定不予执行。

在湖广总督府,张之洞这个官场老戏骨,又在东南互保这出大戏中,上演了他一向精湛的变脸功夫。

八国联军刚刚来犯时,张之洞不失时机地向慈禧表达自己的耿耿忠心,他上奏说:"臣等随时听候朝命,带兵北上御敌。"自己却留下精锐部队,只派出五千装备很差的新募兵士慢腾腾上路,走了个把月仍未到京。等到京师失陷,慈禧西逃途中下令各地勤王,而各地督抚又纷纷公开表示拒不听命之时,张之洞的态度才开始出现重大转变。

幕僚为张之洞起草了一份奏疏:"臣罪侍东南,不敢奉诏。"只见张之洞奋然掷烟枪而起,大声叫道:"这老寡妇要骇她一下!改:臣坐拥东南,死不奉诏!"

那时大臣们私下里有时候唤慈禧叫老寡妇。所以,张之洞是在看见李鸿章以"此乱命也,粤不奉诏"八个字的响亮回复,先充当了那只出头鸟,各地督抚又群起响应李鸿章时,张之洞这才敢在嘴皮子上大胆放肆了一回。

天下没有不透风的墙。清政府向全球列强宣战的消息,还是在社会上传开来了。长江上中游的外国人开始大量沿江撤往上海,租界里已人满为患,种种谣言在满天飞,一时传言说有大批拳民正杀向上海,一时又说英兵舰要攻占吴淞口炮台。恐慌气氛日日增加,华洋官民夜夜惊心。各国兵舰也纷纷出现在黄浦江面,一派山雨欲来、黑云压城的可怕气氛。

六月二十六日,上海道台衙门前,突然各路车马云集。一众西装革履的洋人,在苏松太道余联沅的迎接下,穿过门口屋檐挂的一溜灯笼下方,消失在门内。衙门口的众多中外卫兵,森严警卫着太道衙门,在悄然无声中,透出一种紧张的气氛。只有衙门前那一溜灯笼,还在风中凌乱地摇晃着。

中西主客进入议事厅,排序坐下后,开始议订一份重要合约,这就是有名的《东南保护约款》。约款宣布：无论北方情形如何，请列国勿进兵长江流域与各省内地；各国人民生命财产，凡在辖区之内者，决依条约保护。

当这一群操着不同语言的人走出道台衙门后，他们脸上的表情，看上去比刚才进门之前要轻松多了。

这份约款，是以两江总督兼南洋大臣刘坤一、两广总督李鸿章、湖广总督张之洞三位封疆大吏为首，由大理寺少卿盛宣怀牵线，委托上海太道余联沅，邀请了各国列强驻上海领事会晤后议定完成的。就这样，以东南三大督帅领衔，在盛宣怀的首倡和策划下，一群对北方朝廷抗旨不遵的南方官员完成了东南互保，这才让中国半壁江山转危为安，免于庚子事变的战火蹂躏。

除了两江总督刘坤一、湖广总督张之洞、两广总督李鸿章、大理寺少卿盛宣怀之外，闽浙总督许应骙、山东巡抚袁世凯、浙江巡抚刘树棠、安徽巡抚王之春、陕西巡抚端方、四川总督奎俊也都对东南互保表示支持。

要知道，清朝一共才八大总督，这里就出了五个对宣战诏书抗命不遵的，这还不算那些巡抚。可想而知，慈禧这个孤家寡人，她对列强宣战的行为，在朝廷之外该是多么地孤掌难鸣。

光绪刀下逃生记

再说年轻的光绪帝没有料到，就在慈禧太后对列强宣战后四天，他迎来了生命中最为凶险的时刻。而制造凶险的领头者，正是自己的堂兄，端王载漪。

六月二十五日，守卫锡庆宫的大内侍卫们，突然看见敬事房的太监总管老刘一路慌张跑来，上气不接下气地喊道："皇后口谕，即刻护驾皇上！"

侍卫们赶忙承跪领旨，然后急急起身，正要前往光绪帝被西太后软禁居住的瀛台岛，大总管太监李莲英也急赤白脸地跑来了，他隔老远就喊着:"皇太后口谕!速速去瀛台涵元殿护驾皇上。"

一位叫多尔济的黄马褂侍卫头领,马上与众同僚手按刀柄,向瀛台方向飞奔而去,一边心想:今儿个莫非皇上出大事了,怎么皇后和皇太后都来了口谕?还是十万火急的"速速"二字,这可是非常罕见。

一路冲过数不清的宫门、园林,皇宫大内侍卫们终于跑到中南海的瀛台边。这是个四面环水的小岛,光绪就被慈禧太后幽禁在瀛台岛上思过。只有一条吊桥可以上岛,侍卫们却被已经高悬起来的吊桥挡住了。两个不认识的带刀侍卫,大概是皇宫外哪处王府来的人,正看守着控桥闸索,不让紫禁城的大内侍卫靠近。一时间双方剑拔弩张,气氛极度紧张。

片刻之后,被两个小太监架着拼命跑到的大总管李莲英,远远就尖着嗓门号叫:"皇后、皇太后共谕懿旨,谁敢冒犯皇上,法不留情!"

侍卫多尔济一听,马上令手下将两个拦路的王府侍卫架起来,扑通就扔进了湖里,并砍断吊桥索放下桥身,众侍卫刚冲过桥,就又被一群穿着土黄衣装、义和拳民模样的人拔刀拦住了,他们大喊:"什么人敢闯桥?"

大内侍卫们纷纷亮出腰刀,多尔济猛喝一声:"大胆!宫苑禁地,皇上驻跸,外人安敢闯入放肆?"

眼看就要动手,却见这群义和拳民背后转出一个人,只见他身着蓝底盘金丝线、飞龙补服马褂,一看便知,是位列大清国爵位最高的郡王之一。他厉声发话道:"不认得本王爷吗?本王是当朝端郡王,也算是你等的主子了吧?还不行跪礼!"

接着从人群后走出来的,竟然还有载勋、载濂、载滢,加上端王载漪,一共四位王爷,和端王的儿子、皇储大阿哥溥儁,这阵势可够吓人的。

就为了让自己的儿子大阿哥上位,端王载漪和几个郡王兄弟,带领义和团的几十个刀斧手闯进瀛台,今天就要杀了光绪。幸好这群皇宫侍卫及时赶到了,不然大清皇帝光绪就成了义和团的刀下之鬼。

多尔济这些大内侍卫却没有向众王爷下跪行礼,他们仍然拔刀在手,立在端王兄弟这几个大清朝最高权贵面前,一步也不退缩。因为,侍卫们的后台靠山虽然只有一个,但这一个却是慈禧太后。

正在两边抽刀对峙的紧张关头,忽然一声嘹亮的嗓音响起:"肃静——大清国圣母皇太后凤辇驾到。"

双方人众突然如同风过草低一般,纷纷跪了下来,包括刚才狂傲嚣张的端王诸清室贵胄，顿时没了气焰。

远处传来呜呜的画角声，还是伴着那个高亢的嗓音："圣母皇太后懿旨：自行闯宫来此的，一并拿下。"

一个年长的大内侍卫领班立刻接着喊道："奉皇太后懿旨，全都拿下！"

于是众大内侍卫将这些人赶到一边，并去了几位王爷的头戴顶子，将头按在地上，对他们喝道："谁敢再动，就地正法！"

面色惨白的光绪帝，在太监的搀扶下走出涵元殿，跪坐在一块盘毯上，与所有人一起，跪迎慈禧太后凤辇队伍的到来。

一片突然的寂静中，老太后手扶太监二总管崔玉贵，缓缓走下凤辇。她的亲侄女隆裕皇后也从另一顶凤辇出来，站在慈禧身边。隆裕皇后与光绪大婚后，一直另住在钟粹宫。听说端王载漪带了义和拳民，闯瀛台围攻光绪之后，隆裕急忙发懿旨让大内侍卫前往救驾皇上，又立刻赶到中南海仪鸾殿的慈禧太后那里，两人这才一起赶来瀛台。

老太后对光绪扬了一下她尖尖的手指甲，慢声说："皇上起来吧，都是些什么人来你这儿啊？"

李莲英赶忙替光绪答道："是端王、怡王、庄王、澜公爷，还有大阿哥。"

慈禧太后拿鼻子哼了一声，说："呵，行啊，满朝的宗室王公超品，很有声势啊。"

刚才还趾高气扬的端王一伙人，这时却畏缩着上前，齐齐一甩马蹄袖子，跪地叩见，连头都不敢抬。

太后对光绪帝说："这几个奴才对你都说了些什么来着？"

光绪低声回答："他们说儿臣昏庸无能……"

慈禧勃然大怒："好你个载漪，胆大包天了，你敢领头犯上忤逆吗？"

载漪捣头如蒜："回圣母皇太后，奴才折寿了，奴才怎敢？"

慈禧对载漪说："从今后，没经我点头，不准你进到内廷。罚你和溥儁的薪俸各三个月，所有同来的宗室，关宗人府反省三天。"

她又对大阿哥溥儁说："念你孩珠子一个，尚不懂事，去给皇上、皇后认个错儿吧。"

慈禧太后又轻轻地仰了仰下巴颏，冲着那伙义和团民说："告诉你们这些设坛的，准许你们打个奉旨拳民的旗号，可你们要是再在京城里胡作非为的话，一概赶出，绝不宽恕。"

被慈禧太后气势吓呆了的这一群义和团民，此起彼伏地赶忙叩头谢恩。

太后又侧过脸对大总管李莲英说："你在大内侍卫中，再给皇上挑几个狠一点儿的角儿，谁要再敢来闯此禁地，立斩不赦！隆裕，我们娘儿俩走吧。"

然后，她才回身慢步上了凤辇，与隆裕皇后一同起驾离开了。那銮驾、旗幡、伞盖一路浩浩荡荡而去，好不气派。

慈禧本来精于玩弄宫廷权术，不过是被端王载漪施计，短时间蒙蔽了，一时气得失心疯发作，才向全世界列强宣了战。事后清醒了点儿，还是颇有悔意，却也是覆水难收了。今天让她深恨的是，载漪没经过她允许就闯入皇宫禁地瀛台，竟想自行杀了光绪。"你端王算个什么东西，皇帝是你够格杀的吗？还要搞得明火执仗的，倘若真的让你得了手，那背锅的还不得是我。你什么玩意儿，我能立得起你，就能踩扁了你！"

老太后想，既已开战，局势走向又混沌不明，就不宜于在此时急着搞皇位废立之事了。光绪虽然犯了忤逆的大过，但既然洋人都这么看重他，那就可以拿他当成一张好牌，等需要时用作与洋人谈判的筹码。

另外，从痛恨光绪、想找个小皇帝取而代之的冲动中冷静下来的她，也想明白了，光绪现在不能死，要保持光绪的皇帝名号以让自己继续临朝训政。如果光绪死了，比光绪小一辈的大阿哥上位当了皇帝，自己升级当了皇祖母，她还有什么铁定的理由垂帘听政？为了自己的绝对权力安全，老太后也要防止端王一伙人干掉光绪。

在慈禧眼里，除了权力，没有什么非得当成个执念的。

至于端王载漪，苍天到底没有饶过这个长了一张水獭脸的男人。

他们父子后来在跟随慈禧光绪西狩的途中，一路奉献了各种下流表演。就拿那个大阿哥说件事吧，慈禧的一个小宫女犯了错要受刑打屁股，在她褪衣受杖的时候，太监们惊愕地发现，一件皇储溥儁的绣龙内裤赫然穿在这宫女的身上。大阿哥秽乱宫闱的事，就这么在两宫中悄悄传开了。

义和团事变后，端王载漪位列于八国联军列出名单的祸首。早已厌烦了这对活宝父子的慈禧，下令褫夺载漪、溥儁一家俩歪瓜裂枣的爵位，将二人流放到新疆。辛亥革命以后，昔日不可一世的端王父子，窘迫到只能寄人篱下混口饭吃，在贫困潦倒中先后度过了余生，此是后话。

五大臣京城被斩

兵荒马乱中的京城，一条马路上奔跑来一辆人力车，车夫拉着车时时躲开遍地的砖石瓦砾和肚开肠裂、臭气熏天的死尸。街道两旁的店铺大多都是一片狼藉，有的已经被烧成残垣断壁，还在升起滚滚黑烟。远近不时响起枪炮声，街上是一伙又一伙的男女团民，都红布包头、红兜肚、黄腿带，拿着明晃晃的大刀长矛，杀气腾腾地呼啸来去。

人力车里坐着一位面色凝重的中年官员。他就是在决定对列强宣战的御前会议上，因为持反对意见而得罪了慈禧太后的大臣许景澄。数日之内，中年人许景澄的头发就全部变白了。但他所忧心的，却不是自己的性命。

一路上，他吩咐车夫小心，远远听到团民鼓噪而来的声音，就赶紧拐进最近的小巷，在门洞里躲一阵再上路。

这位京师大学堂总教习，在听说太后要抓捕他的风声之后，还赶着出门，是要冒着极大风险为国家去办一件事。

当许景澄跑到俄国道胜银行，好容易敲开铁栅门，从吓得战战兢兢的银行职员手里拿到一张巨额银票时，他才长出了一口气。这是他亲手办理的中国参与修建中东铁路的一笔四十万两公款银票，他不顾生死前来取出，再交给清廷，以免万一被交战的敌国俄罗斯吞款不还。

然后，他便回家等待被捕下狱。他这么做，原也不是为了博取个什么好名声，反正也没几个人知道这事。再说，西太后的清政府已经将他钦定为汉奸卖国贼了，无论他许景澄再说什么做什么，也都是白搭。

被捕前，许景澄给身边人留言道："各国联军行将入都，事不堪问矣，日后和约之苛不待言，君等当预筹之。"他留给伤心欲绝的家人最后一句话是："我以身许国，没有遗憾！"

慈禧太后不仅下令逮捕许景澄，还逮捕了大臣袁昶。因为在太后召开的御前会议上，袁昶也慷慨陈词，力言拳民不可纵，使臣不宜杀。慈禧盛怒之下，发出上谕，着袁昶与许景澄穿戴官服，押赴菜市口处死。

袁昶早有必死之心，他提前就向家人交代说："我说也是死，不说也是死，与其死于乱民之手，不如死于朝廷之手。若我之死能让朝廷醒悟，便无遗憾。"

七月二十九日，京城宣武门的城门忽然大开，路人议论纷纷，说是今天又要出大差了。当时京城里的人一提起大差，就是说有人要被推出宣武门，押到菜市口斩首示众了。

这一天，小雨过后，天色稍稍放晴。下午五点左右，义和团众和清廷的兵卒押着两辆囚车从城门内蜂拥而出。沿路百姓与团民塞途聚观，拍掌大笑喧哗。

在菜市口刑场，当许景澄、袁昶引颈受戮之际，素性耿直的袁昶对许景澄说："你我都不怕死，但我真的不懂为什么太后要杀我们，真是莫名其妙。"

许景澄、袁昶受刑时，前来围观的拳民、市民极多，他们在极度的狂热中，不停发出汉奸、卖国贼的怒吼叫骂声。临刑之前，袁昶冲着顽固派大臣徐桐的儿子、监斩官徐承煜大骂："国家之事被汝父子败坏至此，吾在地下候汝！"

许景澄却一脸平静，劝好友袁昶道："爽秋，何必如此。"

袁昶转头对许景澄说："我只盼望，大清江山重见天日，到那时消灭这些奸邪之人。"

另一监斩官载澜大声训斥道："尔等卖国奸臣，不许多言！"

毫无畏惧的袁昶依然大声说："我死而无罪，然尔辈奸佞之徒，愚钝狂妄，乱谋祸国，方该死罪。"

说完，袁昶又对许景澄说："许公，你我很快将相见于九泉，死不足畏，如归家耳。"

许景澄笑笑说："事后自知秋风之爽，没什么想不透彻的。"

话音刚落，行刑开始了。

刽子手向许景澄事先索贿不成，故意把刀砍在他的脊椎上，致颈椎断裂而气管犹存，许景澄受尽痛苦之后，才闭上眼睛。

许景澄、袁昶这些官员，是钉在帝国老房子上的钢钉，尽管有无数的蛀虫在啃咬着房子，就是因为这些钢钉，大清这个摇摇欲坠的老破屋才不会轰然坍塌。现在老房子的女主人看着钉子嫌碍眼，要拔除之而后快，那么，一点儿也不奇怪，她连同她那个老房子的大麻烦马上就要来了。

京城菜市口，行刑过了整整一天之后的刑场上，身首异处的两具尸体，仍然静静躺在已经干涸的血泊中，大街上来往的人和车马，熟视无睹地从旁边经过时，会不时惊起叮在尸体上的密集苍蝇群。两位被杀的大臣许景澄、袁昶，因为家人慑于慈禧太后的淫威，不敢去收敛尸体，以致暴尸刑场。

只有一辆马车带着两辆架子车在两具尸体旁停了下来。

从马车里，脚步踉跄地走下来一个古稀老人，他就是兵部尚书徐用仪。

老人表情沉重地来到两具遗体旁，颤巍巍地俯身辨认着，两颗头颅被砍滚落后，辗转翻滚在和血的泥沙中，已经面目模糊，难于辨认。

老人闭上眼，两行眼泪从他的双颊上滚落下来。他吩咐随从，将两位浙江同乡许景澄、袁昶的头颅擦拭干净后，与身体缝合起来，分别送到两人的家中。然后，老者独自一人前往袁、许两家哭祭。

他万万没想到，仅仅十几天后，躺在这刑场上身首异处的，竟然是他自己。

本来就身为主和派的徐用仪，为许景澄、袁昶收尸招来了慈禧后党的更大忌恨。太后立刻下令逮捕了徐用仪，同遭逮捕的还有大臣联元、立山。

联元也反对围攻使馆，反对不自量力的以卵击石，他曾含泪苦谏道："如与各国宣战，恐将来洋兵杀入京城，必致鸡犬不留。"他的话，当即在御前会议上触怒了慈禧，从而招致被捕。

户部尚书立山，是因为未奉承慈禧的意图而招祸。开战后，他预感性命堪虞，公开表明自己犯了"死罪"，坦然面对随时可能降临的杀戮。不久，他因未能完成与洋人的和谈而被捕入狱。

徐用仪被捕后，他家的宅门突然被撞开，原来是端王载漪和满人大学士刚毅派出的一伙人。他们闯入徐家，将徐用仪宅中尚未来得及逃离的老少人口捆住后，一顿乱刀捅死，横尸一地，惨不忍睹。然后将徐宅洗劫抢掠一空。

宣武门的城门又一次被打开，三位大臣被囚车推出，来到菜市口受极刑。联元、立山两人各被亲友收殓，可怜只有徐用仪一人，因为家人或死或逃，不知所踪，当然就没有人给他料理后事了。所以老人家长时间横尸法场，无人收埋。

菜市口刑场上，老者那一具蜷缩的尸体，连同他那颗滚落在地面的白发头颅，像躺在大地上的一个问号，无语质问着苍天。

国会开张，"疯子"闹场

"卖报卖报，特大消息，愚园开中国国会了！"

几个报童，在上海车水马龙、熙来攘往的马路上穿梭着，挥舞手中的报纸叫卖。有位礼帽压低到遮住大半张脸的长衫绅士，叫住一个小报童，买了份报纸后登上一辆公交马车。随着车夫一声吆喝后的响鞭，载着这位绅士和几个游人、香客模样男女的公共马车开始吱呀滚动，驶往静安寺方向。

在踢踏作响的马蹄声中，坐在车内的绅士打开报纸，找到首次召开中国国会的那条头版报道，在主持者名列中，赫然印着他的名字：唐才常。

原来，朝廷向世界列强一宣战，各方势力开始从暗流涌动，变成了惊涛拍岸。有志之士纷纷乘大清国中枢摇摇欲坠的机会，希望实现救亡变政的梦想。这其中，当然有一直在暗中准备举事的隐身大佬唐才常。就在几天前，唐才常召集社会名流，在上海愚园的南厅成立了中国国会。八十多位出席者，无记名投票选出前驻美公使容闳为议长，严复为副议长，唐才常为总干事。

那天的情景，犹在眼前。愚园会议厅中，众人各自在一张白纸片上写下意向候选人，然后交给书记员，计数得出当选者。一位年逾七旬的老人步履稳健地走上主席台，这是被选为议长后的容闳首次发表演讲。他意气风发，声若洪钟，全场掌声雷动，兴奋不已。会议号召国人踊跃论政，待他日国势已定之时，再召开正式全国议会。同时，会议也为实行民主宪政进行实践准备。国会的基本宗旨是：保全中国自立之权，创造新自立国；不承认清政府有统治清国之权；请光绪帝复辟，建立立宪帝制。

人们欢呼鼓掌，气氛之热烈，超过了魔都的炎炎盛夏。唐才常心潮澎湃，他花了大量心血才筹划、召集成功中国国会。这个一群民间人士成立的非政府组织，其实是中国历史上一块意义非凡的里程碑。它象征着中国人几千年来第一次尝试选择代议制，来呼吁王权向公共权力实行转让。

坐上公共马车的唐才常，再度前往法租界内的愚园，去筹备明天的再次开会。

中国国会在愚园南新厅成立开会仅仅三天后，又在此举行了第二次会议，到会者有六十多人。

会场中的人们都十分兴奋，如果不是清政府向世界列强宣战，让自己陷入焦头烂额的地步，他们怎敢开这样的会，直接向慈禧太后叫板？那就真的叫老寿星上吊，活得不耐烦了。

中国国会的参会者多是维新派人士，他们虽然主张排斥端王、刚毅等清廷中的顽固守旧派，但并不主张排满。如果像孙中山那样公开鼓吹反满革命，那就是实打实的造反了。所以他们主张，在攻占了天津的八国联军打到北京之前，设法将光绪帝救出来，以保障中国法统的完整与延续性。

至于怎样才能将皇上救出来，迎驾南下，大家的意见就七嘴八舌了。有的主张借重地方大员如张之洞等人的力量；有的主张联络英日两国，通过外交渠道解决；有的主张密召康有为回国，利用保皇党势力操作。

唐才常却主张倚重光绪的帝师翁同龢或同情维新派的原湖南巡抚陈宝箴。但此时在座者都不知道的是，被朝廷罢免回江西老家的陈宝箴，就在几天前刚刚去世了。

大家正在你一言、我一语之际，嗡嗡作响的会议厅里，突然响起了一个炸雷似的声音：“荒唐至极！各位既然不承认清政府有统治中国之权，为什么又要请光绪皇帝复辟？”

大家循声望去，只见一个三十出头、戴一副眼镜的士子，站起来一脸怒气地朝向众人。他就是有名的浙江文人章太炎，以狂放不羁著称，人们常常叫他章疯子，就连他本人也坦白自承过，“兄弟我就是神经病一个"。

唐才常一看是章太炎，立刻暗暗叫苦起来：这个章疯子，早不疯，晚不疯，偏偏在我召集大家开国会的时候疯起来了，真是怕什么来什么啊。这家伙一疯，连康有为都被骂作想当教主的精神病，替师出头的梁启超带领康门弟子去找他，还挨过他一巴掌呢。

唐才常走上前去，轻轻拍了拍章太炎的肩背，和颜悦色地说："太炎兄，我们决定以勤王为号召，是合全中国的汉、满、蒙古、回、藏五族仁人志士，共求忠君救国之实，以期于创建立宪国家的至善。光绪皇帝可被视为当今天下人共识的最重要人物，如果我们不打出勤王清君侧的旗帜，恐必不为海内外多数人襄助啊。"

会场一阵交头接耳，人们纷纷点头。看来，占国会中绝大多数的维新人士，还是同意唐才常的主张，不打算与整个清国体制对抗搞反满革命。他们看着章太炎，希望这位疯子老兄能够被唐才常的一番话说服。

章太炎却睁着一双目光疯狂到吓人的大眼，气呼呼地说："你如果真的想要光复汉家，就不应该首鼠两端，失去大义名分。即便救出光绪帝，也要罢他为平民。这个生长于深宫、操纵于妇人之手的儿皇帝，也并非什么明君圣主，各位将中国的未来寄托在这满人皇帝身上，岂非痴人说梦！"

章太炎讲完这句话，环顾四周，看到与会诸人中，竟然没有一个出来随声附和自己，他更加被激怒了，语气悲愤地大喊道："看来，你们这些人是铁了心一定要勤王的，那就恕我章太炎不奉陪各位了！"

说罢，章太炎当场拿出一把剪刀，咔嚓剪断了自己的辫子，以示与清王朝不共戴天。随后，他又脱去了清朝臣民的长布衫，换上西装，公开宣布与清朝决裂。这章疯子就在国会诸人的瞠目注视下，大摇大摆地走出愚园会议厅，去找革命党人去了。

唐才常心情复杂地看着这位朋友离去，然后，他目光沉毅地回过头，召号大家继续进行国会的议程。

万事俱备东风恶

趁着北方庚子事变之机，唐才常在上海结交社会名流，提出宪政治国纲领，为立国建制做出政治准备。同时，他还有另一手：军事准备，即发展自立军为中国国会的武装，以迅速扩充力量，发动长江流域大起义。在唐才常诸人的努力之下，自立军发展势头迅猛，各分部遍及长江中下游，十几万会党已呈星罗棋布之势。

历史的聚光灯，照射到了这个叫唐才常的人身上。他现在有海外保皇党承诺的巨额经费，有国内支持维新的广泛名流人脉，有革命党输送的精锐干部，有大量江湖会党人士与他的秘密结盟。这个几乎以一己之力，运动和联结了保皇派、革命党、哥老会的人，有机会调动长江中下游、粤港珠江三角和海外大批反清势力与资源。在大清慈禧后党的对面，现在站立着一个不容小觑的隐身人。

万事俱备，只欠东风。

但是，这东风却迟迟没有吹来。

唐才常们一直在等待的康有为承诺的巨额汇款始终没有来。唐才常、毕永年诸人归国后，仅仅拿到了康有为授意一位新加坡富商捐出的三万元。说实话，能用区区这一笔钱将自立军发展到今天的惊人规模，唐才常这些人杰确实几乎创造了奇迹。

但自古兵马未动、粮草先行，任凭唐才常和他的同志们如何尽力，巧妇也难为无米之炊。要命的是，开始集结的起义者们连吃饭都成问题了。于是，各路自立军相继派出代表驻上海、汉口，坐催军资。可唐才常这个起义军总粮台，此时却成了个坐守空仓的无粮台。急得焦头烂额的他，屡屡向海外拍电报，催请康有为赶快汇来华侨捐款。因为起义已经箭在弦上，如再有延误，那些突然出现在即将举事城市的大量江湖会党人士，迟早会为当地官府的鹰爪察觉，而被先行派兵镇压。

然而，发给康有为的催款电报，却都如石沉大海，毫无消息。一向稳重的唐才常，也开始沉不住气了，这可关系到多少人的生死性命啊。他想起毕永年之前对他的苦苦劝告，开始重新考虑起这位好友的临别诤言了。

其实，毕永年在不久前，就警告过唐才常，康有为这个人不可轻信。

毕永年本来是追随康有为的。他当年跟着奉诏进京、搞戊戌变法的谭嗣同一起到北京，康有为通过谭嗣同介绍，知道毕永年这个人文武双全，又是结交运动江湖会党的好手，便令他留京相助。康有为在戊戌政变策划围园杀后时，打算让毕永年率百人刺杀慈禧。戊戌变法失败后，毕永年自断辫发，发誓不再隶属于清廷统治之下。他东渡去了日本，会见孙中山，加入兴中会，从此疏远了康有为的保皇党，走上反满革命道路。

早在庚子年的春夏之交，已削发为僧，易名悟玄和尚的毕永年，身穿一领海青来找唐才常，与他做了一番彻夜长谈。

早年，毕永年与平山周受孙中山委托，一同赴两湖联络哥老会人众。事毕，平山周返回日本，向孙中山呈交毕永年的书面报告后，做了口头汇报。平山周对孙说："我二人所见哥老会各龙头多沉毅可用，永年所报告皆符合事实。"于是孙中山大受鼓舞，他根据毕永年的报告，做出了联络会党，在湘、鄂、粤待时大举的决策。并遥令毕永年偕哥老会各大龙头，赴香港拜访陈少白等兴中会领袖，商量与会党的合作。

毕永年结交上湖湘哥老会这几个头目，其实花了很大工夫。他与他们歃血为盟，结拜成兄弟，还说服他们加入了孙中山的兴中会。谁知道，毕永年带去香港的这几个龙头大哥，一遇见保皇党的人向他们炫耀康有为从美洲募款后来港如何拥资巨万，并代为转赠每人数百元，这些人就立马弃兴中会而投保皇党了。毕永年当场气得几欲吐血，觉得此前他结交会党的所有心血努力，皆如梦幻泡影，竹篮打水一场空。他感到心灰意冷，对不起孙中山的重托，又受一个湖南同乡和尚的影响，从此削发出家，希望遁世入禅，了此余生。

但毕永年毕竟是条热血汉子，对反清事业终不死心，仍希望起而救世。果然，他当和尚没有几天，便穿着一身直裰又跑到上海，换成西服后和唐才常一起，筹组正气会。然而，毕永年和唐才常在政治主张上产生了重要分歧，唐才常继续游移于保皇会与革命党之间，毕永年则要求他斩断和保皇会的关系。这次毕永年又换上和尚的直裰来找他，是要和他摊牌，请求他别再脚踩两只船了。

毕永年劝唐才常说:"佛尘兄,你在正气会宣言中,既骂拥护清朝的人'低首腥膻,自甘奴隶',却又大声疾呼'君臣之义,如何可废'。既要反满,又要忠君,这不是在自扇耳光吗?那章太炎也就是为你这自相矛盾的宗旨,与你不合,屡屡向你劝告,最后闹到与你割席绝交。你怎么就不听朋友们的这些逆耳忠言呢?"

唐才常苦笑道:"松甫,你也不是不知道,我们的大举起事,必须仰恃海外保皇会的款项接济,以发动会党。我这样写,只是权宜之计,不得不如此啊。"

毕永年说:"我最担心的,正是此处。你相信坐拥华侨捐款巨资的康南海,能源源寄来款项接济你举事,但你就这么自信,他定会这样做吗?我们都与梁启超共过事,还算知道此君的人品。但你却没有如同我一样,与康有为在北京一起住过,所以你并不了解康南海的为人。就连我俩的好友、与保皇派关系极深的日本人田野橘次,也曾对我大发过感叹说,康等在北京政变以前,为非常之精神家。至其亡命,而其人格同时堕落焉。可惜那梁启超,虽然与康南海并称康梁,名动天下,他却只能听命于康有为,乖乖地在海外去大量募捐,而完全不能够染指康有为手中的那些巨额捐款,哪怕是一个铜子儿也不行。如果你到时候发动万千志士,却等不来康南海的巨款,那岂不令这些人命悬一线?"

唐才常摇摇头:"我在日本数次面见南海先生,他无一次不保证以募捐所得,助我起事勤王。且我已得海外捐款三万多,目前在长江沿线发动众多会党,形势颇有可观。如此时与康南海分道扬镳,岂不前功尽弃?"

毕永年急了,睁目厉声道:"佛尘兄,这些会党之众有利则趋,利尽则散。此辈与你做同袍,共生死,你能够放心吗?再说,你现在连继续收买他们的钱都迟迟到不了手,到时如何驱使会众们举事?愚弟还是劝你宜缓图之,不求毕其功于一役。"

唐才常还是摇了摇头,没回应毕永年的这句劝谏。

毕永年叹了一口气,说道:"我知道,兄台现在是骑虎难下了。但那会党中人虽可利用,却毕竟不同于我兴中会的革命党人,并非真正胸怀理想之人,不知国民道义为何物。我前几日见会党头目李某,他向我炫示枪械,且云吾辈将打天下,坐江山,共享荣华富贵,不亦快乎。此等江湖之人,非金钱不用命,与我革命党同志真是有云泥之别。我毕永年向以善交会党中人而大为同道者称赞。今天看来，我毕某真是有眼无珠，所识非人，愧对佛尘兄与正气会诸同志了！"

唐才常见毕永年言语间激愤难抑，感觉到他话中有话，就问道："松甫，你是不是有什么非常之事？"

毕永年沉默片刻，道出了实情："此次前来，我也是为了向佛尘兄道别，重新飘然物外、遁入佛门的。"

唐才常听罢大惊，力劝毕永年道："松甫，你需为四万万人计，切不可放弃救世理想，真的去剃发出家，云游世外。正气会诸同人视你为手足兄弟，你的不辞而别，会让大家痛失肱股的。"

唐才常深知，自己这个朋友急公好义，疾恶如仇，很有正义感。他在宗方小太郎主持的《汉报》担任主笔，就因为看到报馆中有日本人虐待中国仆役，于是愤而离职，致《汉报》主笔一职遽然空缺，自己还为此向宗方推荐过其他朋友出任主笔。因此，唐才常希望急性子的毕永年能冷静下来，以大局为重，不要离去。

毕永年却是去意已决。临别之前，毕永年还想再说几句重话，最后劝唐才常一次，他几乎是带着哭腔说道："佛尘兄，我本是心死之人，别无可恋，你是谭复生之外我在这世上最好的朋友。我也就只对你说这最后一句话。常言道旁观者清，我已听到风言，说这唐才常就是康南海拿三万元，骗其回来送死，好让自己向捐款的华侨报销，然后独吞掉巨款的。还有，你一边向康有为要钱，一边又和孙中山先生来往密切，那康南海岂会毫无察觉？我已经因为康有为在戊戌变法中的狂妄冒失，眼睁睁地看着一个好友谭复生死掉了，我不忍心再眼睁睁看着另一个好友，你唐佛尘也死掉！我们搞革命救亡，原不是为了成仁，而是为了成功，你要是这么轻易死掉了，将来没有人会记得你。谭复生九泉之下，见到你这么快就去见他，一定也会骂你的！"

毕永年说到这里，声音已经呜咽了。

唐才常也激动了："地藏菩萨曾立下大愿，我不入地狱谁入地狱。我现在是生死度外，唯有向前，拼将一死酬昆仑。即使在九泉之下见到复生，我也问心无愧了。松甫，你善自保重吧，希望我们后会有期。"

毕永年在与唐才常争辩了几乎一昼夜之后，仍说服不了好友，最后，这个耿直汉子失声痛哭而去。

时至庚子七月，现在的唐才常，回忆起与毕永年的那一夕对话时，未免心情沉重。好友现在已经不问世事去云游天下了，自己却要面对现实，力脱困境。对于他，这是山一样大的压力。

没办法，到底还是钱的问题。在庚子年之初，唐才常就曾携师中吉、华浩赴港筹款。师中吉打算买二等舱，唐才常说："我们的个人用费开支，宜省得一文是一文。既然我们投身了这一事业，就要以吃苦为前提，不能图舒服了。"于是他们购买了最便宜的三等票。船上乘客很多，唐才常几人只得在船尾近舵的货舱角落里，找个位置安身。又遇上风浪大作的坏天气，整整三天里，他们都因颠簸晕船而没有进食。然而到了香港，唐才常等人再三设法，却仅仅筹得华侨捐款两千元，扣去用度，这一趟募捐实际到手的，只有一千多元。

此后，唐才常应对海外捐款不至、起义经费奇缺的办法，是印制一种叫富有票的代钞票证。这种票既是起义会党成员之间联络的凭信，也是向海内外民众募捐的代钞票。唐才常将会党人士在票面上设计的扫清灭洋四个字改为救国保民，以示该次起义的宗旨，既不同于立誓扫清的太平天国，也不同于扶清灭洋的义和团。然后，他和他的同志们秘密告知民众：吾党倘取天下，此票必可交换正货。因此，富有票得到一些华侨和国内民众的认捐，这勉强缓解了因海外输款中断给自立军起义准备带来的极度困难。

富 有 票

唐才常忙到夜深，才有空到上海虹口梅福里租下的房子看看三弟唐才质那里的情形。

唐才质受哥哥唐才常的安排指示，在虹口租赁来一间空屋，趁夜深人静之际，开动印刷机赶制纸印的富有票，然后秘密发往海内外。这时清廷尚未发觉。

走到梅福里的巷子口，唐才常遇到一个挑着担子叫卖夜宵的小贩。唐才常买了一笼生煎包子用纸包上，捧着进了租屋。

进到房间里，看见唐才质正用一台手工印刷机器，满头大汗地赶印着富有票，身旁的桌子上，印好的票证已经有一大摞了。看见唐才质两只眼睛都现出了血丝，哥哥有些心疼弟弟，就让唐才质停下来，吃个消夜，顺手拿起一把蒲扇，为光着膀子的弟弟扇了起来。

唐才质也是真的有点儿饿了，擦净双手后打开哥哥买来的夜宵纸包，香气扑鼻而来，一看到葱花和芝麻点缀的焦黄生煎包，抓起一个就要咬。唐才常笑着说："别急，先只咬个小口，吸干里面的汤汁，再扔到口里嚼，不然的话那汤会溅你一脸的。"

唐才质一边狼吞虎咽地吃着，一边问哥哥要不要也吃。唐才常说："我刚才和沈荩忙完事情后，在外面吃过夜宵了，你就都吃了吧。"

唐才常说着，顺手拿起一摞印好的富有票，认真查看印刷得如何。

富有票，是自立会的入会凭证。票面上首横书富有二字，下面正文直书"某字第几号认明为票据遗失不挂，凭票发足典钱壹串文。光绪二十六年某月某日自立"。

自立军用这种票证发展会员时，让得到该票的人缴纳会费一千文，以弥补军需之用。

唐才质负责富有票的制版和印刷，票上的写刻篆书都很精致，票面左下角还钤了一方楚字章印，票证用的是洋纸石印，看上去相当精美。唐才常看着弟弟的心血之作，不由得在心里暗暗赞叹了一声。三弟还不到二十的弱冠之岁，跟着自己出来闯荡，不只是身体强健了许多，而且还能够助哥哥一臂之力了，真好。唐才常每次给家中写信，都会将三弟才质的近况告诉父母和二弟一声，好让亲人们放心。

见哥哥拿着富有票在看，唐才质抹抹嘴问道："康有为那边寄款过来了吗？"

唐才常摇摇头说："还没有。我最近也写信给梁启超问过，他回信说，他都已经写过好几封信，分别询问康南海和澳门保皇会总局的人，催促尽快放款，真不知这康南海心中做何打算，死活就是不寄款过来。"

唐才质叹气道："看来我们自立军勤王举义，就只能指望这一台印刷机了。"

唐才常苦笑着说："自立军这个名字，算是起对了。对了，才质，富有票寄出去的情况怎么样?"

唐才质答:"海内以鄂、皖、赣、湘各省为主,其中又以两湖地区最多,海外以旅日华侨认购富有票者为多。"

唐才常点点头:"好,这几天又有各地哥老会头领来上海,找我要办事款,你让狄楚青领一些富有票送到我那里去。"

狄楚青也是康有为的门下弟子,曾留学日本,参加了唐才常发起的上海中国国会活动,并加入自立军勤王之役,负责捐募款及购置军火的工作。

在关切地叮嘱三弟不要熬夜太晚之后,唐才常才离开梅福里。

唐才常从上海写信给在湖南的二弟唐才中,叮嘱他在四弟唐才昇的帮助下,安排将大家庭人口,从祖母到父母以下所有老幼,尽量不事声张地从湖南老家乡下搬迁到了上海,住进虹口隆庆里。为他发动起义之后可能出现的任何不测,预先做好了家事准备。说心里话,唐才常对全家老小为了他背井离乡、避祸异地,内心是满怀深深歉疚的。

在写给二弟嘱托搬家的信里,唐才常特意吩咐,他放在老家的来往信件,除了壮飞的信,都要统统烧掉。壮飞的信一定要给他带到上海来。

壮飞,就是唐才常死去的好友谭嗣同。

疑影重重西餐厅

上海的英租界,有条繁华热闹的路。那里有文化人开的众多印书馆、报社和书店,而更出名的却是林立的青楼妓院,衣香鬓影,燕语莺声,红袖飘飘,弦歌彻夜。每一扇临街的门与窗,都倚靠着一个笑意盈盈的女人在向路人抛媚眼。这灵魂与肉体的修罗场,自然也少不了美食做伴。一品香西餐厅,就是这条马路上众多餐馆饭店中的佼佼者。

这家西餐厅开在一栋长方形的建筑里,看上去像一艘豪华游船,紧挨着房子的几根路灯杆如同船桅杆,二楼露天阳台就是船的甲板。屋内雕梁画栋,琉璃吊灯悬挂,餐厅里摆着古瓷和盆景花卉。平日里生意很好。

在庚子年夏天，一个华灯初上的黄昏，这家西餐厅里宾客满座，众声喧哗。在临街的一间包房里，几个男人正在坐等约好的来客。

方面大耳的魁梧男人正是唐才常，另一位留着八字胡的书生是沈荩，面容清秀俊朗的年轻人叫狄楚青，也是康有为的门下弟子，早年中过举人，也曾留学日本。今天，他们要和文廷式、汪康年等几位朋友一起，宴请日本人宗方小太郎。

唐才常在前年流亡日本时就与宗方认识了，他的老师康有为曾带上他多次和宗方晤面交谈，期待通过这个手眼通天的幕后人物，得到日本高层人士对康梁保皇党的支持。后来回国到上海的唐才常与宗方时常来往，唐称呼后者为北平先生，因为宗方在中国时，对外常用宗北平这个名字。

唐才常之所以一直与宗方保持周旋，也是希望借这位日本政府的重要策士之力，去推动日方对唐才常的自立军活动持积极评价态度，这对他即将发起的勤王举义以及今后的宪政革新事业可能发生有利影响。

汪康年稍晚也来到一品香，这是个一脸诚恳、善于交际的人物。

上海报业闻人汪康年，原为进士出身，当过张之洞的幕僚。中日甲午战争后，应康有为之邀赴上海加入强学会，创办了维新派影响最大的一份报纸《时务报》，并聘请梁启超当主笔。张之洞开始时对《时务报》馆给予了财力上的支持，想通过汪康年控制报馆，将言论限制在洋务派的尺度范围之内。但汪康年虽然后来与康梁因学术与政见之别，关系变得恶化，却也并没有完全投向张之洞一方，《时务报》从创办直到戊戌变法失败后被迫停刊，始终是宣传维新变法的一块阵地。

以庚子年的北方拳变为契机，同为维新人士的汪康年与唐才常，联手发起了上海中国国会。

汪康年、唐才常正在见面聊天，宗方带着他的两个日本朋友准时到了，几个人互致问候，然后分别落座。

宗方小太郎这位中国通，长着一张拉长的国字脸，就连鼻子和上唇之间的人中，也显得比常人几乎要长一倍。不苟言笑的他，浓眉下一双眼睛透出冷峻的目光，初看时会给你漠然和刚硬之感，只有在与他交谈一阵之后才可以让人放松下来。因为宗方对中国非常熟悉，从山川地理到风土人情，他还喜欢写汉诗，颇能与中国文人士子吟风弄月，互相唱和，这样就很容易拉近彼此的心理距离。

其实唐才常在内心更喜欢另一位日本朋友宫崎滔天，后者的真诚磊落与豪爽不羁，不光让他的中国朋友们很愿意亲近他，就连宗方小太郎也称赞自己的同胞宫崎"容貌雄伟，一个好丈夫也"，可见这个追随孙中山左右的大胡子日本浪人，有着不同寻常的人格魅力。

一个叫佐原的日本人对众人笑言道："国家大，真的是一件奇妙之事啊，贵国北方正是战火喧天，在南方的我们却坐在这里享受美食，不可思议，不可思议。"

狄楚青应道："国土小，也有小的好处啊，一场兵火，劫后重生，就能够凤凰涅槃了。贵国的戊辰战争，只打几仗就实现了尊王倒幕，要是幕府将军有地方能逃得远远的，再整旗鼓、卷土重来，恐怕日本也未必有明治维新后今天的气象啊。"

几个人正在说话之间，最后一位客人文廷式也到了，外面刚刚下起了夜雨，他的头上、肩上还淋湿了一片。这位胖胖的中年士子也是重要的维新派人士。

看见被雨淋得有点儿狼狈的文廷式，他的好友宗方随口念出了两句集锦诗："江南莲花开，风雨故人来。"

文廷式人尚未落座，就迅速回应了两句："岱宗秀维岳，万方俱下拜。"

后面的两个集句中，还分别嵌进了宗方的日本姓氏，颇有点儿难度，不仅与宗方的诗押上了韵，而且浑然天成，了无痕迹，显然比宗方的集句诗高出一筹。众人都拊掌笑赞，纷纷称道两人的敏捷才思，不少人心下想道，文廷式这个笑面佛一样的胖家伙，肚子里着实还装了不少墨水。

说起来，文廷式这个人还颇有来历。他是中过榜眼的头甲进士，被光绪皇帝提拔为翰林院侍读学士，还当过瑾妃、珍妃姐妹俩的老师，一时圣眷隆厚，成为帝党的重要人物。结果他作为维新派被人在慈禧那里告状，给弹劾丢了官，又因私人事务离京回到江西老家，却仍极力鼓吹维新变法。戊戌政变后，清廷密电捉拿他，文廷式出走日本躲避。等到庚子年北方拳变，朝廷泥菩萨过河自身难保，顾不上抓他了，文廷式才回国到上海，参加了唐才常召集的中国国会活动。

选定这家餐馆的主意，也是出自文廷式。因为这里的西餐其实是中西合璧的仿西菜自助餐，由开风气之先的广东人以中国传统烹饪技法加以改造，名之曰番菜，很合广东潮州人文廷式的胃口。他与宗方小太郎是非常要好的朋友，知道宗方也很喜欢这里。所以尽管唐才常与宗方已经在一品香彼此互请过几回了，文廷式还是让唐才常定下此处，今晚再次聚餐。

其实唐才常愿意在一品香请客，还有一个原因，那就是好友谭嗣同生前来上海时，曾多次光顾过这里。

客人们先是起身，各自盛了满满一盘菜肴加汤品回来，有浇汁烧羊肉、腓力牛排、炸板鱼、铁排鸡、冬菇鸭、鲍鱼鸡丝汤、禾花雀、西米布丁之类的仿西大菜。大家边吃边聊，多数客人谈起了当下的北方拳变时局。

众人正在彼此交谈之际，宗方侧过脸，微笑着对邻座的唐才常俯首低声说："才常兄还曾记否？前年，我在东京拜访康南海先生与兄台，那时南海先生刚刚在戊戌政变后出逃避难我国。他决心效申包胥哭秦廷，向日本借兵勤王。我说，日本政府绝不轻易出兵，但时机一到，不求亦能得助。彼时之言犹在耳，今日我国参加多国联军来华吊民伐罪，正应了我原来的话，这岂非天意？"

唐才常说："清廷中枢昏乱，致北方拳变祸起萧墙，引来多国入华干涉，唐某实不忍见我同胞生灵涂炭。然而此时却可做一篇绝大文章，如破题开局得当，将成为我古老中华千年难遇之机遇，破立之后，可望迎来一个新纪元。但正因为海内外介入势力太多，致局面混沌，恐多生变数。"

宗方说："事在人为，就看兵尘落定之后，各方力量如何折冲樽俎，然后贵国某个天选之人越众而出，则大陆又可享一段河清海晏、天下安宁的岁月了。"

唐才常突然双眼闪亮，似乎在喃喃自语："天下苦秦久矣，我辈当效胜、广之雄，振臂一呼，集江湖豪杰之力，冲决淤塞，涤荡大地，勤王倒后，辅立宪政，去开创一个君民共主的煌煌新中华，那时我国当可与列强比肩，并立于世界先进民族之列。"

宗方淡淡一笑，答道："只怕当今的胜、广之徒，面对的将不会再是秦军的古代刀剑弓弩，而是清廷的现代火枪铁炮了。"

其实，宗方小太郎对自立军举事的前景并不看好，因为他已经看透了勤王运动背后的头号靠山康有为，认为康就是一个夸夸其谈、虚张声势的狂妄之人，手下又多为拙于办事的书呆子，这却连带着让宗方严重低估了康有为门下唯一能勇于任事的弟子唐才常。偏偏唐平时又喜欢深沉不露，不太擅长与人交际沟通，除非深交，你才掂量得出他的真实分量。其实唐才常这个人，是个讷于言而敏于行的人。

另外，宗方在接触过湖南、四川等地哥老会首之后，认为这些江湖会党人士多为无赖之徒，不足以信任和依靠。宗方由此更加认定，想借哥老会之力起事的自立军一伙人就是秀才造反，终难成事。所以作为日本政府重要策士的宗方，并没有向本国提出为唐才常勤王起义提供实际帮助的建议。

正在两人的谈话趋于冷场之际，宗方看到汪康年起身去取自助餐菜肴，就随口对唐才常说："这里的炖羊肉味道真不错，我再去添一点儿来。"于是他追着汪康年快步走出了包间。

如果说宗方小太郎是代表日本在中国多方下注的赌场操盘手，那么汪康年正是他看好的一个投注对象，因为汪马上离开上海去武昌面见的人，是湖广总督张之洞。

出房间赶上汪康年之后，宗方将他拉到阳台一角，悄声对他说："康年兄，你突然决定要去武汉，可惜我们约好的同去北方、考察义和拳变之旅，这次就不能同行了。"

汪康年笑眯眯地回答道："北平兄，没关系啊，待我到武昌见过南皮大人，返沪后再行北上，与你会合吧。"

宗方又说："请代我向张之洞总督、梁鼎芬院长问好，去岁我陪近卫公爵访问武汉，受过他们二位的盛情招待。"

汪康年连忙道："好说，好说，兄台可有什么话需要我转告张制台的？"

宗方说："你面见张之洞大人时，可将我再三考虑过的意见婉告于他：当北方局面溃裂之际，以清君侧之名，拥清帝南下迁都武昌，组织新政府。以雷霆手段大行改革，禁闭皇太后，致其不得过问政治。对满汉大臣中顽固反对新政者，悉数排除之，由日本及英美等国帮助其政治。内安百姓，外伸国权，庶几可成保全中国之事功。"

汪康年一脸沉思，喃喃说道："张香涛一向感念皇太后知遇之恩，今虽北方溃乱，但若二上无恙，香涛断然不会迎驾勤王、得罪太后的。倘如此，我能尽力劝说香帅之处，就在于劾政府、剿拳匪。万一出现中枢失势之局，再趁机自建帅府。如此，则退可保东南半壁江山，进可以号召天下、安定国脉。"

宗方点点头，说："康年兄所言亦极有道理，值此局势混沌未明之际，也只有相机而行，尽人事，听天命了。"

其实宗方小太郎在骨子里，还是对坐拥华中的地方势力张之洞寄予了极大的希望。因为汪康年和他的前幕主张之洞之间关系非同一般，所以近几年来宗方主动与汪密切交往，而对与汪康年的江浙派系不和的唐才常，仅仅采取了敷衍态度。

一桩风流公案

汪康年与宗方各自取了菜肴，回到包房重新落座。宗方探身问候起了从日本回国不久的老友文廷式近况，以及他一家的安好。

文廷式那张胖胖的脸上，泛起弥勒佛一般的祥和笑容，他朗声答道："内人及合家老小在萍乡都好，就是龚夫人和诸幼子那边也安好无恙，多谢北平老弟关爱。"

文廷式后半句提到龚夫人时的泰然自若，让听见的客人们都暗暗吃惊。原来，这里面有晚清著名的一段丑闻公案。

文廷式口中的龚夫人，其实是他的外室。但这个女人却又是张之洞首席幕僚、两湖书院山长梁鼎芬明媒正娶的妻子，至今还有名分上的夫妻关系。说起来，曾经是该书院学生的唐才常，还应该叫龚夫人一声师娘呢。

原来，光绪十年，当时年轻的在京翰林梁鼎芬，因为大胆弹劾重臣李鸿章，得罪了慈禧太后，次年就被连降五级，于是愤而辞官，出京返粤。穷京官梁鼎芬却不愿委屈他那位才情容貌皆可入上品的妻子，名门闺秀出身的龚夫人。于是梁鼎芬就委托好友文廷式照顾留京的龚氏，等他自己回家乡打理好生计再来接妻子。就这样，龚氏被他安排住到了在京好友文廷式的家中。

可怜梁鼎芬在家乡安顿好一切，一年多后进京接妻子龚氏，可就是遍寻不着，就连好友文廷式也不见了。朋友们告诉他，文廷式和龚氏已经同居生子，梁鼎芬一听如同五雷轰顶，却仍然心存侥幸，希望妻子和好友的事只是世上小人流言蜚语。文廷式可是他情同手足的朋友啊，而知书识礼的龚夫人，更是与自己琴瑟和鸣、感情笃深的结发爱妻，这怎么可能？

于是他跑到文廷式的老家江西萍乡，找到了因为在京城被人讥讽、待不下去而跑路的文廷式和龚氏。还算有钱的文廷式，在老家萍乡另买了一座房子，把不被文氏大家族接纳的龚氏母子安排住下，他们真的就这样不顾体面地住在了一起。

三个人见了面，文廷式和龚氏却没有半点儿羞愧，梁鼎芬倒也很平静，还是与文廷式兄弟相称，平心静气地坐下来谈话，也不知道他们谈了些什么。而那位美貌温柔的龚氏，就站在一边端茶倒水侍候，神色泰然。

宦门一入深似海，从此梁郎是路人。

梁鼎芬明白了，决定自己退出，以成全文廷式和龚氏。临别时，他嘱咐文廷式要好好对待龚氏。

在和妻子分别之后，梁鼎芬仍然与文廷式保持朋友往来，并非常思念那位美而能诗的龚氏，他还曾经写诗表示出自己的眷恋，对背叛他的龚氏并无半分怨恨，也没有与她办离婚。虽然梁鼎芬后来也纳妾生子，他的内心还是深爱着才色双绝的龚氏。

此刻在上海一品香餐厅里，这一桌的客人在听到文廷式谈到他的外室龚夫人时，对其一脸的若无其事感到惊讶，在当时是有道理的，毕竟，梁、文共妻的传言，在礼教森严的时代是一件有伤风化的丑闻。

顺便交代一下这件公案的最后结局。

尽管文廷式和梁鼎芬的妻子龚氏多年同居，且后来龚氏为文家生了三个儿子，可是文氏家族根本看不起连小妾身份都不是的龚氏，也不把龚氏的三个儿子看成自家人。光绪三十年文廷式病故，正妻陈氏容不下龚氏与其幼子，母子四人开始度日艰难，后来日子实在过不下去了，她决定找丈夫梁鼎芬试试。于是龚夫人带着她和三个儿子，千里迢迢地找到了梁鼎芬。

妻子带着私生子来找戴绿帽子的老公要钱，可以想象这是一件多么难堪的事。可梁鼎芬却心平气和地接见了龚氏，礼貌地尊称她为龚太太。在明白龚氏的来意后，为了不伤到她的自尊心，梁鼎芬在与她告别离开前，悄悄在茶杯下面压了三千两银票。

从此以后，龚氏再没有来找过梁鼎芬，靠着这一笔赠馈，她独自将三个幼子抚养成人。她也没有放弃自己的文学爱好，终生读书治史，平静地度过了简朴和安宁的一生。

卿已负我，我不负卿。

梁鼎芬这个忠君卫道、热爱大清的家伙，一生中敢于顶撞包括李鸿章、袁世凯等朝廷顶级权贵，如此倔强，却对一个亏负于他的女人情深不弃。这样看来，他还真当得上朋友们送给他的梁疯子绰号。这个脑洞奇异的家伙，应了魏晋狂士阮籍的一句名言：礼教岂为吾辈设也。在做人的某个方面，他可能远远超前于他的时代了。

再狂诞不羁的人，内心深处也有一块柔软之地。

江湖堂口杀鸡忙

再回到光绪二十六年的那个夏天吧。

德生提着刚买的一只红冠大公鸡，正在汉口一条石板铺路街上熙熙攘攘的人流中穿行着。

这座城市里的菜市场，永远是人间烟火最炽热的地方，生鲜活物摊档和饭馆、熟食铺比邻而处，摊贩的吆喝叫卖和刀具咣当起落声、锅铲在铁锅中翻炒声，炸得吱吱响的猪肉，排骨藕汤的腾腾热气，呛人流泪的热锅炒辣椒姜蒜味，卤猪牛鸡鸭的深浓色香，连同剖鱼的腥味、都市厨房泔水特有的腐熟气味，一起扑来，让人的眼耳鼻口一时应接不暇。

德生经过的一家北方馆子门口，一个掌勺的光头汉子正在用烈焰腾腾的铁锅爆炒嫩羊肚，他神气活现地上下抛举着那只铁锅，一锅雪白的羊肚片就纷纷在空中翻飞着，就像一群被烫得活蹦乱跳的活物。那四散开来的羊肉鲜香味，让少年德生忍不住咕咚咽下一大团口水，想想自己马上就可以有鸡吃了，他才又高兴起来，脚下加快了步子。

他提着公鸡来到汉口宝顺里的一栋小楼房，从一楼沿着楼梯走上来。二楼的大房间现在设成哥老会香堂了，房中灯烛亮堂堂的，一群会党中人，正恭恭敬敬地或坐或站着，准备举行开堂仪式。这栋小楼临近英租界，现在被租来当自立军的机关。因为陆续有哥老会的各地会众到来，所以这里最近几乎每天都要开堂，德生也乐得天天有鸡肉吃。

头上插着野鸡毛的慈利汉子李彪，从德生手里接过公鸡，口里开始念念有词：鸡啊鸡，此鸡不是非凡鸡，头上顶的红冠子，身穿五色锦毛衣。凡人拿来无使处，弟子拿来过红鸡。

德生心想，这李彪真是好口才，鸡长什么颜色他就改唱什么词。刚做开堂仪式的头几天，刘幺叔吩咐德生按哥老会中的讲究，买来的都是纯白的大公鸡，李彪那时唱的词就是："身穿一色白雪鸡"。后来汉口的白公鸡都因为各堂口纷纷的开堂活动卖光了，德生只得降而求其次，买回其他毛色的大公鸡，李彪也就跟着鸡毛的不同颜色，即兴编唱词了。

只见那李彪把鸡脖子提起，先拔掉几撮鸡毛，露出脖子，然后示意德生用力捏住鸡翅膀和脚，他拉长鸡脖子，一刀就砍去了鸡脑袋。德生赶紧将鸡脖子对着一只装酒的大铜盆，一道鸡血就喷射到盆子里了。德生紧接着又将鸡脖子对准一只盛了小半碗水的大瓷碗，鸡血放到差不多时，他将公鸡递给李彪。后者提着还在滴血的鸡，在地板表面的一张红单上快速扫过，这叫过红。红单上面写了今天参加开堂的哥老会众人名字，如果谁的名字被滴上了鸡血，就暗示这人"带彩"了，在参加自立军的这次举事起义时要犯险，有性命之忧。这时，哥老会中的名正二爷过来了，他查看过红单上滴了血的名字，就高唱道：红血滴在姓名上，头榜高中是状元。红血滴在姓名上，诸事如意百事旺。

然后将红单拿到灯烛上点燃，当众烧掉。如此这般，就算禳解了这些人的血光之灾。大伙一人一碗，喝下滴了鸡血的酒，以示共襄义举、与子同袍的生死豪情。之后，才纷纷散去。

哥老会山堂里，缭绕的香火烟雾，鸡头血酒，头插野鸡毛念念有词的人，墙上写的一句富有山堂的口号：万象阴霾打不开，红阳劫运日相催，顶天立地奇男子，要把乾坤扭转来。和同一面墙上有张用英文写的宣言：Establish the most civilized politics of the 20th century（立二十世纪最文明之政治)。这种种看上去不太协调的元素,相映成趣,共同构成了一幅奇特的景象。

华浩只要有空,就会来参加开堂。年轻的他被尊为堂口的龙头大爷,坐在头把交椅上,不时与哥老会各位朋友相互作揖致敬。这让德生觉得脸上很有光:自家少爷现在被众星捧月了。德生还见到过一个安徽来的哥老会会首,对着华浩打个手势,代替请安,然后雄赳赳地说:请大帅示下!这时德生再看华浩,那一副不怒而威的样子,还真像个大帅。

有时开堂仪式,李彪让其他人当司仪,德生就请教李彪有关哥老会的那些古怪讲究。他见到哥老会每次排位的十把交椅有点儿奇怪,因为第四把和第七把交椅从来都是空着的,于是开堂之后问李彪。李彪告诉德生:没有人愿意坐四排和七排,是因为哥老会中传说,这两个排位里面出过叛徒。在康熙年间,传说中创办了哥老会的郑成功,派部下陈近南在四川雅安开山立堂。第四排的方良宾当了叛徒,暗地里向清廷告了密,陈近南好不容易化装逃掉了。后来又出了个胡四、李七背弃盟约,出卖弟兄伙,最后陈近南还是让人暗杀了,所以哥老会里面就忌讳去坐四排和七排,来表示对叛徒的鄙视。

德生暗暗想:可别再出叛徒了,不然会空出更多的椅子,我们哥老会的面子上也太不好看啊。

李彪说,其实第四把交椅空出来还有一个说法,说是有个叫符四的好色之徒,他淫嫂戏妹,人神共愤,被黑传了。李彪说的黑传,就是哥老会用的一个隐语,暗杀的意思。

看见少年德生吃惊地吐了一下舌头,中年汉子李彪笑着对他说,哥老会中弟兄伙禁乱淫,这是极严格的。我就参加过一次黑传,合伙几个人去处决一个弟兄。这人其实人缘极好,长得也挺括俊朗,大家伙们都喜欢他。就因为他同情本地山门中龙头大爷的小老婆被大房欺负得厉害,由怜生爱,结果两个人好上了。这就犯了本会的天条。龙头大爷好留点儿脸面,就在家里用一摞黄纸喷上酒,把那女的捂住口鼻,活活憋死了,男的被会中众人押着摸黑上山,跳悬崖自行了断。那晚我就紧紧跟在他后面走,遇到高低难行之处,那人还不忘回头对我道一声"兄弟,当心脚下,莫摔倒了"。路上趁人不注意,他还问了我一声他那个相好的怎样了。我悄悄告诉他,那女人已经在黄泉路上等他了,叫他不要再挂念,一会儿他们两个人就能见到了。他点点头,不再说话。等来到山上悬崖边,他回头对众人说:"各位弟兄伙,谢谢你们送我走最后一程,大家下山走夜路要小心点儿。我们来生再做兄弟吧。"说完,他一回头对着黑黢黢的山谷,竟然唱起一支本地情歌来:

  郎在高山哟,打一望,妹在河里哟,洗衣裳。叫一声情妹,你想不想郎。郎在梦里想着你,你莫要忘了郎。情妹哎,情妹耶。

  歌声刚落,这人一跃而下,跳进了悬崖深谷。众人举着火把,面面相觑,却无一人说话,站立了好一会儿才慢慢下山。
  少年德生听得呆了。他都想象得出,那几只在一片寂静中烧得噼噼啪啪、轻微作响的火把,和火光映亮的一群男人那些默默无言的脸庞。
  德生突然想起来,李彪和秋娘两人在私下里也成了一对如胶似漆的露水鸳鸯。但这个慈利汉子在湖南乡下有婆娘和伢崽。那他们会不会也被哥老会黑传掉啊?一想到这里,德生未免替他们两个暗暗担心起来,又不好问,只得把这个担心憋在心里。
  而且,德生还注意到,李彪最近每次开香堂杀鸡后,老是从公鸡肚子里掏出两颗比鸽子蛋要小一些的东西,说是鸡肾。撕掉外面的筋膜后,将乳白光滑的卵状物放进一个酒瓶里泡起来,瓶子里还有枸杞和其他草药。德生不知道那其实是公鸡的睾丸,一次他在啃鸡腿时,还问李彪这白光光的小卵球有什么用,李彪遮遮掩掩的显得很有点儿不好意思,只说是滋补的好东西,还说你小屁孩一个,不需要知道这个的。德生模模糊糊地感觉到,李彪近来同那位俊俏艺人秋娘偷偷相好,这泡酒的玩意儿可能和此事有什么关系。但少年德生也猜不出个名堂来,就摇摇头,继续大嚼他的鸡腿去了。
  哥老会香堂这次开堂仪式结束后,会众四散离去。刘幺叔将李彪悄悄拉到一个无人的角落,低声告诉他:"马如龙嘱咐徒弟对巨富刘铁崖父子在武汉行踪的跟梢,也终于有了眉目。"这对父子最可能转移藏宝的地点,是武昌的一处宅院,那是他们家的当铺用来做库房、存放大件典当物的地方,位于离店铺所在热闹街面有一段距离的僻静巷子,平时很少有人出入。马如龙的徒弟来宝盯梢多日后,在一个大雨滂沱的傍晚,看见刘家少爷坐轿押着一辆裹得严严实实的小推车,穿过行人稀少的街巷去到那处宅院,过了许久才出来。如果是藏宝的话,那里是最可能的地方。来宝还在小推车碾过的一小段泥土路上察看到,去时的车辙印比回时要深得多,看来这一趟的货还挺沉的。

当晚,在湖南会所后院的那间密室,马如龙、李彪和刘幺叔又碰了一次头,三人想出一个看上去天衣无缝的计划,万事俱备,就只等老天爷给一个合适的时辰了。

哥老会,这个大清王朝底层的一个影子社会,如果仔细分辨,就可以看出那上面隐现了无数卑微者的生生死死、爱恨情仇。很多清代历史事件的草蛇灰线,也都指向这个庞大的秘密江湖会党。

以哥老会为代表的晚清底层江湖社会,暗藏着古老的血性与反叛的傲骨,那是几千年来这块土地上的统治者反复镇压后,顽强存活下来的一脉气质。它无关这个古老文明所能达到的高度,却与文明内在的硬度有关。它可能离理性相当远,多会显出一股愚鲁和倔强之气,但却始终抵抗了统治者希望强加给人民的驯服奴性。那些从未屈服过的灵魂,正等待着暴风雨的来临,将他们从大地深处召唤出地面。

人力与天命的对决,即将在长江之畔开启。

局中设局,美梦成空

午后的雷,打得又狠又急,雨下得跟有人从天上拿大桶泼水似的。这两天的江城武汉,就像是不小心冲进瀑布下方的一条船,被淋得昏天黑地。

家乡的老人们会告诉你,这是在走蛟,据说那些藏身在荒林旷野里修炼的灵物,蛇啊鱼啊什么的,就苦盼着到了某个时辰,就像这电闪雷鸣、大雨洪暴的时候,趁机从栖身的洞穴水潭里冲激而出,挣扎着随湍急水流进江入海,化为蛟龙,这叫修灵渡劫。只是,这种天火之劫,待时而动的灵物中毕竟只有极少数可以最后成功，它们大多在走蛟路上被天火雷击轰中，元神破灭，可怜辛苦一场修炼，瞬间成空，能安然渡劫者可说是万中无一。

秋娘正在阁楼小屋中小睡，要为当天夜场的献艺卖唱养神。正在蒙眬之际，突然门被撞开了，李彪一身湿淋淋地闯了进来，吓了秋娘一大跳。

坐在竹椅子上愣了好一会儿，李彪才喘着粗气，带了哭腔说道："马如龙得了财宝，撇下我，带着他的两个徒弟跑路了。"

秋娘帮他换下湿衣服，擦干身上的水，双臂温柔地环抱着他。李彪才慢腾腾地讲出了事情的经过：原来，昨天深夜，李彪、马如龙和他两个徒弟来福、来宝，趁着漆黑无人的暴雨天色，偷偷翻墙进入武昌的那个当铺库房，先用毒包子放倒了两只狗，再用迷魂香熏倒了屋里睡觉的两个看房人。四个人在那所宅子里几乎掘地三尺，找了好几个时辰，来宝终于在一堵夹墙中发现了非常狭窄的暗门，他们侧身挤进窄门，举着蜡烛下行到一间小地窖里，发现一只朱红漆推光的大樟木箱子，在里面找到了刘铁崖父子转移来汉的宝藏。看到烛焰下那些闪光锃亮的金器，几个人欣喜若狂。他们尽量拣出最值钱的物件，裹上几层油布打包后，开始等待天光破晓，那时会有辆收粪车来到院子后的一条僻静小巷，接应他们带着东西出城。

来福突然发现，两个被捆绑好蒙住眼、堵住嘴的看房人中，有一个从昏迷中醒来后不停地挣扎，嘴里还呜呜地哼着。马如龙想让徒弟下手勒死他们灭口，被李彪劝止住了，说反正这两人也没看到他们的面目，不如饶了两条无辜性命。马如龙就让李彪先留下来看住这两人，等一个时辰后，估计前来接应的粪车藏好财宝，连同他们师徒一道安全出城了，李彪再抽身悄悄离开，再说他单独一人也容易混进市面街道的人流里溜走，等出城后去约好的一个偏僻地点会合。李彪一想这样更妥当，也免了两个看房人当冤死鬼，就答应留下了。

马如龙师徒三个等到清晨时分，墙外扔进院子里的一块土疙瘩轻轻响了一声，那是接应的粪车夫打出的暗号。趁着清晨的小巷空无一人，三人翻过墙带着财宝离开了。

李彪独自在当铺库房里，看守着那两个捆得紧紧的人，好不容易熬过整一个时辰，看看天已大亮，才悄声爬上后院墙头，瞅着雨天巷子里没有出现行人的空子，迅速翻墙离开。出了武昌城门后，赶到事先说好的城郊一处房子，却没有发现马如龙师徒的踪影。李彪慌了神，马上赶到码头坐船渡江，去汉口的会馆找到刘幺叔，可刘幺叔也不知三人的去向。刘李二人分头到处悄悄找，却遍寻不着。不用说，马如龙他们一定是独吞了所有的财宝跑路了。

"马如龙这个滑孙子，嬲你妈妈别！"李彪讲完后，骂出了一句湖南方言。极重江湖义气的他，看来是被自己一直十分敬佩的龙头大哥狠狠伤到心了。

秋娘听了却若有所思，她松开抱着男人的双臂下床，打开她那个掉了很多漆的旧梳妆柜，取出一把蓍草来，小心翼翼地摆在柜面，又从中取出一根放在旁边，然后转过脸来认真地问李彪："那马如龙师徒，今早是什么时辰和你分手的？"

李彪睁大双眼，不知道秋娘在搞什么古怪，却仍然答道："大约是卯时，天刚蒙蒙亮的时候。"

秋娘不再说话，将那把蓍草分成几小束后，又摆来摆去，像是在运算，口中还念念有词。好一阵之后，才开口道："是寅卯辰方位，他们三个一定是水遁往东去了。"

秋娘的手指缝里各夹了几根蓍草，闭上眼默念着什么，突然她睁开眼，一脸惊讶地开口道："遇白虎临申酉金，白虎叼刀，大凶之兆，原来他们这一去有血光之灾！天怜可见，幸亏你没有随他们师徒一道走。还真的应了那句老话：有情有义桥下过，无情无义刀下亡。"

李彪半信半疑地咧嘴笑了："小亲乖，你就莫胡乱编些鬼话哄我开心了。那一注横财飞了就飞了，我不会多去伤心的，我只要有你，这世上拿什么来我都不换。"

秋娘继续一边摆布着蓍草，一边说："冤家，我再来给你算一卦，看看今年你的运数如何。"

李彪又一把抱住秋娘，口中喃喃道："老子管他娘的什么运数，能做得一天和尚，就撞一天你这个美娇娘的肉钟，哪天死翘翘了，也好做个风流鬼入地。"

不知什么时候雨停了，一道穿过云隙的纯灿阳光打进屋顶的亮瓦，照射在两个紧紧抱着的人身上，他们如同旷野里的一对洞穴人，好像一直要缠绵到天荒地老。

人鬼熙攘中元节

中元节到了。

黄昏时分，晚饭后天刚擦黑，东方天空出现了叫长庚的第一颗星星时，秋娘就来到湖南会馆，喊上雪丫和德生出门去看放灯。

唱婆子秋娘，自打两年前在湖南人为唐才常办的饯行宴上向哥老会拜了码头以后，得了刘幺叔他们不少关照，她就在湖南会馆忙的时候经常来搭个帮手，也可以与她的相好李彪会面。因为看见雪丫这个小姑娘在一群大老爷们儿中间有点儿孤孤单单的，秋娘就时常过来找她说点儿女人家之间的体己话，两人虽相差好几岁，却已然成了好姐妹。

夜色正在悄悄笼罩城市，汉口的所有街巷路口地面，都开始燃起了一小堆一小堆的火光，那是人们在屋外露天烧钱纸。道教称这一天叫中元节，而佛教则称为盂兰盆节。它是人们向亡灵献祭、追怀先人的一天。据说中元之日，也是地狱开门之时，众鬼都要离开冥界，有亲人在世的鬼回家去，没亲人的就游荡人间，徘徊在各处找东西吃，因此这一天又称鬼节。这天人们普遍进行祭祀鬼魂的活动，在路边点上荷灯，为亡魂照亮回家的路。

雪丫的父亲刘幺叔，在黄昏稍早时，就带着女儿在会馆门口烧了纸钱祭祖先，也吩咐德生为他一家的亡魂烧了纸。烧的时候，刘幺叔会特意嘱咐两个年轻人在祭祖的纸钱堆旁，另放上一小堆纸燃起，说这是烧给那些没有子孙供饭而挨饿的孤魂野鬼，免得它们来讨要祖宗的纸钱。祭礼完毕，刘幺叔提醒雪丫，一定要把白天晾的衣服收了，免得在一年之中阴气最重的这个夜晚晾衣服会沾染上不干净的东西，然后他就匆匆离开会馆了。

雪丫有点儿纳闷，最近父亲和哥老会众人老是很忙，刘幺叔刚刚坐船跑了一趟上海回来，说是张罗会中的差事，回汉后他更是忙得几乎脚不沾地。连雪丫自己的心上人华浩也推说不得空，有好一阵子没来看她了，雪丫也不知道他们这一伙人神神秘秘地在搞什么。

从青石板小巷走出来,到了河边大路上,秋娘、雪丫和德生他们三个,正好碰见放路灯的一支小小队伍。六个男丁,一敲锣,一打梆,一提灯笼,一撒盐米,一放香烛,一摆豆腐加饭团。他们每隔百来步就设一处祭品,有人口中还念念有词,样子都很虔诚。而在这支队伍之前,已经有人沿路摆放了纸做的莲花灯,里面有油和灯捻,一盏一盏被点燃了,那些微小的灯焰在昏暗中轻轻摇曳,忽明忽暗,就像真的有许多看不见的脚步在经过,带起了阵阵旋风一样。

德生在今天早些时从会馆出来办事,回家前亲眼见到河边大路上,一队佛教信众在几个敲着引磬、木鱼、铙钹、手鼓的和尚带领下,沿着大道旁放灯盏的情形。他们举着长长的经幡沿街游行,走若干步响一声锣,队伍中就有人在路边摆放一盏小油灯。和尚们口中念念有词,德生听人说过,这是在为饿死之后口吐焰火的亡魂诵经念咒,替他们做超度。白天日头下那些小灯的光亮很不显眼,到了夜晚,小油灯的光焰摇曳着,据说是象征饿死鬼从咽喉里吐出的饥火,这就是佛事中的放焰口。

德生在湖南乡下看见过不少流落异乡、最后饿得断了气的逃荒饥民。他想,要是那些饿死的人吃得到今天给它们准备的路边供品,它们就不会去做鬼了。

而在很多人眼里,这一盏盏莲花灯,更像是为了方便所有亡魂走夜路回家的指引。在这块古老土地上,如蝼蚁般一代代死去的人们,终究还是可以被同为蝼蚁的生者追思、怀念。活着的人们在这样做的时候,知道他们死后也会被人用这种方式去想念,所以,与其说这一盏盏灯光是在悼念亡者,还不如说害怕死亡的人类为自己提前点燃的。真好,看到这么多带着暖意的橙色灯光,一个还活着的人,也许就不会对那终将到来的长夜过于恐惧了吧。

河边大路上,人们三五结伴,提着灯笼,多在朝一个方向而去,秋娘他们三个也随着走。众人来到汉水长江入口北岸的集家嘴,沿着宽阔的多级石阶走下河堤,近到水边。在最后一级石阶上开始蹲下,将各自带来的小荷花灯点燃,然后轻轻捧着放进水中。一盏,两盏,无数盏小灯悠悠漂离岸边,汇入河中,形成一大片灿烂的星光景象。每当有河灯遇到漩涡,星点火光在那处开始旋转起来,形成几个急速舞动的光圈,岸上的人们就

253

忍不住向那里指点着。

年轻的雪丫和德生对眼前的景象感到相当震撼，兴奋的雪丫还指点着河面上的奇异风景，对秋娘和德生叽叽不休地讲着。也许是因为雪丫从小到大还没有失去过身边的至亲之人，所以幸运的她，对另一个神秘的世界只有好奇，并没有和其他人一样地感同身受。

而秋娘却一直默默注视着她放进河里的那两只水灯，直到它们轻轻摇晃着，带上放灯人的祈愿远去，加入庞大的水上繁星群后，再也不可分辨了。那两只荷花灯，是秋娘用防水油纸精心为亡故双亲叠制的，她希望其中至少有一只带蜡烛的小灯能漂到长江下游，在经过无名村庄旁那个野草萋萋的小山时，她那长眠在山坡上的父亲能够看到。秋娘心中默念道："爸爸，这一盏小灯是你的女儿来问候你了，你在那边还好吗？"

在秋娘的想象中，那个瘦削但却挺拔的身影正站在荒草坟头，长久凝望着夜色中的江面。

"爸爸，你知道女儿我孤零零的一个在这世上，受过了多少委屈，咽下了多少眼泪？"

河岸上的人们大多也都沉默着，偶尔有小孩子叫喊嬉闹，会被大人轻轻呵斥制止。一种肃穆却并非哀痛的气氛，弥漫在人群中。这是天地间一个奇妙的通灵时刻，此岸与彼岸的阴阳两界，今晚重叠在同一个物理时空里了。活人和亡灵在其中熙来攘往，看不见对方，却并不相撞，个个都像崂山道士一样，可以直接穿越彼此而过，但却互相感知得到。这一夜，所有人和鬼都是彼此和解、充满善意的。

雪丫平时最怕人谈鬼，今晚却一点儿也没有害怕的感觉。在离开河边回家的路上，看着她眉眼舒展的开心模样，秋娘在心里说："好妹妹，真羡慕你的幸运，如果哪一天你也失去了挚爱的人，你就会懂得，为什么人们会在这一天沉默了。"

是的，对于很多信鬼神的人，幽灵世界的存在，是发生于他们第一个最亲的人死去的那一刻。从那以后，另一个世界就与人间重叠和交织了，两个世界有时会互相发生影响，有好的影响，也有不好的影响。秋娘就有过十分诡异的一次经历。

那是很久以前，她在一个江湖马戏班子里刚刚学会高空走软绳、开始表演不久的时候。那天，她一个不小心从空中头朝下倒栽了下来，人群在惊呼中向后倒退着,每个人都生怕砸到自己。忽然间,有位胖老头儿向前一个趔趄扑倒了,秋娘就刚好一头摔到这人的肩背上面,两个人幸好都没有大碍。当那老头儿翻身爬起来与秋娘四目相对的一瞬间,看到的分明是她最熟悉的一双眼睛!那是秋娘死去的父亲的眼神。跌坐在地的少女揉了揉自己的眼睛,再看时,那双熟悉的眼睛却消失了,只见那个陌生的老头儿一边骂骂咧咧地爬起来,一边说不知是谁当时将他向前猛推了一把。围观的人把这一老一少扶起来,七嘴八舌地说着。众人中却谁也没看见有人从背后推这老头儿倒地,都说这女娃子命大。马戏团主赶紧让小姑娘重新趴下,给这位糊里糊涂救了她一命的大伯叩了三个响头。

　　后来,秋娘很久都没有将这件诡异的事情告诉任何人,谁又会完全相信她说的呢?只要她自己相信,那是父亲的亡魂救了她就行了,那个秘密只应该属于秋娘和她在另一个世界的亲人。

　　李彪这一阵子离开汉口回湖南乡下去了,还是秋娘催促他去的,一来为盗刘铁崖宝藏的事需要避避风,二来李彪也有好久没有回乡下看他的堂客和细伢。秋娘是个心地很善良的女人,有时会提醒李彪记得要尽自己做丈夫和父亲的义务。这趟李彪回乡,还是秋娘替他给老婆娃崽置办的礼物。

　　和雪丫、德生分手后,回到自己小阁楼房间的秋娘,一个人孤零零地躺在床上,盯着亮瓦外的夜空,那一轮又大又圆的月亮,呆呆地看了好久。

第八章

明灭

前军已折戟，主帅奔中军

这个中元节之夜，秋娘、雪丫他们在汉口放出的莲花灯，加入万里长江沿路放下的无数水灯，在漆黑一团的江面上沉浮明灭着顺流而下。就在同一个晚上，在长江之尾的上海，一艘灯火通明的大江轮正缓缓离岸，溯江上行开往汉口。这艘叫大井川丸的客轮上，有一位特殊的乘客，他就是唐才常。

唐才常已将自立军部署为五路，分布在鄂、湘、皖、赣等长江中下游地区，他自任总司令。本来自立军各路约定在早些时候同时大举起义，但就因为康有为的海外汇款一直没有到位，所以举事日期只得一延再延。现在各路人马都已按原计划聚集，箭在弦上，不得不发。华浩电促唐才常从上海回汉，尽快指挥发动这个华中战略要地的总起义，其他几路自立军也将同时举旗起事、遥相呼应。

最近一次同时大举起义的时间，已经从阳历八月九日的中元节，改到了八月二十三日。唐才常分别向自立军的前、后、左、右、中军派出了通知起义改期的信使，他自己带着几位同志，在中元节之夜登船从上海返回汉口，准备到时候发动大起义。

他万万没有料到，唯独那个出发送信给安徽大通自立军前军的信使，不知何故，就永远消失在历史的迷雾中了，所以前军统帅秦力山、吴禄贞还以为起义仍然是在中元节爆发。就在这一天的早晨，秦、吴两位留日生，领导发动了安徽这一路人马的起义。

自立军前军在中元节的上午发布告示，宣布正式起义。众人乘船而下，开始进攻大通盐局。清军参将张某率四艘水师炮船前来镇压，却因士兵多已参加自立会，一到战场就立即倒戈，张姓参将投江自尽。起义军用炮船开炮轰击盐局，打沉了盐局轮船，俘获厘卡炮船八艘，缴获大批物资和饷银。一时间，长江岸边枪炮声震耳，浓烟滚滚。当晚，起义军占领了大通全镇，将盐局作为起义军的指挥部。

次日，安徽巡抚加派重兵，分三路围攻大通。起义军与清军展开了激战，击沉清军炮艇多艘。第三日，两江总督刘坤一派出三艘英国造兵轮，驶往大通长江面参战，继而又派三营人马携重炮助攻大通，长江水师提督也急调水师三营至大通协战。清军大队云集，大通自立军一支孤军奋战，四面受敌，军势逐渐转向败局。

秦力山、吴禄贞见部下伤亡越来越重，只得在十一日率众乘舟离开大通镇突围。登岸后，中途不断遭遇赶来"围剿"的大队清军，秦、吴率众三度列阵拒敌，自立军部众很多人相继英勇战死。秦力山等人在湖边芦苇丛中躲过敌人的搜捕，然后向九华山方向退却。历七昼夜血战后，两位起义首领秦力山、吴禄贞才解散所部，经南京转上海逃往国外。

其实，唐才常在十一日轮船中途停靠南京时，就已得知安徽大通自立军前军起义两日后，刚刚兵败从大通镇退遁的消息。唐才常乘坐的井川丸客轮，几天后溯水上行，经过大通镇附近长江水面时，他站在左侧甲板上凭栏眺望。岸上的枪炮声已经停息，但江岸边被击毁的炮艇、陆地上遭兵火后的房屋，还在多处冒着滚滚黑烟。心急如焚的他，还是一脸寻常，镇定自如。作为自立军总指挥，唐才常不能让别人看出他内心的波澜。自立军的全部五支人马，现在还有四支是完整的。他要赶回汉口中军总部，抓紧发动大起义，生死成败就在此一战。

船甲板上，还有三个江浙客商模样的人，也凭栏而立，正在朝岸上大通镇方向指指点点，观望那里的情形。看样子，他们也一定知道那里近几天发生的起义，唐才常心想。于是，他开始侧耳注意听这三个人的对话。

他们果然在用吴语方言谈大通起义。一顿议论后，那位头顶瓜皮帽的年长者叹了口气，说道："十愁难过猪鼠年，甲子丰收庚子乱。那前朝的刘伯温说得可真是邪气灵光，这庚子鼠年就是主大凶之年。侬看，北边吧，因为义和拳灭洋教杀洋人，各国的洋兵眼看着都快打进京城了；南边呢，我伲这长江一线本来好好的，不想却又打起来了。唉！"

戴眼镜的客商接着道："不过阿拉听说，这回大通起事造反，贴出的布告上写的是要勤王清君侧，请光绪皇帝复政。并不许伤害中外人等，也不许烧教堂杀教民。听起来，他们与那北方的义和团还不一样啊。"

年轻一点儿的蓝衫客商说："尔等晓得伐？听说乱党首领是几个留东洋的学生，也不知道是真是假。"

眼镜客商突然语带悲凉地说:"我看,我伲这个国哪怕想变好一丁点儿,难!管这一块地的老天爷也许是太贪心,不晓得要收多少人头当它的血食,才准许让这地面上动一动,这个国才能往前挪一挪。数数我们中国,有那么多的城池,每座城门楼子上,每年要挂出来那么多的人脑袋。这回老天爷到底要收走多少颗人头,才肯让天下重新安生,老百姓的日子过得好一笃笃?"

唐才常听了,心头蓦地动了一下,他忍不住侧脸望了那位戴眼镜的中年客商一眼。三个人才开始意识到唐才常在旁听他们谈话,就相互使了个眼色,一起离开甲板回客舱里去了。甲板上只剩下唐才常一个人,对着渐渐远去的大通镇江岸,表情凝重的长久凝望着,直到一声温柔的叫唤,让他回过神来。

那是刚刚走出舱门的一位少妇,正在喊甲板上撒着欢跑远了的幼年孩子,叫他小心不要碰着摔着。望着母子俩渐远的背影,唐才常不由得想起了自己的妻儿。

离开上海前,唐才常回了一趟虹口隆庆里的家中,与父母家人告别。在依依拜别祖母、双亲高堂、弟弟和自己几个年幼可爱的孩子后,他又来到妻子邱氏房中,却发现怀有身孕的她正在伏案恸哭。唐才常上前轻轻抚摸妻子颤动着的双肩,邱氏抬起头,望着夫君时,挂满眼泪的脸上却迅速绽起一个温柔的微笑。她不愿意自己对丈夫此去生死未卜的担忧,让他看到了心中难受。唐才常用手轻轻拭去妻子一脸的泪水,然后附身抱住了她,两人就这样一动不动地抱了好久。

发誓要追随好友谭嗣同的脚步、以身许国的唐才常,在常年操劳的妻子面前,心中某个柔软之处却触发了隐痛,他觉得自己对不住结发妻子。

邱氏看到了丈夫脸上的凝重之色,反过来轻轻安慰唐才常:"你放心去吧,家里有我和你四弟才昇。功成之日,你回来接我们就好了。天幸我俩已是儿女绕膝,现在我肚子里还有一个,今后即使日子过得再艰难,也指望得上后辈们赡养孝敬晚年的。"

说完,她拉着丈夫的手轻轻放在自己隆起的腹部,感受小生命的胎动,邱氏是想让唐才常亲近一下这个尚未出生的骨肉。

此刻的唐才常,回想起妻子与他分别时最后说的那几句话,好像是在对他暗示什么。两年前,好友谭嗣同与结发伴侣闰娘生离死别时的情景还历历在目。

谭嗣同死前，到狱中探监的妻子闰娘对丈夫说："你也没给我留个一儿半女，我们要没有后人了，此事殊为憾痛。"

谭嗣同和闰娘曾经有过一个可爱的幼子，却早早夭折了。

听了闰娘的话，谭嗣同的回答，顿时令妻子泪流满面，他说："没有比有好啊。"

唐才常明白好友谭嗣同当时这句话的意思，那就是：如果孩子诞生了却看不到这个世界的光亮，不如不来。

谭嗣同在临刑前，给妻子闰娘写的绝笔信，亦是字字泣血，令人不忍卒读：

> 结缡十五年，原约相守以死，我今背盟矣！手写此信，我尚为世间一人；君看此信，我已成阴曹一鬼，死生契阔，亦复何言。唯念此身虽去，此情不渝，小我虽灭，大我常存。生生世世，同住莲花，如比迦陵毗迦同命鸟，比翼双飞，亦可互嘲。愿君视荣华如梦幻，视死生为常事，无喜无悲，听其自然。我与殇儿，同在西方极乐世界相偕待君，他年重逢，再聚团圆。殇儿与我，灵魂不远，与君魂梦相依，望君遣怀。

唐才常回忆亡友至此，不禁又心生一丝痛楚。他双手紧紧抓住船舷护栏，身子前倾，朝向轮船正劈波斩浪、逆流而上的前方江面，希望迎面扑来的阵阵江风，能吹散心头一份隐约升起的沉重感。

刚才在甲板上交谈的几个普通商人还有那一对母子，让他想起家中的妻儿老小，所以觉得那些陌生的乘客突然都和自己有关了。那种情绪是大义之外的一种东西，与寻常生活中的柴米油盐、喜怒哀乐更为相关，类似于他的幼子嘟着嘴跑来，举了手指头上小小的伤口给他看，以求得父亲的几句安慰；或者邻家婶娘小脚巍巍地穿过场院来找老母亲，两人在鸡鸭的聒噪声中唠叨家长里短的时光。他自从倾力投身于勤王事业之后，再也没有认真留意过这些日常的情景，而是集中全部注意力，去驱动心中某一个宏大的目标。

现在那个巨大的轮子终于就要转动起来了，他才突然意识到那轮子可能要碾碎很多无辜百姓的生活，也包括他自己的家庭。但为了天下更多卑微如尘的生命，他必须要做下去。他能祈祷的，只能是那个被他驱动起来的巨轮不要完全失控，以尽量少伤害到普通的生灵。

唐才常这个普通的读书人，和所有寒门士子一样，原先梦想靠科举挣一个前途。只是在考入武昌两湖学院后，眼界开阔了，才开始投身维新变法运动。但即使到了那时，他还是寄希望于温和的维新改良道路，压根就没有想过要暴力对抗国家。直到戊戌政变，好友谭嗣同的血溅京城菜市口，这才改变了唐才常的一生。再后来，他赖以养家的营生，包括与谭嗣同在家乡浏阳共同投资的煤井、钱庄，也被仇恨维新党人士的乡人放火烧毁了，回到家乡的他又被殴打到头部受伤。走投无路的唐才常，这才终于走上了暴力反抗的道路。

不是被逼无奈，谁愿意去抛下妻子儿女、提头换命地去造反啊？

唐才常的耳边，回响起一个稚气的童声："爸爸，你什么时候回来啊？"那是他在上海离家前，三岁幼子惟沐的声音。

他仿佛又看到，两个年岁大一点儿的爱儿惟桢和惟林，和他们的小叔叔唐才昇一同站在码头上，最后向徐徐离岸的大轮船不停挥手的小身影。

他在内心对自己的几个爱子默默呼唤道，为父马上就要追随谭嗣同伯伯去做的事，不仅仅是为了你们，也是为了千万个与吾儿一样的孩子。如果我们父子之间今生再也见不到面了，你们一定要记住有过我这个父亲啊。

两个起义领袖

一声汽笛长鸣，井川丸号客轮缓缓靠岸，下船的人流中走出一位阔脸方肩的轩昂男子。这正是八月中旬，从上海沿长江溯流而上的唐才常，经过数日航行，他返回了汉口。

在汉口宝顺里的自立军秘密机关总部，唐才常与分手近一年的华浩重逢了。他看到，年轻的华浩好像变成了另一个人，不再是在日本时那个单纯和充满了激情的留学生，而是一位沉着冷静、处变不惊的统帅之才。唐才常在感慨之余，十分欣喜于自己当初识人的眼力。

华浩也非常欣慰，自立军领袖唐才常的归来，让他感觉压在肩上的千斤重担，终于有他视如兄长的同志接过去分担了。两人马上开始讨论起安徽大通起义，由秦力山、吴禄贞两位留日学生领导的大通义军，因为未能接到总起义延迟的最后一次通知，已在中元节发动。但由于其他各路起义按兵不动，他们孤掌难鸣，已经失败，此时还不知秦、吴二位首领的生死。

华浩曾经写信给孙中山在汉口的代表容星桥，请他与孙中山商定双方同时大举的计划。信中说：

> 今日之事，我辈如大舟已行至江中，舵不灵稳，则舟将覆，人工不力，则将退而不前。倘尚有翻覆而解散之，则不惟贻笑目前之大众，即将来传道亦属难堪。

华浩在信中还要求孙中山以其他地方的革命党起事，予以策动配合。于是，孙中山指示革命党在广东准备惠州起义，并派史坚如至广州策动，以与汉口自立军即将到来的大举遥相呼应。

唐才常与华浩两人一致同意，事已至此，只能前进，不能后退。大通起义失败之后，汉口总起义必须尽快举行，不能再等待迟迟不到的康有为保皇党海外汇款和军械了。北方闹义和团和八国联军之乱，清廷已自顾不暇，这是个千载难逢的机会。他们默察形势，决定在农历七月二十九日，也就是八月二十三日，在汉口及湘、鄂各地同时并举。汉口的自立军计划先夺取汉阳兵工厂，解决武器装备后，再进攻武昌，拘禁湖北新军的统将张彪和各督抚，一举占领武汉三镇。然后挥师北上，救帝倒后。此时，八国联军正在攻打北京，慈禧太后即将带上光绪帝逃出京城，逃往西安。

谈到坐镇武昌的张之洞，唐才常和华浩两人作为两湖学院的毕业生，都对这位过去他们十分尊敬的老师感到失望。六月下旬，在慈禧太后向世界列强发出宣战、八国联军开始进攻京津地区之际，华浩的几位留日同学好友，包括吴禄贞、黎科在内，组成了一个请愿团。他们先后在南京、武昌面见两江总督刘坤一和湖广总督张之洞，希望两人脱离清廷自立。对维新变法一向持反感态度的刘坤一严词拒绝了，张之洞没有明确表态。但迄今为止，至少老师南皮大人还没有对汉口自立军的活动有任何制止或干预行为。

"看张南皮之反应，似非全无好意者。"华浩说。

"不管他了，我们在大义之下，也只有学那尊王倒幕的日本勇士，先迫使强藩之主就范，再图救帝倒后，创立一个宪政的新中国！"唐才常决然说道。

"对，毕竟与南皮大人师生一场，到时候我们不难为他便是了。"华浩接着说。

谈到对在汉外国人的对策，唐才常告诉华浩，为避免外国列强可能干涉起义，他在上海时已请容闳老先生起草了一份英文的《通告友邦书》，宣告自立军起事之日，将保护外国租界与教堂，绝不侵害中外人士之生命财产，严禁一切违法行为。唐才常告诉华浩，在起义当日便将这份通告公之于世。

华浩记下了这个嘱托，并准备让另一个留日生黎科在起义爆发时赴汉口租界递交英文通告，并沟通一切涉洋事务。黎科留日前曾在天津北洋书院学习过，英文底子好。汉口租界里当哥老会山堂用的那栋屋子，墙上用英文写的那一句宣言"立二十世纪最文明之政治"，就是黎科写好了，让德生站着凳子贴上去的。

华浩告诉唐才常，他与黎科、戢元丞等人详定了自立军会章，对官兵奖惩及纪律等事项，都有简明扼要的规定。还拟定了各种文告，准备起义时散发。

华浩还说，留日生戢元丞结识了新军洪山忠字营的统领黄忠浩，黄也是湖南人，他答应在我们开始举事以后，寻找机会策应，至少可以拖延怠慢他的营队行事速度，以配合起义。

唐才常赞赏了华浩他们的工作。并告诉说，黄忠浩也是他与谭嗣同在湖南搞维新运动、筹办团练时的熟人朋友。唐才常还顺便提到，他与前任英国驻汉口领事嘉托玛有过交往。那是唐才常与谭嗣同在湖南推行维新运动时，为了兴办实业以筹措办学、办出版所需维新经费，在家乡浏阳东乡开采过锑矿。当时唐才常就是联系的嘉托玛领事，将锑矿石卖给英国。唐才常轻轻叹道：嘉托玛如果还在汉口领事的任上，我们就多了一条与西人沟通的渠道。

唐才常突然又想起一件事，于是问华浩："听日本人说，宫崎滔天受孙中山的委托，去新加坡劝说康南海与孙中山合作，结果康南海向新加坡的英国当局告发，说宫崎滔天是孙中山派来杀自己的刺客，滔天已经被新加坡当局逮捕了。"

华浩点点头说："我在前两天，也听前来拜访的宗方小太郎说过这件事，这康南海真是太荒唐了，宫崎滔天明明在戊戌政变时救过他的命，怎么又想去杀他呢？他真是太疑神疑鬼了，这样他还能做成什么大事？"

唐才常问华浩道："你告诉过宗方，我们马上就要起事了吗？"

华浩摇头说："没有。"

唐才常点头说："对，这次自立军大举勤王起义，反正是指望不上康南海和宗方背后的日本势力了。你我都花了这么多心血来操办，我们就自己来干吧。"

谈到两人的好友毕永年，又是一阵唏嘘。这个湖南同乡，文武全才，任侠好义，永远激情四射。却在紧要关头，受几个会党首领朋友背信弃义的刺激，加上正气会内的一些纷争骚扰，结果弃世出家，令他的同志们顿失英才，痛惜不已。华浩其实更为难过，他曾随同毕永年游历长江两湖流域，活动会党，得到了很多江湖历练。在此期间，毕永年也极力向华浩介绍孙中山的生平与理念，使华浩从原来康有为的崇拜者，转变为孙中山的仰慕者。所以说，是毕永年帮助开阔了华浩的视野。

唐才常说："永年就是性子有点儿太急，一有不获，难免于躁，有失忍谋。哥老会众人本出自社会底层，历尽苦难，不通书理，但他们中多有忠肝义胆、视死如归之人。改朝换代，如果不依靠这些敢提头换命的死士，我们还能依靠谁？永年也曾在联络会党方面费了许多心血苦力，才有今天如此局面，他的功劳实在不小。我预料他终无死心，后必再出山救世，你我与永年或有再见之日。"

华浩点点头，说："我也十分惋惜永年兄的突然离别，他是我最敬重的朋友之一。但我同意你对会党人士的看法。我们的这些江湖朋友，管他是顽铁还是精钢，只要能撞破这个千年老房子，就都是好料。至于今后他们各人能不能跟上新开创的时代，就要看自己的业力和造化了。魏蜀吴三国时，那位士别三日、当刮目相看的吴下阿蒙，当初不也是出生贫贱、学识浅薄之辈？王将相宁有种乎！"

说到此处，华浩的双眼中闪烁出激动的光芒。

面色依然沉毅镇定的唐才常，轻轻拍了拍他年轻搭档的肩头，说了声："好兄弟，我们一起并肩上吧。"

大刀王五

当唐才常伸出的手被一位先他到达汉口的京城来客长久握住时，他从那双手的力道上，感受到了这个人发自内心的真诚。

这位年过半百的客人叫王正谊，但他有一个更为响亮的名字：大刀王五。他是京师武林名家，因为早年在习武的师兄弟中排行老五，又善使一口刀头二尺、刀杆二尺五寸的大刀，刀法纯熟，加上他轻财重义、济困扶危，侠义之名传遍天下，所以江湖上被尊称为大刀王五。这位传奇侠客南下汉口，就是因为唐才常一个多月前在上海去信相邀，请他来汉协助自立军在八月的勤王举事。

唐才常其实早就渴望与这位燕赵大侠见面了，因为他和王五有一个共同的生死至交，谭嗣同。

原来，少年时代随当京官的父亲住在北京城的谭嗣同，便拜了赫赫有名的大刀王五为师，学练单刀和七星剑。王五对这个聪慧的少年非常喜爱，两人名为师徒，其实成了一对忘年交。多年后的戊戌年，谭嗣同应光绪帝诏进京，任四品军机章京，参与轰动天下的维新变法。在京城经营一家小镖局的王五，担负起了谭嗣同在京的衣食住行和保镖护卫。

江湖名家王五原本出生贫穷人家，没什么文化，尽管为人正直，品德端方，却对这个世界持过于简单朴素的看法。但当他听了谭嗣同讲的维新改良中国的主张后，就开始追随在这个官家公子左右，两个年龄悬殊的朋友从此以兄弟相称，结成了生死之交。即使谭嗣同不在了，大刀王五也要找机会为他报仇，实现亡友的遗愿。唐才常的相邀，就是一个这样的机会。

这个庚子年的三月，正在夏威夷给保皇党筹款的梁启超，就给唐才常来了一封信,要刚刚在上海进行幕后策划、挫败了慈禧"己亥立储"的唐才常,主动写信给京城的大刀王五,与这位大侠结交。信中建议唐才常以和谭嗣同的过往友谊来打动王五,并提出此人必须罗致为勤王举义的同道,要唐一定不要忽略了这位北方的英雄豪杰。信中的文字如下:

  结识王大刀之事,惟忠兄以壮飞之旧谊感动之最有效,此人必须罗致,望勿忽之。

信中称呼的"忠兄",是梁启超给唐才常起的代号,壮飞就是谭嗣同。此后,就有了唐才常写给大刀王五一封肝胆相照的去信和王五一诺千金的南下赴汉。因为起义时间后来一延再延,王五到武汉的时间比唐才常还要早好几天。

在王五与唐才常和华浩见面时,王五对两人讲出了一个世人都不知道的惊天秘密。

原来,在戊戌政变危机爆发之际,谭嗣同不甘心变法失败,请好友大刀王五出手,让他设法潜入紫禁城,救出光绪帝,以扭转时局。

唐才常和华浩听了,都轻轻地哦了一声,表情十分惊讶。华浩问道:"那皇城深宫守卫森严,外人如何进得去?"

王五答道:"此事也并非绝无可能。我有个朋友与宫中一管修缮的太监相熟,听那人讲过,光绪曾经瞒着西太后,秘密请了一个镶牙匠进宫为其镶缺牙。况且那时戊戌事变刚起,西太后对光绪身边人的安排防范,尚未如今日之甚。"

唐才常轻轻问道:"谭复生当时是如何与你策划的?"

王五说:"复生告诉我,他写了一封信给皇上,请他随我潜逃出宫。然后我带一批好汉护送光绪,或是去东交民巷使馆,或是去京城附近卫戍军营。然后尽快发出圣旨,速调就近军旅勤王护驾,并通电天下。毕竟皇上当时仍在名义上是最高执政,且颇得民心。"

华浩又问:"那前辈您,后来是否进入皇宫啦?"

王五点点头,说:"我对谭复生讲,要想明火执仗,带一群人进宫把皇上劫出来,那是万万不可能之事。最好用计混进皇宫,再劝说光绪改颜易服,装扮成普通太监,随同我离开皇宫。"

看到华浩惊奇地瞪大了眼，王五说："这些仅江湖寻常事耳，你们读书人不多见而已。我有个道上的朋友不光武功好，还是个换颜高手，经他化装改容的人，连亲娘老子一时也认不出来的。

"那天，我和那叫老七的朋友，在一个敬事房管修缮的太监陪同下，进了皇宫的一个偏门。看门的护军看来跟太监朋友比较熟，听说我们是进宫修自鸣钟的工匠，检查过我俩的工具袋，简单搜身后，就让我们领了腰牌进去了。

"皇宫可真大，太监朋友领着我们七弯八拐的，不知道走了多少房屋走廊，才来到紫禁城的内苑。也是在一个小门前要过检，这回是两个身着黄马褂、威风凛凛的大内带刀侍卫，检查起来要比进第一道门严格得多了。太监朋友事先告诉过我们，除了工具袋里面修钟表的干活玩意儿之外，身上千万不要带任何金属物件。因为内廷侍卫通常随身带有一个磁铁葫芦，身藏金铁利刃之人一旦靠近磁铁葫芦，葫芦里的磁铁和金铁之器就会起反应，发生响动而报警。

"事情就坏在一个侍卫正弯腰检查老七的时候，这侍卫手中的磁铁葫芦在扫过老七脱下的鞋子上面时发出了异响。原来老七不放心自己两手空空就深入险境，瞒着我在鞋垫下暗藏了几枚小金钱镖。

"就在这个侍卫正猛地站起后撤的片刻间，老七飞快出手了，他一个双凤贯耳，挥拳击中了侍卫的两边太阳穴。我见状也立马伸出两指，点中正在翻看工具袋的另一个侍卫的大穴，他立即倒地，我又加点了几处穴位，两人都昏死过去了。

"我让吓得发抖的太监朋友在门口把风，然后和老七一人一个，拖着侍卫进到门里侧的宿卫房，我在两人身上又重重地点了几处穴道，就指挥老七把两个侍卫塞床底下了。

"那太监磕磕巴巴地发声道：'这道皇宫内苑的门，通常是有四个大内侍卫把手，另外两个现在大约是进午膳去了，过不太久就会回来，他们迟早会发现这两个被打昏的同伴的。我们现在只能赶紧离开皇宫逃命了。'

"我知道这次行动已经失败了，再待下去，寡不敌众的我们，丢命是小事，谭复生写给光绪的那封信，要是被查出来还会连累到皇帝本人。就赶紧叫上老七，随那位太监从原路赶回到紫禁城的那道偏门。守门的护军还好奇地问，怎么这么快就修好自鸣钟出来了。我和老七装作互相埋怨对方，说忘记拿关键的工具了。那个太监朋友也装着要陪我们去前门钟表店取工具，一起出了皇宫。当然，这个朋友必须逃得远远的，再也当不成他的太监了。"

华浩说："怎么后来没有听京城传说，戊戌政变那阵子有人闯入皇宫这件事？"

王五说："可能他们只以为这是一次盗贼潜入，没有和营救光绪之事联想到一起。大概那两个大内侍卫觉得这事儿太丢脸，加上宫里又没有丢失东西，就没有声张吧。

"我赶到京城浏阳会馆，告诉谭复生营救光绪失败之事。他那时正在写信，听我讲完后，他拿过我交还给他的那封写给光绪的信，静静烧掉了它。然后说了一句，此乃天意也。

"我对他说：'复生，留得青山在不怕没柴烧。我想让你装扮成镖师，明天一大清早混在押镖队伍中逃出京城，出了居庸关，再到那东北之地。我打算买一批骆驼牛马，召集游民，我奉你为主，全力支援你的朋友，你的事业。'

"谭复生却决意留下，期以一死唤醒天下人，并赠我宝剑，以为永诀。"

谭嗣同被杀后，慑于慈禧太后的淫威，无人敢来刑场收尸。大刀王五不顾凶险，带了几个兄弟冒险将谭嗣同的尸体搬回京城浏阳会馆，之后护送回了湖南浏阳老家。

讲到最后，王五的声音有点儿哽咽了。

过一会儿，华浩轻轻地说："营救光绪之事，康有为和梁启超他们知道吗？"

王五摇摇头说："那时他们刚刚逃离京城，此事只有谭复生和我知道。"

唐才常沉思片刻，说道："我想，以我所听到的光绪之性格，就算是前辈能够见到光绪皇帝，他恐怕也不会跟你们逃出皇宫的。"

王五一脸坦然："我何尝没有想到这一点，不过尽人事听天命罢了。倘若光绪皇帝还有他爱新觉罗家祖先的一点儿血性，不想再受慈禧那老娘儿们的气，愿意以身犯险，拯救苍生，就是天下万民之福了，那也不枉了谭复生他们被砍下来的六颗好头颅。"

华浩听得心潮激荡，又想起了唐才常给他讲过的谭嗣同夜闯法华寺逼袁世凯兵变之事，还有毕永年讲的康有为密谋围园杀后之事。戊戌年的那个夏天，过得真是惊心动魄啊。

王五讲完戊戌年的经历，一旁的唐才常、华浩等人沉默了好一阵。然后，从对亡友的追思中回过神来的唐才常，简要询问了王五离京时帝都拳变的情形，就与华浩一道，先后向王五详细介绍了自立军起事的计划。王五听得心中激荡，两眼发光，却仍然面止如水，波澜不惊。他表示，一定会与自立会中兄弟同生死、共进退。

唐才常上前握住王五的手，说道："复生真不枉交了前辈您这样的朋友！"

华浩目睹这个如同大车轴一样坚实、沉稳的北方汉子，待人谦恭和蔼，却每说一句话都可以摔在地上砸出个坑的气势，心中暗暗称赞，不愧是京城镖局的大掌柜、名动江湖的侠义之士。

望着紧紧握手的两人，华浩又想起了谭嗣同的那两句绝命诗：我自横刀向天笑，去留肝胆两昆仑。他觉得眼前这两个人，就像两座活的昆仑山。

大刀王五还带着他的一个徒弟来武汉，华浩在主持了接风宴后，请刘幺叔安排好他们的在汉起居，刘幺叔就让机灵能干的德生陪伴照顾王五师徒二人。

在王五看来，镖局是一门活计营生，镖师们来他这里是为了糊口养家，不是来给他提头舍命的。他大刀王五虽然讲侠义，也不能让别人为了他与谭嗣同的私交，一次又一次去犯险闯鬼门关。所以这次来南方参加勤王举义，为人低调的王五，就让其他镖师照看着镖局，他只带了一个心腹徒弟南下汉口，参加谭嗣同好友唐才常即将发起的自立军起义。

王五来汉参加举事，最根本的原因，其实还不是唐才常的这封邀请信，而是另一封信，那是谭嗣同写给王五的遗书。就是这一封信，才让大刀王五抛下身家、舍了性命前来参加自立军的勤王倒后起义。谭嗣同在遗书中写道：

变法维新本未期其能成，弟之加入，目的本在以败为成，叫醒世人……

皇上是满人中大觉悟者，受我等汉人影响，不以富贵自足而思救国，以至今日命陷险地，弟义不苟生；兄等昆仑探穴，弟义不后死。特留书以为绝笔，愿来生重为兄弟，以续前缘。

"嗣同老弟，为了你遗书中这一句话，我踩着你带血的脚印子来了。"大刀王五在心里默默喊了一声。

少年镖师讲的故事

照顾王五师徒的少年德生，成了王五的徒弟、那位叫二顺子的年轻镖师的朋友。谁会不喜欢一个全无心机又活泼好动，又会体贴人的小家伙呢？二顺子和德生特别要好，两人只要得空，就凑一块呱啦个没完。

德生打小就听过这首歌谣：走镖者，英雄也。白龙马，梨花枪，走遍天下是家乡。在他眼里，当镖师的，一定都是些刀头舔血的狠角儿，天天都有白刀子进红刀子出的勾当，所以他对大不了几岁的二顺子佩服得不得了。刚开始二顺子还故意在德生面前绷着装神气，赚他的崇拜和各种讨好，后来实在绷不住了，才哈哈笑着对他说："实话告诉你吧，干咱们这一行的，可不是成天打打杀杀的。咱碗里吃的，其实就是江湖上各路朋友赏的一口饭。走在道上，遇见盗贼了，全凭我们镖局掌柜在江湖上的名儿。那些贼看见镖头是行侠仗义闻名的大刀王五，一般都会给面子放人走货。所以我们镖行把贼头儿叫成'当家的'。押完一趟镖走回程时，我们都会带上些远处地方的土特产，一路送给遇上过的各地贼人们。那些绿林强盗来北京办事或者游玩儿，镖局不光要好好招待他们，吃饭、住宿、玩乐，镖局都得包下来，还得保护他们不被官府的捕快盯上。临走时，还要送他们回去的路费。"

德生听了，觉得有点儿失望，但还是好奇地追问："这么说你当镖师，每一趟出门押镖就像是游山玩水似的，就从没亮出过真刀真枪，只每天沿路吃喝几声"合——吾"，就完事啦？"

原来二顺子告诉过德生，走镖时沿途要喊趟子"合——吾"，做贼的如果也这样喊着回应，就表示两边相安无事、不伤和气了。

二顺子说："那也不是，我走镖时间还不算长，但听师傅和师兄们讲，他们也有好几回遇见过不讲交情的贼人，谈崩了，两下交手，死的伤的都有。我只遇上一次差点儿就要火拼起来的险情——"

德生马上兴奋起来，催着要赶紧讲给他听。二顺子清了清嗓子，讲了起来："那是一趟跑河南的镖，我们押镖的人在天没擦黑就得投店夜宿。那天走进要过夜的一家大车店，师傅让兄弟们店里店外，还有马厩内都仔细察看了，他老人家还进到客房里，在地面来回跺一跺脚，各处敲打墙壁，看有没有暗道、夹墙什么的。晚上安排了守夜的，大伙晚饭后就早早吹灯上床安歇了。

"半夜里，睡得正熟的我突然被师傅推醒，他让我悄悄叫起所有师兄弟们，快操起家伙护镖。我这时也似乎听到屋顶上有很轻的走动声，于是划燃一根火柴正要点亮洋油灯，师傅噗的一声轻轻吹灭了我手中的火柴。各位师兄对突然到来的变故看来远比我老到，一阵轻微的窸窣声之后，各人都拿了兵器奔自己白天指定好的位置去了，有的守门旁，有的守窗边，有的护住镖银。然后，师傅在黑暗中对着屋顶沉声说道：'道上的朋友，可否赏脸现个身，在下好当面问候一声。'

"一阵沉默之后，房顶上响起一个公鸭嗓子：'哪家的？'

"师傅用中气十足的声音响亮回答道：'小字号，源顺。'

"公鸭嗓子又问：'你贵姓？'

"师傅答：'在下姓王，草字正谊，江湖上抬举，给了个名号叫大刀王五。这一趟来到贵地，不想惊扰到了朋友，我王五这厢给您赔罪了。'

"这回对方沉默了更长时间，然后听到那公鸭嗓子轻轻骂了一句，好像在责怪什么人。又听到他说：'原来是王掌柜的，我的手下弟兄看走眼了，误会误会，我们这就告辞了。'

"师傅朗声道：'当家的辛苦了，我这趟走去，十来天就返经贵地，您有什么要带的？'

"公鸭嗓子的声音已经渐行渐远了，但还是清楚地听到：'没有啥带的，掌柜的你辛苦了。'

"然后就是远近四周响起的'合——吾'声，此起彼伏地在夜空里回荡了好一阵子才消失，分明有很多的贼人，让初次遇到这般险境的我听得暗暗心惊。"

德生听得瞪大了双眼，末了语带敬佩地说："你师傅怎么就能有这么大的面子？那伙贼听到他的名号，就放你们一马啦？"

二顺子很得意地说："你要是去我们源顺镖局，一进门就看得见门道东西两面墙上，高挂着别人送的两块金字横匾，一块是'重义解骖'，一块是'德容感化'。'重义解骖'是说我师傅很仗义的一件事。骖这个字，是指的赶大车跑长途驾辕和拉套的马。师傅王五在内蒙古一个地方，遇见几辆大车让土匪劫了，连骡子带马都被抢走了，冰天雪地里一群人叫天不应叫地不灵的。我师傅慷慨救难，把自己车队拉套的几匹马解下来，给这几辆车驾上辕，可自己一伙人吃尽了苦头，没有拉套的马，只能人下来帮着推车，一块儿回了北京。人家感谢我家掌柜说：'要不是您出手相救，我们非得冻死。'于是那些人送了一块匾——'重义解骖'。

"'德容感化'这块匾呢，就更值得一提了，那可真是救了不少人命。小东岳庙有个庙会，一年赶庙会时，回人跟汉人闹了瓜葛，双方最后下了帖子，约好在陶然亭见个高低。官府对民间的械斗根本不管，等出了人命后，才会让两边交出凶手砍头了事。我师傅得知后，仗义奔走于双方之间，两头劝说，终于把这件事平息了。后来，双方合着给我师傅王掌柜送了块匾——'德容感化'，披着大红绸子送来的。这事儿传开以后，咱源顺镖局在江湖上可是大大地露脸了。我师傅还有好些个侠义之举，那就一下子讲不完了。"

看见德生听得出了神，二顺子对他说："哎，对了，那京城小东岳庙的庙会可热闹了，你要是到北京，我带你去玩儿。那里有泥巴塑的十八层地狱，看着就瘆人，你不是说喜欢看砍人、锯人吗？那里血糊糊的都是。"

德生用力点头说："那好，哪天我去京城就找你玩。"

二顺子向德生伸出小指头，和他拉了个钩儿，说："那咱俩就一言为定了。去逛庙会我请你吃冰糖葫芦，一大串山里红，就是山楂，裹在冰一样透亮的糖稀里，又酸又甜，还冰冰凉凉的，一咬嘎嘣脆，可好吃了。"

二顺子又突然想起来了什么，说："对了，要说北京最血腥的地方，还算是菜市口的刑场了，每年朝廷都要在那里砍掉好多犯人脑袋呢。"

德生说："那你看过砍头吗？"

二顺子说："还没有，师傅不让去，说菜市口经常杀的是忠烈之士，那些围观起哄的人都是愚笨无知之辈。"

德生说："菜市口出了那么多横死的鬼魂，平日里是不是阴惨惨的很吓人？"

二顺子说："也不是。那里平日也就是个菜市场，街道两旁一溜都是商铺，各种各样的店家都有。"

德生点点头："哦，那里开店的人经常看得到杀人了。"

二顺子凑近后悄声道："我听说，有些店家晚上会遇到鬼魅之事。"

德生："快讲给我听听。"

二顺子对德生小声讲了起来：

"距离菜市口不远，有家夫妻小裁缝店。一天见天色已晚，夫妻二人关闭铺面，吃过晚饭后就吹灯拔蜡上床安歇。睡到半夜时分，裁缝忽然惊醒，侧耳听听屋内有声，慢慢抬头，借隐绰的月光，睁眼看到地上站着一个影子，他大吃一惊！屋内有人！难道是贼？想想夫妻两人身单力薄，裁缝在被窝里吓得整夜不敢动弹。

"第二天大清早，夫妻二人起来，发现铺门还关得好好的，但针线笸箩却不翼而飞了。正在纳闷时，忽听外面大街之上有人喊叫，裁缝跑出一看，刑场周边有一圈人，正围住昨天砍头后的无主死尸，在议论纷纷。裁缝挤进人群一看——只见死人的头与身子，已在夜间用针线缝在一起，脖子上密密麻麻的针脚分明。裁缝铺丢失的针线笸箩，就扔在死人的身旁，再看死人的右手，分明捏了一只穿好线的钢针。裁缝吓得马上昏死过去，众人把裁缝抬回家中。裁缝大病一场，病好以后关了裁缝铺，带着妻子到别处谋生去了。"

德生听得倒抽一口冷气，伸舌道："这也太吓人了吧。"

二顺子说："在菜市口，这样的诡异之事还不止一个。刑场西侧不远，就是一家有名的大药铺，叫西鹤年堂。每逢杀头问斩之日，深夜常常有人拍门来买专治刀伤的药。"

德生瞪着眼道："那店伙计敢开门卖药吗？"

二顺子说："夜间急取药，只开个小窗口，伙伴抓药收钱就行了。来人话也不多说，扔下钱，抓了药包转身便走，外面黑洞洞的也看不清个人形。曾经有胆大的伙计，在买药人刚刚转身离开时，从窗口飞快伸出头看了一眼，却连个人影都没见到，吓得他赶紧关上窗子。等到天亮以后店家拿起钱一看,却都是冥币。店家害怕,伙计胆小,可是又躲不过夜里买药的打板拍门。没办法,店家只好破财免灾,每晚专门预备一些刀伤红药放在店门外,任凭深夜来买药的白白拿去,日子长了倒也相安无事。"

德生唬得有点儿发愣,半晌才说:"这……这些都是你师傅跟你讲的?"

二顺子摇摇头道:"是我几个师兄讲给我们听的,师傅不光不讲,被他听到了,还要骂我们一顿,说是胡说八道。我们猜是因为他的好朋友,谭嗣同先生惨死在菜市口,我师傅想劫法场救他,却没能救成,所以一直有个很不痛快的心结。"

德生说:"你师傅这么讲义气,一定很为他朋友难过的。对了,我听我家少爷华浩说,他的老乡大哥唐才常也是谭嗣同的好朋友,说谭先生是个和同样死在菜市口的文天祥丞相一般的大英雄。唐先生他们老想着,有一天要去京城菜市口,与众朋友一起公祭谭先生呢。"

二顺子说:"谭爷还将他那一把文丞相的宝剑,送给了我师傅呢。真有公祭的那一天,师傅和我们所有师兄弟也一定会去的,那时我俩就又可以见面了,我会求师傅给你看那把宝剑的。"

两个少年又来了一次击掌相约。

北地恩仇记

却说王五师徒在汉口,好几日里深居简出。他的徒弟二顺子憋得有点儿受不了,就向师傅请求找个僻静地方活动活动筋骨,也向师傅学学身手。王五答应了,让德生带了他们两人,在临近黄昏时不声不响地出门,来到汉口北边一个没人的湖边草荡子里准备练拳。

王五抬起头,看了一眼秋日高空里的细碎云朵,然后吩咐徒弟点燃一炷香握在手上。又让德生给他倒了碗水,他双手端了,面朝北方恭敬地举起来敬了一敬,再泼水于地。这分明是在以水代酒祭奠什么人,但王五没说,两个年轻人也不敢主动问。

接着，王五开始口授身传，教徒弟一套新掌法，不懂武术的德生就在一边看着。在德生眼里，平日看上去恭谨守礼的二顺子，转眼间就变得勇猛彪悍起来了。

看看天色将晚，王五叫停了还在练得起劲的徒弟，三个人围坐了下来喝水歇息。

德生恭恭敬敬地给王五端上一碗水，然后问道："王大爷，听说您曾经带人去劫法场救谭嗣同，是真的吗？"

王五笑了笑说："是啊，只不过被刚毅那个兔崽子给骗了。在戊戌六君子被押去菜市口刑场问斩的当天。我带一批江湖朋友埋伏在宣武门准备劫人。这宣武门，平时就是押犯人出京城外问斩的一道城门，那监斩官刚毅，却临时下令改走崇文门一路，等到我们反应过来，谭嗣同他们六个人已经人头落地了。"

说完，王五又轻轻摇摇头，似乎想暂时摆脱这件让他遗恨终生的事。他转头向正撩起对襟小褂擦汗的二顺子问道："你对这套刚学的新掌法，有没有什么想法？"

二顺子恭恭敬敬地说："师傅高明，徒儿还来不及领会其中的奥妙之处，只是，这套掌法好像不似您老人家平时教我们的那样，堂堂正正，光明磊落，有点儿，有点儿……"

二顺子嘴里嗫嚅着，没敢再说下去。

王五微微一笑，说道："有点儿使阴招，忒狠毒了一些，是不是？"

二顺子用手挠着脑袋，难为情地笑了。

王五的脸变得严肃起来，说："我往日教你们的散手功夫，是你师祖李凤岗传的一脉六合门行拳。最早创立和完善这套拳法的祖师爷们，那可都是成名人物，本意还是重在防身自卫，而不是力求置人死地。我也一直告诫你们，不到万不得已，不要随便出重手，只是点到为止，让对方服输。得饶人处且饶人，这样我们行走江湖，就不会结下太多的仇怨。可今天我教给你的这套掌法，却完全不同，它的要旨就是尽量一击致命，所以下手之处，招招都找的是命门死穴，出手极其凶险。"

两个年轻人都听得瞪大了眼，一脸的惊异，因为以大刀王五一向的为人做派，是不会修习这类功夫的。

王五仰起脸，微闭双目，过了一会儿才说："其实我今天，是代一个故人传授他独创的掌法，不然以后就可能绝传了。"

德生忍不住插嘴道："王大爷，您能不能讲给我们听听，您那位朋友为什么要创这么个掌法？"

王五点点头，眯起眼，缓声讲起一段往事。他的眼睛本来就很小，这一眯就像是完全闭上了一样。他说："那还是在光绪十三年，我带着镖局弟兄们跑趟镖去陕西，走到代州雁门关附近，投店过夜在一家大车客栈时，听到店小二在隔壁斥骂一位客人。我心生诧异，过去一看，见是个住店的中年穷武师，因为生病赶不了路，困顿在客栈多日，银两又花光了，实在是可怜。我见这情形就叫来店老板，告诉他，我会给这人出住店的食宿钱，还让老板替他延医请药。第二天我们离开前，我给那武师留了一些钱，叮嘱他安心养病，等我从陕西返回时，会带上他一起到京城，他本来也是打算去京师投奔什么人的。

"送完这趟镖从陕西返程时，我从客栈接上那个武师，然后一同回到北京，那时他的病也差不多好利索了。在京城临别时他对我千恩万谢的，当时我也没太在意，但这人后来每逢年节都会提着不轻的礼物来看我，很是恭敬。哦，对了，这人叫赵璺，单名儿的写法是上明下玉，我们就叫他赵武师吧。

"他来京后投奔熟人，被介绍到一户旗人武官家中做武师，为别人看家护院。我当时听到后有点儿诧异，因为在带他来京城的路上，我们虽然没有过招切磋，但长谈过天下各门功夫拳械套路，知道他的武功修为很深，又见他虽瘦，却双目精光内敛，内家功力应该亦是不凡。说实话，我有点儿为这人感到惋惜，他做镖师一定是把好手。但人各有志，也就不好说什么了。

"几年后，听说他换了另一户主家，是个汉军镶黄旗，住在东直门的旗营附近。那是个官品不低的老武官，已经告老颐养在家。此人家业颇大，因为喜欢武术，家中养着好几个功夫很厉害的武师替他护家宅，又可与他切磋武功。本来这老武官是不大待见找上门来求聘的赵武师，因看到他瘦骨嶙峋的。谁知道他轮流和这家所有的武师都过了一遍手，凭了一双游龙八卦掌，把大伙儿一个个都打得东倒西歪，只能甘拜下风。这才叫老武官对他刮目相看了，赶紧聘请他做家中的总武师。

"不久后的一天，赵武师突然悄悄登门找到我，说是不日就要离京，去云游天下、访友问道和切磋武艺了,离开前想和我最后告个别。我留饭置酒,席间,我提到他在老武官宅子里的那场比武,可让他扬名京城了。赵武师却摇摇手说:'王兄何等的高人,还瞧得上小弟的那点儿寻常功夫?不过我今天来,也是想请王兄您帮我留下一套掌法,那才是小弟毕生精研的功夫,从来秘不示人的。我这一去,也不知道终归何方,所以想将这套掌法当个礼物,以后王兄也好对我这个朋友存个念想。'

"我见他这样说,也就答应了他。于是就在无人的后院,让他反复演示了那套秘密的掌法,然后一一记在心里,但我却也不免对那些专打致命死穴的阴损招数暗暗吃惊,几次皱了眉头。他也察觉出我对他的这套功夫有看法,在讲授完后,带着歉意对我说:'王兄正派君子,自然看不上我这套专要取人性命的功夫,但我集一生功力、苦练成这套追魂夺命的掌法,却从未与人对战过,以免伤到对手,可见小弟并非生性好杀之人。我练此功,是因为身系全家血海之仇,不得不如此,还请吾兄见谅。因大仇未报,小弟不便道出个中详情,日后如我俩还有机缘见面,当向兄长禀告。'

"我听到他话外有音,不免为他担心,就劝他还是放下执念,讲个山高水长,来日也好江湖再见。他没有再说什么,就向我辞行了。临告别的时候,这人的嗓子好像有点儿哽咽,当时就让我生出一股不祥之感。

"果然,几天之后,京城就轰传出一件事:住在东直门附近的一个汉军镶黄旗老武官,与家中武师比武练招时,被赵姓武师一掌毙了。

"有相熟的武师朋友告诉我,那天,老武官东家想要和赵武师来一场比武,按照规定,相互比武要经本旗下佐领许可,还得签下生死文书,写明哪一方死伤均不得经官报案,算自然伤亡。所以那老武官被赵武师掌击之后,气息尚存时,当时还无人上前拦阻武师,让他以去取伤药为借口逃走了。

"原来,那时凡是家境宽裕的旗人,都喜欢使白花花的银子请武术高人到家里做武师,既可看家护院,又能教家中子弟练功,小辈练成气候了才能由各旗保送,往八旗兵营试艺挑缺。挑上缺才能当上差挣个出身,为大清国效力,也能让家族后辈们接着吃大清的铁杆庄稼。所以京城中有身家的旗人都有请武师的风气。

"但就有过汉人武师,身负了血海深仇,借护院传武的幌子,前来了结上一两辈人所结下的冤仇孽债。当时旗营中有些蹊跷的血案,都多与护院的武师有关系。

"后来，起了疑心的众人中有人回想起来，赵武师曾经详细询问过东家老武官过往的军中经历，认为他可能是专门寻仇而来的。于是赶紧上报镶黄旗都统，又呈报刑部追拿逃犯，一时京城内外到处张贴着缉拿赵武师的榜帖。又过了几日，巡捕营在城西香山一座无人的破庙里，发现了他自缢的尸首。

"赵武师的身边放着一封绝命书，里面原原本本讲出了他的身世。原来他出生在山西一个殷实大户人家，少年时却遭了灭门之祸。起因是当地有一场反叛，京城一支八旗军队到他的家乡平叛，却滥杀无辜平民，趁机抢掠财物。他合家一门老幼，就是无缘无故被这个汉军镶黄旗武官带领手下杀光的，那时还是少年的他，趴在屋顶山墙后躲过了这一劫，也偷看到了人世间最惨痛的一幕。这以后，他活着不为别的，就是为了报仇。所以，天生是一块练武坯子的他，一直寻访高人，苦练功夫，独创出一套凶狠致命的掌法，然后来到京城当了个护院武师，为的是寻找那个仇人。最后他终于在偌大个北京城中，慢慢打听出了仇人的下落，借了比武的机会，一掌就报了灭门之仇，却也在走投无路中结果了自己的性命。"

王五对听得呆了的徒弟说："我也是可怜赵武师一点存念，就传你这套他用了毕生心血琢磨出来的掌法，免得失了传。你现在内功还太浅，光凭掌法也伤不了什么人，但你要在我面前发个誓，除了对付要害你性命的歹人之外，绝不对任何人使用这一路掌法。"

二顺子马上在师傅面前发下誓言，王五的面色才从严峻变得缓和了起来。

王五又对一旁听得张大嘴巴的德生说："你不是练武之人，所以在一旁看，也算不得偷师学艺。倘若遇上坏人，你要设法逃命，倘若试着用上这套夺命掌法的一式两招，也是无妨，只是不准向别人说出你是在哪里学来的就行了。"

说完，王五伸出大手，轻轻抚摩了一下德生的头。

德生用力点点头，答应了王五。

王五又对德生说："这世上太多的冤仇，都是因为官老爷欺压无辜老百姓惹出来的。浏阳谭公子和唐先生他们搞维新变法跟勤王救驾，就是为了让天下人从今以后，不再受无良官府那么多的欺负。百姓安居乐业了，国家也强了，东西洋人也不敢来打我们了，你还小，将来一定能够看到这一天的。"

德生听了，懵懵懂懂地点点头。看到天空的火烧云晚霞渐渐暗淡下来，三个人起身离开湖畔的草荡子，慢慢走回住所。

谁爱名山山爱谁

汉口江边有一家僻静的酒楼，楼顶有一个可以眺望江景的露台。露台上，刘幺叔吩咐楼下派人把守，并将通向楼顶的门关严。众人给唐才常和两位日本志士开了接风洗尘宴。

大家一看到田野橘次和甲斐靖，就鼓掌大叫："日本豪杰，来来来！"两位日人向众人鞠躬致意。会党诸友纷纷举起酒杯，连呼"干杯，干杯！"田野橘次在众人力劝之下，连饮了十几杯烈酒。身体较为羸弱的他，感觉颇不胜酒力，就问身边一位张姓头目："贵国人士举此大杯，豪饮如斯，我还是第一次见到。这样的饮酒法，是你们哥老会的特色吗？"

张一阵爆笑后说："不不，我是去香港学来的。那次与日本豪杰宫崎滔天会饮，是你们的大胡子老兄滔天传授给我的。说完，他与田野橘次相互击掌，放声大笑。"

唐才常笑着对他们说："滔天的确很能喝酒，但他惊人的豪饮海量，是因为日本酒的烈度低。要是饮中国酒，照你们这样的喝法，他坚持不了太久也会烂醉如泥的。这是滔天亲口告诉我的。"

众会党朋友频频前来向唐才常敬酒，唐也面含微笑，一一回敬，并即席发言答谢。他素不太喜欢在大庭广众中讲话，所以讲得言简意赅。其实他更擅长用笔表达，非常喜欢那种下笔千言的淋漓畅快感。唐才常言毕，示意华浩给大伙讲一讲。华浩站起身，开始滔滔不绝地叙述起来，他从唐才常与诸人苦心经营自立军的经过讲起，直至将要举义起事，如何夺取武汉三镇，然后传檄湘赣等长江各省，提兵北上，直捣幽燕，建立起一个四万万人的民主宪政新国家。最后讲到激动之处，华浩猛地发声道："今日救国，非要进行大改革不可，什么排满，什么勤王，我都不管了，我们大家一起来造反！"

华浩这次算是将憋了好久的对康有为保皇党迟迟不给起义者汇款的不满发泄了出来。其实华浩早就在心中愤愤地想："就算你康有为真的在海外筹款有难处，你也不能先夸下海口，哄人上树，你再抽梯走人啊。"

唐才常听了华浩的话，也令人难以察觉地微微点了点头。看来，由于康有为违背诺言的行为，自立军的勤王这一宗旨，已经在大起义将至之际，开始变得面目模糊了。

华浩讲完后，众人轰然响应，一起举杯预祝起事成功。一时间杯觥交错，好不热闹。

这次来武汉十分低调的大刀王五，并没有参加这场江湖人物众多的盛宴，所以刘幺叔吩咐这些日子专门陪伴王五师徒的德生，今晚来帮李彪张罗宴席。李彪刚刚从湖南乡下返回汉口，就替哥老会忙起自立军的事情来。

此时德生听了东家少爷华浩的讲话被众人一齐喝彩，也激动得满面通红，但又听得有点儿蒙，于是悄悄问身旁的李彪："彪叔，你说浩哥讲的那个什么，民主啊，宪政新国家啊，是咋回事啊？我原也听他提到过，就是找不到时间问他。"

李彪挠挠头说："我看啊，咱们龙头讲的约莫就是，那慈禧太后和以前的皇帝老子们一直在卖的长生不死药，现在不灵了。咱中国都要给这帮皇亲国戚治死了，这不，连慈禧老太都被洋人打得嗷嗷叫，要撒脚丫子跑路了。你华少爷和唐先生他们，要给中国抓新药方，那个什么国，就是药方的名。意思就是以后老百姓说话要算数了，哪个当老大都不能一个人说了算，得众人议了才能定。"

德生听了频频点头。粗犷汉子李彪，被少年德生崇拜的小眼神弄得不好意思了，就说："我这也是原来听华浩讲的。他住的地方有好些书，说我可以拿去读读，可我一看见许多字就头大。你少年郎一个，读起书来脑壳不疼的，去向他借来看看，他说的这些个大道理都在那堆书里面。"

德生听罢，将李彪的话记在了心里。

来宾正在挨个向唐才常敬酒。一位身体单薄，腰杆却挺立得笔直的年轻人微笑着，举杯来到唐才常面前。原来他是独自从日本赶回国，要参加自立军起义的蔡松坡。唐才常惊讶地问："松坡，你怎么也回国啦？"

蔡松坡笑着，却语带倔强地说："留日的诸位好友都回来参与举事，偏我就不能回来？"

华浩在一旁道："松坡刚回来不久，他参加起事的决心可坚定了。"

唐才常看着这个还不到十八岁的英俊少年，心中生出爱才之意。蔡松坡留学日本，唐才常曾参与资助。正因为想到自己这位从前的学生太年轻了，就没有带他一起从日本回国，没想到他还是坚持自己跑回来了。唐才常不忍心直接拒绝他，于是眉头微皱，想出一计，对他说："松坡，现在正好有一个非常重要的任务，我就委托你来完成吧。你要尽快赶到我的一位军界老乡朋友处，将一封信面交给兵营中的他，是关于湘鄂共同举事的机要秘密。有你办这件要事，我就放心了。你明天早上来我这里取信，当天就去办吧。"

看到唐才常一言既出、驷马难追的坚毅表情，年轻的蔡松坡还想说什么，却被大他几岁的好友华浩用一个微笑摇头的暗示阻止住了。蔡松坡于是点点头，接受了老师唐才常的任务，次日就离开去执行这个任务了。

唐才常对少年蔡松坡的这一番保护用心，为十五年后一个帝制复辟梦的破灭，埋下了一颗惊世暴雷。那个后来死于自己洪宪皇帝梦的人，正是戊戌政变中出卖了唐才常好友谭嗣同的袁世凯。真是天道好轮回，苍天饶过谁。

席间突然有人高喊："唐兄，久闻你当年在科场小三元及第，是一位七步成诗的大才子。敢请唐兄即席赋诗一首，以为众兄弟豪饮助兴？"这人话音刚落，众人立刻鼓掌附赞。

唐才常站立起来，双手平压了一下，示意大家安静，然后语音低沉地说："在下不才，今日群豪毕至，盛况空前，我唐某愿在此献拙，以助各位英雄豪饮。"说完，他略一思忖，昂首吟出一首长诗：

> 丈夫重意气，孤剑何雄哉！
> 良宵一灯青，啼匣风雨哀。
> 不斩仇人头，不饮降王杯。
> …………
> 我闻日本侠，义愤干风雷。
> 幕府权已倾，群藩力亦摧。

> 翻然振新学，金石为之开。
> ……
> 我辈尊灵魂，四大尘与灰。
> 生死何足道？殉道思由回。
> ……
> 欢会不可常，转眄黄发衰。
> 湖山那歌舞，雾霭何昏埋！
> 吁嗟二三子，奴券惊相摧。
> 要当舍身命，众生其永怀。

唐才常一首吟罢，举座皆惊，大家纷纷赞叹他有子建之才。唐才常谦逊地对身旁朋友们说："其实这首长诗是他两年前戊戌政变后送别几位好友离湘时写的，却刚好应了今天的景，就拿来现用了。"

大家知道后，仍对他的五言诗功力称道不绝。又有人喊："请我们的中军大帅也来一首。"原来自立会分别在鄂、湘、徽成立了五军，会中人称坐镇武汉的中军统领华浩为大帅。

华浩唰的一下站了起来，一首七言绝句几乎脱口而出：

> 大梦醒来踏浪归，中原回望鹿正肥。
> 拔剑向天一声笑，谁爱名山山爱谁？

满座又是一片喝彩叫好声。唐才常惊喜地看着华浩，口中还在念那最后一句：谁爱名山山爱谁？好，好，太有气魄了。我要为你老弟的好诗，浮一大白！

这时，日本浪人田野橘次摇摇晃晃走了过来，他向唐才常、华浩两人举起酒杯，醉醺醺地说："你们这些湘人真厉害，又会作诗，又要带兵举事，难怪我在日本时就听人说过，三楚有才，今天我算是见识了。"

唐才常笑对日本友人说："上马安天下，下马著文章。书生为将，我国历朝历代有之，远者如班超、王阳明，近者如曾文正。我们这些人只是追慕先贤罢了。"

唐才常说完，举杯眺望远方一弯残月下那无声奔涌的大江，似乎若有所思。他却是在此际,想起了苏学士的那首千古绝唱:大江东去,浪淘尽,千古风流人物。几个人也顺着他的目光,默默望向那月光粼粼的辽阔江面。

华浩像是在自言自语地说:"不居形胜之地,不足以论天下。看来,大武汉这个吞江接海、吐纳天下的兵家要地,一定会是我大汉龙兴、再造中华的一块风水宝地了。"

说完这句话,华浩双眉一扬,举杯向大家朗声喊道:"让我们一起干杯,勇者天佑!"

在座几乎所有的人,都轰然响应了最后这掷地有声的四个字,然后纷纷举起酒杯一仰而尽,又轮流前来向两位出口成诗的自立军首领敬酒。华浩喝得一时兴起,几乎是来者不拒。

浦江遇丐,迷局告终

酒宴散后,刘幺叔悄悄找到喝得脸红红的李彪,告诉他自己这趟去上海找唐才常领富有票,为在华中举事做最后一次的资金募集,却意外得知了马如龙师徒的下落。

话说十几天前,刘幺叔在上海办完事,带着从自立会在沪成立的富有山堂领取的一袋子富有票,坐上黄包车去码头,准备乘船回武汉。在外滩码头附近刚一下车,马路边的几个乞丐就围了过来,纷纷伸出手向他乞讨。突然,刘幺叔发现其中一个独臂的年轻乞丐很面熟。那个乞丐也认出了他,却转身打算离去,刘幺叔追上了他,叫了一声:"来宝,你怎么在这里?"

原来这个乞丐正是马如龙的小徒弟来宝。他被认出后只好回过身,脸色尴尬地回答:"幺叔,是您老人家啊。"

刘幺叔拉着来宝到一个行人少点儿的街角,问他怎么在这里当乞丐,还少了一只右胳膊,他的师傅和哥哥到哪里去了。来宝抽抽噎噎起来,举起一只独臂,用脏兮兮的袖子擦着眼泪,过了一会儿才说:"幺叔,他们两个都被人杀死了。"

刘幺叔大吃一惊,连忙问究竟发生了什么。来宝稍稍定下神,才一五一十向刘幺叔讲道,马如龙师徒三人从武昌盗得财宝后逃往上海的经历和最后遭遇。

原来,马如龙早已想好了金蝉脱壳的计划。他带着来福、来宝兄弟与接应的运粪车会合后,将财宝迅速藏进粪车内运出武昌城门,到偏僻的江边换乘一条小船过江,神不知鬼不觉地直接登上一条大运煤船,去了上海。马如龙的打算是,在上海稍做安顿后,再设法坐船去香港,靠这笔横财混出一片天,如果不顺遂的话还可以下南洋另图发展。来福来宝兄弟自然是对师傅马首是瞻,从他俩打小被马如龙收养开始,都一直事师如父,很听他的话。

这个计划直到去了上海都很顺利。但当马如龙带着来宝拿了两件金器去老城隍庙,找到一家不太起眼的银楼想换点儿赴港盘缠的时候,出事了。

那家店伙计反复看了两件金器后,说做不了主,要请二当家的掌眼。银楼经理来了之后,拿着放大镜仔细瞧了半天,又是称重又是听音色,还用一块细浆石蘸上醋拌匀的蓖麻油,轻轻磨洗金器的一小块着面,好像是在认真鉴定金器的成色。来宝事后才回忆起来,那个一开始接待他们的伙计,不知什么时候不在店里了。银楼经理一阵磨磨叽叽后总算成交了,他按照马如龙的要求兑付了一摞面额较小的银票。师徒二人非常机警,出了银楼后为防有人跟梢,在上海的街巷人流里左弯右拐,前瞻后顾,确定安全后才回到小旅店住所,与一直在房间里守着财宝寸步不离的来福会合。但他们不知道,自己还是被顶尖高手追踪上了。

当天深夜,来宝在梦中感觉脖子有一阵冰凉的刺痛,惊醒后发现他们师徒三个被人用尖刀抵住了咽喉。当时来宝感觉头晕痛得厉害,应该是这伙人给他们下了迷魂香。正当几个蒙面人在捆绑他们时,哥哥来福开始了凶猛的反击,来宝也趁机拼命挣扎起来。但毕竟别人是有备而来,来福惨叫一声歪倒下来,他在胸、颈部身中数刀后当场身亡。马如龙和来宝也都各中了几刀,但还不是致命伤。马如龙和来宝随后被捆绑得紧紧的,嘴里塞上了布团。

这时几个人中领头的,开始低声骂手下人不够利索,把一票净活做成了脏活,本来要将这三个羊牯勒死后装麻布袋沉进黄浦江,结果给他们都放了血,搞得还要在这里清场。

一个杀手要给马如龙头上套布袋时，对他嘿嘿冷笑说："连刘军门的金银财宝都敢下手，你真是活腻了，记住了，明年今日就是你们几个的忌日！"

马如龙突然奋力吐出口内的堵塞物，一边拼命摇头躲避又要塞过来的布团，一边低声说："让我最后说两句话再死！"

领头的止住了手下，将脸凑近马如龙，似笑非笑地说："你死到临头还有什么要说的？"

马如龙说："我马某行走江湖一生，也见过生死无数，今天命丧在你们几个高人手上不算冤。不过请你放过这个后生，他们两兄弟是我养大的孤儿，哥哥刚被你们杀了，他也被砍残了。你就积个阴德吧，饶他一命，我和他爹娘做鬼也会感你的恩。我就这些话。"

昏暗之中，那几个人对视了一下，领头的点点头，说："好，我就饶他不死。他又对来宝说，不过你小子要是告官，那就死定了。"

随后，那几个人当着来宝的面活活勒死了师傅马如龙，又给还被捆着的来宝简单包扎止住了血，用迷药捂昏了他之后，带上财宝和两具尸体离开了。

来宝过了好久才被人发现送到医院，最后算是保住了命，右胳膊却因为化脓坏死被截了肢。他从此流落街头，当了乞丐。

李彪听了刘幺叔的转述，嗟叹了好一阵，又问为什么来宝没有跟随刘幺叔一起回汉口。刘幺叔说："这犟伢子死活不愿意，说回来见熟人没啥意思，人也残废没用了，就在上海街头混一天算一天吧。我给他留了些钱，要他过不下去还回来找我们。"

李彪突然想起什么，问道："奇怪，为什么那些刀客知道财宝是从刘铁崖那里搞来的？"

刘幺叔说："我问了来宝，他也不清楚，说最可能的是刘铁崖在金器上做了手脚，留下很难发现的记号。我们都很惊讶的是，刘家的势力竟然罩住了一整条长江，远到上海一个小银楼的经理，都收到了他家发出的飞帖，要留意上门销赃的人，这老家伙真是财雄势大啊。我最近也听道上传说，刘家如果失了盗，出的追杀赏格竟然不少于丢失的财物。他这明摆着是要杀一儆百，吓走对他家财宝起心的各路江湖好汉。"

李彪睁圆了双眼，说："等我们伙同自立军起事后得手了，我第一个带人去打刘铁崖在乡下的土围子，看他到时候还摆得了威风不。"

刘幺叔低声说："亏得没有事先告诉华浩他们，这一场劫中劫要是说出来,只怕给我们这座哥老会山堂,丢好大的脸。"

两人约定不再告诉其他人后,才分手离去。带着几分醉意的李彪,高一脚低一脚地边走边想,我那秋娘怎么算卦算得这么准?这一手肯定也是从她去世的爹那里学来的。看来冥冥之中,就连一啄一饮,也是上天命定的,人有千算,天只一算。逆天搏命之后,你终归还是要认命。

李彪一想起结识多年的江湖豪杰马如龙,竟然落得个如此下场,又有些伤感起来,口中不禁哼起一段哭灵的湖南花鼓戏:

哭一声商公子,
我再叫,叫一声商郎夫啊,
哎!我的商郎夫!……

屋顶上的月光

再说众人给唐才常接风洗尘的江畔宴饮之后,大家尽兴而归。华浩走在夜路上,突然想起一直很忙的他好久没有去看雪丫了。于是他与同行的人挥手告别,独自一个向雪丫做事的医院走去。原来,华浩听德生在晚宴上告诉说,因为湖南会馆近日已经住满了来汉的哥老会众,雪丫就干脆住到医院去了。

医院临街的小洋楼,二楼有个窗口还亮着油灯,华浩知道雪丫还没睡。就在地上捡了一颗小石子,瞄准后扔进了窗子里。雪丫立刻出现在窗口,看见是华浩,她马上下楼,打开院门让华浩进到院子里。今晚她不当值夜班,两人蹑手蹑脚地爬上楼,来到楼顶的天台上,紧紧挨在一起坐了下来。

武汉的盛夏,已经过了最炎热的高峰,是立秋后的第六天了,这个白天在热浪中喘息的城市,晚上偶尔会有一丝丝的凉爽。都市的喧嚣已经退潮,城中居民大多还遵循农耕时代的生活节奏,都已经吹灭洋油灯,进入了梦乡。提篮挑担卖消夜点心的小贩吆喝声,也渐渐听不到了。但这座城市除了打更人,至少还有两个人没有入睡。

醉眼蒙眬的华浩捧着雪丫白净的脸蛋，在月光下长久地看着，又将十指深深插进她浓密的黑发中。雪丫闭上眼睛，仰起头，长长的睫毛随着华浩手心用力地张弛一下一下闪动着，少女明显是在享受恋人的抚摸。但每次华浩的手顺着雪丫的脸颊向下滑过脖颈、触碰到少女的锁骨时，雪丫都会立刻睁开一双大眼，嗔怒中带了一丝威胁的笑意看着华浩。于是大男孩儿只好悻悻地又将手向上移回少女光滑的脖子。在严厉的女老师雪丫这里，优等生华浩的人体生理课，从来都没有机会学到锁骨以下和膝盖骨以上。

本来华浩在路上想好了，今晚要对雪丫讲好多的话，谈认识她以来的全部感受，谈她在他心中的分量，谈他们两个人的将来，谈一个快要诞生的新国家。但今天的晚宴上他被众人劝喝了太多的酒，席间又太过兴奋，抱着心上人雪丫，酒劲加上女孩子身上那不断袭来的一股幽幽女儿香，让华浩没有说多久，就头脑发昏，无法抵挡的睡意渐渐开始袭来。

这真是煞风景，我还没有对她亲口讲出自己最想说的那句话呢，华浩心想。他张了张口，可舌头又实在是不太听使唤。雪丫睁着一双大眼，满怀期待地看着他，似乎知道他要说什么。华浩费力地摇摇头，心里对自己说：算了，下次吧，谁让你今天喝那么多，你想让这神仙般的人儿相信一个醉鬼说出的话吗？于是，华浩请求雪丫允许他将头枕在她的双膝上，他很困，只想睡一会儿。

雪丫感到有点儿失望，却还是咬着下嘴唇轻轻点了点头，小心温柔地整理一下白色护士裙的下摆，然后拍拍膝盖向华浩示意，又害羞地双手捂上自己的眼睛。华浩就乖乖地，将一侧脸压在雪丫弯曲起来的大腿上，马上就睡着了。他这些天来，也是忙得太过劳累了。

清凉的月光，像水一样从空中缓慢流下来，流淌在他的脸上。雪丫静静地看着这张轮廓俊朗的脸，心中渐渐生出无限怜爱。两个相偎相抱的年轻人，就这样一动不动，像月光下的一座雕像。其实，雪丫的脸在淡淡月光下，更是美丽惊人，但她却并不自知。

雪丫痴痴地看着华浩沉睡的脸，心想，这人就是我命中的那一个。那天在小巷里第一眼看到他，我就有这个感觉，唉，这是命中注定无法逃脱的。但我还是得要拼命挡住心上人那一双不老实的手，把那个最羞人，也是最美好的时刻，留给花烛高烧、红盖头蒙面的那一夜。到时候，我将不得不为这人袒露一个女儿家的全部秘密，为他生儿育女。

想到这里,雪丫的脸突然羞得通红,华浩枕在她大腿上的头,此刻也像块烙铁一样,烫得这个花季少女浑身上下燥热得慌,还好这时没人看见。她狠劲掐了一下手心,才让自己又平静了下来,接着她痴痴地想下去:然后,我要和他相亲相爱,厮守度过很长很长的一生,直到其中哪个撒手而去。能够这样,我这辈子也算没有白来这世上一趟了。

雪丫的脸上,这时漾起了幸福的微笑,但那微笑却在下一个瞬间凝固、消失了。因为她突然想起华浩前些日子对她说过的一句话,他说他就要去做一件惊天动地的大事了,还说万一自己回不来了,一定不要去找他,无论是死是活都不要去看他。看他告诉时的神情,那一定是件非常非常危险的事情。华浩见雪丫一脸惊吓的样子,就马上哄她说是开玩笑的。尽管华浩平日喜欢故作危言吓唬雪丫,可那次雪丫心里还是起了疑云。他去干大事,最后能够平安回来吗?万一他不回来了,我该怎么办?

一想到这里,雪丫的双眼就立刻涌出了大滴泪水,她赶紧轻轻扭过头,免得泪水滴落到华浩沉睡的脸上。天上那一弯月亮,好像也感受到了什么,悄无声息地躲到云后面去了。

那一刻,除了街头打梆的更夫,和屋顶蹑足的夜行人,整个城市都沉沉睡去了。当时没有人在看他们,只有百年后的我,还有正在读这本书的你。我们都隐身在透明的时光墙后,惊讶地屏息看着这一对爱侣,就像看着一尊美好绝伦的大理石雕像,一对男女相互拥抱着,一动不动,如同进入了永恒。

古往今来,这一幕曾经无数次在人类中发生过。明天即将走上战场的男人,躺在女人温软的怀抱里度过最后一夜,然后在晨光重新照临人世时,离开他的女人走向战场,去接受命运的选生选死。

深夜孤灯窥神器

时光的秒针,就这样在中国北方的持续高热抽搐和南方大地的微微悸动中,咔咔向前走着。

随着八国联军逼近北京，局势又骤然高度紧张起来。京津路上各个战略防御要地接连陷落于八国联军之手，让京师这个帝国中枢开始摇摇欲坠。

早些时候，两江总督刘坤一来电，建议张之洞派人接洽八国联军中兵力最大的日军总指挥官福岛安正少将，就是那个几年前到武昌拜访总督大人、与他促膝长谈过的日本探险家。希望张之洞利用熟人关系，请福岛司令官能从中保全。

其实福岛少将在动身赴华前，就通过张之洞派驻日本的心腹幕僚钱恂打电报给张之洞传话，希望东南督抚们在主张清廷"剿灭"义和团、阻退董福祥的甘军对抗八国联军这两件事上发挥一下作用，所以从道理上讲，刘坤一建议的对话渠道是存在的。但官场老狐狸张之洞，却对绕过朝廷最高权力进行私人外交的做法心存忌惮，怕被人捏住把柄后将来参他一本。所以他很干脆地回绝了刘坤一，说："此等大事，仍需政府做主。"

这时的张之洞，又逼着他那颗精明的大脑快速运转起来了。如果连他一向忠诚的对象，那个大清权力的化身慈禧太后万一在最后的战火中与皇帝一起完蛋了，他张之洞还去效忠哪个？从随便哪个清王室贵胄家找出的一个小屁孩，就像南宋末年的陆秀夫他们一样？张之洞想到这里，摇了摇头，心里道：这些满人宗室，好像还配不上陆秀夫这样甘愿以一死殉节的忠臣。

突然，从张之洞的脑海中，冒出了一个从未有过的念头，这个念头之可怕，把他自己都吓了一跳。这时刚好有一只黑白花猫，悄然无声地来到他身边，在他的小腿上轻轻蹭着，仰起头望着主人，喵地叫了一声。总督大人与那一对荧光幽幽的漂亮猫眼对望着，心里想：难道它看出了我心里的那个念头吗？

原来张之洞脑中刚才突然冒出来的，是下面这八个字：

天予不取，祸必降身。

国不可一日无君，这是谁都明白的道理。但在张之洞心中，天地君亲师，这五个字各自代表的神圣事物，是一定有着不可改变的先后次序的。君主是天选之人，不可违抗，这是圣人教化众生要忠君的应有之义。但在此天降巨灾、北拳南革之际，是否正是天道循环、上苍要重新择世间贤者而王之的预兆呢？如果我不顺从天命而为，是不是有违天意，从而招致祸端？张之洞从来就忠贞不二，在这国难当头之际，一旦无君可忠，他不能胡乱再选择一个满人小儿去尽愚忠，要顺天应地，转而去忠于这块生养他的土地，也就是国家社稷。到时候张南皮若不出，奈天下苍生何？为天地立心，为生民立命，为往圣继绝学，为万世开太平。横渠四句，说的就是张香涛应有的儒家风骨和担当。

一想到这里，张之洞激动得团团乱转，不能自已。

转瞬间，他又冷静下来。以张南皮大人像猫一样的机警，他早已知道自己从前的两湖学堂学生唐才常、华浩，近来在武汉大搞自立军的秘密活动。但因为形势复杂，局面走向不明，他不愿意马上与这股力量翻脸恶斗，尽管心腹幕僚梁鼎芬极力想说服他扑灭自立军，以免养虎成患。因为，在唐才常的背后，同时有康梁保皇党、孙中山革命党与江湖哥老会的背景，此外还有倾向维新改良的士绅人群呼应，势力非同小可。一旦大清权力中心崩溃，唐才常的自立军应该是他张之洞可以利用的力量，是以湖广总督一直都没有出面制止唐才常他们近来的会党活动。以总督大人的声望，加上与唐才常他们的师生之谊，张之洞认为有希望借此股势力，实现自己从来都没有想过的一个巅峰级的事功：奉天承运，登上大位。

但如果对这股神秘力量毫无先手准备，任其自为，恐怕到时候就无法反制和驾驭它。张之洞一念至此，决定继续加强对唐才常等人在两湖地区活动的监视，并专门招募两千人，进行特殊时期的江河巡逻，以防不测。

在与列强的交往方面，张之洞除了加紧与在长江流域势力最大的英国人接触之外，还频频指示在日本的心腹钱恂和今春赴日本军事考察后尚未回国的长子张权加强与日本军部联系，以便在重大问题上听取日方的意见。

就在这个军事考察团中，有一个两湖学堂武备生，名字叫作黄克强。

张之洞还示意钱恂，让他向参谋本部的军官宇都宫太郎悄悄表示：倘若天子蒙尘，中枢崩坏，清国将陷入无政府状态，届时南方二三总督互相联合，于南方建立一新政府。当务之急是厚置兵力，希望日方援助湖北新军五千支村田连发步枪，并派出大尉军衔教官二人做军事顾问。钱恂与宇都宫太郎的会谈，被宇都宫写进当天的日记里流传了下来，这就是史学圈子里近年来相当有名的《当用日记》。

未来的日本陆军大将宇都宫太郎，那时还是一个参谋小军官，却承担着极为重要的中日联络使命，他曾经是日本参谋本部派往中国长江流域的军事情报人员。一八九七年年末，宇都宫曾前往湖北面见张之洞，商谈中日联交事宜。庚子年间，宇都宫在东京的参谋本部工作。他身处要地，耳目灵通，职位虽然不高，却能接触机要文件，甚至列席参谋本部的元帅会议。

早些时候，张之洞的前幕僚汪康年，也从上海专程来拜访过湖广总督，并转告了宗方小太郎的建议，即趁着北方之乱，以清君侧为名，拥帝废太后，迎光绪南下武昌，组织新政府。悉数排除满汉大臣中顽固反对新政者，借助友邦推行政治，以保全中国。老谋深算的张之洞答复汪康年说：万一两宫出现不测，将联合几位督抚在南方成立自立政府。但他却仍然在口头上坚持，若皇太后、皇帝在世一日，则仍然拥戴一日，决不可违背。

夜深了，武昌城的总督府里，还亮着一盏孤灯。那灯焰笔直向上静静地燃烧着，照亮了老者清癯的脸和雪白长髯。那张脸正陷入长久沉思之中，没有任何声响去打破此刻夜色的沉默，除了总督府里偶尔响起的猫叫声，那悠长的喵呜声中，透着一股神秘诡异。

棺材里的秘密

红日西沉，汉口后湖的一条城郊土路上，走来了一辆褐色骡子拉的大车，车上放着一具黑漆棺材，四个男人随着大车前行着。他们是华浩、刘幺叔、李彪和万宗孔。

神情谨慎的中年人万宗孔，是自立军中负责运送军火的关键人物。华浩和戢元丞托人从日本秘密购运回来的枪支弹药，除了在容星桥的俄国茶行储藏了相当部分外，其余都委托万宗孔分次转运到汉口的刘家庙、后湖、硚口，还有武昌两处公馆妥善收藏了起来。这一趟用棺材装运枪械的点子，就是他提出的。

夏月的汉口郊野，视野开阔，一望无垠。道路两侧，柳丝如烟，绿杨成荫。再远处湖田交错，那些大小湖泊，如同镶嵌在绿色织锦中的众多镜子，在夕照下反射着胭脂色的霞光。

几个人却无心欣赏四周的景色，在知了那单调的聒噪声中，汗流浃背地只顾赶路。他们要在天黑之后，潜入市郊一个要隐藏军火的村庄。

这一行人在赶着送棺材的骡车出汉口城区时，受到过清军检查岗哨的盘查。好在官兵看过巡检司仵作出具的验尸文书和尸主原籍地保甲的担保证明之后，没有开棺检查就给他们放行了。

走在骡车后面的华浩悄声问万宗孔："老万，你运进武昌城的那批军械，一路上还顺利吧？"

万宗孔答道："都送到舒闻祥在武昌城里的公馆了。他亲自护送这批货进的城门，所有的箱子都以他当官的老子名义贴上封条，还挺管用的。"

华浩又问："那城关的清兵没有开箱检查吗？"

万宗孔说："查了，但只开了其中一箱做的抽查。我们认识一个同情自立军的清军哨官，在他当值的时候过的城关。他就指定那个做了记号的箱子，让手下开箱检查，里面都是我们报的古董文玩，所以那一趟军火运送得很顺利。"

华浩满意地点点头，说："很好，真是亏了舒闻祥这个豪侠仗义的好朋友了。"

舒闻祥也是湖南人，沈荩的至交好友。在唐才常、沈荩的影响下，他全身心地投入自立军起事之中。凭借父亲是清朝命官，不易惹人怀疑的身世条件，舒闻祥将自立军的部分火药军械偷偷藏在武昌自己的府邸中。

离汉口城区越远，路上的行人商旅就越来越稀少了。护送军火的几个人开始暗暗松了口气，路旁知了的那一阵阵鸣叫声，似乎也变得悦耳了起来。

就在这时，前方出现了一队巡逻的清兵。

两队人渐渐地相向接近，对方为首的军官厉声喝道："停下，检查！"

刘幺叔喊了一声："吁——"向空中抽出一记响鞭，那头骡子乖乖站住了。

巡逻队十几个清兵迅速包围了骡车队，那军官大声问道："棺材里什么人？"

华浩走上前去，一边掏出证明文书一边说："是小的本村一位族兄，在汉口码头上做事，前两日酒后失足溺水身亡。他家中只有寡母和一个远嫁的妹妹，所以族中委托我出来帮办后事。"

军官迅速看完文书后，又上下打量了华浩两眼。然后说："现在世面不安稳，会党活动猖獗，上官有令，无论婚丧车轿出行，都是活要见人，死要见尸。开棺！"

华浩面现难色，对军官连连打躬作揖道："总爷，您看这棺椁都已经用膏泥封好了，况天气炎热，尸臭难闻，打开棺材后再难收拾，我就代他家那位可怜的寡母，求大人行个好吧。"

说着，他朝身旁的李彪努嘴示意了一下，李彪赶紧取下肩上的褡裢，从里面取出两吊铜钱双手奉上，口中说道："庄户人家一点儿小意思，不成敬意，就请各位官爷买几个西瓜解解渴吧。"

军官歪歪头，让一个兵收下铜钱，口气也变缓和了点儿："瓜可以吃，但活还得干。这样吧，只要见到是死人，就放你们走。"

一阵短暂的沉默中，只听得到远近所有的知了，这时都在拼命地叫着，像是从四面八方用力拉扯着看不见的空气，让一切都绷得紧紧的，仿佛马上就要撕裂开似的。

华浩神情无奈地点点头，说："那么，官爷就请便吧。"

清兵们中有的就开始用刺刀剔刮出封棺的膏泥，并撬松棺盖，然后命令华浩等四人抬起棺盖来。

李彪刚才在从褡裢里取铜钱时，就两指暗暗发力，在褡裢里掐断了留下的一串铜钱穿绳。天热，衣服里藏不住兵器，到了该拼命的时候，这些铜钱好歹可以当成暗器打出去。拼一个够本，拼两个赚一个，只能这样了。

华浩四人上前抬起棺盖，向下方水平滑动，露出大半个棺材里面，同时赶紧扭头捂住口鼻，一股恶臭迅速在空气中弥漫开来。

那军官和所有士兵也都捂紧口鼻，走进棺材边向里面看去。只见一具男尸身着黑色寿衣仰卧其中，眼睑上各放着一枚铜钱，脸上、身上散乱放着很多浸过了白酒的黄色纸钱，尸身旁棺材的间隙虽然铺满了白石灰，却还是禁不住恶臭扑鼻而来。最靠近棺材的几个兵中，有两人忍不住跑到路边，哇哇干呕起来。

军官一只手继续捂着鼻子，另一只手朝棺材挥了挥，说："快，快盖上！"华浩和几个人赶紧将棺盖滑动复原，然后苦着脸看那军官怎么发落。

军官对他们说："我也是奉命行事，休要多怪。你们可以走了。"

华浩朝那军官点了点头，说声多谢，然后朝刘幺叔挥挥手。刘幺叔口里吆喝一声："嘚儿，驾——！"骡车又开始滚动起来。

看到那队清兵已经远远消失在身后的暮色中了，几个人才长舒了一口气。李彪小声说："那当官的好他娘的认真，幸亏这尸臭太难闻，不然他让手下把尸体挪动一下，拿棍子往下捅一捅，下面藏着的军火可就露馅了。"

万宗孔说："还是刘幺叔出的主意好，怕这死尸不够味道，还在下面加了两只死猫死狗。"

华浩轻轻说道："今天这一趟确实有点儿悬，看来我们要再商量一下更多的办法，比如，深夜用小船运送到离岸边不远的隐藏地点，是不是会更妥当一些。"

原来，万宗孔提出用棺材运送军械的主意之后，刘幺叔找到在善堂中打捞江河浮尸的一个朋友。那人也是自立会中的同志，马上偷偷给了他一具无人认领的溺水尸体，又告知了相关文书证明的样式，华浩让黎科等人伪造出文书。因为浮尸刚刚捞上来不久，臭味还不甚重，刘幺叔就让德生去到各处街巷的垃圾堆里，找到两只死去多日的腐烂猫狗，悄悄拿油纸布包上拿了回来，放在棺材里。事后看来，这还真不是多此一举。

夜色开始笼罩一切，一弯新月升起在天空中。这支小小的骡车行旅，由一个燃起的灯笼缓缓引导着，在大地无边黑暗里的蛙鸣声中，渐行渐远了。

总督抽刀出鞘

在武昌城的湖广总督府中，张之洞正借助各条情报渠道，了解京城的最新形势。消息一个接一个传来，有好的，也有坏的。其中最重大的一条消息，是慈禧已带上光绪，成功逃出被八国联军打破的北京城。眼下二圣正逃往西安方向。

张之洞毕竟骨子里还有儒家士大夫本色。既然中枢未倒，君王无恙，那我就继续忠君从道，没有任何问题，这也是我朝天下社稷之幸，他想道。好吧，既是君臣之分不变，那事情就更加明白简单了。他前几天在心里打的那个小九九，就让它烟消云散了吧，反正，这世上无人知晓他有过的那个念头，最多，只有总督府里那只黑白花猫知道。

但张之洞马上又想道，他在东京的心腹钱恂，已经通过军方人士宇都宫太郎，向日本政府私下透露了张之洞自己想出面成立一个新政府的愿望。于是他发出"千急"电报，要钱恂赶紧向日本人澄清，自己其实并无组织新政府的想法，请日方万勿因误会他对本国政府的忠诚，而至生出他想。

张之洞一面打探消息，一面试着通过他的姐夫，当时随驾二圣去西安的军机大臣鹿传霖，向当红的满人权贵荣禄表示自己的忠诚，这位南皮大人真可是狡兔三窟啊。

从京城传来的坏消息中，最让他心痛的一条，是好朋友王懿荣一家的自杀殉国。

甲骨文的首个发现者、金石学家王懿荣，是张之洞当京官时，同为朝中清流一派的至交好友。张的第二任夫人去世后，王懿荣撮合他和自己的妹妹结成良缘。即使王懿荣的妹妹后来去世了，张、王二人之间的友谊仍然亲密无间，这段交情持续了三十年之久，他们在大量的鸿雁传书中，谈论金石文字、诗歌唱和、生活起居、儿女家事、人情往来、世态万象，两人之间几乎无话不谈。现在突然传来他一家在八国联军破城后自杀的消息，张之洞的悲痛可想而知。

张之洞后来陆续打听清楚了好友王懿荣最后的情形。

王懿荣以一介文官，被朝廷匆匆任命为京师团练大臣，受命组织兵勇督守京城的东便门。在城破当天，王懿荣仍然率团勇转往东直门抗敌，由于败兵塞途，人心慌乱，团勇终于也溃不成军。王懿荣知大势已去，但还是坚持组织部分团勇以巷为战，拒不投降，直到晚上方才退回城内锡拉胡同家中。

夜半时分，王懿荣在家中庭院徘徊，抬头望天，焚城战火烧红的京城夜空，恐怖如血光地狱，炮声轰鸣，如阵阵丧钟动地而来。他明白自己为国捐躯的时候要到了，于是对家人惨然言道："我身受国恩，又负守卫之责，今日城破，义不可偷生。"次日早晨，得知慈禧太后率光绪及部分王公亲贵，已于早些时候成功出城西逃。上午十时，他语转平静地对夫人讲："我可以死了！"并以楷书体在纸上一丝不乱地写下绝命词：

> 主忧臣辱，
> 主辱臣死。
> 于止之其所止，
> 此为近之。

署名是"京师团练大臣，国子监祭酒，南书房翰林王懿荣"。

王懿荣写完绝命书后，先吞下金子与铜钱，却两次自杀未果。接着饮药服毒，仍未绝，于是从容投井。那口庭院中的老井，他已提前令人挖深淘净过，预备拿来自杀殉国。他的夫人谢氏率长媳张氏相从入井而死。

写下绝命书的那一张泛黄的纸里，困住的是一个悲剧性的伟大灵魂，他热爱自己的国家而不惜为之捐躯，却偏偏以忠于君主的名义。而王懿荣将一腔热血献给的最高君主，竟然是那个他在甲午战争期间曾经连上三奏、冒死劝谏在国家危难之际恳请缓办寿典，因而得罪过的慈禧太后，那个可以一己之私荼毒天下苍生的老太婆。王懿荣绝命书中的一句"主忧臣辱，主辱臣死"，只能化无名的悲愤于一声长叹了。

再说张之洞，在哀痛王懿荣之余，又想起他第一任夫人的哥哥，贵州都匀知府石均，四十多年前，也是被攻破城池的农民起义军捕杀身亡。他不禁感慨万分，又悲哀地想道："都说我是克妻的命格，先后克死了三任夫人，没想到我连妻兄的命也克，已经克掉两位妻兄了。看来我这个转世的老猿，命也太硬了。"

张之洞还没来得及多哀悼一下自己的好友，大武汉地下社会汹涌而来的暗流，就让他不得不集中精力，全神贯注去对付了。因为，他的手下走马灯一般，前来向他汇报：八月十八到二十日，又有大批秘密会党分子陆续到达了武汉。十八日那天，汉口发生了大火灾。

张之洞坐不住了，他明白，这极可能是有人故意纵火。一切迹象表明，一场大规模叛乱即将发生。他命令属下严密监视武汉三镇会党的秘密行动，并加强了各地武装巡逻。

八月二十一日清晨，天光尚未破晓，习惯夜晚读书办公、白天睡觉的张之洞，正在洋油灯下埋头批阅官府文书和通报，听到有人敲他的书房门。进来的亲随告诉总督大人说，对岸的汉口又出现大火。张之洞马上让下人备好轿子，叫上心腹幕僚，吩咐亲兵营护卫他去江边查看。

从总督府出来的这一列队伍，悄悄走在清晨空旷的大街上。张之洞特意吩咐随行不要匆忙赶路，避免闹出太大动静。他是不希望让武昌城里的百姓们认为，他们的总督大人正在惊慌失措当中。

到了城门口，张之洞下轿，爬到城墙上宽阔的临江高台顶，和梁鼎芬等几个幕僚一起眺望江对岸。这时天刚蒙蒙亮，太阳还没有露头。汉口的火光，让西方天际线染上了一抹红色，乍看之下，还以为是太阳要从西边出来了呢。

站在长江岸边高台上的张之洞，一边手捋胡须，一边听着幕僚们的七嘴八舌。大家都认为，那是趁着朝廷大乱准备起事的江湖会党分子放的火。

幕僚长梁鼎芬站在总督身旁，低声提醒道：香帅，我们再不动手，唐才常那一伙人就要杀过江来了。还望大人当机立断，施雷霆手段，合天下志士，势灭此反贼。

总督大人点点头，没有说什么。此刻他已经暗暗下了决心：既然二圣已经脱离了险境，那么唐才常这帮人，就从可敌可友的一股力量，立马变成了十恶不赦的乱党叛贼。老夫只需要看准时机，快刀斩乱麻，就可以了此祸端，以表我对大清朝廷的忠心。

清廷、洋人和自立军，是都想拉拢张之洞的三方。如果说这位老谋深算的湖广总督，原来还是站在这个等边三角形中间的话，随着局势渐显明朗，现在他已经完全归向清廷和洋人的这一条边了。

回到武昌城内的总督府，天也大亮了。张之洞马上部署人马，整个武昌湖北新军进入全员待战状态。他的亲信将领们带着亲兵营巡视各营房，以示威慑弹压。各处城门关防、炮位、枪械弹药库等要地，都增派兵力防守，密探侦缉四出。这位湖广总督不愧是大清屈指可数的能臣，一顿操作下来，就让武昌城立马变得固若金汤。

但总督大人还有一个难解的题：擒贼先擒王，这一群乱党的首领，他的两位前学生唐才常和华浩，此时正藏身于偌大个汉口密如蜂巢的房屋楼群之中，他们究竟躲在哪呢？

张之洞正在思量之际，突然门外传报：江汉道稽查长徐升有紧急要事，过江前来求见。张之洞下令让这位从汉口渡江赶到的稽查长进来。只见赶得满头大汗的徐升，见面开口第一句话就是："启禀制台大人，那唐才常自立军总机关的所在地，卑职已经找到了。"

张之洞一听大喜，忙问道："你快说，在哪里？"

徐升擦了一把脸上的汗，还在气喘吁吁："他的总机关，设在汉口英租界和华界相交的一栋小楼，叫李慎德堂的楼上。还有一处据点，在花楼街的宝顺里四号。"

张之洞逼视着这位稽查长，继续追问："是否确实？如何得知？"

徐升喘息方定，这才详细讲出了这个重要情报来源："昨日上午，卑职刚到局子里，一个汉口剃头匠就被地方官带进来密告，说他素与会匪中某邓姓者相熟，邓某素日里飞扬跋扈，又要拉他入自立会，剃头匠拒绝了。前日邓某喊他理发，理完后邓某不按常例，竟然只给他小钱，剃头匠与那姓邓的争执起来，谁知邓某告诉他，老子过几天就要砍你的脑袋了，你还跟老子啰唆个什么。剃头匠马上就将这件事告知了地方官。我们得到剃头匠的密报，抓住邓某后，诱哄他说出了全部事体，原来起事会党的总部是在汉口李慎德堂，还有总首领是唐才常。我找来一个从前见过唐才常的湖南人，去那个李慎德堂对面偷偷守候了半晌，发现那人出进了一次，果然是唐才常。而且那个楼的人出出进进，多像江湖会党之人。我派手下盯梢这些人，发现他们还有一处秘密据点，是在花楼街的宝顺里四号，唐才常晚上就住在那里。卑职不敢怠慢，今早就赶忙过江来禀告香帅大人了。"

张之洞一听，仰面拍了拍脑门，心里道，踏破铁鞋无觅处，得来全不费功夫，这真是天助我也。他对徐升说："你即行返回汉口，告诉夏口都司陈士恒，让他悄悄准备好人马，在今晚半夜子时动手。趁都在睡梦中，将这两处的会匪一网打尽。动手之前，绝对不可透出风声。"

徐升面露难色，说道："总督大人，卑职打听过了，要在这两处地点抓人，需英国人答应才行。那李慎德堂在英租界里面，宝顺里的房子虽不在租界里，但那是一个姓李的买办，以宝顺洋行的名义买下的，也受租界保护。想要抓人，得要英国领事签字批了，我们才能够进去下手。"

张之洞略一思忖，对徐升说："我派人持我的亲笔信，随你一起过江，在汉口面见英国领事,请他签字同意进租界捕人,你们拿到签字后,拍电告知我即可。"

徐升退到书房外,等张之洞写完给英领事法磊斯的信,又让人加急译成英文后,嘱托一名精通洋文、经办外事的下属,和徐升坐船渡江去了汉口。

法磊斯领事的午后茶

英国的汉口领事馆。

法磊斯领事和几位在汉的英国同胞一起,坐在领馆小洋楼的二楼客厅里,正一边享受英国式的下午茶,一边聊着天。通过客厅向阳台敞开的门看去,不远处芳草萋萋的江滩景色一览无遗。

更远处就是辽阔的长江水面,浩荡的江流,在午后阳光下无声地奔淌着。这条有着六千多公里惊人长度的大河,起步于冰雪覆盖的世界屋脊,一路向下奔腾,在大地上切割出一条条巨大幽深的峡谷,收纳无数的江河支流,冲积成辽阔无垠的平原,孕育了众多的森林、村庄、城市。她发起怒来可以吐纳风暴、埋葬舟船、冲垮堤岸、席卷万物。但在她温柔下来的大部分时光里,这条母亲河会静静地收敛死者、护送旅人、灌浆稻粒、哺乳生灵。

这些来自英伦三岛的人,似乎每次看见长江都需要沉默一会儿,以稍稍平息被这条伟大河流引起的震撼之感。因为他们那个被大海环绕的祖国,没有任何一条河流像长江这样壮阔雄伟。长江,作为东方古老大河文明的化身,在这一群来自西方海洋文明的人眼里,引起了复杂的感受,其中既有敬意与赞叹,也有陌生与不安之感。光绪二十四年,一位来到汉口的英国女旅行者伊莎贝拉·伯德写道:壮丽的长江既是汉口的光荣,也让人感到恐惧。风暴会激起危险的狂涛骇浪,夏天的长江就是一个内陆海洋。

维多利亚时代的下午茶,是一门相当讲究的社交艺术,简朴却不失体面，华丽却不俗气。它需要好的茶品、点心、瓷器、音乐和一份好心情。虽然这些要素中，汉口的英式点心，好像比英国本土的还是差了那么一点点纯正味道。但是其他的要素几乎一个也不缺，这个国家本来就是茶和瓷器的祖宗。法磊斯喜欢中国的红茶，更甚于英国人在印度种出来的大吉岭茶，所以他喜欢用上好的福建红茶来招待客人。

如果一定还要挑剔点什么的话，那就是音乐。领事馆没有伴奏的小乐队，只有一只留声机。那时的蜡筒留声机和圆柱形唱片，一张唱片最多只能放三分钟。所以听完一个唱片，如果还想再接着听，就得经常去换。法磊斯很喜欢放一支英国民歌——《绿袖子》，它刚好约三分钟唱完。这首据说是英王亨利八世作的曲子，对于万里之外去国离乡的英国人，颇能安慰他们的思乡之苦。

一首英国民谣这样唱道：当时钟敲响四下时，世上的一切瞬间为茶而停。

宾客们一一赏玩了主人摆在客厅里的各种东方收藏品，其中有法磊斯从朝鲜半岛带回来的有铜刀鞘的小餐刀和银筷子，有在四川重庆乡下买到的竹制烟具，还有一支用芦苇的根制成的长长烟斗。然后，客人们谈起中国北方的拳变烽烟，与八国联军占领北京，慈禧与光绪的西逃。大家都对中国南方局势的稳定感到庆幸。

一位颇有绅士派头的银发老者感慨道："如果两年前的维新变法能够成功，年轻的中国皇帝将改革的种子，撒播在这块辽阔富饶的土地上，那将会有一个什么样的收成啊！但是慈禧太后这个老练的权术家，突然从隐藏的幕后现身，一击就将维新派打得粉碎，重新垂帘听政。这就好像是古希腊的法厄同寓言，在古老东方大陆的再次上演。那位缺少经验的年轻马车夫，最后还是被最高神祇用一道闪电从天上击落，而太阳仍然被送回了原来的轨道。由一小群满族亲王组成的私党，就跟俄国大公们那样盲目无知和贪得无厌。灾难性的政治倒退，才是最终引发清朝与全世界之间战争的真正原因。"

身着浅灰色长袍的女士说："感谢上帝，发生在北方的可怕情形，没有出现在长江流域以南。我听说，来自北京的密诏命令各地总督们，屠杀他们各自管辖地区内的外国人，要不是在京城的城墙上贴出了布告，分别对外国男子、女子和儿童的人头悬赏五十两、四十两和三十两的话，恐怕没有人会相信这个密诏中的内容。这真是太可怕了。幸好我们这里的总督是张之洞，他真是一位睿智的官员。"

另一位矮胖的中年商人接着说道："帮助张之洞做出聪明决定的，也许是他对一艘来到汉口的英国军舰的友好访问吧。那艘军舰的舰长，在回答这位总督一个关于大炮的问题时，用了开玩笑的语气告诉张之洞，他已经在地图上标出了总督衙门的方位，并且能够在三英里之外，准确无误地把炮弹送进总督衙门。"

听到这里，客人中有几位哈哈地笑了起来。

那位刚才用了希腊神话中的法厄同来比喻光绪皇帝的银发绅士，却摇摇头，表示出不同意见："事实上，帮助张之洞总督做出这个决定的，主要是我们尊敬的领事法磊斯先生的影响力。是他在清廷宣战后，立即促使张之洞总督采取了紧急措施，以预防这里发生与北京一样的骚乱。"

法磊斯领事谦逊地否认，表示自己在这件事上并无任何了不起的功劳。他话音一转，说道："我们大英帝国的主要在华利益，还是长江沿岸的自由经商权利。不像俄国人那样，对任何土地都有发狂的贪心。和俄国做邻居的人，都会哀叹离天堂太远，离俄国人太近。"

这回客人们都一起轻轻地笑了起来。有人小声说，是哦，俄罗斯熊的所有邻居，没有一个没挨过它的尖牙利爪。

法磊斯继续说道："不管俄罗斯修建西伯利亚大铁路的公开理由是什么，他们对中国满洲的野心都是路人皆知。无论是谁摇动树干，这只俄国熊都准备好来抢掉下树的果子。我们英国两次发动对华战争时，它都趁机扩张了自己与中国之间的疆界。你们将会看到，日本和俄国为了争夺中国东北的满洲，未来必有一斗。"

客人们听了法磊斯的一番话，都纷纷议论起来。法磊斯清了清嗓门，提高声音接着说道："所以，中国在这个时候如果发生分裂，并不是我们希望看到的。英国参加联军、出兵北京是为了恢复秩序，而不是让清朝中央政府垮台。一个能代表中国的最高权威，才是可以和各国谈判的对象。不然的话，这世界上没有任何人，能够对付这个巨大的戈尔狄俄斯线团。"

正在这时，一个包布缠头的印度仆人进来报告说，张之洞总督派来特使求见，说是非常紧急的事情。

法磊斯稍做停顿后，对仆人说："请访客在办公室等我，我马上就去。"

他对客人们张开手,做了个有点儿无奈的手势,让各位继续用茶,他过一会儿就回来。

在领事办公室,法磊斯客气地接待了湖广总督派来的密使,他认识张之洞手下这位英文熟练的幕僚。领事拆开张之洞的信,匆匆读了起来。

张之洞在信中告诉法磊斯:从上海秘密潜入汉口的乱党首领唐才常,即将率领地下会党匪徒发动一场大暴乱。现已查明唐才常与其同伙躲藏在英租界如下两处地点,希望领事先生签署许可,以便中方今晚进入英租界抓捕乱党分子,以消弭祸端。本总督承诺将全力维持秩序和保护在汉外国人,云云。

两个月前,法磊斯过江去武昌拜访过张之洞。希望这位湖广总督能维持长江流域的和局,避免北方之乱在这里发生,以保护外国侨民和财产的安全。张之洞告诉法磊斯,他已和两江总督刘坤一协商好了,决意维持长江流域的秩序,保护外国人在该地区的生命财产安全。但湖广总督拒绝了英国领事希望提供军事援助,如派一支英国舰队进驻汉口的建议。

那次会晤结束时,张之洞说了一句:"如果真有什么事情发生需要援助时,我会马上同法磊斯先生商量的。"

法磊斯看完来信的英文译件和他熟悉的张之洞签名与总督印章,然后迅速坐到办公桌旁,在一张专用公文纸上写下了搜捕特许证,并快速写下一个漂亮的英文花体签名,然后封好交给来人,并嘱咐其转告总督,如此事有任何进展,请务必电告他。

张之洞的密使走后,法磊斯返回客厅,见到朋友们已经起身准备向他道别,留声机里正放着一支苏格兰民歌——《友谊地久天长》。这是苏格兰出生的法磊斯最喜欢的歌曲之一。

回去后,法磊斯对将要离开的朋友们说:"今晚各位恐怕要受到一点儿惊扰了。张之洞总督得到我的许可,要在午夜派兵进入英租界抓捕一群叛乱者。你们到时候如果听到什么大一点儿的动静,可以告诉你们在汉口的家人朋友别担心,但现在这消息暂时还不能透露出去,请各位保守秘密。"

客人离开后,法磊斯回到办公室,开始写一份报告给英国驻上海总领事华伦。在这份报告中,法磊斯对汉口自立军做出了如下评估:

> 即使这一运动是个真正的改良运动,没有一个行动是故意针对外国人的,但如果推翻了合法当局,这几个城市所有目无法纪的暴民,便会对我们放肆起来。还因为现在的当局,迄今为止仍在这里努力维持秩序,它比起一个自命的、有着堂皇目标的,但其经验与能力令人怀疑的政府来,是更为可取的。

法磊斯领事有自己的情报来源,他不仅大致知道自立军的活动,而且对唐才常这个维新派人士也有所耳闻。最早是从他的前任、英国驻汉口领事嘉托玛口中听说过,那时唐才常在湖南搞维新运动办开矿,曾经联系过嘉托玛,将开采出来的锑矿石卖给英国人。后来法磊斯从上海总领事华伦那里,又进一步知晓了唐才常和他的同志们正在那里进行的维新事业。

唐才常等人在上海召集的中国国会,既然自认为是民意代表机关,又有促成建立新政府的计划,所以发展与列强的关系必然成为这个组织的要旨。因此容闳、唐才常等人与上海的英美日等国领事联系密切,并向这三国列强通报中国国会的重要宗旨之一,就是联外交、平内乱、推进中国文明进化。所以像英国人华伦、法磊斯这些精明的外交官,是知道唐才常们致力实现的政治目标,是追求以英国为典范的君主立宪制度。但各国列强的领事们更看重手握实权的地方督抚们,对于政治理念更为进步的维新党人,并未予以实际重视。

其实法磊斯本人,对中国的维新派人士还是颇有好感的。他今天做出允许张之洞到英租界抓捕唐才常等人的签名承诺,完全是为了维护大英帝国利益的一次冷静判断。如果他是一个普通的伦敦市民,或许几年前他也会站在清国使馆门外,成为抗议清廷抓捕革命党人孙文的那一群伦敦民众中的一个。但他现在的身份,是英国驻清国外交官。对他法磊斯而言,大英帝国的国家利益至高无上,甚至要高于人类的良知、道义,和文明进步的高度。

写完报告后,法磊斯发现自己的右手虎口上,不知何时沾染了一点墨水,就走到隔壁卫生间,拧开水龙头洗起手来。看着墙上镜子中的自己,法磊斯突然喃喃自问道:我是不是扮演了一次彼拉多的角色?

原来,他是想起了近两千年前,那位罗马总督彼拉多,在仇恨耶稣的犹太宗教领袖的压力下，被迫判处耶稣钉死在十字架上。在做出判决后，彼拉多在众人面前洗手，并说：流这义人的血，罪不在我。

但历史女神克利欧的双眼，在云端默默注视到了这个英国人今天所做的一切。从此，他那只在逮捕许可书上签名的手，上面的墨迹就永远洗不掉了。

午夜钟鸣，凶神降临

雪丫今晚上夜班。

本来在医院女部的病房，是两个人的护理夜班，但雪丫的那位年长女同事说家里有事来不了，就临时请她一个人代值了。雪丫是个非常善良的女孩子，通常都是很乐意帮助他人的。再说，她一个单身女孩儿，本来这些天就住在医院宿舍，给同事帮个忙也算不了什么，就很爽快地答应了。

临近深夜，整个医院都静悄悄的，病房里已经熄了灯，只有走廊墙壁上的几盏洋油灯还亮着。雪丫给两位走动不便的病妇倒了饮水，扶一位手术后的女病人上了趟厕所，又在走廊的各病房门口巡视了一遍。她刚刚要返回值班室，就见到布莱兹医生和助手来了。原来他们是对白天刚刚做过手术的一位病人不放心，夜间来做一次查房。

看到这个病人的情况稳定，两位英国医生和雪丫互道晚安后，就要转身离去。突然布莱兹医生好像想起了什么，又回头叫住雪丫，对她说："格瑞丝，今天午夜，租界里将会有一次治安行动。如果医院外边有什么大的动静，你不要去理会，紧闭大门，安抚好病人就行了。"

关照完后，他转身和年轻的助手离开了。

雪丫听到布莱兹医生一边走，一边用英语和同伴快速说着什么。她隐约听出了其中的几个词，有张之洞总督、叛乱者、逮捕等等。雪丫的心猛地跳动了一下，她马上想到了华浩。英国人说的这次治安行动，会不会与华浩和他的朋友有关？

雪丫越想越不放心，但她一个人值夜班又不能离开。她急得在上了锁的医院铁栅栏门后面来回打转。突然,雪丫看到医院门口不宽的马路对面,一家住户的门吱呀打开了,从门缝透出的光线里,冒出一个瘦小的身影,那是个男孩儿正捧着撮箕出门倒垃圾。

雪丫认识医院对门这个男孩儿,等他倒完垃圾回来,走到家门口时,雪丫就压低嗓子叫了两声:"毛弟,毛弟。"

男孩儿一看,原来是医院的雪丫姐姐,就走过马路来,隔了栅栏问她有什么事。雪丫求这个大男孩儿,帮她去到不是很远的租界旁边,一家叫和记的酒楼,找一个叫秋娘的唱婆子来医院,因为有很重要的事情要告诉她。看见男孩儿有点儿犹豫,雪丫马上对他说:"毛弟,你怎么就不记得雪丫姐姐平日里对你的好啦?帮姐姐一个忙,我明天给你买个大风筝,以后在江滩上放着玩。好吗?"

男孩儿终于点点头,走过马路回到他家屋里,不知道向家里大人咕噜一下编出了个什么理由,就出来带上门,一路小跑着离去。雪丫等啊等,过了好久才等来了男孩儿和秋娘。原来秋娘当时正在给客人演唱,大男孩儿不得不等了好一会儿。看着男孩儿过马路回家了,雪丫就隔着铁栅栏门,低声对秋娘说:"好姐姐,好不容易把你盼来了。事情很急,我就不开门放你进来了。"

此时的秋娘,白粉傅面,眼角上描,还没来得及卸妆。为人爽快的她对雪丫说:"妹妹,我们之间还说什么客气话,你有什么事就告诉我。"

雪丫就把晚间听到英国人跟她讲的话,和她对华浩安全的担忧,都对秋娘讲了。秋娘本就是哥老会中人,对自立军将要举行起义的事,比雪丫知道的要多得多。听了雪丫的话后,她大吃一惊,觉得此事非同小可,就决定马上去华浩与朋友们住的宝顺里四号,通知他们赶紧疏散。原来,秋娘私下的那位相好李彪近几天也住在宝顺里。

与雪丫在医院分手后,秋娘开始急急赶路,途中她稍稍绕了一点儿道,从自己的住所里取出几个物件藏在身上,就直奔目的地而去。快要到宝顺里了,在邻近的花楼街百子巷口,突然间,她听到一声低沉的呵斥:"站住,什么人?"

话音未落,从巷子转角跳出来两个清兵,端着枪对准了她。

秋娘明白,自己紧赶慢赶,却还是来晚了。她装出一副很害怕的样子,对两个兵说:"哎呀,吓死我了,小女子是卖唱的艺人,刚刚做完晚场，要赶回家里，两位兵爷行个方便，让我过去吧。"

清兵们看清楚了她脸上的戏装，觉得秋娘说的是真话，就挥挥手对她说："今晚这条路封锁了，不许任何人出进，你就绕道回去吧。"

秋娘只得离开设了暗岗的路口，绕行到远离清军封锁线的一条街巷里，在幽暗中紧张地思考着对策。时间已是临近午夜，家家户户都已闭门熄灯，进入了梦乡。只见秋娘掏出一条黑巾系在鼻梁下方，几乎蒙住了整个脸，只露出两只眼睛。然后撩起衣裳下摆，取下缠在腰间的一长条软绳。秋娘原来在戏班子里的时候，练过踩软绳这门技艺，现在刚好可以用上这件卖艺的道具了。她向上一望，隐约看到有家黑了灯的阳台护栏上柱头粗大，秋娘将软绳一头打出个套，瞄准了甩出去，套上柱头后试试系牢了，就顺着绳子爬上了阳台。然后收了软绳，站在护栏紧挨着邻居楼檐的一端，一纵身攀上了屋顶。

秋娘在连排的屋顶上弓腰小心走着，下脚像猫一样轻盈，唯恐发出一点点声响。就这样，她蹿高伏低，接连经过了两条街巷的楼群。深夜的汉口城区一片寂静，上半夜里各种卖消夜的小贩吆喝声已经没有了，只有远处不时传来几下梆子的敲击声，那是打更人在大街小巷里巡夜。单调的梆子声，让沉睡中的城市显得更加静谧。

秋娘悄悄来到宝顺里四号的对面房屋顶上，离目的地仅有一街之隔了。这时，她听见地面街道上有极轻微的动静。秋娘伏下身子，慢慢探头向地面看去，发现有不少身影躲在街边的黑暗中。她知道，这就是她刚才遇到的前来抓人的那些清军。最后就剩下这窄窄的一条巷子，她过不去了。

对面宝顺里四号小楼里，估计多数人都已经入睡了，只有二楼的一个窗口还有一点亮光。恰在此时，秋娘听到自己脚下，屋顶下面人家的自鸣钟传来了很微弱的报时声，像一根根游丝在宁静的夜空里飘过，一下，两下，直到敲了十二下。秋娘此时心急如焚，脑子急速转动着。她突然看见，一群黑影正快速扑向对面小楼的门口。他们终于要动手了！秋娘一时顾不了许多，她轻轻揭起脚边一片瓦，对准那个亮着灯的窗口扔了过去。

瓦片击在窗口的铁条上，在一片寂静中发出响亮的破碎声。有人开始在窗口张望。片刻之后，一个人打开了楼下的门，屋内的灯光从身后打在这人的背上，使他看上去像个皮影戏中的剪影人物。这个拿着手枪的人刚出现在门口，立刻就被拥上来的一群清兵围住了。他用不太熟练的中国话，大声呵斥道："什么人，胆敢夜闯民宅。我是日本侨民，这里受英国租界保护，你们不能进入。"

这位日本浪人甲斐靖，在清兵将要登门之际，希望以自己外国人的身份拖延一下，以争取时间。带队的清军都司陈士恒亮出"两湖总督部堂张"的大令和英国领事的逮捕许可令，厉声命令手下缴了甲斐靖的枪，将他捆起来，再带领其他士兵一拥而入。

二楼的唐才常与华浩等几个人，其实并没有睡觉，他们还在紧张商讨明天就要大举的起义。被那块瓦片的破碎声惊动后，他们中的一人起身到窗口探望，一人走到二楼的楼梯口，倾听自告奋勇要求守卫的甲斐靖开门的动静。一看到清兵夺门而入，华浩与李彪赶紧抄起桌椅板凳，拼命往楼梯下面打砸，以阻止清兵上楼。楼下兵勇已被打伤了好几个，但在都司陈士恒的督战下，还是从楼梯奋力向上冲，被李彪飞起腿，一脚一个踢了下去。可冲上来的兵太多，李彪和华浩几个渐渐有点儿支撑不住了。只听李彪大喊一声："弟兄们都去拿来家伙，一起杀下楼去啊！"楼下的兵勇摸不清楼上的虚实，以为楼上准备要开枪了，就暂时停止了冲锋。

华浩对李彪说："你快跑，赶紧告诉其他地方的人撤离，我在这里顶着。"李彪点点头，退到离楼梯口好几步的二楼窗口，用脚猛踹那几根铁条，他一边怒骂，一边踹了好几下，才踢弯几根铁条，撑开了可以钻一个人的口子，他从高高的窗口向外探头看了一眼，发现楼下街道上晃动着许多人影，那是清兵，都在嚷嚷着抓叛党，看来是不能跳窗逃跑了。恰在此时，又一块瓦片从窗口撑开的铁条之间飞了进来，上面还系着一根绳子。奇怪的是，紧挨着瓦片的，还系着一个女人用的银头簪。他定睛一看，认出了是秋娘头上所戴的簪子。

原来街对面屋顶上蹲着的秋娘，看见宝顺里小楼里面，已经乱哄哄的打成一团糟，急得无法可想。又看见李彪出现在窗口，正骂骂咧咧的用力猛踢铁条，于是心生一计，随手揭起一片瓦，又取下头上一个掐丝银簪子，这是李彪送给她的。秋娘将瓦片和簪子都系在软绳的一头，瞄准了窗口的宽敞处，嗖的一声扔过不太宽的巷子上空，落进了稍低一点儿的窗口里。然后，她迅速将软绳的另一端牢牢系在脚下屋檐的一根椽子上。心里暗暗道：冤家，是死是活，就看你的命了。

李彪抽出那根银簪子咬在嘴里，又迅速将软绳一头牢系在几根铁条上，然后钻出窗口，手脚并用地沿着绳子向巷子对面攀爬过去。地面上，举着灯的兵勇们叫喊着，朝悬在空中的他这个方向跑过来。有人举枪瞄准他，又有人喊道："不要开枪，大人说要抓活的！"于是，有的兵勇高高举起带刺刀的步枪，想将空中正在爬绳索的李彪捅下来，看来他在劫难逃了。

突然，这些靠近李彪的清兵先后都大声哀号起来，有的还在地上打滚。原来，秋娘见情势不妙，连连发出飞镖，射向地面上的清兵。这短短的工夫里，李彪也迅速爬到对面屋檐下，十指紧紧抓住飞檐椽子，身子用力一挺，奋力翻上屋顶。回头一看，好险！只见清兵们高举枪刺，刚刚将绳子挑断了。两人本指望这条空中救命索，可以让华浩等人多逃出几条命，这下真的没希望了。

两人见状，在夜色中惨然对视一眼，然后猫下腰，沿着一长溜连排的高低屋脊，不顾脚下的屋瓦被踩得乱响，飞快地奔跑开去。他们又接连跳过许多阳台和晒楼，从空中横跃过几条窄窄的小巷，甩掉地面上大呼小叫紧紧追赶的清兵们，消失在汉口如迷宫一样的黑暗街巷深处。

守在楼梯口的华浩，一回头，看见原本在窗户铁条上绷直的绳索，已软软地耷拉下来，知道这一条逃生通道也已经断了。他没有看见唐才常，以为唐已经在最初的混乱中，被其他人掩护着寻别的通路离开了，于是心下稍感安慰。突然，他想起一件极为重要的事，那就是秘密存放在容星桥的茶行仓库里自立军最大的一批军火。于是，他叫住正在拖来楼上最后一张桌子的德生，两人迅速将桌子拖到二楼香堂西侧的墙壁下，墙上方有个高高的通气窗口，小到只能容许少年德生细瘦的身体钻过去。华浩让德生设法从那里逃走，然后通知顺丰茶行的容星桥赶快转移那批军火。就在华浩站在桌子上，刚刚把德生从通气窗口托举出去的一刹那，清兵们已经冲上楼梯口，一起举枪对准了他。

华浩最后一刻还在惦记的，是起义军的最高统帅唐才常，想必他已经趁着刚才自己拼死抵抗之际寻路脱身了。华浩一想到这里，就暗暗松了一口气。

就在楼梯口激战正酣之际，唐才常的一个同乡和随从李荣盛，跟着唐才常来到书房。唐才常镇静烧毁了自立军名册还有重要的公函，李荣盛劝他尽快寻路逃匿。唐才常却神色自若地对他说:"我早已誓言为国而死,你不必陪我,可以离开了。"

李荣盛一听,泪水夺眶而出,说道:"您舍生取义,我李荣盛岂敢苟且偷生?说完,他也留下来了。"

唐才常在书桌上摊开一张纸,提起毛笔,在纸上一丝不乱地写下了两句诗:

七尺微躯酬故友,一腔热血溅荒丘。

写罢掷笔,然后坐在书房里一张椅子上,等待就擒。当都司陈士恒带领一群清兵出现在书房门口时,看到巍然端坐不动的唐才常,一时间惊呆了。随后陈士恒命令手下上前捆绑唐才常,唐冷冷地对他说:"既然事已泄露,不过一死而已。不劳各位捆绑,我跟你们去就是。"陈士恒却还是对结实魁梧的唐才常心怀忌惮,仍然令手下将唐紧紧捆绑住,押了出去。

当华浩看到清兵从书房里押出一脸平静的唐才常时,他的脸色唰的一下变得惨白。他和唐才常的同时被捕,意味着自立军的两位最高指挥官都已落入敌手,起义者将群龙无首,这次辛苦经营了大半年的举事,已经毁于一旦。

一场人力与天命的苦苦相搏,到此戛然而止。

第九章 凝望

好星光啊

当夜,汉口巡防营灯火通明,被捕后的唐才常等众人,立即在这里被紧急审讯。死意已决的唐才常,写下了这样一份供词:

因中国时事日坏,故效日本覆幕举动,以保皇上复权。今既败露,有死而已。

巡防营营务处的清兵官佐们,一见到唐才常的供状,都气势汹汹地大喊:快快杀了!

众人在黑暗中被押上船,连夜渡江赶往武昌总督署,准备接受湖广总督张之洞、湖北巡抚于荫霖这两位大员的审讯。

押解的官兵刀枪林立,所有枪口始终指向这群被围在甲板上的反叛者。他们背后,黑茫茫的汉口,有几处火光在微弱闪烁着,那是起事的会党分子得知总部被袭后,仓促发动的零星纵火。

五花大绑的唐才常坐在甲板上,面容始终平静。出生于南方水乡的他,跨越过无数的江河湖海。在这个黑夜渡过长江的唐才常,四周环绕着的那些江水,来自家乡浏阳河与湘江洞庭,也来自他生活过的巴山蜀水,最后将经过他的人生高光舞台上海,汇入他往返海内外时经行过的东海。这些逝水,都有过他曾经的生命航迹。今夜,这个人终于要跨过他自己的一生之水了。这时被捆绑得紧紧的唐才常,心里突然却产生了一种如释重负的轻松感。

这是个无月之夜。唐才常一脸安详地仰面向天,望着大江之上的浩渺星空,似乎在满天繁星中寻找着,又好像发现了什么,然后他露出一个微笑,轻声说道:"好星光啊。"

这个百余年前在黑夜中渡江的男人,他被捕前写的临难诗,在星空下的这声轻叹,解开了笼罩在他身上的谜团。这个另类英雄,在他行大事的全部历程中，时时显露出必死的决心，却非必胜的信念。他一直追求用一场壮烈的死，去践行一个承诺，然后跟随先他而逝的刎颈之交，那位死得惊天地、泣鬼神的谭嗣同，就像两千年前，那一对先后刺秦赴死的好友，荆轲与高渐离一样。

我有一事，生死与之。

这个人最终做到了。他不后悔，因为这是他追求的结果，从听到谭嗣同京城死讯的那一刻起，他就开始走上这条不归路。它最终将引领着唐才常走进星空，与好友谭嗣同并列，变成永远闪烁的一对双子星。

他们有一样的勇气和梦想，一样的道路，一样的生命长度，一样的命运结局。

唐才常一定知道，自己马上将死去，化为这世上的尘土，但他并不畏惧。他曾经在一篇科学启蒙大众的文章《质点配成万物说》里，告诉同胞们说，天地万物皆为一种叫原子的微尘所装配而成，人类之于地球有若微尘，而地球之于宇宙亦若微尘。他以下面的话结束了那篇文章：佛家以慈悲集微尘之心力，去拯救众生于苦海世界，那就是一个仁者所要做的。这或许就是他改字佛尘的缘由吧。

黑暗中坐在甲板上的他，开始扪心自问：我唐才常，这一生就此失败了吗？不，不是的，谭嗣同也被砍了头，他却唤起我们这一群人亮出了勤王救国的义旗。我俩都没有失败，只不过是为四万万同胞未来的命运投石问路罢了，我与谭嗣同的两颗头颅，就算是化为灰尘、碾成泥土，也终将会绽放在未来，在某个春天降临时的一树繁花上，让后来人看到。

一想到这里，唐才常的脸上不禁浮现出笑容。这时刚好有个巡防营的头目提着防风灯从甲板上走过，一见到唐才常脸上的笑容，这个清兵官佐吓了一跳，快步走过的同时，摇着头在口里喃喃骂道："都快要砍头了，居然还在笑，这人真是疯了。"

山海有归期，朋友终相逢。此时双手反绑、仰望星空的唐才常，不由得忆起几年前在长沙的一个情景。

那时，他和谭嗣同共同创办了时务学堂并担任教习。一天晚上，主讲天文的谭嗣同喊上他，两个人爬到学堂的阁楼上，透过一架托人刚从欧洲买回来的天文望远镜，长时间观测夜空。那晚，他们俩都为整个天穹无数闪烁的群星陶醉不已。那时所有的星辰都一动不动的，灿烂而凄清，现在头顶的满天星斗却都在轻轻摇晃着,好像一双双微笑的眼睛向唐才常眨动。他感觉到自己身体中最轻质的那一部分,已经开始离开他,奔向期待已久的方向,星空。那里,他最好的朋友正在等待着他。

此刻的唐才常,在心中默默对好友谭嗣同说:"复生,和你一样,我也做了自己该做的事,事犹未了,时间却到了。兄弟等一等我,你才上路两年。我马上就要动身追赶你来了,一定还能追得上,那样的话我们马上就又见面了。复生,这一方生养了我们的土地上,有那么多污浊的东西,为了洗干净她,你和我都许诺过,要献出自己的一腔子热血。你已经实现了诺言,现在轮到我了。复生,我们将要在这干干净净的星空里重聚,这是多么美妙的一件事啊。在你我都化作星尘的那个世界里,让我们再次一起,笑看这满天的星光吧。"

这个男人在一片漆黑的大江之上,发出的那一声轻叹,微微激荡了空气,发出的回声,又穿越时空,在天地之间长久回荡着:好星光啊!

蝴蝶花头春似梦

却说当晚的德生,在被华浩托举着从通风口钻出去,从高处跳落进黑暗中的后院时,不小心扭伤了脚踝。后院临街的外墙很高,但与邻院之间的那堵墙却不那么高。德生一瘸一拐地走近那堵矮墙,在地上找了几块砖垫脚,爬过墙进入邻家院落,又摸着黑走过院子里的不少盆景、山石摆设,来到一个小边门,他用耳朵贴着门听了一下,发现街巷里的喧嚣声都集中在他刚逃出来的宝顺里四号房子周围,这扇门外还没什么动静。于是,他摸到门闩,轻轻地把门打开一条缝,向外面看了一下,发现门外无人,就一闪身出来,强忍着脚踝的疼痛,顺着院墙向汉水码头边的顺丰茶行方向走去。

他在第一个墙角刚拐弯露头,前额上就重重地挨了一枪托。原来有两个清兵正躲在墙角另一边,监视着房屋后院。被打得眼前金星乱飞的德生,被一个兵用枪刺指着,另一个兵把他的双臂扭到身后,要把他的手腕捆绑住。

绝望中的德生，忽然想起大刀王五教二顺子那套夺命掌法时，自己看到后暗暗记下的几招。于是他忍痛用扭伤的左脚踝站稳了，侧脸看准身后那个叉开两腿正给他上绑的那个兵，右脚反钩上踢，狠狠踢中他的裆部。那兵惨叫一声，捂住下身跌坐在地上。另一个兵正仰脸注视着宝顺里四号楼上的喧闹打斗声，听到身旁同伴的惨叫，刚一转过脸来，德生用挣开绳索的右手，一记凶狠的掌法，从下方托击到这个兵的鼻底。他疼得大叫一声，仰天倒下。德生趁机一瘸一拐地逃跑了。

德生正贴着小巷的墙根艰难地走着，突然听到从他身后远远传来追兵的叫嚷声。他一着急，汗就淌下来了。怎么办？他忍着痛，尽快朝前面的一个街巷转角走过去。突然，一个人出现在转角，在不远处幽暗的路灯光影下，他认出了这个人，是云卿！

云卿快步向德生走来，一面朝他低声喊道："德生，我听说华浩遇上了大麻烦，就赶紧过江找他来了。华浩他现在怎么样？你的脚又怎么瘸啦？"

少年德生一见到华浩的好朋友云卿，眼泪忍不住就下来了。他摇摇手说："一时说不清，华浩叫我马上去河边顺丰茶行找容星桥，让他赶快把东西转移。我把后面的追兵引开，你赶快去吧。"

德生说完，也不理会云卿的继续追问，掉头朝另一个方向，一瘸一拐地走远了。

云卿正站在那里发愣，从他身后又闪出一个人，原来是张之洞的心腹幕僚蒉先生。在云卿与德生说话之际，蒉先生正躲在几步外一个门洞的阴影中。

原来，二十一日傍晚，蒉先生来到两湖学堂宿舍，找到云卿，悄悄告诉他，他的好友华浩要出大事了，一群江湖乱党会众哄他入了伙，要举事造反，起兵对抗朝廷，这可是杀头灭族的大罪。现在有司已经侦破了此案，当晚就要派兵将汉口的这一众会党全部抓捕。

云卿一听慌了神，他马上问蒉先生如何才能救得了华浩。蒉先生说："南皮大人也是爱才心切，不忍心让他的高才弟子命丧当场。要我即行过江，今晚随同巡防营的官兵一起行动，好保护华浩和几个参与不法之事的学生，以免遭误杀。我想让你也随同我一起过江，这样多一双眼睛，也多一份照看，免得一个不当心，辜负了张大人对弟子的护犊之心。"

蔚先生没有告诉云卿的一个真相是，华浩并不是什么被会党裹挟、哄骗着加入其中的无名小卒，他就是这次起义的两大首领之一。蔚先生叫上云卿的真实想法是，万一华浩率众武装拒捕，他想让云卿出面，以好朋友的身份劝降。这是蒙在鼓里的云卿想不到的。

云卿一心只想救好友华浩的性命，以防他遭到不测，就赶忙答应了蔚先生，随同一起从武昌渡江来到汉口，然后跟着巡防营官兵来到宝顺里四号附近，等待午夜时刻动手抓捕。蔚先生示意他二人先在清兵封锁线外面，找个僻静地方待着，免得枪火万一伤到。他们听到事发地点的喧哗，并没有伴随枪声，多少放了一点儿心。等到看见一个人突然一瘸一拐地向这边走近，云卿认出是德生，于是赶紧上前询问华浩的情形。哪知道受伤的德生，将华浩的报信任务急急托付给云卿，就引诱追兵走开了，留下云卿站在那里发呆。

这时，随着一阵杂乱的脚步声，一群清兵追了过来，其中一个兵捂着裆部，另一个兵捂着鼻子，嘴里还在骂骂咧咧的。看见云卿和蔚先生，带队的军官问道：有没有人从这里跑过？

云卿下意识地摇摇头。却没有留意到他一旁的蔚先生，偷偷地向德生逃走的方向，努嘴示意了一下。那位军官马上带着兵勇，朝那边追了过去。不一会儿他们就抓住了没能跑远的德生，捆上他往回走。当德生被兵勇们推搡着经过云卿身边时，他先是疑惑地看着云卿和蔚先生，然后突然用愤怒的眼光狠狠盯了云卿一眼，就扭回头去，一路跛行着，被清兵们押送走远了。

云卿明白自己被德生误会了，一时心乱如麻。他刚在想怎么去完成德生转告他的任务，就听见蔚先生盯着他问道："我刚才听见那个小孩儿让你去什么茶行找一个人，把东西转移掉。是哪个茶行？什么东西？"

云卿没有作声，既然这东西对华浩如此重要，就应该保护好它，免得落到外人之手。云卿在心里这样想道。

蔚先生急得一跺脚："云卿，你怎么就这样糊涂！我们来这里，不就是为了遵南皮大人之命，救你的好朋友华浩吗？他少不更事，倘若受会党蒙骗，帮忙隐匿了叛乱军火，汉口巡防营迟早会找到这些东西。一旦被他们查获，那华浩可是灭族之罪啊。你若告知于我，我还可以禀告南皮大人和诸位督抚,说华浩有自首之举,如此方可免杀头之罪。南皮大人还说,待此事平息之后,他会再送华浩出洋留学,以成将来之国家栋梁。云卿,你我不能眼看着你的朋友华浩,这么个大好前程的年轻才俊,被人生生砍掉脑袋啊。"

云卿继续沉默着,脑海中却浮现出他和华浩一起离开从小一起长大的家乡前,辞行之际华浩的老母亲拉着他的手,说:"云卿,华浩这孩子性子急,做事莽撞,不像你老成稳重,虑事小心谨慎。你比他大,要多关照他。千万别让他出事,啊?"云卿一想到华浩母亲那张充满期待的脸,就对蒯先生说:"我若讲出藏东西的地方,先生您能向我保证,华浩肯定会没事吗?"

蒯先生一脸肃然:"为师者,如为人父。张大人一向视你们如己出,我何尝不是如此。我们这些当老师的,难道忍心看见你们这些孩子被杀掉吗?为师以我此生名誉担保,一旦起获这批会党秘密之物,我会将你的好友华浩,毫发无损地交给你。一言既出,驷马难追。"

云卿一咬牙,心里说:"华浩,为了救你的命,我也顾不了那么多了。"他转过脸对蒯先生说:"是汉水河边俄租界里的顺丰茶行,那个人叫什么,我当时没听清。你们去那家茶行找到东西便是了。你也要让巡防营将刚才抓住的那个男孩儿放了,他是我的小同乡。"

蒯先生知道云卿不愿意再多讲,心想一个茶行能有多大,翻它个底朝天,不愁找不到那批东西。那很可能就是起事要用的军火,找到它们,比抓住个把人可重要得多了。于是就点点头答应了云卿。

再说华浩,与一众人犯被押送着,连夜关进汉口巡防营的临时收监所。他因为是首领,被单独关在一个房间里,严密加以看守。

双手被缚的华浩,坐在牢房的地面,闭上眼睛痛苦思索着。他没有去想自己即将来临的命运如何,而是痛悔功亏一篑的华中长江流域大起义。这么多人的努力和心血,就这样毁于一旦,真是心有不甘。看来还是自己武装斗争的经验不足,以为老师张之洞不会下毒手,且他的势力不能达到租界之内,以至于事先疏于防范,结果被老狐狸张之洞麻痹和暗算了。要是上天再给自己一次机会重来就好了,可惜不会再有机会了,他想。

另一个让他震惊的消息,是在押送途中,德生悄悄告诉他的关于好友云卿的疑团。为什么他今晚出现在抓人现场附近?会不会就是他引来清兵抓捕我们？一想到曾经亲如兄弟的好友，可能就是出卖自己的人，华浩的心，马上痛得狠狠抽搐了一下。

监房的门突然被推开了，他正想着的那个人，云卿，意外出现在他面前，身后是他在两湖学堂的老师，蒚先生。

云卿疾步向前，弓身一把抱住华浩的肩膀，失声道："谢天谢地，总算见到你没大碍了。"但云卿立刻就尴尬地松开了手，因为华浩用力一抖肩膀，挣脱了云卿的拥抱，并将头扭向一边，不去看来人。蒚先生见状，马上说："华浩，你误会了。张之洞大人派我们来，就是特意为保护你们这些两湖学堂弟子，不要闹出性命意外的。"

见到华浩仍然闭眼不理他们二人。蒚先生接着说："南皮大人啊，一向视你们这些高足弟子如芝兰玉树，极愿将你们培养成才，以为国家储备做他日缓急之用。你们被康梁、孙文这些乱党所煽惑，干犯王法，南皮大人极为痛心。他只希望你们诸位年轻人，能猛醒悔悟，脱离匪党，勤学报国，将来一个个必然大有成就。"

华浩此时如老僧入定，毫不理会蒚先生在旁边的絮絮叨叨。蒚先生自觉无趣，就说："那好，就让云卿单独陪你一下吧。"说完后，他刚要离开监房，又想起一件事，回头说，"你们两人的那个小同乡男孩儿，我已经吩咐都司陈士恒，一等到他的家人亲友前来作保领人，就马上释放，请两位宽心。"说完，蒚先生走出监房。门咣的一声又关上了，房间里只剩下华浩和云卿。

这时华浩猛地睁开眼，双目精光四射，咄咄逼人。他紧紧盯住云卿，开口缓缓说道："是你领着清兵来找到我们的？"

云卿一听惊呆了，他大瞪双眼，泪水夺眶而出。半晌才说出："没想到，你竟然把我云卿看成一个如此不堪之人。我要是贪图赏金，现在不早就远走高飞，躲在哪里数钱去了。还会跑到你的面前？就因为你华浩的命，在我心里比我的命更贵重！"

一阵寂静，两个人许久都没有作声。最后，还是云卿打破了沉默，他小声说："我路上听到巡防营两个人交谈，说是汉口泉隆巷的一个剃头匠，前日给一个自立会党剃发闹了纠纷，这剃头匠听到会党中人吓唬他，说马上就要举事了，到时候砍他的头。于是剃头匠告了官，抓住那个会党后，事情就泄露了。"

华浩沉默片刻，点点头说："那好，我还是相信你一回。"然后，他用了近乎耳语的声音对云卿说，"那么，德生要你转告的那件事，你去办了吗？"

云卿嗫嚅着说："当时蒯先生就在离我不远的地方，他都听见了，我一直跟他在一起，没法分身去。再说，蒯先生说了，那些东西一旦查明与你有关联，张之洞大人都没有办法为你开脱了。蒯先生向我保证，他不会对任何人说你知道那些东西的。而且他还担保你会性命无忧，说这也是南皮大人的许诺。所以我不能去那个茶行，一去你就没命了。以后这个黑锅，就让我云卿来背吧，你还是你那个英雄。"

华浩冷笑一声："你就这么相信张之洞和那个姓蒯的？"

云卿急了："那我还去相信谁？只要能救你的命，我都可以去相信阎王老子。你忘记了吗？我俩离开家乡时，你老母亲对我的嘱托，她要我照看好你。我却愧不能与你一起被南皮大人选中，去东洋留学，眼睁睁看着你被别人蛊惑，回来闹革命。现在闹出性命之忧了，你叫我怎么办？"

华浩没有作声。云卿就自顾自地讲了下去："还好，那张南皮仍念着你与他的师生之谊，你又是被会党匪人胁迫所为，只要你在大堂之上默不作声，总督大人定会设法为他门下高足弟子开脱，放你一马的。"

这时，华浩的脸上突然出现一个调皮的笑容，就是云卿从儿时起，就非常熟悉的那个发小的表情。华浩缓声问道："云卿，万一我被砍了脑壳，你怎么搞？"

云卿一听如遭雷击，他脱口而出道："那我云卿，就搞掉自己的脑壳来陪你！"

华浩缓缓摇了摇头，说："我为四万万人死，值得。你为我一人去死，不值得。云卿你答应我，好好活着吧，就算是为了我。"

云卿的眼泪又流了出来。华浩对他说："我托付你最后一件事，你把我这首诗背下来，转告给雪丫。说罢，华浩一个字一个字地缓缓念了起来：

洞庭故土起南洲，雪国负笈道中求。
中原北望多狐鼠，仗剑原不为封侯。
蝴蝶花头春似梦，杜鹃声里雨如秋。

丫髻不老月长圆，吾愿将心付白鸥。
爱尽浮生一笑过，莫在红尘世间留。
永夜茫茫两相隔，别后相思何处休？"

诗中有六句的字首暗藏了六个字：雪丫吾爱，永别。华浩慢慢地将诗又念了两遍，好让云卿默记在心。然后他对云卿说："现在请你走吧。"华浩说完，又闭上眼睛，不再说一句话。

云卿用力摇着好朋友的双肩。连声喊着："华浩，华浩！"却不见华浩有任何的回应。云卿放声大哭，一路踉跄着离开了监房。

抓容星桥，抓容星桥！

容星桥一大早就来到汉口顺丰茶行。他站在顶楼办公室的窗口边，端着一杯茶，正一边向窗外眺望远处旭日东升的大江景色，一边内心烦乱不安地想着：最终定在明天开始大举的起义，按照约定，应该要有人来他这里领走军械了，怎么到现在还没有任何动静呢？莫非出了什么差错，又要延期？

这时，他突然听到一个年轻同事指着窗外沿江大马路的远方，对另一个年长些的同事说："快看，有一队官兵朝我们这边跑过来了，不知今天又要出什么事？"容星桥赶忙也向那边的窗外看去，只见跑近顺丰茶行洋楼的那一队清兵，正迅速分开，布成封锁线，前后包围了大楼。几个身着便衣的人，正向带队军官比画着，并不时朝容星桥所在的顶楼办公层指指点点。

原来，巡防营昨晚得知顺丰茶行藏匿有重要物件后，猜测是起义的枪械军火，就先派几个带枪密探，在茶行周边守候了大半夜，就等天亮容星桥来茶行上班后，官兵再前往搜捕，来个人赃俱获。他们已经从宝顺里的房主、绰号李大狗子的洋行买办那里得知，租下宝顺里四号、被自立军用来当作总部的担保人，就是顺丰茶行的容星桥。

容星桥的脸色唰的一下变白了,他立刻明白:起义泄露流产了。容星桥惶急地望着也正注视他的两位同事,下意识地脱口而出道:"他们是来抓我的。"两位同事在惊慌中,带着怜悯看着他。其中一位年长者,语气悲凉地说:"容先生,我这里有几两治病用的烟土,你拿去吞了再上吊,可少些痛苦,还可保住人头,落个全尸。"

说罢,这人打开抽屉,一双手抖抖瑟瑟地去翻他藏着的鸦片去了。以这人的年纪,他一定见过很多次酷刑和无数被砍下的人头。他能想到的帮助,就只是让他这位一向温和友善的同事,可以保住项上人头全尸而死。

楼外那位军官布置完散兵封锁线,就对一群手下大喊道:"给我进去一间一间地仔细搜,别让乱党要犯容星桥逃走了!"于是,兵勇们都叫着:"抓容星桥,抓容星桥!"然后开始向大楼里冲来。

容星桥无暇多想,他冲到走廊上,正在着急张望,看哪处还有脱逃之途。只见一个码头苦力模样的人,噔噔噔飞快跑上顶楼层,一边叫着:"容先生,容先生,有兵抓你来了!"容星桥定睛一看,原来是搬运工老梁。容星桥在他家里有难时曾经发动同事周济过他。现在老梁看见一群官兵要冲进大楼抓容星桥,就赶紧上来报信。

老梁一把抓住容星桥,闪身来到旁边一间空屋,一边脱衣,一边催促容星桥也快脱下长衫,然后帮他穿上自己满是补丁的搬运工装,同时对他说:"楼下仓库正在搬货,你赶快混进搬运夫中间逃掉。"老梁和容星桥两人换衣的过程,几乎就在电光石火之间完成。

容星桥被一语点醒,换了装的他急忙跑下一层楼,刚好来得及在兵丁们往上冲、要在这层楼梯上露头之前进到正在搬运茶叶的仓库房间,混进几个搬运工中。他俯身扛起一包茶叶之前,趁人不注意还顺手在地板上抹了一把灰,涂在早已紧张得大汗淋漓的脸上和头上。在随同其他工人扛着茶叶包下楼时,容星桥与上楼往顶层办公室跑的兵勇们擦肩而过。

在大楼门口经过那个带队军官时,他忍不住偷偷看了军官一眼。刚好那个军官也不经意向他脸上瞄了一下。容星桥的心猛地一跳,他强自镇定住面容表情,脚步不停地随了其他搬运工,扛着茶叶包向江边码头走去。

短短数百米,容星桥觉得是自己这辈子走得最长的路,从死一步步挣脱走向生,不能走慢,更不能走快,得和别人的速度一样。背后,顺丰茶楼里外,兵士们的喧哗声里,不时夹杂着容星桥三个字的吆喝,每次这个名字在他身后响起时,都让他心惊肉跳。

他刚刚走到岸边码头上,忽听得一声汽笛长鸣。声音来自运茶商船的下游相邻泊位,那是去上海的德兴号客轮,正在解缆启碇,鸣笛即将离岸。容星桥回头一看后面没有追兵,就放下肩上的茶叶包,快步跳上栈桥,走上了德兴轮的甲板。正要分离开轮船与栈桥的水手,对着这位不速之客大声呵斥起来。容星桥站在船甲板上惶然四顾,只见一个人正在从旁经过,原来是他的一位马姓朋友在这条船上做事。真是天不灭我容某!容星桥不顾一旁水手的斥骂,一把就抓住那位朋友的胳膊,那人起初并未认出一脸脏兮兮的容星桥,也生气地骂了他一句。容星桥赶紧用袖子使劲把脸擦干净了点儿,马姓朋友才认出了他。容星桥急急忙忙拉着朋友,走到船上远离码头一侧的甲板,才给他说了个大概。

轮船终于离开汉口,在长江上顺流而行。但容星桥知道自己并没有真正脱离危险,如果清廷发现他是乘船逃离,会发电报给长江沿岸城市,在轮船停靠码头时,派人上船捉拿他。在马姓朋友的帮助下,容星桥一路上藏匿在轮船的煤舱里,拿煤涂黑面孔冒充锅炉工,以防沿岸清兵突然登船搜查。果然在离武汉港不远的黄石港,清廷鹰爪就上船了,一名貌似容星桥的乘客被当场捕杀,这样他才阴差阳错地幸免于难。最后,容星桥安全抵达了上海。

一到上海,容星桥马上找到住在租界的族兄容闳。容闳同样参与了自立军起义的密谋,他更是因为与唐才常等人策划组织了中国国会,并被选为议长而深为慈禧所痛恨,自立军起事被镇压后马上遭到清廷通电缉拿,欲置之死地而后快。由于当时的上海已经很不安全,容星桥剪发换装,随同化名泰西的容闳一道,乘神户丸轮船潜往日本。

他不知道的是,神户丸这条船上还有另一位被清廷通缉的人物,他就是孙中山。在徐徐离港的船舷旁,孙中山与来码头送别的日人宗方小太郎等朋友挥手告别后,一回头,这才看见了也站在船甲板上的老友容星桥。

原来,就在唐才常被捕的当天,孙中山与日本志士平山周等人,从横滨启程前往上海,打算联络汉口的唐才常、上海的容闳等人,协调帮助自立军大举反清起义,但孙中山到上海后,就获悉自立军事泄失败,唐才常等领导人被捕,国内已经是一片风声鹤唳。孙中山等人冒险在上海停留数日,就搭乘神户丸赴日避难,却与容闳、容星桥二人在船上不期而遇。

孙中山在朋友容星桥的介绍下，终于见到仰慕已久的容闳老先生。两位广东香山同乡一见如故，在船上彻夜长谈。神户丸抵达长崎后，容闳与孙中山继续在一家旅店密谈良久，探讨中国走上富强的道路。这次容、孙相会，让两人结成深厚友谊。从此，老年容闳开始了从维新改良走向彻底反清革命的转变。

暗夜密室话会审

黄昏时分的武昌城内一处深居宅院里，一个四十多岁的中年人，正在坐立不安、长吁短叹。他就是姚锡光，湖广总督张之洞的幕僚，那位曾在上野公园给张彪、华浩等诸人讲甲午战争的赴日考察文员。

让姚锡光心绪不宁的原因，是督署衙门今日一整天的紧张审讯。犯人是汉口巡防营今晨破获自立军起义、抓到后连夜过江送来武昌的叛乱头目。尽管姚锡光这次没有被任命为主审官，但他作为督府幕僚，也列席参加了部分人犯的庭审。

一天审讯下来，姚锡光只感到心里堵得难受。因为，受审对象中有多人都是张之洞总督送出去的两湖官派留日学生，是当时优中选优的年轻才俊。而自立军的总头领，竟然也是前两湖学堂的高才生唐才常。不只是姚锡光，很多参加出庭的官员，从审讯的督署公堂出来后，都显得心情沉重。

这时，有人登门求见。来客是个脸上有几颗浅麻子的年轻人，他就是刘问尧，华浩和戢元丞的好朋友。刘问尧的父亲是武昌府官员，与素喜兵事的姚锡光交情很好。性格开朗、喜欢交际的刘问尧，也很倾慕这位学问渊博、待人和蔼的姚叔叔，老爱往他家跑，所以十分相熟。姚家的二儿子和三儿子，一个十二岁，一个十岁，见到这个大哥哥来了，也非常高兴，就要缠着和他玩。姚锡光见刘问尧一副紧张兮兮的表情，就打发走两个男孩儿，让刘问尧随他走到房屋的一个内间。

这位年轻人一坐下，就说："姚叔，家父近日要务繁忙，他想让我来向您打听一下,今日督府衙门会审的情形。不知您是否方便给小侄讲一讲?"

其实,是刘问尧自己更想知道审讯的内情。一来,他虽然不是自立会的骨干分子,但却与不少参加自立会的人是很要好的朋友,所以非常关心他们的生死;二来,他还有一件秘事,想请求姚锡光的帮助。

姚锡光叹了一口气,他自己都没有听完整个审判过程。其他人的审讯,姚锡光基本没有参加,只听说了一些情况。

原来,总督大人今日先是派幕僚郑孝胥、徐仲虎当主审官来审讯唐才常。郑孝胥备了一张凳子,令其对坐。郑问了唐姓名年龄籍贯后,唐却向郑说:"我有一个请求,法官大人能不能告诉我,你的姓名和身份。"

法庭上的兵丁见唐才常如此大胆,马上厉声吆喝。郑摇手制止了兵丁的呵斥,客气地对唐说:"我叫郑孝胥,福建人,原在江苏做候补官员,现调到湖北,是个候补道。"

唐才常大笑,说:"失敬得很,你不是戊戌变法那年,受皇上召见,下特旨赏的道员,又派到总理衙门的吗?"

郑孝胥说:"是的。"唐才常站起来说:"既然如此,你原来是我们的同志。我可以把我们到湖北起义讨贼的情形,向你宣布,你一定会对我们表示同情的。我们的举动,张之洞总督以为是造反,实际是讨贼,讨的哪一个?就是叶赫那拉氏慈禧。她不但是我们中国的罪人,并且是清廷列祖列宗的罪人。戊戌年造了许多罪恶,危害国家,难道张之洞还不明白吗?"

唐才常这一说,满堂的官吏人等竟然鸦雀无声,好像被他这番话灌醉了一样。寂静了几分钟之后,郑孝胥忽然觉得不对劲儿,把手一摆,让唐才常坐下,面色从容地说:"唐先生,你的话很对,我原先本来是你们维新派的同志。若说你是罪人,我也不免有罪人的嫌疑,我今天没有审问你的资格,我现在只有向总督大人去说明,并请求回避。"

郑孝胥说完,就起身离开大堂了。

在堂上,唐才常又指着审案的另一位主审观察徐仲虎,朗声说:"你也是以前受皇上知遇之人,同样也应该是帝党了。现在皇上遭难西迁,诸位岂可坐视不管?"

唐才常反问之下,这位徐观察竟然也不继续审案,离席找张之洞告退主审之职去了。

说至此处，姚锡光对刘问尧道："我看啊，这候补道郑孝胥，连同另一个主审官徐仲虎，都是宁愿逃避审案的职责，也不愿去替制台大人受过，代他蒙受杀士的世间非议和讥讽。"姚锡光与很多人一样，平时称呼总督张之洞为制台。

无奈之下，张之洞只好亲自出马，在武昌督署大堂审讯他的昔日学生。

制台大人看了唐才常在供状上的供词：湖南丁酉拔贡唐才常，为救皇上复权，机事不密，请死。又见他自己这位原来的学生器宇轩昂，伟岸不群，且素知其才，早就听说过他原来在两湖学堂读书时多次功课位居第一，现在面对昔日门下的高足弟子，总督大人不免生出一丝恻隐之心。于是对唐才常说道："尔本系功名中人，乃竟甘心为逆，致将悬首城门，殊为可惜。如能猛醒悔悟，戴罪立功，诱使那逆首康有为回国归案，尔即可自赎，为师定会放尔一条生路。"

唐才常哈哈一笑，当堂回绝了，他对张之洞说："我倒是可惜南皮大人尚不足以成为唐人张柬之，他敢于拿下老年昏庸的女主武则天，终成一代名臣。南皮大人，您勤勉治学一生，却徒成曲学阿世之人。学生不免为恩师感到惋惜。"

师生二人一番唇枪舌剑，倒是让那为师的觉得难堪至极，无可奈何。

姚锡光谈会审唐才常的情形时，没有对刘问尧说出来的一份感受是，他在大堂之上看到唐才常的脸上，好像泛出某种奇妙的光。当时姚锡光突然有一阵不安之感，他不清楚这究竟是因为痛心和惋惜呢，还是隐隐的内疚与自责。

姚锡光很清楚，唐才常绝对是人中俊杰，他自己曾在唐才常当主笔的湖南《湘报》上连载过文章，介绍日本明治维新之后的新式学校教育制度，所以他也读过唐才常在这份鼓吹维新改良的报纸上发表的大量文章，还与这位主笔有过笔墨之交，深为该湖南才子的满腹经纶与超前眼界而叹服。眼前这人知道自己就要被砍头了，却一脸的若无其事，听说他也有三个孩子，难道就不怕他的亲生骨肉成为无依无靠的孤儿吗？姚锡光一想到自己三个未成年的儿子，心里就猛地哆嗦了一下。他还当场下意识地摇了摇头。

姚锡光接着对刘问尧讲道："倒是自立会的另一大会首，我在日本考察时就认识过的那位留日高才生华浩,听说在衙门大堂之上,从头到尾不发一言,让另一处开堂主审他的官员无计可施。要给他松绑让写供呈吧,他就转过身来,把捆住的手臂给他们看,示意不能用笔,那两双手臂上面满是伤痕,惨不忍睹。"

刘问尧失声问道:"怎么,他们对华浩动了大刑?"

姚锡光声音沉重:"那是在押送过江来武昌之前,汉口巡防营的人立功心切,想拷问出更多藏匿军火的地方,才将华浩打成这个样子的。听说他还受了滚钉床的酷刑,却硬是咬牙一句话都不说。巡防营无计可施,才迟至今天下午把他送过江来的,比今晨天没亮就送来的唐才常等人,要晚了大半天。有人说,张大人为上午审讯弟子唐才常的事,弄得心情大坏。他又听说自己原来颇为欣赏、送到日本留学的高才弟子华浩,已经被汉口巡防营打得不成人样了,又是私藏军火的大罪,按清律定当大辟,所以就没有亲自去审讯华浩。也不知道,是不是制台大人真的不忍心再见到他,还是他想避免再出现亲审唐才常那样的尴尬。"

不只姚锡光,包括巡防营和总督府的审讯者在内,所有人都不知道的是,华浩死不开口,守住的那个名字就是万宗孔。华浩和戢元丞从日本秘密购运回来的枪支弹药,都是委托万宗孔分次转运到汉口的刘家庙、后湖、硚口,还有武昌两处公馆妥善收藏起来的。如果这个负责转运军火的关键人物暴露,那就不知道又将会有多少人头落地了。

两人一阵唏嘘,刘问尧其实与华浩颇为交好,听姚锡光这么一讲,眼泪已经在眼眶里打转了。姚锡光还告诉刘问尧,据说有一名日本人名叫甲斐靖,曾执手枪拦门拒捕。张之洞将其移交给了日本驻汉口领事。

姚锡光还说:"今天许多被捕自立军人员受审时,都是新军忠字营的统领黄忠浩在大堂上站班守卫。在审讯中间,耳朵有点儿聋的湖北巡抚于荫霖,突然转脸对黄忠浩大声说:'一拿是你忠字营的人,再拿又是你忠字营的人,你黄统领的军营里怎么有好多自立会分子啊?'黄忠浩仗着自己是张制台这边的人,就没有给于荫霖好脸色看。他一脸傲气地干脆回答道:'不但我军营的人入了自立会,要请巡抚大人查办,就连本人,也是入了会的,也请巡抚大人查办。'把个于荫霖气得脸色铁青,鼻子一哼,不再理他。"

刘问尧认识黄忠浩,还是他将这位忠字营统领介绍给好友戢元丞做朋友的。想来黄统领大约还真的与这场举事有些瓜葛,至少这个清军军官一定是同情起义者的。

姚锡光忽然又想到什么,说:"我差点儿忘了,又听到有一说是,制台大人与那湖北巡抚于荫霖,共同审讯首犯唐才常之后退堂商议。张之洞大人本想刀下留情,有放过唐才常、华浩等他的几个两湖学生之意,但那于荫霖与张之洞总督向来政见不和,他历来反感西法、不喜洋务、严于夷夏之防,极其痛恨维新党人。又仗着自己是咸丰年的进士,官场资历比张之洞老,所以不像前任巡抚、谭嗣同的老子谭继洵那样处处让着张香帅。

"于荫霖说:'以我之意,非杀不可,大帅要姑息养奸,我将来只有同你一路向北面圣了。'

"制台大人怒道:'你是要参我吗?'

"巡抚大人也怒道:'你包庇乱党,别有所图,我同你讲什么客气?'

"于荫霖说的时候以手拍案,声色俱厉。"

于荫霖与张之洞之间,虽然前期关系相当不错,但在个人政见上其实分歧巨大。于荫霖观念守旧,张之洞鼓吹洋务。义和团运动兴起后,两人之间的矛盾终于爆发了。于荫霖主张发兵勤王,张之洞力促东南互保。这次在镇压自立军起义时,在如何处置张之洞的多个昔日弟子门生、如今的乱党头领这一问题上,于、张之间有重大意见分歧,也并不奇怪。

讲到这里,姚锡光又补充说:"制台和抚台闹到几乎翻脸这一幕情形,非我亲眼所见,为他人所传言,也不知真伪。"刘问尧听了点点头。又问道:"那么,督署衙门今日会审的判决结果,又是如何?"

姚锡光又是一声长叹,说:"我和诸位幕僚,包括梁鼎芬先生,也是力劝制台大人尽量少杀,即便如此,今天晚上就要在紫阳湖边刑场斩首的人,也有十二位之多,其中当然有自立军两位头领唐才常和华浩。汉口抓到的其余会党,尚不知将会有多少人被处斩。那黄泉路上,又要有一群群新鬼赶路了,唉!"

刘问尧一听,眼泪忍不住夺眶而出。他脱口说道:"张之洞、康有为,好,好!两个老师,合起来杀自己的学生弟子。这是什么混账世道!"

本来先听姚锡光对审讯过程这么一讲,刘问尧心中已对会审的最后判决猜到了结果,不过是带着绝望追问一声,亲口证实一下罢了。他听华浩讲过,康有为在海外有意扣款不放,致使自立会举步维艰。现在唐才常、华浩起义失败,康有为难辞其咎。所以刘问尧连康有为也一起骂了。

两人一阵沉默。然后，刘问尧将声音压得更低，开口说道："姚叔，我来此原是有一事相求。我家里现在就隐匿了一位自立会的朋友，叫戢元丞，这个留日学生您也认识的。他因彼等众人的起义改期，侥幸刚好没有过江，得以暂时逃脱。不瞒姚叔您说，唐才常、华浩与戢元丞三个，前两日还在我家吃过饭。我家老太太听说是他们遭了难，心疼了好半天，又提醒说，吾家仆役众多，保不准哪个看到家中所藏陌生人，在外面说漏嘴，又害了元丞性命，故万不可在城中久留，要逃得越远越好。所以我家打算重资旅费，帮元丞逃亡。但现在武昌各城门盘查甚严，苦无良策，故前来向姚叔您讨教，乞叔叔救元丞一命。"

说完，刘问尧站起来，向姚锡光深深作了一个揖。

姚锡光忙对刘问尧说："贤侄不必如此，你的朋友戢元丞，我确是认识的，就是在东京的驻日使馆所办学堂里，修习日语的那个留学生。这事容我想出一个好办法，人命关天，不能出什么闪失，我得亲自护送他出城。"

刘问尧连连感谢，告辞后在夜色中离去了。

这个被朋友们开玩笑、绰号刘麻子的年轻人，一年后赴香港，改名刘成禺，加入了兴中会，旋即赴日紧紧追随孙中山。后留学美国，拜容闳为师。宣统三年辛亥革命起义爆发后回国，在家乡武昌投身反清首义，终成辛亥革命一代元老。

光绪二十六年，武汉这座舞台上，出演的一场庚子之难，终于行将落幕。这场大戏中，康有为的釜底抽薪，张之洞的手起刀落，让很多有志拯救中国的仁人志士，终于对保皇党和洋务派都放弃了最后的幻想，投身到孙中山的革命党中。刘成禺只是这许许多多人中的一个，他的老家武昌，从此也为后来那一声惊天动地、彻底粉碎了帝制的巨大雷霆，开始了长达十一年的秘密酝酿。

却说姚锡光，在送走刘问尧之后，在书房里坐下，又起来踱步，再坐下，如此反复了很久。

临近夜晚二更时分，他表情肃穆，恭恭敬敬地在香案上燃起了一炷香。他知道，白天受审的那些士子们，这时正在被押向刑场的路上，他们年轻的生命在这一炷香熄灭之前，就将戛然而止了。姚锡光默默注视着那一点闪亮的香火，想到城里紫阳湖畔的刑场上，正在浓黑夜色中飞舞的点点萤火虫，它们将会是这一群新鬼上路之际，仅有的送丧者了。

姚锡光自己其实和他们一样，都痛恨这个污秽的黑暗世界，梦想一个光明世界的来到。但姚锡光心里明白，此刻和妻儿待在家中的他，和正走上暗夜刑场的他们之间，隔了一个如山岳般巨大的存在，它的名字叫：勇气。

悬首犹待梦里人

当第一缕晨光，刚刚照亮武昌城门楼顶的时候，一辆马车踢踏作响地走着，慢悠悠地出了面临大江的一座城门。押送这辆车的几个清军兵勇，大声地跟城门口的守兵们打招呼，后者中，有的还在不停地打着哈欠伸懒腰。

马车停在了城门口外边，跟车的几个清兵，马上开始忙活起来了，有的开始往城墙上刷糨糊，张贴处决人犯的督署告示，有的从车上往下卸下一堆木笼子。这些木笼子都制作得很简陋，上下两块方木板是笼子的顶和底，三个面用很少几根木条围成，一个面是空的。几个兵拿绳子将这些木笼分别系在城墙上一长溜铁钩子下面，一共挂了十一个。

然后，他们掀开马车上的一张草席，露出下面的一堆人头来。兵勇们抓住头发提着还在滴着血的脑袋，一个一个往上面喷几口白酒之后，放进木笼子里，把脸孔朝外，向着笼子空着的一面摆好，以让观者能够看清楚他们。这些兵都摆弄得很熟练，看起来，他们不是第一次干这个活了。

一个年纪稍大的兵，一边来回搬弄这些脑袋，一边自言自语地说："总督大人这回怎么挑在二更夜里杀犯人，真是奇了怪了。"

明清两朝，多选在正午时分行刑斩首。选择午时，是为行刑人着想，因为午时阳气最旺，鬼魂难以作祟，监斩官和刽子手就不容易被厉鬼缠身，从而遭到报应。张之洞总督这次的反常之举，也许是因为害怕这些死囚的江湖会党朋友，要在大白天来劫刑场。所以，就在抓人后的次日深夜，月黑风高的二更天，由亲兵营严密把守了武昌城内的紫阳湖畔刑场，秘密将唐才常等十二人斩首。

一个守城门的兵,读了刚刚贴上墙的杀人告示,又数了数挂在墙面上的那一溜木笼子就跑了过来,问正在将人头逐个摆正的那个兵:"老哥,告示上明明说的是这一批杀了十二个人,怎么你们这笼子里才十一个人头,还有一个跑到哪里去啦?"

这个老兵说:"有个犯人家里大有来头,说是要个全尸,就没有砍断他的脖子,让他家属当晚收尸取走了。其他的十一个无头尸,给城里慈善队拖走,埋在小洪山北面乱坟岗子去了。喏,你看,这个阔嘴方脸的人头,就是姓唐的会党首领,几个时辰前,他还在刑场上连声大呼:'天不成吾事!'这人一定是个豪杰。"

守城的兵好奇地凑近,向那颗人头端详了一会儿。又问:"旁边这年轻的,眼睛还睁着,面孔倒是很英俊啊。"老兵轻轻叹息一声,说:"听说这姓华的年轻人,还是个副头领,从日本留学回来的。他被砍头前,只喊了一声'救四万万同胞'。话音一落,头就掉下来了。"

那守城的兵也叹息了一声,说道:"可惜,何苦哉,何苦哉。你老弟好好地去留学,回来还愁他妈的荣华富贵?老子有你这个命就好了,还造什么反。救四万万同胞,怎么不救救你自己?"这个兵说完,打着哈欠,开始朝他在城门边的哨位走回去。

老兵没有再搭理他,在逐个摆正了那些人头之后,他对着他们,恭恭敬敬地低头合掌,鞠了个躬,就喊上自己的弟兄们,带上马车回城去了。

一切归于安静后,这些人头在木笼子里,一动不动地面朝着大江。他们多数都闭着眼睛,有的是微微睁眼,只有那个死前的刹那间大喊过一声的年轻头颅,因为当时用力叫喊的缘故,死后那一双眼睛还大睁着,像是在眺望那条辽阔的大江。这颗头颅曾经与两个同乡一起,坐船渡过江面,来到这座城门前,看见过城墙上悬挂着别人的头颅,此时这个挂人头的位置是他的了。只是,他现在已经不知道这件事了。现在,这颗头颅已经拥有了无穷无尽的时间,世上熙来攘往的人们,在他的时间坐标里,就像一群蜉蝣那样,只是短暂得可怜的存在。

白天过去了是黑夜,又是一个白天,然后又是黑夜。那双眼睛就这么一动不动地睁着,似乎看见了那些在它面前聚了又散的围观人群。人群中有高声咒骂的,有冷眼嘲笑的,也有摇头叹息的。围观人群中,人们窃窃私语,交换着种种刚听来的传言。其中有长江流域各地相继发动的同一场起事,但因为群龙无首,都被官府镇压了,受死者可能数以百计。又有一个传言是关于两湖学堂某个学生的,人们说,他因为救不了自己的好友,就去上吊自杀。又有人说,他因为好友认为是他出卖了自己,这人觉得冤枉,就想自杀明志。但最终还是给人发现,救下来了。

这颗头颅只是静静看着、听着眼前发生的一切,面无表情。一场黄昏雨下过之后,他的睫毛上挂满了水珠,那双眼睛依然安静地睁着。

他也许看见了,在白天像流水一样进出城门的人流车马轿子中,有两顶同行出城的轿子。在离他不远的地方经过的时候,其中一顶轿子的帘布悄悄掀开一条缝,有个他曾经很熟悉的面孔,在帘子后面闪了一下,那是他一位正出城逃亡的戴姓好友在悄悄向他注目,做最后的告别,然后在渐渐离去的轿子里,那个人泪流满面,掩口痛哭。因为他原本也会像自己的好友一样,变成一颗头颅,安静地待在某个笼子里。现在,这颗睁着眼的头颅就算知道了那位朋友在痛哭,他的眼中也不会再流出一滴泪水了。但这双眼睛,还是大睁着,像是固执地守望着,在期盼什么人的出现。

第三个白天到来了,通向码头的城门,喧嚣声像江水一样,阵阵拍打着城墙,涨了又退。到了下午,炙热的阳光,开始猛烈地照射着这座朝向西面的城门,守门兵士们都躲到城门洞子里的阴凉地去了,平时来看人头笼子的闲客,在毒辣的大太阳下一个也没有了。就在此时,这颗头颅上,因为脱水开始浑浊起来的眼瞳里,终于映现出了两个女人的身影。

这两个女人,一个很年轻,另外一个年龄稍长。她们都一身黑衣,各自挎着个篮子。只见她们走近这一溜人头笼子,逐个仔细辨认着,到了这双睁着双眼的人头面前,两个女人停了下来。她们揭开各自篮子上的黑布,开始拿出线香、纸钱等祭奠之物,摆在这颗人头面前的地上。年轻的女人开始跪在地上,双手合掌,一动不动。年长一点儿的女人也在侧后方站立合掌,低头默哀,看上去,她们就像两尊雕像一样。

躲在门洞阴影下纳凉的几个守门兵勇,也早就发现了这两个奇怪的女人。他们先是注视着两人的一举一动,见到她们正拿出祭奠物品摆放时,一个兵想上前去盘问,被另外两个兵拉住了。其中一个兵说:"长官也没有叫我们过问来吊唁的人,算了,就积个阴德,让这两个年轻娘儿们,去哭哭她们家里的什么人吧。"于是,这几个兵就又缩回阴凉一点的门洞里去了，只有一个年轻些的兵，还时不时伸出头来，去瞧一瞧那两个吊祭的美貌女人。

两个女人和那颗人头，现在都在大太阳下一动不动的。只有他们之间，那些纸钱焚化后生成的纸灰，像是有生命的东西，在离人头近一点儿的年轻女孩儿身边，打了好几个旋儿，依依不舍似的，又飞舞了一会儿，然后向空中飘荡着，慢慢远去了。那个年轻的兵见到这个情景，惊得张大了嘴，只顾呆呆地看着。

就在这时，下午三点多的白日天色，突然奇怪地暗了下来，而且越来越暗。守城的兵丁们都有些惊慌，一个兵说："这应该是天狗吃日，不要紧，过一会儿天就会重新亮的。"这个兵从门洞里伸出头去，只见在突如其来的昏暗之中，那两个女人也在快速收拾着篮子，看样子是准备匆匆离开。也难怪，两个年轻女人，面对一长溜砍下的死人头，大白天又突然黑下来了，不害怕才怪呢。

短短几分钟里，天地就几乎变得一片漆黑。城里传来一阵阵疯狂的敲击铜盆声，那是迷信的人们在试图吓唬吞下日头的那只天狗，让它将太阳再吐出来。几个守城的兵心里也在犯嘀咕：这刚刚杀完人才过了两天，头还都挂在城墙上，就突然来了一个天狗吃日，这会不会是什么不祥之兆？他们在突如其来的黑暗中紧张地想。

又过了几分钟，天色总算有了一点儿幽暗的光亮。那个较年轻的兵来到城门外看了一眼，发现那两个女人已经不见踪影，心想她们走得还真快。他就回到城门里，告诉同伴一声。

等到日色完全恢复了，几个兵才又开始有说有笑起来。过了好一阵，一个兵说："刚才那个脸很白净的小娘儿们，模样真是太俊俏了。她那么年轻，会不会是这个死人的望门寡啊？"另一个笑着说："这都什么年月了，还有女人想守出一块贞节牌坊吗？"第三个年长一点儿的说："要说是寡妇来祭奠，怎么不见她们穿白色的丧服，却穿一身黑？奇怪。"

原来清朝丧制，寡妇虽然在服丧期穿黑衣服，但在行祭礼时仍要穿白衣服。老兵想到这里，不禁打了个激灵。他赶紧跑出去，查看外面城墙上的那一排木笼子。

只见十一个笼子都还好好地挂在墙上，但有一个笼子是空的，姓华的乱党年轻副首领，就是那颗睁着双眼的人头，不见了。

当晚，在离武昌城不远的鄂城，一个十四岁的学生，用毛笔工工整整地写下了他这天的一篇日记：

八月初一日（公历八月二十五日）

今日下午三时日食。三时半天黑如漆，有大星一，人谓太白经天云。余有小星亦可见。予今日在程师母家，归途见此现象。近闻省城人归述张制台杀唐才常事，舆论极坏。

传说，早在那个庚子年的上半年里，自立军起事被镇压之前的几个月，汉口街头巷尾，就有小孩子用当地方言传唱着一首奇怪的童谣：乾坤自有定数，书生空劳一休。师不师，徒不徒，秋后士子出头。塘无鱼，宜取土，天机不可泄露。

有人说，歌谣中隐隐包含了汉口自立军事件和那位起事总头领的姓氏。

在故乡的逃亡

清冷的月光，彻照着一条狭长的湖南山冲。

静悄悄的田间土道上，出现了一顶二人小轿。两个轿夫走得飞快，好像背后有什么可怕的东西在追赶他们，就要追上来了一样。山冲两旁黑黢黢的山岗上，高低稀疏的松树身影就像一群鬼魅，隔了月光闪烁的秧田水面，无声俯视着这顶夜色中的轿子。

轿子里坐着的那个年轻男人，叫唐才中，是自立军总首领唐才常的二弟，也是自立军右军的副首领。汉口起义事败后，大哥唐才常等多人被捕，唐才中从汉口逃脱，赶到湖北新堤，与右军首领沈荩紧急商量对策。唐才中想回湖南聚集力量以图再举，沈荩却主张经武汉去上海，联络同志重建组织。随后两人分别，唐才中赶往湖南浏阳老家。

在途经沙市时，预感到此行凶多吉少的他，给远在上海的弟弟唐才质匆匆写了一封可能要诀别的信，信中写道：

> 兄学薄才浅，自问无所短长，唯一片热忱充塞于胸，不可遏抑，必求无负于国而后已。区区七尺，久已置之度外。不然，忝生人世，非国民也。然身亡而心不亡，魄死而魂不死。弟等勉旃，毋忘初志。倘再不成，继之以血，未必国家竟无挽回之日，黄种终无独立之期？来日方长，为国自爱。

杀身灭族，这四个字在平日里，经常出于自立军诸同道口中，以相互勉励。但这个时刻真的要到来时，竟是如此的沉重不堪，让此刻的唐才中心如刀绞。杀身犹可受，灭族何以堪？他一想到父母妻子可能因为自己而陷入牢狱之灾，一对年幼儿女也将流落异乡的街头，孤苦无依，就心痛难忍。

耕读人家的唐氏一向清贫，父亲唐寿田是一位在家中设馆授徒的乡村塾师，育有四子一女，按长幼依次为唐才常、唐慧萱、唐才中、唐才质、唐才昇。除了一只手有残疾的四弟才昇留守照顾全家老小外，唐氏几兄弟都投身到大哥创立的自立军起义中去了。现在大哥才常已身陷囹圄，留守上海自立军分部的三弟才质，与已搬到上海的一大家人也不知生死。我必须争取活下去，为了大哥未竟的事业，也为了唐家一门老小。唐才中在心里默默对自己念道。

昨天傍晚，唐才中悄悄进入暮色四合的长沙城，投宿到一个马姓朋友家。这时城中已经是侦缉四出，气氛非常紧张。见长沙已非久留之地，唐才中在次日让朋友雇了一乘四面垂帘的小轿离开，以避外人耳目。他催促两个轿夫尽最大力气赶路往浏阳家乡避难，直到太阳西坠，明月东升，这一顶轿子还在月光下兼程夜行。在湖南山乡赶夜路，如果同行的旅客太少，是可能引来老虎吃人的，这也是轿夫们很害怕的原因。那个来自耒阳的张姓轿夫说，他的一个远房小侄女就是黄昏时分，在家门口附近被老虎叼走的。

一整天的长时间赶路之后，轿夫已经非常疲惫了，提出要投宿歇脚。唐才中拨开轿帘，看见前方有一个闪着稀疏灯火的小村落已经在望，那是家乡浏阳河边的纱帽港。于是，他示意轿夫留心找个客栈好过夜。走近那个小村镇,看见一家临街的门面还挂着一盏昏暗的灯笼,好像有个招牌,但看不太清。唐才中吩咐将轿子抬到门口,却发现是个药铺,谨慎的他让一个轿夫进去打听附近哪里有客栈,自己却没有下轿。

也是唐才中命里有劫,这时偏偏从黑咕隆咚的村子里晃荡出一个人。这人姓何,是四乡十里有名的光棍无赖,他来药铺准备给家里的病秧子老婆拿点儿药。一看铺门口停着一乘小轿,以为是哪家的小媳妇,于是近前掀起轿帘,就着药铺灯笼的光晕,腆着个涎脸凑近看了一眼。一看之下,何某大吃一惊,这不是官府在通缉的谋反要犯、唐才常的弟弟唐才中吗?

这一突然碰面,互相认识的两个人都吓得不轻。何某立刻转身消失在黑暗中了,唐才中让轿夫赶快抬起轿子离开这个村镇,拼了最后的力气赶往十里之外地处偏僻的浏阳龙虎岭,那里有他的一位长辈朋友。

到了龙虎岭的邱氏长辈家里,已经得知唐才中正被通缉的邱老先生,吩咐家人赶紧安排晚饭。然后,他将才中请到内室,在灯下端详这位年轻落难者的面庞,泫然泪下,说道:"没想到还能见到你。"

这位隐居在山村的湖南乡绅,原来唐家聚族居住在离龙虎岭不远的青草港时,与才常、才中兄弟交往较多,对志在维新救国的他们很是欣赏,邱老先生还多次资助唐氏兄弟的事业,所以彼此是忘年交。晚饭后,唐才中与老先生在灯下做了一夕长谈,方才就寝。夜深人静之际,久未入眠的唐才中,还听得到山林中隐约传来的低低虎啸声。

次日,天刚露出一点曙光,唐才中就告别邱老先生,然后上轿赶路了。他不敢在家乡浏阳寻找避难之所了,打算改道过醴陵去江西萍乡,再从水路经鄱阳湖进长江,最后设法逃亡海外。哥哥唐才常上次返乡被顽固派袭击,后来也是大致走这条路线离开湖南到上海的。

轿子好不容易沿小路走出群峰迭起的一个个山冲,再绕过最后一个山口,就是通往邻省江西的平坦道路了,那时往后的脚程将会快得多。一旦逃出疯狂捕杀自立军的两湖地区官府管辖地,就差不多可以逃出生天了。一想到这里,唐才中就稍稍松了一口气。这时,隔着轿帘传来的山林鸟雀鸣叫声,让这个逃亡者有了终于快变成一只出笼鸟的感觉。

就在这时,疾行中的轿子突然停了下来,唐才中忙问是怎么回事,前面的轿夫紧张地答道:"有人挡路。"唐才中下了轿子,看见前方山道口站着一群拿着冲担棍棒的人,拦住了这顶轿子的去路。

原来，纱帽港村的那个何姓乡村无赖，昨晚在药铺门口碰见唐才中后，马上就去报告住得最近的一个乡勇团练副总，想抓住唐才中后领赏，谁知那位认识唐氏兄弟的潘姓副团总，却以昏夜认人可能有误为由，要他别多管闲事，任凭姓何的如何赌咒发誓，都不再搭理他。这无赖光棍还不死心，又跑远了一程路，敲开邱姓正团总家的门做了密报。这邱团总却不敢怠慢，赶紧连夜报告了浏阳知县陈宝树，知县大人马上派出吏勇赶到唐才常兄弟老家的村子里，挨家叫醒后召集唐氏族人，威逼他们协助抓住唐才中。于是，清吏领着族人们分头连夜出发，守住了从浏阳到外界所有必经之路的出口。唐才中遇到的，就是把守通往江西萍乡的一小群人。

走出轿子的唐才中，与那些人远远对峙着。人群中除了个把端着鸟铳的乡勇，原来全都是唐氏宗族的青壮年乡邻，唐才中往日和他们都很相熟，其中不少人还是一起玩大的伙伴，多少都沾点儿亲戚关系。现在他们手中却拿着冲担和木棍对着他，这让唐才中感到诧异和难过。他用惊讶的眼光扫视着他们，在他的眼光下，有人低下头，却也有人挑衅地与他对视着。

一个年过半百的老者站了出来，他是唐氏兄弟不出五服的族叔，是看着唐才中长大的一位长辈，唐才中平时喊他三叔。这位唐三叔喊着才中的小名，说："县衙门知道你跑回乡里来了，逼我们抓你去见官，你如果再逃，我们唐氏全族就要受连坐之罪，老少爷们统统都要下县大牢了。你还是可怜可怜我们这些本族乡亲，跟大伙一起去见县太爷吧，求求你了，啊！"说完，这位长辈三叔竟然当着众人的面，哀哀痛哭了起来。

唐才中听罢，顿时神情颓然，他没有反抗，于是束手就擒了。

兄弟悬首隔洞庭

在浏阳的县牢狱里，受尽了酷刑的唐才中，却咬牙什么都不说。直到恼羞成怒的知县陈宝树告诉他说："你的哥哥唐才常已经被砍头了，现在脑袋就挂在武昌城的汉阳门示众，你还硬撑个什么好汉，赶快从实招来！"

唐才中虽然已有心理准备，一听此讯，却仍如五雷轰顶，顿时泪如雨下。他太敬爱这位大他八岁的哥哥了，就连自己每次给三弟四弟写信，都不忘叮嘱他们要以哥哥为榜样，努力修为以追随长兄的脚步。现在哥哥已经与他人鬼殊途了，唐才中决定对审讯者开口。

清朝官吏们大喜过望，以为唐才中是听到哥哥唐才常被杀的消息后，突然受不了就崩溃了，开始喜滋滋地笔录起犯人滔滔不绝的供词。听着听着，他们开始是震惊，后来是怀疑了，犯人口中那个在武汉刚刚被杀掉的唐才常，真的如他讲的那样，是如此了得的一个人物吗？

唐才中说道，他那位浏阳两百多年来唯一"小三元及第"的神童哥哥，四品军机章京谭嗣同的生死之交，湖广总督张之洞曾青眼有加的两湖书院高才生，《湘学报》《湘报》的主编和主笔，长沙时务学堂的主要创办人，光绪皇帝下旨召往京城参与戊戌变法的维新党人，保皇党首康有为的入门弟子、副党首梁启超的至交，革命党巨魁孙中山的好友，挫败慈禧老太后己亥立储的幕后推手，上海中国国会的实际召集人，长江及两湖地区十几万自立军大起义的总首领。唐才中对哥哥唐才常那波谲云诡一生的讲述，让审讯者惊愕不已。那位书记小吏都听得呆了，以至于停下笔来，这时唐才中会停顿一会儿，提醒他重新接着记录。

其实唐才中就是想借审讯人的手，记下哥哥唐才常的一生事迹。哥哥素日为人行事太过低调，世人多不认识这个神秘的隐身人。唐才中知道自己也将继哥哥之后不久于人世，这些清朝官府档案，即使日久尘封了，将来也有可能被人发现，让唐才常这个名字重见天日。"我就是想让你们这些刽子手，还有后世的人们知道，那个被你们杀死的人，其实是一位旷世人杰，一座你们这些清廷奴才狗眼发现不了的海下冰山！"

完成了这件心事后，唐才中不再压抑自己了。他的姐姐慧萱赶来探狱，见到弟弟被折磨得不成人形，背上皮开肉绽，没有一块完好的皮肤，双手受到拶指之刑，已经可以见到白骨了。姐姐忍不住放声大哭，唐才中也痛哭失声。这对姐弟的相见恸哭，让同牢的犯人们也纷纷落泪。随后唐才中反过来安慰姐姐说："萱姐，你莫要太难过，大哥才常已经在那边等我了，我过去和他做个伴，也让大哥不会独自一个觉得孤单。你今后有机会，就多看顾一下我那对年幼的儿女吧。"

随后，唐才中口占一首绝命诗，与姐姐告别：

丈夫重义气，生死安足奇？同志遭杀戮，骨肉长别离。保民心未遂，救国志岂移？身死魂不死，天地其我知。

　　唐才中后被押送到省城长沙监狱，与湖南其他地方抓捕到的反叛者关押在一起。一天临近中午时，同牢犯人听到外面一声梆子响起，于是摇醒身边正在酣睡的自立军囚犯姚生范，对他说："你就要上刑场了，还睡啥觉呢。"姚生范翻身爬起来，看见唐才中与另一位叫刘伯棠的党人同志正在注视着他。

　　唐才中鼓励他说："生范，不要害怕，只需忍受片刻痛苦。不要做小儿女态。大丈夫在争千秋，不争一日。"

　　姚生范说道："前日提审，我的供词万无一失，那些清吏一定会乱编供词诬陷我，他们审问我时，胡诌说什么搜出来的自立会党举事号令中写了：要焚毁三日，方封刀安民。真是放狗屁！诬我事小，诬党事大。你若生还，当为我洗诬，如果你也不免，就请伯棠为我洗诬。砍头快事，况且是大义大节，我岂能不知？"

　　正在说着，狱卒已经持手牌来到牢房前，大呼道："提唐才中出牢！"

　　原来今天却是唐才中上刑场，二人的生死命运顷刻互换。唐才中趋前握住姚生范的手，一时哽咽不能成声。姚生范也哽咽着对他说："我一时间想不出送别的话，就以你给我的赠言转送给你吧。"

　　唐才中点点头，昂然而出。自以为不久也将必死无疑的姚生范，最后却阴差阳错地活了下来。

　　囚车里的唐才中，正在长沙城里狭窄而热闹的街道上缓慢行进着，恍若在一个梦里。数年前，他曾在哥哥唐才常与好友谭嗣同、梁启超创立的长沙时务学堂学习过，所以他熟悉省城长沙的所有街景，那些有竹席顶篷的店铺，门口永远飘荡着长长的布幌子。他回忆起几年前的一天，和哥哥一同走在这条街上，经过前面那家木器店时，看到货摊上有玩具拨浪鼓卖，就停下脚步，给浏阳老家还不到两岁的儿子买了一个红色的拨浪鼓。哥哥才常没有留意到弟弟的驻足，走过了好几家店面后，发现弟弟没跟上来，于是回头喊了一声："才中。"

　　哥哥唐才常几年前的那一声呼唤，音犹在耳，兄弟俩却已是人鬼殊途了。

"哥哥，我这就来了。"

唐才中在心里默默地回答道。

曾无数次走在这些街上的唐才中，现在却成了长沙城中万众瞩目的主角，要以坐囚车去刑场的独特方式告别这个城市、这个世界了。他想道：我不是圣徒，却被你们这些喜欢跪着的同胞逼成了圣徒。这个国家容不下清醒了的脑袋，所以哥哥和我才会被砍掉脑袋。要是用我们兄弟两个的砍头，换来你们众人的清醒，那我们也死得值了。

他突然想大声叫喊，讲出自己为什么要去死的理由，来告诉眼前这些他为之而死的父老乡亲。于是，唐才中朝着街道两旁围观囚车经过的长沙民众，发出了一阵又一阵撕心裂肺的呐喊。

看热闹的老百姓，将街道旁挤得如同两堵墙一样密不透风。长沙城的老街非常狭窄，囚车经过时，挤在街两旁店铺屋檐下看热闹的人们，可以把脸凑得离囚车很近，透过栏槛来观看将要被砍头的死囚。人们伸长脖子，随了囚车的移动而跟着转动，就像一群被无形中捏着脖颈的鹅，而囚车中的那个死囚犯，在他们眼里却更像是从另一个星球来的古怪生物，因为他嗓音嘶哑、痛哭流涕地喊着的什么话，让人全然听不懂。那是二十六岁的唐才中，用了他生命中最后的时光与力气，希图唤醒民众。

如果他像以前的死刑犯那样，只喊出一声"老子二十年后又是一条好汉"，那么一定会得到人群的轰然喝彩。但他奋力喊出的，是变法维新与宪政革命的种种口号，这就难怪老百姓听不明白了。但他们还是全体装出一副见怪不怪的样子，因为你从他们呆若木鸡的脸上看不出任何困惑。

还好，长沙百姓的政治觉悟，到底还是不如帝都人民那么高，不然的话，唐才中的头脸、周身和囚车上，将会被人们扔出的烂菜叶子堆满，就像他哥哥的好朋友，两年前也坐在囚车里押去京城菜市口砍头的谭嗣同那样。

囚车慢慢滚出长沙城东的浏阳门，来到一片空旷的行刑地，观看的人群站在清兵警戒圈外，一个个将脖子拼命伸到最长，眼睛都不敢眨一下，唯恐错过犯人身首分离的精彩时刻。

那个时候，所有人都屏住了呼吸，天地间突然陷入一片寂静。这个将死之人，头上的辫子被人紧紧向前拉住，脖子抻长，双目紧闭。在可怕的寂静中，他似乎听到隐隐有几声拨浪鼓的敲击声响起：咚咚，咚咚。在这个人恍惚的意象中，那是他的一双小儿女，正撒着欢儿朝他跑过来，其中小的妹妹惟淑，还摇着那只红色拨浪鼓，跟在哥哥惟柯后面，嘴里含混不清地唱了一支家乡童谣：

月亮光光，里面坐个姑娘，姑娘出来绣花，巧手绣个糍粑。糍粑跌哒井里，变成一只蛤蟆。蛤蟆伸伸脚，变个喜鹊。喜鹊飞上树，变只斑鸠……

他下意识地又睁开眼，却只看到正午的日光将自己头颅投射到地面上的影子。

这时，刑场周围观看者们一直等待的高潮终于到来，只见刽子手高举的刀，在阳光下一闪，围观人群发出轰的一声惊呼。那颗头颅离开正在喷射着鲜血的身体时，还在紧紧攥住辫子的另一个清兵手上打了几个转，落地时，那个清兵看见他的两个眼皮似乎闪动了一下，脸孔刚好朝向城门的方向。

那么，这颗人头眼睛里出现的最后一个人世景象，就是马上要悬挂它示众的地方，浏阳门。

大泽龙蛇破空飞

再分头说，湖北新堤的自立军右军统领沈荩，在汉口事败、唐才常等多人被捕的坏消息传来后，与副统领唐才中商议罢，两人分别逃亡。唐才中南下回湖南老家，却被捕身亡。沈荩则携一尹姓家仆北上，大胆潜回武昌，隐藏在好友舒闻祥的宅中，躲过了最初几日的疯狂搜捕。

舒闻祥与沈荩两人，在戊戌维新之前，就在长沙因诗成友。舒闻祥酷爱古文诗词，广交文友，赋诗唱和，谈古论今，他参加了有十二人组成的长沙诗社，人称"十二神"。在这十二人中，他们两个关系最为密切，都是性格慷慨豪放之人。庚子年里,沈荩在湖北从事自立军活动,并任右军统领。其时,舒闰祥正随父亲宦游湖北,与沈荩再次相逢。沈荩将他介绍给唐才常。在唐才常和沈荩的鼓动下,舒闰祥也参加了自立军,并积极参与储藏军火、筹划起义。

沈荩再三考虑之后,还是想前往上海,找寻自立会同志重新组织武装。他又将跟随自己的那个尹姓仆人托付给好友照顾,舒闰祥点头承诺了。随后,舒闰祥让沈荩装扮成轿夫,抬上自己,大摇大摆地混出了守备森严的武昌城门。他雇了一条行江木船,送沈荩离开。

临别之际,沈荩对舒闰祥说:"菩生,你舍命相救,就是我名副其实的再生菩萨啊。"

舒闰祥笑着对老友说:"愚溪老弟,你都用轿子抬过我了,我还不该为你扛一条命吗?望你好生保重,我们兄弟后会有期。"

随后,舒闰祥口占一首诗与好友作别:

一夜西风万木凋,绕枝乌鸦去迢迢。
愁边泪落银河水,梦里心翻碧海潮。
日月乾坤双照外,干戈天地一身遥。
江关萧瑟寻常事,铜狄摩挲憾不消。

为避风头,舒闰祥与家人不久后回到老家湖南长沙。他给了尹姓仆人一些钱,让这人自谋生路,自己则整日闭门不出,在家读书作诗以为消遣。

转眼又过去了一年。光绪二十七年的一个夏日,舒闰祥正在家中吟诗作赋,忽然一个朋友慌忙闯入,急急喊道:"菩生,赶快跑,官府派人要抓你,捕快已经在路上了!"

舒闰祥来不及多问,赶紧收拾个包裹从后门离开,去长沙城外朋友家躲了起来,再托人打探消息。

当他得知清兵没有捉拿到自己,竟将他的弟弟抓走后,心急如焚。为救出无辜的弟弟,他决定去官府自首。

临行前,舒闰祥为自己准备了一大碗白酒,咕咚咕咚一口气喝了下去。他知道自己将要面临的是什么,必须要先做好准备。

当舒闻祥带着熏人的酒气，摇摇晃晃地走进长沙官署衙门时，官吏们都惊呆了。舒闻祥一开口就豪气逼人："我好汉做事好汉当，与家人无关，你们快把我胞弟放了。"

那县令说："好，我答应你！你也算是个痛快人，那就索性把你的自立军同党是谁，一起招了吧。反正逆匪沈荩的那个仆人，已经在武昌全都招供了，大家干脆都痛快到底。"

舒闻祥这才明白，尹姓仆人应该是在被捕后供出了他的所在。他冷笑一声道："士可杀，不可辱。你看我舒闻祥像是个出卖朋友的人吗？别白费力气，告诉你，我既然来了，就没打算活着出去。"

县令一听大怒，他猛拍一下惊堂木，喝道："那就别怪我不客气了，来人，大刑伺候！"

几个衙役马上搬来行刑长凳，还有各种刑具摆在大堂上，接着就有两人过来要抓舒闻祥上刑。

舒闻祥双臂一振，推开两个衙役，说声："滚开！你们这些狗奴才，也配碰我？爷自己上去。"

说罢，他步履蹒跚地走到刑椅旁，一仰面躺了上去，口中还兀自吟着一首诗：

> 太息回天力尚微，乘秋便欲破空飞。
> 一身诓忍言功罪，万口偏难定是非。
> 大泽龙蛇终启蛰，故山猿鹤莫相违。
> 三千死事田横岛，南望中原涕泪霏。

所有的官吏，完全被这个人的惊人气场镇住了，目瞪口呆地看着他。只见舒闻祥吟着诗，声音渐渐低了下去，最后躺在长凳上面没有了动静。县令以为他在大醉之后睡着了，命手下上前查看，却发现舒闻祥已经气息全无，死了。

原来，舒闻祥在自首前，就在酒中放下了毒药。被他搞得气急败坏的清吏，正准备开始对他严刑拷打时，舒闻祥毒发身亡了。

第十章 回荡

惊世爆响成遗恨

午夜的广州城内,在一条幽暗的地下隧道里,一点洋油灯的火焰,照亮了一张布满泥污的年轻脸庞。这人正在狭窄的空间内,奋力挥锄向前挖掘着,他就是史坚如。

庚子年夏天,唐才常在华中策划自立军起义之时,孙中山也决意加紧在广东起义,以与唐才常的长江举义遥相呼应。他派人前往惠州,联络会党以谋起义,并派史坚如到广州配合策动。但唐才常的武汉自立军起义却被张之洞残酷镇压了,唐才常和部下们纷纷悬头城门。

自立军起义失败后,史坚如去了澳门的日本朋友松冈好一的寓所,与之纵谈唐才常之死,言极慷慨悲切。史坚如还很清楚地记得,那位温和友善的湖南大哥唐才常,在去岁上海码头的瑟瑟秋风中,将自己托付给同道们带去游历湖广时,脸上那一份殷殷关切之情。听到唐才常被杀噩耗后的史坚如,并没有停止起义计划。史坚如明白,对唐才常最好的凭吊,就是向杀死他的那群人猛烈开火,越快越好。

他联络了广州城内外的部分兵士与会党中人,约定时间,准备里应外合,一举拿下广州城。到了预定举事的日子,起义用的军械却因故还未运到,计划全被打乱。史坚如紧急与各方面周旋,决定广州起义计划延期举行。

但在这时,惠州起义却因泄密,而在十月八日被迫先期发动了。两广总督德寿闻讯大惊,急调大队清军前去弹压。起义者与前来镇压的清军鏖战多日,因准备不周,饷弹两缺,渐渐不支,惠州起义军处境危急。

史坚如听到惠州起义濒临失败的消息,忧心如焚。只有干一件惊天动地的大事,在广州城造成混乱,才可以缓解惠州起义军之危。

他决定,杀死一个清朝的封疆大吏。

清廷在华南的头号大员,就是两广总督德寿,如能暗杀掉他,可使清军群龙无首,从而打乱敌方的部署。于是他与哥哥变卖家产,从香港、澳门走私购买回了两百磅德国甘油炸药,又在两广总督府后楼房街租了一幢房子,和三个同伴日夜挖掘一条通向总督德寿卧室的地道。

"坚如,我来替换你吧,你这次挖得太久了。"一个同伴爬了进来,对史坚如说。

满头大汗的史坚如停止了挖掘,擦了擦脸,说:"好吧,今晚我们估计能挖到德寿的卧室下方了,要注意挖的响动,正是夜深人静,不要让地面上的人听到。"

两个时辰后,隧道终于挖到了史坚如目测出的预定位置。几人小心翼翼地将装了炸药的铁桶移进隧道尽头,然后退回房屋。等到下一个夜幕降临,史坚如又爬进隧道,亲手在炸药上装好雷管,退出隧道,点燃一根长长的引线后,锁上房门,与同伴相约会合于去香港的轮船上,然后分头离开了。

十月二十七日清晨,已经在去香港班轮上会合的史坚如和同伴们等到预定的爆炸时间已过,却仍不见任何动静。史坚如让其他同伴坐这班轮船先行,他独自返回租屋,钻进隧道后检查发现,原来是引线受潮熄灭了。但其时已经天亮,失去引爆时机。史坚如决定留下,等次晨再次引爆。

他忍饥挨饿,潜留屋内一昼夜后,于二十八日凌晨重新点燃引线。看着一小团火焰闪烁着渐渐远去,移动向漆黑的隧道深处,史坚如才离开租屋。他仍然担心炸药不爆炸,就没有立即坐当日的轮船,而是去一位同志家中坐听动静。

天亮前的广州城,在一片静寂中,突然爆发出一声惊天动地的巨响。史坚如埋下的炸药,终于炸响了。

史坚如听到爆炸声,感到热血沸腾。他走到街上,却听到聚集在街头的人们哄传着各种消息,有人说两广总督被炸身亡了,有人又说德寿未死。史坚如心中生疑,于是趁乱来到总督衙门后墙的爆炸现场,挤在街上看热闹的人群中注视。

他看到,总督府的后墙有近三丈长都崩塌了,露出里面多间房屋被炸得瓦砾纷飞,屋顶墙垣皆垮塌一地的景象。总督府内外的清兵,正乱成一锅粥地跑来跑去,从废墟中抬出死伤者。看来,这两百磅德国甘油炸药的威力还真不小。

突然,他听到总督府忙乱的人群中,响起一个气急败坏的吼叫声:"传两广所有属员,即日务必破案,一定要拿凶严办。"

他循声望去,见一个白胡子老头儿,身子兀自还在抖抖的,对着官兵们大声命令着。街上人群中,有人说这就是总督大人德寿。

史坚如心中一凛,原来这老家伙没被炸死。

原来,凌晨爆炸时,两广总督德寿正在梦中,突然一个晴空霹雳,把他从床上震落地下,打了好几个滚,吓得魂飞魄散,浑身哆嗦不已。算他命大,由于地下隧道走向有偏差,加之雷管不够,炸药没有尽爆,虽然炸坍了衙门后墙和几间房屋,炸死了几个总督府的人,但刺杀对象德寿却没有受伤。

深感遗憾的史坚如,准备返身离开,再别图他法。他没有想到的是,有一双眼睛,正在人群中偷偷窥视着他,这个人是他的叔叔。

史氏兄弟因起义筹款而要求分家产,被他们的族叔辈群起逐出史氏祠堂,并乘机将其寡母和妹妹憬然赶往澳门居住。其中第七房的族叔,因为怀疑史坚如就是督府爆炸案的主谋,前往东校场兵营告了密。

十月三十一日,史坚如前往西堤码头,准备坐轮船赴港。这个文弱的少年,在路上被清兵抓获,从他身上搜出了一份炸药配制单。

清朝官吏立即升堂审问,史坚如毫无惧色,对官吏说:"你们慢慢再问,我两天没有吃饭了,你给我买碗面来,食饱再说。"

吃过面条后,主审的番禺县令审问密谋炸总督德寿之事,史坚如自认不讳。

县令对他说:"尔家自祖上起即为功名中人,历代在我大清圣朝为官,尔乃一官宦子弟,为何干出此大逆不道、辱没先人之事?"

史坚如答道:"吾之先祖,乃是抗击清人的大明英烈史可法。尔等清廷上下腐败,人民受苦,以至我忍无可忍。这都是你们狗官干的,所以我要杀尽你们才心甘。"

县令问他受何人指使,他说:"自己出钱,自己办事,以求达吾目的,此等事端,置身家性命于不顾,史某非愚,岂肯受人指使而冒昧如此之理。"

清吏为罗织大狱,百般笼络,诱其说出同党。史坚如列举了广州城中大官巨绅多人及其亲友,他的戏弄把审问者气得瞠目结舌。史坚如受到了残酷的肉刑,还被锁上沉重的镣铐,严加监禁。

德寿最终亲笔判处史坚如斩刑,在一九〇〇年十一月九日执行,刑场设在天字码头,那里摆设了公案。德寿坐在正中,亲自观看这场血腥的行刑,口口声声要对反清革命党人杀一儆百。

被押到刑场上时,史坚如突然发出一声长叹:"悔矣,恨矣!"

刽子手问他:"悔什么?恨什么?"

史坚如答道:"一击未中,悔恨终生!"

这个弱冠少年没有出卖任何人,最后,只有他一个人牺牲了。

史坚如被砍下头颅时,还不到二十一岁。刽子手把史坚如还在滴血的头,用长竹竿高高举起,从天字码头北侧的杀人刑场,拿到抚督衙门后楼房街的爆炸现场,悬首示众。

陈尸数日后,无人收殓的烈士遗骸才被运出广州城,随便丢弃在城东郊一处野草荒冈。附近寺庙的一位老和尚不忍心,同几位徒弟在佛堂龛下掘了一个深穴,把史坚如的遗体秘密埋在了佛像座下。

广州城中一个与史坚如恰好同岁也是非常热爱绘画的青年,叫高剑父。他听到史坚如谋刺清朝大僚未遂而死的消息后,悲愤交加。对德寿喊出的杀一儆百,他只是轻蔑地冷笑了一声。光绪三十二年,高剑父在日本与孙中山相识,回国后,他当上了革命党"中国暗杀团"的副团长。宣统三年十月底,在高剑父等人的策划下,广州仓前街上几声爆响,清廷派来的广州将军凤山被三枚炸弹轰毙,这里离当年德寿挨炸的地方仅千余步之遥。高剑父和他的同道们,用这三声爆炸,完成了向庚子烈士史坚如的致敬。

这位辛亥炸弹客高剑父,后来成了岭南画派的开山宗师,此是后话。

再说,惠州起义失败后,参与军火运送的宫崎滔天,在日本见到了来访他的孙中山。两个人的心情都很沉重。一阵沉默后,孙中山开口问道:"滔天兄,你最近一次见到史坚如是什么时候?"

宫崎滔天以为中山先生是想换个话题,开始面露微笑地说:"那是几个月前,我们在新加坡被逮捕驱逐回日本前,途经香港时见到的他。那天他和友人们在码头送别我们,我的朋友清藤送他一把日本刀。他当时非常高兴,因为港英警察对我们监视很严,坚如趁警察不注意,飞快地把刀身藏在一把洋伞里面,又把刀柄纳入长袖之中,然后挥动另一只手,得意地微笑着向我们作别。他真是个机灵的小家伙啊。"

孙中山点点头,似有所忆:"我大约有一年没有见到他了。"

史坚如曾经来日本陪伴孙中山左右,为反清事业不遗余力。这位英俊少年深得孙中山和其他革命党人的喜爱,被称为革命天使。

宫崎滔天感觉到孙中山的神情有些异样,就问道:"你有他最近的消息吗?"

孙中山没有回答,面色沉重地从怀中掏出一封信交给他。滔天打开信,顿时就惊呆了。这封信告诉了一个噩耗,史坚如在广州被捕后,遭到砍头杀害。

"那么,这个少年真的变成天使,飞到他理想的天国里面去了。"宫崎滔天两眼望空,喃喃说道。

孙中山语气低沉地说:"传闻他在狱中给其妹写了一封绝命书,言其受尽酷刑,状极惨痛,却依然矢志不移。史坚如君,诚为惊天地、泣鬼神者!"

孙中山走后,宫崎滔天从箱中翻出一件长衫外套,那是一年前他带着史坚如坐船离开香港前往上海见唐才常的途中,这位闲不住的少年,在滔天的外套衬里上挥毫留下的一幅书画。

睹物思人,宫崎滔天忍不住又一次潸然泪下。

壮士纷纷踏血来

庚子年自立军起义被镇压的那些日子,在黑夜里哀哀痛哭的人中间,有一个两湖学堂学生,他的名字叫黄克强。

有强烈反清思想的黄克强,与湖南同乡唐才常相熟。庚子年里,在一次黄鹤楼下的乡党聚饮上,唐才常悄悄告诉他自立军即将举义之事。黄克强并不赞同他们勤王的口号宗旨,但他仍许诺将和其他朋友一起,私下协助说服湖北新军中的湘籍军人,对自立军的活动不加阻碍,为唐才常他们暗中尽力。在得知唐才常诸人起义被泄密、纷纷悬首城门之后,这个湖南人顿时大哭不止。

黄克强的同学何成濬,因为见他哀哭两湖学长唐才常和几位同学的惨死,哭得太过伤心,试图去安慰他。黄克强摇摇头,对何成濬说:"这个清廷政府实在太过残暴了,我不光为唐佛尘诸君一哭,我是为所有受清王朝欺压的同胞而哭。"

三年后的一个冬天,黄克强联系上了湖南哥老会大龙头、自立军失败后躲过清政府血腥镇压的马福益。次年初春的一个夜晚,黄克强与同伴短衣钉鞋、头戴斗笠,踏雪夜行三十里,到湘潭县某矿山一个废弃的岩洞中,与马福益会晤。

那个晚上,通向矿山岩洞的各条山路均被哥老会秘密把守,马福益让手下徒众预先在山凹石洞里挖一火坑,埋上雄鸡闷烧。几人席地而坐,燃木取暖,喝酒吃鸡,各倾肝胆。噼啪的木材爆裂声和岩洞壁上跳动的黑色人影,让人想到远古某个神秘的原始祭祀。如果天地之间有感应的话,那个雪夜,北方千里之遥的京城皇宫里的那个老女人,坐在温和如春的暖阁中也会冷不丁连打几个寒战的。

这次晤面正式决定了"甲辰起事"之约,即于光绪三十年慈禧太后七十寿辰之时,趁全湖南省官吏在长沙玉皇殿行礼时,预置炸弹在香案下,以炸死在湖南的清廷主要官吏,并趁机起义光复。

但这次举事又因一个喝得酩酊大醉的哥老会党徒,在酒客中大谈起义,被密探捕获而导致流产。清廷下令搜捕马福益、黄克强等人,马、黄诸人闻讯急忙逃走,才幸免于难。甲辰起事,遂告流产。

马福益在躲避了一些日子后,在湖南萍乡被官兵包围。他手刃了数个清兵后,力竭被捕。官兵用刀刺透他的肩骨,再用铁链穿过去锁住,五花大绑押回长沙,在浏阳门外砍头悬首示众。看过行刑的人说,马福益确是英雄中的一个狠角色,从始至终威风凛凛,仰头挺胸。砍头时,被拉辫子抻直了脖颈的他,两眼闭着,就像睡着了一般。

逃到湖北的黄克强,在一个深夜来到武昌府,向已经当了知府的原两湖学堂老师梁鼎芬求助。一直非常欣赏自己这位学生、以国士视之的梁鼎芬,苦劝黄克强归顺朝廷。黄却不为所动,反而向老师陈说种族革命大义。最后梁鼎芬只好说:"人各有志,你去当你的革命党,我当我的大清忠臣,从今后我们师生两个各走各的道。你赶紧远走高飞吧,如果我再见到你，就只能用大清的国法来处置你了。"

说罢，梁鼎芬拿出一笔银子当路费，送给囊空如洗的黄克强，让他东渡日本去了。等黄克强跑路了整整两天后，知府梁鼎芬才行文全湖北，称革命党首领潜来湖北，各部严加防范，务必缉拿归案云云，做足了一通官样文章。

逃到日本的黄克强，找到了浪人宫崎滔天。这时，宫崎滔天已因贫沦落为一位浪花节说唱艺人。滔天马上介绍了黄克强一直想结识的孙中山，两位屡战屡败的中国革命者，在宫崎滔天安排的酒楼里晤了面。他们一见如故，从此结成了一对革命党的超级搭档。孙中山这门永远高昂着怒吼着的大炮，终于配上了一尊结实沉稳的炮座。那天，坐在这一场历史性会晤旁边的宫崎滔天，尽管听不太清楚孙、黄二人的低声中文交谈，却也高兴得喝到酩酊大醉。

宣统三年，武昌起义爆发。黄克强闻讯后，便以最快的速度从上海赶到武汉。在武昌阅马场，湖北起义军政府举行隆重的登坛拜将仪式，他被大都督黎元洪任命为辛亥武昌革命军的战时总司令，然后亲赴前线指挥战斗，率全军向他痛恨的清王朝开战。此后，他以另一个名字传扬天下：黄兴。

回头再说那个庚子年秋，从清廷追捕自立军人士的天罗地网中逃出的一个年轻人，正在东渡日本的海轮上，朝西站立，垂首默哀。他就是年仅十八岁的蔡松坡。

蔡松坡这年回国，是专程参加唐才常领导的起义的。老师唐才常爱惜这位年少的学生才俊，派他到一位支持维新的湖南籍清军统领那里送信。但是该军官判断自立军起义不太可能成功，就抱着"要为湖南保留一个优秀人才"的想法，坚决把蔡松坡给扣下强留在军营中了。一个热血青年，就这样在前后两位师友的关照下，躲过了汉口自立军起事的血光之灾，后逃往日本。

返日后不久，蔡松坡在老师梁启超创办的《清议报》上发表组诗，以追悼死难师友，其中有这样的诗句：

前后谭唐殉公义，国民终古哭浏阳。

老师唐才常和一批留日同学的出师未捷身先死，对他产生了极大的刺激,他把自己的名字蔡松坡,改成了一个日后震动天下的名字:蔡锷。锷,意为锋利的剑刃。这次改名,显示了他抱定"利剑出鞘,以流血救吾民"的决心。但师友们那一颗颗血迹斑斑的头颅,也让蔡锷明白了:流血,要以有把握获取胜利为目标,应该减少无谓的牺牲。蔡锷从此立志,一定要学好现代军事。

到了日本,蔡锷请求老师梁启超帮他进武官学堂。梁启超起初还有点儿担心,怕身体瘦弱的蔡锷,受不了日本军校高强度的军事训练,蔡锷却坚定有力地回答:只要先生为我想办法,能够去学陆军,将来不做一个有名军人,不算先生的门生!

蔡锷证明了他是个言出必践的人。他学成回国,在反抗清王朝以及抗袁称帝的战争中,终成一代护国名将。

任公无处话凄凉

回头再说一九〇〇年秋,在遥远的南洋新加坡,还有另一个人站立北窗,隔海遥望故国神州,双目含泪,怅然若失。

故国的不老河山,又在四季轮回中进入了红叶飘零的时节。在这个人脑海的意象中,那些被瑟瑟秋风吹离树身、漫空飞舞后又纷纷坠地的落叶,就像无数颗被钢刀斩下的头颅,它们离开喷着血的身体,奔向生养了自己一场的大地母亲,亲吻她,然后在她的怀抱里永远睡去。和这个秋天的无边落叶一同凋零的,就有这人刚刚痛失的一群年轻朋友。

他,就是广东人梁启超,浏阳双杰谭嗣同和唐才常的好友。

原来,唐才常等人被捕的消息传到上海时,从日本归国抵沪的梁启超,与唐才常的三弟唐才质等人,赶紧图谋通过日本方面进行营救,却没有来得及实现。湖广总督张之洞下手杀人太快,唐才常和诸同志被捕仅一天后,就悬首城门了。

"咄咄天心不可常,茫茫尘世几沧桑。"梁启超在心里默默背诵着两句诗,那是一年前唐才常在香港送别他赴檀香山时,专门为他写的。

同年八月下旬，孙中山同样从日本赶回上海，也想借北方庚子事变之机，谋求与国内各势力的联合举事，这与梁启超的想法类似。但唐才常起义的迅速失败，让机会转瞬即逝了。梁启超与孙中山各自的来去匆匆，让双方期待中的联合之举最后无果而终。

自立军举事失败、唐才常等多人被杀之后，亡命到日本的秦力山、戢元丞等湘鄂自立军起义志士，纷纷向梁启超发难，指责康、梁保皇党假借勤王之名，侵吞海外华侨募捐的巨款。而正是康、梁的留款不发，才导致唐才常的大举起事失败、唐等多人授首。众人皆骂康、梁卖友发财。

梁启超真是有苦难言，其实他并不能染指保皇会的财权，一切支出皆由他的恩师康有为遥控。一度身在檀香山募得大量捐款的梁启超，曾连发多函给保皇党的澳门总会，催促给唐才常他们汇款救急，但均无回信。现在，因为康有为人在南洋，逃亡到日本的起义留学生诸人，于是都找梁启超算账。梁启超悲愤之下，"恨不得速求一死所，轰轰烈烈做一鬼雄，以雪此耻"，最后几至要宣布披发入山，从此不再问世事。后来，梁启超也干脆跑到新加坡，找老师康有为去了。从此，保皇党信用大失，声誉不再。

其实，梁启超与谭嗣同、唐才常二人之间，都有着深厚的友谊。几年前在湖南搞维新改良、办长沙时务学堂时，当时共同的理想让他们三人结成了知交。在北京辅佐光绪皇帝搞戊戌变法时，梁启超与谭嗣同几乎每天都见面，一见面就谈学问，每天总要大吵一两场。变法失败，死亡逼近之际，梁启超又是眼睁睁看着谭嗣同义无反顾地留下来，等着被杀。谭嗣同托人辗转寄给梁启超的遗书，梁几乎能一字不漏地背出来：

> 八月六日之祸，天地反覆，呜呼痛哉！我圣上之命，悬于太后、贼臣之手。嗣同死矣！嗣同之死毕矣！天下之大，臣民之众，宁无一二忠臣义士，伤心君父，痛念神州，出而为平、勃、敬业之义举乎？果尔，则中国之人真已死尽。强邻分割即在目前，嗣同不恨先众人而死，而恨后嗣同而死者之虚生也。啮血书此，告我中国臣民，同兴义愤，剪除国贼，保全我圣上。嗣同生不能报国，死而为厉鬼，为海内义师之助。卓如未死，以此书付之，卓如其必不负嗣同、皇上也。

卓如，就是梁启超的字。

而戊戌政变后，在流亡日本的岁月里，梁启超又与唐才常在东京曾同住一屋，每天见面就谈勤王举事。唐才常回国准备起义的那一段时间里，梁启超经常给他写信，商讨勤王大业。继两年前谭嗣同在京城菜市口断头之后，现在唐才常也悬首武昌城门。梁启超一想到两位好友的惨死，就痛彻于心，夜不能寐。

长沙、北京、东京，三座城，三个人，现在都是人去城空，剩下他梁启超一个，无处话凄凉。

他想起在长沙，经谭嗣同介绍，自己刚与唐才常认识时，唐才常在家乡亲自采制后赠给他的一方浏阳菊花石砚，由一块天青石坯雕刻而成，上面含有自然形成的、酷似菊花的白色矿物晶体。谭嗣同还撰写了砚铭诗一首：

> 空华了无真实相，
> 用造蒭偶起众信。
> 任公之砚佛尘赠，
> 两君石交我作证。

其中，任公是梁启超的号，佛尘是唐才常的字。梁启超后来请朋友将这首诗铭刻在砚上，这是一方见证三个人友谊的菊花砚。然而，当年他在戊戌变法失败后，仓皇出逃日本之时，竟将砚遗失了。

因为对这一方寄托了与谭嗣同、唐才常二人友情的菊花砚思之过度，梁启超后来嘱托好友为他寻觅多年，也没有重新找到此砚。沉思往事立残阳，当时只道是寻常。这一方浏阳菊花砚石，看似文人互赠的普通赏玩之物，原来竟是三个好朋友生死聚散的一个上天先兆。这真是"苍天无语尽流泪，欲待遥问终无凭"。

那一块菊花砚，可能还静静躺在这世界上的某个角落里，等待着重见天日的一天。

让梁启超伤心的另一件事，是与孙中山关系的开始交恶。

本来，孙中山与梁启超的合作大有希望。但梁启超在日本的同门暗中向康有为通风报信，称梁启超"渐入中山圈套，非速设法解救不可"。康有为对此大为恼火，令大弟子梁启超即刻赶到檀香山，办理保皇党事务。

在光绪二十五年底,梁启超刚到檀香山几天,就写信给孙中山,希望为他介绍当地人脉。孙中山坦荡不疑,写信将梁启超介绍给哥哥孙眉和其他朋友。殊不知演讲能力极强的梁启超,在檀香山借口自己名为保皇、实则革命,大力组织起保皇会。久居海外的众侨商,哪里听过梁启超这个级别演讲大师的滔滔话术,分不清革命与保皇的他们,就这么晕乎乎地掉入了梁启超的彀中,连孙中山的哥哥孙眉也糊里糊涂进了保皇会。华侨们仅以庚子勤王起事名义认捐的军饷,就超过了银洋数万元。孙中山得知后大为震惊,写信责问梁启超,但落花流水春去也,一切都为时已晚。

其实,梁启超本想从老师康有为的巨大影子下独自起飞,与孙中山革命党合作干一番救国事业,却没有逃出康有为这个如来佛的手掌心,只好再次屈服于他的老师,干了一件在孙中山等革命党人眼中的不耻之事。

光绪二十九年冬,孙中山赴檀香山省亲,发现他在当地开创的兴中会,已被梁启超鸠占鹊巢了,于是宣布与梁启超完全绝交。此后,孙中山、梁启超两个原来互相颇为欣赏、曾经非常有合作意愿的朋友,就成为陌路之人了。

深宅刀光碎僧袍

谭嗣同和唐才常,还有一个共同的老乡朋友毕永年,他还是和唐才常同年考上的湖南省丁酉年拔贡。谭嗣同曾经这样称道过他:纵二十年,横十八省,可与深谈,唯见君耳。

出家为僧的毕永年,后来的命运却扑朔迷离,令人嗟叹。

这个在革命神话和江湖传说中交替着时隐时现的人物,自从戊戌变法中康有为命令他围园杀后开始,就活在清王朝的追杀之中。几年的逃亡生涯,他一直辗转腾挪在步步紧逼的刀光剑影里。无论是康有为那条鲁莽的围园杀后之计,还是唐才常在保皇与革命之间脚踩两只船的做法,都被机警的毕永年嗅出其中的危险后抽身离去,因而在戊戌年和庚子年里,先后躲掉了他两位好朋友谭嗣同、唐才常枭首示众的命运,还参与了孙中山发动、后来失败了的惠州起义。勇敢的他，时时刻刻寻找机会，去反击他所痛恨的大清王朝。

有人传言说他入浙江普陀山后不知所终，也有人说他病逝于广东惠州。如果是这样，毕永年的人生谢幕，总算比起他两位悬首城门的好朋友谭嗣同、唐才常，可以让人宽慰许多了。

从前在湖南学政江标的官署中，几个朋友聚会时，生性诙谐的毕永年曾经和好友唐才常开过一个玩笑，说唐脖子上有颈周纹，将来是要死在刀刃之下。平日里他们几个人相互勉励时，常言及杀身灭族四个字，所以并不忌讳谈论死亡。谁知毕永年对唐才常说的这句玩笑话，却不幸一语成谶了。那么，同样投身反清革命、一直在刀尖上跳舞的毕永年，真的逃过了刀刃加身的恐怖命运吗？

其实，谭嗣同在生前，也曾在一篇《湘报》登载的与毕永年讲演新学的文字问答中，对毕永年说过一句话：会须与君以热血相见耳。对比毕永年对唐才常说的那句玩笑话，谭嗣同对毕永年说的这句"以热血相见"，会不会又是另一个可怕的谶语？

光绪二十七年底，广州城。

广东候补知府毕昌言的一座深宅大院，深夜时分，突然被一群清兵团团包围住了。咣咣的拍门声，官兵的吆喝声，伴随着阵阵狗叫声，打破了夜晚的寂静。

毕昌言从睡梦中惊醒过来，却发现夫人李氏早已经穿戴整齐，正隔着卧房窗户，向一个心腹家仆低声吩咐："你快去开门，带领营兵去西厢房找到老爷那个和尚侄儿。"

那个家仆喏喏而去。毕昌言一听大惊，用手指着夫人道："你……你去告官来捉我侄儿毕永年啦？"

李氏一声冷笑："你藏匿家中的那个乱党侄儿毕永年，迟早要害得你丢官坐牢流放。老娘再不以你的名义出首告官，你毕府一门就快要家破人亡了。"

说话间，外面火把灯笼照得如同白昼，蜂拥而入的一大群人呼啸着奔西侧客房去了。清兵们忙着去抓毕永年，一时还没来找府邸主人。

以军功保举出身的毕昌言，却一向很有些惧怕这位续弦的老婆。此时他跌坐在床上，一脸颓然，只得听天由命了。

毕永年来广州从事反清革命党活动时,多借居在这位候补知府的叔父毕昌言宅府中。当晚,清兵闯入毕府之际,他尚未入睡,正在灯下清理自己从前的文章诗稿。听到清兵从前门汹汹而来的喧哗声,他一口气吹灭桌上洋油灯,抽出枕头下的一支手枪别在腰间,冲出房间,跑进黑暗中的后花园。他对着一丈多高的院墙,撩起僧袍几步冲刺后,跳起来一步蹬踏上垂直墙面,借助冲力让身子蹿起来,双手抓住墙头一用力,就像一只大鸟飞跃过了院墙。

他刚一落地,就被墙外埋伏的清兵大叫着包围了上来。他一摸腰间,却发现手枪已经在翻墙时不知掉落到哪里了。他快速取下挂在颈上的一串佛珠,缠绕在手心里,再握紧拳头,对着上前想捉拿他的几个清兵,连连挥拳猛击。

被打得嗷嗷叫的清兵,仍然没有开枪,还想活捉他。有几柄长矛他刺来,他奋力挥臂先后隔开,却还是被一根长矛深深刺进了腹部。他背靠墙面,忍着剧痛,一脚蹬向那个持矛的清兵,却没有能够着。他咬紧牙关扯断佛珠的绳子,将一把珠子用力掷向那个兵的面门,那人眼睛中招,吃痛大叫着松开了手。他回手拔出刺入腹中的长矛,挥舞着与清兵们继续死拼。

官兵们没有想到遇到如此有血性的汉子,他们终于朝他开枪了。几声枪响后,倒下之前的毕永年,还用了最后的力气,将长矛投掷向围拢来的敌人,一个把总军官被刺中大腿,痛得大叫起来。

这群清兵来自驻守广州的旗营,他们最痛恨的就是想推翻大清、毁掉旗人铁杆庄稼的革命党。于是,在那个被毕永年刺伤的军官领头下,他们纷纷拔出腰刀,对着这个奄奄一息的革命党人就是一顿乱劈乱砍。

在呐喊声中,无数的刀锋此起彼落,鲜血飞溅。那些横飞的血肉中,哪些是这个人手握笔管、写下文章的手指,哪些是他行走过故国大地的腿脚筋肉,哪些是他对友人吟出诗篇的双唇,已经无法分辨了。一个能够确定的事实是,那位英俊、坚毅,抱着只有彻底破坏后,才能诞生新社会这一激烈理想的年轻男人,被清兵像杀疯狗一样乱刀砍死,从此在这个世界上消失了。

"这个大清世代军绅的子弟,祖上世受国恩,居然还要反我大清,真是死有余辜啊。"那些砍死他的军人,一边围观着他血肉模糊的尸体,一边愤愤地议论道。

负责这次抓捕的中年军官，是个络腮胡子的营千总。身穿彪形图案补子的他，在提着灯笼的兵士前导下，走进毕永年的客房卧室。在重新点亮洋油灯后，他随手拿起死者遗留在桌上的几张手稿，就着亮光看了起来。因为他有点儿好奇，想知道这个人为何会有如此之大的勇气。

第一张纸笺上，是死者写的一首诗：

> 日月久冥晦，川岳将崩摧，
> 中原羯虏沧华族，
> 汉家文物委尘埃。
> 又况惨折忠臣燕市死，武后淫暴如虎豺。
> 湖湘子弟激愤义，洞庭鼙鼓奔如雷。
> …………

他读着这首诗，感觉到有一股狂怒之气，正渐渐从纸笺上升起，那些字开始跳动起来，仿佛要挣脱纸面，扑面向他激射而来。这个见惯了死亡的军官，最后才发现，居然是自己拿着纸的手在微微颤抖。

他又想起刚才看到的那张脸，被剁得稀烂，却还看得出极度的愤怒。这位清军军官明白了，这个人的超常勇气，来自他的愤怒。

毕永年的叔叔，派人连夜将他残破不堪的遗体运走，悄悄掩埋在广州郊外的野坟岗，并嘱家族所有人严守秘密，不许这件出卖亲人的家丑外扬。后来，这世上就再也没有人知道他的下葬之地了。

借友血染红顶子

在自立军众烈士中，结局最为惨痛者，却还不是庚子年唐才常等人的枭首城门，甚至不是相隔一年后毕永年的乱刀丧命，而是另有其人。但这个人的悲壮故事，还要待到庚子年之后三年才发生。

光绪二十九年春，湖广总督张之洞奉诏入京晋谒慈禧太后，并受命参与朝廷议政。那天他到宫中拜见慈禧老佛爷，这一对垂暮之年的君臣见面时，相顾无言，只是默默地泪流满面，把一旁的侍臣和宫女惊得个个都大气不敢出。

因为当年张之洞进京赴考，是当时与东宫慈安垂帘听政的西宫慈禧太后，亲自钦点他为探花的，那一年张之洞才二十六岁，西宫太后慈禧二十八岁。岁月无情，这次进京的张之洞，已经是六十七岁的垂垂老者，他也成了朝中硕果仅存的同光中兴名臣。而比他大两岁的慈禧，已经是六十九岁的白发妇人了。她为躲避八国联军攻占北京，庚子年西狩后回京才一年多。历尽沧桑的一对老君臣，见面之后，自然是好一顿流泪唏嘘。

有人为慈禧与张之洞的这次见面写了一首诗，其中有两句是：

年少探花已白头，君臣相对涕横流。

面圣之后，因久未能得到让他回任湖北的朝廷圣旨，总督大人一时不敢离京。在京城闲来无所事事，闷得发慌，雅好赏玩古董字画的他，便经常带着仆人去京城古玩街琉璃厂闲逛，从东口走到西口，凡古董店必进去看一看，时间久了，琉璃厂的店主没有不认识他的。但为官清廉的南皮大人，囊中银两不多，所以也常常只是在此过一过眼瘾罢了。他在逛古玩街的时候，有时怀念起当年在京当清流党，与好友王懿荣一起常常来这里淘玩古董碑帖的时光。现在好友已亡、物是人非了，张之洞一想起来，未免暗自神伤。

一天，张之洞在琉璃厂的某家古玩店里，看了几张唐人碑帖后，出店上轿准备回寓所。店里有个年纪约三十出头的顾客，本来一直在埋头观赏拓片，却听到两个店员在彼此低语，年轻的那个说："刚刚出门的那位矮个长髯官爷，穿戴正一品的仙鹤补子官服，他是谁啊？"

年长的店员悄声说："这位爷你都不认识？他就是封疆大吏张之洞啊。"

这个顾客一听，马上放下手中的拓片，快步走出这家古玩店。看见张之洞已经坐上四人抬的绿呢官轿，刚刚起步，这人就与轿子隔开几步，好像是个普通的路人同向而行，一边还不时地偷偷朝小轿侧面的窗口内瞧，看到胡子花白的湖广总督，正在轿内闭目养神。

这个人在离轿子不远处并行着，看上去神色平静，其实他此时的内心，却如翻江倒海一般。他不是别人，正是湖广总督张之洞还在通缉中的要犯、三年前自立军叛乱的首领之一，沈荩。

庚子年的那个八月，作为自立军右军统领的沈荩，从新堤冒险返武昌，准备买棹顺江东下去上海，因被通缉，一时难以脱身，便藏在友人舒闻祥家中数日，躲过一劫后，得以转道上海，潜行至京津。而为人豪雄仗义的舒闻祥，因在家中替自立军藏贮武器、先后掩护数位同党，在次年被人告发，被迫服毒自尽。

与唐才常、谭嗣同交好的沈荩，尽管一直是清廷缉拿黑名单上的要犯，但他怀着痛失同道的悲愤，潜入京城，继续进行秘密反清事业。他改名后在北京协助朋友刘鹗办理瘗埋局，殓葬八国联军攻占北京城后的无主尸骸。武侠大刀王五，就是在京城那场庚子国难中死于非命后，被沈荩一手安葬的。

后来，沈荩靠记者身份混迹于京津两地。这个被日本《天津日日新闻》聘用的中国记者，通晓外文，擅长交际，经常与北京的众多洋人和清朝贵族们把酒言欢，过着京城上流社会的生活。但无人知晓他的真实身份其实是一位反清革命者。

今天在京城古玩街琉璃厂与湖广总督张之洞的意外相遇，让沈荩一时意绪难平。沈荩一见之下，如遇仇人。但他还是努力抑制住了自己的一腔悲愤，在与张之洞的轿子默默同行了一段路之后离开，回到了他在京城的寄寓之所，朋友刘鹗的宅院。

一回到刘鹗家住宅的西偏小院，沈荩就迎面碰上一个五十出头的人，他是沈荩在京城结识的忘年好友吴式钊。这人也寄居在刘宅的同一个院落，因为都有金石好古的雅癖，年长二十多岁的吴式钊，平日里与沈荩促膝切磋，几乎无话不谈，故此两个人甚是相得。吴式钊见沈荩一脸沉重，就关心地询问他。沈荩愤愤地说："我今天在琉璃厂遇到张之洞了，但我并没有回避他，还走近他的轿子旁，看他能把我怎么样！"

吴式钊笑着说："莫非是这湖广总督夺人所爱，半道截走了沈老弟看上的心爱文玩？"

沈荩恨恨道："他张之洞夺走的，不光是我好友唐佛尘的人头，他还悬赏两千元想要买我沈某的项上人头呢。"

吴式钊一听大惊，忙问沈荩何故。于是情绪激动之中的沈荩，把吴式钊拉进自己住的屋子里，跟他详细道出了自己如何参加自立军起事、唐才常等众人被杀、自己遭到通缉的经过。

吴式钊听罢呆了半响，才说："既然如此，贤弟一定要小心了，这京城乃天子脚下，可是万万大意不得。"沈荩听了，只是一笑而已。

光绪二十九年七月十八日，北京三条胡同素日里的幽静，被急促而来的马蹄声和粗暴的拍门吆喝声打破。清兵二十余步骑，在沈荩另一个叫庆宽的朋友带领下，突然包围了沈荩寓居的地方，抓住了他。

原来，那天听到沈荩的诉说，吴式钊就留下了心。

吴式钊身为授翰林院检讨，却曾伙同他人冒充钦差，扰民牟利，遭到奏参。戊戌政变后，吴式钊又被弹劾革职、递解原籍监禁。活动之后获释、重返北京的吴式钊，一心想开复翰林原官，而出首自立军叛党要犯沈荩，无疑是一条捷径。不过要将消息密告给朝廷，还需要合适的中间人。

恰好，沈荩与吴式钊两人，都认识一个同样有金石之癖的朋友。他是内务府的庆宽，此人有通天之能，与慈禧身边的总管太监李莲英颇有点儿交情。沈荩曾经想利用庆宽来买通李莲英，进而刺杀西太后，但尚未来得及实施。庆宽原本是某王爷府中的汉人奴仆，他冒入旗籍、招摇纳贿，被人奏参后革去职位、抄没家产。戊戌政变后，庆宽自告奋勇，与靠赌博业发财的广东人刘学洵，以朝廷委派赴日考察为名，伺机暗杀康有为、梁启超。虽然无功而返，这位包衣旗人庆宽却再获内廷欢心，重入内务府。

唐才常被杀前一年，曾在上海的《亚东时报》上撰文，点名讽刺刘学洵、庆宽二人的访日，是腥闻秽声，清廷派遣两个品德不齿之人出使国事，未免视外交如同儿戏。这或许也是庆宽仇恨唐才常领导的自立军，后来得知沈荩也是唐才常同党而出卖他的动机之一吧。

吴式钊悄悄找到沈荩的朋友庆宽，两人商量如何利用这个绝好机会，用这位年轻朋友的血，重新染一染他们的红顶子。吴式钊与庆宽密谋之后，写了一封密帖向西太后禀报：曾被张之洞通缉的自立会首领沈克诚已潜入北京，建议设法将其拿获正法。

老佛爷一听，原来是要救帝废太后的一个自立军叛首，而且还是故意泄露了让清廷大丢其脸的中俄密约的那个记者，立刻两眼一瞪，冒出令人不寒而栗的凶光。她这辈子最恨的，就是有人拿她和光绪之间的关系搞事来对付她，现在抓住了一个跟康党分子唐才常搞勤王倒后的叛党首领，那还能让他活命？就下了抓人的懿旨。庆宽带领二十名骑兵，在七月十九日包围了沈荩居住的三条胡同寓所，将他逮捕。

慈禧突然念及皇帝的生日已经不太远，怕破坏了清王室正在准备的寿辰庆典，不愿意公开行刑。于是她下达了懿旨：着即日立毙杖下。

根据清朝法制，凡死罪中应处死刑之案，应由刑部、都察院、大理寺，即三法司，共同会审会核，最后由皇帝勾决。但大权独揽的慈禧，绕开一切正常的国家司法程序，轻易就做出了对沈荩残酷虐杀的决定。权力无限的帝制就是这样，任性到可怕的地步。

刑部大狱的执行狱卒看了太后懿旨，十分惊愕。因为慈禧太后这次下令置人于死地的方式，实在是蹊跷。用棍棒打人的背、腿和臀部，本是一种肉刑而不是死刑，很难当场杀死人犯。采用这种方式将人慢慢地活活打死，是一种空前残忍的超长酷刑。

上海《大公报》立时就对沈荩的受刑死难过程，大胆做出了披露：两个行刑者用一块特制的大木板，轮流痛击沈荩两百余下，直打得他血肉横飞、骨头碎裂，却始终未听到沈荩发出哪怕是一声哀号。接连打了四个小时之后，就在行刑者精疲力竭、以为沈荩已经气绝身亡之际，躺在地上一动不动的死囚却突然开口说道："何以还不死？速用绳绞我。"行刑者没有办法，只好用绳索将沈荩的脖子绞上，勒了两次才让他断气。

沈荩遇难时，年仅三十一岁。

这种惨无人道的虐杀，不仅令当时所有中西人士闻之色变心寒，清政府刑部一些官员因不忍上班时经过沈荩受刑的地方，那里血肉狼藉，腥不可闻，所以当时托故告假者不少。

广西提督苏元春因有事也被关进刑部牢狱，狱卒故意以杖毙沈荩的牢房让他住，苏元春见墙上、地上到处是飞起后凝结变黑的血肉，大为骇异，得知其故后，用了三百两银子贿赂狱卒，这才给他搬到别的牢房去了。

在北京因刑事入狱的名妓赛金花，也被狱卒故意投进杖毙沈荩的牢房里关押，以飞溅得满地满墙的血肉干迹恐吓她，想要以此敲诈她的银子。不料赛金花一见之下，叹息道：沈公，英雄也！然后亲手捧其碎肉，拌以灰土，行礼如仪，埋之于监狱窗下。

沈荩受刑死后一年，维新派人士王照也被关进了监狱，住的同样是一年前杀死沈荩的牢房。他后来回忆：粉墙有黑紫晕迹，高至四五尺，沈血所溅也。

这位英勇不屈的湖南人，是自立军庚子之役最后一个战死倒下的勇士，也是中国第一个以身殉职的新闻记者。

因为苏报案在上海租界坐监狱的章太炎，得知颇为交熟的朋友沈荩在京城惨被清廷杖死，写下了一首悼诗：

不见沈生久，江湖知隐沦。萧萧悲壮士，今在易京门。
魑魅羞争焰，文章总断魂。中阴当待我，南北几新坟。

光绪二十九年，沈荩被慈禧太后残忍杀害，他的死恰如烈火烹油，让大量中国儒士不再对清廷抱任何幻想。就连翰林进士蔡元培，一年后都开始琢磨怎么做炸弹，想当刺客去暗杀掉慈禧。

那位出卖了好朋友沈荩的吴式钊，获得慈禧太后恩准，以六部主事起用，重返仕途。不过一时的荣华，却换来一世的唾骂。他为文人士类所不齿，而始终难以在众人前抬头，官场中也无人提携这个卖友求荣的士林败类。所以，声名狼藉的吴式钊终生郁郁不得志，晚年穷困潦倒，病死京城。

据传他在临死之际，恍惚中突然看到一身血肉模糊的沈荩站立在眼前，吓得他自扇耳光，大呼沈愚溪前来索命了。

头颅掷处成路标

光绪三十一年春。

比利时的俄斯敦港，一艘从英国来的轮船缓缓靠岸后，从船上走下一位个子不高却器宇轩昂的中国人。他踏上码头后，受到几个中国学子的热情迎接。这个一身旧西装的中年男人，就是名闻天下的中国革命家孙中山。

在惠州起义失败之后,孙中山意识到了自身力量的弱小与大清这只巨兽的朽而不倒。在此后五年时间内,他把主要精力都放在了募集资金和招募成员身上,暂时没有再组织任何起义。

来比利时前,孙中山滞留在伦敦一个英国朋友家中数月,已经囊空如洗。他的追随者、那位来自武昌城的年轻人刘成禺,当时正在旧金山任革命党喉舌《大同日报》主编,于是写信联络留学欧洲的湖北同乡,凑集一笔旅费汇给孙中山,请他到欧洲大陆来,与留学生们共同讨论中国革命的前途。

在几位留学生的陪同下,他从俄斯敦港转乘来到布鲁塞尔,更受到几十名留欧中国学生的欢迎,之后他住进一个学生的寓所。

到达布鲁塞尔后的第二天,早就等得迫不及待的湖北留学生们就来拜访孙中山,希望尽早与他进行交流。

寒暄问候之后,孙中山对留学生们说:"诸君能远跨重洋,来欧陆求学,其志殊为难得。"

湖北学生代表朱和中笑着答道:"其实,湖广总督端方派我们来欧洲官费游学,是觉得我们这些人最激进,不容易调教,想把我们送得远远的,就烦不到他了。当时不少同学还宁愿留在国内搞革命活动,而不愿来欧洲留学呢。"

孙中山笑问道:"那你们为何还是来了呢?"

朱和中说:"当时我劝同学们道,事已至此,岂能自由?然如此伟大革命,我辈群龙无首,岂等闲之辈所能领导?正好借此机会,往西洋觅孙逸仙耳!这不,今天可终于见到孙先生您来了。"

孙中山和众人一齐哈哈大笑。

随后,朱和中向孙中山介绍了留欧学生们的现状与政治倾向。

原来,在欧洲留学的中国学生,绝大多数学的是自然科学和应用技术,他们远离祖国,对国内发生的政治变动,远不如留日学生那么敏感和关切。只是到了光绪三十年,当受过革命气氛熏陶的湖北学生到达后,留欧学生不关心政治形势的情况才开始有所转变。因为,湖北学生的家乡经过多年地方洋务运动的洗礼,民智与社会风气已经与别地不可同日而语了。

接下来的三天三夜，都是在热烈的讨论和争辩中度过的。

窗外，是沐浴在春天里的布鲁塞尔。阳光和月光，交替着通过敞开的窗口，来访和问候这群异国游子，而他们却在滔滔不绝的讲话中，对晨昏光影的变幻毫不留意。桌子上是成筐的长棍形和圆形面包，凉水与廉价葡萄酒，谁饿了渴了就去自取。讲与听着的人中间，谁先困了就去隔壁小睡一会儿，或者干脆就在沙发上打个盹儿。如果那人突然打起鼾来，大家就赶快去摇醒他，还问他对一个正在讨论的议题的看法，看到那人一脸茫然的样子，大家就哄笑他。

他们激烈辩论的声音，有时吵闹到房东老太太会爬上楼来，敲门提醒一下。

孙中山在美改造洪门会党，鼓动华侨，却效果甚微，经济上又开始变得十分拮据。他在困境之中来到欧陆，在留欧学生中获得了新的力量，所以显得异常高兴。

留学生们无比景仰地望着这位老资格的革命家。他经历过那么多次与大清王朝的生死对决，一定有着最丰富的斗争经验。

但随着交谈的逐渐进行，这些来自湖北的留学生却惊讶地发现，老革命家孙中山的经验宝藏库里，竟然缺少某些重要的东西。而这些年轻的湖北学生却拥有它。

那就是一个重要的认知：推翻清王朝的革命运动，需要依靠的主要力量究竟来自何方？在这个重大问题上，孙中山和湖北留学生之间开始发生了严重分歧。

孙中山问留学生："你们主张革命，准备用什么方法？"

朱和中等留学生说："更换新军脑筋，开通士子知识，我们要从军界、学界入手。"

孙中山大摇其头，对士子阶层的作用不以为然，说道："无如新进志士，虽满腔热血，冲天义愤，而当此风气甫开，正如大梦初觉，团体不大，实力未宏，言论虽足激发一代之风潮，而事实尚未能举而措之。"

他对新知识阶层持保留态度，而仍将革命的动力寄托在运动会党上，认为利用会党暴动最为可靠。

有人递过来一杯水，中山先生接过来喝了一口，接着说："内地之人，其闻革命排满而不以为怪者，只有会党中人耳。"

一个学生激烈反对说:"会党之志在抢掠,若早成功,反为所制。"

朱和中也说:"革命者,最高之理论,会党无知分子岂能作为骨干?先生历次革命所以不成功者,正以智识分子未赞成耳。"

孙中山也开始激动起来:"吾之革命同志中,岂无新式智识分子?"他一一列举了陆皓东、史坚如等追随自己而牺牲的革命党文人。

朱和中道:"先生所言诚然,但革命党中此辈英才人数甚少,无济于事,必大多数智识分子均赞成我辈,则事半功倍矣。"

孙中山却仍然坚持"秀才不能造反,军队不能革命""以借会党暴动为可靠"的观点。

一时间,留学生们面面相觑,气氛开始沉默下来。

还是朱和中打破了沉默,对孙中山说:"先生可能有所不知,在下来自湖北武备学堂,对五年前发生在武汉之唐才常自立军起义,多有耳闻目睹。"

孙中山点点头,神色黯然:"唐才常虽名为康梁保皇党人,实则已经接受了我党革命主张。庚子倡义之时,我们曾经密切联系过,我还指示多位同志协助他的自立军起义。可惜我中华又痛失一批好男儿。"

朱和中深吸一口气,缓缓吐出后,将他所知道的武汉三镇自立军起义失败的经过,从头到尾详细汇报给孙中山听。

孙中山静静聆听着,当听到自立军发动的各地会党中,一开始就有人借机抢劫,致使地方上人心惶惶,中山先生皱起了眉头。当听到因为自立军中有个会党分子欺压威胁一个剃头匠,而致其泄愤告官,直接造成起义失败时,中山先生一声长叹。

朱和中还说:"听说唐才常、容闳他们还曾试图争取各国同情自立军起义,但因为外国人担忧江湖会党起事将致局面混乱失控,故皆不愿接受他们的主动示意,而更愿接受张之洞、刘坤一这些清朝地方大员维持安定。"

朱和中与同学们还与孙中山一起,讨论了江湖会党与洋务新军的异同,从组织性、觉悟性、纪律性、知识素质和军事技能等各个方面加以分析。

有位小个子同学,拿英国人和非洲祖鲁人之间的战争,来强调火器时代的战术完全不同于以往的冷兵器对决。讲到激动之处,他站起身来,模仿着在英军凶猛的火力下，纷纷倒下的祖鲁族土著勇士。

朱和中讲道，张之洞的湖北新军招募新兵的首条要求就是，入营之兵必须有一半识字。而且庚子年后，家境富裕的年轻人纷纷出国谋取留洋机会，另一种风潮就是加入新式军旅，其中包括众多乡村贫民秀才，因为在军队里有文化知识，意味着很快能够成为下级军官，得到较好待遇。这样，湖北新军的文化素质就渐成国内一流了。

最后，孙中山终于以虚怀若谷的心胸，接纳了湖北留学生的意见，他从一开始认为可以会党、知识分子双方并进，到听取了朱和中等人的申述后，改变了自己原来的主张，转而同意湖北青年学子们的意见，表示：今后革命不能主要依靠江湖会党，而必须着重在知识分子和新军中发展组织。

唐才常和自立军同伴们的一颗颗带血头颅，在掷向茫茫无路的荒原后，终于变成了一个个路标，成为继续前行者的醒目警示。

孙中山对学生们说："今后将发展革命势力于留学界，留学生之献身革命者，分途做领导之人。"

辩论结束时，中山先生高兴地对朱和中说："吾亦若'痛饮黄龙，即在目前'者。"

在连续数日的讨论之后，孙中山提议在留学生中组织革命团体，并举行宣誓。

在宣誓仪式上，孙中山给每个人一张白纸，嘱他们写下要念的字句，然后，他身体站立得笔直，用他特有的坚定庄严的语气，一个字一个字地念出誓言："某当天盟誓：驱除鞑虏，恢复中华，创立民国，平均地权。有渝此誓，人神共殛。"

他每念一句，留学生们就跟着念一句。然后，孙中山要求每个人在自己的入盟宣誓书上签下名字，再交给他保存。在这批中国留学生中，孙中山发展出三十多人加入了革命组织。

留德学生代表朱和中，又坚决邀请孙中山去柏林。于是，孙中山又在德国引导了二十余人加盟革命党。接着，他前往法国巴黎，继续发展了十余名留学生。至此，在留欧学生中形成了一支相当强大的革命力量。

托乞丐送瓢把子的长衫人

光绪三十二年。

一个黄昏，年轻的码头搬运工德生，拖着他疲惫的身体，从汉水码头作业区下工，回到硚口板棚区。

清朝末年，处于汉水之滨的硚口，在明清时期就是征税的关口。在京汉铁路通车以前，沿汉水而下的货船多在硚口宗关一带停靠、完税、交易，后来硚口发展成码头集镇。而汉口城市的居民密度，紧挨上海之后，位居全国前列。尤其是像硚口这样帆樯林立的河岸附近地方，房屋多到密密麻麻。白天人群来去如蝼蚁，街巷因此而拥挤不堪。这里的板棚区，就是以码头为生的人们用竹木芦席搭建起来的贫民窟。里面弯弯曲曲的巷子一个套一个，白天外来者在其中都经常会迷路，这时当地居民会告诉他：只要跟着挑副空水桶担子的挑水夫走，就可以走出去到汉水边。直到入夜，照明极差、治安不良的穷街陋巷里，行人才稀少了。

自立军起义被镇压之后，德生一下子失去了很多熟人朋友，突然变得无依无靠了。为了活下去，他曾经跟着别人做过一份极卑微的活计，拿着铁钎、扫帚、竹把子整天在汉口繁华的商业马路上逡巡，从青石条缝里、金银店铺门口的垃圾下扒拉出泥土积尘，期待从中淘出细碎的银屑、小铜板和铁钉，去换点儿钱活命。这个流落异乡的少年像一只弱小的燕千鸟，在大汉口这只吞金吐银的巨鳄牙缝里讨点儿可怜的生活，过着有一顿没一顿的日子。等身子骨长大点儿，可以试着扛重体力活了，德生才经人介绍到湖南宝庆帮的码头，当了一名苦力谋生，就这么过去了六年。

这天，一回到自己租来的那间茅屋，肚子已饿得咕咕叫的德生就开始吃起晚餐。他的晚餐相当简单和方便：一摞在下工路上捎回家的烧饼，一盒从巷子口遇到的叫卖担子手中买的酒楼残羹剩菜大杂烩，加上几根生黄瓜，蘸着辣椒酱吃得挺香的。像他这样家里没人做饭的苦力单身，习惯靠这样解决三餐温饱。他一身黝黑的肤色，轮廓分明的肌肉线条，一看就知道来自码头搬运工这样的下层苦力人群。

　　正在风卷残云地吃着,他忽然听到有人在敲门。德生打开门,就着室内那盏昏黄的洋油灯,看见门口站着一个人,胡子拉碴、蓬头垢面的,却穿着一袭长衫,又不像苦力阶层。就问道:"先生你找谁?"

　　那人乱糟糟的胡子下面,那张嘴咧了一下,像是勉强挤出的一个笑容,然后说道:"德生,我是云卿。"

　　德生大吃一惊,想不到原来非常爱整洁的云卿,居然变成了这个模样。德生一闪身让云卿进到屋里,把唯一的凳子让给他,自己坐到那张狭窄的床上,然后一言不发,冷冷地看着他要说什么。

　　云卿为了找到德生,已经来汉口打听好几天了,最近才在汉水岸边众多小酒坊的一家、从几个站在门口喝靠杯酒的码头苦力口中,问到德生住的地方。他知道德生为了华浩的死,还在怨恨他。也知道现在世人都已经晓得了,是汉口泉隆巷的一位剃头匠向官府告了密,才让自立军的举事泄露失败,众多头领被杀,所以泄密的事与他自己无关。德生对他的怨恨,多半是他没有能接受德生的紧急托付,执行华浩的命令去通知顺丰茶行的容星桥,转移出那批军火。还有他在那个抓人的晚上,跟张之洞的心腹亲信蒯先生鬼鬼祟祟地混在一起,怎么想怎么都让人起疑。

　　于是,在一阵难堪的沉默之后,云卿才开口说道:"今天是华浩的忌日。"

　　德生点点头,朝桌子上扬了扬下巴颏。那上面有他今天下工后,回家路过香烛店买来的几刀纸钱。他打算在晚上找个屋外的空地烧了它们,为在另一个世界的华浩送点儿钱过去。

　　云卿问道:"你知不知道华浩被埋葬的地方?庚子年他的头被人从武昌城门口偷走了,你知下落吗?"

　　德生摇摇头,他不想告诉云卿,是雪丫和秋娘盗走华浩的头颅下葬了,他自己后来也没有找到这颗头颅的埋葬之地。

　　云卿又犹犹豫豫地说:"德生,我想告诉你,那天你要我去顺丰茶行……"

　　云卿刚开个头,德生就打断他说:"我知道,躲在一边黑地里那个姓蒯的,把我说的都听了去,所以官府去起获了那批东西。"

　　德生是被关在汉口巡防营时,从其他也被关押者的口中听到华浩寻找机会悄悄告诉别人的这个消息。不料在此刻，云卿神情凄惨地对德生说："不，不是这样的。是我害了华浩，我真是该死！"

德生一听，立马睁大了眼睛，紧紧盯着云卿，看他怎么讲。

云卿惨然地说："那姓蔫的，当时还没有听清你说的是什么。你走后，他追问我，我不想告诉他，他就骗我说，如果我说出来就可以救华浩，上报他是个自首的情节。不然的话，倘若是军火，那华浩就是杀头灭族的大罪了。我那时一心只想救华浩，就告诉了姓蔫的，东西是在顺丰茶行，不过没有说出容先生的名字。我万万没想到，这反倒坐实了华浩的私藏军火罪，是我轻信那姓蔫的，害死了华浩！"

德生听着，眼中渐渐冒出怒火。云卿突然失声喊出："德生，你杀了我吧！最近我老是梦到华浩，我跟他讲话，他也不搭理我，我心里好难受。你行行好，替我解脱掉这一切。我先前上吊过，没死得了，我真没用，连死都死不成。"

又是一阵尴尬的沉默。这时，突然传来轰隆隆的火车行驶声，那是当年才开通的京汉铁路，就挨着德生住的棚户区北边不远。这时连两人身处的小棚屋地面，都开始明显震动起来，那些大铁轮子猛烈撞击着铁轨接缝，不停发出哐当哐当的巨响，像是宣示某种压倒一切天地生灵的力量，而且不容置疑。

呼啸的火车声终于远去，德生眼里的怒火却也消失不见了。他现在的眼光，一半是鄙夷，一半是怜悯。他冷冷地说："请你走吧，我们以后不用再见面了。"

云卿可怜兮兮地看着德生，说："你能不能帮我个忙，我有两个小包，想先在你这里放一下，不会放太久的，过两个时辰就有个人会来取走，还顺便带来一份祭礼，算是我对亡友的一点儿心意。"

看见德生有点儿犹豫，云卿又说："我知道你不想再见到我，看在华浩的面子上，求你了，德生。"

德生见他说得可怜，心一软就答应了。又指着还剩下的几个烧饼和蘸酱黄瓜，问云卿要不要吃。云卿摇摇头，十分凄婉地看了德生一眼，就慢慢离去，消失在渐起的暮色中了。

云卿在天光昏暗的街巷里走着，他刚才终于找到故人，吐露出一个压在心底很久的秘密，这让他多少好受了点儿。但他还有另外一个秘密没有对任何人讲过，看来永远也不会有人知道了。

六年前在华浩被砍头的那天，云卿就在当夜找个偏僻的地方，偷偷上吊了，不料还没断气，就被人发现救了下来。他在两湖学堂宿舍里躺了三天三夜，突然想到一个救赎的法子，比就这么死掉去赎自己害死好友的罪孽，要好上一万倍。

他想起了两年前，算命先生让华浩抽的那支签，上面写着一首诗，暗示签主将来的命运：

自小生在富贵家，眼前无物不奢华，
如蒙天怜万人故，四海声名定可夸。

他又想到了很多前朝的忠臣，比如宋时的岳飞、明时的于谦，他们都是当时受冤而死。却在后来得到本朝皇帝的昭雪追谥，名垂青史。华浩勤王大业未酬，功败垂成，死后却落了个乱臣贼子之名。如今光绪皇帝才不到三十岁，春秋正盛，要熬死那年近七旬的慈禧老太后，顶多也只需要十年左右的工夫。他云卿只需苦下科考文章功夫，一心只读科举书，到时候博取功名，金銮宝殿上列次唱名，当了天子门生。那时再上奏清帝，为起兵勤王，却壮志未酬身先死的好友洗脱沉冤，彰表忠良，让他垂名千古，这岂不是对华浩最好的悼念？这一根签，分明是上天神灵的指示，他一定要去实现它，对，就这样。

于是在庚子年底，云卿决然地离开两湖学堂这个伤心之地，返回家乡湖南，天天闭门读书，两耳不闻窗外事。读书天资本来就不错的他，打算在科场上放手一搏，考取功名，将来面见皇上，为好友正名，让他的忠烈传扬天下。返乡一年多以后，云卿的寡母也病逝了。他变卖了家中几亩薄田，关在屋子里几乎足不出户，更加发奋用功于科场文章。

1903年的乡试，云卿却没有能如愿中举，当地一个宿儒看了他的乡试文章后，觉得写得还不错，说他只是运数尚未到来，只待下一次科考了。其实清季已经在悄悄改变科考的重点，鼓励新旧学相通融，并且从光绪二十六年开始的科举考试中，废八股而改试策论。闭门用功的云卿，也只有勉力跟上时代风向的变化，更加刻苦攻读，期待下次能两榜题名，蟾宫折桂。

但一封来信，让踌躇满志的云卿，一下跌入了地狱。

信是蒯先生从武昌寄来的。也许是他良心未泯，对云卿怀有一份愧意，又听湖南来的乡党说，云卿正日日闭门苦读，一心扑在科举功名这一途，就写信告诉他：张之洞总督已经向朝廷上了一道奏折，要求中国废除科举制，以新式学堂为国家培养选拔人才。在他和袁世凯等重臣的努力下，朝廷即将在近年批准停止科举选才。因此蒯先生提前告诉云卿这一重大动向，为的是不忍心看到他再在科考上白白浪费力气，还建议云卿为个人计，另觅他途，特表关心云云。这时距离清廷正式宣布废除千年科举制，还有两年多的时光。

云卿这回，在精神上彻底垮了。

从此，人们眼里看到的云卿，再也不是以前那个整洁得体、彬彬有礼的读书人，而成了一个蓬首垢面、失魂落魄的浪荡游魂，嘴里成天念念叨叨地自说自话。大家都说秀才云卿疯了，是个文疯子，不伤人的，他大部分时间里还算神志清醒。德生见到的，就是他几乎认不出来的、那个华浩少爷原来的旧友。

光阴迅速，一晃不知日月又穿梭了几回。一天，在汉口某个街角的小苍蝇馆子里，两个北方口音、乞丐模样的人，正吃得红光满面、嘴角流油。耳热酒酣之际，在角落里开始了一番交头接耳，窃窃私语。不过他们都讲的是丐帮行话、江湖春点，外人听了未免感到莫名其妙，摸不着头脑。

那年长的乞丐开口道："你近来在哪里治了杵儿？这般好吃喝请我。是不是跟了哪个雁尾子，挖了个点儿。杵门子硬啊。"那年轻的乞丐就说："哪里哪里，这回可是飞来的居米，几日前我正在拖条，遇上个点儿找到我，竟不要他的瓢把子了，硬是自个儿摘了瓢，倒给我落了个头道杵，还有更肥的绝后杵，也是奇事一件啊。就是土了点儿了，怕那鹰爪孙硬说是我清了这点儿，叫我朝了翅子。我也时常地攒稀，一有风紧，我他娘的就赶紧松人扯活。"

这个年轻乞丐用江湖切口，给同伴说的，是这一件稀奇事：

话说这年轻乞丐，一日里蜷缩在离汉口玉带门火车站不远处的某个街角，正独自一人晒太阳睡觉，忽然被人叫醒。眯眼一看，是个穿长衫的人，却蓬头垢面的不比他干净多少。这人在他身旁蹲下来，问他想不想挣一笔钱。乞丐说怎么个挣法，这人说自己不想活了，想借火车碾断自己的脑袋送人，了却一笔孽债。乞丐吓得刺溜一下爬起来就要走。这人却拿出一块银洋，说："你要是答应了，帮我把我这颗脑袋送给一个人，这一块大洋现在就归你，事成之后还会有人再给你十块大洋。怎么样？"乞丐说："你这人明摆着是在和我寻开心。再说了，大天白日的我提着一颗脑袋给人送上门，那还不叫他告了给官府捉去，不死也是杖流千里之外，还有福气消受你的银子？告诉你，居仁门的警局子就离此地不远，那里面的捕快可是真他娘的尿性。"乞丐说罢，就要离开。

那个长衫人摇摇头，叹气道："也是个无胆无福之人。罢了，我再去找别人帮我这个忙吧。说完，就要往口袋里放回那块银圆。"

乞丐看着那一块在阳光下亮闪闪的银圆，又有些舍不得。就问："究竟是咋回事？又是怎么个弄法？你能保证我平安无事吗？"

长衫人把他拉到背街的隐蔽处，大略讲了讲自己从前误信奸人、害死好朋友，现在报应缠身了，只想早早解脱了再去投胎。又拿出一份自己写的生死状给他看，说万一遇到麻烦，就给官府老爷看这张生死状。乞丐大致看得懂上面写的意思，是本人系自杀身亡，与他人无关。提本人首级者，系本人求告好心帮忙之人，请有司察鉴，乞为宽宥云云。后面还按了个手印。乞丐还想劝那人几句，让他放弃轻生的念头，那人一听却又作势欲走。乞丐一咬牙，心道：老子这辈子，难道没少看过一地乱滚的人脑袋吗？他终于答应了。

第二天夜晚，乞丐在约好的地方等来那个长衫人。后者交给他一个方盒子，两人走到玉带门火车站附近，一段大弯道铁轨边。那里连个人影都没有，一片漆黑。乞丐虽然心里有准备，却还是忍不住心惊肉跳的。那长衫人倒是站立着一动不动，黑暗中也看不到他的表情如何。

一列火车鸣着汽笛从远方开来，准备进站。这是张之洞主持修建、刚刚开通不久的卢汉铁路线。火车头的灯光，从长衫人的脸上一掠而过。乞丐看到，那张胡须散乱的脸，似乎露出一个奇怪的笑容。他吓得不敢再看，就背过身去。这列运煤的货车到站后，在刺耳的刹车声中缓缓停了下来，他们两个站立的位置，差不多刚好就在长长火车的中间部位，看来这长衫人事前都踩点好精确位置了。乞丐再转回身去，在幽暗之中，看见那个人已经横卧在铁轨上，身首异处了。

乞丐慌慌张张地打开那个方木盒,看见里面已经有一块布,就强忍着恐惧,在那人的尸体边蹲下身,将手伸进货车车厢下面的铁轨内侧,拿布盖上那颗头颅。这时,他突然打了个寒战,因为他感觉到不知从哪里冒出来了一股凉飕飕的冷气,让他顿时浑身发冷。乞丐不敢多想,也不敢看那颗头,隔着布拎起头发就把它放进盒子里,用一把长衫人事先给他的开着的小铁锁锁好。他还能听到与头颅仅隔开了一条铁轨的尸体腔子里,还在咕噜作响地冒着血。

乞丐离开黑夜中的铁路,从货站里高高的煤堆之间穿过,又沿着来时已看好的路线,翻爬过一堵砖缝上有凹处的围墙,那是被偷煤的人在墙上掏出的小坑。乞丐快步走进不远处灯光昏暗的棚户区,他在街巷里尽拣没有人的暗处走,终于来到白天里长衫人给他指点过的那间屋子。他敲了敲门,出来了一个苦力模样的年轻人,警惕地看着他和他手上那个方盒子。他按照长衫人先前的吩咐,将上了锁的木盒子,连同一封信,一起交给了年轻人。年轻人就着从屋里透出的洋油灯光,看见信封上写着:"德生,请将我的蓝色小袋子交给来人。云卿。"那年轻人看罢,转身,进屋拿出一个蓝色小布袋递给乞丐。乞丐隔着布袋一摸,里面果然是银圆,估计数目也差不多。本来就吓得心慌慌、牙齿在咯咯打战的乞丐,也没多耽误,一转身就跑进了黑暗中。

小馆子里,那年长乞丐听完,说道:"怪不得,前些日子街上报童在叫卖,说玉带门那里,有一个摘了瓢的肉粽子,原来是这样啊。你后来看了那点儿让你送瓢去的那家人没有?"年轻乞丐说:"我忍不住好奇,倒是几天后偷偷去看了两次,他已经人去屋空了。"

两个乞丐醉醺醺地,互相搀扶着走出了小饭馆,东倒西歪地沿着街边走,一边还你一句我一句的,装个哭腔唱着莲花落:

过往客人听我告,嗨呀嗨呀莲花落:有钱时,我也曾长街驰马着锦袍,四书五经读朝朝,醉卧花丛不觉晓,吴侬软语甜如蜜,销魂西湖六吊桥。谁知道,鹊桥未渡上断桥,金山空银山倒,娘儿姐儿翻脸了,花儿朵儿不见了,马儿也给当了,来兴儿卖掉了,老婆她气走了,爹娘呀上吊了,唉,没奈何一根竹棒一只瓢,穷途末路去唱莲花调,莲个莲花落依哟嚄。

歌中有的词,被唱歌的人故意拖得长长的,唱出玩世不恭的嘲讽意味。歌声在一片穷街陋巷的上空回荡着,终于远去了。

不言革命的大革命家

慈禧和光绪死了近一年后,弥留之际的张之洞,躺在京城的寓所床上,对他漫长的一生进行着最后的回忆。

原来在几年前,慈禧太后为了削弱汉人地方大员的势力,以加强日益衰弱的清廷皇权,将地方督抚中权力与声望最大的张之洞和袁世凯调进了北京。这其实是慈禧玩明升暗降的权术,自知来日无多的老太后,已经一改以前于满汉间求取平衡的既存局面,转而采用扬满抑汉的政策导向。因此,张之洞最后的临终之所,是京城的白米斜街十一号院子的寓所。

院子外面的胡同里,一声叫卖小吃的京腔吆喝,透过高高的围墙,隐约飘进了张之洞的耳朵里:"败火润喉的玻璃粉哟——"那叫卖声清亮、悠长,非常好听。张之洞尝过这种京城的名小吃,它是用藕粉或北京人俗称洋粉的琼脂熬制成的一种凉粉,晶莹透亮,出售时以小瓷碗盛满,用小刀划成条,浇上冰镇的糖水,状如透明玻璃。吃者用嘴沿碗边吸溜一下,就吸到嘴里了,那种凉甜滑润感,非常爽口。但从胡同里传来的这一声吆喝,让张之洞勾起的思念,却是贵州的安龙凉剪粉。

七十二年前,张之洞出生在贵州兴义府,也就是安龙,在那里度过了童年和少年,所以他喜欢安龙小吃凉剪粉。由当地大米做成的粉皮洁白剔透、柔韧而且筋道。卖者用剪刀把粉皮剪成小条放入碗中,加入应有尽有的调料,有姜蒜汁、碎西红柿丁、花椒油、红油辣子、葱花末、酸菜、绿豆芽、韭菜、酥黄豆或花生酥、酱油、醋等,闻起来香味扑鼻,吃起来油而不腻,味道非常鲜美爽口。

"人啊,到老都改不了打小养成的口味。我张南皮虽然因为祖籍河北南皮而得此名,自己一生喜欢的饮食,却还是偏向贵州风味。"张之洞下意识地舔了舔有些干燥的嘴唇，心里想道。

在张之洞的最后时光里，他生命中遇到的很多人和事，都依次浮现在他脑海。亲人、君主、师友、政敌、洋人，甚至连仅一面之缘，却印象深刻的旅途过客，像皮影戏一样，从他闭着的眼帘子上一一闪过。其中，有几个人却在他脑海中定格了好一阵子，那是他在一九〇〇庚子年里，下令杀害的唐才常等自立军诸人，他们中有好几个是张之洞自己的两湖学堂学生。

其实对当初杀掉自己的这些得意门生，张之洞的心情是十分复杂的。在处死唐才常之后，张之洞又得知，湖南方面抓获了唐才常的弟弟唐才中。他立即致电湖南巡抚俞廉三，叫他刀下留人，说唐才中可不杀，兄弟骈首，实有不忍。但那俞廉三接到电报后未予理会，还是杀了唐才中。

当时的张之洞总督，其实还掌握着参与自立军密谋的众多文人士子名单，但他都隐去其名，并未列名通缉，以示自己网开一面。但他毕竟下令杀害了唐才常这一批准备起义的文人首领，致国内外舆论为之震动。事败后逃到日本的秦力山、戢元丞等留学生，推举自立会同志沈翔云写了一封公开信《复张之洞书》，向海内外揭露痛骂张之洞残杀士类，内疚神明，外惭清议。把个两湖总督大人，看得背冒冷汗，团团乱转。

他情急之下，将这封公开信印给他开办的两湖、经心、江汉书院学生，令他们各人撰写反驳文章一篇。但学生们多借故推之，并不愿执笔。由此可见张之洞庚子年杀唐才常等一众文人这件事，世道人心之向背。

临终之际的张之洞，在回顾汉口自立军事变时心想，他和唐才常一对师生，不过是在庚子大凶之年狭路相逢、各陷险境的两个男人，彼此的一番拔刀相向、你死我活，势所难免，哪有什么个人恩怨可言？"唐佛尘，你我各有命数，就休要怪为师那个时候下手无情了。你率众起事，自命是为了天下苍生，我张南皮杀你，又何尝不是为了天下苍生？可惜苍天无语，众生昏昏，你我到底孰是孰非，也只能留待后世去评说了。"张之洞在心里默默想道。

张大人还忆起一件神秘的伤心事，就是他心爱的长孙张厚琨之死，这件事实在是太蹊跷了。张厚琨留学日本习完军事后回国之时，张之洞派众多官员在武昌城门外江边码头迎候。张厚琨下船后，骑在马上抽刀向迎接队伍回礼时，那马突然如遇鬼魅，受惊跃起，把张厚琨掀翻坠地，手中还拿着的佩刀不知如何捅进了腹中，就此身亡。这时的张之洞，正在督府中接受各方来宾庆贺，因为他刚刚被朝廷加封为太子少保。突闻噩耗，总督大人当即瘫倒在地。

事后张之洞心里曾经闪过一个念头，难道是孙儿厚琨那些留日的同学，也就是一年前张之洞杀掉后头颅曾经挂在不远处城墙上的自立军头领的鬼魂作祟？罢了罢了，老夫我也受了丧子悼孙之痛。天道好还，难道我这辈子的业障，相抵后消解得还不够吗？自知大限不远的张之洞，胡思乱想到这里，心痛得紧紧抽搐了一阵子。

张之洞对参加自立军起义的一众门生弟子，确实内心一直处于纠结和矛盾之中。以他亲手送出留学的吴禄贞为例，在领导大通自立军起义失败后，从死人堆里逃出生天的吴禄贞，重返日本继续学业，当年还升入了著名的日本陆军士官学校。校方根本不知道，这位清国优等生回国刚刚度过的是怎样惊心动魄的一个暑假。张之洞电告吴禄贞就读军校的总监、老熟人福岛安正，让他开除并驱逐吴禄贞回国受审，福岛安正写信为吴禄贞说情，婉言回绝了张之洞的要求。如此，吴禄贞才得以完成学业回国。

更加不可思议的是，当吴禄贞回国后，张之洞因为大通自立军起义旧事迅速将他扣押，三天后亲自提审这位昔日弟子时，竟然被他一番君臣大义的辩解，加上自立军诸人原本是效仿日本明治维新志士的说辞打动了。爱才心切的他，非但对吴禄贞不再追究，反而给予了提拔，也许张之洞在内心深处，隐藏着杀害自己学生的悔过情结。对弟子吴禄贞的宽宏大量，可能是南皮大人一次自我救赎的挣扎努力。

吴禄贞后来对张之洞终身感激，也利用职务之便继续在武汉从事秘密反清革命活动。他创立了一个叫花园山聚会的团体，为辛亥年武昌首义准备了更多的火种。直到清廷在北京设立练兵处编练新军，急需用人时，吴禄贞才被在日本士官学校的好友、满人良弼举荐进京。

进入老年的张之洞，见到新学如风雨渐猛，越来越势不可挡，中国两千年帝制这座老房子也开始嘎吱作响，摇摇晃晃起来，于是他对维新改良从起初的积极看待，变得颇有悔意，在观念层面上产生了抵触。

他甚至对一些新名词也变得异常敏感，比如民权。一八九八年谭嗣同奉光绪圣旨应征北上搞戊戌变法，经过武汉时拜会过张之洞。张咄咄逼人地问他："君非倡自立民权乎？今何赴征？"

又比如公民二字。一日，属下呈上的文稿中有公民的字样，张之洞读罢撕毁稿件，扔之于地，破口大骂。中国读书人日益觉醒的公民权利意识和抗争姿态，让张之洞坐卧不安。

绝顶聪明的张之洞，对即将到来的革命风暴有所预感。就在溥仪小皇帝的爹、摄政王载沣前来探望张之洞之际，在病榻边，载沣向张之洞夸慰他公忠体国，名冠朝野，并叮嘱他好好保养。张之洞用尽最后一点儿力气，劝载沣一定要体恤民生，关注舆情，不然将会激出变故。

载沣却淡定回答：不怕，有兵在！

张之洞怔怔地看着载沣，再也没有对他说一句话。载沣走后，一位来看望张之洞的老朋友问他，那摄政王说了些什么。张之洞只叹息地说了一句：国运尽矣。

前日里，张之洞已经让人记下了给家人的遗嘱——

人总有一死，你们无须悲痛，我生平学术治术，所行者不过十之四五，所幸心术则大中至正。为官四十多年，勤奋做事，不谋私利，到死房不增一间，地不加一亩，可以无愧祖宗。望你们无忘国恩，勿坠家风，必明君子小人之辨，勿争财产，勿入下流。

宣统元年，晚清一代名臣张之洞溘然长逝。

张之洞逝世后，长子张权等后人，还有前首席幕僚梁鼎芬奉送灵柩，从北京回到张之洞的祖籍老家河北南皮双庙村下葬。一路上，梁鼎芬哭得呼天抢地，比张家的孝子贤孙还要伤心。顺便说一句，南皮大人睡的那一口极昂贵的沉香木棺材，可不是他自家掏腰包买的，一生清廉的张之洞也买不起。那是他原来的亲随护卫、时任湖北提督的张彪花了一万二千两银子，从江南购买名贵沉香木制成后，派专人护送到北京的。听闻者都感叹说，梁鼎芬和张彪这两位守旧派人物，毕竟还是知恩之人。

张之洞在湖北长期主政时，轰轰烈烈经营过洋务运动，办工厂、练新军、兴学堂、派留学、修铁路。他没有想到，在他死后短短两年，这一切竟然就变成了颠覆其一生所效忠王朝的巨大能量。

孙中山听说张之洞的死讯后，说了一句话："南皮造成楚材，颠覆满祚，是不言革命的大革命家。"

却说，旅居美国的孙中山，因为数次策动反清起义失败，搞得几乎身无分文、山穷水尽了。连他在檀香山的富豪哥哥孙眉，也因为全力支持革命家弟弟，变得一贫如洗了。孙中山曾经落魄到走进一家洗衣店，想宣传革命和筹款，却被一个华侨拿起烫斗赶了出来。有个海外华人嘲笑他就是个孙大炮，每日只知说大话，吹牛皮，还想做梦推翻大清朝。孙中山冷冷地回答他："我尚有数十万兵在。"那人笑着问在哪里。孙中山回道："清廷在帮我养着呢。"那人大笑而去。

宣统三年深秋的某一天，孙中山在美国丹佛市一位卢姓朋友的中餐馆当跑堂。当他捧着餐盘，正从厨房出来给客人上茶时，另一个跑堂叫住他说："嘿，老孙，有你一份电报。"

说完，同事顺手把那份电报扔进老孙的餐盘上。

孙中山拆开一看，顿时大吃一惊，随后就开怀大笑了。

原来，黄兴发来电报告诉他，武昌城的湖北新军爆发了一场反叛清王朝的起义，那就是——伟大的辛亥革命。

故人变鬼，鬼变故人

又是很多年过去了。

德生从刚来汉口时的乡下少年，变成一个年过半百之人。他经历过这个世界太多的变化，就连从前他的少爷华浩向他提到过的那些朋友，比如孙中山、梁启超、蔡锷、黎元洪等等，都一个个变成大人物后，纷纷作了古。而庚子年起事失败被杀的唐才常、华浩他们那一群人，已经被这个世界慢慢遗忘了。成王败寇，古今皆如此，人类向来就是这般势利眼，有什么好奇怪的呢？

这世上，大概只有寥寥几个人还记得他们吧，德生心想。这几个人中，雪丫应该算一个。如果她还活着的话，应该也是青丝成雪了，故人见面还能相识吗？

德生最后一次见到雪丫，是那个血色庚子年的八月底。雪丫和秋娘一起趁着日食天黑，盗出华浩被悬挂在武昌城墙上的头颅又悄悄埋葬后，来跟已从巡防营释放出来的德生告别。她说是要到上海去，汉口教会医院的人答应帮她在那里谋一份生计。她的父亲刘幺叔，因也是参加了那场自立军起义的会党中人，为了躲避官府的大肆搜捕，已经隐姓埋名、远走他乡去避祸了。

德生将两本华浩的书送给雪丫，那是他从大火扑灭之后的华浩住处废墟里，偷偷扒出来的。那两本书，是卢梭的《民约论》、弥勒的《自由原理》，上面还有烟熏火燎的明显痕迹。雪丫翻开其中一本书，看到书页批注上有她熟悉的那个笔迹，眼泪唰的一下就流了出来。她紧紧抱住这本书，就像刚刚在一天前，自己久久抱着舍不得下葬的那颗恋人头颅一样。

那天雪丫捧着华浩的头，仔细端详他的面容。都说突然横死的人，大多面容都不得安宁，因为还有话没有来得及和亲人讲。但雪丫捧着华浩的头，端详他的面容时，却发现那张年轻的脸很安详。也许，他是在冥冥之中得知了，雪丫已经收到云卿寄来的信。那封信中有华浩在牢里吟给雪丫的诀别诗，诗中有几个藏头字：雪丫吾爱，永别。那么华浩到了最后，究竟还是对少女雪丫说出了那个人间最美好的字，他在那一晚的月光下醉卧美人膝时，没来得及说出口。

要下葬那颗盗出的头颅那晚，少女亲手将它洗净擦干，然后一个人蜷缩着，坐在靠近窗口的屋角黑暗中，就着窗外照进的月光，捧着头颅放在双膝上，然后捧着它，闭紧双眼，拿自己的脸贴上那张没有体温的脸颊，想象恋人的一双手又摸上她的头发，然后顺了脸庞向下摸着脖颈。这时的雪丫，开始万分后悔那一夜的守身如玉了，她好希望当时那双手不顾她的阻挡，一直向下，向下，如同三月里的风，滑过原野幽谷一般柔缓起伏的处女地，让睡梦中的花蕾苏醒后一夜绽放。可是，那一双又调皮又不安分的手，现在却在哪里？

以前的雪丫很怕鬼，华浩有时候趁着没人，就故意给她讲鬼故事，把雪丫吓得花容失色，华浩就会趁机将她紧紧抱在怀里。在经历了世事无常之后，少女雪丫才明白了：每一个你害怕的鬼，都在这世上有过对它朝思暮想的人。

再说，德生自打那个庚子年夏天以后，一下子就失去了很多熟人朋友，无依无靠的他，沦落到做过汉口街头扒荒少年。后来被人介绍到湖南宝庆码头,当了名搬运苦力谋生,直到六年后华浩忌日的那一天,秀才云卿登门找到他。

那天晚上,乞丐送来木盒子和信之后,德生按云卿在信封上写下的盼咐,拿云卿的一小布袋银圆打发走了那个乞丐。德生又见那盒子上了锁,就先拆开信,慢慢读了起来,读到后面才知道是怎么回事。德生立刻脸色大变,他急忙关好门,按照信中的说明,从云卿放在他这里的另一只小布袋子里找出钥匙,那袋子里还有一把日本小刀,是华浩原来送给云卿的。

德生用那把钥匙打开木盒子后,才见到刚刚死去不久、面目如生的云卿头颅。德生一时百感交集,泪如泉涌,他后悔没能看出云卿寻死的念头,又责怪自己对云卿太过冷漠,同时也怕那乞丐透露风声,引来大祸。就对着云卿的头颅拜了几拜,说声对不住了,将装着日本刀的小布袋子放进盛头颅的木盒子,听听门外没有动静,就找把铁铲,趁了夜色,抱着木盒出门。在附近一个废弃垮塌了的无人棚屋里,摸黑挖开地面,刨出个深坑,连头带盒子一起掩埋了。

为了避祸,德生赶紧离开湖南老乡扎堆的宝庆码头帮,加入怀药帮的药贩子运输马队,跑到河南等地躲了几年。等到清朝改成民国了,才重新回到汉口。靠着在怀药帮与人结下的交情,他在汉口药王殿找了个差事,才安定下来。

德生就在这香火旺盛的庙里,每天做着清洁洒扫的活,还伺候院子里的繁茂花木,倒也轻松活泛,闲下来读一点儿古人的书。从前的那些人和事,就渐渐地在心底里变淡了。只有在每年阴历七月,看到庙里庭院和池塘中的石榴、茉莉、月季、荷花、紫薇如急火响箭一般争相盛开时,他才忆起庚子年那个惊心动魄的血色夏天。然后在阴历七月二十九这个日子,给庚子年的亡魂们烧个纸钱。在烧纸之前,他会用树棍在地上画三个圈,再分别放入纸钱焚烧掉。一个圈代表给华浩,一个圈给云卿,第三个给其他庚子死难的所有熟人朋友。

他曾经去过雪丫告诉他埋葬华浩头颅的地点,在汉口西郊某处荒地,一棵高大榆树的正西向十步之处。庚子年雪丫偷出华浩的头后,为了躲避官府的追捕,匆匆埋葬了这颗头颅,还把华浩送给她的那把日本小刀一同陪葬,作为日后辨别的一个凭证,德生原来在雪丫那里见过这把刀。离开汉口前,她嘱托德生日后再择地另埋。等德生脚伤好了之后去一看,却发现那一片地已经被人围起来做了私宅，连树也被砍不见了，所以埋葬的确切地点已经搞不清了。最后，德生只能到华浩被砍头的武昌紫阳湖畔，去凭吊一下故人了。那天在湖边，斜阳衰草，虫鸣阵阵，满眼凄凉。此后，德生就再也没有去过紫阳湖那个伤心之地。

他想，雪丫为了给华浩上坟，也一定回来找过他，但人海茫茫，两个活人和一颗头颅，彼此哪里又找得到呢？

倒是德生自己亲手埋葬的云卿头颅，在他从河南返回汉口后，又偷偷把它挖出来，埋到了汉阳鲁山南面的山坡。那个地方风景优美，可以远眺长江和对岸的武昌城，向南也是朝着家乡湖南的方向。

每次德生坐船过江往返于汉口和武昌的时候，在船上一看见汉水与长江交汇处的清浊分界线，就想起第一次和华浩、云卿一起坐船渡江时的情景。那次华浩指着水面上那一道黄绿界限对他说，这就是古人说的泾渭分明。德生记住了这句话。一次在过江的渡船上，德生看到一个长发纷乱、读书人模样的中年男子，对着江面大声诵读一首古诗，末了的两句是：

行人莫问当年事，故国东来渭水流。

然后，那个一副落拓相的男人竟然朝了一江滚滚逝水，大声地号哭起来。他呜咽着反复叫起一个人的名字，又用力嘶喊道：愿为江水，与君重逢。愿为江水，与君重逢！

船上其他的乘客没有去打扰他，德生有些担心，这个悼念故人的男子可能会跳江轻生，就站在离他不太远的地方，准备随时抓住他。幸好这人后来还是平静下来，船到码头后，他垂头耸肩的活像个丢了魂的人，上岸后默默消失在人流之中。

德生心想，假如华浩和云卿这一对好朋友中有哪个活了下来，是不是也会像这个男子，去临江吊哭死去的那一个，可惜两个人年轻轻都死了。这世上可能再也没有人叫响他们的名字，就跟两个人从没来过人间一趟，除了我在忌日烧纸钱的时候，在心里喊他们一声以外。

如果说德生对他原来的东家少爷华浩的感情，是敬仰与怀念的话，那么对秀才云卿的感情，就只有怜悯了。为什么？因为华浩是自己主动去造反，死得潇洒壮烈，无愧是鬼雄一个。而云卿呢，却一生谨小慎微，做人做事唯恐哪一步行差踏错，结局同样也是掉了脑袋，还走得哀哀怨怨的。你说他可怜不可怜？

德生还发现一个事实，那就是，这两个已故同乡朋友的命局，都在他们的恩师张之洞的巨大影子笼罩之下。从他们三人坐的跑湘潭到武汉的火轮船开始，那是湖广总督张之洞督促开办的一条蒸汽船航线；到华浩和云卿上的武昌两湖学堂；华浩被老师送去留学日本，回国造反又被老师杀掉；云卿苦读科举文章，想来个金榜题名，却被张之洞上奏清廷废除了千年科举制；万念俱灰的云卿，最后卧轨自杀的地方，竟然又是老师张之洞刚刚修成不久的京汉铁路。你说诡异不诡异？真是成也萧何，败也萧何。他伤感地想道。

德生发现的这个事实背后，其实隐藏着一个长久的秘密，那就是：在中国这个古老文明大陆的帝制时代，横亘在高耸的庙堂与底层江湖之间的，是一个巨大的权力透镜。庙堂之上的肉食者通过透镜向下看到的，是渺小如蝼蚁一般的众生，而众生通过透镜仰面看到的，却是被放大到如天界神魔一样可怕的统治者。这，就是我们这块古老土地上一个不可言传的秘密。这个可以极度夸大权力者、渺小化普通生灵的无形透镜，一直与两千年东方古老帝制共存，它如同透明的空气，无所不在，却可以让你视而不见。

德生后来只有两次遇到过与庚子事变有关的熟人。一次是在来庙里烧香的客人中，远远看到李彪和秋娘，他们还带着一个十岁左右的男孩儿，应该是两个人的孩子。但德生在远处悄悄观察后发现，他们似乎有点儿躲躲闪闪的，好像正在把心思放在被一群人前呼后拥着的某个老官绅身上，所以并未注意到德生，于是他就没有立刻上前相认。等到官绅那群人离开后，德生再看，却已经不见李彪和秋娘一家了。

德生猜想，也许在庚子年逃命之后，李彪与秋娘两个就相依为命，变成一对亦侠亦盗的江湖鸳鸯了吧。如果当时撞破他们，极有可能会给人家添尴尬。人啊，有些路哪天踩上去了，就得一直往前走，永世回不了头的，一日江湖，一生江湖，德生心里道。他那天在给大殿里的金身药王像添香时，替李彪和秋娘一家人默默祝祷祈福了一番，祝愿他们都平安无灾。这以后，德生就再也没有见过他们了。

民国八年秋天，德生意外地从一群香客口中，听到了京师名侠大刀王五的下落。

那是一个阴雨天，德生在药王殿的主殿，各处打扫拂拭后，坐在大殿的一角歇息，却听到殿外回廊上几个躲雨的北方香客靠坐在墙边聊天。有人好像提到大刀王五，德生感到好奇，就悄悄挪到窗子下面，屏息听了起来。

庚子年八月官府抓自立军的那个夜晚，多亏秋娘和李彪死里逃生后，又赶紧通知了住在汉口其他地方的人，这才让很多来汉参加起义者躲过了官府的屠刀，其中就包括大刀王五和二顺子师徒。德生听说他们装扮成河北来的皮革商人，连夜逃离汉口，辗转回到了京城，后来就不知消息了。

窗外的回廊上，那个提起大刀王五的尖嗓子，在讲十九年前这位北方豪侠的死因传闻。他说："我听人说，大刀王五跟一伙土匪有仇，庚子年京城沦陷后，这伙土匪跑到德国军营告发说，大刀王五在闹义和团的当年冬春里，和拳民一起杀过洋人传教士。德军听说后，派兵到镖局抓捕，走到前门打磨厂附近，双方迎头遭遇上了，大刀王五中枪死了。"

另一个嗓子有些沙哑的香客说："好像不是那样啊，听说洋兵进城后，德军要求清廷抓捕大刀王五。清朝官军闯进他家时，王五一脸坦荡荡坐在椅子上，束手就擒。之后清廷将他交给德军，德军就在正阳门火车站旁的德军司令部枪杀了他，还砍下头颅，挂在城门上示众。他无人收尸时，津门大侠霍元甲趁夜飞身登上城楼，取下好朋友的头颅，送还给他的家人了。"

几个人笑起来了，有个声音说，这个传说听起来不太可靠，可能是哪个把《三侠五义》读多了的人编出来的。

德生听到一声吧唧，随后一缕烟在窗外袅袅升起，那应该是某人在吸旱烟。又一次嘴巴离开烟嘴的吧唧声之后，一个苍老的声音开口了："关于王五的死，我是从本家叔侄那里听来的，他认识王五的一个徒弟，这个徒弟叫刘鹏年。他的爹，还是戊戌六君子里面的一个，四品军机章京刘光第。"

德生竖起耳朵，唯恐错过老者讲的任何一个字。

老者说，据刘鹏年讲，庚子拳变，京城的众多达官贵人纷纷远遁避难，不少人将带不走的财物交给大刀王五的镖局看管。八国联军攻陷北京城后，想趁乱瞎抢一通。他们听说王五的源顺镖局里保管有大批财物，就纠集成群前来抢掠，王五义正词严地拒绝说："吾既许，为守之矣，必取，死我而后可。"

这个把诺言看得比性命还重的人直言，挑战者必须得从他的尸体上跨过去才能如愿。

在一片混乱中，有人暗中拔枪，砰的一声，把一生豪杰的王五打死了。

德生至此，终于知道了这位既和善又威严的北方大叔，原来也死在那个庚子年的乱世里。

他回忆起与二顺子同去后湖草荡子里看二顺子向王五学那一套追魂夺命掌法的情形。他还记得，王五那次还用他的大手抚摸过他的头。那只能举起百余斤重大刀的手，既温暖又有力。打小就当了孤儿的德生，一生只记得这仅仅一次，被父辈的大手温柔抚摸过。

德生却始终不知道年轻镖师二顺子后来的下落。多年以后，他有时还会想起两个少年用小拇指拉钩起的誓，那是个赴京城之约，还有二顺子要陪他逛东岳庙会、请吃冰糖葫芦、看谭嗣同送给师傅的宝剑等那些许诺。每次想到那个情景，德生就会摇摇头，心想，乱世之人能活下来就烧高香了，还奢望什么北上远行去逛京城庙会、嚼冰糖葫芦、看宝剑啊。希望那位当年的北方少年，一生能够平平安安。

德生与另外一个故人的相遇，却令他大感意外。

那时德生已经是个半百之人，他收养的那个弃婴长成小男孩儿后，一日忽发高热惊厥急症，眼见着孩子小命悠悠，有人建议赶紧找一个叫黎庶佛的名老中医给瞧瞧。德生带着孩子就连夜登门求治，一见到那黎老医生，德生大吃一惊，如见鬼魅。他不就是很多年前，自立军中那个爱说爱笑的留日学生黎科吗？那时的少年德生，在宝顺里的起义总部里很喜欢和这个广东口音的大哥哥嬉闹。他不是那晚与华浩同时被抓之后，第二天在武昌一起砍了头吗？

原来，这个医生不是别人，正是庚子之难中和唐才常、华浩一同在刑场上被斩首的东京帝国大学留学生黎科。

花甲之年的黎科，此时并没有认出当年自立会中那个老是喜欢跟在头领华浩和他后面跑的大男孩儿德生。他给德生的养子悉心诊疗了一番，又是灌药又是针灸，总算让孩子脱了险。德生千恩万谢地抱着孩子回了家，过了一段时间，他提着谢礼找上黎老医生的门，一番拜谢后，开口说道："我在很久以前，是两湖学堂留日学生华浩的朋友，名字叫德生。敢问老

389

先生，您认不认识一个叫黎科的人？他原来也是留日的学生。"

黎老医生眯起老花眼，仔细端详了德生一番，然后突然一把抱住他，呜呜地哭了起来。又解开高衣领的第一个扣子，让德生看自己脖子右侧偏后方，一道可怕的深深刀痕。

庚子年八月二十三日凌晨，武昌紫阳湖畔的刑场上，唐才常、华浩、黎科等十二位自立军同志，都遭到了砍头处决。但黎科有个在湖北的高官亲戚，以要求留个全尸的借口，秘密贿赂刽子手只是砍伤了他，而没有砍下头颅，然后黎科的家人以收尸为名，连夜将重伤的他运走后施以急救，这样他才得以死里逃生，捡回一条命。从此隐藏起来，改名黎庶佛，跟随一位名医潜心学习中医。这就是为什么张之洞的那份杀人布告上写着十二人，而武昌城墙上却只挂着十一颗人头的原因。

黎庶佛告诉德生：不知道有多少个黑夜，他梦见自己又回到庚子年的那个晚上，躺在湖畔刑场上的一片血泊中，忍受着剧痛装死，身边滚落的是十一个好朋友的头颅，那些从无头尸腔子里汩汩流出的血汇集起来，浸泡着他不敢动弹的身体，刚开始那些血还是热的，慢慢才冷下来。最后，他总是在这同一个噩梦里突然崩溃，猛地醒来后，一个人在黑暗里开始哀哀痛哭。直到多年后，他都记得起那一股浓烈的血腥味。

隐姓改名后的他，从未与人主动谈过自己的那个可怕经历，除了仅有的一次。那是朋友朱和中请他到南京，给一位大人物看病，意外遇到庚子年同日遇难的傅姓好友之子，向他问起那天晚上的惨烈情景，这让黎庶佛当场崩溃大哭。

黎老人有一个极为痛苦的心结，那就是一想起那个晚上惨死刑场的所有朋友，他就认为自己是唯一苟且偷生的那个，尽管他并没有在被捕后卖友求生，但他的家人通过贿赂刽子手让他独自一人活了下来。为此，老人常常感到羞愧难当，所以他从不主动向人提起往事。世人都以为，那个叫黎科的留日学生，早已死在武昌刑场上了。

黎庶佛讲完，两个男人，一个半百一个花甲，又抱头大哭了一场。以后德生每逢年节，会带着养子到黎老医生家中拜访走动一下，而老医生也对德生父子时有关照，直到他多活了瞒着阎王爷偷偷拿过来的近半个世纪后，才寿终正寝。

告 地 书

让我们回到故事的开头。

在汉阳的鲁山南麓，某个僻静无人的山坡之处，有三个神秘兮兮的人，正准备在行幽醮仪式后，重新埋葬一颗多年前遭横死的头颅。

夕阳已经在悄悄收回它最后一缕金色光线，天空中一团一团的火烧云，也从血红慢慢变成暝色，仿佛无数匹挽幛从天上低垂下来。见天色将晚，八十多岁的耄耋老人德生公，将手中那颗头骨递给养子，让他装回牛皮袋后，放进刚挖的深坑里朝南摆放好，同时把那柄锈刀也放了进去，回填上土。拴阳爹按照吩咐，从袋子里拿出一个小香炉，在地上点了几炷香，又点燃了一根蜡烛，还摆上两个有点皱巴巴的柑橘。

随后，德生公低声唱起散花词，诵唱完毕，他噗了一口水喷向空中。老人咕噜了一句什么，大概是不满意已经是缺牙豁齿的自己，没有像从前那样能喷出一口均匀的水雾吧。然后他抹抹嘴，用颤巍巍的另一只手，从口袋里掏出一张纸，凑近后咕嘟有声地念了起来，声音低到只有他自己才听得到。那是老眼昏花的他，颇费了一点儿工夫才给亡者写出的一份告地书，上面的文字是：

己酉年十月戌时，汉口药王殿庙祝某敬告地下丞：

该生本系吾乡热血赤子，三楚英才。彼时宇内崩坏，神州危难，本欲举义救危，拯救众生，却缘落奸计，血溅江城。满腔浩气难消，一点魂荡人间。今得超度，欲往地府，如有冤屈，祈往辩明，以慰怨灵，了却业障。望神明佑护英烈，致可期早日投胎往生，亦使生者得脱。书到为报，敢告主。

念完，德生公闭上眼，心里默默地说："华浩少爷，你当年的小长随德生来送你了，你放心走吧，不要再抱着对人世未消的不平怨气，当个孤魂野鬼在这世上游荡了。我特地将你埋在云卿的头颅旁边,他是为了赎还自己对你的过失,才自杀而亡的。华浩少爷,你是心地何等宽阔坦荡之人,你与他从小至交一场,他又用自己的人头,兑现了对你的生死之诺。我相信你们见面后,你一定不会怪罪他的,到了那个世界,你们两个还会做好朋友的,去吧,去吧。你如果地下有知,走以前就显个灵,告诉我一声。"

德生公刚默念完,就听见扑棱棱一响,从附近昏暗的林木草丛中,突然飞出一只五彩斑斓的漂亮鸟儿,这只个头不小的鸟,从三个人身边低掠而过时,还呱地叫了一声,然后钻进不远处的树丛中消失不见了。这给本来就有点儿神秘的埋骨现场,更添加了一丝灵异的气氛。平时胆子并不算小的拴阳爹,也给吓得打了个激灵。

德生公从养子背来的包里掏出一瓶湖南辣椒酱,让养子也放进躺着骷髅头的坑里,再回填上土掩埋了那个坑。然后德生公吩咐拴阳爹划燃火柴,烧了那张告地书,并带来的几张符、一炷香和一大摞充当冥币的草纸。他还让养子在不到两步之遥的一处地面上,焚烧了另一摞纸钱,只有他一个人知晓,那里的地下是他多年前埋下的云卿头颅。

本来在德生公家里,还有原来道士度亡的不少道具法器,都是药王殿道观归公时,他拿回家了一些,比如招灵幡、拂尘、令牌、镇坛木、五老冠啊什么的。但后来他在家里偷偷一把火全都烧了。今天的亡灵超度,已经是德生公尽力而为之后还算体面的一场法事了,尽管在老人的心里,还是感觉对不住故人的亡灵。

拴阳爹也不知道,为什么德生公让儿子另烧一堆纸钱,还要放一瓶辣椒酱到埋骨的土坑里。但他一想到老人曾经是行家,其中必定有什么高妙的道理,也就没去多问。只有德生老人知道,漂泊在外、重新入土的鬼魂,一定也有乡愁。一瓶湖南辣椒酱,让它和它的好朋友在向南眺望回家的路时,一起分享家乡的味道,多少能感到点儿安慰。

南面山脚下不远处的京广铁路上,一列蒸汽火车正尖锐地鸣着笛,准备开上过江大桥。鲁山南坡上的三个人,都感觉得到呼哧作响的火车开过时引起的震动,那一刻,仿佛整个世界都在那些大铁轮子的碾压下微微颤抖着。

忙完这颗头颅的重新安葬之后,德生公在养子和拴阳爹的搀扶下,乘着暮色的余光,慢慢下了山。山脚下,一座大工厂正灯火辉煌,衬出几根冒着浓烟的高高烟囱，那是清末湖广总督张之洞七十多年前创办的汉阳钢铁厂。

说来也是神奇，打那天之后，我们这条街上的疯子拴阳，就突然变得不疯了。街坊邻居们在向拴阳家祝贺之余，问起他爹妈，只推说是吃了亲戚从香港寄来的什么外国药。吃药这件事倒也是真的，不过拴阳的爹妈还是相信德生公做的法事管了用。有人问拴阳这些日子里发生的事，他也茫然不知，就好像只是睡了一个长觉一样。而且，拴阳的脑子变得好像比以前要灵光不少。老人们说，那个误闯进他身体的鬼魂其实是个善灵，离开时还帮他开了一窍，也算是对前世什么果报的一个了结。

好些年后，我带着童年的儿子，回到家乡的老街上走走时，还看见已届中年的拴阳。那天他正在家门口，给家里开的米粮小店忙出忙进地干着活，汗水打湿的额头上，那道疤痕在太阳光下亮闪闪的。

可我却总是忘不了拴阳发疯时的那种眼神，多年后一次与好友深夜聊天，我向他仔细形容了记忆中那一对看人时非常怪异的黑眼瞳。我这位学问极深的朋友沉默了半晌，说了一句：那一道眼神，是那个附体的鬼魂，对世人流露出的悲悯。

再说，在重新安葬了故人华浩的头骨后，就在这个己酉年底的一个冬夜，高龄老人德生安详地走了。他是睡梦中离去的，在梦里，他又变回成那个乡下少年德生。土蓝布裹头的他，头一次坐小火轮，跟随少东家华浩，和少爷的好友云卿秀才，从湖南乡下来汉口。一声汽笛长鸣之后，华浩指着前方樯帆如林的江岸，对德生说，你看，那就是大汉口。

梦中的少年德生，挑起行李箱笼担子，跟着华浩和云卿，晃悠悠地走过甲板和栈桥，一脚踏上了那个陌生的彼岸。

后　记

　　我一向对人类的头骨很着迷，这不仅仅因为我本业从事的是临床医学。我想，这大约与某种形而上的原因有关吧。

　　一次在费城的某家医学博物馆，我站在一堵头骨陈列墙前，对众多的人类头骨盯着看了好久。我想，在血肉消失之后，那些坚硬的矿物结晶盐，还勾勒出它们生前的面孔轮廓，并长久地抵抗着自然力量的侵蚀。为什么这万物之灵的地球顶级生物，不去学那花儿、蝴蝶或者水母，在绚丽一生之后，就事如春梦了无痕呢？人类头骨这种过于坚韧的抵抗，已经远远超过了生命原来的卑微本质，让我怀疑它们是想要固执地告诉你什么。中国的庄子、英国莎士比亚笔下的哈姆雷特、法国拉图尔画出的抹大拉，很多人手捧骷髅苦苦追问，但都没有得到让人满意的一个答案。

　　雨果曾经说过：每一块墓碑下，都有一部长篇小说。按照这位法国文豪的说法，那么每一颗人类的头骨，无疑就是一部小说的主角。

　　让我产生出创作这部长篇小说动机的，就是我童年居住的汉口老家街道上邻居男孩儿在家中挖防空洞时，挖出来的一个人类头骨。就像小说里写的那样，他精神失常了。很多年后，当我想写出我的家乡城市武汉，在百余年前发生的一个故事时，我让这个头骨引导着我的思绪，回到那个世纪之交的时空，让我遇见故事中的所有人物。他们中有真实的历史人物，比如自立军领袖唐才常；也有根据真实人物创作出来的虚构文学形象，比如华浩，他身上主要有两位庚子烈士的影子：林圭和傅慈祥，和一位维新派人士狄葆贤的部分事迹。因为这几位自立军人物传世的个人资料太少，不足以支撑起小说人物的文学形象。我就将几人的事迹合并到小说主要人物之一华浩身上，这样就有了文学创作的空间。在此，我要特别向林圭和傅慈祥这两位庚子烈士的英灵，表示我个人的深深歉意。这两位年轻的不朽者，已经几乎被世人遗忘，消失在时光之尘下了。为了让他们重现人间，我冒昧地将几位烈士先贤的生平事迹整合后，塑造成一个文学人物形象。读者们在小说中，处处可见我对华浩这个年轻人的喜爱。我希望他们的在天之灵，能够原谅我的这份唐突与用心。

在安排众多庞杂的写作素材时，我有意将一部分相对次要的史料，做了裁剪与时空上的重新拼接。比如，参加自立军起义的日本人甲斐靖，是在李慎德堂被捕的，但书中将他写成是在宝顺里与唐才常同时被捕。如此等等，不一而尽。所用史料，除了正史之外，也有不少来自该事件在稗官野史中的记载内容，被化用成小说中的情节。比如大刀王五参加自立军起义、庚子事变之夜秋娘用软绳救人，并非完全是空穴来风；又如雪丫盗首的那天发生的一场日食，有当时在鄂晚清人士的日记为佐证。

另外，书中不少情节涉及的历史细节，在学术界仍有争议，比如，唐才常是否真的参加了日本红叶馆饯别，张之洞在庚子事变北京城破之际，是否有窃窥神器的腹案，众说纷纭的清末沈荩案，等等。我在小说中一般尽量采用了主流的研究观点，但有些是采用了较为前沿的研究看法，或者根据小说情节化用了某一家的说法。书中难免有不少谬误与不足，还请各位方家与读者朋友予以谅解。

书中众多有名字的人物，除了华浩、德生、云卿、雪丫、秋娘、李彪、刘幺叔、蒯先生、马如龙、藤原幸次郎等少数几个人之外，其他有名有姓的百余人皆为真名实姓的历史人物。其中，华浩的日本校长藤原幸次郎，原型人物是著名的柔道家、教育家嘉纳治五郎先生。

有朋友可能会问：为什么你要钩沉一件百多年前的陈年旧事，去写一群文人发动的那场流产失败了的起义？这对于你个人，有什么特殊意义吗？

我想用下面的这些文字作答。

一个体重六十公斤的人，是由大约六百亿亿亿个原子所组成的。

每个人类的身体中，几乎每一个原子都来源于亿万年前的一颗恒星。这颗恒星在变成超新星爆发并最终死亡时，所创造星尘中的大量原子，最后形成了我们这个星球上，从草木山石、飞禽走兽到人类的所有万物基本元素。

从下树后直立行走的第一个类人猿开始，自古到今的人类，都一直在分享着地球上的这一堆原子。在组装成你这个身体之前，这些原子不知经历了多少生命个体的生死轮回，才转世来到你的身体里。根据估算，每个人身上都有十亿粒原子来自孔子，十亿粒原子来自莎士比亚，十亿粒原子来自释迦牟尼。

所以，你我的身体里，也有这部小说中所有原型人物的构成物质。

一切遇见，皆是重逢。

当然，这只是在物理意义上，你我与这部小说人物的相关性。我承认，这是一种弱相关。那么在伦理意义上，你我与他们之间，有没有任何相关性呢？

麦金太尔说，人类是一种讲故事的存在。

只有讲出了你所来自社会族群的故事，你才可能解释你个人生活的选择与意义。而这意义却无法从个人独立的自由意志中产生，因为你不是凭空产生的一个独立原子集合体，你的生活是在你所在社群的历史、你与它的关系中被塑造形成的。社群造就了你的身份认同、生活理念、道德与伦理意识。社群的纽带与传承关系，基本上定义了你是谁，你从哪里来，你要往哪里去。一句话，社群实际上构成了你这个人。

在国家或民族这个庞大社群中，你会在文化上继承前辈的遗产，也多少会被他们开拓的道路所引导。同时你也被赋予了一种责任，要为历史上那些前辈的行为担负一定责任。至少，你要承担起替已经永远沉默的他们言说的责任。如果当时的他们，是为了将来的你我，才去慷慨赴死，那么你就更有伦理责任去为他们说出为什么要这样做的理由了。

这是一种后死之责，活着的我们都无法逃避。

每个民族都是建立在历史与传说故事之上的。从时光河流下打捞出本民族高贵的失败者，对了那些曾经失踪的白骨遗骸，鞠躬之后，还他们一个体面的葬礼和刻石立碑，这有三重意义：其一是为了过去，还历史人物以迟到的尊重；其二是为了现在，以石碑为路标，测算出我们从前人倒下的地方又走了多远，以及我们要继续行走下去的方向；其三是为了将来，那些死者作为民族史诗故事，在未来的岁月里讲给子孙后代听。这些故事将汇入一个民族的记忆，成为国族得以生存下去的精神之源。惟有如此，才不辜负了那些变成白骨的先辈头颅。放眼历史长河，人类的故事比所有铁链、行刑刀和子弹更有力量。

一切过往，皆为序曲。

这，就是我写出该书的动因。

本书在写作过程中，参考和借鉴了大量文史著作、研究文献、年谱、回忆录、书信电文集与日记。其中对我有较大帮助的作者有：马勇、皮明麻、伍立杨、陈善伟、袁伟时、秦晖、桑兵、傅国涌、戴海斌、罗威廉、唐德刚、茅海建、雷颐、孔祥吉、姜鸣、雪珥、祝勇、杨天石、富察·建功、罗志田、陈宇翔、唐连成、邢超、姜正成、金冲及、吴剑杰、杜迈之、郑安兴、赵宏、黎仁凯、戴玄之、徐松安、陶羽佳、唐浩明、胡晓曼、李细珠、汤志钧、黄治军、马蔚云、沙月、王开林、徐景辉、唐鲁孙、陈晨、石之轩等诸位先生。由于参考书目文献众多，恕不详尽列出作者名单，在此，我要向他们全体致以诚挚的谢意。

我也要尤其感谢华南理工大学的法学教授李旭东先生，文史知识非常渊博的他在百忙之余，为我做出了很多文字上的订正，并提出不少极其宝贵的意见。

特别鸣谢四川省作家协会副主席伍立杨先生、香港中文大学高级讲师谢春玲博士、北方文艺出版社原社长宋玉成先生、北京大学李铁军教授、武汉大学范兵教授、中山大学凌均荣教授和胡传吉教授、中国美术学院方波教授、首都师范大学傅光明教授、南方传媒集团陈小庚女士。本书的完成，与他们的全力支持和热忱鼓励是分不开的。

感谢好友朱威、陈璹夫妇，以及杨娅冬、杨岩钧姐弟，他们分别不辞辛苦陪同我拜访唐才常等庚子烈士在湖北武汉的墓地、和湖南浏阳唐才常的故居。

诚挚感谢春风文艺出版社，没有你们的慧眼与勇气担当、辛勤与鼎力相助，就没有这部书的问世。

写作，也意味着笔者家庭在背后的默默付出。我太太罗文秋就长时间忍受了我人坐家中、灵魂出窍的糟糕状况。并且，她总是我强迫之下的第一个读者，还提出过一些非常好的修改意见，我的孩子望舒在海外为我多次查阅和寄来相关资料，为我的写作提供了重要帮助。我的内兄罗文超也专门为本书去庚子烈士们就义的地方、武昌紫阳湖拍照。我要感谢亲人们为我付出的爱与奉献。

最后，我想以托克维尔的一句话来结束这本书：
当过去不再照耀未来，人的心灵就会茫然地游荡。

彭志翔
二〇二三年秋　完稿于广州